U0026678

文選李善注

四部備要

集部

中華書局據鄱陽胡氏校刻本校刊

桐鄉　陸費逵　總勘
杭縣　高時顯　吳汝霖　輯校
杭縣　丁輔之　監造

版權所有不許翻印

文選卷第十九

梁昭明太子撰

文林郎守太子右內率府錄事參軍事崇賢館直學士臣李善注上

賦癸

情

詩甲

補亡

述德

勸勵

韋孟諷諫一首四言　　張茂先勵志一首四言

賦癸

情易曰利貞者性情也性者本質也情者外染也色之別名事於最末故居於癸

高唐賦一首幷序漢書注曰雲夢中高唐之臺此賦蓋假設其事風諫婬惑也

宋玉

昔者楚襄王與宋玉遊於雲夢之臺史記曰楚懷王薨太子橫立為頃襄王漢書音義張揖曰雲夢楚藪也在南郡華容縣其中有臺館望高唐之觀其上獨有雲氣崒兮直上忽兮改容須臾之閒變化無窮爾雅曰崒者厜㕒注謂山峯頭巉巖然言雲氣形似於山王問玉曰此何氣也玉對曰所謂朝雲者也王曰何謂朝雲玉曰昔者先王嘗遊高唐怠而晝寢鄭玄曰寢臥息也夢見一婦人曰妾巫山之女也襄陽耆舊傳曰赤帝女曰姚姬未行而卒葬於巫山之陽故曰巫山之女楚懷王遊於高唐晝寢夢見與神遇自稱是巫山之女王因幸之遂為置觀於巫山之南號為朝雲後至襄王時復遊高唐為高唐之客自言為高唐之客聞君遊高唐願薦枕席薦進也欲親進於枕席求親昵之意也王因幸之去而辭曰妾在巫山之陽高丘之阻山南曰陽

土高曰丘漢書注曰巫山在南郡巫縣阻險也旦爲朝雲暮爲行雨朝雲行雨神女之美也朝朝暮暮陽臺之下旦朝視之如言故爲立廟號曰朝雲王曰朝雲始出狀若何也玉對曰其始出也䨴兮若松榯䨴茂貌如曋嶠也徒對切榯直豎貌音時其少進也晰兮若姣姬揚袂鄣日而望所思晰昭晰謂有光明美色揚袂舉袖也如美人之舉袖望所思也忽兮改容偈兮若駕駟馬建羽旗韓詩曰偈桀侹也疾驅貌周禮曰析羽爲旌謂破五色鳥羽爲之也言氣變改或如駕馬建旗也建立也偈居竭切湫兮如風淒兮如雨風止雨霽雲無處所湫兮涼貌詩曰風雨淒淒爾雅曰濟謂之霽郭璞注曰今南陽人呼雨止爲霽霽音薺王曰寡人方今可以遊乎玉曰可方今猶正今也廣雅曰方正也王曰其何如矣玉曰高矣顯矣臨望遠矣廣矣普矣萬物祖矣廣閎也普偏也祖始也言萬物皆祖宗生此土爲萬物神靈之祖最有異也上屬於天下見於淵珍怪奇偉不可稱論王曰試爲寡人賦之玉曰唯唯禮記曰父召無諾先生召無諾唯而起鄭玄曰應唯恭於諾也皇侃曰唯謂今之爾是也惟高唐之大體兮殊無物類之可儀比巫山赫其無疇兮道互折而曾累言殊異於常無物可儀比比類也赫赫然盛貌道路交互曲折曾重也謂橫斜而上登巉巖而下望兮巉巖石勢不生草木臨大阺之稸水說文曰秦謂陵阪曰

阺丁兮切周禮曰以豬畜水字林曰稸積也與畜同抽六切遇天雨之新霽兮觀百谷之俱集濞洶洶其無聲兮潰淡淡而並入百谷者衆谷雜水集至山之下字林曰濞水暴至聲也說文曰洶洶涌也謂水波騰貌洶詡聳切潰水相交過也淡以冉切安流平滿貌滂洋洋而四施兮蓊湛湛而弗止長風至而波起兮若麗山之孤畝蓊然聚貌湛湛深貌岪止謂不常靜或行郭象莊子注曰麗著也爾雅曰如畝畝丘郭璞曰丘有隴界如田畝素問岐伯對黃帝曰卒風暴雨風吹水勢波落而隴起言風吹水勢浪文如孤隴之附山勢薄岸而相擊兮隘交引而卻會廣雅曰隘陿也言水之勢旣薄岸而相激至迫隘之處其流交引而卻相會謂水口急陿不得前進則卻退復會於上流之中止崪中怒而特高兮若浮海而望碣石崪聚也謂兩浪相合聚而中高也言水怒浪如海邊之望碣石孔安國注尚書曰碣石海畔山也礫磥磥而相摩兮巆震天之磕磕相摩言水急石流自相摩礪聲動徹天說文曰礫小石也磥磥衆石貌巆聲也火宏切字林曰磕大聲也巨石溺溺之瀺灂兮沫潼潼而高厲巨石大石也溺溺沒也瀺灂石在水中出沒之貌沫水高低貌潼潼高貌厲起也埤蒼曰瀺灂水流聲貌水澹澹而盤紆兮洪波淫淫之溶潏說文曰澹澹水搖也紆回也淫淫去遠貌溶潏猶蕩動也音容裔奔揚踊而相擊兮雲興聲之霈霈言水之奔揚踊起而相擊其狀若雲又與聲霈霈然上林賦曰穹隆雲橈義出於此纂文曰雲若大波霈浦大切猛獸驚而跳駭兮妄奔走

一 珍倣宋版印

而馳邁虎豹狖兕失氣恐喙鵰鶚鷹鷂飛揚伏竄妄謂不覺東西漫走竄走也說文曰
鷂鷙鳥也與照切字林曰竄逃也七外切非關協韻一音七玩切股戰脅息安敢妄摯股戰猶股慄也脅息猶翕
息也於是水蟲盡暴乘渚之陽水蟲魚鼈之屬驚而陸處方言曰曬暴也蒲卜切巫山所臨之渚陽水北也暖
故魚鼈游焉鼉鼊鱣鮪交積縱橫振鱗奮翼蜲蜲蜿蜿中阪遙望謂張其鱗甲翼
魚腮邊兩鬛也蜲蜲蜿蜿龍蛇之貌上言水中蟲盡暴摠色說之中阪之中猶未至山頂蜲於危切蜿於袁切玄木冬榮煌
煌熒熒奪人目精爛兮若列星曾不可殫形榛林鬱盛葩華覆蓋雙
椅垂房糾枝還會煌煌熒熒草木花光也榛林栗林也葩花栗花長與葉閒生自相覆蓋也雙椅椅桐屬也垂房花作
房生也房椅實也還會交相也糾枝枝曲下垂也毛詩曰其桐其椅注椅梧屬爾雅曰下句曰糾徙靡澹淡隨波闇
藹徙靡言枝往來靡靡然澹淡水波小譪文也闇藹者言木蔭水波闇藹然也東西施翼猗狔豐沛東西施翼者謂
樹枝四向施布如鳥翼然言東西則南北可知其林木多也猗狔柔弱下垂貌漢書大人賦猗狔以招搖猗於宜切狔於危切綠葉
紫裹丹莖白蔕裹猶房也古臥切纖條悲鳴聲似竽籟清濁相和五變四會
左氏傳晏子曰先王和五聲也清濁小大以相濟也吹小枝則聲清吹大枝則聲濁五變五音皆變也禮記曰聲相應故生變變成方謂
之音四會四懸俱會也又云與四夷之樂聲相會也感心動耳迴腸傷氣孤子寡婦寒心酸鼻

言上諸聲能迴轉人腸傷斷人氣禮記王制曰小而無父謂之孤寒心謂戰慄也酸鼻鼻辛酸淚欲出也長吏隳官賢士
失志尚書曰股肱惰哉萬事墮哉孔安國曰隳廢也許規切失其本志不知所爲愁思無已歎息垂淚登
高遠望使人心瘁登高心瘁此下謂至山上高處未至觀也瘁病也盤岸巑岏裖陳磑磑王逸
楚辭注曰巑岏山銳貌裖已見上林賦音振李奇曰裖整也陳列也磑磑高貌方言曰磑堅也磐石險峻傾崎崕隤
崥蒼曰崎嶇不安也廣雅曰隤壞也說文曰墜下也巖嶇參差從横相追勢如相追陿互横啎背穴
偃蹠廣雅曰陿角也側溝切啎五故切偃蹠言山石之形背穴偃蹇如有所蹈也許慎淮南子注曰蹠蹈也啎逆也路有横石逆當
其前背郤也穴孔也郤又當山之孔穴交加累積重疊增益交加者言石相交加累其上別有交加石之勢在巑
岏崕上重益其高狀若砥柱在巫山下砥柱山名在水中如柱然此崕岸在巫山下者似砥柱山然仰視
山顛肅何千千炫燿虹蜺說文曰俗望山谷芊芊青也千芊古字通言山高如虹蜺炫燿其上俯視崝
嶸窐寥窈冥廣雅曰崝嶸深直貌窐寥空深貌崝士耕切嶸音宏窐苦交切寥音勞不見其底虛聞松
聲言山下杳遠不見但空聞松聲傾岸洋洋立而熊經言岸既將傾水流又迅故立者恐懼而似熊經傾岸之勢
其水洋洋避立之處如熊之在樹久而不去足盡汗出謂傾岸之勢阻險之處人所懼見心自戰懼足下流汗而
出也悠悠忽忽怊悵自失悠悠遠貌忽忽迷貌言人神悠悠然遠迷惑不知所斷楚辭曰怊悵而自悲王逸曰悵恨

珍倣宋版印

貌（怊耿驕切）使人心動無故自恐（動驚也言無有故對此而驚恐）賁育之斷不能為勇（孟賁夏育決斷之士今見此嶮阻亦不能為勇也斷丁亂切）卒愕異物不知所出（卒七忽切爾雅曰遻見也午故切愕與遻同言卒然復有驚愕之異物從旁而出不知所從來）縰縰莘莘若生於鬼若出於神（縰縰莘莘衆多之貌說文曰纚冠織也縰與纚同所綺切詩曰魚在在藻有莘其尾毛萇曰莘衆多也莘所巾切字或作甡往來貌若出於神）狀似走獸或象飛禽譎詭奇偉不可究陳上至觀側地蓋底平箕踵漫衍芳草羅生（自此已前並述山勢也杜預左氏傳注曰底平也箕踵前闊後狹似箕衍平貌言山勢如簸箕之踵也）秋蘭茝蕙江離載菁（廣雅曰菁華也載則也）青荃射干揭車苞并（見本草夜干一名烏扇今江東為烏蓮史記為射干漢書音義曰揭車香草也苞并叢生也）薄草靡靡聯延夭夭越香掩掩（靡靡相依倚貌夭夭少長也越香言氣發越掩掩同時發也掩同也）衆雀嗷嗷雌雄相失哀鳴相號（雀鳥之通稱毛詩曰鴻雁于飛哀鳴嗷嗷）王雎鸝黃正冥楚鳩姊歸思婦垂雞高巢其鳴喈喈（爾雅曰王雎郭璞曰鵰類今江東通呼為鶚詩云鳥摯而有別者一名王鵰鸝黃郭璞曰其色黧黑而黃因名之一曰鶬鶊方言曰或謂鶖黃為楚雀廣雅曰楚鳩一名嗶啁爾雅曰巂周郭璞曰子巂鳥出蜀中或曰卽子規一名姊歸巂胡圭切思婦亦鳥名也地理志曰夷通鄉北過仁里有觀山故老相傳云昔有婦登北山絕望愁思而死因以為名垂雞未詳高巢巢高也）當年遨遊（一本云子當千年萬）

世遨遊未詳更唱迭和赴曲隨流赴曲者鳥之哀鳴有同歌曲故言赴曲隨流者隨鳥類而成曲也有方
之士羨門高谿史記曰方士皆掩口杜預左氏傳注曰方法術也史記曰秦始皇使燕人盧生求羨門高誓谿疑是誓字
漢書郊祀志曰充尚羨門高最後皆燕人爲方令道形辭銷化玉充尚羨門高二人上成鬱林公樂聚穀蓋亦方士
也未詳所見又鬱然仙人盛多如林林木公共也人在山上作巢穀食也聚食於山阿進純犧禱琁室進謂祭也禱祭也尚
書曰神祇之犧牷牲用孔安國曰色純曰犧淮南子曰崐崙之山有傾宮琁室高誘曰以玉飾宮也醮諸神禮太一醮祭
也子肖切史記曰宜立太一而上親郊之傳祝已具言辭已畢王乃乘玉輿駟倉螭垂旒
旌旆合諧紬大絃而雅聲流冽風過而增悲哀傳祝已具神之語已具言辭即祝所傳辭
也畢竟也旒旌謂建太常十二旒雅聲正不淫邪字林曰冽寒風也紬引也音抽於是調謳令人惏悷憯悽
脅息增欷並悲傷貌脅息縮氣也增益也惏力甚切悷力計切於是乃縱獵者基趾如星傳言
羽獵銜枚無聲相傳言語徧告衆士漢書音義李奇曰羽林騎士張晏曰以應獵負羽周禮銜枚氏軍旅田役令鄭玄以
爲枚止言語嚻讙也枚狀如箸橫銜之弓弩不發罘罟不傾涉漭漭馳苹苹漭漭水廣遠貌爾雅
曰苹藾蕭郭璞曰今藾蒿也邪生亦可食說文曰苹苹草貌音平飛鳥未及起走獸未及發何節奄
忽蹄足灑血何問辭也言何節奄忽之閒而獸之蹄足已皆灑血節所執之節也舉功先得獲車已實

王將欲往見必先齋戒差時擇日（毛萇詩傳曰差擇也）簡輿玄服建雲旆蜺為旌翠為蓋（冬王水水色黑故衣黑服簡略也省也翠翡翠也以羽飾蓋）風起雨止千里而逝蓋發蒙往自會（素問黃帝曰發蒙解惑未足以論也會與神女相會）思萬方憂國害開賢聖輔不逮（開導賢聖令其進仕用其謀策輔己不逮此又陳諫於王也）九竅通鬱精神察滯（文子曰九竅者精神之戶牖氣者五藏之使候呂氏春秋曰凡人九竅五藏惡之精氣鬱高誘曰鬱滯不通也）延年益壽千萬歲

神女賦一首（并序）

宋玉

楚襄王與宋玉遊於雲夢之浦使玉賦高唐之事其夜王寢果夢與神女遇其狀甚麗王異之明日以白玉玉曰其夢若何王曰晡夕之後精神怳忽若有所喜紛紛擾擾未知何意（晡日昳時也怳忽不自覺知之意所喜忽然喜悅紛擾喜也）目色髣髴乍若有記見一婦人狀甚奇異寐而夢之寤不自識罔兮不樂悵然失志於是撫心定氣復見所夢王曰狀何如也（如有可記識也髣髴見不審也罔憂也撫覽也見神女也）玉曰茂矣美矣諸好備矣盛矣麗矣難測

究矣上古既無世所未見瓌姿瑋態不可勝贊勝盡也贊明也其始來也耀
乎若白日初出照屋梁韓詩曰東方之日薛君曰詩人所說者顏色美盛若東方之日其少進也皎
若明月舒其光毛詩曰月出皎兮毛萇曰喻婦人有美白皙也須臾之間美貌橫生曄兮如
華溫乎如瑩毛詩曰有女同車顏如蕣華又曰尚之以瓊瑩乎而注瓊瑩石似玉也音榮逸論語曰如玉之瑩說文曰瑩玉
色也爲明切曄盛貌五色並馳不可殫形詳而視之奪人目精其盛飾也則羅
紈綺繢盛文章馳施也綺五色也蒼頡篇曰繢似纂色赤胡憒切極服妙采照萬方振繡衣
被袿裳劉熙釋名曰婦人上服謂之袿襛不短纖不長說文曰襛衣厚貌如恭切步裔裔兮曜殿
堂忽兮改容婉若遊龍乘雲翔嫷被服侻薄裝裔裔行貌毛萇詩傳曰婉美貌方言曰嫷
美也他臥切說文曰侻好也與娧同他外切又侻可也言薄裝正相堪可沐蘭澤含若芳性和適宜侍旁
順序卑調心腸沐洗也以蘭浸油澤以塗頭旁宜侍王旁卑柔弱也王曰若此盛矣試爲寡人
賦之玉曰唯唯
夫何神女之姣麗兮含陰陽之渥飾言神女得陰陽厚美之飾被華藻之可好兮
若翡翠之奮翼其象無雙其美無極毛嬙鄣袂不足程式西施掩面

比之無色慎子曰毛嬙先施天下之姣也衣之以皮倛則見者皆走易之以玄錫則行者皆止先施西施一也嬙音牆近之既妖遠之有望骨法多奇應君之相視之盈目孰者克尚近看既美復宜遠望孰誰也克能也誰者能尚言無有也私心獨悅樂之無量交希恩踈不可盡暢他人莫覩王覽其狀其狀峩峩何可極言貌豐盈以莊姝兮苞溫潤之玉顏暢申也未可申暢己志也豐盈肥滿也莊嚴也方言曰姝好也毛萇詩傳曰姝美色也禮記曰玉溫潤而澤仁也眸子炯其精朗兮瞭多美而可觀字林曰瞭明也鄭玄周禮注曰瞭明目也力小切眉聯娟以蛾揚兮朱脣的其若丹聯娟微曲貌素質幹之醲實兮志解泰而體閑既姽嫿於幽靜兮又婆娑乎人閒言志操解散奢泰多閑不急遽也謂在人中最好無比也婆娑猶盤姍也說文曰姽嫿好貌五累切廣雅曰嫿好也音畫說文靜審也韓詩靜貞也宜高殿以廣意兮翼放縱而綽寬動霧縠以徐步兮拂墀聲之珊珊珊珊聲也翼放縱貌如鳥之翼隨意放縱縠兮之輕紗薄如霧也望余帷而延視兮若流波之將瀾流波目視貌言舉目延視精若水波將成瀾也奮長袖以正衽兮立躑躅而不安說文曰衽衣衿也自矜嚴也澹清靜其愔嫕兮性沈詳而不煩澹靜貌愔和也嫕淑善也言志度靜而和淑也不煩不躁也聲類曰愔見魏都賦嫕已見洞簫賦和靜貌韓詩曰嫕悅也說文曰嫕

（靜也蒼頡篇曰嫕密也）時容與以微動兮志未可乎得原意似近而既遠兮若將來而復旋（原本也其意欲似近而心靜不測是復爲遠也將來可親之意更遠也謂復更遠也字林曰旋回也）褰余幬而請御兮願盡心之惓惓（鄭玄毛詩箋曰幬牀帳也）懷貞亮之絜清兮卒與我兮相難陳嘉辭而云對兮吐芬芳其若蘭精交接以來往兮心凱康以樂歡神獨亨而未結兮魂煢煢以無端含然諾其不分兮喟揚音而哀歎頩薄怒以自持兮曾不可乎犯干（精神也結猶未相著煢煢然無有端次不知何計分當也言神女之意雖含諾猶不當其心廣雅曰頩色也匹零切方言曰頩怒色青貌切韻匹迥切斂容也蒼頡篇曰薄微也捉顏色而自矜持也）於是搖珮飾鳴玉鸞整衣服斂容顏顧女師命太傅（古者皆有女師教以婦德兮神女亦有教也毛詩序曰尊敬師傅可以歸寧父母漢書音義曰婦人年五十無子者爲傅）歡情未接將辭而去遷延引身不可親附似逝未行中若相首（遷延却行去也廣雅曰首向也舒救切）目略微眄精彩相授志態橫出不可勝記意離未絕神心怖覆禮不遑訖辭不及究願假須與神女稱遽（目略輕看精神光采相授與也猶未即絕怖覆謂恐怖而反覆也左氏傳豎頭須曰沐則心覆心覆則圖反遽急也言去不往也）徊腸傷氣顛倒失據（毛萇詩傳曰據依也）闇然

而暝忽不知處情獨私懷誰者可語惆悵垂涕求之至曙

登徒子好色賦一首幷序（此賦假以爲辭諷於婬也）

宋玉

大夫登徒子侍於楚王短宋玉曰（大夫官也登徒姓也子者男子之通稱戰國策曰孟嘗君至楚楚獻象牀登徒送之高誘淮南子注曰短說其罪闕也）玉爲人體貌閑麗口多微辭又性好色（閑靜也麗美也微妙也公羊傳曰定哀多微辭論語子曰吾未見好德如好色者也）願王勿與出入後宮王以登徒子之言問宋玉玉曰體貌閑麗所受於天也口多微辭所學於師也至於好色臣無有也王曰子不好色亦有說乎（遣自解說也）有說則止無說則退玉曰天下之佳人莫若楚國楚國之麗者莫若臣里臣里之美者莫若臣東家之子東家之子增之一分則太長減之一分則太短著粉則太白施朱則太赤眉如翠羽肌如白雪（莊子曰藐姑射之山有神人居焉肌膚若冰雪）腰如束素齒如含貝（莊子孔子謂盜跖曰將軍齒如齊貝貝海螺其色白）嫣然一笑惑陽城迷下蔡（王逸楚辭注曰嫣笑貌廣雅曰嘕嘕故故喜也陽城下蔡二縣名蓋楚之貴介公子所封故取以喻焉）然

此女登牆闚臣三年至今未許也字林曰窺傾頭門內視也又小視也登徒子則不然其妻蓬頭攣耳齞脣歷齒莊子曰蓬頭突鬢爾雅曰攣病也力專切說文曰齞張口見齒也牛善切歷猶疎也旁行踽僂又疥且痔踽僂傴僂也廣雅曰傴僂曲貌傴央矩切僂力主切說文曰疥瘙也痔後病也登徒子悅之使有五子王孰察之誰為好色者矣是時秦章華大夫在側因進而稱曰今夫宋玉盛稱鄰之女以為美色愚亂之邪臣自以為守德謂不如彼矣章華楚地名大夫楚人入仕於秦時使襄王一云食邑章華因以為號愚鈍也亂昏也邪僻也言昏鈍邪僻之臣章華大夫自謙不如彼之登徒所說也言宋玉之所說鄰女美色愚臣守德猶不如登徒之說況宋玉乎臣章華大夫自謂且夫南楚窮巷之妾焉足為大王言乎若臣之陋目所曾覩者未敢云也王曰試為寡人說之大夫曰唯唯

臣少曾遠遊周覽九土足歷五都九土九州之土五都五方之都出咸陽熙邯鄲從容鄭衛溱洧之間熙戲也廣雅曰從容舉動也毛詩曰溱與洧方渙渙兮毛萇曰溱洧鄭兩水名洧于軌切是時向春之末迎夏之陽鶬鶊喈喈羣女出桑毛詩曰倉庚喈喈又曰十畝之閒兮桑者閑閑兮此郊之姝華色含光體美容冶不待飾裝臣觀其麗者因稱詩曰遵

大路兮攬子袪此郊卽鄭衛之郊毛詩曰靜女其姝又曰遵大路兮摻執子之袪兮大路詩篇名也遵循也路道也謂道
路逢子之美願攬子之袂與俱歸也稱此詩者此本鄭詩故稱以感動贈以芳華辭甚妙折芳草之華以贈之爲辭
甚妙於是處子怳若有望而不來忽若有來而不見意密體疏俯仰異
觀含喜微笑竊視流眄謂折芳草之花以贈之欲贈芳華恐不受故先與妙辭以進之處女未嫁者怳失意貌體
疏相離殊遠謂異於未贈花前所視復稱詩曰寤春風兮發鮮榮絜齋俟兮惠音聲贈
我如此兮不如無生司馬彪注漢書子虛賦曰復答也顏師古注復音伏寤覺也鮮榮華也喻少年之盛齋莊也言
自絜貌矜莊而待惠音聲如此謂贈以芍藥欲結恩情而女不受毛詩曰知我如此不如無生鄭玄曰則己之生不如不生無生恨之辭
也因遷延而辭避蓋徒以微辭相感動精神相依憑目欲其顏心顧
其義揚詩守禮終不過差故足稱也於是楚王稱善宋玉遂不退微辭
謂向所陳辭甚妙者若卽折登徒言多微詞宋玉雖不逮大夫之顧義而不同登徒之好色故不退

洛神賦一首幷序漢書音義如淳曰宓妃宓羲氏之女溺死洛水爲神

曹子建記曰魏東阿王漢末求甄逸女既不遂太祖回與五官中郎將植殊不平晝思夜想廢寢與食黃初中入
朝帝示植甄后玉鏤金帶枕植見之不覺泣時已爲郭后讒死帝意亦尋悟因令太子留宴飲仍以枕賚植植

還度轘轅少許時將息洛水上思甄后忽見女來自云我本託心君王其心不遂此枕是我在家時從嫁前與五官中郎將今與君王遂用薦枕席懽情交集豈常辭能具爲郭后以糠塞口今被髮羞將此形貌重覩君王爾言訖遂不復見所在遣人獻珠於王王答以玉珮悲喜不能自勝遂作感甄賦後明帝見之改爲洛神賦

黃初三年余朝京師還濟洛川黃初文帝丕年號京師洛陽也洛川洛水之川也洛水出洛山濟度也古人有言斯水之神名曰宓妃感宋玉對楚王神女之事遂作斯賦

其辭曰

余從京域言歸東藩魏志曰黃初三年立植爲鄄城王四年徙封雍丘其年朝京師又文紀曰黃初三年行幸許又曰四年三月還雒陽宮然京域謂雒陽東蕃卽鄄城魏志及諸詩序並云四年朝此云三年誤一云魏志三年不言植朝蓋魏志略也背伊闕越轘轅伊闕轘轅已見東都賦經通谷陵景山華延洛陽記曰城南五十里有大谷舊名通谷河南郡圖經曰景山緱氏縣南七里日既西傾車殆馬煩爾廼稅駕乎蘅皋秣駟乎芝田蘅杜蘅也皐澤也嵩高山記曰山上神芝十洲記曰鍾山仙家耕田種芝草容與乎陽林流眄乎洛川於是精移神駭忽焉思散俯則未察仰以殊觀覩一麗人于巖之畔廼援御者而告之曰爾有覿於彼者乎彼何人斯若此之豔也陽林一作

一 珍倣宋版印

楊林地名生多楊因名之移變也情思消散如有所悅未察猶未的審所觀殊異毛詩曰彼何人斯御者對曰臣聞河洛之神名曰宓妃然則君王所見無迺是乎其狀若何臣願聞之余告之曰其形也翩若驚鴻婉若遊龍邊讓章華臺賦曰體迅輕鴻榮曜春華神女賦曰婉若遊龍乘雲翔翩翩然若鴻鴈之驚婉婉然如遊龍之升榮曜秋菊華茂春松朱穆鬱金賦曰比光榮於秋菊齊英茂於春松髣髴兮若輕雲之蔽月飄颻兮若流風之迴雪遠而望之皎若太陽升朝霞正歷曰太陽日也迫而察之灼若芙蕖出淥波襛纖得衷脩短合度神女賦曰襛不短纖不長肩若削成腰如約素削成已見魏都賦登徒子好色賦曰腰如束素束素約素謂圓也延頸秀項皓質呈露楚辭曰小腰秀頸若鮮卑說文曰項頸也司馬相如美人賦曰皓質呈露呈見也延秀皆長也芳澤無加鉛華弗御楚辭曰粉白黛黑施芳澤鉛華粉也博物志曰燒鉛成胡粉張平子定情賦曰思在面為鉛華兮患離塵而無光雲髻峩峩脩眉聯娟毛詩曰鬒髮如雲神女賦曰眉聯娟以蛾揚峩峩高如雲也脩長曲而細也丹脣外朗皓齒內鮮明眸善睞靨輔承權神女賦曰眸子炯其精朗離騷曰靨輔奇牙宜笑嗎王逸曰美人頰有靨輔也權兩頰睞旁視也瓌姿豔逸儀靜體閑神女賦曰瓌姿瑋態又曰志解泰而體閑儀靜安靜也體閑謂膚體閑暇也柔情綽態媚於語言奇服曠世骨像應圖柔弱也綽寬也

神女賦曰骨法多奇應君之相應圖應畫圖也披羅衣之璀粲兮珥瑤碧之華琚璀粲衣聲山海經曰
沃人之國爰有璿瑰瑤碧郭璞曰名玉也又曰和山其上多瑤碧毛詩曰投我以木瓜報之以瓊瑤毛萇曰琚珮玉名音居戴金
翠之首飾綴明珠以耀軀司馬彪續漢書曰太皇后花勝上為金鳳以翡翠為毛羽步搖貫白珠八劉駒駼玄
根賦曰戴金翠珥珠璣劉熙釋名曰皇后首飾曰副踐遠遊之文履曳霧綃之輕裾繁欽定情詩曰何以
消滯憂足下雙遠遊有此言未詳其本神女賦曰動霧縠以徐步綃輕縠也微幽蘭之芳藹兮步踟躕於
山隅於是忽焉縱體以遨以嬉左倚采旄右蔭桂旗芳藹芳香晻藹也楚辭曰建雄
虹之采旄又曰辛夷車兮結桂旗攘皓腕於神滸兮采湍瀨之玄芝爾雅曰岸上曰滸郭璞曰厓上
地也毛詩曰在河之滸毛萇曰滸水厓也漢書音義應劭曰瀨水流沙上也傅瓚曰瀨湍也本草曰黑芝一名玄芝余情悅其
淑美兮心振蕩而不怡無良媒以接懽兮託微波而通辭毛詩曰子無良媒
願誠素之先達兮解玉佩以要之嗟佳人之信脩羌習禮而明詩抗
瓊珶以和予兮指潛淵而為期要屈也佳人信修整習禮謂立德明詩謂善言辭古人指水為信如有如
白水之類也珶玉也徒帝切潛淵謂所居也執眷眷之款實兮懼斯靈之我欺感交甫之
棄言兮悵猶豫而狐疑神仙傳曰切仙一出遊於江濱逢鄭交甫交甫不知何人也目而挑之女遂解佩與之交

珍倣宋版印

甫行數步空懷無佩女亦不見爾雅曰猶如麂善登木此獸性多疑慮常居山中忽聞有聲則恐人來害之每預上樹久久無度復下須
臾又上如此非一故不決者稱猶焉一曰隴西俗謂犬子隨人行每預前待人不得又來迎候故言猶豫也狐之為獸其性多疑每渡冰
行且聽且渡故疑者稱狐疑收和顏而靜志兮申禮防以自持說文曰靜審也韓詩曰靜貞也於
是洛靈感焉徙倚徬徨申展也子建自防持也謝靈運山居賦注曰河靈河伯也東阿所謂洛靈神光離
合乍陰乍陽竦輕軀以鶴立若將飛而未翔陰去陽來也邊讓章華臺賦曰縱輕軀以迅赴
若離鶴之失羣言如鶴鳥之立望踐椒塗之郁烈步蘅薄而流芳椒塗蘅薄言芳香也郁烈香氣之甚
超長吟以永慕兮聲哀厲而彌長爾迺衆靈雜遝命儔嘯侶或戲清
流或翔神渚或采明珠或拾翠羽從南湘之二妃攜漢濱之游女厲急
也雜遝衆貌二妃已見上文毛詩曰漢有游女不可求思注漢上游女無求思者歎匏瓜之無匹兮詠牽牛
之獨處史記曰四星在危南匏瓜牽牛為犧牲其北織女織女天女孫也天官星占曰匏瓜一名天雞在河鼓東牽牛一名天鼓
不與織女值者陰陽不和曹植九詠注曰牽牛為夫織女為婦織女牽牛之星各處河鼓之旁七月七日乃得一會阮瑀止慾賦曰傷匏
瓜之無偶悲織女之獨勤俱有此言然無匹之義未詳其始揚輕袿之猗靡兮翳脩袖以延佇體
迅飛鳧飄忽若神陵波微步羅襪生塵陵波而襪生塵言神人異也洛靈卽神而言若者夫神萬

靈之總稱言若所以類彼非謂此爲非神也淮南子曰聖足行於水無跡也衆生行於霜有跡也說文曰韈足衣也動無常則
若危若安進止難期若往若還轉眄流精光潤玉顏神女賦曰苞溫潤之玉顏含
辭未吐氣若幽蘭神女賦曰吐芬芳其若蘭華容婀娜令我忘飡張衡七辯曰蝤蠐之領阿那宜
顧杜篤禊祝曰懷季女使不飡婀烏可切娜奴可切於是屏翳收風川后靜波王逸楚辭注曰屏翳雨師名虞
喜志林曰韋昭云屏翳雷師喜云雨師然說屏翳者雖多並無明據曹植詰洛文曰河伯典澤屏翳司風植既皆爲風師不可引他說以
非之川后河伯也已見上文馮夷鳴鼓女媧清歌馮夷女媧並已見上文騰文魚以警乘鳴
玉鑾以偕逝騰升也文魚有翅能飛故使警乘警戒也楚辭曰文魚兮上瀨又曰將騰駕兮皆逝玉鑾已見上文六龍
儼其齊首載雲車之容裔春秋命歷序曰有神人右耳蒼色大肩駕六龍出輔號曰神農儼矜莊貌春秋命歷
序曰人皇乘雲車出谷口博物志曰漢武帝好道西王母七月七日漏七刻王母乘紫雲車來鯨鯢踊而夾轂水禽
翔而爲衛於是越北沚過南岡紆素領迴清陽北海魚非洛川所有然神仙之川亦有爾
雅曰水中渚曰沚孔安國尚書注曰山脊曰岡毛詩曰領如蝤蠐又曰有美一人清陽婉兮動朱脣以徐言陳交
接之大綱恨人神之道殊兮怨盛年之莫當抗羅袂以掩涕兮淚流
襟之浪浪盛年謂少壯之時不能得當君王之意此言微感甄后之情楚辭曰攬茹蕙以掩涕兮沾予襟之浪浪淚下貌悼

珍倣宋版印

良會之永絕兮哀一逝而異鄉無微情以効愛兮獻江南之明璫良會夫婦之道鄉猶方也淮南子曰禮豐不足以効愛服虔通俗文曰耳珠曰璫雖潛處於太陰長寄心於君王太陰衆神之所居忽不悟其所舍悵神宵而蔽光漢書音義孟康曰宵化也於是背下陵高足往神留遺情想像顧望懷愁楚辭曰思舊故而想像傅毅七激曰無物可樂顧望懷愁冀靈體之復形御輕舟而上遡浮長川而忘反思緜緜而增慕夜耿耿而不寐霑繁霜而至曙遡逆流向上也緜緜密意也毛詩曰耿耿不寐又曰正月繁霜命僕夫而就駕吾將歸乎東路攬騑轡以抗策悵盤桓而不能去說文曰騑驂駕也毛萇詩傳曰騑騑行不止之貌廣雅曰盤桓不進也

詩甲

補亡詩六首四言并序補亡詩序曰晳與同業疇人肄修鄉飲之禮然所詠之詩或有義無辭音樂取節闕而不備於是遙想既往存思在昔補著其文以綴舊制

束廣微王隱晉書曰束晳字廣微平陽陽干人也父惠馮翊太守兄璆與晳齊名嘗覽古詩惜其不補故作詩以補之賈謐請爲著作郎

南陔孝子相戒以養也毛詩序曰有其義而亡其辭子夏序曰南陔廢則孝友缺矣聲類曰陔隴也循彼南陔言采其蘭采蘭以自芬香也循陔以采香草者將以供養其父母喻人求珍異以歸眷戀庭闈心不遑安庭闈親之所居眷戀思慕也言我思歸供養心不暇安彼居之子罔或游盤居謂未仕者言在家之子無有縱樂須供養此相戒之辭也尚書曰乃盤游無度馨爾夕膳潔爾晨飡馨芬香也潔鮮靜也教其朝晚供養之方循彼南陔厥草油油草油油而從風喻己亦當柔色以承親史記微子之歌曰麥秀之漸漸禾黍之油油鄭玄禮記注曰油然物始生好貌彼居之子色思其柔言承望父母顏色須其柔順也論語子夏問孝子曰色難色難謂承順父母顏色乃爲難也眷戀庭闈心不遑留馨爾夕膳潔爾晨羞羞有滋味者有獺有獺在河之涘禮記曰孟春之月魚上冰獺祭魚獺將食之先以祭又曰獺祭魚然後虞人入澤梁此喻孝子循陔如求珍異歸養其親也淩波赴汨噬魴捕鯉字林曰汨深水也于筆切廣雅曰噬齧也爾雅曰魴魾也郭璞曰今呼魴魚爲鯿嗷嗷林烏受哺于子小雅曰純黑而反哺者烏也毛詩曰相彼反哺尚在翔禽養隆敬薄惟禽之似孟子曰食而不愛豕畜之愛而不敬獸畜之劉熙曰愛而不敬若人畜禽獸但愛而不能敬也言烏亦能報恩但不知禮敬耳今人雖有供養而無禮敬禽獸何異乎勗增爾虔以介丕祉鄭玄毛詩箋云介助也毛萇詩傳曰祉福也

白華孝子之絜白也言孝子養父母常自絜如白華之無點汙也子夏序曰白華廢則廉恥缺矣白華朱

萼被于幽薄毛詩曰鄂不韡韡鄭玄曰承華者鄂也纂要曰草叢生曰薄此喻兄弟比於華萼在林薄之中若孝子之在衆

雜方於華萼自然鮮絜粲粲門子如磨如錯毛詩曰粲粲衣服周禮曰正室謂之門子鄭玄曰正室適子將代父

當門者毛詩曰如切如瑳如琢如磨石曰磨爾雅曰謂之剒終晨三省匪惰其恪論語曾子曰吾曰三省吾身為

人謀而不忠乎與朋友交而不信乎傳不習乎陳思王魏德論曰位冠萬國不惰厥恪白華絳趺在陵之阪鄭玄

毛詩箋曰跗鄂足也跗與趺同阪山足也菁菁士子涅而不渝菁菁鮮明貌論語子曰不曰白乎涅而不緇渝變也

竭誠盡敬亹亹忘劬毛萇詩傳曰亹亹勉勉也亡匪切白華玄足在丘之曲堂堂處

子無營無欲論語曾子曰堂堂乎張也處子處士也已見鸚鵡賦梁鴻安丘嚴平頌曰無營無欲澹爾淵清鮮侔晨

葩莫之點辱孝經鉤命決曰名毀行廢玷辱先人王逸楚辭注曰點汙也點與玷古字通

華黍時和歲豐宜黍稷也子夏序曰華黍廢則畜積缺矣

黮黮重雲輯輯和風黮黮雲色不明貌徒感切輯輯風聲和也毛詩曰習習谷風毛萇曰習習和舒之貌輯與習同

黍華陵巔麥秀丘中毛詩曰黍稷方華微子有麥秀之歌鄭玄曰高田宜黍稷下田宜稻麥靡田不播

九穀斯豐尚書曰播厥百穀周禮曰三農生九穀鄭玄曰九穀稷黍秫稻麻大小豆大小麥也奕奕玄霄濛濛

甘霤鄭玄毛詩箋曰弈弈光也玄黑也霄雲也毛萇詩傳曰濛濛雨貌凡水下流曰霤　黍發稠華亦挺其秀
蒼頡篇曰稠衆也廣雅曰稠穊也直留切穊居致切毛詩曰實發實秀　靡田不殖九穀斯茂無高不播
無下不殖芒芒其稼參參其穡芒芒多貌參參長貌種曰稼斂曰穡參所今切穡我王委充
我民食公羊傳曰君子之爲國也必有三年之委尚書八政一曰食　玉燭陽明顯猷翼翼爾雅曰四氣和
謂之玉燭郭璞曰道光照也廣雅曰翼翼明貌猷道也
由庚萬物得由其道也由從也庚道也言物並得從陰陽道理而生也子夏序曰由庚廢則陰陽失其道理矣
蕩蕩夷庚物則由之尚書曰王道蕩蕩毛萇詩傳曰夷常也萬物由之以生也喻王者之德羣生仰之以安也蠢
蠢庶類王亦柔之毛萇詩傳曰蠢動也國語曰夏禹能平水土以品處庶類孔安國尚書傳曰柔安也道之既
由化之既柔木以秋零草以春抽言萬物既由於道羣黎又安於化故草木遂性而零茂隨四時也
獸在于草魚躍順流言皆得其時也四時遞謝八風代扇淮南子曰四時者春生夏長秋收冬
藏八風已見上纖阿案晷星變其躔淮南子曰纖阿月御也顏延年纂要曰景曰晷呂氏春秋曰月躔二十八宿漢
書曰日月初躔星之紀音義曰躔舍也　五是不逆六氣無易尚書云曰雨曰暘曰燠曰風曰時五是來備各以其
序庶草蕃廡左氏傳秦醫和謂晉侯曰天有六氣陰陽風雨晦明易改也謂不改其常行也　愔愔我王紹文之跡

左氏傳右尹華曰祈昭之愔愔杜預曰愔愔安和貌我王成王也此詩成王時也文周文王也言能繼文王之跡也

崇丘萬物得極其高大也崇丘高丘也言萬物生長於高丘皆遂其性得極其高大也子夏序曰崇丘廢則萬物不遂其性矣瞻彼崇丘其林藹藹植物斯高動類斯大藹藹茂盛貌周禮曰山林植物鄭玄曰物根生之屬周風既洽王猷允泰周周室也毛詩曰王猷允塞猶猷古字通漫漫方輿回回洪覆淮南子曰以天爲蓋以地爲輿曾子曰天道曰員地道曰方何類不繁何生不茂物極其性人永其壽易乾鑿度曰統者在上方物常在五位應時羣物遂性漢書公孫弘對策曰故形和則無疾無疾則不夭恢恢大圓芒芒九壤老子曰天網恢恢九壤九州也左氏傳曰芒芒九土資生仰化于何不養資取也言取生者皆仰德而化也易曰至哉坤元萬物資生言物盡其性咸生長也人無道夭物極則長老子曰終天年而不中道夭者是智之盛也年未三十而死曰夭言無夭折之道也易曰小人道消君子道長言物極則歸長也

由儀萬物之生各得其儀也言萬物之生各由其道得其所儀也毛萇詩傳曰儀宜也蒼頡篇曰宜得所也子夏序曰由儀廢則萬物失其道理矣

肅肅君子由儀率性爾雅曰肅肅敬也郭璞曰容儀謹敬也禮記曰率性之謂道明明后辟仁以爲政爾雅曰明明察也郭璞曰聰明鑒察也爾雅曰后辟君也魚游清沼鳥萃平林毛詩曰依彼平林有集維

翻濯鱗鼓翼振振其音賓寫爾誠主竭其心賓謂羣臣也時之和矣何思何脩時既和平矣何所思慮何所修治易曰天下何思何慮王弼曰一以貫之不慮而盡也莊子老聃曰至人之於德也若天之自高地之自厚夫何修之爲文化內輯武功外悠輯和也言以文化輯和於內用武德加於外遠也悠遠也

述德

述祖德詩二首五言陳郡謝錄曰玄字幼度領徐州牧苻堅傾國大出玄爲前鋒射傷苻堅臨陣殺苻融封康樂公靈運述祖德詩序曰太元中王父龕定淮南負荷世業尊主隆人逮賢相徂謝君子道消拂衣蕃岳考卜東山事同樂生之時志期范蠡之擧

謝靈運沈約宋書曰謝靈運陳郡人也博覽羣書文章之美江左莫逮初辟琅邪王大司馬行參軍後爲臨川郡守爲有司所糾徙付廣州遂令趙欽等要合鄉里健兒於三江口篡取謝要不及有司奏依法收罰詔於廣州行棄市刑

達人貴自我高情屬天雲呂氏春秋曰陽朱貴己高誘曰輕天下而重己也天雲言高也曹植七啓曰獨馳思乎天雲之際兼抱濟物性而不纓垢氛纓繞也垢滓也氛氣也謂世事皆惡不相纓繞不雜塵霧嵇康書曰子文三登令尹是君子思濟物之意也段生蕃魏國展季救魯人段生干木也已見上展季柳下惠也劉向

列女傳曰柳下惠妻誄之曰蒙恥救人德彌大兮遂謚曰惠弦高犒晉師仲連卻秦軍春秋僖公二十六年
齊孝公伐魯北鄙公使展喜犒師齊侯未入境喜從之公曰魯人恐乎對曰小人則恐君子則否齊侯曰野無青草室如懸磬何恃而不
恐對曰恃先王之命昔周公太公股肱周室夾輔成王成王賜之盟曰世世子孫不相侵害齊侯乃還公使展喜犒師使受命於展禽呂
氏春秋曰秦將與師伐鄭賈人弦高遇之曰此必襲鄭乃矯鄭伯之命以勞之曰寡君使臣犒勞以璧膳以十二牛秦三帥對曰寡君使
丙也術也視也於邊候晤之道也迷惑陷入大國之地再拜受之高誘曰晤國名也音晉今爲晉字之誤也漢書音義服虔曰以飾枯槁
故饋之猶食勞苦謂之勞也廣雅曰犒勞也史記曰魯仲連齊人也趙孝成王時秦使白起圍趙魏王使將軍新垣衍說趙尊秦昭王爲
帝仲連責而歸之新垣衍起再拜請出秦將聞之爲卻十五里臨組乍不緤對珪寧肯分史記曰平原君欲封
魯連連不肯受左太沖詠史詩曰臨組不肯緤對珪不肯分說文曰組綬屬也王逸楚辭注曰緤繫也據仲連文雖不見分珪之事古者
封爵皆隨其爵之輕重而賜之珪璧執以爲瑞信今仲連不受齊趙之封爵明其不肯分珪也惠物辭所賞勵志故
絕人恩惠及物而不受賞賜言勉其志不與衆同故言絕人也孔安國尚書傳曰勵勉也茗茗歷千載遙遙播
清塵清塵竟誰嗣明哲時經綸明哲謂祖玄也清塵已見懷舊賦經綸見南都賦委講綴道
論改服康世屯漢書曰太史公書道論於黃子左氏傳齊侯謂韓厥曰服改矣杜預曰朝戎異服周易曰屯難也屯
難既云康尊主隆斯民莊子曰語大功立大名此朝廷之士尊主强國之人也魏志詔曰翻然改節以隆斯民

中原昔喪亂喪亂豈解已晉中興書曰中原亂中宗初鎮江東中原謂洛陽也晉懷愍帝時有石勒劉聰等賊破洛陽懷帝沒於平陽崩騰永嘉末逼迫太元始王隱晉書曰懷帝即位年號永嘉孝武即位年號太元河外無反正江介有蹶圮河外西晉也公羊傳曰撥亂反正莫近於春秋江介東晉也左氏傳曰以敝邑褊小介於大國杜預曰介閒也毛詩曰今也蹙國百里爾雅曰圮敗覆也萬邦咸震懾橫流賴君子懾懼也謝靈運山居賦自注曰余祖車騎建大功淮肥左右得免橫流之禍孟子曰洪水橫流氾濫於天下拯溺由道情龕暴資神理拯濟也溺沒也孟子曰天下溺則援之以道莊子曰夫道有情有信孔安國尚書傳曰龕勝也曹植武帝誄曰人事既關聰鏡神理秦趙欣來蘇燕魏遲文軌尚書曰徯予后后來其蘇文軌已見恨賦賢相謝世運遠圖因事止賢相即太傅也山居賦注曰太傅既薨遠圖已輟左傳欒成伯曰遠圖者忠也曹大家上疏謂兄曰上損國家累世劬勞遠圖之功高揖七州外拂衣五湖裏山居賦注曰便求解駕東歸以避君側之亂舜分天下為十二州時晉有七故云七州也張勃吳錄曰五湖者太湖之別名周行五百餘里隨山疏濬潭傍巖藝枌梓山居賦注曰選神麗之所申高棲之意疏開也濬深也楚人謂深水為潭藝樹也遺情捨塵物貞觀丘壑美貞正也觀視也言正見丘壑之美

勸勵勸者進善之名勵者勗己之稱

諷諫一首 四言幷序

韋孟 善曰漢書曰韋賢魯國鄒人也其先韋孟家本彭城爲楚元王傅

孟爲元王傅傅子夷王及孫王戊戊荒淫不遵道作詩諷諫曰 善曰漢書曰楚元王交字游高祖同父少弟也高祖卽位立交爲楚王薨子郢客嗣是爲夷王薨子戊嗣

肅肅我祖國自豕韋 應劭曰左氏傳曰在商爲豕韋氏杜預曰國名東郡白馬縣南有韋城 黼衣朱紱四牡龍旂 善曰應劭曰黼衣衣上畫爲斧形而白與黑爲采龍旂旗上畫龍爲之朱紱上廣一尺下廣二尺長三尺以皮爲之古者上公服之毛詩曰朱紱斯皇又曰四牡翼翼又曰龍旂承祀 彤弓斯征撫寧遐荒 言受彤弓之賜於此得專征伐善曰毛詩曰彤弓弨兮荒荒服也 總齊羣邦以翼大商迭彼大彭勳績惟光 應劭曰國語曰大彭豕韋爲商伯迭互也言豕韋與大彭互爲伯於商也 至于有周歷世會同 顏師古曰繼爲諸侯預盟會之事也善曰會同已見東京賦 王赧聽譖寔絕我邦 應劭曰王赧周末王聽讒受譖潤絕豕韋氏劉兆曰旁言曰譖善曰赧王已見西征賦 我邦既絕厥政斯逸 應劭曰自絕豕韋之後政教逸漏不由王者臣瓚曰逸放也管子曰令不行謂之放顏師古曰瓚說是也 賞罰之行非繇王室 善曰尚書曰以蕃王室繇與由古字通 庶尹羣后靡扶靡衛 顏師古曰庶尹庶官之長也羣后諸侯也善曰尚書曰庶尹允諧又曰肆覲羣后尹正也羣后天下諸侯也

五服崩離宗周以墜應劭曰五服謂甸服侯服綏服要服荒服也墜失也真魏切善曰論語子曰邦分崩離析宗周
已見西征賦我祖斯微遷于彭城顏師古曰言我先祖遂微善曰漢書曰楚國有彭城縣在予小子
勤唉厥生應劭曰小兒啼聲唉唉顏師古曰唉歎聲善曰方言曰唉歎辭也許其切阨此嫚秦耒耜斯耕
顏師古曰言遭秦暴嫚無有列位躬耕于野悠悠嫚秦上天不寧乃眷南顧授漢于京顏師
古曰高祖起在豐沛於秦爲南故曰南顧言以秦之京邑授與漢也於赫有漢四方是征顏師古曰於讀爲烏烏歎
辭也赫明貌此詩中諸歎稱於者其音皆同靡適不懷萬國攸平顏師古曰懷思也來也言漢兵所往無不歸懷
故萬國所以皆平乃命厥弟弟謂元王也元王封於楚國建侯于楚俾我小臣惟傅是輔
矜矜元王恭儉靜一善曰孔安國尚書傳曰矜矜戒慎恭敬靜守一道也惠此黎民納彼輔弼
享國漸世垂烈于後應劭曰元王立二十七年而薨垂遺業於後嗣漸世沒世也善曰漸沒也廼及夷王
克奉厥緒夷王名郢客元王子咨命不永惟王統祀善曰夷王立四年薨戊乃嗣故言不永統祀纂統宗
祀也左右陪臣斯惟皇士顏師古大雅曰皇正也善曰毛詩曰思皇多士皇士美士也如何我王不
思守保不惟履冰以繼祖考顏師古曰惟亦思也言不思念敬慎如履薄冰之義用繼祖考之業也善曰守
其富貴保其社稷履冰已見寡婦賦邦事是廢逸游是娛犬馬悠悠是放是驅顏師古曰緜與

悠同行貌犬驅驅馬也放放務此鳥獸忽此稼苗烝民以匱我王以媮善曰馳騁犬馬悠悠

然遠也媮與愉同樂也人失稼穡以致困匱而王反以為樂也所弘匪德所親匪俊唯囿是恢唯諛

是信顏師古曰恢大也諛諂言也睮睮諂夫諤諤黃髮善曰如淳曰睮睮目媚貌史記曰不如周舍之咢咢咢與

諤同睮以朱切諤諤正直貌黃髮老人髮落更生黃者如何我王曾不是察既藐下臣追欲縱

逸應劭曰藐遠也言疏遠忠賢之輔追情欲縱逸遊也臣瓚曰藐陵藐也善曰儀禮曰凡自稱於君士大夫則曰下臣嫚彼顯

祖輕此削黜善曰尚書曰昭乃顯祖

嗟嗟我王漢之睦親顏師古曰睦密也言服屬近善曰我王戊也尚書曰九族既睦曾不夙夜以休

令聞善曰尚書曰舊有令聞穆穆天子照臨下土善曰毛詩曰天子穆穆又明曰明明上天照臨下土明

明羣司執憲靡顧顏師古曰靡無也言執天子之法無所顧望讀如古協韻正遐由近殆其茲怙

善曰茲此謂此親也言欲正遠人先從近親始而王怙恃漢戚不自慎以致危殆嗟嗟我王曷不斯思匪思

匪監嗣其罔則善曰言王不思鑒鏡之義是令後嗣無所法則彌彌其逸岌岌其國應劭曰彌彌猶

稍稍也罪過滋甚岌欲毀壞之意顏師古曰岌岌危動貌五荅切又鄧展曰岋孟子曰天下殆哉岌岌乎司馬彪以為岋岋危也致冰

匪霜致墜匪嫚應劭曰易曰履霜堅冰至言非一日之寒也晉灼曰致冰無不先由微霜致墜無不先由驕慢瞻惟

我王時靡不練善曰時是也練委也言王上所言之事無不委練也於興國救顛孰違悔過善曰言欲與其邦國救其顛墜誰能違於悔過乎追思黃髮秦繆以霸顏師古曰秦繆公伐鄭爲晉所敗而歸乃作秦誓善曰尚書秦穆公曰詢茲黃髮則罔所愆歲月其徂年其逮耉顏師古曰逮及也耉者老人面色如耉者善曰徂往也言日月徂逝年將及老悔過自新理宜在速爾雅曰耉老壽也於赫君子庶顯于後顏師古曰於歎辭也昔之君子庶幾善道所以能光顯於後代也我王如何曾不斯覽顏師古覽視也叶韻音濫黃髮不近胡不時鑒顏師古曰黃髮不近者斥遠耉老之人近音其靳切善曰歎美昔之君子能庶幾自悔故光顯于後

勵志一首四言廣雅曰勵勸也此詩茂先自勸勤學

張茂先

大儀斡運天迴地游大儀太極也以生天地謂之大成形之始謂之儀鄭玄曰極中之道淳和未分之氣也斡轉也春秋元命包曰天左旋地右動河圖曰地有四游冬至地上行北而西三萬里夏至地下行南而東三萬里春秋二分是其中矣地常動不止而人不知譬如閉舟而行不覺舟之運也四氣鱗次寒暑環周禮記曰四氣之和以著萬物之理李尤辟雍賦曰攢羅鱗次差池雜遝范子曰度如環無有端周迴如循環未始有極星火既夕忽焉素秋星火火星也已見上爾雅曰秋爲白藏故云素秋涼風振落熠燿宵流其一涼風已見上毛詩傳曰熠燿燐也吉士思秋寔感物化思悲也謂鴻鴈來賓雀入大水爲蛤之類毛詩曰有女懷春吉士誘之淮南子曰春女悲秋士哀而知物化矣曰

一珍倣宋版印

與月與荏苒代謝毛詩曰日居月諸淮南子曰二者代謝而遞馳顏延年曰一寒一暑一往一復爲代去者爲謝逝
者如斯曾無日夜論語曰子在川上曰逝者如斯夫不捨晝夜嗟爾庶士胡寧自舍其二言逝
川之流不舍日夜亦當感之以勵志何得晏然自舍哉仁道不遐德輶如羽求焉斯至衆鮮克
舉論語子曰仁遠乎哉我欲仁斯仁至矣毛詩曰德輶如毛人鮮克舉大猷玄漠將抽厥緒毛詩曰秩秩大猷說
文曰玄幽遠也又曰漠寂也廣雅曰漠泊也說文曰漠無爲也言大道玄遠幽漠知之猶從小引其端緒而至於可知先民有
作貽我高矩其三毛詩曰自古在昔先民有作又匪先民是經先民周公孔子也雖有淑姿放心縱逸
田般于游居多暇日孫卿子曰其爲人也多暇日者其出入不遠也如彼梓材弗勤丹漆雖
勞朴斲終負素質其四尚書曰若作梓材既勤樸斲惟其塗丹雘養由矯矢獸號于林淮南子曰
楚恭王遊于林中有白猨緣木而矯王使左右射之騰躍避矢不能中於是使由基撫弓而眄猨乃抱木而長號何者誠在於心而精通
於蒱盧縈繳神感飛禽蒱盧舊說云即蒲且也已見西京賦汲冢書曰蒲且子見雙鳧過之其不被弋者亦下故
言感也末伎之妙動物應心研精耽道安有幽深其五物獸與禽也尚書序曰研精覃思荅
賓戲曰浮英華耽道德安心恬蕩棲志浮雲體之以質彪之以文莊子曰恬淡寂漠道德之
篤也淮南子曰使神恬蕩而不失其充荅賓戲曰仲尼抗浮雲之志說文曰彪虎文貌如彼南畝力耒既勤藨

蓺致功必有豐殷其六以農喻也左氏傳趙文子謂祁午曰譬如農夫是藨是蓘雖有饑饉必有豐年杜預曰藨耘也壅苗爲蓘

水積成淵載瀾載清土積成山歊蒸鬱冥荀卿子曰土積成山風雨興焉水積成川蛟龍生焉種善德而神明自得聖心循焉尸子曰土積成岳則楩柟豫章出焉水積成川則呑舟之魚生焉夫學之積也亦有所出也傳毅顯宗頌曰蕩蕩川瀆既瀾且清張揖字詁曰歊氣上出貌

山不讓塵川不辭盈管子曰海不辭水故能成其大山不辭土故能成其高士不猒學故能成其聖

勉爾含弘以隆德聲其七周易曰含弘光大蔡邕袁喬碑曰于茲德聲發聞遐邇

高以下基洪由纖起老子曰高必以下爲基又曰合抱之木生於毫末

川廣自源成人在始禮記曰王者之祭川也皆先河而後海或源也或委也鄭玄曰始於一勺卒成不測論衡曰自源發流安得不廣國語晉趙武冠見韓獻子獻子曰戒之此謂成人成人在始與善敬之哉

累微以著乃物之理孫卿子曰盡小者大積微者著

纆牽之長實累千里其八凡言物之大必資於小故此言若輕於小亦累於大戰國策段干越謂韓相新城君曰昔王良弟子駕千里之馬過京父之弟子京父之弟子曰馬千里之馬也服千里之服也而不能取千里何也曰子纆牽長故纆牽於事萬分之一也而難千里之行今臣雖不肖於秦亦萬分之一也而相國見臣不懌者是纆牽長也千里之馬繫以長索則爲累矣人雖有容貌不修德如千里馬也

復禮終朝天下歸仁論語顏淵問仁子曰克己復禮爲仁一日克己復禮天下歸仁焉孔安國曰復及也身能及禮則爲仁也馬融曰一日猶見歸況於終身

若金受礪若泥在鈞大戴禮曰君子學不

可以已矣是故金就礪則利在鈞已見西征賦進德脩業暉光日新謂陶家泥輪以能成器也老子曰埏埴以爲器

易曰君子進德修業欲及時也又曰陽朋仰慕子亦何人其九莊子君子之光暉吉又曰日新之謂盛德陽朋仰慕子亦何人曰管仲有病桓公往問之仲父之病病矣寡人惡乎屬國而可對曰陽朋可其爲人也愧不若黃帝而哀不己若者朋慕管之德華言陽朋猶慕德我是何人而不慕乎

文選卷第十九

賜進士出身通奉大夫江南蘇松常鎮太等處承宣布政使司布政使胡克家重校刊

文選卷第二十

梁昭明太子撰

文林郎守太子右內率府錄事參軍事崇賢館直學士臣李善注上

獻詩

曹子建上責躬詩一首四言幷表

應詔詩一首四言

潘安仁關中詩一首四言

公讌

曹子建公讌詩一首五言

王仲宣公讌詩一首五言

劉公幹公讌詩一首五言

應德璉侍五官中郎將建章臺集詩一首五言

陸士衡皇太子讌玄圃宣猷堂有令賦詩一首四言

謝宣遠王撫軍庾西陽集別作詩一首五言

謝靈運鄰里相送方山詩一首五言

謝玄暉新亭渚別范零陵詩一首五言

沈休文別范安成詩一首五言

獻詩

上責躬應詔詩表 魏志曰黃初四年植朝京都上疏并獻詩二首 曹子建

臣植言臣自抱釁歸藩 植集曰植抱罪徙居京師後歸本國而魏志不載蓋魏志略也杜預左氏傳注曰釁瑕隙也賈逵國語注曰釁兆也謂罪萌兆也 刻肌刻骨 孝經鉤命決曰削肌刻骨挈挈勤思 追思罪戾晝分而食夜分而寢 爾雅曰戾罪也韓子曰衛靈公至濮水夜分聞有鼓琴者 誠以天網不可重罹聖恩難可再恃 老子曰天網恢恢洞簫賦曰蒙聖主之渥恩 竊感相鼠之篇無禮遄 市專 死之義 感猶思也毛詩曰相鼠有體人而無禮人而無禮胡不遄死爾雅曰遄速也 形影相弔五情愧赧 奴簡文子曰昔者中切黃子曰色有五章人有五情說文曰赧面慙也 以罪棄生則違古賢夕改之勸 曾子曰君子朝有過夕改則與之夕有過朝改則與之 忍垢苟全則犯詩人胡顏之譏 卽上胡不遄死之義也孔安國

尚書傳曰胡何也毛詩謂何顏而不速死也殷仲文表曰亦胡顏之厚義出於此伏惟陛下應劭曰陛升堂之階王者必有

執兵陳於階陛之側臣與至尊言不敢指斥故呼在陛者而告之因卑以達尊之意也若稱殿下閤下侍者執事皆此類也德象

天地恩隆父母漢書曰孝文皇帝德厚侔天地尚書曰天子作民父母施暢春風澤如時雨漢書

音義曰暢通也蘇順陳公誄曰化侔春風澤配甘雨風賦曰不擇貴賤高下而加焉呂氏春秋曰甘露時雨不私一物是以不

別荆棘者慶雲之惠也史記曰若煙非煙若雲非雲郁郁紛紛蕭索輪囷是謂慶雲七子均養者

鳲鳩之仁也毛詩曰鳲鳩在桑其子七兮毛萇曰鳲鳩之養其子旦從上下暮從下上其均平如一舍罪責功

者明君之舉也矜愚愛能者慈父之恩也孔安國尚書傳曰矜憐也論衡曰父母之於子恩等

豈爲貴賢加意賤愚不察乎是以愚臣徘徊於恩澤而不敢自棄者也左氏傳士貞伯曰鄭

伯其死乎自棄也已前奉詔書臣等絕朝心離志絕自分黃耇永無執珪之望

分謂甘愜也毛詩序曰尊事黃耇珪者古之諸侯所執周禮曰上公之禮執桓圭諸侯之禮執信圭史記陳軫曰越人莊舄仕楚執珪

不圖聖詔猥垂齒召猥猶曲也尚書曰降霍叔于庶人三年不齒孔安國曰三年之後乃齒錄之至止之

日馳心輦轂毛詩曰至止肅肅胡廣漢官解詁注曰轂下喻在輦轂之下京城之中僻處西館未奉闕

庭東京賦曰闕庭神麗踊躍之懷瞻望反側毛詩曰踊躍用兵又曰瞻望不及又曰展轉反側不勝犬

珍倣宋版印

馬戀主之情 史記丞相青翟曰臣不勝犬馬之心 謹拜表幷獻詩二篇詞旨淺末不足采覽貴露下情冒顏以聞臣植誠惶誠恐頓首頓首死罪死罪 漢書音義張晏曰人臣上書當昧犯死罪而言也

責躬詩一首 四言

於穆顯考時惟武皇 毛詩曰於穆清廟禮記曰王立七廟曰顯考廟毛詩曰時惟鷹揚武皇謂曹操也 受命于天寧濟四方 毛詩序曰文王受命作周也鄭玄曰受天命而王天下也傅毅明帝頌表曰體天統物寧濟蒸民 朱旗所拂九土披攘 李陵與蘇武書曰雷鼓動天朱旗翳日登徒子好色賦曰周覽九土漢火德操爲漢臣故建朱旗也時獻帝在故 玄化滂流荒服來王 廣雅曰玄道也謂道德之化也蔡邕陳留太守頌曰玄化洽矣尚書曰四夷來王 超商越周與唐比蹤 商周用師故云超越唐虞禪讓故云比蹤 篤生我皇奕世載聰 我皇文帝也毛詩曰篤生武王國語祭公謀父曰奕世載德 武則肅烈文則時雍 毛詩曰相土烈烈毛萇曰相土契孫也鄭玄曰威武之盛烈烈然也尚書曰黎民於變時雍孔安國曰雍和也 受禪于漢君臨萬邦 魏受漢禪已見魏都賦尚書曰君臨周邦又曰協和萬邦 萬邦既化率由舊則 毛詩曰不愆不忘率由舊章鄭玄曰率循也 廣命懿親以藩王國 爾雅曰命告也尊君令謂之命左氏傳富辰諫王曰昔周公封建親戚以藩屏周不廢懿親毛詩曰生此

珍倣宋版印

王國帝曰爾侯君茲青土魏志曰建安十九年植封臨淄侯臨淄屬齊郡舊青州之境尚書帝曰爾諧漢書封齊王
曰受茲青土奄有海濱方周于魯毛詩曰奄有龜蒙毛萇曰奄大也尚書曰青州海濱廣斥孔安國曰濱涯也論
語注曰方比方也毛詩曰建爾元子俾侯于魯車服有輝旗章有叙尚書曰車服以庸國語曰爲車服旗章以旌之
毛詩曰庭燎有輝禮記曰以爲旗章以別貴賤鄭玄曰章幟也應劭漢官典職楊喬曰威儀有序濟濟儁乂我弼我
輔毛詩曰濟濟多士尚書曰儁乂在官尚書大傳曰天子有四鄰左輔右弼伊余小子恃寵驕盈毛詩曰閔予小
子班固漢書景十三王述曰膠東不亮常山驕盈舉挂時網動亂國經家語孔子曰治天下國家有九經其所以
行者一也作蕃作屏先軌是隳孔安國尚書傳曰隳廢也傲我皇使犯我朝儀魏志曰黃初二
年植就國使者灌均希旨奏植醉酒勃逆劫脅使者有司請治罪帝以太后故貶爵安鄉侯國有典刑我削我黜
植集曰博士等議可削爵土免爲庶人尚書曰象以典刑韋孟諷諫詩曰輕此削黜將寘于理元兇是率魏志曰有
司請罰植罪廣雅曰將欲也周易曰寘于叢棘毛萇詩傳曰寘致也司馬遷書曰遂下于理鄭玄禮記注曰理治獄之官儀禮曰率導也
明明天子時惟篤類魏志詔云植朕之同母弟骨肉之親舍而不殊其改封植毛詩曰明明天子令問不已又曰孝
子不匱永錫爾類鄭玄曰長以與汝之族類也不忍我刑暴之朝肆殺人陳其尸曰肆論語子服景伯曰吾力猶能
肆諸市朝杜預左氏傳注曰肆市列也違彼執憲哀予小臣韋孟諷諫詩曰明明羣司執憲靡顧揚雄交州箴曰

牧臣司交敢告執憲儀禮曰小臣正辭改封兗邑于河之濱魏志曰帝以太后故貶爵安鄉侯又曰黃初二年改封鄄城屬東郡舊兗州之境尚書曰濟河惟兗州植表曰行至延津受安鄉印綬股肱弗置有君無臣尚書大傳曰股肱惟臣荒淫之闕誰弼予身韋孟諷諫詩序曰王戊荒淫不遵道作諷諫詩煢煢僕夫于彼冀方植集曰詔云知到延津遂復來求出獵表曰臣自招罪釁徙居京師待罪南宮然植雖封安鄉侯猶住冀州也時魏都鄴鄴冀州之境也一云時魏以雒為京師比堯之冀方也大戴禮曰驪駒在門僕夫具存毛萇詩傳曰于往也尚書五子之歌曰惟彼陶唐有此冀方嗟余小子乃罹斯殃赫赫天子恩不遺物謂至京師蒙恩得還也植求習業表曰雖免大誅得歸本國毛詩曰赫赫在上周易曰曲成萬物而不遺冠我玄冕要我朱紱周禮曰王之五冕皆玄冕朱裏毛詩曰朱芾斯皇芾與紱同禮記曰諸侯佩山玄玉而朱組綬蒼頡篇曰紱綬也魏志曰朱紱光大光光大使我榮我華楊雄侍中箴曰光光常伯儵儵貂璫文子曰有榮華必有愁悴剖符受土王爵是加魏志曰黃初三年立為鄄城王四年封雍丘王喻巴蜀檄曰剖符而封析珪而爵仰齒金璽俯執聖策左氏傳羽父曰寡人若朝于薛不敢與諸任齒杜預曰齒列也漢書曰諸侯王皆金璽史記曰高祖封三王皆以策書皇恩過隆祗承怵惕西京賦曰皇恩溥尚書曰祗承于帝又曰怵惕惟厲咨我小子頑凶是嬰說文曰嬰繞也逝慙陵墓存愧闕庭匪敢傲德寔恩是恃威靈改加足以沒齒班固漢書述曰震我威靈五世來服四子講德論曰

聖德隆盛威靈外覆論語子曰管仲奪伯氏駢邑三百沒齒無怨言孔安國曰齒年也昊天罔極生命不圖言生之夭壽不可預謀也毛詩曰欲報之德昊天罔極家語孔子曰分於道謂之命毛詩傳曰不慮不圖嘗懼顛沛抱罪黃壚論語曰顛沛必於是馬融曰顛沛僵仆也淮南子曰上際九天下契黃壚高誘曰泉下有壚山願蒙矢石建旗東嶽左氏傳曰荀偃親受矢石東嶽鎮吳之境子建詩曰我心常怫鬱思欲赴太山與此義同庶立毫氂微功自贖漢書音義曰十毫爲氂班超上疏曰冀立微功以自陳効危軀授命知足免戾論語子曰見危授命亦可以爲成人矣左氏傳太史克曰庶幾免於戾乎甘赴江湘奮戈吳越天啓其衷得會京畿左氏傳呂相曰天誘其衷杜預曰衷中也遲奉聖顏如渴如飢遲猶思也張奐與許季師書曰不面之闊悠悠曠久飢渴之念豈當有忘毛詩曰憂心烈烈載飢載渴心之云慕愴矣其悲天高聽卑皇肯照微史記子韋謂宋景公曰天高聽卑爾雅曰皇君也又曰肯可也班固說東平王蒼曰願隆照微之明信日昊之聽

應詔詩一首 四言

肅承明詔應會皇都爾雅曰肅敬也東都賦曰下明詔又曰春王三朝會同漢京會朝會也星陳夙駕秣馬脂車毛詩曰星言夙駕又曰言秣其馬又曰既脂爾車命彼掌徒肅我征旅鄭玄禮記注曰肅戒也朝發鸞臺夕宿蘭渚鸞臺蘭渚以美言之漢宮闕名曰長安有鸑鷟殿公孫乘月賦曰鵾雞舞於蘭渚芒

一 珍倣宋版印

芒原隰祁祁士女毛詩曰宅殷土芒芒又曰采蘩祁祁經彼公田樂我稷黍毛詩曰雨我公田又
曰我黍與與我稷翼翼爰有樛木重陰匪息毛詩曰爰有寒泉又曰南有樛木又曰南有喬木不可休息雖
有餱糧飢不遑食毛詩曰乃裹餱糧毛萇曰餱糧食也音侯吳越記采葛婦人詩曰飢不遑食四體疲望城不
過面邑不遊鄭玄周禮注曰面猶向也僕夫警策平路是由舞賦曰僕夫正策鄭玄周禮注曰警勑戒
之玄駟藹藹揚鑣漂沫廣雅曰藹藹盛也舞賦曰龍驤橫舉揚鑣飛沫流風翼衡輕雲承蓋
甘泉賦曰風傱傱而扶轄楚辭曰雲霏霏而承宇涉澗之濱緣山之隈孔安國尚書傳曰濱涯也說文曰隈曲也
遵彼河滸黃坂是階毛詩曰在河之滸毛萇曰水崖曰滸爾雅曰階因也西濟關谷或降或升
陸機洛陽記曰洛陽有西關南伊闕谷卽大谷也騑驂倦路再寢再興韓詩曰兩驂鴈行薛君曰兩驂左右騑驂
毛詩曰言念君子再寢再興將朝聖皇匪敢晏寧弭節長騖指日遄征楚辭曰吾令羲和弭
節兮司馬彪上林賦注曰弭節安志也蔡琰詩曰遄征日遐邁毛萇詩傳曰遄疾也前驅舉燧後乘抗旌毛詩曰伯
也執殳爲王前驅西京賦曰升觴舉燧薛綜曰燧火也漢書終軍曰縣騎抗旌昆邪右衽周禮曰析羽爲旌輪不輟運鑾
無廢聲毛詩曰鑾聲鏘鏘鄭玄周禮注曰鑾在衡以金爲鈴爰暨帝室稅此西墉毛詩曰召伯所稅毛萇曰
稅猶舍也又曰墉城也嘉詔未賜朝覲莫從毛萇詩傳曰覲見也仰瞻城闕俯惟闕庭說文

曰闥門楣也長懷永慕憂心如酲楚辭曰情慨而長懷毛詩曰憂心如酲誰秉國成

關中詩一首四言岳上詩表曰詔臣作關中詩輒奉詔竭愚作詩一篇案漢記孝明時護羌校尉竇林上降羌顛岸以為羌豪岸兄顛吾復降問事狀林對前後兩屈坐誣調下獄死齊萬年編戶隸屬為日久矣而死生異辭必有詭謬故引證喻以懲不恪

潘安仁

於皇時晉受命既固毛詩曰於皇時周又曰天立厥配受命既固鄭玄曰受命受天命以王天下也三祖在天聖皇紹祚臧榮緒晉書曰宣帝追號曰高祖文帝號曰太祖武帝號曰世祖聖皇惠帝也毛詩曰三后在天王配于京爾雅曰紹繼也德博化光刑簡枉錯周易曰善世而不伐德博而化又曰後得主而有常含萬物而化光尚書曰五辭簡孚正于五刑潛夫論曰簡刑薄威此德之上論語曰舉直錯諸枉微火不戒延我寶庫其一王隱晉書曰惠帝元康五年十月武庫災焚累代之寶蠢爾戎狄狡焉思肆毛詩曰蠢爾蠻荊傅暢諸公讚曰北地盧水胡馬蘭羌因此為亂推齊萬年為主左氏傳申公巫臣曰夫狡焉思啓其封疆賈逵國語注曰肆恣也謂思恣凶逆也虞我國眚窺我利器左氏傳莒子曰孰以我為虞杜預曰虞度也孔安國尚書傳曰眚過也老子曰國之利器不可以示人國語曰利其器用韋昭曰器兵甲岳牧慮殊威懷理二尚書曰內有百揆四岳外有州牧侯伯左氏傳魏絳曰戎狄事晉諸侯威懷又曰晉郤缺言於趙宣子曰叛而不討何以示威服而不柔何以示懷非威非懷何以示德無德何以主盟將無專策兵不

素肆以寘切其二賈逵國語注曰素預也又曰肆習也翹翹趙王請徒三萬朝議惟疑未逞
斯願傳暢晉諸公讚曰司馬倫字子彝咸熙中封趙王進征西假節都督雍梁晉諸軍事倫誅羌大酋數十人胡遂反朝議召倫還
朱鳳晉書曰宣帝桓夫人生趙王倫位至相國倫請三萬人往平齊萬年朝議不許司馬相如美人賦曰恒翹翹而西顧賈逵國語注曰
逞快也桓桓梁征高牙乃建干寶晉紀曰梁王彤為征西大將軍西討氏尚書曰勗哉夫子尚桓桓牙牙旗也兵
書曰牙旗將軍之旗旗蓋相望偏師作援其三漢書曰冠蓋相望左氏傳韓獻子曰以偏師陷罪孰大焉又曰要結
大援援助也虎視眈眈威彼好時干寶晉紀曰彤為大都督督關中諸軍屯好時易曰虎視眈眈其欲逐逐素
甲日曜玄幕雲起楚漢春秋趙中大夫曰臣聞越王句踐素甲三千曹植辨問曰赫然而日曜之漢書五行志曰雲起
於山中誰其繼之夏侯卿士王隱晉書曰齊萬年帥羌胡圍涇陽遣安西將軍夏侯駿西討氏羌左氏傳曰子產
為政輿人誦之子產若死誰其嗣之又曰楚伐吳子魚先死楚師繼之毛詩曰皇甫卿士惟系惟處列營碁跱其四
王隱晉書曰解系字少連濟南人為雍州刺史又曰周處字子隱吳興人朝廷以處忠烈欲遣討氏乃拜建威將軍謝承後漢書曰西夷
蠢動姦雄碁跱夫豈無謀戎士承平漢書師丹曰今累世承平守有完郛戰無全兵孫子兵法
曰凡用師以全兵為上鋒交卒奔孰免孟明杜篤衆瑞頌曰猛將與虜交鋒左氏傳曰楚師車馳卒奔又曰子墨
衰絰敗秦師于殽獲百里孟明視西乞術白乙丙以歸飛檄秦郊告敗上京其五王隱晉書曰周處解系與賊戰

於六陌軍敗漢書高祖曰吾以羽檄徵天下兵應劭曰以雞毛系檄魏武奏事云邊有警輒露插羽以檄急之意也左氏傳曰王師敗績
于茅戎又曰王人來告敗邊讓章華臺賦曰聲肅恭乎上京周殉師令身膏氏斧周處別傳曰氏賊齊萬年爲亂
處仰天嘆曰古者將受命鑿凶門以出蓋有進無退我爲大臣以身殉國不亦可乎遂戰死臧榮緒晉書曰氏西戎別名人之云
亡貞節克舉毛詩曰人之云亡邦國殄瘁楚辭曰原生受命于貞節盧播違命投畀朔土孫盛晉陽
秋曰振威盧播伐萬年王隱晉書曰盧播詐論功免爲庶人徙北平廣雅曰違背也毛詩曰投畀有北爾雅曰朔北方也爲法受
惡誰謂荼苦其六左氏傳孔子曰趙宣子爲法受惡毛詩曰誰謂荼苦其甘如薺哀此黎元無罪無辜
孝經鉤命決曰天有顧眄之義受圖于黎元孔安國尚書傳曰黎衆也高誘戰國策注曰元元善也毛詩曰無罪無辜讒口嗸嗸肝
腦塗地白骨交衢檄蜀文曰肝腦塗中原漢書曰一敗塗地古出夏北門行曰白骨不覆疫癘淫行魏許昌碑表曰白
骨既交橫於曠野夫行妻寡父出子孤鄭玄孝經注曰五十無夫曰寡禮記曰少而無父謂之孤俾我晉
民化爲狄俘芳于其七詩曰覆俾我悖賈逵切國語注曰伐國取人曰俘亂離斯瘼日月其稔言亂
離之道於此將散論其日月爲惡又孰言必亡也韓詩曰亂離斯莫爰其適歸薛君曰莫散也毛詩曰亂離瘼矣毛萇曰瘼病也今此既
引韓詩宜爲莫字左氏傳曰周毛得殺毛伯過萇弘曰毛得必亡是昆吾稔之日也杜預曰稔孰也天子是矜旰旦古食
晏寢孔安國尚書傳曰矜憐也左氏傳伍奢曰楚君大夫其旰食乎杜預曰旰晏也主憂臣勞孰不祗懔史記

珍倣宋版印

范雎曰臣聞主憂臣辱主辱臣死周書曰君憂臣勞主辱臣死孔安國尚書傳曰懔危也愧無獻納尸素以甚其八
兩都賦序曰朝夕獻納薛君韓詩章句曰何謂素飧素飧者質人但有質朴而無治民之材名曰素飧尸祿者頗有所知善惡不言默然
不語苟欲得祿而已譬若尸焉皇赫斯怒爰整精銳毛詩曰王赫斯怒爰整其旅戰國策季良謂魏王曰恃兵之精
銳而欲攻邯鄲也命彼上谷指日遄逝王隱晉書曰孟觀字叔時稍遷至積弩將軍封上谷郡公及關中氐反諸
將敗退乃遣觀也曹植應詔詩曰指日遄征親奉成規稜威遐厲孫資別傳曰成規之畫資皆管之漢書武帝與
李廣書曰威稜憺乎鄰國王逸楚辭注曰厲烈也廣雅曰厲惡也首陷中亭揚聲萬計其九孫盛晉陽秋曰孟觀
爲建威將軍擊氐羌於中亭大破之陷猶敗也萬計謂所誅之數羽獵賦曰仗鏌邪而羅者以萬計兵固詭道先聲後
實言觀揚聲合於詭道也司馬兵法曰兵者詭道故能而示之不能漢書廣武君謂韓信曰兵固有先聲後實聞之有司
以萬爲一言有司疑觀之詐故觀言誅萬有司以之爲一紂之不善我未之必以紂喻觀也言觀雖妄聲
而同紂之不善我未以爲必然疑有司抑之太甚也論語子貢曰紂之不善不如是之甚也虛皛胡皎湳奴感德謬彰
甲吉其十說文曰皛顯也蒼頡篇曰皛明也孔安國尚書傳曰彰明也湳甲二羌號也德吉其名也言觀虛明誅二羌之功此觀之
過也虛皛繆彰其義一耳但交相避東觀漢記曰金城隴西卑湳勒姐種羌反出塞外說文曰湳水出西河美稷縣故羌人因水爲姓漢
沖帝時羌湳孤奴歸化是其先也左氏傳曰晉人滅赤狄甲氏杜預注曰甲氏赤狄別種雍門不啓陳汧危逼漢書

右扶風有雍縣陳倉縣汧縣左氏傳曰申息之北門不啓觀遂虎奮感恩輸力王隱晉書曰孟觀身當大敵功蓋一
時左氏傳欒盈曰昔陪臣輸力於王室重圍克解危城載色晉中興書曰觀從中亭北出何憚領二萬人以繼之
雍圍解班固耿恭守疏勒城賦曰日兮月兮阨重圍毛詩曰載色載笑毛萇曰色溫潤也豈曰無過功亦不測其十
一過謂虛鼎浦德功謂重圍克解毛詩曰豈曰無衣黃石公記序曰慮若源泉深不可測情固萬端于何不有范曄
後漢書鄧禹曰變故萬端西京賦曰林麓之饒于何不有紛紜齊萬亦孔之醜謂爭萬年也王隱晉書曰初夏侯駿
上言斬氏帥齊萬年及孟觀至大戰數十生送萬年紛紜亂貌長楊賦曰紛紜沸渭毛詩曰日有食之亦孔之醜曰納其降
曰梟其首二曰皆語辭也觀曰納降駿曰梟首漢書音義曰縣首於木上曰梟疇真可掩孰僞可久其十
二言誰爲真事而可蔽掩誰行僞事而可久施乎言真僞之理立知可明觀言爲真駿言爲僞爾雅曰疇孰誰也楚辭曰孰虛僞之可長
既徵爾辭既蔽爾訟謂有司考驗之也左氏傳子犯曰盟徵其辭周禮曰司寇斷獄蔽訟則以五刑之法鄭司農曰
蔽斷其獄訟當乃明實否則證空其言當者明示以事實其理否者顯告之狀空鄭玄毛詩箋曰否不通也說文
曰證告也好爵既靡顯戮亦從言賞罰之法在乎功過當者既靡之以好爵否者亦從之以顯戮周易曰我有好爵
吾與爾靡之尚書王曰不迪有顯戮不見竇林伏尸漢邦其十二此喻駿也東觀漢記曰護羌竇林奉使羌顛岸降
詰林林欲以爲功劾奏言大豪後顛與岸兄顛吾復詰林林言其第一豪問事狀林對前後兩屈林以誣罔詣獄上不忍誅免官後涼州刺

史奏林贓罪復收繫羽林監遂死獄中周人之詩寔曰采薇北難玁狁西患昆夷毛詩序曰采薇遣戍役也文王西有昆夷之患北有玁狁之難鄭玄曰昆夷西戎也玁狁今匈奴也晉灼曰堯曰葷粥周曰玁狁秦曰匈奴舊說疏曰黃帝曰葷粥唐舜曰蠻夏殷曰鬼方周曰匈奴秦曰胡以古況今何足曜威言古弱而患今彊而勝之抑亦常理何足以曜威乎西都賦曰曜威而講武事徒慇斯民我心傷悲其十四不足曜威而為詩者為慇斯民故言之也毛詩曰王事靡監我心傷悲斯民如何荼毒于秦毛詩曰生民如何尚書曰不忍荼毒孔安國曰荼毒苦也師旅

既加饑饉是因論語子曰加之以師旅因之以饑饉疫癘淫行荆棘成榛元康七年正月周處死七月雍州疫大旱關中飢米斛萬錢詔骨肉相賣者不禁鄭玄周禮注曰癘疫氣不和之疾也古出夏北門行曰疫癘淫行老子曰師之所處荆棘生焉絳陽之粟浮于渭濱其十五謂運絳陽之粟以賑關中也漢書河東郡有絳縣酈善長水經注曰絳則絳陽也蓋在絳澮之陽左氏傳重耳曰余從狄君以田渭濱明明天子視民如傷明明已見上文左氏傳逢滑曰國之興也視民如傷申命羣司保爾封疆尚書曰申命義叔韋孟諷諫詩曰明明羣司左氏傳知罃曰而帥偏師以修封疆靡暴于眾無陵于強誡羣司也言無以眾而暴寡無以強而陵弱韓子曰其理國也使強不陵弱眾不暴寡蒼頡篇曰陵侵也惴惴寡弱如熙春陽其十六謂關中民也羣司既整寡弱免於陵暴心皆慕義如悅春陽毛詩曰惴惴其慄毛萇曰惴惴懼也寡弱已見上文爾雅曰熙興也說文曰興悅也神農本草曰春為陽陽溫生萬物惴惴或喣噓

公讌

公讌詩一首 五言

曹子建 贈荅雜詩子建在仲宣之後而此在前疑誤

公子敬愛客終宴不知疲 公子謂文帝時武帝在謂五官中郎也 清夜遊西園飛蓋相追隨明月澄清景列宿正參差 字書曰澄湛也說文曰景光也楚辭曰宜遊兮列宿 秋蘭被長坂朱華冒綠池 朱華芙蓉也毛詩傳曰冒猶覆也 潛魚躍清波好鳥鳴高枝神飆接丹轂輕輦隨風移 解嘲曰客徒欲朱丹吾轂 飄颻放志意千秋長若斯 古詩曰蕩滌放情志戰國策曰犀首爲張儀千秋之祝

公讌詩一首 五言

王仲宣

昊天降豐澤百卉挺葳蕤 爾雅曰夏爲昊天毛詩曰百卉具腓字林曰卉草摠名也楚辭曰上葳蕤以防露王逸注曰葳蕤草木初生貌 涼風撤蒸暑清雲却炎暉 孔安國論語注曰撤去也蒸熱氣也南方爲火而主夏火性炎上故謂夏日爲炎暉也 高會君子堂並坐蔭華榱 漢書曰漢王置酒高會毛詩曰既見君子並坐鼓瑟上林賦曰華榱璧璫 嘉肴充圓方旨酒盈金罍 毛詩曰嘉肴脾臄南都賦曰珍羞琅玕充溢圓方毛詩曰旨酒思柔又曰我姑酌彼金罍 管絃發徽音曲度清且悲 孔安國尚書傳曰徽美也 合坐同所樂但

愬杯行遲詶與訴同常聞詩人語不醉且無歸毛詩曰厭厭夜飲不醉無歸今日不極
懽含情欲待誰漢書曰田蚡卒飲極懽而去含情謂含其歡情而不暢也古樂府歌曰今日尚不樂當復待何時見
眷良不翅升豉守分豈能違言上見恩遇不翅過於本望己守常分豈敢違越乎言不敢也家語孔子曰愛人之謂
德教何翅惠哉不翅猶過多也論語摘衰聖承進讖曰徐行守分身亡古人有遺言君子福所綏左氏傳正
常曰夫子有遺言夫子謂魯季桓子毛詩曰樂只君子福履綏之願我賢主人與天享巍巍主人謂太祖也
論語子曰巍巍乎惟天爲大惟堯則之杜預左氏傳注曰享受也克符周公業奕世不可追史記曰周公旦
輔翼武王用事居多奕世已見上文此詩侍曹操讌

公讌詩一首五言

劉公幹魏志曰東平劉楨字公幹少有學太祖辟丞相掾屬太子嘗請諸文學酒酣命甄氏出拜坐中皆伏楨獨平視太祖聞之收楨減死輸作著文賦數十篇卒

永日行遊戲懽樂猶未央永日長日也尚書曰日永星火毛詩曰且以永日毛萇曰永引也古詩曰遊戲宛與洛蘇武詩曰懽樂殊未央遺思在玄夜相與復翺翔秦嘉贈婦詩曰遺思致款誠毛詩曰河上乎翺翔輦
車飛素蓋從者盈路傍古詩曰日出東南行觀者滿道傍月出照園中珍木鬱蒼蒼

新語曰楩梓豫章立則為衆木之珍風俗通曰太山松鬱鬱蒼蒼清川過石渠流波為魚防周禮曰以防止水鄭玄曰堰瀦畜流水之陂防瀦旁隄也芙蓉散其華菡萏溢金塘毛萇詩傳曰菡萏荷華也金塘猶金堤也靈鳥宿水裔仁獸游飛梁假美名以言之楚辭曰蛟何為兮水裔思玄賦曰亘螭龍之飛梁華館寄流波豁達來風涼生平未始聞歌之安能詳毛萇詩傳曰詳審也投翰長歎息綺麗不可忘翰筆毫也

侍五官中郎將建章臺集詩一首五言魏志曰建安十六年正月天子命公世子丕為五官中郎將

應德璉魏志曰汝南應瑒字德璉太祖辟為丞相掾屬後為五官將文學卒

朝鴈鳴雲中音響一何哀以鴈自喻也毛詩曰鴻鴈于飛哀鳴嗸嗸問子遊何鄉戢翼正徘徊毛詩曰鴛鴦在梁戢其左翼鄭玄曰戢斂也言我寒門來將就衡陽棲淮南子曰北極之山曰寒門高誘曰積寒所在故曰寒門西京賦曰南翔衡陽北棲鴈門尚書曰荊及衡陽惟荊州往春翔北土今冬客南淮管子曰夫鴻鵠春北而秋南不失時者也遠行蒙霜雪毛羽日摧頹東觀漢記曰世祖蒙犯霜雪古臨高臺辭曰我欲負之毛衣摧頹常恐傷肌骨身隕沈黃泥簡珠墮沙石何能中自諧

簡珠喻賢人也沙石喻羣小也淮南子曰周之簡珪產於垢土爾雅曰簡大也又曰諧和也欲因雲雨會濯翼陵高梯樂動聲儀曰風雨感魚龍仁義動君子范曄後漢書鄧隲上疏曰披雲雨之渥澤高梯喻尊位也賈逵國語注曰梯猶階也良遇不可值伸眉路何階漢書曰左馮翊薛宣爲書曉高陵令楊湛曰君自圖進退可復伸眉於後公子敬愛客樂飲不知疲漢書曰陳平厚具樂飲太尉和顏既以暢乃肯顧細微鄭玄禮記注曰暢充也鬼谷子曰以識細微贈詩見存慰小子非所宜孔叢子衛君謂子思曰猶步玉趾而慰存之鄭玄周禮注曰存省也毛萇詩傳曰慰猶安存之也爲且極歡情不醉其無歸不醉無歸已見上文凡百敬爾位以副飢渴懷毛詩曰凡百君子各敬爾儀孔叢子子思謂魯穆公曰君若飢渴待賢

皇太子宴玄圃宣猷堂有令賦詩一首四言王隱晉書曰愍懷太子遹字熙祖惠帝即位立爲皇太子楊佺期洛陽記曰東宮之北曰玄圃園

陸士衡

三正迭紹洪聖啓運三正夏殷周也周建子爲正月殷建丑爲正月夏建寅爲正月尚書大傳曰正色三而復者也春秋合誠圖曰赤受天運宋均曰運錄運也自昔哲王先天而順尚書曰在昔殷先哲王周易曰大人者先天而天弗違又曰湯武革命順乎天而應乎人羣辟崇替降及近古國語藍尹亹曰吾聞君子唯獨居思念前世崇替韋

珍倣宋版印

昭曰崇終也替廢也班固漢書項羽讚曰近古以來未嘗有也黃暉既渝素靈承祜魏為土德曰黃晉為金行曰素
干寶搜神記曰魏推五德之運以土承漢又程猗說石圖曰金者晉之行也建安五年初桓帝時有黃星見於楚宋之分野遼東殷馗善
天文言後五十歲當有真人起於譙沛之間其鋒不可當至此凡五十年而公破紹天下莫敵矣晉世祖武皇帝姓司馬名炎字安世受
魏陳留王禪以金德王都洛陽金於西方為白故曰素靈爾雅曰渝變也祜福也乃眷斯顧祚之宅土毛詩曰乃
眷西顧惟此與宅左氏傳衆仲曰胙之以土而命之氏尚書曰降丘宅土三后始基世武丕承三后謂宣景文也世
武世祖武皇帝也國語太子晉曰自后稷始基靜民尚書伊尹曰肆嗣王丕承基緒協風傍駭天晷仰澄國語曰虞
幕能聽協風以成樂生物者也韋昭曰協和也廣雅曰駭起也說文曰晷日景也言日澄清也謂不薄蝕淳曜六合皇慶
攸興國語史伯對鄭桓公曰夫黎為高辛氏火正以淳曜敦大光照四海呂氏春秋曰神通乎六合自彼河汾奄齊
七政晉在河汾之陽毛詩曰自彼氏羌尚書曰璿璣玉衡以齊七政孔安國曰七政日月五星各異政也時文惟晉世
篤其聖周禮栗氏量銘曰時文思索鄭玄曰言是文德之君思求可以為民立法者尚書曰世篤忠貞毛萇詩傳曰篤厚也欽
翼昊天對揚成命尚書曰欽若昊天毛萇詩傳曰翼敬也毛詩曰對揚王休又曰昊天有成命二后受之九區
克咸讌歌以詠劉騊駼郡太守箴曰大漢遵周化洽九區尚書夔曰戛擊鳴球搏拊琴瑟以詠祖考來格皇上纂
隆經教弘道皇上惠帝也爾雅曰纂繼也經猶理也論語曰人能弘道于化既豐在工載考毛詩曰在

宗載考鄭玄曰考成也俯釐庶績仰荒大造尚書曰允釐百工庶績咸熙孔安國曰釐理也毛萇詩傳曰荒大也

左氏傳呂相曰我有大造于西也杜預曰造成也儀刑祖宗妥綏天保毛詩曰儀刑文王又曰天保定爾篤

生我后克明克秀我后謂太子也機爲洗馬故稱我后毛詩曰篤生武王又曰克明克類體輝重光承

規景數尚書曰昔先君文王武王宣重光爾雅曰景大也尚書周公曰王嗣無疆大歷服又舜曰天之歷數在爾躬茂德

淵沖天姿玉裕尚書曰有夏先后方懋厥德家語齊大夫子與見孔子曰今知海淵之爲大字書曰沖虛也桓子新論曰

聖人天然之姿所以絕人遠者也應劭漢官儀曰太子有玉質廣雅曰裕容也蕞爾小臣邈彼荒遐左氏傳子產曰

諺云蕞爾小國儀禮曰小臣正辭韋孟諷諫詩曰撫寧遐荒弛厥負檐振纓承華臧榮緒晉書曰楊駿誅徵機爲

太子洗馬左氏傳陳公子完曰弛於負檐杜預左氏傳注曰振整也洛陽記曰太子宮在大宮東中有承華門匪願伊始惟

命之嘉左氏傳周子曰孤始願不及此爾雅曰嘉善也

大將軍讌會被命作詩一首四言臧榮緒晉書曰成都王穎字章度趙王倫篡位穎與齊王冏誅之進位大將軍

陸士龍王隱晉書曰陸雲字士龍少與兄機齊名號曰二陸爲吳王郎中令出宰浚儀有惠政機被收并收雲

皇皇帝祜誕隆駿命毛詩曰皇皇后帝又曰既受帝祉又曰受天之祜薛君韓詩章句曰誕信也毛詩曰宜鑒于殷駿命不易毛萇曰駿大也四祖正家天祿保定四祖宣景文武也周易曰正家而天下定尚書曰天祿永終保定卽天保定爾已見上文睿哲惟晉世有明聖尚書曰明作哲睿作聖毛詩曰世有哲王如彼日月萬景攸正其一尚書曰惟我文考若日月之照臨傳玄歌詩曰日中萬影正夕中萬景傾義與此同巍巍明聖道隆自天巍巍已見上文禮記子思曰道隆則從而隆毛詩曰有命自天命此文王則明分爽觀象洞玄孝經曰則天之明孔安國尚書傳曰爽明也周易曰仰則觀象於天又曰天玄而地黃陵風協紀絕輝照淵言風教上升協於辰極光炎絕遠下照深淵廣雅曰陵乘也然乘亦升也孝經鉤命決曰皇德協極注曰極北辰也封禪書曰末光絕炎劇秦美新曰炎光飛嚮盈塞天淵肅雍往播福祿來臻其二毛詩曰肅雍顯相杜預左氏傳注曰播揚也毛詩曰福祿攸降爾雅曰臻至也在昔姦臣稱亂紫微姦臣謂趙王倫也法言曰上失其政姦臣竊國命尚書曰敢行稱亂紫微喻帝位也春秋合誠圖曰北辰其星七在紫微中又曰紫宮大帝室也神風潛駭有赫茲威毛詩曰皇矣上靈帝臨下有赫旗樹旆如電斯揮甘泉賦曰樹靈旗楚辭曰靈旗兮電騖韓康伯周易注曰揮者散也致天之屆于河之沂臧榮緒晉書曰成都王穎遣趙驤爲前鋒倫遣孫會等前驅未及温十餘里大戰孫會先退諸軍相次奔潰穎尋過河入于京師毛詩曰致天之屆毛萇曰屆極也文穎漢書注曰沂水上橋也有命再集皇輿凱歸其三趙王倫廢帝於金墉

城既敗倫於溫帝復還故曰再集毛詩曰天監在下有命既集楚辭曰恐皇輿之敗績周禮曰師有功則凱樂頹綱既振品
物咸秩說文曰振舉也周易曰品物咸亨神道見素遺華反質周易曰聖人以神道設教素樸素也莊子
曰同乎無欲是謂素樸鄭玄禮記注曰凡物無飾曰素華謂采章質謂淳樸也遺棄也辰晷重光協風應律國語
曰次序三辰賈逵曰日月星也漢書倪寬云宣重光張晏曰重光謂日月也協風已見上文應律應律而至也函夏無塵海
外有謐其四楊雄河東賦曰函夏之大漢東觀漢記曰祭彤為遼東太守胡夷皆來內附野無風塵毛詩曰海外有截爾雅曰謐
靜也芒芒宇宙天地交泰左氏傳曰芒芒禹跡淮南子曰虛廓生宇宙宇宙生天地周易曰天地交泰王在
華堂式宴嘉會毛詩曰王在靈囿又曰嘉賓式宴以敖周易曰嘉會足以合禮玄暉峻朗翠雲崇靄
玄天色也冕弁振纓服藻垂帶其五尚書曰藻火粉米鄭玄孝經注曰大夫服藻火毛詩曰彼都人士垂帶而厲
祁祁臣僚有來雍雍祁祁已見上文毛詩曰有來雍雍薄言載考承顏下風毛詩曰薄言采
之載考已見上文漢書雋不疑曰乃今承顏接辭孔叢子曰伋願在下風俯覿嘉客仰瞻玉容毛詩曰我有嘉客亦
不夷懌曹植罷朝表曰覲玉容而慶薦奉懽宴而慈潤施己唯約于禮斯豐魏文帝典論曰君子謹乎約己弘乎
接物淮南子曰禮豐不足以効愛天錫難老如嶽之崇其六言賜之難老合壽考也毛詩曰永錫難老又曰如南
山之壽

晉武帝華林園集詩一首 四言洛陽圖經曰華林園在城內東北隅魏明帝起名芳林園齊王芳改為華林干寶晉紀曰泰始四年二月上幸芳林園與羣臣宴賦詩觀志孫盛晉陽秋曰散騎常侍應貞詩最美

應吉甫 文章志曰應貞字吉甫少以才聞能談論晉武帝為撫軍將軍以貞參軍晉室踐祚遷太子中庶子散騎常侍卒

悠悠太上民之厥初 毛萇詩傳曰悠悠遠貌太上太古也老子曰太上下知有之淮南子曰太上之道生萬物而不有毛詩曰厥初生民 皇極肇建彝倫攸斁 尚書曰建用皇極又曰天乃錫禹洪範九疇彝倫攸敘孔安國曰皇大極中也 五德更運膺籙受符 七略曰鄒子有終始五德言土德從所不勝木德繼之金德次之火德次之水德次之春秋命厤序曰五德之運同徵合符膺籙次相代春秋漢含孳曰天子受符以辛日立號 陶唐既謝天曆在虞 其一 說文解字云陶丘再成也在濟陰夏書曰東至陶丘陶丘有堯城堯嘗居之故號陶唐氏天曆天之歷數也已見上文虞謂舜也 於時上帝乃顧惟眷 孔安國尚書傳曰時是也毛詩曰皇矣上帝又曰乃眷西顧此惟與宅 光我晉祚應期納禪 魏禪晉已見魏都賦范曄後漢書伏隆檄張步曰皇天祐漢聖哲應期尚書刑德放曰河圖帝王終始存亡之期 位以龍飛文以虎變 周易曰飛龍在天利見大人又曰大人虎變其文炳也 玄澤滂流仁風潛扇

一 珍倣宋版印

玄澤聖恩也曹子建責躬詩曰玄化滂流典引曰仁風翔于海表區內宅心方隅回面其二尚書曰宅心知訓孔
安國曰當以居心也劇秦美新曰回面內嚮喁喁然天垂其象地曜其文周易曰天垂象聖人則之韓詩外傳曰天
見其象地見其形聖人則之春秋元命苞曰天質地文鳳鳴朝陽龍翔景雲毛詩曰鳳皇鳴矣于彼高岡梧桐生
矣于彼朝陽注曰山東曰朝陽孝經援神契曰王者德至山陵則景雲出孫柔之曰一名慶雲文子曰景雲光潤嘉禾重穎
蓂莢載芬孝經援神契曰王者德至地則嘉禾生東觀漢記曰濟陽縣嘉禾生一莖九穗田俅子曰堯爲天子蓂莢生于庭爲
帝成歷率土咸序人胥悅欣其三胥相也毛詩曰率土之濱莫非王臣恢恢皇度穆穆聖容
老子曰天網恢恢疏而不失禮記曰天子穆穆言思其順貌思其恭在視斯明在聽斯聰尚書
曰言曰從貌曰恭視曰明聽曰聽注曰是則可從恭嚴恪也明必精審聽必微諦論語曰君子視思明聽思聰貌思恭言思忠登庸
以德明試以功其四尚書帝曰若時登庸又曰明試以功車服以庸其恭惟何昧旦丕顯左氏傳讒
鼎之銘曰昧旦丕顯後世猶怠無理不經無義不踐行捨其華言去其辯禮記曰理發乎外而
眾莫不順鄭玄曰理謂言行也陸賈新語曰義者德之經履之者聖也老子曰處其實不處其華尚書曰君無以辯言亂舊政辯捷也口
捷給則數爲人所憎故云去其辯游心至虛同規易簡嵇康書曰遊心于寂寞老子曰致虛極王弼曰言至虛之
極也管子曰虛無形謂之道周易曰乾以易知坤以簡能易則易知簡則易從簡易而天下之理得矣六府孔修九有

斯靖其五尚書曰四海會同六府孔修毛詩曰奄有九州澤靡不被化罔不加聲教南暨西漸
流沙尚書曰東漸于海西被于流沙朔南暨聲教孔安國曰漸入也幽人肆險遠國忘遐毛萇詩傳曰幽遠也
長楊賦曰故平不肆險服虔曰肆棄也越裳重譯充我皇家其六尚書大傳曰成王之時越裳重譯而來朝曰道
路悠遠山川阻深恐使之不通故重三譯而朝也鄭玄曰欲其轉相曉也何休公羊傳注曰充滿也典引曰盛哉皇家義義列
辟赫赫虎臣毛詩曰奉璋義義典引曰德臣列辟毛詩曰進厥虎臣內和五品外威四賓尚書帝曰
五品不遜孔安國曰五品謂五常也又曰四夷咸賓脩時貢職入覲天人周禮曰施貢分職以任邦國毛詩曰以其
介圭入覲于王莊子曰皆原於一不離於宗謂之天人備言錫命羽蓋朱輪其七毛詩曰備言燕私又序曰不能
錫命以禮尚書大傳曰古諸侯之於天子有功者天子賜其車服號曰命諸侯鄭玄儀禮注曰命加爵服之名子虛賦曰建羽蓋楊惲書
曰乘朱輪者十人貽宴好會不常厥數史記曰秦王告趙王欲爲好會數猶禮也左氏傳張趯曰吾得聞此數
神心所受不言而喻范曄後漢書鄧隲上疏曰聖策定於神心孟子曰君子所性仁義禮智信根於心施於四體不
言而喻於時肄射弓矢斯御呂氏春秋曰天子講武肄射毛詩曰弓矢斯張毛萇曰御進也發彼五的
有酒斯飫其八毛詩曰發彼有的以祈爾爵毛萇曰的射質也鄭玄周禮曰王射三侯五正毛詩曰君子有酒酌
言嘗之又曰飲酒之飫杜預左氏傳注曰飫猒也文武之道厥猷未墜論語子貢曰文武之道未墜於地在人也

在昔先王射御茲器示武懼荒過亦為失周易曰弓矢者器也用之過亦為失也凡厥羣后無懈于位其九毛詩曰不懈于位民之攸塈

九日從宋公戲馬臺集送孔令詩一首五言蕭子顯齊書曰宋武帝為宋公在彭城九日出項羽戲馬臺至今相承以為舊準沈約宋書曰孔靖字季恭宋臺初建以為尚書令讓不受辭事東歸高祖餞之戲馬臺百寮咸賦詩以述其美

謝宣遠宋書七志曰謝瞻字宣遠東郡人也幼能屬文宋黃門郎以弟晦權貴求為豫章太守卒高祖遊戲馬臺命僚佐賦詩瞻之所作冠于時

風至授寒服霜降休百工禮記曰孟秋之月涼風至又曰仲秋之月盲風至命有司衣服有量必循其故鄭玄曰盲風疾風也毛詩曰七月流火九月授衣禮記曰季秋之月霜始降則百工休繁林收陽彩密苑解華叢巢幕無留鷰遵渚有來鴻左氏傳曰吳公子札聘于上國宿于戚聞孫林父擊鍾曰夫子之在此猶鷰之巢幕上杜預曰夫子孫文子也毛詩曰鴻飛遵渚禮記曰九月之節鴻鴈來賓輕霞冠秋日迅商薄清穹迅商商風之迅疾也楚辭曰商風肅而害之百草育而不長王逸曰商風西風也秋氣起則西風疾又曰薄附也爾雅曰穹蒼蒼天也聖心眷嘉節揚鑾戻行宮孫卿子曰積善德而聖心備焉左氏傳曰錫鑾和鈴爾雅曰戻至也東觀漢記曰濟陽有武帝

行過宮四筵霑芳醴中堂起絲桐儀禮曰旨酒令芳西京賦曰促中堂之密坐史記曰鄒忌以鼓琴見齊威王忌曰夫理國家而彌人倫皆在其中王曰夫理國家又何爲乎絲桐之閒扶光迫西汜歡餘讌有窮淮南子曰日出暘谷拂于扶桑楚辭曰出自暘谷次于濛汜逝矣將歸客養素克有終歸客謂靖也嵇康幽憤詩曰養素全眞王隱晉書周馥教曰參軍杜夷優遊養素周易曰謙亨君子有終吉班固漢書述曰疏克有終散金娛老臨流怨莫從歡心歎飛蓬言己牽於時役未果言歸臨流念鄉已結莫從之怨而以侍宴暫歡之志重歎飛蓬之遠也楚辭曰臨流水而太息王逸曰念舊鄉也曹植應詔詩曰朝覲莫從列子宋元君曰適值寡人有懽心商君書曰夫飛蓬遇飄風而行千里乘風之勢

樂遊應詔詩一首五言丹陽郡圖經曰樂遊苑宮城北三里晉時藥園也

范蔚宗沈約宋書曰范曄字蔚宗順陽人少好學爲高祖相國掾稍遷至太子詹事坐謀反誅

崇盛歸朝闕虛寂在川岑方言曰寂安靜也山梁協孔性黃屋非堯心論語子曰山梁雌雉時哉時哉何晏曰言山梁雌雉得時鄭玄毛詩箋曰梁石絕水之梁也漢書曰紀信乃乘王車黃屋左纛李斐曰天子車以黃繒爲裹堯以位禪務光許由故非堯心所悅郭象注莊子曰徒見聖人戴黃屋佩玉璽便謂足以纓紱其心矣軒駕時未肅文囿降照臨言未戒軒駕而訪道且降文囿而愛物也莊子曰黃帝將見大隗方明爲御昌寓參乘鄭玄禮記注曰肅戒也

孟子齊宣王問曰文王之囿方七十里毛詩曰王在靈囿鄭玄曰文王親至靈囿言愛物也毛詩曰明明上天照臨下土流雲起行蓋晨風引鑾音原薄信平蔚臺澗備曾深王逸楚辭注曰草木交曰薄處蘭池清夏氣脩帳含秋陰三輔黃圖曰蘭池觀在城外漢書成紀曰三輔長無供帳之勞張晏曰帳帷帳也遵渚攀蒙密隨山上嶇嶔遵渚已見上文尚書曰隨山濬川洞簫賦曰嶇嶔巋崎睇目有極覽遊情無近尋廣雅曰睇視也王弼老子注曰滌除邪飾至于極覽鄭玄禮記注曰極者盡也聞道雖已積年力互頹侵莊子南郭子綦問于女偊曰子之年長矣而色若孺子何也曰吾聞道矣偊音禹陸機應嘉賦曰悲來日之苦短恨頹年之方促探己謝丹黻感事懷長林毛詩曰赤芾在股毛萇曰諸侯赤芾鄭玄曰芾太古蔽膝之象黻與芾古字通江賦曰感事而出

九日從宋公戲馬臺集送孔令詩一首五言

謝靈運

季秋邊朔苦旅鴈違霜雪列子曰禽獸之智違寒就溫孔安國尚書傳曰違避也淒淒陽卉腓皎皎寒潭絜韓詩曰秋日淒淒百卉俱腓薛君曰腓變也俱變而黃也腓音肥毛萇曰痱病也今本作腓字非良辰感聖心雲旗興暮節楚辭曰吉日兮良辰東征賦曰撰良辰而將行爾雅曰感動也楚辭曰載雲旗兮逶迤鳴

葭戻朱宮蘭巵獻時哲魏文帝書曰從者鳴笳以啓路傅玄西都賦曰形彤朱宮漢書曰百末旨酒布蘭生晉灼
曰芬芳布列若蘭之生應劭曰巵鄉飲酒禮器也受四升鄭玄毛詩箋曰主人酌賓爲獻餞宴光有孚和樂隆所
缺薛君韓詩章句曰送行飲酒曰餞周易曰有孚飲酒無咎毛詩序曰鹿鳴廢則和樂缺矣在宥天下理吹萬羣
方悅莊子曰聞在宥天下不聞在治天下也司馬彪曰在察也宥寬也郭象曰宥使自在則治也莊子南郭子綦曰夫吹萬不同而
使其自已也司馬彪曰言天氣吹煦生養萬物形氣不同已止也使各得其性而止歸客遂海嵎脫冠謝朝列
廣雅曰遂往也尚書曰至于海隅蒼生凡仕則冕弁謝職故曰脫冠閑居賦序曰猥廁朝列弭棹薄枉渚指景待
樂闋杜預左氏傳注曰弭息也楚辭曰朝發枉渚王逸曰枉曲也指景指日也已見上文禮記曰有司告以樂闋鄭玄曰闋終也
河流有急瀾浮驂無緩轍言彼去河有急瀾而不止已旋驂無緩轍而不留言相背之疾也孔安國尚書傳曰
浮行也豈伊川途念宿心愧將別孔以養素爲樂而已以戀位爲辱故云愧也周禮曰兩山之間必有川焉
大川之間必有塗焉趙壹報羊陟書曰惟君明睿平其宿心嵇康幽憤詩曰內負宿心彼美丘園道喟焉傷薄
劣毛詩曰彼美孟姜周易曰六五賁于丘園束帛戔戔王肅曰失位無應隱處丘園閑居賦曰信用薄而才劣

應詔讌曲水作詩一首四言水經注曰舊樂遊苑宋元嘉十一年以其地爲曲水武帝引流轉酌
賦詩裴子野宋略曰文帝元嘉十一年三月丙申禊飲于樂遊苑且祖道江夏王義恭衡陽王義季有詔會者

珍倣宋版印

賦 詩

顏延年

道隱未形治彰既亂老子曰大象無形又曰道隱無名王弼曰有形則亦有分有分者不溫則涼故象者非大象也又曰夫道物以之成而不見形故隱而無名也河上公曰道潛隱使人無能名也太玄經曰亂不極則治不形賈逵國語注曰彰著也

帝迹懸衡皇流共貫春秋合誠圖曰黃帝有迹必稽功務法宋均曰迹行迹謂功績也申子曰君必有明法正義若懸權衡以稱輕重所以一羣臣也長楊賦曰逮至孝文隨風乘流孔安國尚書傳曰萬國共貫

惟王創物永錫洪筭周禮曰智者創物毛詩曰永錫難老鄭玄儀禮注曰筭數也謂年數

仁固開周義高登漢其一毛詩序曰周家忠厚仁及草木漢書曰五星聚于東井此高祖受命之符當以義取天下

祚融世哲業光列聖爾雅曰融長也毛詩曰世有哲王魏都賦曰列聖之遺塵

太上正位天臨海鏡太上謂文帝也漢書薄昭書曰欲以親戚之意望於太上如淳曰太上天子也周易曰女正位于內男正位于外潘岳魯公詩曰如地之載如天之臨孫綽望海賦曰因湛亮以靜鏡俯遊目於淵庭

制以化裁樹之形性周易曰化而裁之謂之變莊子曰流動而生物物成生理謂之形形體保神各有儀則謂之性

惠浸萌生信及翔泳其二史記文帝詔曰萬物之萌生翔泳謂魚鳥也周易曰豚魚吉信及豚魚薛君韓詩章句曰文王聖德上及飛鳥下及魚鱉

崇虛非徵積實莫尚言崇尚虛假諒非有徵積累成實則莫能尚也演連珠曰積實

雖微必動於物崇虛雖廣不能移心杜預左氏傳注曰尚亦上也 豈伊人和寔靈所既言化之所感豈止人和乎
實亦受天貺左氏傳季良曰於是人和而神降之福春秋元命苞曰通三靈之貺交錯同端也 日完其朔月不掩望
漢書曰天下太平日不蝕朔月不掩望 航琛越水輦賮踰障其三言遠夷納貢也毛萇詩傳曰琛寶也孟子曰將
有遠行行者必以賮爾雅曰上正嶂也郭璞曰山上平 帝體麗明儀辰作貳言太子附帝故有明德也帝體謂太
子也沈約宋書曰文帝立皇子劭爲太子喪服傳曰長子正體於上周易曰黃離元吉鄭玄曰離南方之卦離爲火土託位焉土色黃火
之子喻子有明德能附麗於父之道文王之子發曰是也毛萇詩傳曰儀匹也辰北辰也典引曰辰居其位齊王攸太子箴曰尊以弘道
固以貳己 君彼東朝金昭玉粹東朝東宮也潘岳贈陸機詩曰纘緒東朝高誘呂氏春秋注曰東宮太子所居詩曰
東宮之妹又曰金玉其相廣雅曰粹純也 德有潤身禮不愆器禮記曾子曰富潤屋德潤身又曰禮器鄭玄曰禮器
言禮使人成器如耒耜之爲用也 柔中淵映芳猷蘭祕其四周易曰其用柔中陸機宣猷堂詩曰茂德淵沖字書
曰祕者謂蘭芳之幽密 昔在文昭今惟武穆言昔者在高祖之子爲王同於文王之昭今帝之子爲王又同武王
之穆言其成也左氏傳富辰曰畢原酆郇文之昭也杜預曰皆文王子也邘晉應韓武之穆也杜預曰皆武王子也漢書韋玄成議曰父
爲昭子爲穆孫復爲昭昭穆父子之迭號千祀而一也晉文王諱昭改爲韶 於赫王宰方旦居叔王宰謂王爲宰
輔比之周旦而亦居叔也沈約宋書曰彭城王義康爲司徒毛詩曰於赫湯孫韓詩外傳周公誡伯禽曰吾成王叔父也 有睟睿

蕃爰履奠牧謂諸王者蕃也孟子曰仁義禮智根於心其生色也睟然於面二蕃謂江夏衡陽二王也爰履奠牧謂於所履
之地能鎮定其郊牧也爾雅曰爰於也左氏傳管仲曰賜我先君履杜預曰履所履之界也諸侯得祀名山大川故曰奠牧尚書曰奠高
山大川爾雅曰郊外謂之牧寧極和鈞屏京維服其五和鈞謂王宰也屏京謂蕃封也尚書曰關石和鈞周禮曰
三曰禮典以和邦國四曰政典以均萬民又曰凡邦國大小相維朏魄雙交月氣參變朏魄雙交謂三日也凡朏
魄之交皆在月三日之夕今月未夕故以前之文唯止有二故曰雙也孔安國尚書傳曰朏明也月三日明生之名說文曰魄月始生魄
然也月氣參變謂三月也月氣每月一變故曰參也周書曰凡四時成歲各有孟仲季以名十有二月月有中氣以著時應開榮
灑澤舒虹爍電言時候也禮記曰季春之月桐始華又曰時雨將降又曰虹始見又曰仲春之月始電化際無
閑皇情爰眷言既太平故眷斯嘉節解嘲曰纖者入無閑杜預左氏傳注曰閑隙也伊思鎬飲每惟洛
宴其六楚辭曰伊思兮往古毛詩曰王在在鎬飲酒樂豈東陽無疑齊諧記束皙對武帝曰昔周公卜洛邑因流水以汎酒故逸詩曰
羽觴隨流波郊餞有壇君舉有禮餞已見上文左氏傳曹劌曰君舉必書幙帷蘭甸畫流高
陛廣雅曰幙帳也蘭甸蘭生于甸猶蘭皐也畫流分流也分庭薦樂析錫波浮醴莊子曰分庭抗禮豫
同夏諺事兼出濟其七孟子夏諺曰吾王不豫吾何以助毛詩曰出宿于濟仰閱豐施降惟微物
閱猶數也微物自謂也薛君韓詩章句曰鳥微物也三妨儲隸五塵朝黻沈約宋書曰高祖受命延年補太子舍人

徙尚書儀曹郎太子中舍人轉正員外郎徙員外常侍出爲始安太守徵中書侍郎轉太子中庶子途泰命屯恩充報
屈泰屯二卦名周易曰泰者通也又曰屯如邅如有悔可悛滯瑕難拂其八周易曰盱豫有悔位不當也孔安國
尚書傳曰悛改也廣雅曰瑕穢也毛萇詩傳曰拂去也拂亦作弗古字通

皇太子釋奠會作詩一首四言裴子野宋略曰文帝元嘉二十年三月皇太子劭釋奠于國學禮記
曰凡學春官釋奠于先師秋冬亦如之鄭玄曰官謂禮樂詩書之官周禮曰凡有道者有德者使教焉死則以爲樂
祖祭於瞽宗此之謂先師也若漢禮有高堂生樂有制氏詩有毛公書有伏生釋奠者設薦饌酌奠而已無迎尸之
事

顏延年

國尚師位家崇儒門漢書元帝詔曰國之將興尊師而重傅鄭玄禮記注曰尊師授道焉不使處臣位也漢書儒林
傳曰嚴彭祖顏安樂各專門教授稟道毓德講藝立言王粲贈文叔良詩曰溫溫恭人稟道之極周易曰君子以
振民毓德西都賦曰講論乎六藝左氏傳范宣子曰其次立言浚明爽曙達義茲昏以日喻道也大明之道既以爽
曙道達之義於此彌昏也尚書曰夙夜浚明有家馬融曰浚大也魏都賦曰昏情爽曙箴規顯之毛萇詩傳曰爽差也然義與魏都賦微
異不以文害意也禮記曰先王修道以達義桓子新論曰學者既多蔽暗而師道又復缺然此所以滋昏也永瞻先覺顧

惟後昆其一言大義漸乖永瞻先覺之意顧思後昆以正之孟子伊尹曰天生斯人使先覺覺後覺予天人之先覺者也尚書曰
垂裕後昆大人長物繼天接聖周易曰利見大人君德也尸子曰天地之道莫見其所以長物而物長聖人之道亦
然漢書曰庖羲繼天而王爲百王先首時屯必亨運蒙則正周易曰屯元亨利貞王弼曰剛柔始交是以屯也不
交則否故屯乃大亨也運錄運也周易曰蒙亨利貞王弼曰蒙之所利乃利正也偃閉武術闡揚文令尚書曰王
來自商至于豐乃偃武修文孔安國曰闡修文教賈逵國語注曰偃息也庶士傾風萬流仰鏡其二尚書曰庶邦庶
事嵇康高士傳孔子問項橐曰居何在曰萬流屋是也注曰言與萬物同流匹也雒書曰秦失金鏡鄭玄曰金鏡喻明道也虞庠
飾館睿圖炳睟禮記曰有虞氏養國老於上庠睿圖孔聖之圖畫也炳丹青色也睟已見上文懷仁憬九永集
抱智麕丘殞至懷抱謂包韞也禮記曰君子有禮故物無不懷仁又曰儒有戴仁而行抱義而處毛詩曰憬彼淮夷毛萇曰憬
遠行貌左氏傳蔿啓疆謂楚子曰求諸侯而麕至杜預曰麕羣也踵門陳書躡蹻獻器莊子曰有孫休者踵門而
詫扁子司馬彪曰踵至也陳書謂陳列其書而進之也史記曰虞卿躡蹻檐簦器謂樂也漢書曰河間獻王修學好古或有先祖舊書多
奉與獻王來朝獻樂器也澡身玄淵宅心道祕其三禮記曰儒有澡身而浴德王逸姸敖蚩曰窮聖人之祕奧測六
義之淵玄宅心已見上文伊昔周儲聿光往記禮記曰文王之爲世子朝於王季日三雞初鳴而衣服至寢門外問
內豎之御者曰今日安否何如內豎曰安文王乃喜及日中又至亦如之及暮又至亦如之其有不安則內豎以告文王文王色憂行不

正履王季復膳然後亦復初漢書疏廣曰太子國儲副君孔安國尚書傳曰聿述也思皇世哲體元作嗣毛詩曰思
皇多士東都賦曰體元立制繼天而作鄭玄禮記注曰上嗣君之適長子資此夙知降從經志資猶藉也毛詩曰誰
夙知而暮成禮記曰一年視離經辨志邈彼前文規周矩值其四爾雅曰邈遠也尚書大傳曰聖人與聖也猶規
之相周矩之相襲值當也正殿虛筵司分簡日正殿前殿也長門賦曰正殿嵬以造天虛筵以待賢也左氏傳郯子
曰玄鳥氏司分者也爾雅曰簡擇也尚席函杖丞疑奉帙漢書音義晉灼曰舊有五尚有尚席禮記曰席閒函丈鄭
玄曰函容也丞疑疑丞也禮記曰虞夏商有師保有疑丞侍言稱辭惇史秉筆馮衍德誥曰仲尼言語不習則子貢
侍禮記曰有善記之爲惇史國語士茁謂襄子曰臣秉筆事君妙識幾音王載有述其五周易曰知幾其神乎尚書
曰熙帝之載王肅曰載事也孔叢子曰使談者有述焉爲之奈何肆議芳訊大教克明演連珠曰肆議芳訊非庸
聽所善孔安國尚書傳曰肆陳也鄭玄毛詩箋曰訊言也敬躬祀典告奠聖靈禮記曰非此族也不在祀典又曰凡
人之始立學者先釋奠于先聖先師禮屬觀盥樂薦歌笙周易曰觀盥而不薦王弼曰可觀者莫盛乎宗廟宗廟之
可觀者莫盛於觀盥也儀禮曰歌南有嘉魚笙崇丘也昭事是肅俎實非馨其六左氏傳曰以昭事神尚書成王
曰黍稷非馨明德惟馨獻終襲吉即宮廣讌獻終祭畢也尚書曰乃卜三龜一襲吉孔安國曰襲因也禮記孔悝
鼎銘曰即宮于宗周堂設象筵庭宿金縣劉楨瓜賦曰更鋪象牙之席吳都賦曰桃笙象簟周禮曰宿懸於阼階其

南鍾然鍾則金也台保兼徽皇戚比彥春秋漢含孳曰三公在天法三能能與台同保太保也皇戚皇家之戚也

爾雅曰美士爲彥肴乾酒澄端服整弁其七禮記曰酒清人渴而不敢飲肉乾人飢而不敢食杜預左氏傳曰肴

乾而不食淮南子曰酒澄而不飲六官眡命九賓相儀六官六卿也周禮曰典命掌諸侯之五儀其衣服禮儀各

眡其命之數漢書曰羣臣朝十月儀大行設九賓臚句傳東京賦曰伯夷起而相儀纓笏帀序巾卷充街纓笏垂纓

秉笏也皆朝臣之服故舉服以明人爾雅曰東西牆謂之序巾巾箱也所以盛書都莊雲動野馗風馳爾雅曰六

達謂之莊劇秦美新曰雲動風偃韓詩曰施于中馗薛君曰中馗馗中九交之道也四子講德論曰風馳雨集襍襲並至倫周伍

漢超哉邈猗其八鄭玄禮記注曰倫比也說文曰伍相參伍也蔡邕胡黄二公頌曰超哉邈猗莫參其二清暉在

天容光必照清暉喻日喻帝也孟子云日月有明容光必照趙岐曰容光小隙物性其情理宣其奧

周易曰乾元者始而亨者也利貞者性情也王弼曰不爲乾元何能通物之始不性其情何能久行其正是故始而亨者必乾元也利而

貞者必性情也此意性情者正也言人君在上以道被物各存其性僞情矯志不入於心老子曰道者萬物之奧廣雅曰奧藏也妄

先國冑側聞邦教沈約宋書曰元嘉中延之遷國子祭酒司徒左長史尚書曰命汝典樂教冑子賈誼弔屈原曰側聞

先生尚書曰司徒掌邦教徒愧微冥終謝智効其九微冥微賤而闇冥也家語哀公曰寡人愚冥莊子曰智効一官

侍宴樂遊苑送張徐州應詔詩一首五言劉璠梁典曰張諼字公喬齊明帝時爲北徐州

刺史謖霜六切丘希範梁史曰丘遲字希範吳興人八歲能屬文及長辟徐州從事高祖踐祚拜中書郎遷司徒從事中郎卒集題曰兼中書侍郎丘遲上

詰去質曰閶闔開馳道聞鳳吹左氏傳曰詰朝將見杜預曰詰朝平旦也西京賦曰表嶢闕於閶闔薛綜曰紫微宮門曰閶闔漢書曰太子不敢絕馳道應劭曰道天子道也呂氏春秋曰伶倫制十二筩聽鳳鳥之鳴以別十二律蔡邕月令章句曰吹者所以通氣也管簫竽笙塤篪皆以鳴吹者也輕荑承玉輦細草藉龍騎毛詩曰自牧歸荑毛萇曰荑茅始生也藉田賦曰天子御玉輦服虔漢書注曰藉薦也周禮曰馬八尺以上為龍風遲山尚響雨息雲猶積集本作潰巢空初鳥飛荇杏亂新魚戲毛詩曰參差荇菜寔惟北門重匪親孰為寄史記齊威王曰吾吏有黔夫者使守徐州則燕人祭北門裴駰曰齊之北門也史記田肯謂上曰非親子弟莫使王齊參差別念纂肅穆恩波被荀悅漢紀曰大會羣臣於長樂宮成禮而罷莫不肅穆小臣信多幸投生豈酬義左氏傳羊舌職曰諺曰人之多幸國之不幸西征賦曰豈生命之易投

應詔樂遊苑餞呂僧珍詩一首五言梁書曰呂僧珍字元瑜為左衛將軍天監四年冬大舉北伐

沈休文劉璠梁典曰沈約字休文吳興人少為蔡興宗所知引為安西記室梁興稍遷至侍中丹陽尹建昌侯薨謚曰隱

丹浦非樂戰負重切君臨六韜曰堯與有苗戰于丹水之浦高誘呂氏春秋注曰丹水在南陽浦崖也莊子曰兵革之士樂戰鄧析子曰明君之御人若履冰而負重孟子曰舜竊負而逃遵海濱而處左氏傳子囊曰赫赫楚國而君臨之我皇秉至德忘己用堯心穀梁傳曰我君接上下論語曰周之德可謂至德矣莊子堯謂舜曰吾不敖無告不廢窮民此吾用心也慇兹區宇內魚鳥失飛沈言失常也東京賦曰區宇乂寧大戴禮曰魚游于水鳥飛于雲推轂二崤岨揚旆九河陰漢書馮唐曰臣聞上古王者遣將也跪而推轂曰閫以內寡人制之閫以外將軍制之閫魚列切西都賦曰左據函谷二崤之阻籍田賦曰九旗揚旆尚書曰九河既道穀梁傳曰水南曰陰超乘盡三屬選士皆百金左氏傳曰秦師過周北門超乘者三百乘韋昭國語注曰超乘者跳躍上車也漢書曰魏氏武卒衣三屬之甲如淳曰上身一髀褌一脛繳一凡三屬也顧野王曰屬猶接也史記曰李牧趙之良將也匈奴入牧選百金之士五萬擊之漢書音義服虔曰良士直百金言重故也戎車出細柳餞席樽上林尚書曰武王戎車三百兩漢書曰匈奴大入邊遣內史周亞夫軍細柳餞已見上文命師誅後服授律綏前禽公羊傳曰何喜于服楚楚有王者則後服無王者則先强周易曰王用三驅失前禽也函轘方解帶嶢武稍披襟函函谷也轘轘轅也解帶披襟言將降附也漢書音義應劭曰嶢山之關也李奇曰在上洛北文頴曰武關在洛西李尤函谷關銘曰函谷險要襟帶咽喉伐罪芒山曲弔民伊水潯尚書曰奉辭伐罪郭緣生述征記曰北芒洛陽北芒嶺靡迤長阜自滎陽山連嶺脩亘暨于東垣孟子曰湯始征自葛誅其君

弔其民伊水名也許慎淮南子注曰潯涯也將陪告成禮待此未抽簪尚書曰柴望大告武成也謂武王誅
紂而還燔柴郊天望祀山川大告以武功成也鍾會遺榮賦曰散髮抽簪永縱一壑通俗文曰幘道曰簪

祖餞崔寔四民月令曰祖道神也黃帝之子好遠遊死道路故祀以為道神以求道路之福

送應氏詩二首五言 曹子建

步登北芒坂遙望洛陽山北芒已見上文洛陽何寂寞宮室盡燒焚說文曰寂無人
聲也獻帝紀曰車駕至洛陽宮室盡燒垣牆皆頓擗荊棘上參天漢書伍被曰臣今見宮中生荊棘孟子曰
太山之高參天入雲不見舊耆老但覩新少年側足無行徑荒疇不復田東觀漢記
馬援曰隗囂側足無所立國語曰田疇荒蕪賈逵曰一井為疇遊子久不歸不識陌與阡中野何蕭
條千里無人煙漢書高祖曰遊子悲故鄉風俗通曰南北曰阡東西曰陌劉歆遂初賦曰野蕭條而寥廓東觀漢記曰北
夷作寇千里無煙火念我平常居氣結不能言古詩曰悲與親友別氣結不能言
清時難屢得嘉會不可常李陵與蘇武書曰策名清時又詩曰嘉會難再逢天地無終極人
命若朝霜莊子曰天與地無窮人死者有時漢書李陵謂蘇武曰人生如朝露願得展嬿婉我友之朔
方毛詩曰嬿婉之求又曰我友敬矣又曰城彼朔方親昵並集送置酒此河陽爾雅曰昵近也漢書曰上

過沛置酒沛宮中饋豈獨薄賓飲不盡觴周易曰在中饋王弼曰婦人職中饋儀禮有饋食之禮鄭玄周禮注曰進物於尊者曰饋愛至望苦深豈不愧中腸言恩愛至情之極所望悲苦愈深也漢書杜鄴說王音曰愛至者其求詳鄭玄注禮記曰病愧謂罪苦也山川阻且遠別促會日長毛詩曰山川悠遠又曰道阻且長願爲比翼鳥施翮起高翔古詩曰願爲雙鳴鳥奮翼起高飛

征西官屬送於陟陽侯作詩一首五言

孫子荊臧榮緒晉書曰孫楚字子荊太原人也征西扶風王駿與楚舊好起爲參軍梁令衛軍司馬爲馮翊太守卒

晨風飄岐路零雨被秋草李陵與蘇武詩曰欲因晨風發送子以賤軀毛詩曰零雨其濛傾城遠追送餞我千里道傾猶盡也三命皆有極咄嗟安可保養生經黃帝曰上壽百二十中壽百年下壽八十鄭玄禮記注曰司命主督察三命蒼頡篇曰咄啐也說文曰啐驚也倉憒切王弼周易注曰嗟憂嘆之辭莫大於殤子彭聃猶爲夭莊子南郭子綦曰天下莫大於秋毫之末而太山爲小莫壽於殤子而彭祖爲夭郭象曰夫以形相對則太山大於秋毫若各據其性分物冥其極則形大未爲有餘形小未爲不足苟各安其性則秋毫不獨小其小太山不獨大其大矣若以性足爲大則天下之足未有過於秋毫也若性不足者非大則雖太山亦可稱小矣故曰莫大於秋毫之末而太山爲小太山爲小

則天下無大矣秋毫爲大則天下無小矣無大無小無壽無夭是以蟪蛄不羡大椿而欣然自得斥鷃不貴天池而榮願已足列仙傳曰彭祖殷賢大夫歷夏至商末號年七百史記曰老子字聃列仙傳曰李耳生於殷時爲周守藏吏積八十餘年後之流沙莫知所終蓋百六十餘歲或言二百餘歲

吉凶如糾纆憂喜相紛繞漢書音義應劭曰禍福相爲表裏如糾纆索相附會也按糾纆索也糾兩股索纆三股索言禍福之相糾如此鵩鳥賦曰禍之與福何異糾纆又曰憂喜聚門吉凶同域神女賦曰紛紛擾擾未知何意

天地爲我爐萬物一何小言天地爲爐陶冶萬物居其間一何微小言不足自愛也鵩鳥賦曰天地爲鑪萬物爲銅

達人垂大觀誡此苦不早此謂愛生也達人大觀死生若一故戒此愛生苦于不早言能早戒之不以經慮也鶡冠子曰達人大觀乃見其理古詩曰立身苦不早

乖離即長衢惆悵盈懷抱楚辭曰惆悵兮私自憐王孫子曰仲叔諫衛靈公曰百姓乖離

孰能察其心鑒之以蒼昊齊契在今朝守之與偕老說文曰契大約也毛詩曰君子偕老

金谷集作詩一首五言酈元水經注曰金谷水出河南太白原東南流歷金谷謂之金谷水東南流經石崇故居

潘安仁

王生和鼎實石子鎮海沂石崇金谷詩序曰余以元康六年從太僕卿出爲使持節監青徐諸軍事有別廬在

河南縣界金谷澗時征西大將軍祭酒王詡當還長安余與衆賢共送澗中賦詩以敘中懷應劭漢官儀曰太尉司空司徒長史號爲毗佐三台助鼎和味尚書曰海岱惟青州又曰徐州淮沂其乂蔡邕陳琳碑曰遠鎮南裔親友各言邁中心悵有違毛詩曰還車言邁又曰行道遲遲中心有違何以敘離思攜手游郊畿曹子建雜詩曰離思故難任朝發晉京陽夕次金谷湄晉京洛陽也爾雅曰水草交爲湄迴谿縈曲阻峻阪路威夷七發曰依絶區兮臨迴谿韓詩曰周道威夷薛君曰威夷險也綠池汎淡淡青柳何依依東京賦曰淥水澹澹澹澹與淡同韓詩曰昔我往矣楊柳依依薛君曰依依盛貌濫泉龍鱗瀾激波連珠揮爾雅曰濫泉正出正出涌出也酈元水經注曰允街谷水文成蛟龍沇音沿街音牙洞簫賦曰揚素波而揮連珠前庭樹沙棠後園植烏椑上林賦曰沙棠櫟儲西京雜記曰上林有烏椑沙棠樹靈囿繁若榴茂林列芳梨毛詩曰王在靈囿廣雅曰石榴若榴也西京雜記曰上林有芳梨飲至臨華沼遷坐登隆坻毛詩曰舍其坐遷鄭玄詩箋曰坻水中之高地玄醴染朱顏但愬杯行遲邊讓章華臺賦曰激玄醴於清池楚辭曰美人既醉朱顏酡王仲宣公讌詩曰但愬杯行遲揚桴撫靈鼓簫管清且悲楚辭曰揚桴兮撫鼓毛詩曰簫管備舉王仲宣公讌詩曰管絃發徽音度曲清且悲春榮誰不慕歲寒良獨希春榮喻少歲寒喻老也周易陰符太公曰春道生萬物榮論語曰歲寒然後知松柏之後凋投分寄石友白首同所歸阮瑀爲魏武與劉備書曰披懷解帶投分託意

分猶志也史記蘇秦謂齊王曰此棄仇讎而得石交者也漢書曰石
建老白首萬石君尚無恙易曰殊途而同歸世說曰孫秀既恨石崇
不與綠珠又憾潘岳昔遇之不以禮後秀爲中書令岳於省內謂秀
曰孫令憶疇昔周旋不秀曰中心藏之何日忘之岳於是始知不免
後收石崇同日取岳石先送市亦不相知潘後至石謂潘曰安仁卿
亦復爾耶潘曰可謂白首同所歸岳金谷集詩乃成其讖王隱晉書
曰岳父文德爲琅耶太守孫秀時
爲小吏給岳岳於秀不以仁遇也

王撫軍庾西陽集別時爲豫章太守庾被徵還東一首 五言 沈約

宋書曰王弘爲豫州之西陽新蔡諸軍事撫軍將軍江
州刺史庾登之爲西陽太守入爲太子庶子集序曰謝
還豫章庾被徵還都王
撫軍送至溢口南樓作

謝宣遠 瞻時爲豫 章太守

祗召旋北京守官反南服 言庾被召而旋帝京已守官而莅南服也 左氏傳仲尼曰守道不如守官南服南方 五服 也

方舟新舊知對筵曠明牧 爾雅曰大夫方舟郭璞注曰方舟並 兩船也楊仲武誄曰惟我與爾對筵 接几蒼頡篇曰疏曠也舊 知庾也明牧王撫軍也

舉觴矜飲餞指途念出宿 劉琨荅盧諶詩 序曰舉觴對膝 毛詩曰出宿于濟飲餞于禰陸 士衡贈弟詩曰指塗悲有餘

來晨無定端別晷有成速頹陽照通津夕陰曖平陸 楚辭曰日晻 晻而下頹

榜人理行艫輶軒命歸僕 張揖子虛賦 注曰月令曰 命榜人榜人舡長也說文曰艫船頭也吳都賦曰輶軒蓼擾 毛詩曰輶車鑾鑣楊雄荅劉歆書曰嘗聞先代輶軒之使

分手東

珍倣宋版印

城闉因發櫂西江隩說文曰闉城曲重門也爾雅曰隩隈也郭璞曰今江東人呼浦爲隩離會雖相親逝川豈往復言離而復會雖有相親之理但逝川之流豈有往復之義嗟年命之速而會難也呂氏春秋曰離則復合合則復離親或爲雜非也誰謂情可書盡言非尺牘周易曰書不盡言言不盡意杜篤弔比干文曰敬申弔于比干寄長懷於尺牘說文曰牘書版也

鄰里相送方山詩一首五言沈約宋書曰少帝出靈運爲永嘉郡守丹陽郡圖經曰方山在江寧縣東五十里下有湖水舊揚州有四津方山爲東石頭爲西

謝靈運

祗役出皇邑相期憩甌越役所莅之職也王充論衡曰充罷州役曹子建詩曰清晨發皇邑毛萇詩傳曰憩息也史記曰東越王搖都東甌時俗號東甌王徐廣曰今之永寧也解纜及流潮懷舊不能發吳志曰更增舸纜然纜維船索也西都賦曰攄懷舊之蓄念析析就衰林皎皎明秋月含情易爲盈遇物難可歇王仲宣公讌詩曰含情欲待誰古詩曰所遇無故物積痾謝生慮寡欲罕所闕說文曰痾病也老子曰少思寡欲資此永幽棲豈伊年歲別郭璞山海經曰山居爲棲各勉日新志音塵慰寂蔑周易曰日新其德陸機思歸賦曰絕音塵於江介荀組七哀詩曰轍兮轍兮何其寂蔑蔑一作滅

新亭渚別范零陵詩一首五言十洲記曰丹陽郡新亭在中興里吳舊亭也梁書曰范雲齊世

爲零陵郡內史　謝玄暉蕭子顯齊書曰謝朓字玄暉陳郡人也少有美名文章清麗解褐豫章王行參軍稍遷至尚書吏部郎兼知衛尉事江祐等謀立始安王遙光朓不肯祐白遙光遙光收朓下獄死

洞庭張樂地瀟湘帝子遊莊子北門成問於黃帝曰帝張咸池之樂於洞庭之野吾始聞之懼復聞之怠山海經曰洞庭之山帝之二女居之是常遊於江淵澧沅風交瀟湘之川郭璞曰言二女遊戲江之淵府則能鼓動五江令風波之氣共相交通言其靈響也楚辭湘君曰帝子降兮北渚王逸曰帝謂堯也娥皇女英隨舜不反死於湘水因爲湘夫人雲去蒼梧野水還江漢流歸藏啓筮曰有白雲出自蒼梧入于大梁尚書曰江漢朝宗于海停驂我悵望輟棹子夷猶鄭玄毛詩注曰驂兩騑也蔡邕初平詩曰暮宿河南悵望天陰雨雪滂滂楚辭曰君不行兮夷猶王逸曰夷猶猶豫也廣平聽方籍茂陵將見求言范同廣平而聲聽方向籍己當居茂陵之下將於彼而見求王隱晉書曰鄭袤字林叔爲中郎散騎常侍會廣平太守缺宣帝謂袤曰賢叔大匠渾垂稱於平陽魏郡蒙惠化且盧子家王子邕繼踵此郡欲使世不乏賢故復相屈在郡先以德化善爲條教百姓愛之鄭玄毛詩箋曰方向也漢書曰司馬相如既病免家居茂陵心事俱已矣江上徒離憂楚辭曰思公子兮徒離憂

別范安成詩一首五言梁書曰范岫字懋賓齊代爲安成內史

沈休文

珍倣宋版印

生平少年日分手易前期言春秋既富前期非遠分手之際輕而易之言不難也漢書灌夫傳曰生平慕之論語子曰久要不忘平生之言孔安國曰平生少時也賈充上與李夫人書曰每至當別未嘗以爲易及爾同衰暮非復別離時言年壽衰暮死日將近交臂相失故曰非時也蜀志曰宋預聘吳孫權捉預手曰今君年長孤亦老恐不復相見也勿言一樽酒明日難重持蘇武詩曰我有一樽酒將以贈遠人夢中不識路何以慰相思繆襲嘉夢賦曰心灼爍其如陽不識道之焉如韓非子曰六國時張敏與高惠二人爲友每相思不能得見敏便於夢中往尋但行至半道卽迷不知路遂回如此者三

文選卷第二十

賜進士出身通奉大夫江南蘇松常鎮太等處承宣布政使司布政使胡克家重校刊

珍倣宋版印

文選卷第二十一

梁昭明太子撰

文林郎守太子右內率府錄事參軍事崇賢館直學士臣李善注上

詠史

王仲宣詠史詩一首　曹子建三良詩一首

左太沖詠史詩八首　張景陽詠史詩一首

盧子諒覽古詩一首　謝宣遠張子房詩一首

顏延年秋胡詩一首　五君詠五首

鮑明遠詠史詩一首

虞子陽詠霍將軍北伐詩一首

百一

應休璉百一詩一首

遊仙

何敬祖遊仙詩一首　郭景純遊仙詩七首

詠史

詠史詩一首五言　王仲宣

自古無殉死達人共所知禮記曰陳乾昔寢疾屬其子曰如我死使吾二婢子夾我乾昔死其子曰殉葬非禮也杜預左氏傳注曰以人從葬爲殉鶡冠子曰達人大觀秦穆殺三良惜哉空爾爲左氏傳曰秦伯任好卒以子車氏三子奄息仲行鍼虎爲殉皆秦之良也毛萇詩傳曰三良三善臣賈逵國語注曰惜痛也鄭玄禮記注曰爾語助也結髮事明君受恩良不訾漢書曰霍光以結髮內侍又王生謂蓋寬饒曰用不訾之軀良信也賈逵國語注曰訾量也臨歿要之死焉得不相隨劉德漢書注曰黃鳥之詩刺秦穆公要之從死妻子當門泣兄弟哭路垂臨穴呼蒼天涕下如綆古辭美悲切垂邊也毛詩曰臨其穴杳縻惴惴其慄彼蒼者天殲我良人鄭玄曰穴謂冢壙也說文曰綆汲井綆也縻牛轡也人生各有志終不爲此移同知埋身劇心亦有所施說文曰劇甚也包咸論語注曰施行也生爲百夫雄死爲壯士規毛詩曰維此奄息百夫之特鄭玄曰百夫之中最雄俊者也漢書項羽謂樊噲曰壯士也黃鳥作悲詩至今聲不虧毛詩序曰黃鳥哀三良也王逸楚辭注曰虧歇也

珍倣宋版印

三良詩一首 五言　　曹子建

功名不可爲忠義我所安言功立不由於己故不可爲也呂氏春秋曰功名之立天也鄭玄禮記注曰名令聞也孝經注曰死君之難爲盡忠謚法曰能制命曰義我謂三良也秦穆先下世三臣皆自殘列女傳柳下惠妻誄曰愷悌君子永能厲兮吁嗟惜哉乃下世兮賈逵國語注曰沒身爲殘生時等榮樂既沒同憂患應劭漢書注曰秦穆與羣臣飲酒酒酣公曰生共此樂死共此哀奄息等許諾及公薨皆從死誰言捐軀易殺身誠獨難說文曰捐棄也攬涕登君墓臨穴仰天歎楚辭曰美人兮攬涕而竚臨穴已見上文說文曰歎太息也長夜何冥冥一往不復還李陵詩曰嚴父潛長夜慈母去中堂東觀漢記鄧太后報鄧閶曰長歸冥冥往而不反黃鳥爲悲鳴哀哉傷肺肝禮記曰親始死惻怛之心傷腎乾肝焦肺古歌曰大憂摧人肺肝心

詠史八首 五言　　左太沖

弱冠弄柔翰卓犖觀羣書禮記曰人生二十曰弱冠王粲車渠椀賦曰援柔翰以作賦孔融薦禰衡表曰英才卓躒躒與犖同班固漢書司馬遷贊曰劉向楊雄博極羣書著論準過秦作賦擬子虛賈誼作過秦論司馬相如作子虛賦邊城苦鳴鏑羽檄飛京都長楊賦曰永無邊城之災漢書曰冒頓乃作爲鳴鏑習勒騎射音義曰箭鏑也如今鳴箭也漢書高祖曰吾以羽檄徵天下兵雖非甲冑士疇昔覽穰苴尚書曰善敹乃甲冑左氏

傳羊斟曰疇昔之羊子爲政史記曰司馬穰苴者田完之苗裔也齊景公以爲將軍將兵扞燕晉之師其後田和因自立爲齊威王用兵行威大放穰苴之法而諸侯朝齊威王使大夫追論古者司馬法而附穰苴其中因號曰司馬穰苴兵法長嘯激清風志若無東吳楚辭曰臨深水而長嘯王逸楚辭注曰激感也東吳謂孫氏也鋊刀貴一割夢想騁良圖東觀漢記班超上疏曰臣乘聖漢威神冀倣鋊刀一割之用韓君章句曰騁施也左眄澄江湘右盼定羌胡廣雅曰眄視也方言曰澄清也馬融論語注曰盼動目貌功成不受爵長揖歸田廬漢書曰酈食其長揖不拜毛詩曰中田有廬漢書疏廣曰吾自有舊田廬

鬱鬱澗底松離離山上苗古詩曰鬱鬱園中柳毛萇詩傳曰離離垂貌以彼徑寸莖蔭此百尺條史記魏王曰寡人有徑寸之珠七發曰高百尺而無枝世胄躡高位英俊沈下僚韓詩內傳曰所以爲世子何言世世不絕孔安國尚書傳曰胄長子也謂卿地大夫子弟也廣雅曰躡履也西都賦曰英俊之域爾雅曰僚官也勢使之然由來非一朝周書湯曰吾欲因地勢所有而獻之列子俞氏曰病非一朝一夕之故其所由來漸矣金張籍舊業七葉珥漢貂班固漢書金日磾贊曰夷狄亡國羈虜漢庭七葉內侍何其盛也七葉自武至平也又張湯傳贊曰張氏之子孫相繼自宣元已來爲侍中中常侍者凡十餘人功臣之後唯有金氏張氏親近貴寵比於外戚珥插也董巴輿服志曰侍中中常侍冠武弁貂尾爲飾馮公豈不偉白首不見招漢書馮唐以孝著爲郎中署長事文帝帝

輩過問唐曰父老何自爲郎說文曰偉奇也荀悅漢紀曰馮唐白首屈於郎署

吾希段干木偃息藩魏君廣雅曰希庶也干木已見魏都賦幽通賦曰干木偃息以藩魏吾慕魯仲連談笑却秦軍史記曰魯仲連好奇偉倜儻畫策而不肯仕宦任職趙孝成王時秦使白起圍趙魏王使將軍新垣衍說趙尊秦昭王爲帝魯連適遊趙謂平原君曰梁客新垣衍安在吾請爲君責而歸之乃見新垣衍垣衍起再拜謝曰吾請出不敢復言秦將聞之爲却五十里當世貴不羈遭難能解紛功成不受賞高節卓不羣史記曰秦軍引去平原君欲封魯連魯連辭讓終不肯受平原君乃置酒酒酣起前以千金遺魯連魯連笑曰所貴於天下之士者爲人排患釋難解紛而不取也卽有取者是商賈之事而連不忍爲也遂辭平原君而去班固說東平王蒼曰光名宣於當世鄒陽上書曰不羈之士與牛驥同皁史記曰魯仲連好持高節遊於趙論語顏回曰如有所立卓爾臨組不肯緤對珪不肯分說文曰組綬屬也王逸楚辭注曰緤繫也禮稽命徵曰諸侯執珪解嘲曰析人之珪連璽燿前庭比之猶浮雲將加之官必授之以印後仲連爲書遺燕將燕將自殺田單欲爵之仲連逃海上再封故言連璽鄭玄周禮注曰璽印也論語子曰不義而富且貴於我如浮雲

濟濟京城內赫赫王侯居毛詩曰濟濟多士毛萇曰濟濟多威儀也吳質書曰陳威發憤思入京城毛詩曰赫赫師尹毛萇曰赫赫顯盛貌冠蓋蔭四術朱輪竟長衢西都賦曰冠蓋如雲廣雅曰術道也楊惲書曰乘朱

珍倣宋版印

輪者十人古詩曰長衢夾巷朝集金張館暮宿許史廬漢書蓋寬饒曰上無許史之屬下無金張之託金張已見上文漢書孝宣許皇后元帝母元帝封外祖父廣漢爲平恩侯又曰史良娣宣帝祖母也兄恭宣帝立恭已死封恭長子高爲樂陵侯南鄰擊鐘磬北里吹笙竽左氏傳曰鄭伯有夜飲酒擊鐘焉呂氏春秋曰帝嚳令人擊磬墨子曰彈琴瑟吹笙竽磬或爲鼓寂寂楊子宅門無卿相輿說文曰寂寂無人聲也漢書楊雄自敘曰雄家素貧嗜酒人希至其門寥寥空宇中所講在玄虛廣雅曰寥深也空廓也楚辭曰閔空宇之孤子漢書曰雄方草創太玄有以自守老子曰玄之又玄衆妙之門管子曰虛無無形謂之道言論準宣尼辭賦擬相如漢書曰時有人問雄者雄常用法應之譔爲十三卷象論語號曰法言又曰先是時蜀有司馬相如作賦甚弘麗溫雅雄心壯之每作賦常擬以爲式悠悠百世後英名擅八區論語曰其或繼周者雖百世可知也魏志程昱曰劉備有英名說文曰擅專也解嘲曰天下之士咸營於八區

皓天舒白日靈景耀神州廣雅曰皓明也傅玄三都賦曰白日舒靈景於天地理書曰崐崘東南地方五千里名曰神州列宅紫宮裏飛宇若雲浮西京賦曰正紫宮於未央桓寬鹽鐵論曰梓匠營宮室上成雲氣下成山林峩峩高門內藹藹皆王侯廣雅曰峩峩容也嵬峩與娥同古字通漢書鮑宣曰豈徒欲使臣重高門之地哉毛詩曰藹藹王多吉士廣雅曰藹藹盛也自非攀龍客何爲欻來遊揚子法言曰攀龍鱗附鳳翼薛綜西京賦

注曰欻者言忽也被褐出閶闔高步追許由家語子路曰有人於此被褐而懷玉何如子曰國無道隱者可
也晉宮闕名曰洛陽城閶闔門西向皇甫謐高士傳曰許由武陽城槐里人也隨沖虛學于齧缺許由為堯所讓由是退隱遯耕於中嶽
下振衣千仞岡濯足萬里流王粲七釋曰濯身乎滄浪振衣乎高嶽
荆軻飲燕市酒酣氣益振孔安國尚書傳曰樂酒曰酣毛萇詩傳曰震猶威也哀歌和漸離謂
若傍無人史記曰荆軻之燕與屠狗及高漸離飲於燕市酒酣以往高漸離擊筑荆軻和而歌於市中相樂也已而相泣旁若
無人雖無壯士節與世亦殊倫高眄邈四海豪右何足陳臣瓚漢書注曰邈緜邈也
張衡四愁詩序曰豪右兼并之家貴者雖自貴視之若埃塵賤者雖自賤重之若千
鈞埃塵言輕千鈞喻重也列子楊朱曰貴非所貴賤非所賤齊貴齊賤漢書曰十六兩為一斤三十斤為一鈞主父宦不
達骨肉還相薄史記或說主父偃曰太橫主父偃曰臣結髮游學四十年身不得遂親不以為子昆弟不收杜預左氏傳
注曰宦仕也呂氏春秋曰父母之於子也子之於父母也此之謂骨肉之親薄輕鄙之也史記曰君薄淮陽邪買臣困采樵
伉儷不安宅漢書曰朱買臣家貧常刈薪樵賣以給食擔束薪行且誦書妻亦負戴相隨數止買臣無謳歌道中買臣愈益
疾歌妻羞之求去買臣笑曰我年五十當富貴也今已四十餘矣汝苦日久待我富貴報汝功力妻恚怒曰如公等終餓死溝中耳能何
富貴買臣不能留即聽去左氏傳曰施氏之婦怒施氏曰己不能庇其伉儷杜預曰儷偶也伉敵也陳平無產業歸來

驕負郭漢書曰陳平家貧好讀書負郭窮巷以席為門然門外多長者車轍方言曰翳薆也郭璞曰謂蔽薆也音愛鄭玄禮記注
曰負之言背也長卿還成都壁立何寥廓史記曰卓文君奔司馬相如相與馳歸成都居徒四壁立郭璞曰貧
窮也楚辭曰嗟寥廓而無處廣雅曰廓空也四賢豈不偉遺烈光篇籍班固說東平王蒼曰遺烈著於無窮
漢書曰吳起商鞅垂著篇籍當其未遇時憂在填溝壑孟子曰志士不忘在溝壑英雄有屯邅
由來自古昔周易曰屯如邅如國語曰古曰在昔何世無奇才遺之在草澤孫子曰何世之無才
何才之無施
習習籠中鳥舉翮觸四隅說文曰習習數飛也鶡冠子曰籠中之鳥空籠不出鄭玄毛詩箋云隅角也落
落窮巷士抱影守空廬落落疏寂貌言士之居窮巷若鳥之在籠中也風賦曰廓抱影而獨倚出門無
通路枳棘塞中塗王仲宣七哀詩曰出門無所見孔叢子孔子山陵之歌曰枳棘充路陟之無緣計策棄不
收塊若枯池魚東方朔六言曰計策棄捐不收王逸楚辭注曰塊獨處貌外望無寸祿內顧無斗
儲國語叔向曰絳之富商而無尋尺之祿鄭玄毛詩箋曰迴首曰顧古出東門行曰盎中無斗米儲還視架上無懸衣說文曰儲蓄也
謂蓄積以待用也親戚還相蔑朋友日夜疎鄭玄毛詩箋曰蔑輕也莊子曰親友益疎蘇秦北遊
說李斯西上書俛仰生榮華咄嗟復彫枯史記曰蘇秦乃西至秦說惠王王方誅商鞅疾辯士

弗用乃東之趙遂說六國蘇秦爲從約長并相六國後去趙之燕陽爲得罪於燕而亡自燕之齊齊宣王以爲客卿後齊大夫多與蘇秦爭寵者而使人刺蘇秦又曰李斯西入秦說秦王後秦王以斯爲客卿又曰始皇以斯爲丞相二世下斯吏斯就五刑莊子曰其疾也俛仰之間文子曰身有榮華心有愁悴蒼頡篇曰咄啐也說文曰啐驚也王弼周易注曰嗟憂歎之辭咄丁忽切啐蒼憒切飲河期滿腹貴足不願餘巢林棲一枝可爲達士模莊子曰鷦鷯巢林不過一枝偃鼠飲河不過滿腹

詠史一首 五言

張景陽

臧榮緒晉書曰張協字景陽載弟也兄弟並守道不競以屬詠自娛少辟公府後爲黃門侍郎因託疾遂絕人事終於家

昔在西京時朝野多歡娛漢書劉向上疏曰衆賢和於朝萬物和於野孟子曰霸者之民驩虞如也王逸楚辭注曰娛樂也娛與虞古字通用藹藹東都門羣公祖二疏毛詩曰仲山甫出祖鄭玄曰祖者行犯軷之祭也朱軒曜金城供帳臨長衢尚書大傳曰未命爲士不得朱軒鹽鐵論曰秦金城千里供帳見下注長衢已見上文達人知止足遺榮忽如無鍾會有遺榮賦抽簪解朝衣散髮歸海隅鍾會遺榮賦曰散髮抽簪永絕一丘倉頡篇曰簪笄也所以持冠也孟子曰如以朝衣朝冠坐於塗炭也尚書曰至于海隅蒼生行人爲

一珍倣宋版印

隕涕賢哉此丈夫漢書楊宣上書曰行道之人爲之隕涕毛詩曰心之憂矣涕旣隕之揮金樂當年歲
暮不留儲韓康伯周易注曰揮散也歲暮喻年老也詩曰蟋蟀在堂歲聿其暮薛君曰暮晚也言君之年歲已晚也顧謂
四坐賓多財爲累愚說文曰顧還視也古詩曰四坐莫不歎漢書曰疏廣字仲翁東海人也明春秋爲太子太傅兄
子受字公子亦以賢良爲太子家令廣謂受曰吾聞知足不辱知止不殆今仕至二千石功成名立如此不去懼有後悔豈如父子相隨
出關歸老故鄉以壽命終不亦善乎遂上疏乞骸骨上以其年篤老皆許之加賜黃金二十斤皇太子賜五十斤公卿大夫故人邑子爲
設祖道供帳東都門外送車數百兩辭訣而去道路觀者曰賢哉二大夫或歎息爲之下泣廣旣歸鄉里日令家共具設酒食請族人故
舊賓客與相娛樂居歲餘廣子孫竊謂其昆弟老人廣所愛信者曰子孫幾及君時頗立產業基址今日飲食費且盡宜從丈人所勸說
君買田宅老人卽以閑暇時爲廣言此計廣曰吾豈老誖不念子孫哉賢而多財則損其志愚而多財則益其過金者聖主所以惠養老
臣也故樂鄉黨宗族共饗其賜以盡吾餘日不亦可乎於是族人悅服皆以壽終累猶負也累愚愚爲愚者之累也清風激萬
代名與天壤俱胡廣書曰建鴻德流清風史記魯仲連與燕將書曰業與三王爭流名與天壤俱弊咄此蟬冕
客君紳宜見書說文曰咄相謂也蔡邕獨斷曰太尉已下冠惠文侍中加貂蟬論語曰子張問行子曰言忠信行篤敬子
張書諸紳

覽古一首五言 盧子諒

徐廣晉紀曰盧諶字子諒范陽人也有才理顯宗徵爲散騎常侍段末波愛其才託以道險終不遣之末波死諶依石季龍冉閔誅石氏諶隨閔軍遇害

趙氏有和璧天下無不傳蔡邕琴操曰楚明光者楚王大夫也昭王得瑒氏璧欲以貢於趙王於是遣明光奉璧之趙瑒古和字史記秦王曰和氏璧天下共傳寶也秦人來求市厥價徒空言史記曰趙惠王得和氏璧秦昭王聞之使人遺趙王書願以十五城易璧史記漢王曰空言虛語非所守也價或作償與之將見賣不與恐致患簡才備行李圖令國命全史記曰趙王得秦王書與大將軍廉頗諸大臣謀欲與秦璧城恐不可得而見欺欲勿與即患秦兵之來計未定求令報秦者未得毛萇詩傳曰將且也見賣謂將賣己也爾雅曰簡擇也左氏傳燭之武謂秦伯曰行李之往來供其乏困杜預曰行李使人孫卿子曰人之命在天國之命在禮藺生在下位繆子稱其賢史記曰宦者令繆賢曰臣舍人藺相如可使王召見問藺相如周易曰在下位而不憂家語曰顏回以德行著名孔子稱其賢奉辭馳出境伏軾逕入關史記曰趙王遂令相如奉和璧西入秦尚書曰奉辭罰罪鄭玄禮記注曰辭言語也莊子曰宣尼伏軾而歎曰由之難化也秦王御殿坐趙使擁節前史記曰秦王坐章臺見相如相如奉璧奏秦王秦王大喜毛萇詩傳曰御進也鄭玄禮記注曰節所以明信輔君命也令趙使者擁節也揮袂睨金柱身玉要俱捐說文曰揮奮也史記曰相如視秦王無意償趙城乃前曰璧有瑕請指示王王授璧相如相如持璧却立倚柱怒髮上衝冠曰臣觀大王

無償趙城意故臣復取璧大王必欲急臣臣頭今與璧俱碎於柱矣相如持其璧睨柱欲以擊柱秦王恐其破璧乃辭謝請以十五都與
趙燕丹子曰荆軻拔匕首擿秦王決耳入銅柱火出然銅有金故稱曰金柱 連城既僞往荆玉亦真還 史記
曰相如度秦王特以詐僞爲與趙城實不可得乃使從者衣褐褢其璧從徑道亡歸璧于趙秦乃不以城與趙趙亦終不與璧 爰在
澠池會二主克交歡 爾雅曰爰曰也史記曰秦王欲爲好會於澠池趙王遂與秦王會澠池又曰嚴仲子謂聶政曰
故進百金者得以交足下懽漢書曰郭解入關賢豪交歡 昭襄欲負力相如折其端 史記曰秦武王死無子立
異母弟是爲昭襄王列子曰不猶愈於負其力乎漢書曰秦王政負力怙威鄭玄周禮注曰負恃也方言曰端緒也 眥血下霑
衿怒髮上衝冠 說文曰眥目睚也列士傳曰朱亥瞋目視虎眥裂血出濺虎髮上衝冠已見上注 西缶終雙
擊東瑟不隻彈 西缶東瑟已見西征賦 捨生豈不易處死誠獨難 幽通賦曰捨生取誼史記
太史公曰非死者難言處死者難也 稜威章臺顛彊禦亦不干 漢書武帝報李廣曰威稜憚于鄰國毛詩曰不
畏彊禦孔安國尚書傳曰干犯也 屈節邯鄲中俛首忍迴軒 史記曰趙王以相如功大拜爲上卿位在廉頗
之右廉頗曰相如素賤人吾羞不忍爲之下我見相如必辱之相如聞不肯與會出望見廉頗相如引車避匿家語子貢曰夫子欲屈節
以救父母之國節猶操也 廉公何爲者負荆謝厥諐 史記曰於是舍人相與諫相如曰今君與廉君同列廉君
宣惡言而君畏匿且庸人尚羞之相如曰相如雖駑獨畏廉將軍哉顧吾念之彊秦所以不敢加兵於趙者徒以吾兩人在也今兩虎自

闕其勢必不俱生吾所以爲此也以先國家之急而後私讎也廉頗聞之肉袒負荊因賓客至藺相如門謝罪曰鄙賤之人不知將軍寬之至也卒相與歡爲刎頸之交晉灼漢書注曰以辭相告曰謝尚書曰思免厥愆孔安國尚書傳曰愆過也

智勇蓋當代弛張使我歎史記太史公曰相如其處智勇可謂兼之矣禮記孔子曰一張一弛文武之道也鄭玄曰張弛以弓弩喻人也說文曰歎吟也謂情有所悅吟歎而歌詠

張子房詩一首

五言沈約宋書曰姚泓新立關中亂義熙十三年正月公以舟師進討軍頓留項城經張良廟也

謝宣遠王儉七志曰高祖遊張良廟並命僚佐賦詩瞻之所造冠于一時

王風哀以思周道蕩無章毛詩序曰關雎麟趾之化王者之風又曰亡國之音哀以思毛詩曰顧瞻周道又序曰厲王無道天下蕩蕩無綱紀文章卜洛易隆替興亂罔不亡尚書曰予朝至于洛師卜惟洛食韋昭國語注曰替廢也漢書婁敬說高祖曰昔成王即位乃營成周都洛以爲此天下中有德則易以王無德則易以亡又劉向上疏曰自古及今未有不亡之國也力政吞九鼎苛慝暴三殤力政謂秦也墨子曰反天意者力政也如淳漢書注曰王室微弱諸侯以力爲政相攻伐也史記曰秦取周九鼎寶器而遷西周禮記曰孔子過泰山側婦人哭於墓者而哀夫子式而聽之使子貢問之曰子之哭也一似重有憂者而曰然昔者吾舅死於虎吾夫又死焉今吾子又死焉夫子曰何不去也曰無苛政夫子曰小子識之苛政猛

於虎也苛猶虐也息肩纏民思靈鑒集朱光東京賦曰百姓不能忍是用息肩於漢毛詩曰天鑒在下有命
既集曹植離友詩曰靈鑒無私賈逵國語注曰鑒察也南都賦曰輝朱光於白水伊人感代工聿來扶輿王
伊人謂張良也毛詩曰所謂伊人感猶應也尚書咎繇曰無曠庶官天工人其代之毛詩曰聿來胥宇孔安國尚書傳曰聿遂也陸機遂
志賦曰扶輿王以成命延褒期乎天祿婉婉幙中畫輝輝天業昌婉婉和順貌也漢書高祖曰運籌帷幄之
中吾不如子房易巛靈圖曰攝天之業使之理鄭玄曰天業得其理鴻門消薄蝕垓下殞攙搶漢書曰亞父范
增說項羽急擊沛公項伯素善張良夜馳見良具告事實良乃與項伯見沛公曰早自來謝沛公翌日從百餘騎見羽鴻門羽因留沛公
飲范增數目羽擊沛公羽不應有頃公從間道走軍使張良留謝又曰漢王追羽至陽夏不會謂張良曰諸侯不從柰何用良計諸侯皆
會圍羽垓下薄蝕攙搶皆喻羽也京房易飛候曰凡日蝕皆於晦朔不於晦朔蝕者名曰薄爾雅曰彗星為攙搶爵仇建蕭
宰定都護儲皇爵仇謂封雍齒也已見幽通賦漢書曰良從上出奇計及立蕭相國音義曰何時未為相國勸高祖立之
漢書婁敬說上曰陛下都洛陽不如入關上問良良因勸上是日車駕西都長安又曰欲廢太子立戚夫人子趙王如意呂后恐不知所
為或謂呂后留侯善畫計呂后乃使建成侯呂澤劫良良曰顧上有所不能致者四人令太子為書卑辭安車請以為客令上見之則一
助也於是太子迎四人至上破黥布歸愈欲易太子及置酒太子侍四人從上乃驚曰吾求公公逃避我今公何自從吾兒游乎煩公幸
卒調護太子竟不易不易太子者良本招此四人之力也又疏廣曰太子國儲副君也肇允契幽叟飜飛指帝

鄉言初卽合契幽叟晚乃遊心帝鄉漢書曰良從容步下邳圯上有一老父衣褐至良所曰孺子可教後五日與我可期此良夜半往
有頃父亦來喜出一編書曰讀是則爲王者師曰視其書乃太公兵法又曰願棄人間事欲從赤松子遊耳迺學道欲輕舉莊子曰華封
人謂堯曰千歲厭世去而上僊乘彼白雲至于帝鄉毛詩曰肇允彼桃蟲翻飛維鳥鄭玄曰肇始也允信也薛君韓詩章句曰翻飛貌
惠心奮千祀清埃播無疆周易曰有孚惠心勿問元吉清埃猶清塵也李尤武功歌曰清埃飛連日月毛詩曰
惠我無疆神武睦三正裁成被八荒神武謂宋高祖也尚書益曰帝德廣運乃聖乃神乃武乃文孔安國尚書
傳曰睦和也漢書曰三正子爲天正丑爲地正寅爲人正周易曰后以財成天地之道輔相天地之宜漢書曰監八方被八荒明兩
燭河陰慶霄薄汾陽明兩慶霄皆喻宋高祖燭幽明也薄猶輕易也河陰汾陽堯舜二帝所居也言以高祖譬舜則
高祖光明又以方堯則堯可輕薄也周易曰明兩作離大人以繼明照于四方鄭玄曰明兩者取君明上下以明德相承其於天下之事
無不見也孟子曰舜避丹朱於南河之南然河南則河陰也慶霄卽慶雲也王逸楚辭注曰海內之政見四子藐姑射之山汾水之陽窅
然喪其天下也鑾旂歷頹寢飾像薦嘉嘗宋略曰大軍九月次彭城鑾旂鑾旗也公羊傳秋祭曰嘗聖心
豈徒甄惟德在無忘大戴禮曰神明自得聖心備矣鄭玄尚書緯注曰甄表也陸機高祖頌曰念功惟德鄭玄毛詩
箋曰惟思也逝者如可作揆子慕周行逝謂死也死者可起之而令仕度子之志亦慕此周行周行喻宋也
國語曰趙文子與叔譽遊於九原曰死者若可作也吾誰與歸毛詩曰嗟我懷人寘彼周行毛萇曰行列也周之列位濟濟屬

車士粲粲翰墨場漢書音義曰大駕屬車八十乘歸田賦曰揮翰墨以奮藻賓戲曰婆娑乎術藝之場項岱曰場圃講經藝之所瞽夫違盛觀跛踊企一方瞽夫宣遠自謂也毛萇詩傳曰違離也莊子叔連曰瞽者無以與乎文章之觀說文曰企舉踵也毛詩曰相怨一方四達雖平直蹇步愧無良禮記曰周道四達尚書曰王道平直孔安國曰王道平直也說文曰蹇跛也左氏傳曰孟縶之足不良能行毛萇詩傳曰良善也飡和忘微遠延首詠太康莊子曰聖人其於人也故或不言而飲人以和郭象曰名自得斯飲和矣豈待言哉微遠亦自謂也阮瑀止欲賦曰欲延首以極視魏明帝野田黃雀行曰四夷重譯貢百姓謳吟詠太康琴操伍子胥歌曰庶此太康皆吾力兮

秋胡詩一首五言列女傳曰魯秋胡潔婦者魯秋胡子之妻秋胡子既納之五日去而宦於陳五年乃歸未至其家見路傍有美婦人方採桑秋胡子悅之下車謂曰今吾有金願以與夫人婦人曰嘻夫採桑奉二親吾不願人之金秋胡子遂去歸至家奉金遺其母其母使人呼其婦婦至乃向採桑者也秋胡子見之而慙婦曰束髮脩身辭親往仕五年乃得還當見親戚今也乃悅路旁婦人而下子之裝以金與之是忘母不孝也妾不忍見不孝之人遂去而走自投河而死

顏延年

椅梧傾高鳳寒谷待鳴律毛詩曰其桐其椅其實離離又曰鳳皇鳴矣于彼高岡梧桐生矣于彼朝陽司馬紹統贈山濤詩曰昔也植朝陽傾枝俟鸞鷟劉向別錄曰鄒衍在燕有谷寒不生五穀鄒子吹律而溫至生黍也影響豈不懷

自遠每相匹言椅梧佇鳳鳥之來儀寒谷資吹律而成煦類乎影響豈不相思故夫婦之儀自遠相匹尚書曰惠迪吉從逆凶惟影響鶡冠子曰影則隨形響則應聲毛萇詩傳曰懷思也婉彼幽閑女作嬪君子室毛萇詩傳曰婉然美貌又曰窈窕幽閑也爾雅曰嬪婦也峻節貫秋霜明豔侔朝日貫猶連也傳玄有女篇曰容華既以豔志節擬秋霜鄭玄周禮注曰侔等也詩曰東方之日彼姝者子在我室兮薛君曰詩人言所說者顏色盛美如東方之日嘉運既我從欣願自此畢其一陸機從梁陳詩曰在昔蒙嘉運燕居未及好良人顧有違毛詩曰或燕燕居息又曰妻子好合孟子曰良人出必饜酒肉劉熙曰婦人稱夫曰良人毛詩曰行道遲遲中心有違鄭玄毛詩箋曰顧念也脫巾千里外結綬登王畿巾處士所服綬仕者所佩今欲宦於陳故脫巾而結綬也東觀漢記曰江革養母幅巾屐履漢書蕭育與朱博爲友長安諺曰蕭朱結綬言其相薦達也秋胡仕陳而曰王畿詩緯曰陳王者所起也戒徒在昧旦左右來相依易歸藏曰君子戒車小人戒徒左氏傳曰讒鼎之銘曰昧旦丕顯驅車出郊郭行路正威遲古詩曰驅車策駑馬毛詩曰四牡騑騑周道倭遲毛萇曰倭遲歷遠貌韓詩曰周道威夷其義同倭於危切存爲久離別沒爲長不歸其二蘇武詩曰生當復來歸死當長相思嗟余怨行役三陟窮晨暮毛詩曰嗟予子行役夙夜無已又曰陟彼崔嵬我馬虺隤又曰陟彼高岡我馬玄黃又曰陟彼砠矣我馬瘏矣嚴駕越風寒解鞍犯霜露楚辭曰嚴車駕兮戲遊鄭玄禮記注曰越蹷也漢書李廣令曰下馬解鞍左氏傳太叔曰跋涉山川蒙犯霜露原隰

多悲涼迴飈卷高樹宋均春秋緯注曰涼愁也離獸起荒蹊驚鳥縱橫去阮籍詠懷詩曰離獸東南下悲哉遊宦子勞此山川路其三漢書薄昭與淮南王書曰士之諸侯遊宦事人毛詩曰山川悠遠維其勞矣超遙行人遠宛轉年運徂楚辭曰超逍遙兮今焉薄又曰愁脩夜而婉轉莊子老聃曰予年運而往矣將何以戒我哉良時為此別日月方向除李陵詩曰良時不再至離別在須臾毛詩曰昔我往矣日月方除毛萇曰除陳生新曰除鄭玄曰四月為除廣雅曰方始也孰知寒暑積僶俛見榮枯僶俛猶俯俛也程曉女典曰春榮冬枯自然之理歲暮臨空房涼風起座隅陸機青青河畔草詩曰空房來悲風鵩鳥賦曰止于坐隅寢興日已寒白露生庭蕪其四毛詩曰言念君子載寢載興宋玉諷賦曰主人女歌曰歲已暮兮日已寒爾雅曰蕪草也勤役從歸願反路遵山河昔醉秋未素今也歲載華蠶月觀時暇桑野多經過毛詩曰蠶月條桑又曰蜎蜎者蠋烝在桑野阮籍詠懷詩曰趙李相經過佳人從此務窈窕援高柯楚辭曰聞佳人兮召予薛君韓詩章句曰窈窕貞專貌說文曰援引也傾城誰不顧弭節停中阿其五漢書李延年歌曰北方有佳人絕世而獨立一顧傾人城再顧傾人國寧知傾城國佳人不再得楚辭曰吾令羲和弭節兮鄭玄毛詩箋曰中阿阿中也大陵曰阿王逸曰弭安也年往誠思勞事遠闊音形楚辭曰年洋洋而日往曹子建答楊德祖書曰思子為勞陸機贈顧彥先詩曰形影曠不接所說聲與音聲音日夜闊何以慰吾心雖為五載

別相與昧平生廣雅曰昧闇也五載之別離久論情無容不識直爲先昧平生所以致謬孔安國論語注曰平生猶少時
也捨車遵往路鳧藻馳目成周易曰舍車而徒義弗乘也往路所來從之路也李陵詩曰行人懷往路班彪
冀州賦曰感鳧藻以進樂兮楚辭曰滿堂兮美人忽獨與予兮目成王逸曰獨與我睨而相親成爲親也南金豈不重聊
自意所輕毛詩曰元龜象齒大賂南金鄭玄毛詩箋曰聊且略之辭也義心多苦調密比金玉聲
其六潘岳從姊誄曰義心清尚莫之與鄰調猶辭也毛詩曰無金玉爾音而有遐心高節難久淹朅來空復辭
列女傳曰齊母乃作詩以砥礪女之心高其節劉向七言曰朅來歸耕永自疎王逸楚辭注曰朅去也遲遲前塗盡依
依造門基上堂拜嘉慶入室問何之閑居賦曰太夫人在堂蘇亥織女詩曰時來嘉慶集室妻之所
居女史箴曰正位居室楚辭曰浮雲兮容與導余兮何之日暮行采歸物色桑榆時物色桑榆言日晚也東觀
漢記光武曰日出之東隅收之桑榆美人望昏至慙歎前相持其七楚辭曰美人皓齒嫮以姱有懷誰
能已聊用申苦難毛詩曰有懷于衛靡日不思鄭玄箋曰已止也離居殊年載一別阻河關
楚辭曰折疎麻兮瑤華將以遺兮離居史記曰魏王豹至國即絕河關春來無時豫秋至恒早寒爾雅曰豫
樂也明發動愁心閨中起長歎毛詩曰明發不寐曹子建美女篇曰中夜起長歎慘悽歲方晏
日落遊子顏其八言情之慘悽在乎歲之方晏日之將落愈思遊子之顏楚辭曰歲既晏兮孰華鄭玄毛詩箋曰方向也漢

書高祖曰遊子悲故鄉

高張生絶弦聲急由調起高張生於絶弦以喻立節期於效命聲急由乎調起以喻辭切興於恨深楊雄解嘲曰弦者高張急徽物理論曰琴欲高張瑟欲下聲演連珠曰繁會之音生乎絶弦說苑曰應侯與賈子坐聞有琴聲應侯曰今日琴一何悲賈子曰夫張急調下故使悲矣調猶韻也謂音聲之和

自昔枉光塵結言固終始繁欽與魏文帝牋曰冀事速訖旋侍光塵公羊傳曰結言而退楚辭曰解佩纕以結言周易曰歸妹人之終始也

如何久為別百行諐諸己孔臧與從弟書曰學者所以飭百行也杜預左氏傳注曰諐失也論語曰君子求諸己

君子失明義誰與偕沒齒家語孔子曰淫亂者生於男女男女無別則夫婦失義昏禮聘享者所以別男女明夫婦之義也論語曰沒齒無怨言

愧彼行露詩甘之長川氾其九貞女不犯霜露而違禮而我貪生以棄義比之為劣故有愧焉毛詩曰厭浥行露豈不夙夜謂行多露鄭玄曰豈不知當早夜成婚禮謂道中之露太多故不行耳爾雅曰水決復入河為氾

五君詠五首五言沈約宋書曰顏延年領步兵好酒疎誕不能斟酌當時劉湛言於彭城王義康出為永嘉太守延年甚怨憤乃作五君詠以述竹林七賢山濤王戎以貴顯被黜詠嵇康曰鸞翮有時鎩龍性誰能馴詠阮籍曰物故不可論途窮能無慟詠阮咸曰屢薦不入官一麾乃出守詠劉伶曰韜精日沈飲誰知非荒宴此四句蓋自序也

顏延年

阮步兵袁宏竹林名士傳曰阮籍以步兵校尉缺廚中有數斛酒乃求為校尉大將軍甚奇愛之

一 珍倣宋版印

阮公雖淪跡識密鑒亦洞廣雅曰淪沒也識心之別名湛然不動謂之心分別是非謂之識廣雅曰鑒照也洞深也沈醉似埋照寓辭類託諷臧榮緒晉書曰籍拜東平相不以政事爲務沈醉日多善屬文論初不苦思率爾便成作五言詩詠懷八十餘篇爲世所重班固漢書述曰寓言淫麗託諷終始長嘯若懷人越禮自驚衆魏氏春秋曰籍少時嘗遊蘇門山有隱者莫知姓名籍從與談太古無爲之道及論五帝三王之義蘇門生蕭然曾不經聽籍乃對之長嘯清韻響亮蘇門生逌爾而笑籍既降蘇門生亦嘯若鸞鳳之音焉毛詩曰嗟我懷人孫盛晉陽秋曰阮籍嫂嘗歸家籍相見與別或以禮譏之籍曰禮豈爲我設邪嵇康司馬長卿讚曰長卿慢世越禮自放賈逵國語注曰越踰也物故不可論途窮能無慟臧榮緒晉書曰阮籍雖放誕不拘禮教發言玄遠口不評論臧否人物魏氏春秋曰籍時率意獨駕不由徑路車跡所窮輒慟哭而返

嵇中散

中散不偶世本自餐霞人孫盛晉陽秋曰嵇康性不偶俗呂氏春秋曰沈君筮謂孫叔敖曰耦世接俗子不如我飡霞謂仙也楚辭曰漱正陽而含朝霞司馬相如大人賦曰呼吸沆瀣飡朝霞形解驗默仙吐論知凝神顧凱之嵇康讚曰南海太守鮑靚通靈士也東海徐寧師之寧夜聞靜室有琴聲怪其妙而問焉靚曰嵇叔夜寧曰嵇臨命東市何得在茲靚曰叔夜迹示終而實尸解桓子新論曰聖人皆形解仙去言死示民有終孫綽嵇中散傳曰嵇康作養生論入洛京師謂之神人向

子期難之不得屈莊子曰藐姑射之山有神人居焉其神凝郭象曰行若曳枯木心若聚死灰是其神凝也廣雅曰凝定也立俗迕流議尋山洽隱淪竹林七賢論曰嵇康非湯武薄周孔所以迕世爾雅曰迕逆犯也五故切非有先生論曰欲聞流議神仙傳曰王烈年已二百三十八歲康甚愛之數與共入山遊戲採藥桓子新論曰天神人五二曰隱淪鸞翮有時鎩龍性誰能馴嵇康別傳曰康美音氣好容色龍章鳳姿天質自然淮南子曰飛鳥鎩羽許慎曰鎩殘羽也左氏傳曰劉累學擾龍于豢龍氏服虔漢書注曰擾馴也鎩所例切

劉參軍袁宏竹林名士傳曰劉靈爲建威參軍

劉靈善閉關懷情滅聞見言道德內充情欲俱閉既無外累故聞見皆滅臧榮緒晉書曰靈潛嘿少言老子曰善閉者無關鍵而不可開王弼曰因物自然不設不施故不用關鍵繩約而不可開解說文曰懷藏也莊子廣成子曰目無所見耳無所聞汝神遊守形形乃長生鼓鍾不足歡榮色豈能眩夫鍾鼓以悅耳榮色以悅目今聞見既滅聲色俱喪故鼓鍾不足以爲歡豈榮色之能眩也賈逵國語注曰眩惑也戶偏切韜精日沈飲誰知非荒宴廣雅曰韜藏也賈逵國語注曰精明也臧榮緒晉書曰靈常乘鹿車攜一壺酒尚書曰羲和沈湎于酒孔安國曰沈謂醉冥也毛詩曰好樂無荒鄭玄曰荒廢亂也頌酒雖短章深衷自此見頌酒卽酒德頌也衷謂中心也蒼頡篇曰衷別外之辭也

阮始平袁宏竹林名士傳曰阮咸字仲容籍之兄子也與籍俱爲竹林之遊官止始平太守

仲容青雲器實稟生民秀青雲言高遠也史記太史公曰夫閭巷之人欲砥行立名者非附青雲之士惡能施於後代哉禮記曰人者五行之秀廣雅曰秀美也達音何用深識微在金奏傳暢晉諸公贊曰中護軍長史阮咸唱議荀勗所造樂聲高則悲亡國之音哀以思今聲不合雅懼非德政中和之音必古今長短之所致後掘地得古銅尺歲久欲腐壞以此尺度於勗今尺短四分時人明咸為解班固匈奴傳贊曰遠見識微周官曰鍾師掌金奏凡樂事以鍾鼓奏九夏杜預左氏傳注曰擊鍾而奏樂郭弈已心醉山公非虛覯名士傳曰阮咸哀樂至過絕於人太原郭弈見之心醉不覺歎服列子曰有神巫自齊而來處於鄭命曰季咸列子見之而心醉向秀曰迷惑其道也山濤啓事曰咸若在官之職必妙絕於時鄭玄毛詩箋曰覯見也屢薦不入官一麾乃出守曹嘉之晉紀曰山濤舉咸為吏部郎三上武帝不能用也尚書曰學古入官麾指麾也言為勗所指麾也傳暢諸公讚曰勗性自矜因事左遷咸為始平太守

向常侍

向秀甘淡薄深心託豪素說文曰淡薄味也文賦曰唯豪素之所擬探道好淵玄觀書鄙章句謂注莊子也世說曰初注莊子者數十家莫能究其指要向秀於舊注外為解義妙析奇致大暢玄風王逸妍蚩曰窮聖人之秘奧測六義之淵玄王逸楚辭注曰鄙恥也漢書曰費直治易長於卦筮無章句交呂既鴻軒攀嵇亦鳳舉向秀別傳曰秀常與嵇康偶鍛於洛邑與呂子灌園於山陽收其餘利以供酒食之費王仲宣贈蔡子篤詩曰歸鴈載軒軒飛貌張衡髑

體賦曰星迴日運鳳舉龍驤流連河裏遊惻愴山陽賦漢書班伯曰式號式謼大雅所以流連也服虔曰荒樂也魏氏春秋曰康寓居河內之山陽與河內向秀相友善遊於竹林思舊賦曰濟黃河以汎舟經山陽之舊居

詠史一首五言　鮑明遠

五都矜財雄三川養聲利漢書曰王莽於五都立均官更名雒陽邯鄲臨淄宛成都市長皆爲五均司市師鄭玄尚書大傳注曰矜夸也漢書曰班壹當孝惠高后時以財雄邊戰國策云張儀曰爭名於朝爭利於市今三川周室天下之朝市韋昭曰有河洛伊故曰三川百金不市死明經有高位史記陶朱公曰吾聞千金之子不死於市漢書夏侯勝常謂諸生曰士病不明經經術苟明其取青紫如俯拾地芥京城十二衢飛甍各鱗次西都賦曰立十二之通門吳都賦曰飛甍舛互李尤辟雍賦曰攢羅鱗次仕子彯華纓遊客竦輕轡七啓曰華組之纓楚辭曰竦余駕乎八冥廣雅曰竦上也明星晨未稀軒蓋已雲至毛詩曰明星有爛鄭玄曰明爛然也說文曰希疏也希與稀通說苑曰翟璜乘軒車載華蓋田子方怪而問之對曰吾祿厚得此軒蓋尚書中候曰青雲浮至賓御紛颯沓鞍馬光照地孔安國尚書傳曰御侍也吳質答東阿王書曰情踊躍於鞍馬寒暑在一時繁華及春媚周易曰日月運行一寒一暑應璩與曹長思書曰春生者繁華也君平獨寂漠身世兩相棄言身棄世而不仕世棄身而不任漢書曰蜀有嚴君平卜於成都市日閱數人得百錢足自養則閉肆下簾而授老子楚辭曰野寂寞其無人莊子曰夫欲勉爲形

聚珍倣宋版印

者莫如棄世棄世則無累矣

詠霍將軍北伐一首 五言

虞子陽（虞羲集序曰羲字子陽會稽人也七歲能屬文後始安王引爲侍郎尋兼建安征虜府主簿功曹又兼記室參軍事天監中卒）

擁旄爲漢將汗馬出長城（班固涿邪山祝文曰仗節擁旄鉦人伐鼓漢書公孫弘曰臣愚駑無汗馬之勞史記曰秦使蒙恬築長城）長城地勢嶮萬里與雲平涼秋八九月虜騎入幽并（宋子侯詩曰高秋八九月白露變爲霜）飛狐白日晚瀚海愁陰生（漢書酈食其曰距飛狐之口臣瓚曰飛狐在代郡西南塞名漢書曰霍去病率師登臨瀚海如淳曰瀚海海名說文曰陰雲覆日）羽書時斷絕刁斗晝夜驚（羽書卽羽檄也楚漢春秋曰黥布反羽書至上大怒漢書曰李廣行無部曲不擊刁斗自衛孟康曰以銅作鐎受一斗晝炊飲食夜擊持行名曰刁斗今在滎陽庫中刁音彫鐎音遙）乘墉揮寶劍蔽日引高旍（周易曰乘其墉弗克攻杜預左氏傳注曰乘登也廣雅曰揮動也越絕書曰楚王使風湖子歐冶子干將作劍曰太阿晉鄭聞而求之不得圍楚之城三年不解於是楚王引太阿之劍登城而麾之三軍爲之破敗史記曰陸賈寶劍直百金楚辭曰旍蔽日兮敵若雲）雲屯七萃士魚麗六郡兵（晉陸機從軍行曰胡馬如雲屯穆天子傳曰天子賜七萃之士郭璞曰萃聚也亦猶傳有七輿大夫皆衆聚集有智力者爲王爪牙）

也左氏傳曰王伐鄭鄭原繁爲魚麗之陣漢書曰趙充國以六郡良家子善騎射補羽林服虔曰金城隴西天水安定北地上郡也胡笳關下思羌笛隴頭鳴李陵書曰胡笳互動沈約宋書有胡漢舊箏笛錄有曲不記所出長笛賦曰近世雙笛從羌起骨都先自讋曰逐次亡精漢書匈奴有骨都侯又曰匈奴讋焉文穎曰恐懼也讋之涉切漢書匈奴有日逐王西京賦曰喪精亡魂玉門罷斥候甲第始修營漢書曰龍勒有玉門關又曰李廣遠斥候未嘗遇害又曰賜霍光甲第一區又曰上爲霍去病治第令視之對曰匈奴未滅臣無以家爲位登萬庾積功立百行成論語曰子華使於齊冉子爲其母請粟子曰與之庾包咸曰十六斗爲庾百行已見上文天長地自久人道有虧盈老子曰天長地久莊子曰天與地無窮人死者有時爾雅曰虧毀也未窮激楚樂已見高臺傾楚辭曰宮庭震驚發激楚王逸曰激楚清聲也言樂衆並會復作激楚之聲也桓子新論琴道雍門周說孟嘗君曰千秋萬歲後高臺既已傾曲池又已平當令麟閣上千載有雄名漢書甘露三年單于始入朝上思股肱之美乃圖畫其人於麒麟閣法其形貌敘其姓名

百一

百一詩一首五言張方賢楚國先賢傳曰汝南應休璉作百一篇詩譏切時事偏以示在事者咸皆怪愕或以爲應焚棄之何晏獨無怪也然方賢之意以有百一篇故曰百一李充翰林論曰應休璉五言詩百數十篇以風

珍倣宋版印

規治道蓋有詩人之旨焉又孫盛晉陽秋曰應璩作五言詩百三十篇言時事頗有補益世多傳之據此二文不得以一百一篇而稱百一也今書七志曰應璩集謂之新詩以百言爲一篇或謂之百一詩然以字名詩義無所取據百一詩序云時謂曹爽曰公今聞周公巍巍之稱安知百慮有一失乎百一之名蓋興於此也

應璩文章錄曰璩字休璉博學好屬文明帝時歷官散騎侍郎曹爽多違法度璩爲詩以諷焉典著作卒文章志曰璩汝南人也詩序曰下流應侯自謂也

下流不可處君子慎厥初論語曰紂之不善不如是之甚也是以君子惡居下流天下之惡皆歸焉尚書仲虺曰慎厥終惟其始名高不宿著易用受侵誣韓子曰說之以名高史記曰灌夫亦得賓嬰通列侯宗室爲名高三略曰侵誣下民國內諠譁前者隳官去有人適我閭高唐賦曰長吏隳官賢士失志田家無所有酌醴焚枯魚漢書楊惲書曰田家作苦蔡邕與袁公書曰酌麥醴燔乾魚欣然樂在其中矣問我何功德三入承明廬璩初爲侍郎又爲常侍又爲侍中故云三入陸機洛陽記曰吾常怪謁帝承明廬問張公張公云魏明帝在建始殿朝會皆由承明門然直廬在承明門側所占於此土是謂仁智居言今所占之土是謂仁智之所居乎亦問者之辭也爾雅曰隱占也郭璞曰隱度之也占之鹽切論語曰智者樂水仁者樂山文章不經國筐篋無尺書典論論文曰文章經國之大業新序孫叔敖曰府庫之藏金玉筐篋之橐簡書說文曰筐篋笥也口頰切漢書曰廣武君曰奉咫尺

之書以使燕用等稱才學往往見歎譽言文章既不經國筐篋又無尺書乃用何等而稱才學往往而見譽
問者之辭也避席跪自陳賤子實空虛孝經曰曾子避席漢書曰王邑請召賓邑稱賤子宋人遇
周客慙愧靡所如言己妄竊崇班心常懷恥類宋人之遇周客慙愧而無所如闞子曰宋之愚人得燕石於梧臺之側
藏之以爲大寶周客聞而觀焉主人齋七日端冕玄服以發寶華匱十重巾十襲客見免而掩口盧胡而笑曰此特燕石也其與瓦甓不
殊主人大怒曰商賈之言醫匠之心藏之愈固守之彌謹杜預左氏傳曰如從也

遊仙

遊仙詩一首 五言　何敬宗

臧榮緒晉書曰何劭字敬宗陳國人也博學多聞善屬篇章初爲相國掾稍遷尚書左僕射薨

青青陵上松亭亭高山柏古詩曰青青陵上柏劉公幹贈從弟詩曰亭亭山上松亭亭高貌光色冬
夏茂根柢無凋落莊子曰受命於地唯松柏獨在冬夏青青爾雅曰柢本也焦貢易林曰溫山松柏常茂不凋落吉
士懷貞心悟物思遠託揚志玄雲際流目矚巖石尚書曰庶常吉士七啓曰抗志雲際
思玄賦曰流目眺夫衡阿羨昔王子喬友道發伊洛迢遞陵峻岳連翩御飛鶴列仙
傳曰王喬者周靈王太子晉也好吹笙作鳳鳴遊伊洛之間道人浮丘公接以上嵩高山三十餘年後求之於山上見桓良曰告我家七

珍倣宋版印

月七日待我於緱山頭果乘白鶴駐山頭望之不得到舉手謝時人數日而去立祠緱氏山下文子曰三皇五帝輕天下細萬物上與道爲友下與化爲人張湛曰上能友於道友或爲反呂氏春秋曰君抗子反道以修德思玄賦曰續連翩兮紛暗曖說文曰御使馬也抗跡遺萬里豈戀生民樂廣雅曰抗舉也楚辭曰悲申屠之抗跡　長懷慕仙類眩然心縣邈王逸楚辭注曰縣縣細微之思也又曰邈遠也

遊仙詩七首五言　郭景純

凡遊仙之篇皆所以滓穢塵網錙銖纓紱飡霞倒景餌玉玄都而璞之制文多自敘雖志狹中區而辭無俗累見非前識良有以哉

京華遊俠窟山林隱遯棲西京賦曰都邑遊俠張趙之倫莊子曰徐無鬼見魏武侯武侯曰先生居山林久矣郭璞山海經注曰山居爲棲又曰遯者退也周易曰龍德而隱遯世無悶　朱門何足榮未若託蓬萊東方朔十洲記曰臣故捨韜隱而赴王庭藏養生而侍朱門矣史記曰李少君謂武帝曰臣嘗遊海上見安期生仙者通蓬萊中也　臨源挹清波陵岡掇丹荑毛萇詩傳曰挹斟也又曰掇拾也都活切本草經曰赤芝一名丹芝食之延年凡草之初生通名曰荑故曰丹荑　靈谿可潛盤安事登雲梯靈谿谿名也庾仲雍荊州記曰大城西九里有靈谿水雲梯言仙人昇天因雲而上故曰雲梯墨子曰公輸般爲雲梯必取宋張湛列子注曰班輸爲梯可以陵虛　漆園有傲吏萊氏有

逸妻 史記曰莊子者蒙人也名周嘗爲蒙漆園吏楚威王聞莊周賢使使厚幣迎許以爲相莊周笑謂楚使者曰亟去無汚我列女傳曰萊子逃世耕於蒙山之陽或言之楚楚王遂駕至老萊之門楚王曰守國之孤願變先生老萊曰諾妻曰妾之居亂世爲人所制能免於患乎妾不能爲人所制投其畚而去老萊乃隨而隱

進則保龍見退爲觸藩羝 進謂求仙也退謂處俗也周易曰九二見龍在田龍德而正中者也又曰羝羊觸藩羸其角不能退不能遂無攸利

高蹈風塵外長揖謝夷齊 左氏傳曰魯人之皐使我高蹈莊子曰孔子彷徨塵垢之外說文曰謝辭別也史記曰伯夷叔齊孤竹君之子也父欲立叔齊及卒叔齊讓伯夷伯夷曰父命也遂逃去叔齊亦不肯立而逃義不食周粟隱於首陽山

青谿千餘仞中有一道士 庾仲雍荊州記曰臨沮縣有青溪山山東有泉泉側有道士精舍郭景純嘗作臨沮縣故遊仙詩嗟青溪之美

雲生梁棟間風出窗戶裏借問此何誰云是鬼谷子 史記曰蘇秦東事師於齊而習於鬼谷先生徐廣曰潁川陽城有鬼谷鬼谷子序曰周時有豪士隱於鬼谷者自號鬼谷子言其自遠也然鬼谷之名隱者通號也

翹迹企潁陽臨河思洗耳 廣雅曰翹舉也呂氏春秋曰昔堯朝許由於沛澤之中請屬天下於夫子許由遂之潁川之陽琴操曰堯大許由之志禪爲天子由以其言不善乃臨河而洗其耳

閶闔西南來潛波渙鱗起 閶闔風已見西京賦高誘曰兌爲閶闔風周易曰風行水上渙

靈妃顧我笑粲然啓玉齒 靈妃宓妃也毛詩曰顧我則笑鄭玄曰顧猶視也穀梁傳曰軍人粲然皆笑莊子曰女商謂徐無鬼曰吾所以說君者吾未嘗啓齒司馬彪曰

啓齒笑也蹇脩時不存要之將誰使楚辭曰吾令豐隆乘雲兮求宓妃之所在解佩纕以結言兮吾令蹇脩以為理王逸曰古賢蹇脩而媒理也廣雅曰將欲也翡翠戲蘭苕容色更相鮮言珍禽芳草遞相輝映可悅之甚也蘭苕蘭秀也綠蘿結高林蒙籠蓋一山陸機毛詩草木疏曰松蘿蔓松而生枝正青毛詩曰蔦與女蘿施于松栢毛萇曰女蘿松蘿也中有冥寂士靜嘯撫清絃冥玄默也放情陵霄外嚼蘂挹飛泉楚辭曰放遊志乎雲中淮南子曰大丈夫乘雲陵霄與造化逍遙魏文帝典論曰飢飡瓊蘂渴飲飛泉赤松臨上遊駕鴻乘紫煙列仙傳曰赤松子者神農時雨師也服水玉教神農能入火不燒至崐崘山上常止西王母石室中隨風雨上下漢武內傳王母侍者歌曰遂乘萬龍椿馳騁眄九野嵇康答難曰偓佺以栢實方目赤松以水玉乘煙古自鴻頌曰茲亦耿介矯翮紫煙左挹浮丘袖右拍洪崖肩列仙傳曰浮丘公接王子喬以上嵩高山說文曰拍拊也普自切西京賦曰洪崖立而指麾神仙傳曰衛叔卿與數人博其子度曰向與博者為誰叔卿曰是洪崖先生借問蜉蝣輩寧知龜鶴年大戴禮夏小正曰蜉蝣朝生而暮死養生要論曰龜鶴壽有千百之數性壽之物也道家之言鶴曲頸而息龜潛匿而噎此其所以為壽也服氣養性者法焉六龍安可頓運流有代謝楚辭曰貫鴻濛以東朅兮維六龍於扶桑王逸曰結我車轡於扶桑以留日幸得延年壽也莊子黃帝曰陰陽四時運行各得其序淮南子曰二者代謝舛馳高誘曰代更也謝敘也時變感人思已秋復願夏爾雅

日感動也淮海變微禽吾生獨不化國語趙簡子歎曰雀入于海爲蛤雉入于淮爲蜃黿鼉魚鼈莫不能化唯
人不能哀夫雖欲騰丹谿雲螭非我駕魏文帝典論曰夫生之必死成之必敗然而惑者望乘風雲冀與螭
龍共駕適不死之國國即丹谿其人浮游列缺翺翔倒景然死者相襲丘壟相望逝者莫反潛者莫形足以覺也愧無魯陽
德迴日向三舍淮南子曰魯陽公與韓搆難戰酣日暮援戈而麾之日爲之反三舍許慎曰二十八宿一宿爲一舍臨
川哀年邁撫心獨悲吒論語子在川上曰逝者如斯尚書曰日月逾邁孔安國曰如日月之並過儀禮曰婦人拊
心不哭吒歎聲也楚辭曰憂不暇兮寢食吒增歎兮如雷
逸翮思拂霄迅足羨遠遊逸迅思拂霄及遠遊以喻仙者願輕舉而高蹈清源無增瀾安得
運吞舟清源不能行運吞舟之魚以喻塵俗不足容乎仙者劉公幹贈徐幹詩曰方塘含清源楚辭曰谿谷嶄巖水增波韓詩外
傳孟子曰夫吞舟之魚不居潛澤度量之士不居汙世珪璋雖特達明月難闇投珪璋明月皆喻仙也言珪
璋雖有特達之美而明月皆喻難闇投以喻仙者雖有超俗之譽非無捕影之譏禮記孔子曰珪璋特達德也鄒陽上書曰明月之珠夜
光之璧以闇投人於道衆莫不案劍相眄者潛穎怨青陽陵苕哀素秋言世俗不娛求仙而怨天施之偏又
歎浮生之促類潛穎怨青陽之晚臻陵苕哀素秋之早至也潛穎在幽潛而結穎也鄒潤甫遊仙詩曰潛穎隱九泉女蘿緣高松義與此
同爾雅曰春爲青陽又曰苕陵苕也素秋已見上文悲來惻丹心零淚緣纓流悲俗遷謝故惻心流涕周易曰

謂我心惻諸葛亮與李平教曰詳思斯戒明吾丹心淮南子曰雍門子以哭見孟嘗君流涕霑纓

雜縣寓魯門風爰將爲災國語曰海鳥曰爰居止於魯東門外三日臧文仲使國人祭之展禽曰越哉臧文仲之爲政也今海鳥至已不知而祀之以爲國典難以言仁且知矣今茲海其有災乎夫廣川之鳥獸常知風而避其災也是歲也海多大風冬煖文仲曰信吾過也賈逵注曰爰居雜縣也

呑舟涌海底高浪駕蓬萊神仙排雲出但見金銀臺呑舟之魚已見上文漢書齊威宣燕昭使人入海求蓬萊方丈瀛州此三神山者仙人及不死之藥皆在焉而黃金白銀爲宮闕未至望之如雲

陵陽挹丹溜容成揮玉杯列仙傳曰陵陽子明者銍鄉人也好釣魚於涎溪釣得白魚腹中有書教子明服食之法子明遂上黃山採五石脂服之三年龍來迎去抱朴子曰流丹者石芝赤精蓋石流黃之類也事見太一玉英列仙傳曰容成公者自稱黃帝師見於周穆王能善補導之事髮白復黑齒落復生事老子亦云老子師揮謂以手揮之神仙傳曰茅君學道於齊不見使人金案玉杯自來人前

姮娥揚妙音洪崖頷其頭淮南子曰羿請不死之藥於西王母常娥竊而奔月許愼曰常娥羿妻也逃月中蓋虛上夫人是也史記蘇秦曰妙音美人以充後宮洪崖已見上列子曰頷其頭則歌合律廣雅曰頷動也五感切

升降隨長煙飄颻戲九垓列仙傳曰甯封子者黃帝時人也積火自燒而隨煙上下淮南子曰盧敖游乎北海至于蒙穀之上見一士焉盧敖仰視之乃與語曰唯敖爲背羣離黨窮觀於六合之外者非敖而已今卒覩夫子於是始可與敖爲交乎士笑曰今子遊始於此而語窮六合豈不亦遠哉然子處矣吾與汗漫期於九垓之上吾不可以久居士

舉臂而竦身遂入雲中盧敖視之弗見乃止奇齡邁五龍千歲方嬰孩鄭玄禮記注曰齡年也遁甲開山圖
榮氏解曰五龍皇后君也昆弟五人皆人面而龍身長曰角龍木仙也次曰徵龍火仙也次曰商龍金仙也次曰羽龍水仙也次曰宮龍
土仙也父與諸子同得仙治在五方孔安國論語注曰方比方也釋文曰人初生曰嬰兒說文曰孩小兒笑也燕昭無靈氣
漢武非仙才燕昭使人入海求蓬萊已見上文漢武內傳西王母曰劉徹好道然形慢神穢雖當語之以至道殆恐非仙才
也晦朔如循環月盈已見魄說文曰朔月一日始也晦月盡也尚書大傳曰三王之統若循連環禮記曰四
時和而後月生是以三五而盈三五而闕尚書曰惟三月哉生魄孔安國曰十六日明消而魄生也蓐收清西陸朱羲
將由白禮記曰孟秋之月其神蓐收司馬彪續漢書曰日行北陸謂之冬西陸謂之秋朱羲日也楚辭曰吾令羲和弭節兮王逸
曰羲和日御也河圖曰立秋秋分月從白道漢書云月有九行立秋秋分西從白道左傳曰分同道謂春分秋分日月同道也寒露
拂陵苕女蘿辭松栢淮南子曰斗指辛則寒露陵苕已見上文毛詩曰蔦與女蘿施于松栢毛萇曰蔦寄生也女蘿
松蘿也蕣榮不終朝蜉蝣豈見夕潘岳朝菌賦序曰朝菌者時人以為蕣華莊生以為朝菌其物向晨而結
絕日而殞毛萇詩傳曰蜉蝣朝生夕死圓丘有奇草鍾山出靈液外國圖曰圓丘有不死樹食之乃壽東方
朔十州記曰北海外有鍾山自生千歲芝及神草靈液謂玉膏之屬也曹植苦寒行曰靈液飛波蘭桂參天王孫列八珍
安期鍊五石王孫列八珍以傷生安期鍊五石以延壽言優劣殊也漢書漂母謂韓信曰吾哀王孫而進食周禮曰食醫掌

珍倣宋版印

和王八珍之齊列仙傳曰安期生自言千歲抱朴子曰五石者丹砂雄黃白礬石曾青磁石也長揖當塗人去來山林客當塗卽當仕路也漢書武帝制曰守文法以戴翼其世者甚衆山林已見上文孟子曰公孫丑問曰夫子當路於齊管晏之功可復許乎趙岐曰當仕路也

文選卷第二十一

賜進士出身通奉大夫江南蘇松常鎮太等處承宣布政使司布政使胡克家重校刊

文選卷第二十二

梁昭明太子撰

文林郎守太子右內率府錄事參軍事崇賢館直學士臣李善注上

招隱

遊覽

江文通從建平王登廬山香鑪峯詩一首
沈休文鍾山詩應西陽王教一首
宿東園詩一首
遊沈道士館詩一首
徐敬業古意酬到長史溉登琅邪城詩一首

招隱

招隱詩二首五言韓子曰閑靜安居謂之隱

左太沖雜詩左居陸後而此在前誤也

杖策招隱士荒塗橫古今魯連子曰連却秦軍平原君欲封之遂杖策而去說文曰杖持也方言曰木細枝曰策董仲舒士不遇賦曰懼荒塗之難踐鄭玄周禮注曰荒蕪也郭璞山海經注曰橫塞也巖穴無結構丘中有鳴琴結構謂交結構架也魯靈光殿賦曰觀其結構尚書大傳子夏曰弟子受書於夫子者不敢忘雖退而巖居河濟之間深山之中作壤室尚彈琴其中以歌先王之風則可以發憤矣白雪停陰岡丹葩曜陽林尚書大傳曰相與觀乎南山之陰高誘戰國策注曰山北曰陰爾雅曰山脊曰岡鄭玄周禮注曰陽木生於山南也石泉漱瓊瑤纖鱗亦浮沈

楚辭曰飲石泉兮蔭松柏潄猶蕩也毛萇詩傳曰瓊瑤美玉也非必絲與竹山水有清音禮記曰絲竹樂之器
也何事待嘯歌灌木自悲吟毛詩曰其嘯也歌又曰集于灌木毛萇詩傳曰灌叢也南都賦曰寡婦悲吟
秋菊兼餱糧幽蘭間重襟楚辭曰朝飲木蘭之墜露夕餐秋菊之落英毛詩曰乃裹餱糧毛萇曰餱食也楚辭
曰紉秋蘭以為佩然蘭可為佩故以閒襟也躊躇足力煩聊欲投吾簪言世務勞促故足力煩殆也韓詩曰
搔首躊躇阮嗣宗奏記曰負薪疲病足力不彊鄭玄毛詩箋曰聊且略之辭蒼頡篇曰簪笄也所以持冠也
經始東山廬果下自成榛王隱晉書曰左思徙居洛城東著經始東山廬詩毛詩曰經始靈臺高誘淮南子注
曰叢木曰榛榛小栗小棘曰榛前有寒泉井聊可瑩心神周易曰井洌寒泉廣雅曰瑩磨也峭蒨青
葱間竹柏得其真峭蒨鮮明貌孫卿子曰桃李蒨粲於一時時至而後殺至於松柏經隆冬而不彫蒙霜雪而不變可
謂得其真矣弱葉棲霜雪飛榮流餘津爵服無常玩好惡有屈伸言爵服之榮理
無常玩時有好惡隨之屈伸管子曰將立朝廷者則爵服不可不貴也爵服加於不義則人賤爵服矣家語孔子曰君子之行己也可以
屈則屈可以伸則伸東征賦曰行止屈伸與時息兮結綬生纏牽彈冠去埃塵言人出仕非一途或結綬以生
纏牽之憂或彈冠而去埃塵之累漢書曰蕭育與陳咸朱博為友著聞當世往者有王陽貢禹故長安語曰蕭朱結綬王貢彈冠言其相
薦達也說文曰纏繞也淮南子曰王喬赤松去塵埃之閒離羣物之紛可謂養生矣惠連非吾屈首陽非吾仁

一 珍倣宋版印

論語曰謂柳下惠少連降志辱身矣史記曰伯夷叔齊隱於首陽山論語子貢問曰伯夷叔齊何人也子曰古之賢人也曰怨乎曰求仁而得仁又何怨又子曰我則異於是無可無不可相與觀所尙逍遙撰良辰趙岐孟子章句曰各崇所尙則義不虧矣廣雅曰尙高也謂中心之所高尙也莊子曰逍遙乎無事之業東征賦曰撰良辰而將行

招隱詩一首五言　陸士衡

明發心不夷振衣聊躑躅毛詩曰明發不寐楚辭曰心蛩蛩而不夷王逸曰夷悅也新序曰古老振衣而起杜預左氏傳注曰振整也說文曰躊躇住足也躊與躑同躑躅欲安之幽人在浚谷周易曰履道坦坦幽人貞吉幽通賦曰眷浚谷而勿墜朝採南澗藻夕息西山足毛詩曰于以采蘋南澗之濱于以采藻于彼行潦史記伯夷叔齊詩曰登彼西山兮採其薇毛萇詩傳曰麓山足也輕條象雲構密葉成翠幄劉公幹詩曰大夏雲構又齊都賦曰翠幄浮游杜預左氏傳注曰幄帳也激楚佇蘭林回芳薄秀木上林賦曰激楚結風楚辭曰遊蘭皐與蕙林王逸楚辭注曰薄附也廣雅曰秀美也山溜何泠泠飛泉漱鳴玉枚乘上書曰泰山之霤穿石楚辭曰吸飛泉之微液鳴玉亦瓊瑤也見上注哀音附靈波頹響赴曾曲至樂非有假安事澆醇樸莊子曰天下有至樂無有哉老聃曰夫得是至美至樂也得至美而遊乎至樂之謂至人又曰唐虞始爲天下澆淳散朴許愼淮南子注曰澆薄也澡與澆同富貴苟難圖稅駕從所欲論語子曰富而可求也雖執鞭之士吾亦爲之

如不可求從吾所好稅駕喻辭榮也史記李斯曰當今人臣之位無居上者可謂富貴極矣吾未知所稅駕也方言曰舍車曰稅脫與稅古字通

反招隱詩一首 五言

王康琚 古今詩英華題云晉王康琚然爵里未詳也

小隱隱陵藪大隱隱朝市伯夷竄首陽老聃伏柱史 史記曰老子名耳字聃列仙傳曰李耳字伯陽生於殷時爲周柱下史又曰武王平殷伯夷叔齊恥之義不食周粟隱於首陽山 昔在太平時亦有巢居子 皇甫謐逸士傳曰巢父堯時隱人常山居不營世利年老以樹爲巢而寢其上故時人號曰巢父 今雖盛明世能無中林士 解嘲曰遭盛明之世毛萇詩傳曰中林林中也班固漢書序曰山林之士往而不能反 放神青雲外絶迹窮山裏 琴操曰許由云吾志在青雲何乃劣劣爲九州伍長乎莊子曰絶迹易無行地難郭象曰不行則易也王隱晉書李重奏曰陳原絶迹窮山韞櫝道藝 鵾雞先晨鳴哀風迎夜起 楚辭曰鵾雞啁哳而悲鳴崔琦七蠲曰再奏致哀風 凝霜凋朱顏寒泉傷玉趾 楚辭曰漱凝霜之雰雰又曰容則秀稚朱顏毛詩曰爰有寒泉左氏傳楚太宰蘧啓彊謂魯侯曰今君若步玉趾辱見寡君 周才信衆人偏智任諸己 以出仕爲周才隱居爲偏智傅子曰君子周才難論語子曰君子求諸己 推分得天和矯性失至理 劉向列子目錄曰至於力命篇

一推分命莊子曰夫明白於天地之德者此之謂太平大宗與天和者也淮南子曰顏回夭死季由葅於衛皆迫性命之情而不得天和者也列子公孫朝曰矯性命以招名弗若死矣又曰均天下之至理張湛曰物事皆均則理無不至郭象莊子注曰至理盡於自得歸來安所期與物齊終始莊子有齊物論又曰萬物一齊孰短孰長又曰遊乎萬物之所始孫卿子曰生人之始也死人之終也

遊覽

芙蓉池作一首 五言

魏文帝 魏志曰文帝諱丕字子桓太祖太子也爲五官中郎將太祖薨嗣位爲丞相魏王受漢禪卽皇帝位

乘輦夜行遊逍遙步西園 呂氏春秋曰乘輦于宮中毛萇詩傳曰乘升也 雙渠相溉灌嘉木繞通川 西京賦曰嘉木樹庭上林賦曰通川過於中庭 卑枝拂羽蓋脩條摩蒼天 子虛賦曰上拂羽蓋東方朔七言曰折羽翼兮摩蒼天 驚風扶輪轂飛鳥翔我前 張衡羽獵賦曰風翊翊其扶輪 丹霞夾明月 法言曰明星皓皓華藻之力也 華星出雲間上天垂光采五色一何鮮壽命非松喬誰能得神仙 列仙傳曰赤松子者神農時雨師也喬王子喬卽周靈王太子晉也道人浮丘公接以上嵩高山 遨遊快心意保己終百年 莊子曰聖人其於人也樂物之通而保己焉養生經黃帝曰中壽百年

珍倣宋版印

南州桓公九井作一首 五言水經注曰淮南郡之于湖縣南所謂姑孰即南州矣庾仲雍江圖曰姑孰至直瀆十里東通丹陽湖南有銅山一名九井山山有九井井與江通何法盛桓玄錄曰桓玄字敬道出姑孰大築府第

殷仲文 檀道鸞晉陽秋曰殷仲文字仲文陳郡人也爲驃騎行參軍以桓玄之姊夫玄僭立用爲長史帝反正出爲東陽太守愈益憤怒後照鏡不見其面數日禍及

四運雖鱗次理化各有準 莊子黃帝曰陰陽四時運行各得其序李尤辟雍賦曰攢羅鱗次字書曰準平也 獨有清秋日能使高興盡 潘安仁有秋興賦鄭玄周禮注曰興者託事於物也 景氣多明遠風物自淒緊 緊猶實也言欲成也 爽籟警幽律哀壑叩虛牝 言風之疾也激爽籟而起其幽律銜哀壑而叩其虛牝也爾雅曰爽差也簫管非一故言爽焉莊子南郭子綦謂子游曰汝聞地籟子游曰地籟則衆竅是已郭象曰人籟簫也夫簫管參差宮商異律故有長短高下萬殊之聲鄭玄禮記注曰警起也孔安國論語注曰叩擊也大戴禮曰丘陵爲牡谿谷爲牝 歲寒無早秀浮榮甘夙殞 爾雅曰不榮而實謂之秀賈逵國語注曰浮輕也 何以標貞脆薄言寄松菌 松貞菌脆也松菌殊質故貞脆異性也毛詩曰薄言采之毛萇曰薄辭也論語子曰歲寒然後知松柏之後凋莊子曰朝菌不知晦朔 哲匠感蕭晨肅此塵外軫 匠謂桓玄也蕭晨言秋晨也言秋晨蕭瑟鄧析子曰聖人逍遙一世

之閑宰匠萬物之形廣雅曰感傷也鄭玄禮記注曰肅戒也莊子曰孔子彷徨塵垢之外逍遙無爲之業郭象曰所謂塵垢之外非伏於山林而已鄭玄考工記注曰軫輿後橫木也言軫所以明車也

廣筵散汎愛逸爵紆勝引論語子曰汎愛衆而親仁說文曰紆屈也勝引勝友也引猶進也良友所以進己故通呼曰勝引

伊余樂好仁惑袪吝亦泯左氏傳曰族穆子曰請立起也與田蘇遊而曰好仁杜預曰蘇晉賢人也蘇言韓起好仁也范曄後漢書黃叔度傳陳蕃周舉常相謂曰時月之閑不見黃生則鄙吝之萌復存乎心薛君韓詩章句曰袪去也爾雅曰泯盡也

猥首阿衡朝將貽匈奴哂阿衡喻玄也言己以凡猥妄首朝端匈奴聞之理將見哂許慎淮南子注猥猶凡也尚書曰惟嗣王不惠于阿衡孔安國曰阿倚也衡平也漢書曰車千秋以一言寤意旬月取宰相後漢使至匈奴單于問曰聞漢新拜丞相何用得之使者曰上書言事故單于曰苟如是漢置丞相非用賢也妄一男子上書卽得之矣爾雅曰貽遺也馬融論語注曰哂笑也

游西池一首 五言

謝叔源 臧榮緒晉書曰謝混少有美譽善屬文爲尚書左僕射以黨劉毅誅沈約宋書曰混字叔源西池丹陽西池混思與友朋相與爲樂也

悟彼蟋蟀唱信此勞者歌聲類曰悟心解也毛詩曰蟋蟀在堂歲聿云暮今我不樂日月其除韓詩曰伐木廢朋友之道缺勞者歌其事詩人伐木自苦其事故以爲文

有來豈不疾良遊常蹉跎陸雲歲暮賦曰年有來而

一珍倣宋版印

棄子時無算而非我劉楨黎陽山賦曰良遊未厭白日潛暉楚辭曰驥垂兩耳中坂蹉跎逍遙越城肆願言屢經
過說文曰越度也鄭玄禮記注曰肆市中陳物處也毛詩曰願言思子阮籍詠懷詩曰趙李相經過回阡被陵闕高
臺眺飛霞廣雅曰被加也言加大阜而通城闕也惠風蕩繁囿白雲屯曾阿邊讓章華臺賦曰惠
風春施廣雅曰屯聚也景昃鳴禽集水木湛清華蒼頡篇曰湛水不流也褰裳順蘭沚徙
倚引芳柯毛詩曰褰裳涉溱鄭玄曰揭衣度溱水也潘岳河陽詩曰歸鴈映蘭沚與詩同楚辭曰步徙倚而遙思美人
愆歲月遲暮獨如何楚辭曰惟草木之零落兮恐美人之遲暮王逸曰遲晚也愆謂過期也無爲牽所
思南榮誠其多莊子庚桑楚謂南榮趎曰全汝形抱汝生無使汝思慮營營趎處朱切

泛湖歸出樓中翫月一首五言靈運山居賦注曰大小巫湖　謝惠連

日落泛澄瀛星羅游輕橈楚辭曰倚沼畦瀛兮遙望博王逸曰楚人名池澤中曰瀛羽獵賦曰渙若天星之羅
楚辭曰蓀橈兮蘭旌王逸曰橈小楫也憩榭面曲汜臨流對迴潮毛萇詩傳曰憩息也爾雅曰決出復入爲
汜韓詩外傳阿谷之女曰阿谷之隧隱曲之汜輟策共駢筵並坐相招要李弘範法言注曰駢並也哀鴻
鳴沙渚悲猨響山椒漢武帝李夫人賦曰釋予馬於山椒孟康曰山椒山陵名廣雅曰土高四墮曰椒丘亭亭
映江月瀏瀏出谷飈亭亭迴貌王逸楚辭注曰瀏風疾貌寡婦賦曰風瀏瀏而夙興斐斐氣幕岫泫

泫露盈條斐斐輕貌泫泫垂貌近矚袪幽蘊遠視盪諠囂李奇漢書注曰袪開散也王逸楚辭注曰蘊積也鄭玄禮記注曰聞諠囂則人意動作悟言不知罷從夕至清朝毛詩曰彼美淑姬可與晤言鄭玄曰晤對也悟與晤同

從游京口北固應詔一首五言水經注曰京口丹徒之西鄉也又曰京城西北有別嶺入江三面臨水高數十丈號曰北固

謝靈運

玉璽戒誠信黃屋示崇高言聖人佩玉璽所以儆戒誠信居黃屋所以顯示崇高鄧析子曰爲之符璽以信之蔡邕獨斷曰璽印也信也古者尊卑共之秦以來天子獨以印稱璽又獨以玉也漢書曰紀信乘王車黃屋左纛事爲名教用道以神理超言上二事乃爲名教之所用而其至道實神理而超然也文子曰聖人所由曰道所爲曰事三國名臣頌序曰名教束物也周易曰聖人以神道設教而天下服曹植武帝誄曰聰竟神理方言曰超遠也昔聞汾水游今見塵外鑣莊子曰堯見四子藐姑射之山汾水之陽塵外已見上文說文曰鑣馬銜也言鑣以明馬猶軫以表車鳴笳發春渚稅鑾登山椒魏文帝書曰從者鳴笳以啓路稅鑾猶稅駕也山椒已見上文張組眺倒景列筵矚歸潮吳都賦曰張組帷構流蘇遊天台山賦曰或倒景於重溟王彪之遊仙詩曰遠遊絕塵霧輕舉觀滄溟蓬萊陰倒景崐崘罩曾城並以山臨水而影倒謂之倒景遠巖映蘭薄白日麗江皐蘭薄卽蘭林也楚辭曰朝騁騖兮蘭薄戶

樹瓊木籬此二然此意微與王逸注異不可以王義非之楚辭曰朝騁騖兮江皐王逸曰澤曲曰皐原隰荑綠柳墟囿
散紅桃大戴禮夏小正曰正月柳稊稊者發孚也桃則華荑與稊音義同廣雅曰墟居也皇心美陽澤萬象
咸光昭莊子舜謂堯曰昔者十日並出萬物皆照司馬彪曰言陽光麗天則無不鑒孝經鉤命決曰地以舒形萬物咸載顧
己枉維縶撫志慙場苗鄭玄毛詩箋曰顧念也毛詩曰皎皎白駒食我場苗縶之維之以永今朝工拙各
所宜終以反林巢呂氏春秋曰至治之世賢不肖各反其質若此則工拙愚智可得而知矣巢已見上文曾是
縈舊想覽物奏長謠毛詩曰曾是在位舊想謂隱居之志也歎逝賦曰覽前物而懷之劉琨荅盧諶詩曰引領長謠

晚出西射堂一首五言永嘉郡射堂　謝靈運

步出西城門遙望城西岑劉公幹贈徐幹詩曰步出北寺門遙望西苑園爾雅曰山小而高曰岑連鄣
疊巘崿青翠杳深沈爾雅曰山正鄣巘崿崖之別名爾雅曰重巘隒文字集略曰崿崖也王逸楚辭注曰杳深冥也
曉霜楓葉丹夕曛嵐氣陰楚辭曰與曛黃而為期王逸曰黃昏時也夏侯湛山路吟曰道逶迤兮嵐氣清埤蒼
曰嵐山風也嵐盧含切節往戚不淺感來念已深羈雌戀舊侶迷鳥懷故林七發
曰暮則羈雌迷鳥宿焉毛萇詩傳曰懷思也含情尚勞愛如何離賞心言鳥含情尚知勞愛況乎人而離於
賞心也撫鏡華緇鬢攬帶緩促衿孫綽子曰撫明鏡則好醜之貌可見陸機東宮詩曰柔顏收紅藻玄鬢吐

素華古詩曰衣帶日已緩安排徒空言幽獨賴鳴琴言安排之事空有斯言幽獨不悶唯賴鳴琴而已莊子曰仲尼謂顏回曰安排而去化乃入於寥天一郭象曰安於推移而與化俱去故乃入於寂寥而與天惟一也楚辭曰幽獨處乎山中琴賦曰處窮獨而不悶者莫近於音聲也

登池上樓一首 五言永嘉郡池上樓

謝靈運

潛虯媚幽姿飛鴻響遠音薄霄愧雲浮棲川怍淵沈虯以深潛而保真鴻以高飛而遠害今已嬰俗網故有愧虯鴻也說文曰虯龍有角者淮南子曰蛟龍水居又曰鳥飛於雲穀梁傳孔子曰聽遠音者聞其疾而不聞其舒王逸楚辭注曰泊止也薄與泊同古字通馬融論語注曰怍慙也進德智所拙退耕力不任周易子曰君子進德脩業欲及時也尸子曰爲令尹而不喜退耕而不憂此孫叔敖之德也徇祿反窮海臥痾對空林趙岐孟子注曰徇從也窮海謂永嘉郡也說文曰痾病也傾耳聆波瀾舉目眺嶇嶔禮記曰傾耳而聽之廣雅曰聆聽也李陵書曰舉目言笑洞簫賦曰嶇嶔巋崎初景革緒風新陽改故陰楚辭曰款秋冬之緒風王逸曰緒餘也神農本草曰春夏爲陽秋冬爲陰池塘生春草園柳變鳴禽祁祁傷豳歌萋萋感楚吟毛詩豳風曰春日遲遲采蘩祁祁楚辭曰王孫遊兮不歸春草生兮萋萋索居易永久離羣難處心禮記子夏曰吾離羣索居亦已久矣詩曰我行永久穀梁傳曰鄭伯之處心積慮成於殺也持操豈獨古無悶徵在

今莊子罔兩責影曰曩子坐今子起何其無持操與周易曰遯世無悶

遊南亭一首五言永嘉郡南亭

謝靈運

時竟夕澄霽雲歸日西馳淮南子曰季夏之月大雨時行高誘曰是月有時雨也說文曰霽雨止也曹子建詩曰朝雲不歸山霖雨成川澤然雨則雲出晴則雲歸也密林含餘清遠峯隱半規呂氏春秋曰冬不用箑清有餘也張載歲夕詩曰白日隨天迴皦皦員如規久痗昏墊苦旅館眺郊岐毛萇詩傳曰痗病也尚書禹曰洪水滔天下民昏墊孔安國曰言天下民昏瞀墊溺皆困水災也杜預左氏傳注曰旅客會也澤蘭漸被逕芙蓉始發池楚辭曰皋蘭被逕兮斯路漸廣雅曰漸稍也楚辭曰芙蓉始發雜芰荷王逸曰芙蓉蓮華也未厭青春好已覩朱明移楚辭曰青春受謝白日昭爾雅曰夏為朱明慼慼感物歎星星白髮垂楚辭曰愁鬱鬱之無快居戚戚而不解古長歌行曰感物懷所思左思白髮賦曰星星白髮生於鬢垂藥餌情所止衰疾忽在斯餌藥既止故有衰病蒼頡篇曰餌食也逝將候秋水息景偃舊崖毛詩曰逝將去汝莊子罔兩問影曰向也坐而今也起向也行而今也止何也影曰火與日吾屯也陰與夜吾代也彼吾所以有待也而況乎以有待者乎彼來則我與之來彼往則我與之往司馬彪曰屯聚也火日明而影見故曰吾聚也陰闇則影不見故曰吾代也夜代謂使得休息也我志誰與亮賞心惟良知毛萇詩傳曰亮信也尚書曰時惟良顯哉

遊赤石進帆海一首 五言 靈運遊名山志曰永寧安固二縣中路東南便是赤石又枕海

謝靈運

首夏猶清和芳草亦未歇 爾雅曰首始也歸田賦曰仲春令月時和氣清楚辭曰芳以歇而不比杜預左氏傳注曰歇盡也 水宿淹晨暮陰霞屢興沒 河圖曰崐崘山有五色水赤水之氣上蒸爲霞陰而赫然 周覽倦瀛壖況乃陵窮髮 登徒子好色賦曰周覽九土史記騶衍曰區中者乃有一州如此者九乃有大瀛海環之漢書曰盡河壖棄地韋昭曰謂緣河邊地鄭玄禮記注曰陵躐也顧啓期婁地記曰泿山海中南極之觀嶺窮髮之人舉帆揚越以爲標的 川后時安流天吳靜不發 洛神賦曰川后靜波楚辭曰使江水兮安流山海經曰朝陽之谷神曰天吳是水伯也其獸也八首八足八尾背黃青 揚帆采石華挂席拾海月 臨海志曰石華附石肉可啖又曰海月大如鏡白色揚帆挂席其義一也海賦維長綃挂帆席 溟漲無端倪虛舟有超越 莊子曰北溟有魚其名曰鯤海運則圖於南溟李弘範曰廣大窕冥故以溟爲名謝承後漢書曰陳茂當度漲海莊子孔子曰反覆終始不知端倪音義曰倪音崖莊子曰有虛舟來觸舟孔安國尚書傳曰越遠也 仲連輕齊組子牟眷魏闕 言仲連輕齊組而之海上明海上可悅既悅海上恐有輕朝廷之譏故云子牟眷魏闕史記曰田單攻聊城不下魯連乃爲書約之矢以射城中遺燕將燕將得書乃自殺遂屠聊城歸而言魯仲連欲爵之魯連逃隱於海上呂氏春秋曰中山公子牟謂詹子曰身在江海之上心居魏闕之下柰何高誘曰子牟魏公

子一說魏象魏也言身在江海之上心乃在王室也矜名道不足適己物可忽韓子白圭曰宋君少主也而務矜名郭象莊子注曰德之所以流蕩矜名故也史記曰莊子其言汪洋自恣以適己請附任公言終然謝天伐莊子曰孔子圍於陳太公任往弔之曰直木先伐甘泉先竭子其意者飾智以驚愚脩身以明汚昭昭若揭日月而行故不免也孔子曰善乃逃大澤之中入獸不亂羣入鳥不亂行鳥獸不惡而況人乎王逸楚辭注曰謝去也

石壁精舍還湖中作一首五言精舍今讀書齋是也謝靈運遊名山志曰湖三面悉高山枕水渚山溪澗凡有五處南第一谷今在所謂石壁精舍

謝靈運

昏旦變氣候山水含清暉清暉能娛人遊子憺忘歸楚辭曰羌聲色兮娛人觀者憺兮忘歸王逸曰娛樂也憺安也出谷日尚早入舟陽已微左氏傳趙宣子將朝尚早正曆曰日太陽也楚辭曰陽杲杲其朱光鄭玄毛詩箋曰微不明也林壑斂暝色雲霞收夕霏霏雲飛貌芰荷迭映蔚蒲稗相因依杜預左氏傳注曰稗草之似穀者薄懈切阮籍詠懷詩曰寒鳥相因依披拂趨南逕愉悅偃東扉莊子曰雲者風起北方一西一東孰居無事而披拂是爾雅曰悅愉樂也賈逵國語注曰偃息也慮澹物自輕意愜理無違淮南子曰澹然無慮許慎曰澹猶足也孫卿子曰內省則外物輕矣廣雅曰愜可也寄言攝生客試用此道推楚辭曰願寄言於三鳥老子曰善攝生者不然劉淵林吳都賦注曰攝持也左氏傳劉子曰民受天地之中以

生所爲命說文曰推排也爲推排以求也

登石門最高頂一首 五言靈運遊名山志曰石門澗六處石門遡水上入兩山口兩邊石壁右邊石巖下臨澗水 謝靈運

晨策尋絕壁夕息在山棲 江賦曰絕岸萬丈壁立霞駁郭璞遊仙詩曰山林隱遯棲 疏峯抗高館對嶺臨迴溪 廣雅曰疏治也西京賦曰疏龍首以抗殿廣雅曰抗舉也 長林羅戶穴積石擁基階連巖覺路塞密竹使徑迷來人忘新術去子惑故蹊 景福殿賦曰欲反忘術魏武帝苦寒行曰迷惑失故路 活活夕流駛噭噭夜猨啼 毛詩曰河水洋洋北流活活楚辭曰聲噭噭以寂寥廣雅曰噭鳴也 沈冥豈別理守道自不攜 漢書曰蜀嚴湛冥久幽而不改其操孟康注曰蜀郡嚴君平沈深玄默無欲言幽深難測也尸子曰守道固窮則輕王公賈逵國語注曰攜離也 心契九秋幹目翫三春荑 古樂府有歷九秋妾薄相行班固終南山賦曰三春之季孟夏之初九秋已見南都賦 居常以待終處順故安排 新序榮啟期曰貧者士之常死者人之終居常待終何憂哉莊子曰老聃死秦失弔之曰適來夫子時也適去夫子順也安時而處順憂樂不能入也安排已見上文 惜無同懷客共登青雲梯 陸機詩曰感念同懷子郭璞遊仙詩曰安事登雲梯張湛列子注曰雲梯可以陵虛

於南山往北山經湖中瞻眺一首五言靈運山居賦曰若乃南北兩居水通陸阻又曰
永歸其路迺界北山注曰兩居謂南北兩處南山是開創卜居之處也又曰大小巫湖中隔一山然往北山經巫湖
中過
謝靈運
朝旦發陽崖景落憩陰峯尚書大傳曰相與觀于南山之陽舍舟眺迴渚停策倚茂
松側逕既窈窕環洲亦玲瓏曹攄贈石荆州詩曰轗軻石行難窈窕山道深甘泉賦曰和氏玲瓏晉灼曰明
貌俛視喬木杪仰聆大壑灇毛詩曰南有喬木楚辭曰聽大壑之波聲薛綜西京賦注曰壑坑谷也毛詩曰
鳧鷖在潀毛萇曰潀水會也灇與潀同石橫水分流林密蹊絕蹤解作竟何感升長皆
丰容周易曰天地解而雷雨作雷雨作而百果草木皆甲坼爾雅曰感動也周易曰地中有木升丰容悅茂貌郭璞曰丰容也音蜂
初篁苞綠籜新蒲含紫茸服虔漢書注曰篁叢竹也籜竹皮也蒼頡篇曰茸草貌然此茸謂蒲華也江賦曰擢
紫茸海鷗戲春岸天雞弄和風南越志曰江鷗一名海鷗漲海中隨潮上下爾雅曰鶾天雞毛詩曰習習
谷風毛萇曰習習和舒貌撫化心無厭覽物眷彌重郭象莊子注曰聖人遊於變化之塗萬物萬化亦與之萬
化覽物已見上文眷猶戀也不惜去人遠但恨莫與同言獨在山中無人共遊人謂古人也孤遊非
情歎賞廢理誰通言己孤遊非情所歎而賞心若廢茲理誰為通乎

珍倣宋版印

從斤竹澗越嶺溪行一首 五言 靈運遊名山志曰神子溪南山與七里山分流去斤竹澗數里

謝靈運

猨鳴誠知曙谷幽光未顯 元康地記云猨與獨猴不共山宿臨旦相呼說文曰曙旦明也 巖下雲方合花上露猶泫 廣雅曰方始也 逶迤傍隈隩苕遞陟陘峴 說文曰隈山曲也爾雅曰隩隈也郭璞曰今江東呼爲浦隩於到切又於六切爾雅曰山絕曰陘郭璞曰連山中斷曰陘陘胡庭切聲類曰峴山嶺小高也峴與現同賢典切 過澗既厲急登棧亦陵緬 毛詩曰深則厲毛萇曰以衣涉水爲厲通俗文曰板閣曰棧漢書曰張良說漢王燒絕棧道廣雅曰陵乘也韋昭國語注曰緬猶邈也 川渚屢逕復乘流翫迴轉 楚辭曰川谷逕復流潺湲鵾鳥賦曰乘流則逝 蘋萍泛沈深菰蒲冒清淺 毛萇詩傳曰蘋大蓱也又曰冒覆也 企石挹飛泉攀林摘葉卷 說文曰企舉踵也毛萇詩傳曰挹㪺也猶今言酌也飛泉已見上文 想見山阿人薜蘿若在眼 楚辭曰若有人兮山之阿披薜荔兮帶女蘿 握蘭勤徒結折麻心莫展 靈運南樓中望所知遲客詩曰瑤華未堪折蘭苕已屢擿路阻莫贈問云何慰離析然握蘭擿苕咸以相贈問也楚辭曰被石蘭兮帶杜衡折芳馨兮遺所思王逸曰石蘭香草也棗據逸民賦曰沐甘露兮餘滋握春蘭兮遺芳楚辭曰折疎麻兮瑤華將以遺兮離居王逸曰疎麻神麻也司馬彪莊子注曰展申也又漢家侍中握蘭 情用賞爲美事昧竟誰辨 言事無高翫而情之所賞即以爲美此理幽昧誰能分別

乎觀此遺物慮一悟得所遺淮南子曰吾獨懷慷慨遺物而與道同出是故有以自得也郭象莊子注曰將
大不類莫若無心既遺是非又遺其所遺遺之以至於無遺然後無所不遺而是非去也

應詔觀北湖田收一首五言丹陽郡圖經曰樂游苑晉時藥園元嘉中築隄壅水名爲北湖集曰
元嘉十年也太祖改景平十二年爲元嘉　顏延年

周御窮轍跡夏載歷山川左氏傳右尹子革對楚王曰昔周穆王欲肆其心周行天下將皆有車轍馬跡焉尚
書禹曰予乘四載隨山栞木孔安國曰所載者四謂水乘舟陸乘車泥乘輴山乘樏樏力追切蓄軫豈明懋善遊皆
聖仙蓄軫不行豈是欽明懋德之后善遊天下皆是睿聖神仙之君孔安國尚書傳曰蓄積也范曄後漢書劉安奏曰安皇帝聖德
明懋聖謂夏禹仙謂周穆帝暉膺順動清蹕巡廣廛周易曰聖人以順動而民服漢儀注曰皇帝輦動出則傳
蹕止人清道漢書曰楊雄有田一廛晉灼曰廛一百畝也樓觀眺豐穎金駕映松山孔安國尚書傳曰穎穗也
金駕金輅也言上樓看穗也映猶蔽也飛奔互流綴緹轂代迴環飛奔車也陸景典語曰飛車策馬橫騰超
進越絕書曰車奔馬騰緹轂騎也續漢書曰緹騎一百人屬執金吾吳都賦曰轂騎煒煌神行埒浮景爭光溢中
天列子黃帝夢遊華胥國其神行而已孟康漢書注曰埒等也張孟陽七哀詩曰浮景忽西沈史記曰與日月爭光可也列子曰穆王
築臺號曰中天之臺開冬眷徂物殘悴盈化先言開冬而視徂落之物雖已殘悴而尚盈於殘悴之先言可觀

也開冬猶開春開秋也楚辭曰開春發歲羽獵賦曰玄冬季月萬物徂落於外孔安國尚書傳曰眷視也白虎通曰春萬物始生鄭玄禮
記注曰化猶生也陽陸團精氣陰谷曳寒煙吳越春秋越王曰崐崘乃天地之鎮柱也五帝處其陽陸賈逵
國語注曰精明也山北曰陰攢素既森藹積翠亦葱仟廣雅曰攢聚也息饗報嘉歲通急
戒無年禮記曰蜡者索也歲十二月合聚萬物而索饗之黃衣黃冠息田夫也又曰國無六年之畜曰急三年耕必有一年之食
九年耕必有三年之食以三十年之通雖有凶旱水溢人無菜色周禮曰無年則公旬用一日焉鄭玄曰無歲無贏儲也急要也通百姓
之急者預戒於無年之時温渥浹輿隸和惠屬後筵說文曰温仁也毛萇詩傳曰渥厚也字書曰浹洽也左氏
傳曰人有十等皁臣輿輿臣隸孔安國尚書傳曰屬逮也觀風久有作陳詩愧未妍禮記曰歲二月東巡狩命
太師陳詩以觀民風疲弱謝淩遽取累非纆牽言己才疲弱而謝急遽其所取累非由纆牽西京賦曰百禽淩
遽戰國策段干越謂新城君曰王良子弟駕千里之馬過京父之弟子曰駕千里之馬而不能取千里何京父弟子曰纆牽長故纆牽於
事萬分之一也而難千里之行

車駕幸京口侍遊蒜山作一首

五言劉楨京口記曰蒜山無峯嶺北臨江集曰元嘉二十六年也蒜山在潤州西二里京口在潤州

顏延年

元天高北列日觀臨東溟莊子曰闕弈之隸與殷翼之孫遏氏之子三士相與謀致人於造物共之元天之上

元天者其高四見列星司馬彪曰元天山名也漢書儀曰泰山東南曰觀者雞一鳴時見日始欲出長三丈所言曰觀者望見長安其高
如覩浮雲孫綽答許詢詩曰倒景論東溟元天山最高在東北日出郎見入河起陽峽踐華因削成史記曰秦
使蒙恬築長城制險塞起臨洮至遼東於是度河據陽山王逸楚辭注曰陘山側峽與陘通過秦論曰踐華爲城山海經曰泰華之山削
成四方巖險去漢宇衿衞徙吳京言巖險之固去彼漢宇衿帶周衞徙此吳京宋都吳地故曰吳京也西京
賦曰巖險周固衿帶易守吳都賦曰山川不足以周衞流池自化造山關固神營鄭玄周禮注曰能生非類
曰化魯靈光殿賦曰神之營之園縣極方望邑社揔地靈園縣廟園之縣也邑社陵邑之社也漢書元帝詔曰
徙人以奉園陵今所爲陵者勿置縣邑然陵傍置園起縣邑也公羊傳曰天子有方望之事無所不通何休曰方望謂郊時所望祭四方
羣神日月星辰及五岳四瀆也廣雅曰揔皆也大戴禮天地祝曰皇皇上天照臨下土集地之靈降甘風雨宅道炳星緯
誕曜應神明孔安國尚書傳曰宅居也道經界也郭璞南郊賦曰宅是星紀奄有衡霍吳都賦曰固其經略上當星紀誕曜
浮曜也禮斗威儀曰君乘水而王辰星揚光尚書曰洪範五行傳曰辰星者北方水精也宋爲水德故云應也睿思纏故里
巡駕帀舊坰爾雅曰林外謂之坰陟峯騰輦路尋雲抗瑤甍薛君韓詩章句曰騰乘也西都賦曰
輦路經營喪服傳曰抗極也羊祜請伐吳表曰高山尋雲霓杜預左氏傳注曰甍屋棟也春江壯風濤蘭野茂稊
英宣遊弘下濟窮遠凝聖情楚辭曰宣遊兮列宿順極兮彷徨周易曰天道下濟而光明晉中興書孝武詔

曰躬儉以弘下濟之惠嶽濱有和會祥習在卜征國語曰齊桓公嶽濱諸侯莫不來服尚書曰新作大邑于
東國洛四方人大和會左氏傳鄭太宰石㚟曰先王卜征五年歲卜其祥祥習則行周南悲昔老留滯感遺垠
昔老謂司馬談也遺垠自謂也言帝方卜征以登封而已嚴耕以謝職不獲預觀盛禮所以悲同昔人漢書曰天子始建漢家之封而太
史公留滯周南不得與從事曰今天子接千歲統封泰山而予不得從行是命也如淳曰周南洛陽也空食疲廊肆反
稅事嚴耕空食猶素餐也王逸楚辭注曰不空食祿而曠官也廊嚴廊朝廷所在也文穎漢書注曰嚴廊殿下小屋杜預左氏
傳注曰肆列肆也說文曰稅租也楊子法言曰谷口鄭子真不詘其志耕於巖石之下名震乎京師

車駕幸京口三月三日侍遊曲阿後湖作一首五言水經注曰晉陵郡之曲阿縣下陳敏引水爲湖水周四十里號曰曲阿後湖集曰元嘉二十六年也

顏延年

虞風載帝狩夏諺頌王遊尚書虞書曰歲二月東巡狩載謂載之於策也孟子夏諺曰吾王不遊吾何以休
春方動辰駕望幸傾五州禮記曰東方曰春論語子曰爲政以德譬如北辰故謂天子爲辰也司馬相如封禪
文曰太山梁父設壇望幸尚書有十二州宋得其七故謂北境云五州山祇蹕嶠路水若警滄流山祇山神
也管子曰登山之神有俞兒者長尺人物具焉霸王之君興登山之神見且走馬前導也爾雅曰山銳而高曰嶠楚辭曰使湘靈鼓瑟兮
令海若舞王逸曰海若海神名神御出瑤軫天儀降藻舟瑤軫玉輅也藻舟畫舟也王符羽獵賦曰天子乘碧

一珍倣宋版印

瑤之彤軫建曜天之華旗東觀漢記曰東平王蒼上疏曰賜奉朝請咫尺天顏萬軸胥行衛千翼汎飛浮萬軸謂車也千翼謂舟也越絕書伍子胥水戰兵法內經曰大翼一艘廣一丈五尺二寸長十丈中翼一艘廣一丈三尺五寸長五丈六尺小翼一艘廣一丈二尺長九丈彤雲麗璇蓋祥飇被綵斿天台山賦曰彤雲斐亹以翼櫺桓子新論曰乘車玉爪蓋禮緯曰君政頌平則祥風至斿旗之旒也江南進荆豔河激獻趙謳吳都賦曰荆豔楚舞列女傳曰趙津女娟者趙河津吏之女也初簡子南擊楚將渡河用楫者少一人娟攘袂操楫而請簡子遂與渡中流為簡子發河激之歌其辭曰升彼河兮而觀清水揚波兮杳冥冥禱求福兮醉不醒誅將加兮妾心驚罰既釋兮瀆乃清妾持楫兮操其維交龍助兮主將歸呼來櫂兮行勿疑簡子大悅以為夫人金練照海浦笳鼓震溟洲金練金甲組練也蔡邕女琰詩曰卓衆來東下金甲耀日光左氏傳曰被練三千西京賦曰囂聲震海浦列子曰北極之北有溟海藐盼覯青崖衍漾觀綠疇藐盼窈藐顧盼也衍漾遊衍漂漾也杜預左氏傳注曰並畔為疇人靈騫都野鱗翰聳淵丘騫聳皆驚懼之意也都野民靈所居淵丘鱗翰所處也曾子曰陰之精氣為靈德禮既普洽川嶽徧懷柔尚書曰道洽政治澤潤生民孔安國曰道至普洽其德惠施乃浸潤生民毛詩曰以洽百禮鄭玄曰洽合也毛詩曰懷柔百神及河喬嶽毛萇曰懷來也柔安也喬高也鄭玄曰王行狩來安羣神也

行樂至城東橋一首五言 鮑明遠

雞鳴關吏起伐鼓早通晨史記曰關法雞鳴出客嚴車臨迴陌延瞰歷城闉楚辭曰嚴車駕兮戲遊神女賦曰望余帷而延視廣雅曰瞰視也毛萇詩傳曰闉城曲也蔓草緣高隅脩楊夾廣津隅城隅也迅風首旦發平路塞飛塵楚辭曰軼迅風於清涼又曰爲余先乎平路擾擾遊宦子營營市井人枚乘七發曰擾擾若三軍之騰裝漢書薄昭與淮南王書曰遊宦事人列子林類曰吾又安知營營而求生之非惑乎莊子仲尼曰商賈曰於市井以求其贏司馬彪曰九夫爲井井有市懷金近從利撫劍遠辭親范曄後漢書耿弇曰懷金玉者至不生歸抱朴子曰夫程鄭王孫羅裒之徒乘肥衣輕懷金挾玉者爲之倒屣說文曰懷藏也左氏傳曰子朱怒撫劍從之列女傳秋胡子妻謂秋胡曰子辭親往仕爭先萬里塗各事百年身王羲之答許詢詩曰爭先非吾事靜照在忘求百年已見上文開芳及稚節含采吝驚春以草喻人也草之開芳宜及少節既以含彩理惜驚春夫草之驚春花葉必盛盛必有衰固所當惜也陸機桑賦曰豐稚節以夙茂蒙勁風而後凋曹毗治城賦曰含彩可以寶珍孔安國尚書傳曰吝惜也尊賢永昭灼孤賤長隱淪說苑曰子賤至單父請者老尊賢與之共治范曄後漢書黃香上疏曰江淮孤賤愚朦小生隱淪謂幽隱沈淪也容華坐消歇端爲誰苦辛陸機長歌行曰容華宿夜零無故自消歇古詩曰轗軻長苦辛

游東田一首五言

謝玄暉 眺有莊在鍾山東游還作

慼慼苦無悰攜手共行樂 慼慼已見上文漢書廣陵王胥歌曰出入無悰爲樂亟韋昭曰悰樂也魏文帝折楊柳行曰端居苦無悰駕遊博望山悰裁宗切楊惲報孫會宗書曰人生行樂耳須富貴何時 尋雲陟累榭隨山望菌閣 尋雲已見上文楚辭曰層臺累榭臨高山王逸曰層累皆重也尚書曰隨山刊木楚辭曰菌閣兮蕙樓 遠樹曖仟仟生煙紛漠漠 廣雅曰芊芊盛也仟與芊同 魚戲新荷動鳥散餘花落不對芳春酒還望青山郭 言野外昭曠取樂非一若不對茲春酒還則望彼青山魏武帝短歌行曰對酒當歌陸機悲行曰遊客芳春林毛詩曰爲此春酒

從冠軍建平王登廬山香爐峯一首 五言沈約宋書曰建平王景素爲冠軍將軍湘州刺史劉璠梁典曰江淹年二十以五經授宋建平王景素待以客禮遠法師廬山記曰山東南有香爐山孤峯秀起游氣籠其上卽樊蘊若煙氣

江文通

廣成愛神鼎淮南好丹經 神仙傳曰廣成子者古之仙人也居崆峒之山石室中抱朴子曰服九轉丹內神鼎中夏至之後暴之神仙傳曰淮南王劉安者漢高皇之孫也好道術之士於是八公乃往遂授以丹經 此山具鸞鶴往來盡仙靈 張僧鑒豫州記曰洪井西有鸞岡舊說云洪崖先生乘鸞所憩處也鸞岡西有鶴嶺云王子喬控鶴所經處也東方

朔十洲記曰崐崘山正東曰天墉城其北戶出承淵山西王母之所治真官仙靈之所宗也瑤草正翕赩玉樹信
葱青瑤草玉芝也本草經曰白芝一名玉芝琴賦曰瑤瑾翕赩甘泉賦曰翠玉樹之青葱絳氣下縈薄白雲上
杳冥王逸楚辭注曰草木交曰薄楚辭曰杳杳冥冥而薄天中坐瞰蜿虹俛伏視流星西京賦曰瞰蜿
虹之長鬐魯靈光殿賦曰中坐垂景頫視流星不尋遐怪極則知耳目驚言未盡尋遐怪則知其至此耳目必
驚也鄭玄禮記注曰極盡也日落長沙渚曾陰萬里生曾重也蔡邕月令章句曰陰者密雲也藉蘭
素多意臨風默含情多意多佳意也含情情未申也隱顯交慮所以未申嘯賦曰藉皐蘭之猗靡楚辭曰臨風怳兮
浩歌王仲宣公讌詩曰今日不極歡含情欲待誰臨風已見月賦方學松柏隱羞逐市井名方猶將也言將
隱而棄榮利也楚辭曰山中人兮芳杜若飲石泉兮蔭松柏市井已見上文幸承光誦末伏思託後旍光誦
猶華篇也後旍猶後乘也

鍾山詩應西陽王教一首五言徐爰釋問略曰建康北十里有鍾山裴子野宋略曰孝武封皇子子尚爲西陽王

沈休文

靈山紀地德地險資嶽靈說苑齊景公曰天不雨寡人欲祠靈山可乎鄭玄周禮注曰鎮名山安地德者也周
易曰地險山川丘陵王隱晉書荀晞曰淮陽之地北阻塗山南枕靈嶽終南表秦觀少室邇王城毛詩曰終

南何有有條有枚史記曰始皇表南山巔以爲闕南山則終南也爾雅曰觀謂之闕戴延之西征賦曰嵩中嶽也東謂太室西謂少室相
去十七里嵩高總名也漢武帝作登仙臺在少室峯下東京賦曰然後以建王城 翠鳳翔淮海衿帶繞神坰
鳳翔淮海喻宋之興也東京賦曰龍飛白水鳳翔參墟李斯上書曰今陛下建翠鳳之旗然但引翠鳳之文不取旗義也衿帶神坰並見
上文 北阜何其峻林薄杳葱青 其一北阜鍾山也西都賦曰睋北阜陸機擬古詩曰西山何其峻又赴洛詩曰
林薄杳阡眠 發地多奇嶺干雲非一狀 子虛賦曰其山則交錯糾紛上干青雲 合沓共隱天
參差互相望 謝靈運登廬山詩曰巒隴有合沓揚雄蜀都賦曰蒼山隱天子虛賦曰岑崟參差尚書曰終南惇物至于鳥鼠
孔安國注曰三山名言相望也 鬱律構丹巘崚嶒起青嶂 西京賦曰隱轔鬱律巘已見上文魯靈光殿賦曰崱
繒綾而龍鱗 勢隨九疑高氣與三山壯 其二楚辭曰道幽谷於九疑山海經曰南山崐崘其氣魂魂漢書曰
蓬萊方丈瀛州此三神山者僊人在焉九疑山在長沙零陵三山在海中 卽事既多美臨眺殊復奇 卽事卽此
山中之事也列子曰周之尹氏有老役夫晝則呻呼卽事 南瞻儲胥觀西望昆明池 儲胥觀昆明池皆在西京
此皆假言之 山中咸可悅賞逐四時移春光發龍首秋風生桂枝 其三 多値
息心侶結架山之足 大灌頂經曰息心達本源故號爲沙門山足已見上文 八解鳴澗流四禪
隱巖曲 維摩經曰八解之浴池定水湛然滿大品經曰初禪二禪三禪四禪山海經曰和山五曲郭璞曰曲迴也 窈冥終

珍倣宋版印

不見蕭條無可欲老子曰窈兮冥其中有精王弼曰窈冥深遠貌深遠不可得而見然而萬物由之不可得見以定其真故曰窈兮冥其中有精老子曰不見可欲使心不亂所願從之遊寸心於此足其四家語孔子曰無聲之樂所願志從莊子曰魯有兀者王駘從之遊者與仲尼相若列子文摯謂叔龍曰吾見子之心矣方寸之地虛矣君王挺逸趣羽旆臨崇基說文曰挺拔也旆旌旗之垂者於旗以羽爲飾故云羽旆陸機樂府詩曰羽旗棲瓊鸞崇基山也春秋運斗樞曰山者地基也白雲隨玉趾青霞雜桂旗玉趾已見上文曹毗臨園賦曰青霞曳於前阿楚辭曰辛夷車兮結桂旗淹留訪五藥顧步佇三芝楚辭曰攀桂枝兮聊淹留周禮鄭玄曰五藥草木蟲石穀也日出東南隅行曰顧步咸可懽蒼頡篇曰顧旋也王逸楚辭注曰步徐行也抱朴子曰參成芝木渠芝建實芝此三芝得而服之白日升天於焉仰鑣駕歲暮以爲期其五歲暮喻年老也韓詩曰蟋蟀在堂歲聿其暮薛君曰暮晚也言君之年歲已晚

宿東園一首五言　沈休文

陳王鬬雞道安仁采樵路陳思王名都篇曰鬬雞東郊道走馬長楸閒潘岳詩曰東郊歎不得志也出自東郊憂心搖搖遵彼萊田言采其樵東郊豈異昔聊可閑余步七啓曰雍容閑步野徑既盤紆荒阡亦交互子虛賦曰其山則盤紆岪鬱槿籬疏復密荊扉新且故謝靈運詩曰插槿當列墉鄭玄禮記注曰蓽門荊竹織門也殷仲堪誄曰荊門晝掩樹頂鳴風飈草根積霜露驚麏去不息征

烏時相顧毛詩曰野有死麕今以江東人呼鹿曰麕呂氏春秋曰孝征鳥厲號高誘曰征猶飛也鄭玄毛詩箋曰迴首曰顧
棟嘯愁鴟平崗走寒兔任預雪詩曰寒鳶嚮雲嘯悲鴻竟夜嗷夕陰帶曾阜長煙引輕
素飛光忽我遒寧止歲云暮古董桃行曰年命冉冉我遒毛詩曰歲聿云暮若蒙西山藥頹
齡儻能度魏文帝詩曰西山一何高高殊無極上有兩仙童不飲亦不食與我一丸藥光輝有五色服藥四五日身體生羽
翼陸機應詔曰悲來日之苦短悵頹年之方侵

遊沈道士館一首五言　沈休文

秦皇御宇宙漢帝恢武功過秦論曰始皇振長策而御宇內漢書曰武帝征討四夷銳志武功懽娛人
事盡情性猶未充何休公羊傳注曰充滿也銳意三山上託慕九霄中銳意已見上注西征
賦曰切託慕於闕庭潘岳書曰長自絕於埃塵超遊身乎九霄既表祈年觀復立望仙宮廟記曰祈年宮在城
外秦穆公所造望仙宮在華陰漢武帝所造寧為心好道直由意無窮漢武內傳曰帝好長生之道曰
余知止足是願不須豐老子曰知足不辱知止不殆周易曰豐多也遇可淹留處便欲息
微躬淹留已見上文山嶂遠重疊竹樹近蒙籠開衿濯寒水解帶臨清風曹子
建閑居賦曰愬寒風而開衿所累非外物為念在玄空慎子曰夫德精微而不見聰明而不發是故外物不

累其內廣雅曰玄道也然道體無形故曰空朋來握石髓賓至駕輕鴻袁彥伯竹林名士傳曰王烈服食養性嵇康甚敬信之隨入山烈嘗得石髓柔滑如飴即自服半餘半取以與康皆凝而為石郭璞遊仙詩曰駕鴻乘紫煙都令人逕絕唯使雲路通吳都賦曰逕路絕風雲通張昶華山堂闕銘曰必雲霄之路可升而起一舉陵倒景無事適華嵩漢書谷永曰及言世有仙人服食不終之藥遙興輕舉登遐倒景如淳曰在日月之上日月反從下照故其景倒廣雅曰陵乘也列仙傳曰呼子先者漢中關下卜師也壽百餘年夜有仙人持二竹竿來至呼子先子騎之乃龍也上華陰山又曰王子喬好笙浮丘公接以上嵩山寄言賞心客歲暮爾來同歲暮已見上文

古意詶到長史溉登琅邪城詩一首五言何之元梁典曰到溉字茂灌為司徒長史沈約宋書曰南琅邪郡琅邪國人隨晉元帝過江大興三年立懷德縣隸丹楊無土地成帝咸康元年桓溫領郡鎮江乘縣境立郡鎮輿地圖曰梁武改南琅邪為琅邪郡在潤州江寧縣西北十八里

徐敬業何之元梁典曰徐勉第三息悱字敬業晉安內史有學業最知名卒於郡府

甘泉警烽候上谷拒樓蘭漢書楊雄上疏曰孝文時匈奴侵暴北邊候騎至雍烽火通甘泉又曰上谷郡秦置又曰鄯善國本名樓蘭王治杅泥城杅音烏此江稱豁險茲山復鬱盤蜀都賦曰豁險吞若巨防子虛賦曰其山則盤紆岪鬱表裏窮形勝襟帶盡巖巒左氏傳咎犯曰表裏山河必無害也漢書田肯賀上曰秦形勝

之國也衿帶已見上文說文曰巒小山而高脩篁壯下屬危樓峻上干子虛賦曰下屬江河上干已見上注

登陴起遐望迴首見長安左氏傳曰鄭子產授兵登陴杜預曰陴城上睥睨也王仲宣七哀詩曰南登霸陵岸

迴首望長安金溝朝灞滻甬道入鴛鸞戴延之西征記曰御溝引金谷水從閶闔門入灞滻二水名也雍州

圖經曰金谷水出藍田縣西終南山西入灞水小水入大水曰朝尚書曰江漢朝宗于海甬道閣道也淮南子曰甬道相連潘岳關中記

曰未央殿東有鴛鸞殿鮮車騖華轂汗馬躍銀鞍范曄後漢書曰蜀地饒富吏民鮮車駕馬以財貨自達漢

書劉向上封事曰今王氏一姓乘朱輪華轂者二十三人又公孫弘曰臣愚駑無汗馬之勞辛延年羽林郎詩曰銀鞍何煜爚翠蓋空踟

躕少年負壯氣耿介立衝冠漢書音義曰負恃也韓子曰耿介之士史記曰藺相如怒髮上衝冠懷紀

燕山石思開函谷丸范曄後漢書曰竇憲為車騎將軍與北單于戰于稽落山破之遂登燕然山刻石勒功紀威德

又曰隗囂據天水王元說囂曰東收三輔之地案秦舊迹表裏山河元請以一丸泥為大王東封函谷關此萬世一時也豈如霸

上戲羞取路傍觀漢書曰匈奴入邊遣宗正劉禮軍霸上帝勞軍直馳入帝曰鄉者霸上軍如兒戲古樂府曰出東南

隅行曰兄弟兩三人中子侍中郎黃金絡馬頭觀者滿路傍寄言封侯者數奇良可歎漢書李廣與望氣王

朔語曰自漢擊匈奴廣未嘗不在其中而諸將校尉以軍功取侯者數十人廣不為人後然終無尺寸之功以得封邑者何也豈吾相不

當侯耶又曰大將軍衛青陰受上旨以為李廣數奇孟康曰奇隻不耦也如淳曰數為匈奴所敗數所具切奇居宜切

文選卷第二十二

賜進士出身通奉大夫江南蘇松常鎮太等處承宣布政使司布政使胡克家重校刊

文選卷第二十三

梁昭明太子撰

文林郎守太子右內率府錄事參軍事崇賢館直學士臣李善注上

詠懷

阮嗣宗詠懷詩十七首

謝惠連秋懷詩一首

歐陽堅石臨終詩一首

哀傷

嵇叔夜幽憤詩一首

曹子建七哀詩一首

王仲宣七哀詩二首

張孟陽七哀詩二首

潘安仁悼亡詩三首

阮嗣宗臧榮緒晉書曰阮籍字嗣宗陳留尉氏人也容貌瓌傑志氣宏放蔣濟辟爲掾後謝病去爲尚書郎選步兵校尉卒　顏延年沈約等注

夜中不能寐起坐彈鳴琴薄帷鑒明月清風吹我衿廣雅曰鑒照也孤鴻號外野朔鳥鳴北林廣雅曰號鳴也徘徊將何見憂思獨傷心嗣宗身仕亂朝常恐罹謗遇禍因茲發詠故每有憂生之嗟雖志在刺譏而文多隱避百代之下難以情測故粗明大意略其幽旨也

二妃遊江濱逍遙順風翔交甫懷環珮婉變有芬芳猗靡情歡愛千載不相忘列仙傳曰江妃二女出游江濱交甫遇之餘與韓詩內傳同已見南都賦王逸楚辭注曰在衣曰懷毛萇詩傳曰婉變少好兒子虛賦曰扶輿猗靡傾城迷下蔡容好結中腸漢書李延年歌曰一顧傾人城登徒子好色賦曰臣東家之子嫣然一笑惑陽城迷下蔡感激生憂思諼草樹蘭房膏沐爲誰施其雨怨朝陽趙岐孟子章指曰千載聞之猶有感激毛詩曰焉得諼草言樹之背又曰豈無膏沐誰適爲容又曰其雨其雨杲杲出日鄭玄曰人言其雨其雨杲杲然日復出猶我言伯且來伯且來則復不來也伯且君子字如何金石交一旦更離傷沈約曰婉變則千載不忘金石之交一旦輕絕未見好德如好色善曰漢書曰楚王使武涉說韓信曰足下雖自以爲與漢王爲金石交然今爲漢王所禽矣

嘉樹下成蹊東園桃與李顏延年曰左傳季孫氏有嘉樹善曰班固漢書李廣贊曰諺曰桃李不言下自成蹊
秋風吹飛藿零落從此始沈約曰風吹飛藿之時蓋桃李零落之日華實既盡柯葉又彫無復一毫可悅善曰
說文曰藿豆之葉也楚辭曰惟草木之零落繁華有憔悴堂上生荊杞言無常也文子曰有榮華者必有愁
悴班固答賓戲曰朝為榮華夕為憔悴山海經曰單夕之山下為荊杞郭璞曰杞枸杞驅馬舍之去去上西山
西山夷齊所居言趾欲從之以避世禍一身不自保何況戀妻子沈約曰榮悴去就此人本無保身之術況
復妻子者乎凝霜被野草歲暮亦云已沈約曰歲暮風霜之時徒然而已耳善曰繁霜已凝歲亦暮止野草
殘悴身亦當然楚辭曰漱凝霜之紛紛字書曰凝冰堅也毛詩曰歲聿云暮蒼頡篇曰已畢也
昔日繁華子安陵與龍陽史記華陽夫人姊說夫人曰不以繁華時樹本說苑曰安陵君纏得寵於楚恭王江
乙謂纏曰吾聞以財事人者財盡則交絕以色事人者華落則愛衰子安得長被幸乎會王出獵江渚有火若雲蜺兕從南方來正觸王
驂善射者射之兕死於車下王謂纏曰萬歲後子將誰與樂纏泣下沾衣曰大王萬歲後臣將殉恭王乃封纏車下三百戶故江乙善謀
安陵善知時龍陽君釣十餘魚而棄因泣下王曰有所不安乎對曰無王曰然則何為涕出對曰臣始得魚甚喜後得益多而又欲棄前
之所得也今以臣兇惡而得拂枕席今爵至人君走人於庭避人於塗四海之內其美人甚多矣聞臣之得幸於王畢褰裳而趍王臣亦
曩之所得魚也亦將弃矣安得無涕出乎王乃布令敢言美人者族夭夭桃李花灼灼有輝光毛詩曰桃之夭

夭灼灼其華 悅懌若九春磬折似秋霜 春秋元命苞曰陽氣數成於三故時別三月陽數極於九故三月一時九十日宋衷曰四時皆象此類不唯春也尚書大傳曰諸侯來受命周公莫不磬折 流眄發姿媚言笑吐芬芳 神女賦曰陳嘉辭而云對吐芬芳其若蘭 攜手等歡愛宿昔同衣裳 廣雅曰宿夜也 願為雙飛鳥比翼共翱翔 建安中無名詩曰中有雙飛鳥自名為鴛鴦 丹青著明誓永世不相忘 以財助人者財盡則交絕以色助人者色盡則愛弛是以嬖女不弊席嬖男不弊輿安陵君所以悲魚也亦豈能丹青著誓永代不忘者哉蓋以俗衰教薄方直道喪攜手笑言代之所重者乃足傳之永代非止恥會一時故託二子以見其意不在分桃斷袖愛嬖之懽丹青不渝故以方誓舍曰東觀漢記光武詔曰明設丹青之信廣開束手之路

天馬出西北由來從東道 漢書曰天馬來從西極涉流沙九夷服天馬來歷無草經千里循東道張晏曰馬從西而來東也沈約云由西北來東道也 春秋非有託富貴焉常保 沈約曰春秋相代若環之無端天道常也譬如天馬本出西北忽由東道況富之與貧貴之與賤易至乎舍曰鄭玄禮記注曰託止也 清露被皐蘭凝霜霑野草 迅疾也楚辭曰皐蘭被徑兮斯露漸凝霜已見上文古詩曰白露沾野草 朝為媚少年夕暮成醜老自非王子晉誰能常美好 王子晉已見上文

登高臨四野北望青山阿 應劭風俗通曰葬於郭北北首求諸幽之道 松柏翳岡岑飛鳥

嗚相過仲長子昌言曰古之葬植松柏梧桐以識其墳感慨懷辛酸怨毒常苦多蒼頡篇曰懷抱也史
記太史公曰怨毒之於人甚矣哉廣雅曰毒痛也李公悲東門蘇子狹三河求仁自得仁豈
復歎咨嗟沈約曰河南河東河北秦之三川郡古人呼水皆為河耳蘇子以兩周之狹小不足逞其志力故去偏六國相抑也
云二子豈不知進趨之近禍敗哉常以交利貨賂禍故冒而行之所謂求仁得仁也松柏岡岑丘墓所在也古有皆死之義莫有免者焉
達者安小大之涯各遂分內之樂委天任命以至於俱為一丘之土夫何異哉故因此望山阿而發此句明徂謝之理雖同夭逝之途則
異也感慨之來誠逝者所不免至於顛沛逆天怨毒求生蘇子李斯張本也善曰李斯已見西征賦蘇秦已見左太沖詠史詩漢書東方
朔曰漢興去三河之地止霸產以西論語子貢曰伯夷叔齊何人也子曰古之賢人曰怨乎曰求仁而得仁又何怨
開秋兆涼氣蟋蟀鳴牀帷開秋秋初開也楚辭曰開春發歲兮四子講德論曰蟋蟀候秋吟毛詩曰十月蟋蟀
入我牀下感物懷殷憂悄悄令心悲古詩曰感物懷所思韓詩曰耿耿不寐如有殷憂毛詩曰憂心悄悄慍于
羣小多言焉所告繁辭將訴誰沈約曰重言之猶云懷哉懷哉善曰論衡曰甘議繁辭終不見信微風
吹羅袂明月耀清暉晨雞鳴高樹命駕起旋歸樂錄曰雞鳴高樹顛古辭孔叢子孔子歌
曰巾車命駕將適唐都毛詩曰薄言旋歸
平生少年時輕薄好絃歌論語曰久要不忘平生之言范曄後漢書曰光武曰孝孫素謹輕薄兒誤之孝孫劉

珍倣宋版印

嘉字西遊咸陽中趙李相經過顏延年曰趙漢成帝趙后飛燕也李武帝李夫人也並以善歌妙舞幸於二帝也善曰史記曰秦作咸陽徙都也娛樂未終極白日忽蹉跎驅馬復來歸反顧望三河黃金百溢盡資用常苦多北臨太行道失路將如何少年之日志好絃歌及乎歲晚旋歸路失財盡同乎太行之子當如之何乎戰國策曰魏王欲攻邯鄲季梁聞之中道而反衣焦不信頭塵不浴往見王曰今者臣來見人於太行乃北面而持其駕告臣曰我欲之楚臣曰之楚將奚爲北面曰吾馬良臣曰雖良此非楚之道也曰吾用多臣曰雖多此非之楚之路也曰吾善御此數者逾善而離楚逾遠耳今王動欲成霸王舉欲信於天下恃王國之大兵之精銳而欲攻邯鄲以廣地尊名王之動逾數而離王逾遠耳猶至楚而北行也高誘曰面向也駕馬也之至也用資也賈逵國語注曰一溢二十四兩

昔聞東陵瓜近在青門外連畛距阡陌子母相拘帶五色曜朝日嘉賓四面會畛當爲眕宋衷太玄經注曰眕界也說文曰眕井田閒陌也孔安國尚書傳曰距至也子母五色俱謂瓜也史記曰邵平者故秦東陵侯秦破爲布衣貧種瓜於長安城東瓜美故時俗謂之東陵瓜從邵平始也漢書曰霸城門民間所謂青門也毛詩曰我有嘉賓膏火自煎熬多財爲患害布衣可終身寵祿豈足賴沈約曰當東陵侯侯服之時多財爵貴及種瓜青門匹夫耳寔由善於其事故以味美見稱連畛距陌五色相照非唯周身贍己乃亦坐致嘉賓夫得固易失樂難久恃膏以明自煎人以財興累布衣可以終身豈寵祿之足賴哉善曰莊子曰山木自寇也膏火自煎也漢書疏廣曰愚而多財則

益其過左氏傳曰石碏曰四者之來寵祿過也又宋華元曰不能治官敢賴寵乎

步出上東門北望首陽岑河南郡圖經曰東有三門最北頭曰上東門河南郡境界簿曰城東北十里首陽山上有首陽祠一所下有采薇士上有嘉樹林沈約曰夷齊尚不食周粟況取之以不義者乎善曰史記曰武王平殷伯夷叔齊恥之義不食周粟隱於首陽山采薇而食之顏延之曰史記龜策傳曰無蟲曰嘉林良辰在何許凝

霜霑衣襟寒風振山岡玄雲起重陰沈約曰良辰何許言世路險薄非良辰也風霜交至凋殞非一玄雲重陰多所擁蔽是以寄言夷齊望首陽而嘆息善曰東征賦曰撰良辰而將行王仲宣詩曰白露沾衣鳴鴈飛南征

鶗鴂發哀音沈約曰此鳥鳴則芳歇也芬芳歇矣所存者梟腐耳善曰楚辭曰鴈邕邕而南遊又曰恐鶗鴂之先鳴使夫百草為之不芳素質遊商聲悽愴傷我心沈約曰致此彫素之質由於商聲用事秋時也遊字應作由古人字類無定也善曰禮記曰孟秋之月其音商鄭玄曰秋氣和則音聲調

昔年十四五志尚好書詩論語子曰吾十有五而志于學杜預左氏傳注曰尚上之耳被褐懷珠玉顏閔相與期家語子路問於孔子曰有人於此被褐而懷玉何如子曰國無道可也國有道則袞冕而執玉也顏回已見幽通賦史記曰閔損字子騫開軒臨四野登高望所思丘墓蔽山岡萬代同一時方言曰冢大者為丘王逸楚辭注曰小曰丘千秋萬歲後榮名安所之乃悞羨門子噭噭

今自蚩沈約曰自我以前徂謝者非一雖或稅駕參差同爲今日之
一丘夫豈異哉故云萬代同一時也若夫被褐懷玉託好詩
書開軒四野昇高永望志事不同徂沒理一追悟羨門之輕舉方自
笑耳善曰戰國策曰楚王謂安陵君曰寡人萬歲千秋之後誰與樂
此矣淮南子曰死有遺業生有榮名薛綜西京賦注曰安焉也史記
曰始皇使燕人盧生求羨門韋昭曰古仙人也說文云嗤笑也嗤與
蚩同
徘徊蓬池上還顧望大梁漢書地理志曰河南開封縣東北有蓬池
或曰卽宋逢澤也又陳留郡有浚儀縣故
大梁也綠水揚洪波曠野莽茫茫毛詩曰率彼曠野楚辭曰莽茫
茫之無涯毛萇曰茫茫廣大貌走獸
交橫馳飛鳥相隨翔是時鶉火中日月正相望左氏傳曰晉侯伐虢
公問卜偃曰吾其濟
乎對曰克之其九月十月之交乎鶉火中必是時也杜預曰夏之朔
九月十月也尚書曰惟二月既望孔安國曰十五日日月相望也
風厲嚴寒陰氣下微霜爾雅曰朔北方也杜預左氏傳注曰
厲猛也曾子曰陰氣勝則凝爲霜羈旅無
疇匹俛仰懷哀傷左氏傳曰陳敬仲
曰羈旅之臣也小人計其功君子道其常豈惜
終憔悴詠言著斯章沈約曰豈惜終憔悴蓋由不應憔悴而致憔悴
君子失其道也小人計其功而通君子道其常
而塞故致憔悴也因乎眺望多懷兼以羈旅無匹而發此詠善
曰孫卿子曰天有常道君子有常體君子道其常小人計其功
炎暑惟茲夏三旬將欲移南方爲火而主夏火性炎上故謂夏月爲
炎暑也薛君韓詩章句曰惟辭也鄭玄毛

詩箋曰炎熱氣也 芳樹垂綠葉清雲自逶迤淮南子曰志厲清雲楚辭曰載雲旗之逶迤 四時更
代謝日月遞差馳孫卿子曰日月遞照四時代御 徘徊空堂上忉怛莫我知毛詩曰勞心忉
忉又曰勞心怛怛楚辭曰國無人兮莫我知 願覩卒歡好不見悲別離言四時代移日月遞運年壽將盡而
人莫己知恐被讒邪橫遭擯斥故云願卒歡好不見離別
灼灼西隤日餘光照我衣楚辭曰日杳杳而西頹 迴風吹四壁寒鳥相因依周
周尚銜羽蛩蛩亦念飢韓子曰鳥有周周者首重而屈尾將欲飲於河則必顛乃銜羽而飲今人之所有飢不足
者不可以不索其羽矣爾雅曰西方有比肩獸焉與邛邛岠虛比爲邛邛岠虛齧甘草卽有難邛邛岠虛負而走其名謂之蟨郭璞曰蟨
音厥 如何當路子磬折忘所歸豈爲夸譽名憔悴使心悲沈約曰天寒卽飛鳥走獸
尚知相依周周銜羽以免顛仆蛩蛩負蟨以美草而當路者知進趍不念暮歸所安爲者惟夸譽名故致憔悴而心悲也善曰孟子公孫
丑問曰夫子當路於齊管晏之功可復許乎綦毋邃曰當仕路也磬折已見上文呂氏春秋曰古之人有不肯富貴者由重生故也非夸
以名也爲其實也司馬彪莊子注曰夸虛名也鄭玄禮記注曰名令聞也 寧與鷰雀翔不隨黃鵠飛黃鵠
遊四海中路將安歸沈約曰若斯人者不念己之短翮不隨燕雀爲侶而欲與黃鵠比遊黃鵠一舉冲天翱翔四海
短翮追而不逮將安歸乎爲其計者宜與燕雀相隨不宜與黃鵠齊舉善曰漢書息夫躬絕命辭曰玄雲泱鬱將安歸 獨坐空

堂上誰可與歡者出門臨永路不見行車馬登高望九州悠悠分曠野孤鳥西北飛離獸東南下日暮思親友晤言用自寫毛詩曰彼美淑姬可與晤言鄭玄曰晤對也

北里多奇舞濮上有微音史記曰紂使師涓作新聲北里之舞禮記曰桑間濮上之音亡國之音也輕薄閑遊子俯仰乍浮沈捷徑從狹路僶俛趣荒淫輕薄之輩隨俗浮沈棄彼大道好從狹路不尊恬淡競赴荒淫言可悲甚也漢司馬遷書曰從俗浮沈與時俯仰焉見王子喬乘雲翔鄧林獨有延年術可以慰我心子喬離俗以輕舉全性以保真其人已遠故云焉見其法不滅故云可慰心楚辭云譬若王喬之乘雲兮載赤雲而陵太清山海經曰夸父與日競逐而渴死其杖化爲鄧林楚辭曰延年不死兮壽何所止方言曰延長也毛詩曰仲山父永懷以慰其心毛萇曰慰安也

湛湛長江水上有楓樹林楚辭曰湛湛江水兮上有楓樹皐蘭被徑路青驪逝駸駸皐蘭已見上文楚辭曰青驪結駟齊千乘毛詩曰駕彼駟牡載驟駸駸毛萇曰駸駸驟貌駸七林切遠望令人悲春氣感我心三楚多秀士朝雲進荒淫孟康漢書注曰舊名江陵爲南楚吳爲東楚彭城爲西楚呂氏春秋曰舜耕於歷山秀士從之高唐賦曰妾旦爲朝雲朱華振芬芳高蔡相追尋一爲黃雀哀涕

下誰能禁戰國策曰虞辛諫楚王曰郢必危矣王獨不見黃雀俯啄白粒仰栖茂樹鼓翅奮翼自以為與人無爭不知夫公子王孫左挾彈右攝丸以其頸為的晝遊茂樹夕調酸醎耳黃雀其小者也蔡聖侯因是已南遊高陂北陵巫山飲茹溪之流食湘波之魚左視幼妾右擁嬖女與之馳騁乎高蔡之中而不以國家為事不知夫子發受命于宣王繫己以朱絲而見之也蔡聖侯之事其小者也君王自因是已左州侯從鄢陵與壽陵君飯封祿之粟載方府之金與之馳乎雲夢之中而不以天下國家為事不知夫穰侯方謀受命乎秦王填黽池之塞內投己黽池塞之外襄王聞顏色變四體戰慄於是乃執珪中授之封以為陽陵君延叔堅戰國策論曰因是已因事已復有是也茹谿谿流所沃者美好也孔叢子賈子陽謂子思曰吾念周室將滅涕泣不禁禁止也

秋懷一首五言　謝惠連

平生無志意少小嬰憂患平生已見上文說文曰嬰繞也如何乘苦心矧復值秋晏古詩曰晨風懷苦心淮南子曰秋士哀也皎皎天月明弈弈河宿爛古詩曰明月何皎皎薛君韓詩章句曰弈弈盛貌毛詩曰子興視夜明星有爛蕭瑟含風蟬寥唳度雲鴈楚辭曰秋之為氣也蕭瑟兮草木搖落而變衰寒商動清閨孤燈曖幽幔寒商秋風也楚辭曰商風肅而害之百草育而不長王逸楚辭注曰曖曖闇昧貌耿介繁慮積展轉長宵半楚辭曰獨耿介而不隨毛詩曰展轉反側夷險難豫謀倚伏昧前算夷險謂道以喻時也演連珠曰才經夷險不為世屈淮南子曰接徑歷遠直道夷險鶡冠子曰禍兮福之所倚福兮禍之所伏

珍倣宋版印

雖好相如達不同長卿慢達謂通達不拘禮也嵇康高士傳司馬長卿讚曰長卿慢世越禮自放犢鼻居市不恥其狀託疾避患蔑比卿相乃至仕人超然莫尚頗悅鄭生偃無取白衣宦偃謂偃仰不仕也范曄後漢書曰鄭均字仲虞東平任城人也公車特徵再遷尚書後病乞骸骨拜議郎告歸因稱病篤帝東巡過任城乃幸均舍勑賜尚書祿以終其身故人號爲白衣尚書未知古人心且從性所翫賓至可命觴朋來當染翰秋興賦序曰染翰操紙慨然而賦高臺驟登踐清淺時陵亂爾雅曰水正絶流曰亂頽魄不再圓傾羲無兩旦魄月魄也羲羲和謂日也金石終消毀丹青暫彫煥張綱集曰書功金石圖形丹青各勉玄髮歡無貽白首歎阮籍詠懷詩曰玄髮發朱顏睇眄有光華嵇康有白首賦因歌遂成賦聊用布親串爾雅曰串習也古患切

臨終詩一首五言

歐陽堅石王隱晉書曰石崇外生歐陽建渤海人也爲馮翊太守趙王倫之爲征西撓亂關中建每匡正不從私欲由是有隙及平倫篡立勸淮南王允誅倫未行事覺倫收崇建及母妻無少長皆行斬刑孫盛晉陽秋曰建字堅石臨刑作

伯陽適西戎子欲居九蠻列仙傳曰老子西遊尹喜見之與老子俱之流沙之西魏武飲馬長城窟行曰四時

隱南山子欲適西戎論語曰子欲居九夷苟懷四方志所在可遊盤左氏傳姜氏謂晉公子曰子有四方之志
尚書曰乃盤遊無度況乃遭屯蹇顛沛遇災患平聲周易曰屯如邅如又曰往蹇來連孔叢子歌曰遂邇不
復自嬰屯蹇論語子曰顛沛必於是古人達機兆策馬遊近關周易曰機者動之微吉之先見者也左氏傳蘧
伯玉曰瑗不得聞君之出敢聞其入遂行從近關出也咨余沖且暗抱責守微官孔安國尚書傳曰沖童也
賈逵國語注曰暗不明也孟子曰吾聞有官守者不得其職則去有言責者不得其言則去潛圖密已構成此禍
福端爾雅曰圖謀也莊子曰而子身若槁木之枝而心若死灰若是禍亦不至福亦不來禍福無有惡有人災枚叔上吳王書曰福
生有基禍生有胎傳子曰福生有兆禍來無端方言曰端緒也恢恢六合閉四海一何寬天網布紘
綱投足不獲安老子曰天網恢恢疏而不失山海經曰地之所載六合之閒許慎淮南子注曰紘維也解嘲曰欲行者擬
足而投跡松柏隆冬悴然後知歲寒孫卿子曰松柏經冬而不彫論語子曰歲寒然後知松柏之後彫不
涉太行險誰知斯路難淮南子曰何爲九山曰太行羊腸高誘曰太行今上黨太行河內野王縣真僞因
事顯人情難豫觀窮達有定分慷慨復何歎平聲孟子曰窮則獨善其身達則兼善天下
呂氏春秋曰百里奚處虞而虞亡處秦而秦霸有其本也其本也者定分之謂也上負慈母恩痛酷摧心肝
說文曰負受貸不償然受恩不報亦謂之負也方言曰傳云慈母怒子折葼以笞之下顧所憐女惻惻中心酸

一珍倣宋版印

鄭玄毛詩箋曰顧念也二子棄若遺念皆遘凶殘毛詩曰將安將樂棄余如遺不惜一身死惟此如循環薛君韓詩章句曰惟念也尚書大傳曰三王之統若循連環周則復始也執紙五情塞揮筆涕汍瀾文子曰昔者中黃子曰色有五色文章人有五情漢書息夫躬絕命辭曰涕泣流兮萑蘭瓚曰萑蘭涕泣闌干萑與汍同

哀傷

幽憤詩一首四言魏氏春秋曰康及呂安事爲詩自責呂安事已見思舊賦班固史遷述曰幽而發憤乃思乃精

嵇叔夜

嗟余薄祜少遭不造蔡邕書曰邕薄祜早喪二親毛詩曰閔予小子遭家不造鄭玄曰造成也不造言家道未成也哀煢靡識越在繈緥左氏傳后成叔曰閒君越在他境淮南子曰成王幼在繈緥之中張華博物志曰繈織縷爲之廣八寸長丈二以約小兒於背上韋昭漢書注曰緥若今時小兒腹衣李奇曰緥小兒大藉也母兄鞠育有慈無威嵇氏譜曰康兄喜字公穆歷徐揚州刺史太僕宗正卿母孫氏毛萇詩傳曰鞠養也毛詩曰父兮生我母兮鞠我恃愛肆姐不訓不師賈逵國語注曰肆恣也說文曰姐嬌也嬌與姐同耳姐子豫切爰及冠帶馮寵自放抗心希古任其所尚廣雅曰希庶也趙岐孟子章句曰各崇所尚則義不虧矣說文曰尚庶幾也託好老莊賤物貴身嵇喜謂康長好老莊之業恬靜無欲淮南子曰原道者欲一言之而寤則尊天而保真欲再言之而通則賤物而貴身也

莊子曰真者精誠之志志在守樸養素全真老子曰見素抱樸少私寡欲河上公曰抱守也薛綜東京賦注曰樸質也莊子盜跖謂孔子曰子之道非可以全真者也又曰真者精誠之志也曰余不敏好善闇人謂與呂安交也孝經曰參不敏何足以知之左傳曰吳公子札來聘見叔孫穆子曰子好善而不能擇人也子玉之敗屢增惟塵子玉楚大夫也左氏傳曰楚子將圍宋使子文治兵於睽終朝而畢不戮一人子玉復治兵於蔿終日而畢鞭七人貫三人耳國老皆賀子文子文飲之酒蔿賈尚幼後至不賀子文問之對曰不知所賀子之傳政於子玉子玉之敗子之舉也舉以敗國將何賀焉毛詩曰無將大車維塵冥冥鄭玄曰喻大夫進舉小人適自作憂患也大人含弘藏垢懷恥周易曰含弘光大品物咸亨左氏傳伯宗謂晉侯曰國君含垢說文曰懷藏也杜預曰忍垢恥也民之多僻政不由己毛詩曰民之多僻無自立辟鄭玄曰民行多邪僻者汝君臣之過無自謂得法度論語曰為仁由己惟此褊心顯明臧否褊心康自謂也郭璞爾雅注曰惟發論辭也毛詩曰惟是褊心是以為刺又曰於乎小子未知臧否感悟思愆怛若創痏西京賦曰所惡成創痏蒼頡篇曰痏毆傷也方言曰怛痛也說文曰痏瘢也漢書音義曰以杖毆擊人剝其皮膚起青黑無創者謂疻痏欲寡其過謗議沸騰論語曰蘧伯玉使人於孔子孔子問焉曰夫子何為對曰夫子欲寡其過而未能也漢賈山曰古者庶人謗於道商旅議於市毛詩曰百川沸騰性不傷物頻致怨憎莊子仲尼謂顏回曰聖人處物不傷者物亦不能傷也昔慙柳惠今愧孫登柳下惠已見西征賦魏氏春秋曰初康采藥於中山北見隱者孫登康欲與之言登默然不對

珍倣宋版印

踰年將去康曰先生竟無言乎登乃曰子才多識寡難乎免於今之世也內負宿心外恧良朋鄭玄禮記注曰負之
言背也趙壹報羊陟書曰惟君明叡平其宿心爾雅曰恧慙也毛詩曰每有良朋仰慕嚴鄭樂道閑居漢書曰谷
口有鄭子真蜀有嚴君平皆修身保性成帝時元舅王鳳以禮聘子真子真遂不詘而終君平卜筮於成都市以為卜筮賤業而可以惠
衆日閱數人得百錢足以自養則閉肆下簾而授老子年九十餘遂以其業終論語子曰貧而樂漢書曰司馬相如稱疾閑居與世
無營神氣晏如蔡邕釋誨曰安貧樂賤與世無營淮南子曰古人神氣不蕩於外漢書曰楊雄室亡儋石之儲猶晏如也
咨予不淑嬰累多虞毛萇詩傳曰咨嗟也毛詩曰之子不淑云如之何左氏傳趙孟曰以晉國之多虞匪降
自天寔由頑疎毛詩曰下民為孽匪降自天噂沓背憎職競由人理弊患結卒致囹圄杜預左氏
傳注曰弊壞也禮記曰仲春省囹圄鄭玄曰所以守禁繫者秦曰囹圄漢曰獄對荅鄙訊縶此幽阻言己對荅之辭
鄙於見訊也張晏漢書曰訊者二日復問知之與前辭同不也杜預左氏傳注曰縶拘執也鄙俚也訊問也實恥訟免時
不我與論語曰陽貨曰日月逝矣歲不我與文雖出此而意微殊亦不以文害意也免或為寃非也雖曰義直神
辱志沮毛萇詩傳曰沮壞也才與切澡身滄浪豈云能補孟子孺子歌曰滄浪之水清可以濯吾纓滄浪
之水濁可以濯吾足孔子曰小子聽之清斯濯纓濁斯濯足自取之也劉歆荅父書曰誠思拾遺冀以云補嗈嗈鳴鴈奮
翼北遊順時而動得意忘憂毛詩曰雝雝鳴鴈管子桓公曰夫鴻鵠有時而南有時而北又曰鴻鵠秋南而

不失時嗟我憤歎曾莫能儔毛詩曰嗟我懷人說文曰曾辭之舒也儔等也事與願違遘兹淹
留淹留謂囚縶而留也爾雅曰淹留久也窮達有命亦又何求王命論曰窮達有命吉凶由人毛詩曰謂我何
求古人有言善莫近名莊子曰為善莫近名為惡莫近刑司馬彪曰勿修名也被褐懷玉穢惡其身以無陋於形
也郭象曰忘善惡而居中任萬物之自為也奉時恭默咎悔不生尚書曰恭默思道周易曰悔吝者憂虞之象也
曾子曰懽欣忠信咎故不生可為孝矣萬石周慎安親保榮漢書曰萬石君奮長子建為郎中令建老白首萬石
君尚無恙每五日洗沐歸謁親建為郎中令奏事事下建自讀之驚恐曰書馬者與尾而五今迺四不足一獲譴死矣其為謹慎雖他皆
如此論語摘輔像讖曰曾子未嘗不問安親之道也孔安國尚書注曰周至也世務紛紜祇攪予情漢書曰嚴安徐
樂上書言世務毛詩曰祇攪我心攪亂也祇適也安樂必誡乃終利貞家語金人銘曰安樂必戒無行所悔王肅
曰雖處安樂必警戒也周易曰乾元亨利貞煌煌靈芝一年三秀西京賦曰擢靈芝之朱柯楚辭曰采三秀於山
閒王逸曰三秀謂芝草也予獨何為有志不就楚辭曰云有志而無謗爾雅曰就成也懲難思復心
焉內疚潘元茂九錫文曰懲難念功毛詩曰既往既來我心永疚疚病也庶勗將來無馨無臭爾雅曰勗
勉也毛詩曰上天之載無聲無臭采薇山阿散髮巖岫采薇已見上文琴操許由曰散髮優遊所以安己不懼也
范曄後漢書曰袁閎散髮絕世永嘯長吟頤性養壽杜篤連珠曰能離光明之顯長吟永嘯爾雅曰頤養也東方朔

非有先生論曰故養性受命之士莫肯進禮記曰百年曰期頤鄭玄曰頤猶養也

七哀詩一首五言　曹子建

贈荅子建在仲宣之後而此在前誤也

明月照高樓流光正徘徊夫皎月流輝輪無輟照以其餘光未沒似若徘徊前覽以為文外傍情斯言當矣上有愁思婦悲歎有餘哀古詩曰慷慨有餘哀借問歎者誰言是客子妻君行踰十年孤妾常獨棲君若清路塵妾若濁水泥漢書民歌曰涇水一石其泥數斗浮沈各異勢會合何時諧爾雅曰諧和也願為西南風長逝入君懷古詩曰從風入君懷四坐莫不歎君懷良不開賤妾當何依史記驪姬曰以賤妾之故廢嫡立庶

七哀詩二首五言　王仲宣

西京亂無象豺虎方遘患左氏傳晉侯問於士弱曰吾聞之宋災於是乎知有天道可必乎對曰國亂無象不可知也班固漢書張耳陳餘述曰據國爭權還為豺虎遘與構同古字通也道經曰執大象天下往河上公注曰執守也象道也聖人守大道則天下萬民移心歸往也復棄中國去遠身適荊蠻荊蠻已見登樓賦毛詩曰蠢爾蠻荊毛萇曰蠻荊荊州之蠻也親戚對我悲朋友相追攀出門無所見白骨蔽平原路有飢婦

人抱子棄草閒顧聞號泣聲揮涕獨不還言迴顧雖聞其子號泣之聲但知揮涕獨去不復還視也家語曰文伯卒敬姜曰二三婦無揮涕王肅曰揮涕不哭揮涕以手揮之也未知身死處何能兩相完此婦人之辭也說文曰完全也驅馬棄之去不忍聽此言南登霸陵岸迴首望長安漢書曰文帝葬霸陵悟彼下泉人喟然傷心肝毛詩序曰下泉思治也曹人思明王賢伯也荊蠻非我鄉何為久滯淫國語曰底著滯淫賈逵曰淫久也方舟溯大江日暮愁我心爾雅曰大夫方舟郭璞曰併兩舡也爾雅曰逆流而上曰溯流山崗有餘暎巖阿增重陰通俗文曰日陰曰暎狐狸馳赴穴飛鳥翔故林皆言不忘本也文子曰鳥飛之鄉依其所主也楚辭曰鳥飛之故鄉狐死必首丘流波激清響猴猿臨岸吟迅風拂裳袂白露霑衣衿楚辭曰擊迅風於清涼禮記曰孟秋之月白露降說苑曰孺子不覺露之沾衣獨夜不能寐攝衣起撫琴漢書曰沛公起攝衣延酈食其也韓子曰師涓靜坐撫琴絲桐感人情為我發悲音史記曰騶忌以鼓琴見齊威王王曰夫治國家何為絲桐之閒也羇旅無終極憂思壯難任羇旅已見上文

七哀詩二首 五言

張孟陽臧榮緒晉書曰張載字孟陽武邑人也有才華起家拜著作佐郎稍遷領著作遂稱疾抽簪告

一 珍倣宋版印

歸卒於家

北芒何壘壘高陵有四五廣雅曰壘壘重也古樂府詩曰還望故鄉鬱何壘壘北芒山名也壘壘塚相次之皃借問誰家墳皆云漢世主恭文遙相望原陵鬱膴膴范曄後漢書曰葬孝安皇帝于恭陵又曰葬靈帝于文陵又曰葬光武皇帝于原陵毛萇曰膴膴肥美也季世喪亂起賊盜如豺虎左氏傳曰叔向曰齊其何如晏子曰此季世也韋昭國語注曰季末也豺虎已見上文毀壞過一抔便房啓幽戶一抔喻少也漢書張釋之曰假令愚人取長陵一抔土何如漢書注曰便房冢壙中室也珠柙離玉體珍寶見剽虜魏文帝典論曰喪亂以來漢氏諸陵無不發掘至乃燒取玉柙金鏤體骨并盡西京雜記曰漢帝及王侯送死皆珠襦玉匣匣形如鎧甲連以金鏤枚乘七發曰太子玉體不安說文曰剽劫人也又虜獲也漢書注曰虜與鹵同如淳曰鹵鈔掠也園寢化爲墟周墉無遺堵漢書曰自高祖下至宣帝各自居陵傍立廟又園中各有寢便殿又曰自貢禹建迭毀之議遂毀惠景廟及太上寢園廢而爲墟爾雅曰牆謂之墉毛萇詩傳曰一丈爲板五板爲堵蒙籠荆棘生蹊逕登童豎狐兔窟其中蕪穢不復掃關中記曰漢諸陵守衛掃除廣雅曰掃除也餘見下注掃蘇老切頹隴並墾發萌隸營農圃蒼頡篇曰墾耕也毛詩曰俊發爾私鄭玄曰俊疾也發伐也疾耕發其私田也司馬相如上林賦曰地可墾闢悉爲農郊以贍萌隸昔爲萬乘君今爲丘山土漢書曰天子畿方千里兵車萬乘故稱萬乘之主方言曰冢大

者爲丘淮南子曰吾死也有一棺之土感彼雍門言悽愴哀往古桓子新論曰雍門周以琴見孟嘗君曰臣
竊悲千秋萬歲後墳墓生荊棘狐兔穴其中樵兒牧豎躑躅而歌其上行人見之悽愴孟嘗君之尊貴如何成此乎孟嘗君喟然嘆息淚
下承睫
秋風吐商氣蕭瑟掃前林王逸楚辭注曰商風西風也秋氣起則西風急疾鸜鵒賦曰涼風蕭瑟陽鳥
收和響寒蟬無餘音陽鳥春鳥也禮記曰孟秋寒蟬應陰而鳴鳴則天涼故謂之寒蟬楚辭曰蟬寂寞而無聲白
露中夜結木落柯條森呂氏春秋曰秋氣至則草木落朱光馳北陸浮景忽西沈朱光
日也楚辭曰陽杲杲其朱光續漢書云日行北陸謂之冬杜預左氏傳注曰陸道也孔安國尚書注曰浮行也說文曰景日光也顧
望無所見惟覩松柏陰松柏丘墓已見上文肅肅高桐枝翩翩棲孤禽禮記曰草木皆
肅鄭玄曰肅謂枝葉縮栗也仰聽離鴻鳴俯聞蜻蛚吟易通卦驗曰立秋蜻蛚鳴蔡邕月令章句曰蟋蟀虫
名俗謂之蜻蛚蟋蟀吟已見上文注蜻音精蛚音列哀人易感傷觸物增悲心秦嘉答婦詩曰哀人易感傷
丘隴日已遠纏綿彌思深古詩曰相去日已遠張升與任彥堅書曰纏綿恩好庶蹈高蹤憂來令髮
白誰云愁可任古詩曰座中何人誰不懷憂令我白頭登樓賦曰誰憂思之可任徘徊向長風淚下
霑衣衿楚辭曰翹長風以徘徊又曰向長風而舒情又曰泣歔欷而沾襟

一 珍倣宋版印

悼亡詩三首五言風俗通曰愼終悼亡鄭玄詩箋曰悼傷也　潘安仁

荏苒冬春謝寒暑忽流易荏苒猶漸也冉冉歲月流貌也王逸楚辭注曰謝去也列子曰寒暑易節之子歸窮泉重壤永幽隔之子謂妻也毛詩曰之子于歸百兩御之琴賦曰披重壤以誕載私懷誰克從淹留亦何益神女賦曰情獨私懷誰者可語說文曰懷念思也楚辭曰倚躊躇以淹留僶俛恭朝命迴心反初役毛詩曰僶俛從事不敢告勞役謂所任也王充論衡曰充罷州役望廬思其人入室想所歷家語孔子曰思其人愛其樹說文曰歷過也帷屏無髣髴翰墨有餘跡廣雅曰帷帳也聲類作髴說文曰彷佛相似見不諦也歸田賦曰揮翰墨以奮藻流芳未及歇遺挂猶在壁洛神賦曰步蘅薄而流芳廣雅曰挂懸也悵怳如或存周遑忡驚惕王逸楚辭注曰怳失意也如彼翰林鳥雙棲一朝隻曹植善哉行曰如彼翰鳥或飛戾天王弼周易注曰翰鳥飛也曹植種葛篇曰下有交頸禽即雙棲禽也如彼遊川魚比目中路析爾雅曰東方有比目魚焉不比不行春風緣隟來晨霤承檐滴說文曰霤屋承水也寢息何時忘沈憂日盈積宋玉笛賦曰武毅發沈憂結庶幾有時衰莊缶猶可擊郭璞爾雅注曰庶幾徼幸也莊子妻死惠子弔之方箕踞鼓盆而歌惠子曰與人居長子老身死不哭亦足矣又鼓盆而歌不已甚乎莊子曰不然是其始死也我獨何能無槩察其始而本無生非徒無生而本無形非徒無形而本無氣人見偃然寢於巨室而我噭噭隨而哭之

自以爲不通乎命故止

皎皎窻中月照我室南端室南端室之南正門清商應秋至溽暑隨節闌秋風爲商已見上文禮記曰季夏土潤溽暑文穎漢書注曰闌希也說文曰溽暑濕暑也凜凜涼風升始覺夏衾單古詩曰涼歲云暮毛萇詩傳曰衾被也豈曰無重纊誰與同歲寒毛詩曰豈曰無衣與子同袍孔安國尚書傳曰纊細綿也歲寒無與同朗月何朧朧毛詩曰叔兮伯兮靡所與同埤蒼曰朧朧欲明也展轉眄枕席長簟竟牀空展轉已見上文牀空委清塵室虛來悲風莊子曰空穴來風司馬彪曰門戶孔空風善從之古詩曰白楊多悲風獨無李氏靈髣髴覩爾容桓子新論曰武帝所幸李夫人死方士李少君言能致其神乃夜設燭張幄令帝居他帳遙見好女似夫人之狀還帳坐也撫衿長歎息不覺涕霑胷漢書公孫玃曰累撫衿魏武帝苦寒行曰延頸長歎息魏文帝歌行曰不覺淚下霑衣裳霑胷安能已悲懷從中起史記曰文帝意慘悽悲懷魏武帝短歌行曰憂從中來寢興目存形遺音猶在耳毛詩曰言念君子載寢載興禮記曰色不忘乎目楊脩傷夭賦曰悲體貌之潛翳兮目常存乎遺形左氏傳晉穆嬴曰今君雖終言猶在耳上慙東門吳下愧蒙莊子列子曰魏有東門吳者死子而不憂莊子蒙人故云蒙莊子賦詩欲言志此志難具紀尚書曰詩言志賈逵國語注曰紀猶錄也命也可奈何長戚自令鄙魚豢典略趙岐卒歌曰有志無

珍倣宋版印

時命也柰何論語曰小人長戚
戚長笛賦曰長戚之士能閑居
曜靈運天機四節代遷逝楚辭曰角宿未旦曜靈焉藏廣雅曰曜靈日也陳琳柳賦曰天機之運旋夫何逝之
速也莊子天運篇曰天其運乎郭子玄曰不運而自行也淒淒朝露凝烈烈夕風厲毛詩曰秋日淒淒又曰冬
日烈烈飄風發發柰何悼淑儷儀容永潛翳左氏傳施氏之婦曰已不能庇其伉儷杜預曰儷偶也魏太祖
祭橋玄文曰幽靈潛翳邈哉緬矣念此如昨日誰知已卒歲蒼頡篇曰昨隔日也毛詩曰無衣無褐何以卒
歲改服從朝政哀心寄私制茵幬張故房朔望臨爾祭鄭玄禮記注曰茵褥也毛
詩箋曰幬床帳也爾祭詎幾時朔望忽復盡衾裳一毀撤千載不復引爾雅曰引
陳也疊疊朞月周戚戚彌相慼楚辭曰時疊疊而過中又曰居戚戚而不解悲懷感物來泣
涕應情隕感物已見上文毛詩曰涕既隕之駕言陟東皐望墳思紆軫毛詩曰駕言出遊又楚辭
曰鬱結紆軫兮離慜而長鞠徘徊墟墓閒欲去復不忍禮記曰周豐曰墟墓之閒未施哀於民而民哀徘
徊不忍去徙倚步踟躕毛詩序曰彷徨不忍去楚辭曰步徙倚而遙思落葉委埏側枯荄帶
墳隅聲類曰埏墓埏也方言曰荄根也孤魂獨煢煢安知靈與無曹子建贈白馬王虎詩曰孤魂翔故
城楚辭曰魂煢煢兮不遑寐投心遵朝命揮涕強就車揮涕已見上文誰謂帝宮遠路極

悲有餘毛詩曰誰謂宋遠莊子曰知反帝宮禮記子路曰吾聞諸夫子喪禮與其哀不足而禮有餘也不若禮不足而哀有餘也

盧陵王墓下作一首五言宋武帝子義真封盧陵王未之藩而高祖崩盧陵聰敏好文常與靈運周旋釁少帝失德朝廷謀廢立之事亦在盧陵言盧陵輕訬不任主社稷因其與少帝不協徐羨之等奏廢盧陵爲庶人徙新安郡羨之使使殺盧陵也後有讒靈運欲立盧陵王遂遷出之後知其無罪追還至曲阿過丹陽文帝問曰自南行來何所制作對曰過盧陵王墓下作一篇

謝靈運

曉月發雲陽落日次朱方越絶書曰曲阿爲雲陽縣左氏傳曰吳伐楚以報朱方之役杜預曰朱方吳也吳地記曰吳改朱方曰丹徒含悽泛廣川灑淚眺連崗史記曰春申君曰廣川大水山林谿谷楚辭曰還顧高丘泣如灑青烏子相冢書曰天子葬高山諸侯葬連崗眷言懷君子沈痛結中腸毛詩曰眷言顧之阮籍詠懷詩曰容好結中腸道消結憤懣運開申悲涼道消少帝之日運開文帝之初也沈約宋書曰少帝諱義符武帝長子即位爲邢安泰所害周易否卦曰小人道長君子道消白虎通曰天子崩赴諸侯何緣臣子哀痛憤懣無能不告諸侯者也春秋說題辭曰天子崩黎庶殞涕海內悲涼宋均曰涼愁也神期恒若在德音初不忘家語曰今之言五帝三王者威靈若存王肅曰其威與明靈常若存也毛詩曰彼美孟姜德音不忘徂謝易永久松柏森已行尚書曰帝乃徂落毛詩曰我行永久曹植寡婦詩曰高墳鬱兮巍巍松柏森兮成行延州協心許楚老惜蘭芳新序曰延陵季

子將西聘晉帶寶劍以過徐君徐君不言而色欲之季子爲有上國之事未獻也然心許之矣使於晉顧反則徐君死於是以劍帶徐君墓樹而去漢書曰龔勝者楚人也字君賓勝卒有一老父來吊其哭甚哀既而曰嗟乎薰以香自燒膏以明自銷龔先生竟夭天年非吾徒也遂趨而出莫知其誰徐州先賢傳曰楚老者彭城之隱人也

解劍竟何及撫墳徒自傷解劍已見上注

潘岳虞茂春誄曰姨撫墳兮告辭皆莫能兮仰視顧愷之拜宣武墓詩曰遠念羨昔存撫墳哀今亡

平生疑若人通蔽

互相妨若人謂延州及楚老也令德高遠是通也解劍撫墳是蔽也論語子謂子賤曰君子哉若人桓子新論曰漢高祖建立鴻基侔功湯武及身病得良醫弗用專委婦人歸之天命亦以誤矣此必通人而蔽者也

理感深情慟定非識所將言已往日疑彼三人迨乎今辰已亦復耳斯則理感既深情便悲慟定非心識之所能行也王隱晉書曰荀粲與傅嘏善夏侯玄亦親常調嘏玄曰子等在世業閑功名玄必勝我識減我耳嘏難曰能成功名者識也天下孰有本不足而末有餘者粲曰功名局之所獎然則志自一物耳固非識之所獨齊我以能役子等爲貴未能齊子所爲也毛萇詩傳曰將行也

脆促良可哀夭枉

特兼常莊子曰其生也柔脆其死也枯槁趙岐孟子章句曰良甚

一隨往化滅安用空名揚莊子曰已化而生又化而死孝經曰揚名於後世

舉聲泣已灑長歎不成章孟子曰君子之志於道也不成章不達

拜陵廟作一首

五言沈約宋書曰漢儀上陵歲以爲常魏無定制江左元帝崩後諸侯始有謁陵辭陵事蓋率情而舉非京洛之舊自元嘉已來每正月輿駕必謁初寧陵復漢儀

顏延年

周德恭明祀漢道尊光靈周書曰各助王恭明祀東觀漢記上賜東平王蒼書曰今送光烈皇后衣一篋今魯
國孔氏尚有仲尼車輿冠履明德盛者光靈遠也哀敬隆祖廟崇樹加園塋漢書房中歌曰乃立祖廟敬明
尊親如淳漢書注曰塋墓田也逮事休命始投迹階王庭休命始高祖之初也禮記曰逮事父母尚書曰陳于
商郊俟天休命莊子曰多物將往投迹者衆周易曰夬揚于王庭陪廁迴天顧朝讌流聖情毛詩曰不明爾
德時無背無側爾德不明時無陪無卿鄭玄毛詩箋曰迴首曰顧早服身義重晚達生戒輕服服事也早服
恩淺也故以存身之義為重也達宦達也晚達恩厚故以養生之戒為輕也王逸晉書曰孔坦上表曰士死知遇恩令命輕否來
王澤竭泰往人悔形否來泰往少帝之時也否泰易二卦名也言王之德澤既竭人之悔吝形見班固西都賦序曰
王澤竭而詩不作周易曰悔吝者憂虞之象也列子曰公孫朝不知世道之安危人理之悔吝周易曰否之匪人不利君子貞又曰泰君
子道長小人道消勑躬慙積素復與昌運升孝經鉤命決曰勑躬未濟汲汲孳孳者四子講德論曰非有積
素累舊之懽春秋孔演圖曰帝當會昌成封岱宗宋均曰應會之期耳恩合非漸漬榮會在逢迎論語糾滑
識曰漸漬以道慶消乃行戰國策曰田光造燕太子跪而逢迎却行為道夙御嚴清制朝駕守禁城束紳
入西寢伏軫出東垌紳大帶也論語子曰赤也束帶立於朝西寢廟在西也莊子曰宣尼伏軫而嘆東垌陵所在也
衣冠終冥漠陵邑轉葱青漢書曰自高祖已下各自君陵傍立廟月一遊衣冠呂布魏武文曰悼繐帳之冥漠漢

珍倣宋版印

書景帝紀曰作陽陵張晏曰景帝作壽陵起邑南都賦曰章陵鬱以青葱松風遵路急山烟冒壠生說文曰冒

覆也方言曰秦晉之閒冢謂之壠皇心憑容物民思被歌聲皇心謂文帝也司馬彪續漢書曰根車旋載容

衣被歌聲班固漢書贊曰元帝自度曲被歌應劭曰持新曲以爲歌聲也然此言人之思慕被在歌謳之聲萬紀載絃吹

千載託旒旌漢書詔曰制禮作樂各有由歌者所以發德也又曰聖王已沒鍾鼓管絃之聲未衰儀禮士喪禮曰爲銘各以

其物鄭玄曰銘明旌也以死者不可別故以其旗識之以別貴賤故云表德也天子各有建也未殊帝世遠已同論

化萌言帝澤被天下威靈若存故未殊其遠而己賓雖存其神已謝故同乎論化之萌也幼壯困孤介末暮謝

幽貞漢書音義臣瓚曰介特也周易曰幽人貞吉發軌喪夷易歸軫慎崎傾以車之行喻己之仕也發

軌弱冠也王武子荅何劭詩曰討終收遐致發軌將先起封禪書曰軌迹夷易易遵也歸軫暮年也楚辭曰覩軫丘兮崎傾

同謝諮議銅雀臺詩一首五言集曰謝諮議璟魏志曰建安十五年冬作銅雀臺魏武遺

令曰吾伎人皆著銅爵臺於臺上施六尺床繐帳朝晡上脯糒之屬月朝十五日輒向帳作伎汝等時時登銅

爵臺望吾西陵墓田

謝玄暉

繐幃飄井幹罇酒若平生鄭玄禮記注曰凡布細而疏者謂之繐今南陽有鄧繐淮南子曰大構架興宮室有

雞棲井幹許慎曰皆屋構飾也司馬彪莊子注曰幹井欄然井幹臺之通稱也鬱鬱西陵樹詎聞歌吹聲不敢

指斥故以樹言之也芳襟染淚迹嬋媛空復情楚辭云心嬋媛而傷懷王逸曰嬋媛牽引也玉座猶

寂漠況迺妾身輕易是謀類曰假威出坐玉床鄭玄曰坐玉床處天之位也寡婦賦曰懼身輕而施重

出郡傳舍哭范僕射一首五言劉璠梁典曰天監二年僕射范雲卒任昉自義興貽沈約書曰永念平生忽爲疇昔然此郡謂義興也劉熙釋名曰傳舍也使人所止息而去後人復來轉相傳也風俗通曰諸有傳信乃得舍於傳也

任彥昇劉璠梁典曰任昉字彥昇樂安人年四歲誦古詩數十篇十六舉秀才第一辭章之美冠絕當時爲寧朔將軍新安太守卒

平生禮數絕式瞻在國楨國楨謂范雲也左氏傳曰名位不同禮亦異數女史曰式瞻清懿毛詩曰思皇多士生此王國王國克生惟周之楨毛萇詩傳曰楨幹也一朝萬化盡猶我故人情莊子曰若人之形者萬化而未始有極也史記范雎謂須賈曰戀戀有故人之意待時屬興運王佐俟民英易曰君子藏器於身待時而動班固漢書曰劉向稱董仲舒有王佐之才也袁子正書曰立德蹈禮謂之英子產季札人之英也結懽三十載生死一交情左氏傳曰楚子使椒舉如晉曰寡君願結懽於二三君史記太史公云下邽翟公曰一死一生乃知交情攜手遁衰孽接景事休明衰孽齊東昏侯也休明梁武帝也班固漢書述曰攜手遯于秦鄭玄毛詩箋曰孽支庶也抱朴子曰

珍倣宋版印

攜手而游接景而處左氏傳曰王孫滿曰德之休明運阻衡言革時泰玉階平曾子曰天下有道則君子訢然
以交同天下無道則衡言不革孔安國尚書曰衡平也言平常之言也彼言不革此言革言亂之甚也長楊賦曰玉衡正而泰階平濬
沖得茂彥夫子值狂生傳暢讚曰王戎字濬沖戎爲選官時江夏李重字茂曾汝南李毅字茂彥重以清尚毅淹
而通二人操異俱處要職戎以識會待之各得其用夫子謂范雲狂生昉自謂也梁典曰范雲爲吏部尚書又曰昉爲吏部侍郎淮南子
曰臺無所鑒謂之狂生高誘曰臺持也所鑒者玄德故爲狂生臺古握字也漢書曰酈食其人皆謂之狂生伊人有涇渭
非余揚濁清伊人謂范雲也綜核人物涇渭殊流非余狂生能揚清激濁也毛詩曰涇以渭濁湜湜其沚孫綽曰涇渭殊流
雅鄭異調曹子建贈丁儀詩曰涇渭揚濁清將乖不忍別欲以遣離情言將乖之初不忍便訣欲留少選之
頃以遣離曠之情也不忍一辰意千齡萬恨生言昔日將乖不忍一辰之意況今千齡永隔萬恨俱生者乎毛
萇詩傳曰辰時也應璩與許子後書曰前別倉卒情意不悉追懷萬恨已矣平生事詠歌盈篋笥新序孫叔
敖曰筐篋之橐簡書說文曰篋笥也兼復相嘲謔常與虛舟值蒼頡篇曰嘲調也字書曰嘲亦啁也毛詩曰善
戲謔兮莊子曰方舟而濟於河有虛舟來觸舟雖有褊心之人不怒也何時見范侯還敘平生意與子
別幾辰經塗不盈旬左氏傳曰日月之會是謂辰以子丑配甲乙也經猶歷也弗覩朱顏改徒想
平生人楚辭曰美人既醉朱顏酡又曰容則秀雅稚朱顏寧知安歌日非君撤瑟晨楚辭曰猶憒積

而哀娛兮翔江州而安歌王逸曰安意歌今自寬慰也儀禮曰有疾病者齊撤琴瑟已矣余何歎輟舂哀國均史記趙良謂商鞅曰五羖大夫死秦國男女流涕舂者不相杵毛詩曰尹氏太師維周之氏秉國之均四方是維毛萇曰均平也

贈荅上

贈蔡子篤詩一首四言晉宮名曰蔡睦字子篤爲尚書　王仲宣

翼翼飛鸞載飛載東翼翼飛貌也鸞喻子篤也楚辭曰高翺翔之翼翼毛詩曰載飛載鳴我友云徂言戾舊邦蔡氏譜曰睦濟陽人毛詩曰我友敬矣又曰周雖舊邦舫舟翩翩以泝大江楚辭曰將舫舟而下流舫與方同蔚矣荒塗時行靡通董仲舒士不遇賦曰懼荒塗而難踐慨我懷慕君子所同毛詩曰慨我寤歎封禪書曰懷而慕思也悠悠世路亂離多阻毛詩曰悠悠南行又曰亂離瘼矣濟岱江行邈焉異處濟岱近兗州子篤所往江行近荊州仲宣所居也風流雲散一別如雨鸚鵡賦曰何今日以雨絕陳琳檄吳將校曰雨絕于天然諸人同有此言未詳其始人生實難願其弗與張奐與崔子書曰人生實難所務非此瞻望遐路允企伊佇毛詩曰瞻望弗及佇立以泣又曰跂予望之鄭玄曰跂足可以望見之跂與企同烈烈冬日肅肅淒風毛詩曰冬日烈烈左氏傳申豐曰春無淒風潛鱗在淵歸鴈載軒魚鴈言時候也毛詩曰魚潛在淵鄭玄曰寒則逃於淵史記曰楚人有好以弱弓微繳加歸鴈之上軒飛貌苟非鴻鵰孰

能飛翻因所見而言之毛詩曰匪鶉匪鳶翰飛戾天毛萇注曰鶉鵰也雖則追慕予思罔宣法言曰夫進也者進於道慕於德尚書曰予思日孜孜瞻望東路慘愴增歎率彼江流爰逝靡期毛詩曰率彼淮浦君子信誓不遷于時毛詩曰言笑晏晏信誓旦旦及子同寮生死固之左氏傳曰先蔑之使也荀林父止之曰同官為寮吾嘗同寮敢不盡心乎何以贈行言授斯詩晏子春秋曰曾子將行晏子送之曰嬰聞贈人以財不若以言請以言乎夫蘭本三年成而湛之以酒則君子不近湛之麋醢貨以匹馬願子勉求所湛中心孔悼涕淚漣洏毛詩曰中心是悼周易曰泣血漣如杜預左氏傳注曰而語助也嗟爾君子如何勿思毛詩曰君子行役如之何勿思

贈士孫文始一首

四言三輔決錄趙岐注曰士孫孺子名萌字文始少有才學年十五能屬文初董卓之誅也父瑞知王允必敗京師不可居乃命萌將家屬至荊州依劉表去無幾果為李傕等所殺及天子都許昌追論誅董卓之功封萌為澹津亭侯與山陽王粲善萌當就國粲等各作詩以贈萌于今詩猶存也

王仲宣

天降喪亂靡國不夷毛詩曰天降喪亂滅我立王又曰亂生不夷靡國不泯廣雅曰夷滅也我暨我友自彼京師爾雅曰暨與也毛詩曰自彼氐羌宗守盪失越用遁違杜預左氏傳注曰越遠也鄭玄禮記

注曰遁逃也孔安國尚書傳注曰違避也遷于荆楚在漳之湄山海經曰荆山漳水出焉毛詩曰居河之湄在
漳之湄亦尅宴處劉歆七略曰宴處從容觀詩書和通篪塤比德車輔毛詩曰伯氏吹塤仲氏吹
篪毛萇云土曰塤竹曰篪鄭玄曰其相應和如塤篪左氏傳曰宮之奇曰諺所謂輔車相依脣亡齒寒其虞號之謂乎既度禮
義卒獲笑語毛詩曰獻酬交錯禮儀卒度笑語卒獲庶兹永日無愆厥緒毛詩曰且以喜樂且以永
日尚書曰荒墜厥緒雖曰無愆時不我已鄭玄毛詩箋曰已與也同心離事乃有逝止張衡
怨詩曰同心離居絕我中腸橫此大江淹彼南汜楚辭曰橫大江兮揚靈王逸曰橫度大江揚己精誠也毛詩曰
江有汜之子歸不我已我思弗及載坐載起毛詩曰瞻望弗及張衡怨詩曰我聞其聲載坐載起惟彼南
汜君子居之論語曰君子居之何陋之有悠悠我心薄言慕之毛詩曰青青子衿悠悠我心又曰采
采芣苡薄言采之人亦有言靡日不思毛詩曰人亦有言靡哲不愚又曰有懷于衞靡日不思矧伊嬿
婉胡不悽而毛詩曰矧伊人矣又曰人無兄弟胡不比焉晨風夕逝託與之期毛萇詩傳注曰晨風
鷤也楚辭曰因歸鳥而致詞羌迅高而難當瞻仰王室慨其永歎毛詩曰瞻仰昊天尚書曰以蕃王室毛詩曰慨
其歎矣又曰我思肥泉兹之永歎良人在外誰佐天官毛詩曰維此良人弗求弗迪尚書曰天工人其代之孔安
國曰人代天理官不以天官私非其材四國方阻俾爾歸蕃爾之歸蕃作式下國毛詩曰四

國于蕃又曰俾爾多益尚書曰世世享德萬邦作式鄭玄毛詩箋曰式法也毛詩曰命于下國無曰蠻裔不虔汝德賈逵國語注曰虔敬也慎爾所主率由嘉則毛詩曰慎爾出話又曰不僣不忘率由舊章又曰仲山甫之德柔嘉維則龍雖勿用志亦靡忒周易曰潛龍勿用陽在下也鄭玄毛詩箋云忒差也悠悠澹澧鬱彼唐林荊州圖曰漢壽縣城南一百步有澹水出縣西陽山又曰澧陽縣蓋卽澧水爲名也在郡西南接澧水晉書曰天門有零陽縣南平郡有作唐縣盛弘之荊州記曰零陵東接作唐然此三縣連延相接唐林卽唐地之林也雖則同域邈其迴深爾雅曰迴遠也白駒遠志古人所箴允矣君子不遐厥心既往既來無密爾音毛詩曰皎皎白駒在彼空谷生芻一束其人如玉無金玉爾音而有遐心又曰允矣君子展也大成

贈文叔良一首

四言干寶搜神記曰文穎字叔良南陽人繁欽集又云爲荊州從事文叔良作移零陵文而粲集又有贈叔良詩獻帝初平中王粲依荊州劉表然叔良之爲從事蓋事劉表也詳其詩意似聘蜀結好劉璋也

王仲宣

翩翩者鴻率彼江濱毛詩曰翩翩者雛說文曰翩翩飛疾貌君子于征爰聘西鄰毛詩曰之子于征西鄰謂蜀也臨此洪渚伊思梁岷楚辭曰伊思兮往古爾往孔邈如何勿勤君子敬始慎爾所主老子曰慎終如始則無敗事孟子曰吾聞之觀近臣以其所爲主觀遠臣以其所主趙岐曰近臣當爲遠

方來賢者爲主遠臣而至主於在朝臣之賢者也謀言必賢錯說申輔鄭玄禮記注曰賢善也所言說當申相輔
也申或爲車非也延陵有作僑肸是與公孫僑子產也羊舌肸叔向也左氏傳曰吳公子札聘于鄭見子產如舊
相識與之縞帶子產獻紵衣適晉說叔向將行謂叔向曰吾子勉之君後而多良大夫皆富政將在家吾子直必思自免於難也先
民遺跡來世之矩毛詩曰先民有作溫恭朝夕尚書曰予恐來世以台爲口實既慎爾主亦迪知
幾探情以華覩著知微華喻貌越絕書子胥曰聖人見微知著覩始知已視明聽聰靡事不
惟論語孔子曰君子有九思視思明聽思聰字林曰惟思也董褐荷名胡寧不師國語曰吳晉爭長未成吳王昏
乃戒令秣馬食士於是晉師大駭乃令董褐請事曰兩君偃兵接好日中爲期今大國越境而造於弊邑之軍壘敢請辭故吳王親對之
曰天子有令周室既卑約貢獻莫入上帝鬼神而不可以之告孤用視聽命於藩籬之外董褐既致命乃告趙鞅曰觀吳王之色類有大
憂小則嬖妾嫡子死不則國有大難大則越入吳將毒不可與戰主其許之然而不可徒許也趙孟許諾晉乃令董褐復命曰曩君之言
周室既卑諸侯失禮於天子今君奄王東海以淫名聞於天下有短垣而自踰之況蠻荊則何有於周室夫諸侯無二君而周無二王君
若卑天子以干其不祥而曰吳公孤敢不順從君命長弟吳王許諾及退就幕而會吳公先歃晉侯亞之韋昭曰董褐晉大夫司馬寅也
毛詩曰胡寧忍予衆不可蓋無尚我言家語金人銘曰君子知天下之不可蓋也故下之廣雅曰尚高也我叔良
也梧宮致辯齊楚構患說苑曰楚使使者聘於齊齊王饗之於梧宮使者曰大哉梧乎王曰江海之魚必吞舟大

國之樹必巨圍使者何怪焉使者曰然昔者燕攻齊焚雍門欽馬于淄澠定獲於琅邪王與太后奔莒逃於成陽之山敢問當此之時梧之大小何如王命陳先生對之陳子曰臣不如貂勃貂勃對曰使者爲問植梧之始邪昔楚無道殺子胥之父子胥奔吳吳以爲相後將兵伐楚以復父讎楚王奔隨吳王入郢子胥親射宮門鞭平王之墳當此之時梧始生之年也齊楚於是構怨遂舉兵相伐也

成功有要在衆思歡尚書帝曰成允成功惟汝賢又曰有倫有要

人之多忌掩之實難左氏傳秦伯謂公孫枝曰夷吾其定乎對曰今其言多忌克難哉

瞻彼黑水滔滔其流尚書曰華陽黑水惟梁州毛詩曰滔滔江漢南國之紀

江漢有卷允來厥休言彼二國席卷而來信汝之美也言江漢之君有席卷之志信服而來自是美非汝之功也漢書劉敬說高祖曰今陛下徑往卷蜀漢定三秦

二邦若否職汝之由言彼二國若懷不順此汝之由毛詩曰邦國若否仲山甫明之毛萇詩傳曰若順也否猶臧否也謂善惡也左氏傳范宣子數諸戎曰言語漏洩則職汝之由也

緬彼行人鮮克弗留少能不留言多淹留也賈逵國語注曰緬思貌也左氏傳曰行人言使人也毛詩曰靡不有初鮮克有終

尚哉君子于異他仇左氏傳楚子木語晉范武子之德王曰尚矣哉能歆神人杜預曰尚者上也毛萇詩傳注曰仇匹也

人誰不勤無厚我憂楚辭曰惟天地之無窮哀生民之長勤我粲自謂也

惟詩作贈敢詠在舟言爲詩以贈者有在舟之義憂患同也鄧析子曰同舟渡海中流遇風救患若一

贈五官中郎將四首五言

劉公幹

昔我從元后整駕至南鄉元后謂曹操也至南鄉謂征劉表也尚書曰衆非元后何戴張衡思玄賦曰爰整駕
而亟行毛詩曰維汝荊楚居國南鄉過彼豐沛都與君共翺翔豐沛漢高祖所居以喻譙也君謂五官也毛詩
曰將翺將翔四節相推斥季冬風且涼四節已見潘安仁悼亡詩周易曰寒暑相推而歲成焉廣雅曰斥推
也衆賓會廣坐明鐙熺炎光史記侯嬴曰公子自是迎嬴羣衆廣坐之中楚辭曰蘭膏明燭華鐙錯鐙與燈
音義同廣雅曰熺熾也熺大明貌火其切清歌製妙聲萬舞在中堂毛詩曰公庭萬舞鄭玄曰萬舞干舞也
金罍含甘醴羽觴行無方毛詩曰我姑酌彼金罍楚辭曰瑤漿密勺實羽觴長夜忘歸來聊
且爲大康毛詩曰無已大康職思其居四牡向路馳歎悅誠未央四牡謂驪駒也漢書王式曰聞
之於師客歌驪駒主人歌無庸歸音義曰逸詩篇名也
余嬰沈痼疾竄身清漳濱禮記曰身有痼疾說文曰痼久也漢書曰魏郡武始縣漳水至邯鄲入漳山海經曰
少山清漳水出焉東流于濁漳之水自夏涉玄冬彌曠十餘旬楊雄羽獵賦曰玄冬季月天地隆烈杜預左氏
傳注曰彌遠也蒼頡篇曰曠疏曠也常恐遊岱宗不復見故人援神契曰太山天帝孫也主召人魂尚書曰至
于岱宗太山爲西岳宗也所親一何篤步趾慰我身左氏傳蔿啓強曰今君親步玉趾清談同日
夕情眄敘憂勤毛詩曰朝夕思念至於憂勤也便復爲別辭遊車歸西鄰西鄰鄴都素葉

珍倣宋版印

隨風起廣路揚埃塵逝者如流水哀此遂離分論語曰子在川上曰逝者如斯夫不捨晝夜追問何時會要我以陽春楚辭曰無衣裘以御冬恐死不得見乎陽春望慕結不解貽爾新詩文蔡邕瞽師賦曰詠新詩以悲歌勉哉脩令德北面自寵珍左氏傳曰忠爲令德北面臣位也禮記曰君之南鄉荅陽之義也臣之北面荅君之義也

秋日多悲懷感慨以長歎毛萇詩傳曰秋士悲也終夜不遑寐敘意於濡翰毛詩曰不遑假寐楚辭曰魂煢煢兮不遑寐韋昭漢書注曰翰筆也明鐙曜閨中清風淒已寒白露塗前庭應門重其關楚辭曰白露紛以塗毛詩曰乃立應門爾雅曰正門謂之應門四節相推斥歲月忽欲殫禮記曰歲既殫矣壯士遠出征戎事將獨難壯士謂五官也漢書高祖曰壯士行何畏出征謂在孟津也魏志曰建安十六年文帝立爲五官中郎將典略曰建安二十二年魏郡大疫徐幹劉楨等俱逝然其閒唯有鎮孟津及黎陽而無所征伐故疑出征謂在孟津也以在鄴故曰出征以有兵衛故曰戎事也涕泣灑衣裳能不懷所歡涕泣幹自謂也

涼風吹沙礫霜氣何皚皚易通卦驗曰巽氣不至則大風揚沙礫小石也說文曰皚皚霜雪皃劉歆遂初賦曰漂積雪之皚皚皚牛哀切明月照緹幕華燈散炎輝緹丹色也華燈賦詩連篇章極

夜不知歸論衡曰與論立說結連篇章者文人鴻儒也君侯多壯思文雅縱橫飛漢儀注曰列侯為丞相稱君侯大戴禮曰天子不知文雅之辭少師之任小臣信頑鹵僶俛安能追儀禮曰小臣正辭李尤東觀賦曰臣雖頑鹵慕小雅斯干歎詠之美僶俛已見上文論語曰參也魯孔安國曰魯鈍也魯與鹵同

贈徐幹一首五言　劉公幹

誰謂相去遠隔此西掖垣毛詩曰誰謂宋遠跂予望之洛陽故宮銘曰洛陽宮有東掖門西掖門拘限清切禁中情無由宣史記曰景帝居禁中禁中者門戶有禁非侍御不得入楚辭曰抒中情而為詩思子沈心曲長歎不能言毛詩曰在其板屋亂我心曲古詩曰氣結不能言起坐失次第一日三四還步出北寺門遙望西苑園風俗通曰尚書侍御史謁者所止皆曰寺也細柳夾道生方塘含清源思玄賦曰旦余沐於清源輕葉隨風轉飛鳥何翻翻楚辭曰漂翻翻其上下乖人易感動涕下與衿連仰視白日光皦皦高且懸毛詩曰謂予不信有如皦日毛萇曰皦白也楚辭曰晞白日兮皎皎兼燭八紘內物類無頗偏韓子曰朱儒對衛靈公曰夫日兼燭天下一物不能當也楊雄解嘲云日月之經不千里則不能燭六合耀八紘音義曰八方之綱維也尚書曰無偏無陂遵王之誼我獨抱深感不得與比焉

贈從弟三首 五言　劉公幹

汎汎東流水，磷磷水中石。呂氏春秋曰水泉東流日夜不休毛詩曰揚之水白石磷磷毛萇傳曰清徹也蘋藻生其涯，華紛何擾弱。采之薦宗廟，可以羞嘉客。蘋藻以喻從弟也左氏傳君子曰苟有明信澗谿沼沚之毛蘋蘩薀藻之菜可薦於鬼神可羞於王公毛詩曰所謂伊人於焉嘉客豈無園中葵，懿此出深澤。古詩曰青青園中葵朝露待日晞爾雅曰懿美也

亭亭山上松，瑟瑟谷中風。風聲一何盛，松枝一何勁。冰霜正慘愴，終歲常端正。楚辭曰霜露憯悽而交下豈不羅凝寒，松柏有本性。凝嚴也莊子曰天寒既至雪霜將降吾是以知松柏之茂也

鳳凰集南嶽，徘徊孤竹根。鳳生丹穴故曰南嶽鄭玄毛詩箋曰鳳凰之性非竹實不食亦喻從弟也於心有不厭，奮翅凌紫氛。豈不常勤苦，羞與黃雀羣。黃雀喻俗士也何時當來儀，將須聖明君。尚書曰鳳凰來儀孔安國曰聖人受命則鳳凰至

文選卷第二十三

賜進士出身通奉大夫江南蘇松常鎮太等處承宣布政使司布政使胡克家重校刊

文選卷第二十四

梁昭明太子撰

文林郎守太子右內率府錄事參軍事崇賢館直學士臣李善注上

贈答二

贈交阯太守顧公真一首
贈從兄車騎一首　答張士然一首
爲顧彥先贈婦二首　贈馮文羆一首
又贈弟士龍一首
潘安仁爲賈謐贈陸機一首
潘正叔贈陸機出爲吳王郎中令一首
贈河陽一首　贈侍御史王元貺一首

贈徐幹一首五言　曹子建

驚風飄白日忽然歸西山夫日麗於天風生乎地而言飄者夫浮景駿奔倏焉西邁餘光杳杳似若飄然古步出夏門行曰行行復行行白日薄西山圓景光未滿衆星粲以繁圓景月也論衡曰日月之體狀如正圓鄭玄毛詩箋曰景明也釋名曰望月滿之名也論語曰衆星共之廣雅曰粲明也志士營世業小人亦不閑論語子曰志士仁人無求生以害人孔叢子曰仲尼大聖自茲以降世業不替聊且夜行遊遊彼雙闕間文昌鬱雲興迎風高中天劉淵林魏都賦注曰文昌正殿名也廣雅曰鬱出也爾雅曰興起也地理書曰迎風觀在鄴列

子曰周穆王築臺號曰中天之臺春鳩鳴飛棟流猋激櫺軒爾雅曰扶搖謂之飆郭璞曰暴風從上下者猋與飆同古字通說文曰櫺楯閒子也徐幹齊都賦曰窻櫺參差景納陽軒長廊之有窻也顧念蓬室士貧賤誠足憐蓬室士謂徐幹也蒼頡篇曰顧旋也列子曰北宮子庇其蓬室若廣廈之蔭微藿弗充虛皮褐猶不全墨子曰古之人其爲食也足以增氣充虛而已鄭玄周禮注曰充足也淮南子曰貧人冬則羊裘短褐不掩形也忼慨有悲心興文自成篇說文曰忼慨壯士不得志於心也鄭玄考工記注曰興發也寶棄怨何人和氏有其愆寶以喻幹和氏喻知己也韓子曰楚人和氏得璞玉於楚山之中奉而獻之武王武王使玉人相之玉人曰石也刖和氏左足武王薨成王即位和又獻之玉人又曰石也刖其右足成王薨文王即位和乃抱璞而哭於楚山之下王使玉人理其璞而得寶焉遂名曰和氏之璧刖音月孔安國尚書傳曰愆過也彈冠俟知己知己誰不然言欲彈冠以俟知己知己誰不同於棄寶而能相萬乎漢書曰蕭育與朱博友往者有王陽貢公故長安語曰蕭朱結綬王貢彈冠晏子春秋越石父曰士者申乎知己良田無晚歲膏澤多豐年良田膏澤喻有德也無晚歲多豐年喻必榮也漢書曰翟義請陂下良田國語子餘曰君若膏澤之使能成嘉穀毛詩曰豐年穰穰亮懷璵璠美積久德逾宣爾雅曰亮信也蒼頡篇曰懷抱也左氏傳曰季平子行東野還未至卒于房陽虎將以璵璠斂杜預曰璵璠美玉君所佩也璵音餘璠音煩親交義在敦申章復何言莊子曰親交益疏孔安國尚書傳曰敦厚也又曰申重也

贈丁儀一首 五言集云與都亭侯丁翼今云儀誤也 魏略曰丁儀字正禮太祖辟儀爲掾 曹子建

初秋涼氣發庭樹微銷落 漢書孝武傷李夫人賦曰桂枝落而銷亡 凝霜依玉除清風飄飛閣 楚辭曰漱凝霜之紛紛字書曰凝冰堅也玉除階也說文曰除殿階也西都賦曰玉除彤庭又曰脩塗飛閣 朝雲不歸山霖雨成川澤 廣雅曰八月浮雲不歸左氏傳曰凡雨自三日已往爲霖 黍稷委疇隴農夫安所獲 王逸楚辭注曰委棄也說文曰疇耕治之田也毛詩曰饁時農夫 在貴多忘賤爲恩誰能博 言俗之常情也 狐白足禦冬焉念無衣客 言服狐白者不念無衣以喻處尊貴者多忘貧賤也晏子春秋曰景公之時雨雪三日公被狐白之裘坐於堂側謂晏子曰雨雪三日天下不寒何也晏子曰賢君飽知人飢溫知人寒楚辭曰無衣裘以禦冬毛詩曰無衣無褐何以卒歲 思慕延陵子寶劍非所惜 言延陵不欺於死而況其生者乎故己思慕之冀異於俗也新序曰延陵季子將西聘晉帶寶劍以過徐君徐君不言而色欲之季爲有上國之事未獻也然心許之矣致使於晉顧反則徐君死於是以劍帶徐君墓樹而去廣雅曰惜愛也 子其寧爾心親交義不薄

贈王粲一首 五言 曹子建

端坐苦愁思攬衣起西遊 古詩曰攬衣起徘徊 樹木發春華清池激長流中有

孤鴛鴦哀鳴求匹儔鴛鴦喻粲也毛萇詩傳曰鴛鴦匹鳥也楚辭曰覽可與兮匹儔我願執此鳥惜哉無輕舟言願執鳥而無輕舟以喻己之思粲而無良會也賈逵國語注曰惜痛也戰國策蘇代曰水浮輕舟欲歸忘故道顧望但懷愁傅毅七激曰無物可樂顧望懷愁鄭玄毛詩箋曰迴首曰顧悲風鳴我側羲和逝不留楚詞曰哀江介之悲風又曰吾令羲和弭節兮王逸曰羲和日御也墨子曰時不可及日不可留重陰潤萬物何懼澤不周重陰以喻太祖蔡邕月令章句曰陰者密雲也誰令君多念自使懷百憂毛詩曰我生之後逢此百憂

又贈丁儀王粲一首五言集云荅丁敬禮王仲宣翼字敬禮今云儀誤也

曹子建

從軍度函谷驅馬過西京魏志曰建安二十年公西征張魯漢書弘農縣故秦函谷關毛詩曰驅馬悠悠山岑高無極涇渭揚濁清毛萇詩傳曰涇渭相入而清濁異壯哉帝王居佳麗殊百城漢書曰高祖南過曲逆曰壯大哉縣高誘戰國策注曰佳也麗美也謝承後漢書曰黃琬拜豫州威邁百城員闕出浮雲承露槩泰清西京賦曰圓闕竦以造天淮南子曰魏闕之高上際青雲西都賦曰抗仙掌與承露廣雅曰抗摩也槩與抗同古字通鶡冠子曰上及泰清下及太寧皇佐揚天惠四海無交兵皇佐太祖也邊讓章華賦曰建皇佐之高

勳飛仁聲之顯赫左氏傳箴尹克黃曰君天也家語孔子曰君惠臣忠楚漢春秋吳廣說陳涉曰王引兵西擊則野無交兵
權家雖愛勝全國為令名權家兵家也史記曰呂尚其事多兵權與奇計孫子兵法曰用兵法全國為上破國次之左氏傳子產曰令名德之輿也鄭玄禮記注曰名令聞也
君子在末位不能歌德聲君子謂丁王也琴操曰古者君子在位役不踰時德聲謂太祖令德之聲也
丁生怨在朝王子歡自營歡怨非貞則中和誠可經言歡怨雖殊俱非忠貞之則惟有中和樂職誠可謂經也漢書王襃使王襃作中和樂職宣布詩如淳曰言王政中和在官者樂其職鄭玄周禮注曰經法也

贈白馬王彪一首五言魏志曰楚王彪字朱虎武帝子也初封白馬王後徙封楚集曰於圈城作又曰黃初四年五月白馬王任城王與余俱朝京師會節氣日不陽任城王薨至七月與白馬王還國後有司以二王歸藩道路宜異宿止意毒恨之蓋以大別在數日是用自剖與王辭焉憤而成篇

曹子建

謁帝承明廬逝將歸舊疆陸機洛陽記曰承明門後宮出入之門吾常怪謁帝承明廬問張公云魏明帝作建始殿朝會皆由承明門毛詩曰逝將去汝舊疆鄄城也時植雖封雍丘仍居鄄城
清晨發皇邑日夕過首陽陸機洛陽記曰首陽山在洛陽東北去洛二十里
伊洛廣且深欲濟川無梁楚詞曰道壅塞而不達江河廣

而無梁汎舟越洪濤怨彼東路長國語曰秦汎舟于河西京賦曰起洪濤而揚波顧瞻戀城闕引領情內傷其一毛詩曰顧瞻周道又曰在城闕兮左氏傳穆叔謂晉侯曰引領西望曰庶幾乎楚詞曰永懷兮內傷太谷何寥廓山樹鬱蒼蒼薛綜東京賦注曰太谷在洛陽西南風俗通曰泰山松樹鬱鬱蒼蒼霖雨泥我塗流潦浩縱橫魏志曰黃初四年七月大雨伊洛溢流毛萇詩傳曰行潦流潦也中逵絕無軌改轍登高岡毛詩曰肅肅兔罝施于中逵廣雅曰軌迹也脩坂造雲日我馬玄以黃其二毛詩曰陟彼高岡我馬玄黃毛萇曰玄馬病則黃玄黃猶能進我思鬱以紆楚詞曰願假簧以舒憂志紆鬱其難釋王逸曰紆屈也鬱愁也鬱紆將難進親愛在離居楚詞曰將以遺兮離居本圖相與偕中更不克俱毛萇詩傳曰偕俱也鴟梟鳴衡扼豺狼當路衢鴟梟豺狼以喻小人也毛詩曰懿厥哲婦為梟為鴟漢書杜文謂孫寶曰豺狼當路不宜復問狐狸公羊傳曰楚莊王伐鄭放乎路衢何休注曰路衢郭內衢也蒼蠅間白黑讒巧令親疏毛詩曰營營青蠅止于樊鄭玄曰蠅之為蟲汙白使黑汙黑使白喻佞人變亂善惡也廣雅曰間毀也欲還絕無蹊攬轡止踟躕其三楚辭曰攬騑轡而下節毛詩曰搔首踟躕踟躕亦何留相思無終極漢書息夫躬絕命詞曰嗟若是欲何留也秋風發微涼寒蟬鳴我側蔡邕月令章句曰寒蟬應陰而鳴鳴則天涼故謂之寒蟬也原野何蕭條白日忽西匿楚辭曰山蕭條而無獸又曰日杳杳而西頹歸

珍倣宋版印

鳥赴喬林翩翩厲羽翼毛詩曰翩翩者鵻厲疾貌孤獸走索羣銜草不遑食尚書曰不
遑暇食感物傷我懷撫心長太息其四廣雅曰感傷也古詩曰感物懷所思列子曰師襄乃撫心高蹈楚辭
曰長太息以掩涕太息將何為天命與我違鄭玄周易注曰命所受天命也楚辭曰屬天命而委之咸池王
逸曰咸池天神也古詩曰同袍與我違毛萇詩傳曰違離也謂不耦也柰何念同生一往形不歸魏志曰武
皇帝卞皇后生任城王彰陳思王植左氏傳曰鄭罕駟豐同生杜預曰罕子皮駟子晳豐公孫段也三家本同母兄弟也漢書武帝詔曰
梁王親慈同生願以邑分弟孤魂翔故城魏志城作域靈柩寄京師漢書貢禹上書曰骸骨棄捐孤魂不
歸存者忽復過亡沒身自衰人生處一世去若朝露晞漢書李陵謂蘇武曰人生
如朝露何久自苦如此薤露歌曰薤上零露何易晞毛萇詩傳曰晞乾也年在桑榆間影響不能追日在桑榆
以喻人之將老東觀漢記光武曰失之東隅收之桑榆仲長子昌言曰捷疾馳影響人聞也自顧非金石咄唶令
心悲其五鄭玄毛詩箋曰顧念也古詩曰人生非金石豈能長壽考說文曰咄叱也丁兀切聲類曰唶大呼也子夜切言人命叱呼
之閒或至夭喪也心悲動我神棄置莫復陳丈夫志四海萬里猶比隣恩愛
苟不虧在遠分日親鄧析子曰遠而親者志相應也分猶志也何必同衾幬然後展慇勤
毛詩曰抱衾與裯毛萇曰衾被也鄭玄曰裯床帳也幬與裯古字同憂思成疾疹無乃兒女仁毛詩曰心之憂

矣珍如疾首史記曰呂公謂呂媼曰非兒女之所知又韓信謂漢祖曰項王所謂婦人之仁也倉卒骨肉情能不懷
苦辛其六李陵書曰前書倉卒骨肉謂兄弟也蘇子卿詩云骨肉緣枝葉古詩又曰轗軻長苦辛苦辛何慮思天
命信可疑虛無求列仙松子久吾欺班固楚辭序曰帝閽宓妃虛無之語論衡曰傳稱赤松王喬好
道為仙度世不死是又虛也魏武帝善哉行曰痛哉世人見欺神仙變故在斯須百年誰能持漢書谷永曰三
郡所奏皆有變故鄭玄周禮注曰故災也禮記君子曰禮樂不可斯須去身鄭玄曰斯須猶須臾也古詩曰生年不滿百呂氏春秋曰人
之壽久不過百離別永無會執手將何時蔡琰詩曰念別無會期毛詩曰執子之手與子偕老王其愛
玉體俱享黃髮期七發曰太子玉體不安東觀漢記太子執報桓榮書曰君慎疾加飡重愛玉體杜預左氏傳注曰享
受也尚書曰詢茲黃髮收淚即長路援筆從此辭其七韓詩外傳曰孫叔敖治楚三年而楚國霸楚史援筆
而書於策蘇武詩曰去去從此辭

贈丁翼一首五言文士傳曰翼字敬禮儀之弟也為黃門侍郎

曹子建

嘉賓塡城闕豐膳出中廚鄭玄禮記注曰塡滿也毛詩曰我有嘉賓城闕已見上文吾與二三子
曲宴此城隅論語子曰二三子以我為隱乎吾無隱乎爾毛詩曰俟我於城隅秦箏發西氣齊瑟揚
東謳楚辭曰挾秦箏而彈徵歌錄有美女篇齊瑟行史記蘇秦說秦王曰臨菑甚富其民無不吹竽鼓瑟說文曰謳齊歌也肴

來不虛歸醻至反無餘我豈狎異人朋友與我俱毛詩曰豈伊異人兄弟匪他爾雅曰狎習也毛詩序曰伐木燕朋友故舊也大國多良材譬海出明珠禮斗威儀曰其君乘金而王則江海出大貝明珠君子義休偫小人德無儲言君子之義美而且具小人之德寡而無儲也說文曰偫待也一曰具也儲謂蓄積之以待無也積善有餘慶榮枯立可須周易曰積善之家必有餘慶孔安國尚書傳曰須待也滔蕩固大節世俗多所拘淮南子曰使神滔蕩而不失其充又曰曲士不可與語至道拘於俗而束於教君子通大道無願爲世儒論衡曰說經者爲世儒

贈秀才入軍五首四言集云兄秀才公穆入軍贈詩劉義慶集林曰嵇熹字公穆舉秀才

嵇叔夜

良馬既閑麗服有暉毛詩曰良馬四之又曰君子之馬既閑且馳鄭玄曰閑習也廣雅曰麗好也楊雄反騷曰素初貯厥麗服兮左攬繁弱右接忘歸新序曰楚王載繁弱之弓忘歸之矢以射兕於雲夢風馳電逝躡景追飛四子講德論曰風馳雨集雜襲並至孫該琵琶賦曰飄風電逝舒疾無方七啓曰忽躡景而輕騖凌厲中原顧盼生姿劉歆遂初賦曰登句注以凌厲廣雅曰凌馳也厲上也風俗通曰顏色厚所顧盼若以親密也攜我好仇載我輕車毛詩曰君子好仇南凌長阜北厲清渠廣雅曰凌乘也王逸楚辭注曰厲度也仰落

驚鴻俯引淵魚盤于遊田其樂只且西京賦曰盤于游畋其樂只且

輕車迅邁息彼長林春木載榮布葉垂陰習習谷風吹我素琴毛詩曰習習谷風秦嘉婦徐氏書曰芳香既珍素琴又好咬咬黃鳥顧疇弄音毛詩曰交交黃鳥古歌曰黃鳥鳴相追咬咬弄好音感悟馳情思我所欽古詩曰馳情整中帶心之憂矣永嘯長吟毛詩曰心之憂矣我歌且謠杜篤連珠曰能離光明之顯長吟永嘯

浩浩洪流帶我邦畿毛萇詩傳曰畿疆也萋萋綠林奮榮揚暉魚龍瀺灂山鳥羣飛樂動聲儀曰風雨動魚龍仁義動君子上林賦曰瀺灂霣墜劉向七言曰山鳥羣鳴我心懷駕言出游日夕忘歸毛詩曰駕言出遊楚辭曰日將暮兮悵忘歸思我良朋如渴如飢毛詩曰每有良朋曹植責躬詩曰遲奉聖顏如渴如飢願言不獲愴矣其悲張衡詩曰願言不獲終然永思曹植責躬詩曰心之云慕愴矣其悲

息徒蘭圃秣馬華山蘭圃蕙圃也毛詩曰之子于歸言秣其馬毛萇詩傳曰秣養也華山山有光華也流磻平皐垂綸長川說文曰磻以石著弋繳也鄭玄毛詩箋曰釣者以絲為之綸目送歸鴻手揮五絃漢書曰周亞夫趨出上以目送之歸田賦曰彈五絃於妙指俯仰自得游心泰玄楚辭曰漠虛靜以恬愉兮澹無為而自得泰玄謂道也淮南子曰自得者全其身者也全其身則與道為一矣嘉彼釣叟得魚忘筌莊子曰莊子釣

於濮水之上又曰筌者所以得魚也得魚而忘筌蹄者所以在兎也得兎而忘蹄言者所以在意也得意而忘言吾焉得夫忘言之人而與之言哉

郢人逝矣誰與盡言莊子曰莊子送葬過惠子之墓顧謂從者曰郢人堊漫其鼻端若蠅翼使匠石斲之匠石運斤成風聲而斲之盡堊而鼻不傷郢人立不失容宋元君聞之召匠石曰嘗試爲寡人爲之匠石曰臣則嘗能斲之雖然臣質死久矣自夫子之死也吾無以爲質矣吾無與言之矣

閑夜肅清朗月照軒舞賦曰夫何皦皦之閑夜明月列以施光軒已見曹子建贈徐幹詩注微風動袿組帳高褰方言曰袿謂之裾音圭袿或爲幃周禮曰幕人掌帷幕幄帟綬之事鄭司農曰帟平帷也綬組綬所以繫帷也王逸楚詞注曰以幕組結束玉璜爲帷帳也旨酒盈樽莫與交歡毛詩曰旨酒欣欣漢書曰郭解入關賢豪爭交歡鳴琴在御誰與鼓彈毛詩曰琴瑟在御莫不靜好仰慕同趣其馨若蘭六韜曰同好相趣薛綜西京賦注曰趣猶意也易曰同心之言其臭如蘭佳人不在能不永歎楚辭曰聞佳人兮召予毛詩曰假寐永歎

贈山濤一首五言

司馬紹統臧榮緒晉書曰司馬彪字紹統少篤學初拜騎都尉太始中爲祕書郎轉丞後拜散騎侍郎終於家

苕苕椅桐樹寄生於南岳椅桐彪自喻也毛詩曰其桐其椅其實離離馬融琴賦曰惟椅梧之所生在衡山之

一珍倣宋版印

峻陂上凌青雲霓下臨千仞谷蒼頡篇曰凌侵也呂氏春秋曰若決積水於千仞之谿包咸論語注曰七尺曰
仞處身孤且危於何託余足毛詩序曰孤危將亡漢書賈山上書曰不得邪徑而託足焉昔也植
朝陽傾枝俟鸑鷟毛詩曰鳳凰鳴矣于彼高岡梧桐生矣于彼朝陽鄭玄曰鳳凰之性非梧桐不棲非竹實不食也說
文曰鸑鷟鳳屬神鳥也今者絕世用倥傯見迫束新語曰楩梓仆則為世用楚辭曰悲余生之無歡兮愁倥
傯於山陸王逸曰倥傯困苦也班匠不我顧牙曠不我錄班匠及牙曠皆喻執政也墨子曰公輸般為雲梯鄭
玄禮記注曰般伎巧者也莊子曰匠石之齊見櫟社樹匠伯不顧司馬彪曰匠石字伯鄭玄毛詩箋曰顧視也列子曰伯牙善鼓琴左氏
傳曰師曠侍於晉侯杜預曰師曠晉樂太師焉得成琴瑟何由揚妙曲桓子新論曰黃門工鼓琴者有任真
卿虞長倩能傳其度數妙曲遺聲冉冉三光馳逝者一何速廣雅曰冉冉進也淮南子曰夫道含吐陰陽而
章三光許慎曰三光日月星也逝者見下注中夜不能寐撫劍起躑躅毛詩曰耿耿不寐左氏傳曰子朱怒
撫劍從之說文曰蹢躅住足也躑躅與蹢躅同感彼孔聖歎哀此年命促春秋說題辭曰天嘗有血書魯端門
作法孔聖沒周室亡論語曰子在川上曰逝者如斯司馬遷悲士不遇賦曰天道悠昧人理促卞和潛幽冥誰能證
奇璞卞和已見上文冀願神龍來揚光以見燭神龍喻濤也山海經曰赤水之山有神人面蛇身其瞑乃
晦其視乃明是燭九陰是謂燭龍

答何劭二首五言 張茂先

吏道何其迫窘然坐自拘班彪與金昭卿書曰遠在東垂吏道迫促鵩鳥賦曰愚士繫俗窘若囚拘纓緌爲徽纆文憲焉可踰纓緌制人同於徽纆國之文憲豈可踰乎禮記曰冠緌纓鄭玄曰緌纓飾也周易曰繫用徽纆孔安國尚書傳曰憲法也恬曠苦不足煩促每有餘廣雅曰恬靜也蒼頡篇曰曠疏曠也良朋貽新詩示我以游娛良朋已見上文徐幹贈五官中郎將詩曰貽爾新詩又思玄賦曰雖游娛以媮樂穆如灑清風奐若春華敷毛詩曰吉甫作誦穆如清風淮南子曰猶條風之時灑荅賓戲曰摛藻如春華自昔同寮宷於今比園廬臧榮緒晉書曰惠帝即位劭爲太子太師又曰武帝崩華爲太子少傅然考乎其時事正相接故曰同寮也左氏傳曰先蔑之使也荀林父止之曰同官爲寮吾嘗同寮敢不盡心乎爾雅曰采僚官也南都賦曰園廬舊宅也衰夕近辱殆庶幾並懸輿王逸楚辭注曰夕以喻衰言日夕將暮己已衰老子曰知足不辱知止不殆漢書曰薛廣德乞骸骨賜安車駟馬懸其安車傳子傳孫也散髮重陰下抱杖臨清渠鍾會遺榮賦曰散髮抽簪屬耳聽鸎鳴流目翫儵魚毛詩曰耳屬于垣鄭玄曰屬耳於壁聽之又儀禮注曰屬注也毛詩曰鸎其鳴矣思玄賦曰流目眺夫衡阿翫猶悅也莊子曰儵魚出游從容是魚樂也從容養餘日取樂於桑榆漢書疏廣曰此金者聖主所以惠養老臣也故樂與鄉黨共饗其賜以盡吾餘日不亦可乎桑榆已見上文

珍倣宋版印

洪鈞陶萬類大塊稟羣生洪鈞大鈞謂天也大塊謂地也言天地陶化萬類而羣化稟受其形也鵩鳥賦曰大
鈞播物廣雅曰陶化也河圖曰地有九州以苞萬類莊子曰大塊載我以形勞我以生孔安國尚書傳曰稟受也漢書董仲舒對策曰羣
生和而萬物殖明闇信異姿靜躁亦殊形劉歆遂初賦曰非積習之生常固明闇之所別老子曰重爲輕根靜
爲躁君王弼曰凡物輕不能載重小不能鎮大不行者使行不動者制動是以重必爲輕根靜必爲躁君自予及有識志
不在功名李陵與蘇武書曰陵自有識以來士之立操未有如子卿者也呂氏春秋曰功名大立天也虛恬竊所
好文學少所經楚辭曰漠虛靜以恬愉忝荷既過任白日已西傾白日西傾以喻年老也洛
神賦曰日既西傾道長苦智短責重困才輕論語曾子曰士不可以不弘毅任重而道遠仁以爲己任不亦
重乎死而後已不亦遠乎呂氏春秋曰智短則不知化不知化者每擧必危范曄後漢書劉寬曰任重責大憂心如醉曹植上表曰爵重
才輕周任有遺規其言明且清論語孔子云周任有言曰陳力就列不能者止馬融曰周任古之良史子思子
詩云昔吾有先正其言明且清國家以寧都邑以成負乘爲我戒夕惕坐自驚周易曰負且乘致寇至負也者
小人之事也乘也者君子之器也小人乘君子之器盜思奪之矣又曰夕惕若厲孔安國尚書傳曰惕懼也是用感嘉貺
寫心出中誠感猶荷也魏文帝書曰嘉貺益腆發篇雖溫麗無乃違其情西都賦曰啓發篇章
漢書曰司馬相如作賦甚弘麗溫雅廣雅曰違背也

贈張華一首五言　何敬祖

四時更代謝懸象迭卷舒孫卿子曰日月遞照四時代御淮南子曰二者代謝舛馳周易曰懸象著明莫大乎日月淮南子曰陰陽贏縮卷舒淪於不測暮春忽復來和風與節俱論語曰暮春者春服既成毛詩曰習習谷風毛萇傳曰習習和舒之貌楊泉物理論曰春氣煖其風溫和俯臨清泉涌仰觀嘉木敷西都賦曰嘉木樹庭周旋我陋圃西瞻廣武廬臧榮緒晉書曰吳滅封張華廣武侯左氏傳太史克曰奉以周旋既貴不忘儉處有能存無毛萇詩傳曰有謂富無謂貧鎮俗在簡約樹塞焉足摹周易曰簡則易從廣雅曰約儉也論語曰或問管仲知禮乎孔子曰邦君樹塞門管氏亦樹塞門在昔同班司今者並園墟同班司已見張華荅詩私願偕黃髮逍遙綜琴書黃髮已見上文王肅周易注曰綜理事也劉歆遂初賦曰玩琴書以條暢舉爵茂陰下攜手共躊躇韓詩曰搔首躊躇薛君曰躊躇躑躅也奚用遺形骸忘筌在得魚莊子曰申徒兀者謂子產曰吾與夫子遊十有九年矣而未嘗知吾兀者也今子與我遊於形骸之內而子索我於形骸之外不亦過乎得魚忘筌已見上文

贈馮文羆遷斥丘令一首四言晉百官名曰外兵郎馮文羆集云文羆爲太子洗馬遷斥丘令贈以此詩闞駰十三州記曰斥丘縣在魏郡東八十里　陸士衡

珍倣宋版印

於皇聖世時文惟晉毛詩曰於皇時周周禮栗氏量銘曰時文思索鄭玄曰言是文德之君思求可以爲人立法也
受命自天奄有黎獻謂武帝也毛詩曰有命自天命此文王又曰奄有四方毛萇曰奄大也尚書曰萬邦黎獻共惟
帝臣孔安國曰黎衆也獻賢也閶闔既闢承華再建謂惠帝也晉宮閣名曰洛陽城閶闔門陸機洛陽記曰太子宮
在太宮東薄室門外中有承華門再建謂立愍懷太子國儲以對閶闔故謂之再也明明在上有集惟彥其一毛詩
曰明明在下赫赫在上奕奕馮生哲問允迪方言曰自關而西凡美容謂之奕奕尚書曰允迪厥德謨明弼諧孔
安國曰迪蹈也言信蹈行古人之德天保定子靡德不鑠毛詩曰天保定爾亦孔之固劇秦美新曰鑠德懿和之風
爾雅曰鑠美也邁心玄曠矯志崇邈爾雅曰邁行也王逸楚辭注曰矯舉也爾雅曰崇高也遵彼承華
其容灼灼其二毛詩曰桃之夭夭灼灼其華嗟我人斯戢翼江潭毛詩曰嗟我懷人又曰彼何人斯又
曰鴛鴦在梁戢其左翼楚辭曰遊於江潭有命集止翩飛自南周易曰大君有命毛詩曰有命既集又曰翩飛惟鳥
又曰凱風自南出自幽谷及爾同林謂俱爲洗馬也臧榮緒晉書曰楊駿誅徵機爲太子洗馬毛詩曰出自幽谷遷
于喬木雙情交映遺物識心其三映猶照也人亦有言交道實難毛詩曰人亦有言靡哲不
愚漢書曰蕭育與朱博後有隙故世以交爲難也有頍者弁千載一彈毛詩曰有頍者弁實維伊何毛萇曰頍弁
貌也弁皮弁也彈冠已見上文杜預左氏傳注曰弁亦冠也故通言之頍丘蘂切與跬同音今我與子曠世齊歡

言我及子雖與王貢曠世而實齊其歡也范曄後漢班固議曰以漢與已來曠世歷年廣雅曰曠遠也利斷金石氣惠
秋蘭其四周易曰二人同心其利斷金同心之言其臭如蘭羣黎未綏帝用勤止毛詩曰羣黎百姓長楊賦
曰羣黎爲之不康毛詩曰文王既勤止我應受之我求明德肆于百里毛詩我求懿德肆于時夏鄭玄曰肆陳也
陳其功烈也漢書曰縣大率百里其人稠則盛稀則曠也僉曰爾諧俾民是紀尚書僉曰垂哉帝曰汝諧毛詩曰四
方是維俾民不迷鄭玄毛詩箋曰以綱罟喻爲政理之爲紀也乃眷北徂對揚帝祉其五毛詩曰乃眷西顧又曰對
揚王休又曰既受帝祉施于孫子疇昔之遊好合纏綿左氏傳羊斟曰疇昔之羊子爲政毛詩曰妻子好合張升
與任彥堅書曰纏綿恩好庶蹈高蹤借曰未洽亦既三年毛詩曰借曰未知亦既抱子居陪華幄出
從朱輪應璩與趙叔潛書曰入侍華幄出典禁闈車司馬彪續漢書曰皇太子安車朱班輪方驥齊鑣比迹同
塵其六鄭玄儀禮注曰方併也南都賦曰驂驥齊鑣范曄後漢書孔融薦謝該曰該實卓然比迹前列老子曰和其光同其塵之
子既命四牡項領毛詩曰駕彼四牡四牡項領遵塗遠蹈騰軌高騁四子講德論曰未若遵塗
之疾也鄭玄考工記注曰軌謂轍也慶雲扶質清風承景廣雅曰質軀也嗟我懷人其邁惟永
其七毛詩曰嗟我懷人毛萇曰懷思也否泰苟殊窮達有違否泰周易二卦名也列子西門子謂北宮子曰汝造
事而窮予造事而達此厚薄之驗與賈逵國語注曰違異也及子春華後爾秋暉言否泰殊流窮達異轍今雖及

珍倣宋版印

爾春華之美終當後爾秋暉之盛也春華喻少年秋暉喻老成也蘇武詩曰努力愛春華逝將去我陟彼朔垂逝將去汝已見上文毛詩曰陟彼高岡朔垂斥丘也爾雅曰朔北方也說文曰垂遠邊也非子之念心孰為悲其八

答賈長淵一首四言并序王隱晉書曰魯公賈謐字長淵　陸士衡

余昔為太子洗馬漢書曰太子屬官有先馬如淳曰前驅也先或作洗賈長淵以散騎常侍東宮積年高誘呂氏春秋注曰東宮太子所居詩曰東宮之妹余出補吳王郎中令臧榮緒晉書曰吳王晏字平度武帝第二十三子封吳又曰吳王出鎮淮南以機為郎中令元康六年入為尚書郎臧榮緒晉書曰機為尚書中兵郎魯公贈詩一篇作此詩答之云爾

伊昔有皇肇濟黎蒸爾雅曰伊惟也郭璞曰發語辭也毛詩曰有皇上帝毛萇曰皇君也封禪書曰覺悟黎蒸先天創物景命是膺周易曰先天而天弗違周禮曰智者創物毛詩曰君子萬年景命有僕毛萇曰僕附也毛詩曰戎翟是膺毛萇曰膺當也降及羣后迭毀迭興史記太史公曰遞興遞廢能者用事小雅曰遞迭更也邈矣終古崇替有徵其一楚辭曰春蘭兮秋菊長無絕兮終古國語藍尹亹謂子西曰吾聞君子唯獨居思念前世之崇替於是乎有數韋昭曰崇終也替廢也左氏傳曰君子之言信而有徵在漢之季皇綱幅裂韋昭曰國語注曰季末也皇綱以綱為喻也荅賓戲曰廓帝紘恢皇綱毛萇詩傳曰張之曰綱魏志崔琰曰今天下分崩九州幅裂大辰匿耀金虎習

質漢書曰東方蒼龍房心心爲明堂大星天王爾雅曰大辰房心尾也石氏星經曰昴者西方白虎之宿也太白者金之精太白入昴
金虎相薄主有兵亂雄臣馳騖義夫赴節解嘲曰世亂則聖哲馳騖而不足釋位揮戈言謀王
室其二左氏傳王子朝告于諸侯曰居王于彘諸侯釋位以閒王政說文曰揮奮也左氏傳曰會于洮謀王室也王室之亂
靡邦不泯毛詩曰亂生不夷靡國不泯毛萇曰泯滅也如彼墜景會不可振丁德禮寡婦賦曰日亹亹
以西墜說文曰振舉也乃眷三哲俾乂斯民三哲劉備孫權曹操也尚書帝曰下民其咨有能俾乂孔安國曰乂
治也啓土雖難改物承天其三尚書曰建邦啓土國語王謂晉侯曰叔父若能更姓改物以創天下禮記明堂陰陽
錄曰王者承天統物也爰茲有魏卽宮天邑禮記孔悝鼎銘曰卽宮于宗周尚書曰周公曰肆予敢求爾于天邑
商吳寶龍飛劉亦岳立東京賦曰龍飛白水乃干戈載揚俎豆載戢毛詩曰載戢干戈毛
萇曰戢聚也論語孔子曰俎豆之事則嘗聞之矣民勞師興國玩凱入其四毛詩曰民亦勞止玩與翫同古字通
周禮曰師有功則愷樂天厭霸德黃祚告釁左氏傳鄭伯曰天而既厭周德矣干寶搜神記曰魏惟五德之運以
土承漢春秋保乾圖曰漢以魏徵黃精接期天下歸高賈逵國語注曰釁兆也言禍有兆獄訟違魏謳歌適晉孟子
萬章曰堯以天下與舜有諸孟子曰否不然天與之堯崩三年之喪畢舜讓避丹朱於南河之南天下朝覲獄訟者不之堯之子而之舜
謳歌者不謳歌堯之子而謳歌舜舜曰天也夫而後歸中國踐天子之位焉陳留歸蕃我皇登禪魏志曰陳留王

珍倣宋版印

諱奐字景明武帝孫燕王宇子也奉皇帝璽綬策禪位于晉嗣王魏世譜曰封帝爲陳留王庸岷稽顙三江改獻
其五庸岷蜀境也庸國名也岷山名也禮記孔子曰拜而後稽顙三江吳境也尚書曰三江既入赫矣隆晉奄宅率
土曹府君陳寔誄曰赫矣陳君毛詩曰宅殷土芒芒又曰率土之濱對揚天人有秩斯祜對揚已見上文司馬
相如封禪文曰天人之際已交毛詩曰嗟爾烈祖有秩斯祜爾雅曰祜福也惟公太宰光翼二祖臧榮緒晉書曰
晉太祖爲大將軍以賈充爲司馬右長史及世祖受禪轉太宰左氏傳康王論晉范會曰宜夫子之光輔五君誕育洪胄纂
戎于魯其六臧榮緒晉書曰謐父韓壽河南尹母賈充少女也充平生不議立後充後妻郭槐輒以外孫韓謐爲黎民子襲封槐
自表陳是充遺意也帝許之以謐爲魯公毛詩曰誕彌厥月毛萇曰誕大也鄭玄曰大矣后稷之在其母終於人道十月而生毛詩曰纘
戎祖考鄭玄曰戎汝也毛詩曰俾侯于魯東朝既建淑問峩峩謂愍懷太子也毛詩曰淑問如皐陶我求明
德濟同以和我求懿德已見上文左氏傳齊侯曰唯據與我和晏子曰據亦同也焉得爲和和如羹焉宰夫和之濟其不及
以洩其過君子食之以平其心君臣亦然杜預曰梁丘據也魯公戾止袞服委蛇毛詩曰魯侯戾止爾雅曰戾至
也周禮曰三公自袞冕而下毛詩曰退食自公委蛇委蛇思媚皇儲高步承華其七王隱晉書曰謐以賈后之妹子
數入宮與愍懷處毛詩曰思媚周姜又曰媚于天子漢書疏廣曰太子國儲嗣君承華已見上文昔我逮茲時惟下
僚下僚謂洗馬也及子棲遲同林異條俱在東宮故曰同林而貴賤殊隔故曰異條毛詩曰或棲遲偃仰年

殊志比服舛義稠服章服也尊卑殊制故曰舛也說文曰稠多也遊跨三春情固二秋其八祇承皇命出納無違尚書曰祇承于帝論語曰樊遲問孝子曰無違往踐蕃朝來步紫微蕃朝吳也紫微至尊所居謂爲尚書郎升降秘閣我服載暉謝承後漢書曰謝承父嬰爲尚書侍郎每讀高祖及光武之後將相名臣策文通訓條在南宮秘於省閣唯臺郎升複道取急因得開覽序云入爲尚書郎作此詩然秘閣卽尚書省也孰云匪懼仰肅明威其九尚書曰我有周佑命將天明威分索則易攜手實難鄭玄禮記注曰索散也念昔夙遊茲焉永歎劉楨黎陽山賦曰夙遊未厭白日潛輝毛詩曰茲之永歎公之云感貽此音翰應劭漢書注曰云有也韋昭曰翰筆也蔚彼高藻如玉之闌其十蔚文貌周易曰君子豹變其文蔚也楚辭曰文彩燿於玉石王逸曰言發文舒詞爛然成章如玉石之有文彩也闌力旦切協韻力丹切惟漢有木曾不踰境惟南有金萬邦作詠木謂橙也賈謐贈詩云在南稱柑度北則橙故荅以此言木度北而變質故不可以踰境金百鍊而不銷故萬邦作詠賈戒之以木而陸自勗以金也穀梁傳曰婦人旣嫁不踰境毛詩曰大賂南金民之胥好狂狷厲聖爾雅曰胥相也謂相戒勗以所好尚也論語子曰不得中行而與之必也狂狷乎狂者進取狷者有所不爲尚書曰惟聖罔念作狂惟狂克念作聖說文曰厲石也言人之自勗若金之受厲儀形在昔予聞子命其十一毛詩曰儀形文王萬邦作孚左氏傳晉克曰臣聞命矣

珍倣宋版印

於承明作與士龍一首五言集云與士龍於承明亭作　陸士衡

牽世嬰時網駕言遠徂征鄒陽上書曰豈拘於俗牽於世曹子建責躬詩曰舉挂時網毛詩曰駕言徂東飲餞豈異族親戚弟與兄毛詩曰欲餞于禰又曰豈伊異人兄弟匪他婉孌居人思紆鬱遊子情方言曰倇歎也倇與婉同古字通說文曰孌慕也班固漢書述哀紀曰婉孌董公惟亮天工紆鬱已見上文明發遺安寐寤言涕交纓毛詩曰明發不寐又曰獨寐寤言淮南子曰雍門子以琴見孟嘗君涕流霑纓分塗長林側揮袂萬始亭佇盼要遐景傾耳玩餘聲家語孔子曰傾耳而聽之不可得而聞杜預左氏傳注曰翫貪也南歸憩永安北邁頓承明毛萇詩傳曰憩息也頓止舍也永安有昨軌承明子棄予毛詩曰棄予如遺俯仰悲林薄慷慨含辛楚范曄後漢書劉瑜上書曰竊爲辛楚泣血連如楚猶痛也懷往歡絕端悼來憂成緒言和悅纔往歡已絕端哀悼暫來憂便成緒毛萇詩傳曰懷和也楚辭曰欲寂漠而絕端方言曰悼哀也感別慘舒翮思歸樂遵渚舒翮謂鵠遵渚謂鴻言感別之情慘於舒翮之飛鵠思歸之志樂於遵渚之征鴻也蘇武詩曰黃鵠一遠別酈炎詩曰舒吾凌霄羽毛詩曰鴻飛遵渚

贈尚書郎顧彥先二首五言王隱晉書曰顧榮字彥先吳人也爲尚書郎

陸士衡

大火貞朱光積陽熙自南爾雅曰大火謂之大辰郭璞曰大火心也在中最明故時候主之也孔安國尚書傳
曰貞正也朱光朱明也爾雅曰夏爲朱明尚書曰日永星火以正仲夏淮南子曰積陽之熱氣生火火氣之精者爲日爾雅曰熙與也續
漢書曰日行南陸謂之夏也望舒離金虎屏翳吐重陰言月離畢天將雨也楚辭曰前望舒使先驅王逸曰
望舒月御也漢書曰西方金也尚書考靈耀曰西方秋虎漢書曰參白虎三星又曰觜觿爲虎首孔安國尚書傳曰昴白虎中星然西方
七星畢昴之屬俱白虎也毛詩曰月離于畢俾滂沲矣楚辭曰屏淒翳起雨王逸曰屏翳雨師名也曹子建贈王粲詩曰重陰潤万物淒
風迕時序苦雨遂成霖左氏傳申豐曰春無淒風秋無苦雨杜預曰苦雨爲人所患苦也小雅曰迕犯也莊子曰
陰陽四時運行各得其序朝遊忘輕羽夕息憶重衾輕羽謂扇也傅毅有羽扇賦衾已見上文感物百
憂生纏綿自相尋百憂纏綿並已見上文與子隔蕭牆蕭牆隔且深論語子曰吾恐季孫
之憂在蕭牆之內也形影曠不接所託聲與音音聲日夜闊何用慰吾心毛詩曰仲
山甫永懷以慰其心
朝遊遊層城夕息旋直廬張晏漢書注直宿曰廬也曰迅雷中宵激驚電光夜舒
論語曰迅雷風烈必變楚辭曰凌驚雷軼駭電兮玄雲拖朱閣振風薄綺疏說文曰拖曳也徒可切鄭玄禮
記注曰振動也風以動物故謂之振孔安國尚書傳曰薄迫也李尤東觀銘曰房闥內布綺疏外陳是謂東觀書籍林淵豐注溢

脩霤黃潦浸階除〔王逸楚辭注曰霤屋宇也說文曰潦雨水也又曰除殿階也〕停陰結不解通衢化爲渠沈稼湮梁潁流民泝荆徐〔廣雅曰湮沒也梁潁二地名也毛萇詩傳曰泝向也荆徐二州名也〕眷言懷桑梓無乃將爲魚〔毛詩曰眷言顧之又曰惟桑與梓必恭敬止左氏傳曰天王使劉定公勞趙孟館於雒汭劉子曰美哉禹功明德遠矣微禹吾其魚乎〕

贈顧交阯公真一首〔五言晉百官名曰交州刺史顧祕字公真〕 陸士衡

顧侯體明德清風肅已邁〔周易曰君子體仁足以長人鄭玄曰體生也尚書曰先王既勤用明德胡廣書曰建鴻德流清風〕發迹翼藩后改授撫南裔〔藩后吳王也顧氏譜曰祕爲吳王郎中令南裔謂交阯也解嘲曰驃騎發迹於新連蔡邕陳球碑曰遠鎮南裔近撫侯服鄭玄周禮注曰撫安也〕伐鼓五嶺表揚旌萬里外〔漢書曰秦北爲長城之役南有五嶺之戍裴淵廣州記五嶺云大庾始安臨賀桂陽揭陽漢書劉向上疏曰甘延壽懸旌万里之外〕遠績不辭小立德不在大〔左氏傳劉子謂趙孟曰子盍亦遠續禹功而大庇民焉又穆叔曰太上有立德其次立功〕高山安足凌巨海猶縈帶〔古辯異博遊曰衆星累累如連貝江河四海如衣帶〕惆悵瞻飛駕引領望歸旆〔楚辭曰惆悵兮而私自憐左氏傳穆叔謂晉侯曰引領西望曰庶幾乎〕

贈從兄車騎一首〔五言集云陸士光〕 陸士衡

孤獸思故藪離鳥悲舊林周禮曰藪牧養蕃鳥獸鄭玄曰澤無水曰藪翩翩遊宦子辛苦
誰爲心漢書薄昭與淮南王書曰游宦事人髣髴谷水陽婉孌崐山陰楚辭曰時髣髴以遙見陸道瞻
吳地記曰海鹽縣東北二百里有長谷昔陸遜陸凱居此谷東二十里有崐山父祖葬焉穀梁傳曰水北曰陽婉孌已見上文營魄
懷茲土精爽若飛沈老子曰載營魄抱一能無離乎鍾會曰載辭也經護爲營形氣爲魄謂魂魄經護其形氣使之
長存也論語子曰小人懷土左氏傳樂祈曰心之精爽是謂魂魄寤寐靡安豫願言思所欽東京賦曰膺多
福以安念毛詩曰願言思子嵇康贈秀才詩曰思我所欽感彼歸塗艱使我怨慕深孟子萬章問曰舜往于田
曰號泣於旻天何謂其號泣也孟子曰怨慕也集本云歸塗順也安得忘歸草言樹背與衿韓詩曰焉得諠
草言樹之背然衿猶前也斯言豈虛作思鳥有悲音

答張士然一首五言孫盛晉陽秋曰張悛字士然少以文章與陸機友善悛七全切

陸士衡

絜身躋祕閣祕閣峻且玄四子講德論曰絜身修思吊魏武曰機出補著作遊乎祕閣然祕書省亦爲祕閣說
文曰玄幽遠也謂祕閣之幽遠也終朝理文案薄暮不遑瞑毛詩曰不遑假寐瞑古眠字駕言巡
明祀致敬在祈年駕言已見上文毛詩曰敬祭明祀禮記曰拜至所以致敬也毛詩曰祈年孔夙鄭玄曰我祈豐年甚

珍倣宋版印

早也逍遙春王圃躑躅千畝田晉宮閣銘曰洛陽宮有春王園躑躅與蹢躅同禮記曰天子爲籍田千畝回渠繞曲陌通波扶直阡風俗通曰南北曰阡東西曰陌嘉穀垂重穎芳樹發華顛尚書曰農殖嘉穀廣雅曰顛末也余固水鄉士總轡臨清淵水鄉謂吳也漢書曰武功中水鄉人三舍墊爲池家語孔子曰善御者正身以總轡戚戚多遠念行行遂成篇楚辭曰居戚戚而不解

爲顧彥先贈婦二首五言集云爲全彥先作今云顧彥先誤也且此上篇贈婦下篇答而俱云贈婦又誤也

陸士衡

辭家遠行遊悠悠三千里鸚鵡賦曰女辭家而適人蔡琰詩曰悠悠三千里何時復來會京洛多風塵素衣化爲緇毛萇詩傳曰緇黑色循身悼憂苦感念同懷子孟子曰古之人不得志循身見於世列子曰卑辱則憂苦隆思辭心曲沈歡滯不起薛君韓詩章句曰時風又且暴使己思益隆毛詩曰亂我心曲歡沈難尅興心亂誰爲理願假歸鴻翼翻飛浙江汜魏文帝喜霽賦曰思寄身於鴻鸞舉六翮而輕飛毛詩曰江有汜

東南有思婦長歎充幽闥曹子建七哀詩曰上有愁思婦悲歎有餘哀西京賦曰重閨幽闥借問歎何爲佳人眇天末西京賦曰眇天末以遠期遊宦久不歸山川脩且闊遊宦已形見上文

珍倣宋版印

影參商乖音息曠不達左氏傳子產曰昔高辛氏有二子伯曰閼伯季曰實沈居曠林不相能日尋干戈以相征討后帝不臧遷閼伯于商丘主辰商人是因故辰爲商星遷實沈于大夏主參唐人是因以服事夏商其季世曰唐叔故參爲晉星法言曰吾不睹參辰之相比也音息音問消息也廣雅曰曠久也離合非有常譬彼弦與括呂氏春秋曰夫萬物成則毀合則離離則復合合則復離劉熙釋名曰矢末曰括括會也與弦會願保金石軀慰妾長飢渴金石已見上文李陵贈蘇武詩曰思得瓊樹枝以解長飢渴

贈馮文羆一首五言　　陸士衡

昔與二三子遊息承華南二三子及承華已見上文拊翼同枝條翻飛各異尋班固漢書曰撫翼俱起苟無凌風翮徘徊守故林莊子曰鵲巢於高榆之巔巢折凌風而起慷慨誰爲感願言懷所欽所欽已見上文發軫清洛汭驅馬大河陰尚書曰東至于洛汭孔安國曰水北曰汭穀梁傳曰水南曰陰佇立望朔塗悠悠迴且深馮在斥丘故云朔塗毛詩曰佇立以泣王粲贈士孫文始詩曰雖則同域邈其迴深分索古所悲志士多苦心古詩曰晨風懷苦心悲情臨川結苦言隨風吟張平子書曰酸者不能不苦於言愧無雜珮贈良訊代兼金毛詩曰知子之來之雜珮以贈之孟子曰齊王餽兼金一百而不受趙岐曰兼金其價兼倍於惡金也夫子茂遠猷款誠寄惠音尚書曰遠

爾歡秦嘉贈婦詩曰何用敘我心遺思致款誠好色賦曰絜齋俟兮惠音聲

贈弟士龍一首 五言　陸士衡

行矣怨路長惄焉傷別促論語曰君命召不俟駕行矣曹子建贈白馬王詩曰怨彼東路長詩曰我心憂傷惄焉如擣方言曰惄憂也自關而西秦晉之閒或曰惄並奴的切曹子建送應氏詩曰別促會日長指途悲有餘臨觴歡不足我若西流水子爲東跱岳言己逝如西流之不息雲止類東岳之不移也慷慨逝言感徘徊居情育逝機自謂也居謂雲也言慷慨不平逝者之言多感徘徊與戀居者之志彌生安得攜手俱契闊成騑服毛詩曰死生契闊與子成說又曰攜手同行毛萇曰契闊勤苦也說文曰騑驂傍馬也鄭玄毛詩箋曰兩服中央夾轅也

爲賈謐作贈陸機一首 四言　潘安仁

肇自初創二儀烟熅周易曰易有太極是生兩儀王肅曰兩儀天地也易曰天地烟熅萬物化醇粵有生民伏羲始君結繩闡化八象成文劇秦美新曰爰初生民周易曰上古結繩而治後世聖人易之以書契又曰古者包犧氏之王天下也始作八卦以通神明之德以類萬物之情包犧即伏犧也聲類曰闡大開也芒芒九有區域以分其一左氏傳魏絳曰虞人之箴曰芒芒禹跡畫爲九州杜預云芒芒遠貌也毛詩曰方命厥后奄有九有毛萇曰九有九

州也神農更王軒轅承紀史紀曰軒轅爲天子代神農氏是爲黃帝順天地之紀家語孔子曰古之王者易代改號
取法五行五行更王終始相生也畫野離壃爰封衆子漢書曰昔在黃帝畫壄分州得百姓之國萬區史紀曰黃
帝二十五子得其姓者一十四人夏殷既襲宗周繼祀楚辭曰思堯舜兮襲與毛詩曰赫赫宗周綿綿瓜
瓞六國互峙其二毛詩曰綿綿瓜瓞民之初生自土沮漆六國謂韓燕趙魏齊楚也強秦兼幷吞滅四
隅史記曰秦始皇初幷天下班固漢書述曰孝武行師吞滅海隅淮南子曰經營四隅還反於樞高誘曰隅猶方也子嬰面
櫬漢祖膺圖子嬰漢祖並已見上文左氏傳曰楚子圍許許僖公見楚子於武城面縛銜璧大夫衰經士輿櫬東京賦曰高
祖膺籙受圖曹植大魏篇曰大魏膺符靈獻微弱在涅則渝范曄後漢書曰孝靈皇帝諱宏肅宗玄孫也桓帝崩
無子即皇帝位又曰孝獻皇帝諱協靈帝中子也靈帝崩即皇帝位曾子曰沙在泥與之皆黑趙岐孟子章句曰白沙入泥不染自黑爾
雅曰渝變也三雄鼎足孫啓南吳其三三雄即三國之主班固漢書述曰三雄是敗漢書蒯通說韓信曰方今足
下三分天下鼎足而居南吳伊何僭號稱王吳志曰黃龍元年權即皇帝位春秋命厤序曰吳楚駒勝僭號稱王
駒景駒也勝陳勝也字書曰僭假也大晉統天仁風遐揚謂武帝也周易曰大哉乾元萬物資始乃統天典引曰仁
風翔于海表僞孫銜璧奉土歸壃僞孫謂皓也吳志曰孫皓字元宗和子也孫休薨皓立晉命王濬代皓皓致書
於濬濬受皓之降銜璧已見上句婉婉長離凌江而翔其四長離喻機也楚辭曰駕八龍之婉婉漢書曰長麗前

珍倣宋版印

掞光耀明臣瓚曰長離靈鳥也離與麗古字通長離云誰咨爾陸生毛詩曰云誰之思又曰咨爾殷商鶴鳴

九皋猶載厥聲毛詩曰鶴鳴九皋聲聞于天又曰厥聲載路況乃海隅播名上京海隅謂吳也尚

書曰至于海隅范曄後漢書沮授謂袁紹曰將軍弱冠登朝播名海內孔安國尚書傳曰播布也爰應旌招撫翼宰

庭其五臧榮緒晉書曰太熙末太傅楊駿辟機爲祭酒孟子曰夫招士以旂大夫以旌撫翼已見上文宰謂駿也宰或爲紫非也儲

皇之選實簡惟良漢書疏廣曰太子師友必之天下英俊爾雅曰簡擇也尚書曰時惟良顯哉孔安國曰是惟良臣則

君顯明於世英英朱鸞來自南岡鸞亦喻機也毛萇詩傳曰英鮮明也王逸楚辭序曰虬龍鸞鳳以託君子毛詩

曰我來自東曜藻崇正玄冕丹裳謂爲洗馬也崇正太子之宮也臧榮緒晉書曰世祖以皇太子富於春秋初命

講孝經於崇政殿周禮曰大夫玄冕禮記曰君朱韠環濟要略曰韠以象裳色如彼蘭蕙載採其芳其六藩岳

作鎮輔我京室謂吳王也班固盧綰述曰綰自同閈鎮我北疆毛詩曰大啓爾宇爲周室輔旋反桑梓帝

弟作弼桑梓已見上文作弼謂爲吳王郎中令也或云國宦清塗攸失漢書曰武有淮南衡山之謀作左宦

之律應劭曰人道尚右今舍天子而仕諸侯故謂之左宦吾子洗然恬淡自逸其七莊子曰庚桑子之始來也吾洒

然異之鄭玄禮記注曰洒如肅敬也文子曰靜漠恬淡說文曰淡安也徒敢切毛詩曰我不敢傚我友自逸陳太丘碑曰澹然自逸廊

廟惟清俊乂是延史記曰賢人深謀於廊廟爾雅曰室有東西廂曰廟犍爲舍人曰殿有東西小堂也然廊廟君之居

臣朝覲之所故曰俊乂是延也尚書曰俊乂在官鄭玄周禮注曰延進也擢應嘉舉自國而遷方言曰齊擢拔也
攣羣龍光讚納言謂爲尚書郎也楊雄河東賦曰建乾坤之貞兆兮將悉總之以羣龍韋昭曰比羣賢也尚書帝曰龍
命汝作納言應劭漢書注曰納言如今尚書官機爲郎故曰光讚也鄭玄周禮注曰贊佐也優遊省闥珥筆華軒
其八毛詩曰優遊爾休矣崔駰奏記竇憲曰珥筆持牘拜謁曹下韋昭漢書注曰檻殿上欄軒上板昔余與子繾綣東
朝左氏傳臧昭伯曰繾綣從公無通外內也雖禮以賓情同友僚嬉娛絲竹撫鞞舞韶禮記
曰絲竹樂之器也字林曰鞞小鼓也尚書曰簫韶九成孔安國曰韶舜樂名脩日朗月攜手逍遙其九自我
離羣二周于今禮記曰子夏曰吾離羣索居毛詩曰自我不見于今三年雖簡其面分著情深孔安
國尚書傳曰簡略也袁紹與公孫瓚書曰分著丹青子其超矣實慰我心毛詩曰實獲我心發言爲詩
俟望好音其十毛詩序曰在心爲志發言爲詩毛詩曰誰將西歸懷之好音欲崇其高必重其層郭璞
山海經注曰層重也慈登切立德之柄莫匪安恒周易曰謙德之柄也恒德之固也在南稱甘度
北則橙言甘以移植而易名恐人徙居而變節故引以誡之淮南子曰江南橘樹之江北而化爲橙博物志曰橘柚類甚多甘橙
枳皆是崇子鋒穎不頹不崩其十一鄭玄禮記注曰崇猶尊也摯伯陵答司馬遷書曰有能者見鋒穎之秋毫毛
詩曰如南山之壽不騫不崩

贈陸機出爲吳王郎中令一首 四言

潘正叔 文章志曰潘尼字正叔少有清才初應州辟後以父老歸供養父終乃出仕位終大常

東南之美曩惟延州 爾雅曰東南之美者有會稽之竹箭焉左氏傳曰吳子使屈狐庸聘于晉趙文子問焉曰延州來季子其果立乎杜預曰延州來季札邑也 顯允陸生於今尠儔 毛詩曰顯允君子莫不令德 振鱗南海濯翼清流 高唐賦曰振鱗奮翼應德璉建章臺集詩曰濯翼陵高梯 婆娑翰林容與墳丘 答賓戲曰婆娑乎術藝之場長楊賦曰借翰林以爲主人左氏傳楚左史倚相趨過王曰是史也能讀三墳五典八索九丘 玉以瑜潤隨以光融 禮記孔子曰君子比德於玉焉溫潤而澤仁也瑜不掩瑕忠也鄭玄曰瑜其中閒美者隨隨珠已見上文杜預左氏傳注曰融明也 乃漸上京乃儀儲宮 周易曰鴻漸于陸其羽可以爲儀吉 玩爾清藻味爾芳風 玩猶愛也禰衡顏子碑曰秀不實振芳風 泳之彌廣挹之彌沖 其二 毛詩曰漢之廣矣泳之游之毛萇曰潛行爲泳又曰挹酌也老子曰大滿若沖字書曰沖猶虛也 崐山何有有瑤有珉 新序晉平公嘆曰嗟乎安得賢士大夫與共此樂船人固桑對曰夫劍產於越珠產江漢玉產崐山此三寶皆無足而致今君苟好士則賢士至矣說文曰瑤玉美者又曰珉石之美者 及爾同僚具惟近臣 臧榮緒晉書曰正叔元康初拜太子舍人機仕東宮已見上文毛詩曰我雖異事及爾同僚東京賦曰具惟帝臣國語曰近臣盡規 予涉素秋子登青春 素秋喻老青春喻少也劉楨與臨淄侯書曰肅

以素秋則落楚辭曰青春受謝愧無老成廁彼日新其三毛詩曰雖無老成人尚有典刑周易曰大畜剛健篤實輝光日新其德祁祁大邦惟桑惟梓毛詩曰采繁祁祁毛萇曰祁祁衆多也穆穆伊人南國之紀毛詩曰穆穆魯侯又曰所謂伊人又曰滔滔江漢南國之紀帝曰爾諧惟王卿士尚書帝曰爾諧俯僂從命爰恤奚喜其四左氏傳孟僖子召其大夫曰吾聞將有達者曰孔丘聖人之後也其祖弗父何始有國而授厲公及正考父佐戴武宣三命茲恭敬其鼎銘曰一命而僂再命而傴三命而俯循牆而走莫余敢侮我車既巾我馬既秣周禮巾車下大夫二人鄭玄曰巾猶衣也秣馬已見上文星陳夙駕載脂載轄尚書大傳八伯歌曰爛然星陳毛詩曰星言夙駕說于桑田又曰載脂載轄還車言邁婉孌二宮徘徊殿闈醪澄莫饗孰慰飢渴其五淮南子曰酒澄而不飲孔叢子子思謂魯穆公曰君若飢渴待賢也昔子忝私貽我蕙蘭陸集有贈正叔詩今子徂東何以贈旃徂東謂適吳也毛詩曰駕言徂東又曰何以贈之寸晷惟寶豈無璵璠淮南子曰聖人不貴尺之璧而重寸之陰難得而易失也說文曰晷景也璵璠美玉也彼美陸生可與晤言其六毛詩曰彼美淑姬可以晤言鄭玄曰晤猶對也

贈河陽一首五言

潘正叔

密生化單父子奇莅東阿呂氏春秋曰密子賤治亶父彈鳴琴身不下堂亶父治巫馬期以戴星出入日夜不

珍倣宋版印

居以身親之而亶父亦治巫馬期以問於宓子宓子曰我之任人子之任力任力者固勞任人者固逸說苑曰子奇年十八齊君使治阿既行齊君悔之遺使追使者返曰子奇必能矣共載者皆白首者也子奇至阿鑄庫兵以爲耕器魏聞童子爲君庫無兵倉無粟乃起兵擊之阿人父率子兄率弟以私兵戰遂敗魏師

桐鄉建遺烈武城播弦歌漢書曰朱邑字仲卿廬江人少時爲舒桐鄉嗇夫廉平不苛後爲大司農病且死屬其子曰我故爲桐鄉吏其人愛我必葬我桐鄉後世子孫奉我不如桐鄉人及死其子葬之桐鄉西郭外人果共立爲邑起冢立祠祭至今不絕班固說東平王蒼曰遺烈著於無窮論語曰子之武城聞弦歌之聲孔安國曰子游爲武城宰

逸驥騰夷路潛龍躍洪波驥龍喻岳也

弱冠步鼎鉉既立宰三河岳早辟賈充府出爲河陽令禮記曰人生二十曰弱冠周易曰鼎金鉉鄭玄曰金鉉喻明道能舉居之官職也尚書注曰鼎三公象也論語曰三十而立漢書東方朔曰漢去三河之地止霸滻以西

流聲馥秋蘭摛藻艷春華家語孔子曰流聲後裔非唯學之所致耶楚詞曰秋蘭兮青青說文曰摛舒也摛藻春華已見上文

徒美天姿茂豈謂人爵多風俗通曰大尉掾范滂天姿聰叡孟子曰有天爵有人爵仁義忠信樂善不倦此天爵也公卿大夫此人爵也古之人脩其天爵而人爵從之今之人脩天爵以要人爵既得人爵而弃天爵終亦亡矣

贈侍御史王元貺一首五言

潘正叔

岷山積瓊玉廣廈構衆材岷山出玉已見上文慎子曰廊廟之材非一木之枝

遊鱗萃靈沼撫

翼希天階游鱗龍也毛萇詩傳曰萃集也毛詩曰王在靈沼楚辭曰攀天階而下視膏蘭孰爲銷濟治由賢能漢書曰龔遂卒有父老來弔曰薰以香自燒膏以明自銷王侯厭崇禮迴迹清憲臺漢書上謂嚴助曰君厭承明之廬張孟陽魏都賦注曰聽政殿左崇禮門漢官儀曰御史爲憲臺也蠖屈固小往龍翔迺大來周易曰尺蠖之屈以求伸也龍蛇之蟄以存身也又曰泰小往大來吉郭璞方言注曰尺蠖又呼爲步屈也於縛切協心毗聖世畢力讚康哉尚書曰三后協心毛詩曰天子是毗鄭玄曰毗輔也呂氏春秋曰百官有司之事畢力竭智矣尚書咎繇乃歌曰元首明哉股肱良哉庶事康哉

文選卷第二十四

賜進士出身通奉大夫江南蘇松常鎮太等處承宣布政使司布政使胡克家重校刊

文選卷第二十五

梁昭明太子撰

文林郎守太子右內率府錄事參軍事崇賢館直學士臣李善注上

贈荅三

謝靈運還舊園作見顏范二中書一首

登臨海嶠與從弟惠連一首

酬從弟惠連一首

贈何劭王濟一首 五言幷序

傅長虞 王隱晉書曰傅咸字長虞北地泥陽人也舉孝廉拜太子洗馬後爲司隸校尉薨 朗陵公何敬祖咸之從內兄 臧榮緒晉書曰何劭襲封朗陵郡公 國子祭酒王武子咸從姑之外孫也 王隱晉書曰王濟爲國子祭酒 並以明德見重於世咸親之重之 尚書曰先王既勤用明德漢書曰霍光以張安世篤行光親重之 情猶同生義則師友 左氏傳曰鄭罕駟豐同生孫卿子曰人必將求賢師而事之擇良友而友之 何公既登侍中武子俄而亦作 臧榮緒晉書曰何劭爲散騎常侍遷侍中傅暢晉諸公讚曰王濟左遷國子祭酒數年入爲侍中 二賢相得甚歡咸亦慶之 漢書曰灌夫竇嬰兩人相得歡甚無厭 然自恨闇劣雖願其繾綣而從之末由 左氏傳臧昭伯曰繾綣從公無通內外毛詩傳曰遡洄從之 歷試無效且有家艱 尚書曰歷試諸難毛詩曰未堪家多難余又集于蓼 賦詩申懷以貽之云爾 蒼頡篇曰懷抱也薛君韓詩章句曰云詞也

日月光太清列宿曜紫

珍倣宋版印

微鶡冠子曰上及泰清下及太寧春秋合誠圖曰北辰其星七在紫微之中也　赫赫大晉朝明明闢皇闈
左氏傳子囊曰赫赫楚國而君臨之毛詩曰明明在下赫赫在上張衡陳公誄曰穆穆皇闈公寔省之　吾兄既鳳翔王
子亦龍飛吳質答文帝牋曰曹烈曹丹加以公室枝庶骨肉舊恩其龍飛鳳翔實其分也雙鸞遊蘭渚二離
揚清暉鸞離喻王何也蘭渚喻中書也王逸楚詞序曰蚪龍鸞鳳以託君子漢書曰長麗前掞光耀明臣瓚曰長離靈鳥也二離
日月也攜手升玉階並坐侍丹帷毛詩曰攜手同行西都賓曰玉階彤庭毛詩曰既見君子並坐鼓瑟曹植
娛賓賦曰丹帷曄以四張金璫綴惠文煌煌發令姿董巴輿服志曰侍中冠弁大冠加金璫附蟬為文漢書曰
昌邑王賀冠惠文冠音義曰令侍中所著也服虔通俗文耳珠曰璫斯榮非攸庶繾綣情所希賈逵國語注曰
庶冀也廣雅曰希庶也　豈不企高蹤麟趾邈難追司馬彪莊子注曰企望也蔡邕袁陽碑曰邈矣高蹤孰能
躬茲毛詩曰麟之趾振振公子臨川靡芳餌何為空守坻芳餌以喻令德也歸田賦曰徒臨川以羨魚吳越春
秋大夫種曰深川之魚死於芳餌餌魚食也莊子曰任公為大鉤犗牛以為餌淮南子曰黃帝化天下也漁者不爭坻　槁葉待
風飄逝將與君違槁葉自喻也毛詩曰蘀兮蘀兮風其吹女鄭玄曰木葉槁得風乃落毛詩曰逝將去汝毛萇詩傳曰
違離也違君能無戀尸素當言歸韓詩曰何謂素餐素者質人但有質朴無治民之材名曰素餐尸祿者頗
有所知善惡不言默然不語苟欲得祿而已譬若尸矣毛詩曰言旋言歸歸身蓬蓽廬樂道以忘飢劉向雅琴

賦曰潛坐蓬廬之中禮記孔子曰儒有蓽門圭竇毛詩曰泌之洋洋可以樂飢毛萇曰言可以樂道忘飢進則無云補退
則恤其私漢書諸葛豐曰臣誠願之獨恐未有云補廣雅曰云有也論語曰退而省其私但願隆弘美王度
曰清夷東觀漢記陳元上疏曰抉瑕擿釁掩其弘美左氏傳右尹華曰祈招之詩曰思我王度式如玉式如金仲長子昌言曰警
蹕清夷

荅傅咸一首五言

郭泰機傅咸集曰河南郭泰機寒素後門之士不知余無能爲益以詩見激切可施用之才而況沈淪不能
自拔於世余雖心知之而未如之何此屈非復文辭所了故直戲以荅其詩云

皦皦白素絲織爲寒女衣素絲喻德寒女喻賤也傅咸贈詩曰素絲豈不絜寒女雖爲容崔駰七言曰皦皦練
絲退濁汙曹植閑居賦曰願同衾於寒女寒女雖妙巧不得秉杼機言不見用也傅咸贈詩曰貧寒手猶拙操
杼安能工古詩曰札札弄機杼天寒知運速況復鴈南飛言歲之方晏以喻年之將老也莊子曰天寒既至霜
雪既降楚辭曰鴈雍雍而南遊衣工秉刀尺弃我忽若遺衣工喻傅咸也張衡髑髏賦曰飛鋒曜景秉尺持刀
毛詩曰將安將樂棄我如遺人不取諸身世士焉所希言凡人皆不能恕己及物取之於身故世閑之士安
可冀而相薦乎周易曰近取諸身況復已朝餐曷由知我飢言已朝餐而忘我飢猶居貴而遺我賤

爲顧彥先贈婦二首 五言集亦云爲顧彥先然此二篇並是婦荅而云贈婦誤也

陸士龍

悠悠君行邁煢煢妾獨止 毛詩曰悠悠南行又曰行邁靡靡又曰獨行煢煢 山河安可踰永路隔萬里京室多妖冶粲粲都人子 上林賦曰妖冶閑都毛詩曰西人之子粲粲衣服又曰彼都人士鄭玄儀禮注曰女子子者女子也別於男也 雅步擢纖腰巧笑發皓齒 雅閑雅謂妖麗也許慎淮南子注曰擢引也毛詩曰巧笑倩兮楚辭曰美人皓齒嫮以姱 佳麗良可美衰賤焉足紀 戰國策司馬喜曰趙佳麗之所出高誘曰佳大也麗美也賈逵國語注曰紀猶錄也 遠蒙眷顧言銜恩非望始 毛詩曰眷言顧之鄭玄曰顧念也左氏傳鄭伯曰非所敢望魏文帝哀已賦曰蒙君子之博愛垂過望之渥恩 浮海難爲水遊林難爲觀 林海以喻上京也言遊上京難爲容色也孟子曰觀海者難爲水 容色貴及時朝華忌日晏 說文曰木槿朝華暮落 皎皎彼姝子灼灼懷春粲 古詩曰盈盈樓上女皎皎當牕牖毛詩曰彼姝者子又曰有女懷春毛萇曰懷思也毛詩曰今夕何夕見此粲者國語曰女三爲粲賈逵曰粲亦美貌 西城善雅舞總章饒清彈 陸機洛陽記曰金墉城在宮之西北角魏故宮人皆在中崔豹古今注曰魏文帝宮人尚衣能歌舞一時冠絕孫盛晉陽秋傳隆議曰其總章技即古之女樂 鳴簧發丹脣朱絃繞素腕 毛詩曰吹笙鼓

簧神女賦曰朱脣的其若丹禮記曰清廟之瑟朱絃而疏越洛神賦曰攘皓腕輕裾猶電揮雙袂如霧散張衡
舞賦曰裾若飛燕袖如迴雪徘徊相佯瞥若電伐韓康伯周易注曰揮散也封禪書曰雲布霧散華容溢藻幄哀響
入雲漢洛神賦曰華容阿那杜預左氏傳注曰幄帳也列子曰薛談學謳於秦青辭歸青餞於郊衢撫節悲歌聲震林木響遏行
雲張湛曰二人薛秦之善歌者知音世所希非君誰能讚古詩曰不惜歌者苦但傷知音稀孔安國論語注曰
稀少也希與稀通釋名曰稱人之美曰讚也弃置北辰星問此玄龍煥北辰言不移也玄龍喻美女也言弃
彼北辰之心而問此玄龍之色譏好色而不好德陸雲代彥先贈婦詩曰何用結中款仰指北辰星石氏星讚曰軒轅龍體主后姬然此
唯取衆姬卽指西城揔章宮人不論於后也龍色多玄故取以喻時暮復何言華落理必賤毛詩序曰華落
色衰復相弃背

荅兄機一首五言

陸士龍士衡前為太子洗馬時贈別士龍今荅之

悠遠塗可極別促怨會長機贈詩曰行矣怨路長惄焉傷別促鄭玄禮記注曰極盡也曹子建送應氏詩曰別
促會日長銜恩戀行邁與言在臨觴機詩曰指塗悲有餘臨觴歎不足毛詩曰念彼恭人與言出宿南津
有絕濟北渚無河梁言己心有絕濟而可旋機行無河梁而可涉也韋昭漢書注曰直渡為絕爾雅曰濟渡也機詩

珍倣宋版印

曰我若西流水子爲東時岳故云南北以報之楚辭曰江河廣而無梁**神往同逝感形留悲參商**言己形雖留而神實往故曰神往同逝言之感形留悲參商之隔左氏傳子產曰高辛氏有二子伯曰閼伯季曰實沈居于曠林不相能也日尋干戈以相征討后帝不臧遷閼伯于商丘主辰商人是因故辰爲商星遷實沈于大夏主參唐人是因以服事夏商其季世曰唐叔虞故參爲晉星法言曰吾不見參商之相比也**衡軌若殊迹牽牛非服箱**機詩曰安得同攜手契闊成騑服故荅云衡軌若殊其迹則類牽牛不以服箱也毛詩曰睆彼牽牛不以服箱

答張士然一首 五言

陸士龍

行邁越長川飄颻冒風塵新序孔子張曰臣犯霜露冒塵埃曹植出行曰蒙霧犯風塵鄭玄考工記注曰冒蒙也**通波激枉渚悲風薄丘榛**西都賓曰與海通波楚辭曰朝發枉渚又曰哀江介之悲風高誘淮南子注曰叢木曰榛**脩路無窮迹井邑自相循**周禮曰九夫爲井四井爲邑廣雅曰循從也**百城各異俗千室非良鄰**謝承後漢書曰黃琬拜豫州刺史威邁百城禮記曰廣谷大川異制民生其閒異俗論語子曰千室之邑百乘之家晏子春秋曰願有良鄰則見君子也**歡舊難假合風土豈虛親感念桑梓城髣髴眼中人**毛詩曰惟桑與梓必恭敬止楚辭曰時髣髴以遙見魏文帝詩曰迴頭四向望眼中無故人**靡靡日夜遠眷眷懷苦辛**毛詩曰行邁靡靡毛萇曰靡靡行貌也韓詩曰眷眷懷顧古詩曰轗軻長辛苦

答盧諶詩一首并書　四言

劉越石　王隱晉書曰劉琨字越石中山靜王之後也初辟太尉隴西秦王府未就尋爲博士未之職永嘉中爲幷州刺史與盧志親善志子諶琨先辟之後爲從事中郎段匹磾領幽州牧諶求爲匹磾別駕諶餞詩與琨故有此答後琨竟爲匹磾所害也

琨頓首損書及詩備辛酸之苦言暢經通之遠旨張平子書曰酸者不能不苦於言漢董仲舒對策曰天地之常經古今之通義執玩反覆不能釋手玩猶愛弄也慨然以悲歡然以喜昔在少壯未嘗檢括蒼頡篇曰檢法度也薛君韓詩章句曰括約束也遠慕老莊之齊物近嘉阮生之放曠老莊老聃莊周也阮生嗣宗也莊子有齊物論臧榮緒晉書曰阮籍放誕不拘禮教蒼頡篇曰曠疏曠也怪厚薄何從而生哀樂何由而至列子曰身非愛之所能厚身亦非輕之所能薄愛之或不厚輕之或不薄此似反也自厚自薄或愛之而厚或輕之而薄此似非順也亦自厚自薄信命者亡壽夭信理者亡是非信心者亡逆順信性者亡安危則謂都亡所信亡不信真矣慤矣奚去奚就奚哀奚樂之謂也自頃輈張困於逆亂輈張驚懼之貌也楊雄國三老箴曰負乘覆餗姦宼侜張輈與侜古字通張由切國破家亡親友彫殘崔鴻前趙錄曰劉聰僭即位于平陽又曰聰遣從弟曜攻晉破洛陽又曰遣子粲攻長安陷之家亡見下文負杖行吟則百憂俱至禮記曰公

叔畏人遇負杖者楚辭曰屈原行吟澤畔毛詩曰逢此百憂塊然獨坐則哀憤兩集淮南子曰卓然獨立塊然

獨處時復相與舉觴對膝破涕爲笑排終身之積慘求數刻之暫歡刻漏

也說文曰以銅盆受水分時晝夜百刻也譬由疾疢彌年而欲一丸銷之其可得乎毛萇詩傳

曰彌終也夫才生於世世實須才蘇武荅李陵書曰每念足下才爲世生器爲時出和氏之璧焉

得獨曜於郢握夜光之珠何得專玩於隨掌淮南子曰隨侯之珠和氏之璧得之而富失之

貧而天下之寶當與天下共之孫卿子曰和氏之璧爲天下之寶史記秦王曰和氏璧天下所共傳寶也但

分析之日不能不悵恨耳然後知聃周之爲虛誕嗣宗之爲妄作也

孔安國尚書傳曰誕欺也昔騄驥倚輈於吳坂長鳴於良樂知與不知也戰國策楚客謂

春申君曰昔騏驥駕鹽車上吳坂遷延負轅而不能進遭伯樂仰而鳴之知伯樂知己也今僕屈厄日久君獨無意使僕爲君長鳴乎思

玄賦曰馬倚輈而徘徊鄭玄考工記注曰輈轅也古今地名曰寘零坂在吳城之北今謂之吳坂良王良也王良無遇騏驥之事因伯樂而

連言之孔融薦禰衡表曰飛兔騕褭良樂之所急也百里奚愚於虞而智於秦遇與不遇也漢書

韓信謂廣武君曰僕聞百里奚居虞而虞亡之秦而秦伯非愚於虞而智於秦用與不用聽與不聽耳漢書楊雄曰以爲遇不遇命也

今君遇之矣勗之而已孔安國尚書傳曰勗勉也不復屬意於文二十餘年矣鄭玄

儀禮注曰屬綴也久廢則無次想必欲其一反故稱指送一篇稱旨稱其意旨也稱亦證
切適足以彰來詩之益美耳毛萇詩傳曰適祇適也琨頓首頓首久罹厄運故述喪亂多感
恨之言也
厄運初遘陽爻在六言晉之遇災也毛萇詩傳曰遘成也陽爻在六謂乾上九也周易曰上九亢龍有悔盈不可久
也乾象棟傾坤儀舟覆乾坤謂天地左氏傳子產謂子皮曰子於鄭國棟也棟折榱崩僑將厭焉戰國策或謂公
叔曰塞漏舟而輕陽侯之波則舟覆矣横厲糾紛羣妖競逐言劉聰之横逆也横厲從横猛厲也糾紛亂貌也楚
辭曰權舟航以横厲范曄後漢書岑彭曰四方蜂起羣雄競逐火燎神州洪流華域火燎洪流以喻亂也尚書曰若
火之燎于原河圖括地象曰崑崙東地方千里名曰神州孟子曰洪水横流氾濫天下彼黍離離彼稷育育毛詩
曰彼黍離離彼稷之苗毛萇詩傳曰育長也哀我皇晉痛心在目其一左氏傳呂相曰天是用痛心疾首也天
地無心萬物同塗無心謂無心愛育萬物即不仁也同塗謂皆爲芻狗也已見下句禍淫莫驗福善
則虚尚書曰天道福善禍淫逆有全邑義無完都逆謂劉聰義謂晉室英蘂夏落毒卉冬
敷英蘂以喻晉朝毒卉以比胡寇也王逸離騷序曰善馬香草以配忠貞惡禽醜物以比讒佞也如彼龜玉韞櫝毀
諸論語孔子曰虎兕出於柙龜玉毀於櫝中是誰之過與又曰有美玉於斯韞櫝而藏諸馬融曰韞藏也芻狗之談其

最得乎芻狗其二老子曰天地不仁以萬物爲芻狗聖人不仁以百姓爲芻狗結芻爲狗也言天地不愛萬物類祭祀之弃芻狗也然此與談老者不同彼美而此怨耳咨余軟弱弗克負荷漢書曰王尊之子伯爲京兆尹軟弱不勝任左氏傳鄭子産曰古人有言其父析薪其子弗克負荷軟奴亂切愆釁仍彰榮寵屢加孔安國尚書傳曰釁過也杜預左氏傳注曰釁瑕隙也威之不建禍延凶播威之不建謂爲聰所敗而父母遇害也凶播琨自謂也言遭凶禍而遷播協韻補何切聲類曰播散也忠隕于國孝愆于家范曄後漢書世祖誡馮勤曰能盡忠於國又明帝詔曰陰興在家仁孝杜預左氏傳曰愆失也斯罪之積如彼山河言高深也毛詩曰如山如河斯釁之深終莫能磨其三毛詩曰白圭之玷尚可磨也郁穆舊姻嬿婉新婚臧榮緒晉書曰琨妻卽諶之從母也新婚未詳毛詩曰不思舊姻又曰嬿婉之求又曰覯爾新婚裹粮攜弱匍匐星奔左氏傳晉趙穿曰裹粮坐甲固敵是求毛詩曰凡民有喪匍匐救之星奔言疾也未輟爾駕已隳我門二族偕覆三孽並根王隱晉書曰劉聰圍晉陽令狐泥以千餘人爲鄉導琨求救猗盧未至太原太守高嶠反應聰逐琨琨父母年老不堪鞌馬步檐不免爲泥所害何法盛晉錄曰劉粲悉害諶父母三孽謂琨之兄子也張晏漢書曰孽子爲孽一曰謂劉聰劉曜劉粲也班固漢書曰三孽之起本根既朽音義曰孽木斬而復特生喻魏齊韓滅而復更生也何休公羊傳注曰孽猶樹之孽生者也長慟舊孤永負寃魂其四結上二句也舊孤謂三孽也寃魂謂三族也王隱晉書曰琨遣兄子演領兗州石勒圍演於三臺突圍得免後演治廪丘遂不守兄少子

及演妻息盡爲所虜也亭亭孤幹獨生無伴孤幹孤生之竹以喻諶宋玉笛賦曰倚篠異幹王逸楚辭注曰伴侶
也綠葉繁縟柔條脩罕說文曰縟繁采飾也宋玉笛賦曰罕節簡枝朝採爾實夕捋爾竿
字林曰竿木挺也協韻公旦切竿翠豐尋逸珠盈椀豐尋言節長盈尋也說文曰豐滿也應劭漢書注曰八尺曰尋
珠卽以喻德也逸謂過於衆類盈椀言多也寔消我憂憂急用緩逝將去乎庭虛情滿其五
去謂之匹磾之所也逝將見上文白虎通曰哀痛憤滿已虛滿伊何蘭桂移植茂彼春林瘁此秋
棘春林以喻匹磾秋棘琨自喻也有鳥翻飛不遑休息鳥謂鳳以喻諶也毛詩曰肇允彼桃蟲拚飛惟鳥匪
桐不棲匪竹不食鄭玄毛詩箋曰鳳皇之性非梧桐不棲非竹實不食括地圖曰鳳皇食竹實永戢東羽
翰撫西翼戢斂也翰高飛也我之敬之廢歡輟職其六毛詩曰我之懷矣又曰敬之敬之音以
賞奏味以殊珍呂氏春秋曰鍾期死而伯牙乃破琴絕絃以爲世無復賞音者也淮南子曰珍其味人之所美也文
以明言言以暢神左氏傳仲尼曰志有之言以足志文以足言家語孔子曰言說者情之導也王肅曰所以導達其情
也之子之往四美不臻毛詩曰之子于征四美音味文言也澄醪覆觴絲竹生塵謂音味也
淮南子曰酒澄而不飲禮記曰絲竹樂之器也素卷莫啓幄無談賓謂文言也既孤我德又闕我
鄰其七光光段生出幽遷喬臧榮緒晉書曰鮮卑段匹磾自號大將軍楊雄侍中箴曰光光常伯毛詩曰出自幽

珍倣宋版印

谷遷于喬木范曄後漢書順帝詔曰楊倫出幽升喬寵以蕃傳資忠履信武烈文昭閑居賦曰資忠履信以進德漢
武帝贈故朱崖太守董廣詔曰伐叛柔服文昭武烈曹植令曰相者文德昭將者武功烈旍弓騂騂輿馬翹翹孟子
曰夫招大夫以旌左氏傳陳敬仲曰詩曰翹翹車乘招我以弓杜預云逸詩也翹翹遠也毛詩曰騂騂角弓毛萇曰騂騂調利也乃
奮長縻是紲是鑣廣雅曰縻索也說文曰鑣馬勒傍鐵也何以贈子竭心公朝毛詩曰何以贈
之鸚鵡賦曰苟竭心於所事曹子建求親親表曰執政不廢於公朝也何以敘懷引領長謠其入左氏傳云穆叔
謂晉侯曰引領西望曰庶幾乎

重贈盧諶一首五言臧榮緒晉書曰琨詩託意非常想張陳以激諶諶素無奇略以常詞酬琨

劉越石

握中有懸璧本自荊山璆懸璧懸黎以為璧以喻諶也琴操卞和歌曰攸攸沂水經荊山兮穴山采玉玉難為
功兮孔安國尚書傳曰璆玉也惟彼太公望昔在渭濱叟史記曰太公望以漁釣奸周西伯將出獵果遇太公
于渭之陽六韜曰文王卜田史扁為卜田于渭之陽將大得非龍非彲非熊非羆非得公侯天遺汝師文王齋戒三日田于渭陽卒見呂
尚坐茅以漁荅賓戲曰周望兆動於渭濱鄧生何感激千里來相求東觀漢記曰鄧禹字仲華南陽人也更始
既至雒陽以世祖為大司馬使安集河北禹聞之自南陽發北徑渡河追至鄴謁上見之甚驩謂曰我得拜除長吏生遠來寧欲仕耶禹

曰不願也趙岐孟子章指曰千載聞之猶有感激周易曰同氣相求白登幸曲逆鴻門賴留侯漢書曰陳平從高帝擊韓信至平城爲匈奴所圍七日不食用平奇計使單于閼氏解圍以得開高帝既出南過曲逆詔御史封平爲曲逆侯又曰言頓圍高帝於白登七日如淳曰平城旁高之地若丘陵者也留侯已見謝惠連張子房詩重耳任五賢小白相射鉤左氏傳曰晉公子重耳之及於難也遂奔狄從者狐偃趙衰顛頡魏武子司空季子杜預曰狐偃子犯也魏武子魏犨也司空季子胥臣臼季也此五人賢而有大功也左氏傳寺人披謂晉侯曰齊桓公置射鉤而使管仲相杜預曰乾時之役管仲射桓公中鉤苟能隆二伯安問黨與讎二伯晉文齊桓公也黨謂五賢讎謂射鉤也中夜撫枕歎想與數子遊數子謂太公已下也言數子皆能陳謀以靜亂故己想之而共遊吾衰久矣夫何其不夢周論語曰甚矣吾衰也久矣吾不復夢見周公誰云聖達節知命故不憂毛萇詩傳曰云言也左氏傳曹子臧曰前志有之曰聖達節周易曰樂天知命故不憂宣尼悲獲麟西狩涕孔丘公羊傳曰哀公十四年春西狩獲麟何以書記異也孔子曰孰謂來哉孰謂來哉反袂拭面涕泣沾袍功業未及建夕陽忽西流家語曰孔子云脩事而能建業注曰建功業夕陽西流喻將老之人也時哉不我與去乎若雲浮嵇康幽憤詩曰時不我與雲浮言疾也朱實隕勁風繁英落素秋劉楨與臨淄侯書曰肅以素秋狹路傾華蓋駭駟摧雙輈劉歆遂初賦曰奉華蓋於帝側說文曰輈轅也何意百錬剛化爲繞指柔應劭漢書注曰說者

以金取堅剛百鍊不耗

贈劉琨一首并書四言　　盧子諒

故吏從事中郎盧諶死罪死罪傳子曰漢武元光初郡國舉孝廉元封五年舉秀才歷世相承皆向郡國稱故吏漢書音義張晏曰人臣上書當昧犯死罪而言諶稟性短弱當世罕任孔安國尚書傳曰稟受也鄭玄周禮注曰任用也因其自然用安靜退鬼谷子曰物有自然樂氏曰自然繼本名也曾子曰君子進則能達退則能靜在木闕不材之資處鴈乏善鳴之分莊子行於山中見大木枝葉盛茂伐木者止其傍而不取也問其故曰無所可用莊子曰此木以不材得終其天年夫子出於山舍故人之家故人喜令豎子殺鴈烹之豎子請曰其一能鳴其一不能鳴請奚殺主人曰殺不能鳴者明日弟子問於莊子曰昨日山中之木以不材得終其天年主人之鴈以不能鳴死先生將何處莊子笑曰周將處夫材與不材之閒夫材與不材之閒似之而非也故未免乎累晉灼漢書注曰資材量也分謂己所當得也卷異蘧子愚殊甯生論語子曰蘧伯玉邦無道可卷而懷之又曰甯武子邦無道則愚匠者時眄不免䐣賓言在木闕不材故匠者時眄在鴈乏善鳴故不免䐣賓也莊子惠子謂弟子曰吾有大樹人謂之樗匠者不顧廣雅曰饌進食也饌與䐣同仕眷切嘗自思惟因緣運會得蒙接事宋衷保乾圖注曰五運五行用事之運自奉清塵于今五稔楚辭曰聞赤松之清塵然行必塵起不敢指斥尊者故假塵以言之言清尊之也左氏傳叔向曰所謂不及五稔者

杜預曰稔年也謨明之効不著候人之譏以彰尚書曰允迪厥德謨明弼諧毛詩序曰候人刺近小人也
詩曰彼候人兮何戈與祋大雅含弘量苞山藪班固漢書贊曰大雅卓爾不羣河閒獻王近之矣周易曰含弘光大
品物咸亨左氏傳宋伯謂晉侯曰川澤納汙山藪藏疾加以待接彌優款眷逾昵與去運籌之
謀廁讌私之歡廣雅曰款誠也爾雅曰昵近也漢書高祖曰運籌策於帷幄之中吾不如子房毛詩曰諸父兄弟備言燕
私綢繆之旨有同骨肉毛詩曰綢繆束薪毛萇曰綢繆纏緜也骨肉謂父子呂氏春秋曰父母之於子也子之於
父母也此之謂骨肉之親其爲知己古人罔喻晏子春秋越石父曰士者申乎知己昔聶政殉嚴遂
之顧荊軻慕燕丹之義聶政已見別賦荊軻已見西征賦意氣之間靡軀不悔謝承後漢
書楊喬曰侯生爲意氣刎頸楚辭曰子胥諫而靡軀比干忠而剖心說文曰靡爛也靡與糜古字通雖微達節謂之可
庶達節見上文已然荀曰有情孰能不懷毛萇詩傳曰懷思也故委身之日夷險已之
委身猶委質也左氏傳狐突曰策名委質貳乃辟也夷險喻治亂事也淮南子曰接徑歷遠直道夷險杜預左氏傳注曰已猶決竟也事
與願違當忝外役役謂別駕也對琨故謂之外嵇康幽憤詩曰事與願違遘茲淹留廣雅曰違背也論衡曰王充以章
和二年罷州役遂去左右收迹府朝蓋本同末異楊朱興哀始素終玄墨翟
垂涕淮南子曰楊子見逵路而哭之爲其可以南可以北墨子見練絲而泣之爲可以黃可以黑高誘曰閔其別與化也分乖

珍倣宋版印

之際咸可歎慨致感之途或迫乎茲鄭玄周禮注曰致猶會也廣雅曰迫急也亦奚必臨
路而後長號覩絲而後歔欷哉楚辭曰泣歔欷而沾衿王逸曰歔欷啼貌也是以仰惟先
情俯覽今遇先謂諶父也今謂琨也感存念亡觸物眷戀尸子曰其生也存其死也亡易曰
書不盡言言不盡意周易繫辭然則書非盡言之器言非盡意之具矣況
言有不得至於盡意書有不得至於盡言邪不勝猥濊謹貢詩一篇
廣雅曰猥衆也王逸楚辭注曰濊憤也抑不足以揄揚弘美亦以攄其所抱而已班固兩都
賦序曰雍容揄揚著於後嗣弘美已見上文抱或爲抱若公肆大惠遂其厚恩左氏傳王使富辛如晉曰伯父
若肆大惠杜預曰肆展也廣雅曰遂竟也漢書劉向曰蒙漢厚恩錫以咳唾之音慰其違離之意莊子
孔子謂漁父曰丘竊待於下風幸聞咳唾之音也則所謂咸池酬於北里夜光報於魚目樂動
聲儀曰黃帝樂曰咸池史記曰紂使師涓作新淫聲北里之舞靡靡之樂雒書曰秦失金鏡魚目入珠鄭玄曰魚目亂真珠諶之
願也非所敢望也左氏傳鄭伯曰孤之願也非所敢望也諶死罪死罪
濬哲惟皇紹熙有晉皇謂懷帝也毛詩曰濬哲維商爾雅曰紹繼也又曰熙興也振厥弛維光闡
遠韻韋昭漢書注曰弛廢也蒼頡篇曰闡開也韻謂德音之和也有來斯雍至止伊順毛詩曰有來雍雍至

止肅肅三台摛朗四岳增峻其一漢書曰北斗魁下六星兩兩而比曰三能也色齊爲和不齊爲乖說文曰摛舒
也尚書帝曰咨四岳春秋漢含孳曰三公象五岳在天法三能台與能同也伊陟佐商山甫翼周尚書曰在太戊
時則有若伊陟格于上帝毛詩曰肅肅王命仲山父將之也弘濟艱難對揚王休尚書王曰用敬保元子釗弘濟
于艱難毛詩曰虎拜稽首對揚王休苟非異德曠世同流言現之德苟不異於昔賢雖復與之曠世若同一流也班
固議曰漢興以來曠世歷年廣雅曰曠遠也加其忠貞宣其徽猷其二左氏傳荀息曰公家之利知無不爲忠也
送往事居偶俱無猜貞也毛詩曰君子有徽猷伊諶陋宗昔遘嘉惠爾雅曰遘遇也越絕書曰恭承嘉惠述暢往事
申以婚姻著以累世左氏傳呂相曰相好戮力同心申之以婚姻范曄後漢書孔融謂李膺曰與君累世通家義
等休戚好同興廢孰云匪諧如樂之契其三左氏傳晉侯謂魏絳曰八年之中九合諸侯如樂之
和無所不諧爾雅曰諧和也說文曰契大約也王室喪師私門播遷喪師謂爲劉聰所敗也左氏傳會于洮謀王室
也國語曰宣王既喪南國之師法言曰屈國喪師戰國策曰破公家而成私門列子曰岱輿員嶠二山沈於大海仙聖播遷者巨億計也
聲類曰播散也望公歸之視險忽艱左氏傳晉趙孟曰望楚而歸之視遠如邇吳季重與曹丕書曰雖云幽深視險
若夷茲願不遂中路阻顛阻顛謂諶父爲劉粲所害也仰悲先意俯思身愆其四大鈞
載運良辰遂往鵩鳥賦曰大鈞播物孔安國尚書傳曰載行也莊子曰天道運行楚辭曰吉日兮良辰鄭玄儀禮注曰遂

珍倣宋版印

猶因也瞻彼日月迅過俯仰毛詩曰瞻彼日月悠悠我思莊子老聃謂崔曜曰其疾也俛仰之閒杜預左氏傳注
曰俛俯也感今惟昔口存心想借曰如昨忽爲疇曩其五毛詩曰借曰未知蒼頡篇曰昨隔日
也爾雅曰曩久也疇曩伊何逝者彌疎呂氏春秋曰死者彌久生者彌疎溫溫恭人愼終如
初恭人謂琨也毛詩曰溫溫恭人惟德之基老子曰愼終如始則無敗事覽彼遺音恤此窮孤譬彼樛
木蔓葛以敷其六遺音謂諶父之言也窮孤諶自謂也爾雅曰恤憂也禮記曰恤孤獨以逮不足范曄後漢書曰何敞謂宋
由曰節省浮費賑恤窮孤樛木喩琨也詩曰南有樛木葛藟纍之妙哉蔓葛得託樛木妙猶微也葉不雲
布華不星燭封禪書曰雲布霧散承侔卞和質非荊璞薛君韓詩章句曰承受也謂受恩鄭玄周禮注
曰侔等也韓子曰楚子和氏得璞玉於楚山之中奉而獻之武王也眷同尤良用乏驥騄其七左氏傳曰晉趙鞅納
衛太子于戚將戰郵無恤御簡子杜預曰郵無恤王良也尤與郵同古字通承亦既篤眷亦既親飾獎駑
猥方駕駿珍方言曰凡相被飾亦曰獎禮記曰凶年乘駑馬廣雅曰駑駘也許愼淮南子注曰猥猥凡也西京賦曰方駕授
饔鄭玄儀禮注曰方併也駑以方駿猥以方珍也賈逵國語注曰珍寶也弼諧靡成良謀莫陳尚書曰謨明弼諧
無覬狐趙有與五臣其八五臣之從晉文猶諶之事劉氏無敢望同狐趙之立大功有志與彼五臣俱履危厄賈逵
國語注曰覬望也羈致切五臣已見上文五臣奚與契闊百罹言五臣何故敢與五臣契闊逢於百罹毛詩曰死生

契闊又曰我生之後逢此百離毛萇曰離憂也離一作罹身經險阻足蹈幽遐言己與五臣同也左氏傳楚子曰晉
侯險阻艱難備嘗之矣義由恩深分隨昵加分猶節也綢繆委心自同匪他其九綢繆已見
上文漢書韓信謂廣武君曰委心歸計願子勿辭毛詩云豈伊異人兄弟匪他昔在暇日妙尋通理孟子曰壯者以
暇日脩其孝悌忠信也尤彼意氣使是節士言己昔以意氣而殞命皆非正道故尤而使之薛君韓詩章句曰尤
非也意氣已見上文謝承後漢書曰節士鮑昱有鴻漸浮雲之志慎子曰世高節士情以體生感以情起言今乃知
意氣節士之流思情以體信而乃生感趣舍罔要窮達斯已其十言既感厚恩而吉凶惟命故云趣舍無所要求
窮達任其所止也六韜太公謂武王曰夫人皆有性趨舍不同喜怒不等趨猶向也舍猶置也列子孔子曰脩一身任窮達所謂樂天知
命之無憂者也呂氏春秋曰古之得道者窮亦樂達亦樂也道德於此則窮達一也由余片言秦人是憚史記秦繆
公問內史廖曰孤聞鄰國有聖人敵國之憂也今由余寡人之害將柰何也日磾效忠飛聲有漢金日磾已見西
征賦思玄賦曰盍遠迹以飛聲桓桓撫軍古賢作冠來牧幽都濟厥塗炭其十一劉琨勸進表
曰撫軍幽州刺史臣匹磾尚書曰勗哉夫子尚桓桓漢書曰陳遵張竦為後進冠小雅曰牧臨也尚書曰有夏昏虐民墜塗炭塗炭
既濟寇挫民阜周禮曰以阜人民鄭玄曰阜盛也謬其疲隸授之朝右朝右謂別駕也張璠漢記
曰王堂為汝南太守教掾吏曰其憲章朝右委功曹陳蕃也上懼任大下欣施厚漢書武帝制曰任大而守重管

子曰上施厚則民之報上亦厚也實祇高明敢忘所守其十二毛詩曰高明令終鄭玄曰有高明之譽而以善名終也漢書谷永曰有守者循其職也相彼反哺尚在翔禽毛詩曰相彼鳥矣猶求友聲小雅曰純黑而反哺者謂之烏也孰是人斯而忍斯心斯心謂譏父母見害之心也國語國人誦共世子曰是人斯而有是臭也每憑山海庶覿高深山海以喻琨也李斯上書曰太山不讓土壤故能成其高河海不擇細流故能成其深遐眺存亡緬成飛沈其十三韋昭國語注曰緬猶邈也長徽已纓逝將徙舉長徽已纓謂披匹之繫於己也周易曰繫用徽纆說文曰嬰繞也收迹西踐銜哀東顧鄭玄毛詩箋曰迴首曰顧曷云塗遼曾不咫步賈逵國語注曰八寸曰咫豈不夙夜謂行多露其十四毛詩曰豈不夙夜謂行多露然貞女以露多而不往喻己懼威而不行緜緜女蘿施于松標女蘿自喻松標謂琨也毛詩曰蔦與女蘿施于松栢廣雅曰標末也必遙切稟澤洪幹晞陽豐條說文曰幹本也楚辭曰夕晞余身乎九陽毛萇詩傳曰晞乾也根淺難固莖弱易彫操彼纖質承此衝颷其十五颷喻亂也鹽鐵論曰衝風飄鹵沙石凝積纖質實微衝颷斯值誰謂言精致在賞意莊子曰可以言論者物之粗者也可以意致者物之精者也鄭玄禮記注曰致之言至也不見得魚亦忘厥餌餌猶筌也莊子曰筌者所以得魚也得魚而忘筌言者所以在意也得意而忘言遺其形骸寄之深識其十六莊子曰申徒兀者也謂子產曰吾與夫子遊十有九年矣而未嘗知吾兀者

也今與我遊於形骸之內而子索我於形骸之外不亦過乎王命論曰淵然深識　先民頤意潛山隱机毛詩曰先民有作爾雅曰頤養也莊子曰南郭子綦隱机而坐嗒焉似喪其偶也　仰熙丹崖俯濼綠水說文曰熙燥也謂暴燥也　無求於和自附衆美莊子曰古之治道者智與恬交相養而和理出其性又曰無不亡也無不有也澹然無極而衆美從之　慊慨遐蹤有愧高旨其十七言心慊慨慕古賢之遠蹤而事與願違故有愧高旨　爰造異論肝膽楚越謂琨被謗也臧榮緒晉書曰衆人謂琨詩懷帝王大志莊子仲尼謂常季曰自其異者視之肝膽楚越也高誘淮南子注曰肝膽喻近也楚越喻遠也　惟同大觀萬殊一轍同大觀謂琨也鶡冠子曰達人大觀乃見其符文子曰聖人由近知遠以萬異爲一同也淮南子曰萬殊爲一也　死生既齊榮辱奚別列子楊朱曰生齊死齊賢齊愚齊貴齊賤齊王仲宣七釋曰均同死生混齊榮辱也　處其玄根廓焉靡結其十八廣雅曰玄道也張衡玄圖曰玄者無形之類自然之根作於太始莫與爲先廣雅曰廓空也靡結謂體道虛通心無怨結也　福爲禍始禍作福階言無常也韓詩曰利爲用本福爲禍先越記曰禍爲福先福爲禍堂　天地盈虛寒暑周迴言物極必反也周易曰天地盈虛與時消息又曰寒往則暑來暑往則寒來　夫差不祀釁在勝齊以喻聰也史記曰吳王夫差北伐齊敗於艾陵越王勾踐敗吳吳王遂自剄死越王滅吳也　勾踐作伯祚自會稽其十九以喻琨也史記曰勾踐已平吳周元王使人賜勾踐胙九命爲伯又曰夫差以甲兵五千人棲於會稽也　邈矣達度唯道是杖達度亦謂琨也　形有

一珍倣宋版印

未泰神無不暢何晏論語注曰泰自縱泰也漢書音義曰暢通也如川之流如淵之量毛詩曰如
山之苞如川之流家語齊大夫子高適魯見孔子曰而今而後知泰山之爲高海淵之爲大也上弘棟隆下塞民望
其二十周易曰棟隆之吉不橈乎下也鄭玄禮記注曰塞滿也左氏傳師曠謂晉侯曰夫君神之主而民之望也

贈崔温一首五言集曰與温太真崔道儒何法盛晉録曰温嶠字太真又曰崔悅字道儒

盧子諒

逍遥步城隅暇日聊遊豫毛詩曰俟我於城隅暇日已見上文曹植蟬賦曰始遊豫乎芳林北眺沙
漠垂南望舊京路說文曰漠北方流沙也曹子建白馬篇曰揚聲沙漠垂平陸引長流岡巒挺
茂樹中原厲迅飈山阿起雲霧厲疾貌也遊子恒悲懷舉目增永慕漢書高祖
曰遊子悲故鄉李陵書曰舉目言笑誰與爲懽曹子建應詔詩曰長懷永慕良儔不獲偕舒情將焉訴楚辭
曰向長風而舒情遠念賢士風遂存往古務楚辭曰伊思兮往古朔鄙多俠氣豈惟地
所固爾雅曰朔北方也鄭玄周禮注曰都之所居曰鄙漢書曰趙地北通燕涿高氣勢也李牧鎮邊城荒夷懷
南懼史記曰李牧者趙之北邊良將也常代居鴈門備匈奴匈奴小入佯北不勝以數千人委之單于聞之大率衆來入李牧多爲
奇陳張左右翼擊之大破殺匈奴十餘萬騎單于奔走其後十餘歲匈奴不敢近趙邊城說文曰懷念思也趙奢正疆埸

秦人折北虜史記曰趙奢趙之田部吏也秦伐韓令趙奢將救之大敗秦軍秦軍解而走遂解閼與之圍而歸左氏傳曰疆埸之患一彼一此

羈旅及寬政委質與時遇左氏傳齊侯使敬仲為卿辭曰羈旅之臣幸若獲宥及於寬政君之惠也又狐突曰策名委質貳乃辟也

恨以駑蹇姿徒煩飛子御王命論曰駑蹇之乘不騁千里之塗史記曰大雒生非子非子居大丘好馬及畜善養息之大丘人言之周孝王召使主馬于汧渭之閒馬大蕃息非與飛古字通

亦既弛負檐忝位宰黔庶苟云免罪戾何暇收民譽左氏傳陳公子完曰免於罪戾弛於負檐又曰晉悼公即位公宮之長皆民譽也

倪寬以殿黜終乃最衆賦漢書曰倪寬遷左內史時裁闊狹與民相假貸以租多不入後有軍發左內史以負租課殿當免皆恐失之大家牛車小家擔負輸租繈屬不絕課更以最上

何武不赫赫遺愛常在去漢書曰何武為大司空其所居亦無赫赫名去後常見思

古人非所希短弱自有素鄭玄禮記注曰素猶故也

何以敷斯辭惟以二子故二子謂崔溫也

荅魏子悌一首 五言

盧子諒

崇臺非一幹珍裘非一腋慎子曰廊廟之材蓋非一木之枝狐白之裘非一狐之皮也治亂安危存亡榮辱之施非一人之力埤蒼曰腋在肘後

多士成大業羣賢濟弘績班固漢書贊曰高祖征伐定天下縉紳之徒騁其智辯並成大業

遇蒙時來會聊齊朝彥迹言富貴榮寵時之暫來也漢書蒯通曰時乎時不再來

顧

此腹背羽愧彼排虛翮韓詩外傳曰晉平公遊於河而歎曰安得賢士與之樂此也船人盍胥跪而對曰主君亦不好士耳何患無士平公曰吾食客門左千人右千人何謂不好士乎對曰夫鴻鵠一舉千里所恃者六翮耳背上之毛腹下之毳益一把飛不為加高損一把飛不為加下今君之食客門左右各千人亦有六翮在其中矣將皆背上之毛腹下之毳耶寄身蔭四嶽託好憑三益四嶽謂劉琨也四嶽已見上文論語孔子曰益者三友友直友諒友多聞益矣傾蓋雖終朝大分邁疇昔鄒陽上書曰白頭如新傾蓋若故左氏傳曰楚子文訓兵終朝而畢李固與賓鄉書曰開廓大分綢繆恩信左氏傳羊斟曰疇昔之羊子為政在危每同險處安不異易易夷易也協韻以赤切俱涉晉昌艱共更飛狐厄王隱晉書曰惠帝以敦煌士界闊遠分立晉昌郡又曰晉昌護匈奴中郎將別領戶然時役匹磾為此職諶在磾所難斥言之故曰晉昌也晉中興書曰石勒攻樂平劉琨自代飛狐口奔安次也恩由契闊生義隨周旋積契闊已見上文左氏傳晉公子重耳謂楚子曰晉楚治兵以與君周旋豈謂鄉曲譽謬充本州役燕丹子曰士無鄉曲之譽則不可以論行匹磾辟諶為幽州別駕故曰本州之役已見上文乖離令我感悲欣使情惕毛萇詩傳曰惕惕猶切切也理以精神通匪曰形骸隔楚辭曰眾人莫可與論道非精神之不通形骸已見上文妙詩申篤好清義貫幽賾小雅曰賾深也恨無隨侯珠以酬荊文璧隨侯珠已見上文荊楚也韓子曰楚人卞和得璞玉於荊山之中文王即位乃使理其璞得寶焉乃命曰和氏之璧也傳玄豫章行曰琅玕溢

金匱文璧世所無

荅靈運一首　五言　　謝宣遠

夕霽風氣涼閑房有餘清（何敬祖雜詩曰閑房來清氣呂氏春秋曰冬不用翣清有餘也）開軒滅華燭月露皓已盈（軒牕也蜀都賦曰高軒以臨山秦嘉贈婦詩曰飄飄帷帳熒熒華燭）獨夜無物役寢者亦云寧（孫卿子曰是謂以己爲物役也）忽獲愁霖唱懷勞奏所成（靈運愁霖詩序云不從兄宣遠）歎彼行旅艱深茲眷言情（魏文柳賦曰行旅仰而迴眷毛詩曰眷言顧之）伊余雖寡慰殷憂暫爲輕（長門賦曰伊余志之懷慢愚韓詩曰耿耿不寐如有殷憂）牽率詶嘉藻長揖愧吾生（左氏傳智伯曰牽率老夫以至于此文賦曰嘉藻麗之彬彬漢書曰酈食其長揖不拜陸機贈潘岳詩曰僉曰吾生明德惟允）

於安城荅靈運一首　五言（謝靈運贈宣遠序曰從兄宣遠義熙十一年正月作守安城其年夏贈以此詩到其年冬有荅）　謝宣遠

條繁林彌蔚波清源愈濬（阮德猷荅棗道彥詩曰體直響正源深流清）華宗誕吾秀之子紹前胄（魏志曹植上疏曰華宗貴族必有應斯舉者毛萇詩傳曰誕大也大矣后稷十月而生也廣雅曰秀美也毛詩曰之子于征尚書曰俾克紹前烈孔安國尚書傳曰胄嗣也）綢繆結風徽烟熅吐芳訊（綢繆已見上文周易曰天地烟

珍倣宋版印

煜萬物化醇演連珠曰肆義芳訊鄭玄禮記注曰訊問也鴻漸隨事變雲臺與年峻其一鴻漸以喻仕進雲臺以喻爵位也周易曰鴻漸于陸其羽可以爲儀李顒阮彥倫誄曰累土積功以爲雲臺淮南子曰雲臺之高墮者折脊碎腦高誘曰臺高際於雲故曰雲臺也華萼相光飾嚶嚶悅同響毛詩曰棠棣之華萼不韡韡鄭玄曰興者諭弟以敬事兄兄以榮覆弟也毛詩曰伐木丁丁鳥鳴嚶嚶鄭玄曰其鳴之志似於求友也親親子敦予賢賢吾爾賞禮記曰君子賢其賢而親其親又曰親親故尊祖尊祖故敬宗論語曰賢賢易色比景後鮮輝方年一日長言比景後爾鮮輝方年長爾一日也說文曰景光也孔安國論語曰子路曾皙冉有公西華侍坐子曰以吾一日長乎爾萎葉愛榮條涸流好河廣其二萎葉涸流自喻也王逸楚辭注曰枝葉早萎痡絕落潘安仁河陽詩曰峻巖敷榮條文賦曰豁若涸流楚辭曰江河廣而無梁殉業謝成操復禮愧貧樂司馬彪莊子注曰殉營也論語子曰一日克己復禮天下歸仁焉子曰貧而樂富而好禮者幸會果代耕符守江南曲許慎淮南子注曰果成也禮記曰諸侯之下士視上農夫祿足以代耕漢書曰初與郡守爲竹使符也履運傷荏苒遵塗歎緬邈莊子曰陰陽四時運行各得其序張茂先勵志詩云日與月與荏苒代謝陸機贈馮文能詩曰遵塗遠蹈又擬古詩曰緬邈若飛沈布懷存所欽我勞一何篤其三嵇康秀才詩曰思我所欽我勞如何徐幹苔劉楨詩曰我思一何篤其愁兼三春肇允雖同規翻飛各異槪毛詩曰肇允彼桃蟲翻飛惟鳥異槩謂異量也凡槩以平量故言槩而顯量焉楚辭曰一槩而相量也迢遞

封畿外窮寵承明內宣遠為安城守故云封畿外靈運為秘書監故云承明內也毛詩曰京畿千里承明假京洛而言之也尋塗塗既睽卽理理已對外內殊職是塗睽也賢愚異任是理對也絲路有恒悲矧迺在吾愛其四絲路已見上文又絲或為蹊也跬行安步武鍛翮周數仞漢書公孫玃曰吳失與而無助跬行獨進如淳曰跬以一足行為跬空蘂切鄭玄禮記注曰武迹也淮南子曰飛鳥鍛羽許慎曰鍛殘羽也莊子曰有鳥焉其名為鵬摶扶搖羊角而上者九萬里斥鷃笑之曰我騰躍而上不過數仞而下此亦飛之至也包咸論語注曰七尺曰仞豈不識高遠達方往有客阮籍詠懷詩曰豈不識宏大羽翼不相儀郭象莊子注曰亦猶鳥之自得於一方也周易曰君子舍之往吝窮也歲寒霜雪嚴過半路愈峻言位高而愈懼也莊子孔子曰天寒既至霜雪既降戰國策曰或謂秦王曰日行百里者半於九十此言末路之難也量己畏友朋勇退不敢進庾元規讓中書表曰量己知弊左氏傳陳敬仲曰詩云豈不欲往畏我友朋晏子春秋曰上士難進而易退也行矣勵令猷寫誠訓來訊其五孔安國尚書傳曰勵勉也補亡詩曰賓寫爾誠曹植與吳重書曰得所來訊文采委曲

西陵遇風獻康樂一首五言沈約宋書曰靈運襲封康樂侯鄭玄禮記注曰獻猶進也又曰古者致物於人尊之曰獻

謝惠連

我行指孟春春仲尚未發趣途遠有期念離情無歇趣向也成裝候良

珍倣宋版印

辰漾舟陶嘉月許愼淮南子注曰裝飾也良辰已見上文蜀都賦曰漾輕舟楚辭曰陶嘉月兮總駕搴玉英兮自脩爾雅
曰陶喜也瞻塗意少悰還顧情多闕其一韋昭漢書注曰悰樂也哲兄感仳別相送越
坰林兄謂靈運也漢書谷永謝王鳳曰察父哲兄覆育子弟誠無以加毛詩曰有女仳離慨其嘆矣毛萇曰仳別也匹視切爾雅曰
野外曰林林外曰坰飲餞野亭館分袂澄湖陰毛詩曰飲餞于禰范曄後漢書曰郭伋遂止野亭悽悽
留子言眷眷浮客心韓詩曰眷眷懷顧孔安國尚書傳曰浮行也迴塘隱艫栧遠望絕形
音其二南都賦曰分背迴塘說文曰艫船頭也韋昭漢書注曰栧檝也靡靡即長路戚戚抱遙悲楚辭曰居
戚戚而不解悲遙但自弭路長當語誰楚辭曰汎容與而遐舉兮聊抑志而自弭杜預左氏傳注曰弭息也
古詩曰愁思當語誰行行道轉遠去去情彌遲陸機赴洛詩曰行行遂已遠韓詩外傳曰孔子之去魯遲遲乎
其行也昨發浦陽汭今宿浙江湄其三酈善長水經注曰浦陽江水導源烏傷縣而經上虞縣孔安國尚書
傳曰水北曰汭晉灼漢書注曰江水至會稽山陰爲浙江郭璞山海經注曰今錢塘有浙江音折屯雲蔽曾嶺驚風
涌飛流零雨潤墳澤落雪灑林丘毛詩曰零雨其濛浮氛晦崖巘積素惑原
疇爾雅曰重巘隒也曲汜薄停旅通川絕行舟其四王逸楚辭注曰泊止也泊與薄古字通韓詩外傳阿
谷之女曰阿谷之隧隱也行旅已見上文上林賦曰通川過於中庭魏文帝善哉行曰洋洋川流中有行舟臨津不得濟

佇檝阻風波孔叢子孔子歌曰臨津不濟還轅息鄹爾雅曰佇久也家語孔子曰不觀巨海何以知風波之患也蕭條
洲渚際氣色少諧和西瞻興遊歎東睇起悽歌積憤成疢痗無萱將
如何其五韓詩曰焉得萱草言樹之背願言思伯使我心痗薛君曰諠草忘憂也萱與諠通痗音悔

還舊園作見顏范二中書一首五言沈約宋書曰元嘉二年徐羨之等誅徵顏延之為中書侍郎范中書蓋謂范泰也

謝靈運

辭滿豈多秩謝病不待年偶與張邴合久欲還東山漢書張良曰今以三寸舌為帝師封萬戶位列侯此布衣之極於良足矣願弃人閒事欲從赤松子學道輕舉又曰琅邪邴漢亦有清行兄子曼容亦養志自脩為官不肯過六百石輒自免去東山謂會稽始寧也檀道鸞晉陽秋曰謝安有反東山之志每形之於言聖靈昔迴眷微尚
不及宣聖靈謂高祖也陸機弔魏文帝柳賦曰行旅仰而迴眷何意衝飆激烈火縱炎烟焚玉
發崐峯餘燎遂見還沈約宋書曰少帝即位權在大臣靈運構扇異同非毀執政司徒徐羨之等患之出為永嘉太守衝飆已見上文尚書曰火炎崐崗玉石俱焚天吏逸德烈于猛火投沙理既迫如邛願亦愆漢書曰賈誼以謫居長沙長沙卑濕誼自傷悼以為壽不得長又曰卓文君謂司馬長卿曰第如臨邛從昆弟假貸猶足以為生何至自苦如此相如與俱之臨邛第但也長與懽愛別永絕平生緣緣因緣也浮舟千仞壑揔轡萬尋巔

戰國策蘇代曰水浮輕舟春秋繁露曰水赴千仞之壑而不旋似勇者家語孔子曰善御者正身以揔轡琴賦曰青壁萬尋流沫

不足險石林豈爲艱列子曰孔子觀於呂梁縣水四十仞流沫三十里見一丈夫游之以爲有苦使弟子並水而承

之數百步出被髮行歌而游於堂下孔子從而問焉曰蹈水有道乎長於水而安於水性也楚辭曰焉有石林閩中安可處

日夜念歸旋漢書曰故越王無諸世奉越祀身帥閩中兵以佐滅秦韋昭曰東越之別名也閩音旻事蹞兩如

直心恆三避賢言史魚有道無道行俱如矢而已有道則見召無道則左遷故云事蹞兩如矢直而已雖遷終無悔吝心

恆三避之賢韋昭漢書注曰蹞頓也謂頓仆也說文曰蹞跌也論語子曰直哉史魚邦有道如矢邦無道如矢史記曰孫叔敖相楚三去

相而不悔知其非己罪也三避三黜也蹞音致託身青雲上棲巖挹飛泉陸機詩曰託身承華側嵇康絕交書

曰許由之巖棲盛明盪氛昏貞休康屯邅盛明貞休謂太祖也言以盛明之德而蕩氛昏之徒又以正美之道

以康屯邅之俗也解嘲曰遭盛明之世周易曰乾元亨利貞又曰休否大人吉鄭玄曰休美也王弼曰居尊位能休否也周易曰屯如邅如

如殊方咸成貸微物豫采甄沈約宋書曰太祖登祚徐羨之等徵靈運爲秘書監再召不起上使光祿大夫

范泰與靈運書敦獎之乃出就文子曰殊方偏國老子曰夫惟道善貸且成說文曰貸施也魏明帝豫章行曰於斯誠微物能不懷傷悴

鄭玄尚書緯注曰甄表也感深操不固質弱易版纏謂應徵也感深感荷情深也楚辭曰悲靈脩之浩蕩何執

操之不固應璩與陰中夏書曰體正者則檢於人質弱者則陋於衆版纏猶牽引也會是反昔園語往實款然

毛詩曰會是在位廣雅曰款愛也曩基即先築故池不更穿爾雅曰曩久也謂久舊也仲長子曰築基起功
莊子曰相造于水者穿池而養給也果木有舊行壞石無遠延劉歆甘泉賦曰桂木雜而成行說苑曰楚莊王
築層臺延石千里延壤百里雖非休憩地聊取永日閑毛詩曰且以永日鄭玄曰永引也衞生自
有經息陰謝所牽莊子南榮趎曰願聞衞生之經而已矣老子曰衞生之經乎能抱一乎能勿失乎能與物委蛇而同
其波乎是衞生之經也司馬彪曰生謂衞護其生全性命也息陰即息影也牽謂俗務也已見遊南亭詩夫子照情素探
懷授往篇史記蔡澤謂應侯曰公孫鞅之事孝公也披心腹示情素素猶實也王仲宣詩曰探懷授所歡願醉不顧身

登臨海嶠初發彊中作與從弟惠連見羊何共和之一首五言

謝靈運遊名山志曰桂林頂遠則嵊尖彊中沈約宋書曰靈運既東還與族弟惠連東海何長瑜潁川荀雍太山羊
璿之文章賞會共為山澤之遊時人謂之四友

謝靈運

杪秋尋遠山山遠行不近楚辭曰覩杪秋之遙夜與子別山阿含酸赴脩軫軫當
為畛說文曰畛井田閒陌中流袂就判欲去情不忍毛萇詩傳曰判分也毛詩曰彷徨不忍去顧望脰
未悁汀曲舟已隱何休公羊傳注曰脰頸也陸彥聲詩曰相思心既勞相望脰亦悁說文曰痟疲也痟與悁通文字集
略曰汀水際平也隱汀絕望舟騖棹逐驚流海賦曰驚浪雷奔欲抑一生歡并奔千

里遊（言遠別已爲抑歡千里逾加離思列子公孫朝曰欲盡一生之歡窮當年之樂古詩曰離家千里客戚戚多思復）日落當棲薄繫纜臨江樓（纜維舟索也吳志曰更增舸纜謝靈運遊名山志曰從臨江樓步路南上二里餘左望湖中右傍長江也）豈惟夕情斂憶爾共淹留（楚辭曰攀桂枝兮聊淹留）淹留昔時歡復增今日歎（潘岳哀永逝曰憶舊歡兮增新悲）茲情已分慮況迺協悲端（悲端謂秋也楚辭曰悲哉秋之爲氣也）秋泉鳴北澗哀猿響南巒（爾雅曰巒山隋郭璞曰山形長狹者荆州謂之巒）戚戚新別心悽悽久念攢（蒼頡篇曰攢聚之也）攢念攻別心旦發清溪陰暝投剡中宿明登天姥岑（楚辭曰夕投宿於石城漢書曰會稽有剡縣吳錄地里志曰剡縣有天姥岑剡植琰切姥莫古切）高高入雲霓還期那可尋（孟子曰太山之高參天入雲羊祜請伐吳表曰儻遇浮高山尋雲霓潘安仁在懷縣詩曰感此還期淹）儻遇浮丘公長絕子徽音（列仙傳曰王子喬好吹笙道人浮丘公接以上嵩山毛詩曰太姒嗣徽音）

酬從弟惠連一首（五言）

謝靈運

寢瘵謝人徒滅迹入雲峯（爾雅曰瘵病也太玄經曰老子行則滅迹立則隱形）巖壑寓耳目歡愛隔音容永絕賞心望長懷莫與同（潘安仁詩曰歲寒無與同）末路值令弟開顏披心胸（其一　鄒陽上書曰至其晚節末路應亨古詩曰濟濟令弟史記蔡澤曰披腹心）心胸既云披意得咸

在斯莊子善養曰余逍遥於天地之閒而心意自得也 凌澗尋我室散帙問所知說文曰帙書衣也
夕慮曉月流朝忌曛日馳王逸楚辭注曰曛黄昏時也 悟對無厭歇聚散成分離
其二言事無常故聚而必散成有分離也莊子曰禍福相生聚散以成 分離別西川迴景歸東山別時
悲已甚別後情更延爾雅曰延長也 傾想遲嘉音果枉濟江篇遲猶思也果猶遂也 辛
勤風波事款曲洲渚言其三風波已見上文秦嘉贈婦詩曰思面叙款曲 洲渚既淹時風波
子行遲務協華京想詎存空谷期廣雅曰務遠也華京猶京華也郭璞遊仙詩曰京華遊俠窟毛詩曰
皎皎白駒在彼空谷 猶復惠來章祇足攪余思毛詩曰胡逝我梁祇攪我心 儻若果歸言共
陶暮春時其四陶喜也已見上文 暮春雖未交仲春善遊遨未交謂暮春氣節與仲春未交也孔
安國尚書傳曰南交言夏與春交也 山桃發紅蕚野蕨漸紫苞爾雅曰櫠山桃也毛詩曰言采其蕨毛詩義疏
曰蕨山菜也初生紫色尚書曰草木漸苞孔安國曰漸進長苞叢生也 鳴嚶已悅豫幽居猶鬱陶鳴嚶已見
上文禮記曰幽居而不淫論衡曰幽居而靜處恬澹自守尚書曰鬱陶乎予心顏厚有忸怩孔安國曰鬱陶哀思也 夢寐佇歸
舟釋我吝與勞其五范曄後漢書曰陳蕃周舉嘗相謂曰數日之閒不見黄生則鄙恡之萌復存乎心毛詩曰豈不爾思
勞心忉忉

文選卷第二十五

賜進士出身通奉大夫江南蘇松常鎮太等處承宣布政使司布政使胡克家重校刊

珍倣宋版印

文選卷第二十六

梁昭明太子撰

文林郎守太子右內率府錄事參軍事崇賢館直學士臣李善注上

贈答四

珍倣宋版印

入彭蠡湖口一首

入華子崗是麻源第三谷一首

贈荅

贈王太常一首 五言 蕭子顯齊書曰王僧達除太常 顏延年

玉水記方流 璿源載圓折 尸子曰凡水其方折者有玉其圓折者有珠也 蓄寶每希聲 雖祕猶彰徹 老子曰大音希聲 左氏傳君子曰若險危大人而有名彰徹也 聆龍睽九泉 聞鳳窺丹穴 廣雅曰聆聽也 莊子曰夫千金之珠必在九重之泉驪龍頷下 說文曰睽察也 山海經曰丹穴之山有鳥焉其狀如鶴五采名曰鳳鳥 丹穴已見東京賦 歷聽豈多工 唯然覯世哲 孔安國尚書傳曰工官也 舒文廣國華 敷言遠朝列 王逸楚辭注曰發文舒詞爛然成章 國語季文子曰吾聞以德榮爲國華 尚書曰凡厥衆人極之敷言 秋興賦曰猥厠朝列 爾雅曰列業也 德輝灼邦懋 芳風被鄉耋 禮記曰德輝動乎內而人莫不承聽 禰衡顏子碑曰秀不實振芳風 側同幽人居 郊扉常晝閉 周易曰履道坦坦幽人貞吉 殷仲堪誄曰荊門晝掩閑庭晏然 林閭時晏開 亟迴長者轍 爾雅曰野外謂之林 鄭玄周禮注云閭里門也 漢書淮南王曰早閉晏開 又曰陳平門外多長者車轍 庭昏見野陰 山明望松雪 靜惟浹羣化 徂生入窮節 鄭玄毛詩箋曰惟思也 蘇林漢書注

曰洟周也莊子曰已化而生又化而死爾雅曰徂往也謂往之死豫也家語孔子曰化於陰陽象形而發謂之生化窮數盡謂之死

往誠歡歇悲來非樂闋周易曰初六鳴豫凶王弼曰樂過則淫志窮終而悲鄭玄禮則凶爾雅曰豫樂也淮南子曰奏樂而喜曲記注曰闋終也屬美謝繁翰遙懷具短札屬猶綴也謝猶慙也說文曰懷念思也又曰札牒也阻點切

夏夜呈從兄散騎車長沙一首

五言集曰從兄散騎字敬宗車長沙字仲遠

顏延年

炎天方埃鬱暑晏闋塵紛淮南子曰南方曰炎天高誘曰南方五月建午火之中也火性炎上故曰炎天廣雅曰方正也毛萇詩傳曰鬱積也禮記曰仲夏小暑至賈逵國語注曰晏晚也毛萇詩傳曰闋息也杜預左氏傳注曰紛亂也獨靜闋偶坐臨堂對星分賈逵國語注曰偶對也周禮曰以星分夜側聽風薄木遙睇月開雲法言曰風薄于山孔安國尚書傳曰薄迫也亦徽之意也楚辭曰雪紛紛而薄木夜蟬當夏急陰蟲先秋聞禮記曰仲夏之月蟬始鳴易通系卦曰蟋蟀之蟲隨陰迎陽聖主得賢臣頌曰蟋蟀俟秋吟歲候初過半荃蕙豈久芬楚辭曰時曖曖而過中又曰荃蕙化而爲茅屏居惻物變慕類抱情殷漢書曰竇嬰謝病屏居田南山下鵩鳥賦曰萬物變化楚辭曰思慕類兮以悲魏文帝善哉行曰喟然以惋歎抱情不得敘桓玄鸚鵡賦曰眷儔侶而情殷殷憂也

九逝非空思七襄無成文楚辭曰惟郢路之遼遠兮魂一夕而九逝韓詩曰跂彼織女終日七襄雖則七襄不成報章薛君曰襄反也

直東宮答鄭尚書一首五言沈約宋書曰鄭鮮之字道子高祖踐祚遷都官尚書

顏延年沈約宋書曰高祖受命延年補太子舍人然答詩謝舍人之日

皇居體寰極設險祗天工孔融薦禰衡表曰帝室皇居西京賦曰若夫長年神仙宣室玉堂譬衆星之環極泮赫羲以輝煌周易曰王公設險以守其國尚書曰天工人其代之兩闈阻通軌對禁限清風兩闈謂東宮及中臺也方言曰軌道也各有禁守謂禁中也故曰對也胡廣書曰建洪德流清風跂予旅東館徒歌屬南墉毛詩曰誰謂宋遠跂予望之賈逵國語注曰旅客也爾雅曰徒歌曰謠鄭玄儀禮注曰屬注也謂意注之也尚書爲中臺在南故曰南墉寢興鬱無已起觀辰漢中毛詩曰言念君子載寢載興鄭玄考工記注曰鬱不舒散辰大辰也爾雅大辰房心尾也郭璞曰龍星明者以爲時候故曰大辰毛萇詩傳曰漢天河也流雲藹青闕皓月鑒丹宮廣雅曰鑒照也踟躕清防密徙倚恒漏窮毛詩曰搔首踟躕夏侯沖答潘岳詩曰相思限清防企佇誰與言爾雅曰密靜也楚辭曰步徙倚而遙思漏窮言曉也君子吐芳訊感物惻余衷演連珠曰肆義芳訊古詩曰感物懷所思惜無丘園秀景行彼高松賈逵國語注曰惜痛也周易曰賁于丘園束帛戔戔陸機演連珠曰丘園之秀因時則揚

毛詩曰景行行止高松喻守節而不移也論語子曰歲寒然後知松栢之後彫也知言有誠貫美價難克充知汝之言有誠實舊貫美價難以克充漢書武帝詔書曰九變復貫知言之選論語子貢曰有美玉於斯韞櫝而藏諸求善價而沽諸何以銘嘉貺言樹絲與桐言樹絲桐欲播之琴瑟也魏文帝書曰嘉貺益腆爾雅曰貺賜也毛詩曰言樹之背史記曰騶忌以鼓琴見齊威王王曰夫治國家何異絲桐之閑哉

和謝監靈運一首

五言沈約宋書曰靈運爲祕書監也

顔延年 沈約宋書曰少帝出顔延年爲始安太守元嘉三年徵爲中書侍郎

弱植慕端操窘步懼先迷左氏傳鄭子産如陳曰陳亡國也其君弱植王逸楚辭注曰植志也楚辭曰內惟省以端操又曰夫唯捷徑以窘步窘求隕切周易曰先迷失道後順得常寡立非擇方刻意藉窮棲孫卿子曰寡立而不勝堅強而不暴周易曰君子以立不易方王弼曰得其所久故不易也孔安國論語注曰方道也謂常道也莊子曰刻意尚行離世異俗此山谷之士非俗之人枯槁赴淵者之所好也韋昭國語注曰山處曰棲伊昔遘多幸秉筆侍兩閨陸機荅賈謐詩曰伊昔有皇左氏傳羊舌職曰民之多幸國之不幸國語士茁謂智襄子曰臣秉筆事君兩閨謂上臺及東宮也事二宮已見曲水詩雖慙丹雘施未謂玄素睽丹雘喻君恩也玄素喻別也盧諶荅劉琨書曰始素終玄墨翟垂涕周易曰睽者乖也苦圭切尚書曰惟其塗丹雘徒遭良時詖王道奄昏霾謂少帝之日也潘岳河陽縣詩曰徒

一珍倣宋版印

恨良時秦蒼頡篇曰詖諂佞也彼寄切方言奄遽也昬霾喻世亂也爾雅曰風雨土爲霾曰人神幽明絶朋好雲
雨乖人神幽明絶言時亂不獲祭享也曾子曰天曰明地曰幽張載詠懷詩曰雲乖雨散心乎愴而弔屈汀洲浦謁
帝蒼山蹊謂之始安郡也賈誼有弔屈原文楚辭曰搴汀洲兮杜若文字集略曰汀水際也曹子建贈白馬王詩曰謁帝承明
廬禮記曰舜葬蒼梧之野倚巖聽緒風攀林結留荑楚辭曰倚石巖以流涕又曰款秋冬之緒風又曰畦留荑
與揭車王逸曰留荑香草也跂予閒衡嶠曷月瞻秦稽跂予已見上文衡山名也爾雅曰山銳而高曰嶠毛
詩曰曷月余還歸哉孔曄會稽記曰秦望山在州城正南史記曰始皇登之望南海越絶書曰禹救水到大越上茅山大會計更名茅山
曰會稽皇聖昭天德豐澤振沈泥皇聖謂文帝也孫卿子曰變化代與謂之天德謝承後漢書曰仁風豐澤
四海所宗說文曰振舉也葛龔與張略書曰頑闇沈泥惜無爵雉化何用充海淮國語曰趙簡子歎曰雀入
于海爲蛤雉入于淮爲蜃鄭玄禮記注曰充足也子喻切去國還故里幽門樹蓬藜去國謂去始安也莊子曰
越之流人去國旬月古詩曰思還故里閭楚辭曰處玄舍之幽門陸雲荅兄書曰脩庭樹蓬采茨葺昔宇翦棘開
舊畦鄭玄周禮注曰茨闔苫也廣雅曰葺覆也左氏傳戎子駒支曰驅其狐貍剪其荊棘孟子曰病于夏畦劉熙曰今俗以二十五
畝爲小畦物謝時既晏年往志不偕言年既日往志意已衰不與子俱也王逸楚辭注曰謝去也楚辭曰年洋
洋而日往毛萇詩傳曰偕俱也俱亦齊同之意也親仁敷情昵興賦究辭悽親仁謂靈運也左氏傳陳五父

曰親仁善鄰國之寶也爾雅曰昵近也孫炎曰親之近也說文曰輿悅也玩愛也芬馥歇蘭若清越奪琳珪吳都賦曰芬馥肸蠁說文曰歇息也一曰氣越泄也禮記曰昔者君子比德於玉焉叩之其聲清越以長鄭玄曰越猶揚也盡言非報章聊用布所懷易曰書不盡言報章已見上文莊子曰有問而應之盡其所懷蒼頡篇曰懷抱也

荅顏延年一首 五言

王僧達

沈約宋書曰王僧達琅邪人少好學善屬文為始興王行軍參軍稍遷至中書令以屢犯上顏於獄賜死

長卿冠華陽仲連擅海陰長卿相如字也尚書曰華陽黑水惟梁州華陽國記曰益州地稱天府原曰華陽史記曰魯仲連齊人也穀梁傳曰水南曰陰珪璋既文府精理亦道心言珪璋之麗既光於文府精理之妙亦窮於道心文賦曰遊文章之林府尚書曰道心惟微君子聳高駕塵軌實為林楚辭曰駷余駕兮入冥何邵詩曰亮無風雲會安能襲塵軌司馬遷書曰列於君子之林也崇情符遠迹清氣溢素襟思玄賦曰盡遠迹以飛聲陸景典語曰清氣漂於青雲之上聲類曰襟交領也結遊略年義篤顧棄浮沈莊子曰忘年忘義振於無境鄭玄毛詩箋曰顧念也高誘淮南子注曰浮沈猶盛衰也寒榮共偃曝春醞時獻斟桓子新論曰余與揚子雲奏事坐白虎殿廊廡下以寒故背日曝焉郭璞上林賦注曰榮屋南簷也曹植酒賦曰或秋藏冬發或春醞夏開聿來歲序晅輕雲出東岑毛詩曰聿來胥宇鄭玄曰聿自也麥壟多秀色楊園流好音魏文帝登

城賦曰嘉麥被壟廣雅曰秀美也毛詩曰楊園之道又曰睍睆黃鳥載好其音歡此乘日暇忽忘逝景侵人言壽不留與景俱逝而壽損侵謂之侵莊子牧馬童子謂黃帝曰有長者教予曰若乘日之車而遊於襄城之野郭象曰日出而遊日入而息幽衷何用慰翰墨久謠吟歸田賦曰揮翰墨以奮藻棲鳳難為條淑貺非所臨鳳非梧桐不棲故曰難為也誦以永周旋匣以代兼金左氏傳太史克曰奉以周旋不敢失墜孟子曰齊王餽兼金一百而不受也

郡內高齋閑坐荅呂法曹一首五言郡是宣城郡　謝玄暉

結構何迢遞曠望極高深結構謂結連構架以成屋宇也魯靈光殿賦曰觀其結構廣雅曰曠遠也高深謂江山也魏武帝善哉行曰山不厭高海不厭深吳都賦曰曠瞻迢遞牕中列遠岫庭際俯喬林曹子建詩曰歸鳥赴喬林日出衆鳥散山暝孤猿吟已有池上酌復此風中琴石崇思歸引曰宴華池酌玉觴嵇康贈秀才詩曰習習和風吹我素琴非君美無度孰為勞寸心毛詩曰彼己之子美無度又曰勞心忉忉列子文摯謂叔龍曰吾見子之心矣方寸之地虛矣惠而能好我問以瑤華音毛詩曰惠而好我攜手同行毛萇曰惠愛也鄭玄曰言愛仁而又好我毛詩曰雜佩以問之毛萇曰問遺也楚辭曰折疏麻兮瑤華將以遺兮離居若遺金門步見就玉山岑解嘲曰歷金門上玉堂穆天子傳曰癸巳至羣玉之山容氏所守先王之謂冊府郭璞曰即山

海經玉山西王母所居者皇甫謐釋勸曰排閶闔步玉岑

在郡臥病呈沈尚書一首 五言集曰沈尚書約也 謝玄暉

淮陽股肱守高臥猶在茲 漢書曰季布為河東守上召布曰河東吾股肱郡故時召君耳又曰拜汲黯為淮陽太守黯伏地不受印上曰君薄淮陽耶顧淮陽吏人不相得吾徒得君重臥而治之也 況復南山曲何異幽棲時 謝靈運南山詩曰凝此永幽棲 連陰盛農節籉笠聚東菑 胡安道愁霖賦曰冀連陰之時退想雲物之見微毛詩曰彼都人士籉笠緇撮毛萇曰籉所以御雨音臺爾雅曰田一歲曰菑 高閣常晝掩荒堦少諍辭 晝掩已見上文 珍簟清夏室輕扇動涼颸 楚辭曰溢颸風而上征 嘉魴聊可薦淥蟻方獨持 毛詩曰南有嘉魚鄭玄毛詩箋曰聊略也釋名曰酒有沈齊浮蟻在上洗洗然鄭玄毛詩箋曰方且也 夏李沈朱實秋藕折輕絲 魏文帝與吳質書曰沈朱李於寒水 良辰竟何許夙昔夢佳期 佳謂沈也言會面良辰竟在何許而令夙昔空夢佳期阮籍詠懷詩曰良辰在何許凝霜沾衣襟許猶所也尚書曰夙夜浚明有家孔安國曰夙早也浚深也早夜思之須明行之楚辭曰與佳期兮夕張王逸曰不敢斥尊者故言佳也 坐嘯徒可積為邦歲已朞 張璠漢記曰南陽太守弘農成瑨任功曹岑晊時人為之語曰南陽太守岑公孝弘農成瑨但坐嘯瑨音津晊音質論語子曰善人為邦百年可以勝殘去殺矣又曰苟有用我者期月而已可也三年有成 絃歌終莫取撫机令自嗤 論語曰子游為武城

珍倣宋版印

宰聞絃歌之聲陸機赴洛詩曰撫机不能寐阮籍詠懷詩曰嗷嗷令自嗤

暫使下都夜發新林至京邑贈西府同僚一首

五言蕭子顯齊書曰謝朓爲隨王子隆文學子隆在荊州好辭賦數集僚友朓以才文尤被賞愛長史王秀之以朓年少相動密以啓聞世祖勑朓可還都朓道中爲詩以寄西府

謝玄暉

大江流日夜客心悲未央呂氏春秋曰水泉東流日夜不休毛詩曰夜未央廣雅曰央已也徒念關山近終知反路長古樂府有度關山曲王粲閑邪賦曰關山介而阻險顏延年秋胡詩曰反路遵山河秋河曙耿耿寒渚夜蒼蒼秋河天漢也耿耿光也毛詩曰蒹葭蒼蒼引顧見京室宮雉正相望潘岳河陽縣詩曰引領望京室東都賦曰京室密清周禮曰王城隅之制九雉古詩曰兩宮遙相望金波麗鳷鵲玉繩低建章漢書歌云月穆穆以金波王弼周易注曰麗連也張揖漢書注曰鳷鵲觀在雲陽甘泉宮外春秋元命包曰玉衡北兩星爲玉繩星漢書曰柏梁災於是作建章宮也驅車鼎門外思見昭丘陽古詩曰驅車策駑馬帝王世紀曰春秋成王定鼎于郟鄏其南門名定鼎門蓋九鼎所從入也方言曰冢大者爲丘丘南曰陽荊州圖記曰當陽東有楚昭王墓登樓賦曰所謂西接昭丘也馳暉不可接何況隔兩鄉馳暉日也朓至尋陽詩曰過客無留軫馳暉有奔箭毛萇詩傳曰鄉所也風雲有鳥路江漢限無梁南中八志曰交阯郡治龍編縣自與古鳥道四百里楚辭曰江河廣而無梁常

恐鷹隼擊時菊委嚴霜毛萇詩傳曰古者鷹隼擊然後罻羅設潘岳河陽詩曰時菊耀秋華委猶悴也楚辭曰冬又申之以嚴霜寄言罻羅者寥廓已高翔喻蜀父老曰猶鷦鵬之翔乎寥廓之宇而羅者猶視乎藪澤廣雅曰寥深也廓空也

詶王晉安一首五言集曰王晉安德元王隱晉書曰晉安郡太康三年置即今之泉州也　謝玄暉

梢梢枝早勁塗塗露晚晞爾雅曰梢梢櫂也郭璞曰謂木無枝柯梢櫂長而殺也楚辭曰白露紛以塗塗王逸曰塗塗厚貌也毛萇詩傳曰晞乾也南中榮橘柚寧知鴻鴈飛列子曰吳越之國有木焉其名曰櫾碧樹而冬生櫾則柚字也鴻鴈南棲衡陽不至晉安之境故曰寧知也拂霧朝青閣日旰坐彤闈左氏傳趙軼曰日旰矣說文曰旰日晚也悵望一塗阻參差百慮依蔡邕詩曰暮宿何悵望周易曰一致而百慮仲長統詩曰百慮何為至安在我春草秋更綠公子未西歸言春草萋萋故王孫樂之而不反今春草秋而更綠公子尚未西歸楚辭曰王孫遊兮不歸春草生兮萋萋古詩曰秋草萋已綠毛詩曰誰能西歸誰能久京洛緇塵染素衣陸機為顧彥先贈婦詩曰京洛多風塵素衣化為緇

奉荅內兄希叔一首五言顧氏家譜曰盼字希叔邵陵王國常侍　陸韓卿

珍倣宋版印

蕭子顯齊書曰陸厥字韓卿吳人好屬文州舉秀才王晏少傅主簿後至行軍參軍厥父被誅坐繫尚方尋有令赦厥恨父不及感慟而卒其集云竟陵王舉秀才選太子太傅功曹掾

嘉惠承帝子躧履奉王孫帝子謂竟陵也王孫謂太傅王晏也越絕書曰恭承嘉惠述暢往事管子曰君有嘉惠於其臣漢舊儀曰帝子為王長門賦曰躧履起而彷徨魏志蔡邕見王粲曰此王公孫有異才屬叨金馬署又點銅龍門漢書音義曰屬近也叨金馬署謂為秀才也兩都賦序曰內設金馬石渠之署點銅龍門謂為太傅功曹掾也漢書曰上嘗急召太子出龍樓門張晏曰門樓上有銅龍出入平津邸一見孟嘗尊孟嘗喻太傅也漢書曰封丞相公孫弘為平津侯於是起客館開東閣以延賢人與參謀議說苑雍門周說孟嘗君曰以孟嘗之尊乃如是也歸來翳桑柘朝夕異涼溫其一左太沖詠史詩曰陳平無產業歸來翳負郭涼溫喻貴賤也徂落固云是寂蔑終始斯徂落猶彫落也羽獵賦曰萬物徂其落於外荀組七哀詩曰何其寂蔑杜門清三逕坐檻臨曲池漢書曰王陵杜門竟不朝請三輔決錄曰蔣詡字元卿舍中三徑楚辭曰坐堂伏檻臨曲池鳧鵠嘯儔侶荷芰始參差蜀都賦曰鴻儔鶴侶雖無田田葉及爾泛漣漪其一古樂府詩曰江南可采蓮蓮葉何田田毛詩曰河水清且漣漪春華與秋實庶子及家臣魏志曰邢顒字子昂為平原侯植家丞顒防閑以禮無所屈撓由是不合庶子劉楨書諫植曰家丞邢顒北土之彥而楨禮遇殊特顒反疏簡私懼觀者將謂君侯習近不肖禮賢不足采庶子之春華忘家丞之秋實

王門所以貴自古多俊民鄒陽上書曰何王之門不可曳長裾乎尚書曰畯民用康畯與俊同離宮收
杞梓華屋富徐陳離宮華屋皆謂太子也卞壼議曰太子所居宮稱東宮不言太子宮者二宮以東西爲稱明是天子
之離宮使太子居之也左氏傳楚聲子曰晉大夫皆卿才也如杞梓皮革自楚往也吳質荅曹子建書曰墳籥激於華屋魏志曰文帝爲
五官郎將北海徐幹廣陵陳琳並見友善平旦上林苑日入伊水濱其三言晨夕侍遊良非一所也楚辭曰平
明發兮蒼梧漢書曰梁孝王入朝侍帝遊獵上林中論衡曰堯時擊壤者曰吾日入而息列仙傳曰王子喬周靈王太子晉也遊伊雒之
閒書記既翩翩賦歌能妙絕魏文帝與吳質書曰公幹五言詩之善者妙絕時人元瑜書記翩翩致足樂之
相如恧溫麗子雲慙筆札西京雜記曰枚皐文章捷疾長卿製作淹遲皆一時之譽長卿首尾溫麗枚皐時有
累句故知疾行無善迹矣方言曰恧慙也漢書曰樓護與谷永俱爲五侯上客長安號曰谷子雲之筆札樓君卿之脣舌駿足思
長阪柴車畏危轍駿足喻希叔柴車自喻也棗臺彥荅杜育詩曰矯矯駿足繁纓朱就韓詩外傳齊子曰臣賴君之賜
駑馬柴車可得而乘也愧茲山陽讌空此河陽別其四魏氏春秋曰嵇康寓居山陽縣與向秀遊於竹林號
曰七賢曹植送應氏詩曰親昵並集送置酒此河陽平原十日飲中散千里遊平原趙勝也史記曰秦昭王聞
魏齊在平原君家遺平原君書曰寡人聞君之高義願與爲布衣之交君幸過寡人寡人願與君爲十日之飲平原君遂入秦見昭王
干寶晉紀曰初呂安友嵇康相思則命駕千里從之渤海方淫滯宜城誰獻酬言己之事竟陵猶徐吳之在渤

海漢書渤海郡有南皮縣卽徐吳遊之所也國語曰厎著滯淫賈逵
曰淫久也陳思王酒賦曰酒有宜城濃醪蒼梧漂清毛詩曰獻酬交
錯屏居南山下臨此歲方秋屏居南山下已見上文左氏傳卜徒父曰歲云秋矣漢書路博德曰方秋匈奴
馬肥未可與戰廣雅曰方始也惜哉時不與日暮無輕舟其五言無輕舟以相從也賈逵國語注曰惜痛也劉
越石贈盧諶詩曰時哉不我與曹子建贈王仲宣詩曰有彼孤鴛鴦哀鳴無匹儔我願執此鳥惜哉無輕舟

贈張徐州稷一首五言　范彥龍

田家樵採去薄暮方來歸漢書楊惲曰田家作苦張景陽雜詩曰投來修岸垂時聞樵採音楚辭曰薄暮雷電
廣雅曰薄至也毛詩曰來歸自鎬杜預左氏傳注曰來者自外之文也還聞稚子說有客款柴扉史記曰楚
懷王稚子子蘭呂氏春秋曰款門而謁高誘曰款叩也柴扉卽荊扉也鄭玄禮記注曰華門荊竹織門也賓從皆珠玳裘
馬悉輕肥吳都賦曰賓從奕奕廣雅曰賓導也史記曰趙平原君使人於春申君春申君舍之於上舍趙使欲夸楚爲玳瑁簪
刀劍並以珠飾之請春申君客論語子曰赤之適齊也乘肥馬衣輕裘軒蓋照墟落傳瑞生光輝說苑翟璜
謂田子方曰吾祿厚得此軒蓋又飾曠謂晉平公曰五鼎不當生墟落應劭風俗通曰諸侯及使者有傳信乃得舍於傳耳今刺史行部
車號傳車從事督郵周禮曰典瑞鄭玄曰瑞節信也疑是徐方牧既是復疑非阮瑀止欲賦曰意謂是而復非
思舊昔言有此道今已微穀梁傳曰叔姬歸于紀其不言逆何也逆之道微范甯曰逆者非卿也物情

棄瑕賤何獨顧衡闈莊子曰人之有所不得與皆物之情也郭象曰夔娛在懷皆物情耳非理也爾雅曰瑕痛也衡
闈衡門也或以衡闈爲絃韋非也恨不具雞黍得與故人揮謝承後漢書曰山陽范式字巨卿與汝南張元
伯爲友春別京師以秋爲期至九月十五日殺雞作黍二親笑曰山陽去此幾千里何必至元伯曰巨卿信士不失期者言未絕而巨卿
至韓康伯周易注曰揮散也懷情徒草草淚下空霏霏毛萇詩傳曰懷思也毛詩曰驕人好好勞人草草又
曰雨雪霏霏寄書雲閒鴈爲我西北飛漢書曰帝思蘇武使謂單于天子射上林中得鴈足有係帛書西北
謂徐州也在揚州之西北輿地志曰宋以鍾離置徐州齊以荊州爲北徐州也

古意贈王中書一首五言集曰覽古贈王中書融

范彥龍

攝官青瑣闥遙望鳳皇池王融荅詩題云雜躰報范通直雲梁書曰雲爲通直散騎侍郎左氏傳韓厥曰敢告
不敏攝官承乏漢舊儀曰黃門郎暮入對青瑣門拜晉中興書曰荀勗從中書監爲尚書令人賀之乃發恚云奪我鳳皇池卿諸人何賀
我耶誰云相去遠脈脈阻光儀劉楨贈徐幹詩曰誰謂相去遠古詩曰盈盈一水閒脈脈不得語鸚鵡賦曰侍
君子之光儀岱山饒靈異沂水富英奇尚書曰海岱及淮惟徐州又曰淮沂其乂漢書有琅邪郡音義曰屬
徐州晉書琅邪王氏之先漢紀曰秦遷于琅邪之皐虞後徙于臨沂逸翮凌北海摶飛出南皮徐幹居北海吳
質遊南皮二人皆蒙魏文恩幸故言地以明之也郭璞遊仙詩曰逸翮思拂霄杜預左氏傳注曰陵侮也謂輕易之莊子曰鵬摶扶搖而

上司馬彪曰摶圜也圜飛而上若扶搖也遭逢聖明后來棲桐樹枝孔安國尚書傳曰聖人受命則鳳皇至鄭玄毛詩箋曰鳳皇之性非梧桐不棲竹花何莫莫桐葉何離離鄭玄毛詩箋曰鳳皇非竹實不食毛詩曰葛之覃兮維葉莫莫又曰其桐其椅其實離離可棲復可食此外亦何爲古詩曰賤妾擬何爲豈如鷦鷯者一粒有餘貲鷦鷯賦曰巢林不過一枝每食不過數粒蒼頡篇曰貲財也

贈郭桐廬出溪口見候余既未至郭仍進村維舟久之郭生方至一首五言顧野王輿地志曰桐廬縣吳分富陽之桐廬溪也劉孝標集曰郭桐廬峙

任彥昇

朝發富春渚蓄意忍相思漢書曰會稽郡富春縣孔安國尚書傳曰蓄積也涿令行春反冠蓋溢川坻范曄後漢書曰滕撫字叔輔北海人也初仕州郡稍遷爲涿令有文武理用太守以其能委任郡職兼領六縣流愛于民行春兩白鹿隨車挾轂而行郭璞上林賦注曰坻岸也坻或爲湄望久方來萃悲歡不自持毛萇詩傳曰萃集也滄江路窮此湍險方自茲疊嶂易成響重以夜猨悲客心幸自弭中道遇心期楚辭曰聊抑志而自弭親好自斯絕孤遊從此辭謝靈運詩曰孤遊非情款蘇武詩曰去去從此辭

行旅上

河陽縣作二首 五言　潘安仁

哀傷贈荅皆潘居陸後而此在前疑誤也

微身輕蟬翼弱冠忝嘉招 岳弱冠舉秀才曹植表曰身輕蟬翼恩重丘山楚辭曰蟬翼為輕也 在疚妨賢路再升上宰朝 言己在病以妨賢路也毛詩曰煢煢在疚說苑楚令尹虞丘子謂莊王曰臣為令尹處士不升妨羣賢路上宰朝謂司空太尉府 猥荷公叔舉連陪廁王寮 言以凡猥之才而荷薦舉也太尉舉為郎已見閑居賦許慎淮南子注曰猥凡也論語曰公叔文子之臣大夫僎與文子同昇諸公子曰可以為文矣又曰陪臣執國命馬融曰陪重也謂家臣也 長嘯歸東山擁耒耨時苗 岳天陵詩序曰岳屏居天陵東山下楚辭曰臨深水而長嘯說文曰耒手耕曲木鄭玄周禮注曰耨耘耔也 幽谷茂纖葛峻巖敷榮條落英隕林趾飛莖秀陵喬 杜預左氏傳注曰趾足也爾雅曰大阜曰陵 卑高亦何常升降在一朝 二者升降在於倏忽以喻人之榮辱亦在須臾言不足歎也 徒恨良時泰小人道遂消 李陵贈蘇武詩曰良時不再至禰衡書曰衡以良時散而復合周易泰卦曰君子道長小人道消 譬如野田蓬斡流隨風飄 風商君書曰今夫飛蓬遇飄風而行千里乘風之勢也鶡冠子曰斡流遷徙如淳漢書注曰斡轉也 昔倦都邑游今掌河朔傜 歸田賦曰游都邑以永久

珍倣宋版印

尚書曰王次于河朔登城眷南顧凱風揚微綃鄭玄毛詩箋曰顧視也呂氏春秋曰南方凱風禮記曰綃幕也
鄭玄曰綃繅也音消洪流何浩蕩脩芒鬱苕嶢浩蕩或爲濟蕩音西郭緣生述征記曰北芒城北芒嶺也誰
謂晉京遠室邇身實遼毛詩曰誰謂宋遠又曰其室則邇其人甚遠誰謂邑宰輕令名患
不劭左氏傳子產曰令名德之輿也小雅曰劭美也人生天地間百歲孰能要古詩曰人生天地間又曰
人生年不滿百頻如槁石火瞥若截道飇爾雅曰頻光也毛詩曰子有鍾鼓弗擊弗考毛萇曰考亦擊也槁與
考古字通古樂府詩曰鑿石見火能幾時說文曰瞥見也張衡舞賦曰瞥若電滅古詩曰人生寄一世奄忽若飇塵瞥孚說切齊都
無遺聲桐鄉有餘謠論語曰齊景公有馬千駟死之日人無德而稱焉漢書曰朱邑爲桐鄉嗇夫廉平不苛及死子
葬之桐鄉邑人爲之起冢立祠也福謙在純約害盈猶矜驕周易曰鬼神害盈而福謙左氏傳晉成鱄曰在
約思純孔安國尚書傳曰自賢曰矜雖無君人德視民庶不恌毛詩曰我有嘉賓德音孔昭視民不恌君子是
則是傚毛萇詩曰恌偷也
日夕陰雲起登城望洪河潘元茂九錫文曰濟師洪河川氣冒山嶺驚湍激巖阿
歸鴈映蘭時游魚動圜波史記曰楚以弱弓微繳加歸鴈之上韓詩曰宛在水中沚薛君曰大渚曰沚之以切
鳴蟬厲寒音時菊耀秋華禮記曰孟秋寒蟬鳴廣雅曰厲高也謂高而急也禮記曰季秋菊有黃華引領

望京室南路在伐柯左氏傳穆叔曰引領西望毛詩曰伐柯伐柯其則不遠大夏緬無覿崇芒
鬱嵯峨陸機洛陽記曰大夏門魏明帝所造有三層高百尺韋昭國語注曰緬猶邈也郭緣生述征記曰北芒去大夏門不盈一
里秦嘉詩曰巖石鬱嵯峨揔揔都邑人擾擾俗化訛楚辭曰紛揔揔兮九州王逸曰揔聚也七發曰擾擾若三
軍之騰裝鄭玄毛詩箋曰訛僞也五戈切依水類浮萍寄松似懸蘿淮南子曰夫萍樹根於水木樹根於土天
地性也毛詩曰蔦與女蘿施于松栢曹植雜詩曰寄松爲女蘿依水如浮萍朱博糾舒慢楚風被琅邪漢書
曰朱博字子元杜陵人也遷琅邪太守齊部舒緩劾功曹官屬多褒衣大祒不中節度自今掾吏衣皆去地三寸視事數年大改其俗掾
吏禮節皆如楚趙祒音紹祒袴也曲蓬何以直託身依叢麻曾子曰蓬生麻中不扶自直漢書婁護曰呂公
託身於我黔黎竟何常政成在民和史記曰秦更名人曰黔首左氏傳季梁曰民和而神降之福位同
單父邑愧無子賤歌呂氏春秋曰宓子賤治單父彈鳴琴身不下堂而單父治豈敢陋微官但恐
忝所荷

在懷縣作二首五言 潘安仁

南陸迎脩景朱明送末垂續漢書曰日行南陸謂之夏淮南子曰仲夏至脩毛詩曰夏之日毛萇曰言時長也
爾雅曰夏爲朱明末垂猶末也崔駰臨洛觀賦曰迎夏之首末春之垂初伏啓新節隆暑方赫羲崔寔四民

月令曰六月初伏薦麥瓜于祖禰賈誼旱雲賦曰隆暑盛其無聊繁欽柳樹賦曰翳炎夏之白日救隆暑之赫羲思玄賦注曰赫羲盛也

朝想慶雲興夕遲白日移遲猶思也揮汗辭中宇登城臨清池史記蘇秦曰揮汗成雨賈逵國語注曰揮灑也楚辭曰爨土驚于中宇涼颸自遠集輕襟隨風吹靈圃耀華果通衢列高椅靈圃猶靈囿也東征賦曰導通衢之大道椅梓屬瓜瓞蔓長苞薑芋紛廣畦韓詩曰緜緜瓜瓞薛君曰瓞小瓜也毛萇詩傳曰苞本也劉熙孟子注曰今俗以五十畝爲大畦也稻栽肅仟什黍苗何離離禮記曰故栽者培之凡蒔草謂之栽也廣雅曰芊芊茂也毛詩曰彼黍離離彼稷之苗虛薄乏時用位微名日卑朝子曰工商游食之民少而名卑驅役宰兩邑政績竟無施自我違京輦四載迄于斯胡廣漢官解故注曰轂下謂在輦轂之下京城之中也詩曰以迄于今毛詩曰迄至也器非廊廟姿屢出固其宜慎子曰廊廟之材非一木之枝史記曰賢人深謀於廊廟孫卿子曰君道行則萬物皆得其宜也徒懷越鳥志眷戀想南枝古詩曰越鳥巢南枝春秋代遷逝四運紛可喜楚辭曰春與秋其代序莊子曰黃帝曰陰陽四時運行各得其序楚辭曰綠葉素榮紛其可喜寵辱易不驚戀本難爲思老子曰寵辱若驚何謂寵辱寵爲下得之若驚失之若驚是謂寵辱若驚禮記曰太公封於營丘比及五世皆反葬於周君子樂其所自生禮不忘其本我來冰未泮時暑忽隆熾毛詩曰我來自東又曰迨冰未泮感此還期淹歎彼年往

駚楚辭曰年洋洋而日往登城望郊甸遊目歷朝寺楚辭曰忽返顧以遊目風俗通曰今尚書御史所止皆曰寺也小國寡民務終日寂無事老子曰小國寡民陸賈新語曰君子之治也混然無事寂然無聲白水過庭激綠槐夾門植鄭玄周禮注曰植根生之屬也信美非吾土秪攪懷歸志登樓賦曰雖信美而非吾土毛詩曰秪攪我心孟子曰浩然有歸志眷然顧鞏洛山川邈離異孔叢子歌曰眷然顧之慘焉心悲鄭玄毛詩箋曰回首曰顧鞏洛岳父墳塋所在也漢書曰潁川北近鞏洛墳塋已見西征賦楚辭曰終免獨離異願言旋舊鄉畏此簡書忌毛詩曰願言思子又曰豈不懷歸畏此簡書毛萇曰簡書戒命也祗奉社稷守恪居處職司論語子路使子羔爲費宰子路曰有民人焉有社稷焉左氏傳公鉏曰敬恭朝夕恪居官次

迎大駕一首五言王隱晉書曰東海王越從大駕討鄴軍敗永康二年越率天下甲士三萬人奉迎大駕還洛

潘正叔

南山鬱岑崟洛川迅且急青松蔭脩嶺綠蘩被廣隰爾雅曰蘩皤蒿也朝日順長塗夕暮無所集毛詩曰順彼長道魏武帝短歌行曰暮無所宿栖歸雲乘幰浮凄風尋帷入傅毅七激曰仰歸雲翹遊風說文曰乘覆也帷車飾也子虛賦曰張翠帷建羽蓋然此雖無翠羽而蓋即同也道逢深識士舉手對吾揖王命論曰超然遠覽淵然深識世故尚未夷崤函方嶮澀假爲深識之言

也國語桓公問於史伯曰王室多故鄭玄周禮注曰故災禍也孔安國尚書傳曰夷平也戰國策蘇武曰秦東有崤函之固狐貍
夾兩轅豺狼當路立漢書侯文謂孫寶曰豺狼當路不宜復問狐貍翔鳳嬰籠檻騏驥見維
縶翔鳳騏驥皆喻賢也楚辭曰騏驥伏匿而不見鳳皇高飛而不下鸋鴂賦曰順籠檻以俯仰毛詩曰縶之維之俎豆昔嘗
聞軍旅素未習論語曰衛靈公問陳於孔子孔子對曰俎豆之事則嘗聞之矣軍旅之事未之學也鄭玄喪服注曰素猶
故也且少停君駕徐待干戈戢既假為彼人之辭故自謂為君也毛詩曰載戢干戈

赴洛二首

五言集云此篇赴太子洗馬時作下篇云東宮作而此同云赴洛誤也

陸士衡

希世無高符營道無烈心莊子原憲謂子貢曰夫希世而行比周而友憲不忍為也漢書音義希世隨世也禮
記曰儒有合志同方營道同術靖端肅有命假檝越江潭國語祁午見范宣子曰若能靖端諸侯使服聽命於
晉國周易曰大君有命說文曰越渡也楚辭曰游於江潭親友贈予邁揮淚廣川陰家語公父文伯卒敬姜曰
二三婦無揮涕王肅曰揮涕者淚以手揮之撫膺解攜手永歎結遺音列子曰撫膺而恨毛詩曰攜手同行
又曰寤寐永歎曹子建雜詩曰翹思慕遠人願欲託遺音無迹有所匿寂漠聲必沈言分訣之後形聲俱沒視
之無迹而形有所匿聽之寂寞而其聲必沈也呂氏春秋曰作則有所匿其塗也淮南子曰寂寞音之主也迹或為積非也肆目

眇不及緬然若雙潛高誘淮南子注曰肆盡也毛詩曰瞻望不及緬已見上文南望泣玄渚北邁

涉長林西京賦曰海若遊於玄渚谷風拂脩薄油雲翳高岑王逸楚辭注曰草木交曰薄孟子曰油然

作雲疊疊孤獸騁嚶嚶思鳥吟疊疊走貌也曹子建詩曰孤獸走索羣毛詩曰鳥鳴嚶嚶感物戀堂

室離思一何深感物已見上文曹子建雜詩曰離思一何深佇立慷我歎寤寐涕盈衿毛詩

曰佇立以泣又曰慨我寤歎惜無懷歸志辛苦誰為心歸志已見上文羈旅遠遊宦託身

承華側謂為太子洗馬也左氏傳陳敬仲曰羈旅之臣漢書薄昭書曰遊宦事人范曄後漢書王常曰臣託身陛下陸機洛陽記

曰太子宮無有承華門撫劍遵銅輦振纓盡祇肅左氏傳曰子朱怒撫劍從之銅輦太子車飾未詳所見漢書匡

衡曰祇肅舊禮銅或為彫歲月一何易寒暑忽已革載離多悲心感物情悽惻毛詩

曰二月初吉載離寒暑慷慨遺安愈永歎廢餐食東京賦曰膺多福以安愈永歎已見上文列子曰杞國有

人憂天崩廢寢食蔡琰詩曰飢當食兮不能餐思樂樂難誘曰歸歸未克國語楚藍尹亹曰飲食思禮同宴思

樂毛詩云曰歸曰歸歲亦暮止憂苦欲何為纏緜胸與臆列子曰卑辱則憂苦張叔與任彥堅書曰纏緜恩好

庶蹈高躅登樓賦曰氣交憤於胷臆仰瞻陵霄鳥羨爾歸飛翼高誘淮南子注曰羨願也毛詩曰弁彼鸒斯歸

飛提提

珍倣宋版印

赴洛道中作二首五言　陸士衡

總轡登長路嗚咽辭密親家語孔子曰善御者正身以總轡蔡琰詩曰行路亦嗚咽辭君韓詩章句曰嗚歎辭也毛萇詩傳曰咽憂不能息也借問子何之世網嬰我身江偉荅軍司馬詩曰羈縶繫世網維進退準繩說文曰嬰繞也永歎遵北渚遺思結南津永歎已見上文秦嘉贈婦詩曰遺思致款誠行行遂已遠野途曠無人周禮曰野塗五軌楚辭曰野寂寞其無人山澤紛紆餘林薄杳阡眠上林賦曰紆餘委迤楚辭曰遠望兮阡眠虎嘯深谷底雞鳴高樹巔淮南子曰虎嘯而谷風至樂錄曰雞鳴高樹巔哀風中夜流孤獸更我前悲情觸物感沈思鬱纏緜纏緜已見上文佇立望故鄉顧影悽自憐佇立已見上文丁儀寡婦賦曰賤妾煢煢顧影爲儔楚辭曰私自憐兮何極遠遊越山川山川脩且廣楚辭曰願輕舉而遠遊秦嘉妻徐氏荅嘉書曰高山巖巖而君是越振策陟崇丘案轡遵平莽秦嘉詩曰過辭二親墓振策陟長衢漢書曰天子案轡徐行方言曰草南楚謂之莽夕息抱影寐朝徂銜思往楚辭曰廓抱影而獨倚頓轡倚嵩巖側聽悲風響頓猶舍也爾雅曰嵩高也清露墜素輝明月一何朗撫几不能寐振衣獨長想新序曰老古振衣而起舞賦曰遊心無垠遠思長想

吳王郎中時從梁陳作一首五言　陸士衡

一　珍倣宋版印

在昔蒙嘉運矯迹入崇賢孫放詩曰矯迹步玄闈東京賦曰昭仁惠於崇賢薛綜曰立崇賢門於東也假

翼鳴鳳條濯足升龍淵應璩與劉公幹書曰鵷鶵棲翔鳳之條鼉鼉遊升龍之川識真者所爲憤結也玄冕

無醜士治服使我妍周禮曰大夫玄冕輕劍拂鞶厲長纓麗且鮮禮記曰男鞶革也毛

詩曰垂帶而厲毛萇曰厲帶之垂者鄭玄曰鞶必垂厲以爲飾韓子曰鄒君好長纓左右皆服長纓也誰謂伏事淺契

闊踰三年周禮大司徒頒職事十有二曰服事鄭司農曰服事謂爲公家服事也服與伏同古字通毛詩曰死生契闊薄

言肅後命改服就藩臣毛詩曰薄言旋歸左氏傳曰宰孔謂齊侯曰且有後命無下拜漢書曰吳王濞稍失藩臣

禮夙駕尋清軌遠遊越梁陳毛詩曰星言夙駕廣雅曰軌道也遠遊已見上文感物多遠念

慷慨懷古人毛詩曰我思古人實獲我心

始作鎮軍參軍經曲阿作一首五言臧榮緒晉書曰宋武帝行鎮軍將軍

陶淵明沈約宋書曰陶潛字淵明或云字元亮潯陽人少有高趣爲鎮軍建威參軍後爲彭澤令解印綬去職卒於家

弱齡寄事外委懷在琴書晉中興書簡文詔曰會稽王英秀玄虛神棲事外鄭玄儀禮注曰委安也劉歆遂初

賦曰玩琴書以條暢被褐欣自得屢空常晏如家語曰原憲衣冠弊弁日而食蔬衎然有自得之志論語子曰

回也其庶乎屢空漢書曰楊雄家產不過十金室無儋石之儲晏如也時來苟宜會宛轡憩通衢盧子諒荅魏子悌詩曰遇蒙時來會宛屈也言屈長往之駕息於通衢之中通衢喻仕路也毛萇詩傳曰憩息也通衢已見上文投策命晨旅暫與園田疎七命曰夸父爲之投策眇眇孤舟遊緜緜歸思紆楚辭曰安眇眇兮無所歸薄又曰縹緜緜之不可紆王逸曰緜緜細微之思難斷絕也我行豈不遙登降千里餘目倦脩塗異心念山澤居仲長子昌言曰古之隱士或夫負妻戴以入山澤望雲慙高鳥臨水愧遊魚言魚鳥咸得其所而已獨違其性也文子曰高鳥盡而良弓藏大戴禮曰魚遊於水鳥飛于雲真想初在衿誰謂形迹拘淮南子曰全性保真不虧其身老子曰脩之於身其德乃真王逸楚辭注曰保真守玄默也聊且憑化遷終反班生廬莊子謂惠子曰孔子行年六十化郭象曰與時俱化也班固幽通賦曰終保己而貽則里上仁之所廬漢書曰班彪與從兄嗣共遊學家有賜書楊子雲已下莫不造門

辛丑歲七月赴假還江陵夜行塗口一首五言沈約宋書曰潛自以曾祖晉世宰輔不復屈身後代自高祖王業漸隆不復肯仕所著文章皆題年月義熙已前則書晉氏年號自永初已來唯云甲子而已江圖曰自沙陽縣下流一百一十里至赤圻赤圻二十里至塗口也

陶淵明

閑居三十載遂與塵事冥 漢書曰司馬相如稱疾閑居塵事塵俗之事也郭象莊子注曰凡非眞皆塵垢矣說文曰冥窈也又曰窈深遠也 詩書敦宿好林園無世情 左氏傳趙衰曰郤穀悅禮樂而敦詩書纏子董無心曰無心鄙人也不識世情 如何舍此去遙遙至西荆 西荆州也時京都在東故謂荆州爲西也 叩枻新秋月臨流別友生 楚辭曰漁父鼓枻而去王逸曰叩船舷也楚辭曰臨流水而太息毛詩曰雖有兄弟不如友生 涼風起將夕夜景湛虛明昭昭天宇闊皛皛川上平 淮南子曰甘瞑于大霄之宅覺視于昭昭之宇李顒離思篇曰烈烈寒氣嚴寥寥天宇清說文曰通白曰皛皛明也 懷役不遑寐中宵尚孤征 毛詩曰不遑假寐 商歌非吾事依依在耦耕 淮南子曰甯戚商歌車下而桓公慨然而悟許愼曰甯戚衛人聞齊桓公興霸無因自達將車自往商秋聲也莊子卞隨曰非吾事也論語曰長沮桀溺耦而耕 投冠旋舊墟不爲好爵縈 周易曰我有好爵吾與爾縻之 養眞衡茅下庶以善自名 曹子建辯問曰君子隱居以養眞也衡門茅茨也范曄後漢書馬援曰吾從弟少游曰士生一時鄉里稱善人斯可矣鄭玄禮記注曰名令聞也

永初三年七月十六日之郡初發都一首 五言沈約宋書曰高祖永初三年五月崩少帝即位出靈運爲永嘉郡守少帝猶未改元故云永初

謝靈運

述職期闌暑理棹變金素 尚書大傳曰古者諸侯之於天子五年一朝朝見其身述其職述其職者述其所職

一珍倣宋版印

也漢書王吉傳邵公述職舍於棠下而聽斷焉潘岳悼亡詩曰溽暑隨節闌闌猶盡也金素秋也秋爲金而色白故曰金素也漢書曰西方金也劉楨書曰肅以素秋則落也秋岸澄夕陰火旻團朝露火大火也毛詩曰七月流火爾雅曰秋爲旻天毛詩曰野有蔓草零露團兮辛苦誰爲情遊子值頹暮陸機赴洛詩曰辛苦誰爲心楚辭曰歲曶曶其若頹愛似莊念昔久敬曾存故言遊子多悲觸物增戀愛其似者若莊生之念疇昔久而愈敬類曾子之存故交莊子曰夫越之流人去國旬月見所嘗見於國中喜及期年也見似人者而喜矣論語曰晏平仲善與人交久而敬之韓詩外傳曰子夏過曾子曰入食子夏曰不爲公費乎曾子曰有三費飲食不在其中子夏曰敢問三費曾子曰少而學長而忘之一費也事君有功輕而負之二費也久友交而中絶此三費也如何懷士心持此謝遠度此謂懷士也言如何同彼懷士之心持此彌慙遠度也楚辭曰遠度世以忘歸思玄賦曰願得遠度以自娛李牧愧長袖郤克慙躧步言手足有疾故或愧或慙也戰國策曰武安君李牧至趙王使韓蒼數之曰將軍戰勝王觴將軍將軍爲壽於前捍匕首當死武安君曰身大臂短不能及地起居不敬恐獲死罪於前故使工人爲木杖以接手上若弗信請視之說文曰捍兩手擊也希買切左氏傳曰使郤克徵會于齊頃公帷婦人使觀之郤子登婦人笑於房杜預曰跛而登階故笑也魏都賦曰邯鄲躧步艮時不見遺醜狀不成惡言雖有疾皆不見弃遺也艮時已見上文左氏傳曰鬷蔑惡杜預曰惡貌醜也曰余亦支離依方早有慕莊子曰支離疏者頭隱於齊肩高於頂會撮指天五管在上兩髀爲脅七賢音義曰形體離不全正也名疏莊子曰子桑戶孟子反子琴張三

一 珍倣宋版印

人相與友子桑戸死孔子使子貢往待事或鼓琴相和而歌子貢反以告孔子孔子曰彼遊方之外者也而丘遊方之內者也子貢曰夫子何方之依曰丘天之戮民也郭象曰以方內爲桎梏明所貴在方外夫遊外者依內司馬彪曰方常也言彼遊心於常教之外也漢書郊祀歌曰天地並況惟予有慕會音括撮租括切髆步米切

生幸休明世親蒙英達顧左氏傳王孫滿曰德之休明英達謂盧陵王也

空班趙氏璧徒乖魏王瓠言見珍同乎趙璧爲用而乖魏瓠言無所施也杜預左氏傳注曰班次也趙氏璧已見盧諶覽古詩莊子曰惠子謂莊子曰魏王貽我大瓠之種我樹之成而實五石以盛水漿其堅不自舉剖之以爲瓢則瓠落無所容非不枵然大也吾爲其無用掊之莊子曰夫子固拙於用大矣何不慮以爲大罇而浮乎江湖司馬彪曰瓠布濩落零落也枵然大貌掊謂擊破之也喻莊子之言大也若巨瓠之無施也一瓠落大貌徐仙民戸郭切枵許喬切掊方部切

從來漸二紀始得傍歸路孔安國尚書傳曰十二年曰紀言欲之郡必塗經始寧故曰歸路

將窮山海迹永絕賞心悟言今遠遊將窮山海之迹賞心之對於此長乖鄭玄毛詩箋曰晤對也

過始寧墅一首五言沈約宋書曰靈運父祖並葬始寧縣并有故宅及墅遂脩營舊業極幽居之美水經注曰始寧縣西本上虞之南鄉也

謝靈運

束髮懷耿介逐物遂推遷韓詩外傳曰夫人爲父者必全其身體及其束髮屬授明師以成其材楚辭曰獨耿介而不隨兮願慕先聖之遺教莊子曰惠施之才逐萬物而不反尚書王曰淮民生厚因物有遷

違志似如昨二紀

及茲年廣雅曰違背也楊雄解嘲曰歷覽者茲年矣緇磷謝清曠疲薾慙貞堅論語子曰不曰堅乎
磨而不磷不曰白乎涅而不緇蒼頡篇曰曠疎曠也莊子曰薾然疲而不知所歸司馬彪曰薾極貌也薾奴結切拙疾相倚
薄還得靜者便拙謂拙官也閑居賦曰巧誠有之拙亦宜然韓康伯周易注曰薄謂相附也論語曰智者動仁者靜剖
竹守滄海枉帆過舊山漢書曰初與郡守爲使符說文曰符信漢制以竹分而相合山行窮登頓
水涉盡洄沿爾雅曰逆流而上曰遡洄孔安國尚書傳曰順流而下曰沿巖峭嶺稠疊洲縈渚連
緜廣雅曰峭高也又曰稠穊也三輔故事曰連緜四百餘里白雲抱幽石綠篠媚清漣清漣已見上文葺
宇臨迴江築觀基曾巔洞簫賦曰迴江流川而溉其山春秋運斗樞曰山者地基也揮手告鄉曲
三載期歸旋劉越石扶風歌曰揮手長相謝說文曰揮奮也燕丹子夏扶曰士無鄉曲之譽則未與論行三載黜陟幽明故
以爲限且爲樹枌檟無令孤願言左氏傳曰初季孫爲己樹六檟於蒲圃東門之外杜預曰檟欲自爲櫬也

富春渚一首五言　謝靈運

宵濟漁浦潭旦及富春郭吳郡記曰富春東三十里有漁浦定山緬雲霧赤亭無淹
薄吳郡緣海四縣記曰錢唐西南五十里有定山去富春又七十里橫出江中濤迅邁以避山難辰發錢唐巳達富春赤亭定山東十
餘里王逸楚辭注曰泊止也薄與泊同遡流觸驚急臨圻阻參錯遡流已見上文埤蒼曰碕曲岸頭也碕與

一珍倣宋版印

圻同參錯謂碕岸之險參差交錯也亮乏伯昏分險過呂梁壑列子曰列御寇爲伯昏無人射引之盈貫措杯水其肘上伯昏無人曰是射之射非不射之射也當與汝登高山履危石臨百仞之泉若能射乎於是無人遂登高山履危石臨百仞之泉背逡巡足二分垂在外揖御寇而進御寇伏地汗流至踵伯昏無人曰夫至人者上闚青天下潛黄泉揮斥八極神氣不變今汝怵然有恂目之志爾於中殆矣夫分猶節也列子曰孔子觀於呂梁懸水三十仞流沫三十里黿鼉魚鼈之不能游也洊至宜便習兼山貴止託周易曰水洊至習坎王弼曰重險懸絶故水洊至也不以坎爲隔絶相仍而至習乎坎者也習謂便習之也周易曰兼山艮又曰艮其止止其所也平生協幽期淪躓困微弱久露干禄請始果遠遊諾論語曰子張學干禄果猶遂也鄭玄毛詩箋曰諾應辭也然古者請於君君許則盡諾以報之宿心漸申寫萬事俱零落趙壹報羊陟書曰惟君明叡平斯宿心莊子曰致命盡情天地樂而萬事銷亡楚辭曰惟草木之零落懷抱既昭曠外物徒龍蠖莊子苑風謂諄芒曰願聞神人諄芒曰上神乘光與形滅亡此謂昭曠說文曰曠明也周易曰尺蠖之屈以求伸也龍蛇之蟄以存身也

七里瀨一首

五言甘州記曰桐廬縣有七里瀨瀨下數里至嚴陵瀨

謝靈運

羈心積秋晨晨積展遊眺爾雅曰展適也郭璞曰得自申展皆適意孤客傷逝湍徒旅苦奔峭曹植九詠曰何孤客之可悲淮南子曰岸峭者必阤許慎曰阤落也然奔亦落也入彭蠡湖口詩曰圻岸屢崩奔與此同也

石淺水潺湲日落山照曜楚辭曰觀流水兮潺湲雜字曰潺湲水流貌也毛詩曰羔裘如膏日出有曜毛萇曰日出照曜然見其如膏也荒林紛沃若哀禽相叫嘯毛詩曰桑之未落其葉沃若海賦曰更相叫嘯詭色殊音遭物悼遷斥存期得要妙廣雅曰斥推也老子曰湛兮似或存王弼曰和光而不汙其躰同塵而不渝其真不亦湛兮似或存兮莊子曰此之謂要妙也既秉上皇心豈屑末代誚莊子曰監照下土天下載之此謂上皇王逸楚辭注曰屑顧也先結切劉向雅琴賦曰末世鎖才兮智孔寡目覩嚴子瀨想屬任公釣後漢書曰嚴光字子陵光武除爲諫大夫不屈耕於富春山後人名其釣處爲嚴陵瀨莊子曰任公子爲大鉤巨緇五十犗以爲餌蹲會稽投竿東海旦旦而釣朞年不得魚已而大魚食之牽巨鉤陷沒而下鶩揚而奮鬐白波若山任公子得若魚離而腊之自制河以東蒼梧以北莫不饜若魚也誰謂古今殊異世可同調郭象莊子注曰人性有變古今不同樂嵇耀嘉曰聖人雖生異世其心意同如一也調猶運也謂音聲之和也

登江中孤嶼一首五言永嘉江也　謝靈運

江南倦歷覽江北曠周旋長門賦曰貫歷覽其中操周旋已見上文懷雜道轉迥尋異景不延爾雅曰迥遠也又曰延長也亂流趨正絕孤嶼媚中川爾雅曰水正絕流曰亂劉淵林吳都賦注曰嶼海中洲上有山石雲日相輝映空水共澄鮮表靈物莫賞蘊真誰爲傳鄭玄

禮記注曰表明也謂顯明之也馬融論語注曰蘊藏也說文曰真仙人變形也想像崐山姿緬邈區中緣楚辭曰思舊故而想像列仙傳曰西王母神人名王母在崑崙山司馬相如大人賦曰迫區中之隘陝始信安期術得盡養生年列仙傳曰安期生琅邪阜鄉人自言千歲文子曰靜漠恬淡所以養生也莊子養生篇曰可以盡年郭象曰養生非求過分蓋全理盡年而已

初去郡一首

五言沈約宋書曰靈運在郡一周稱疾去職

謝靈運

彭薛裁知恥貢公未遺榮漢書曰彭宣字子佩淮陽人也遷御史大夫轉為大司空王莽秉政專權宣上書乞骸骨歸鄉里又曰薛廣德字長卿沛郡人也為御史大夫乞骸骨班固漢書彭薛平當述曰廣德當宣近於知恥漢書貢禹字少卿琅耶人也為光祿大夫上書乞骸骨鍾會有遺榮賦或可優貪競豈足稱達生楚辭曰皆競進以貪婪莊子曰達生之情者傀達於知者胥司馬彪曰傀讀曰瑰瑰大也情在故曰大也胥多智也伊余秉微尚拙訥謝浮名禮記孔子曰恥名之浮於行也廬園當棲巖卑位代躬耕嵇康絕交書曰子房之巖棲列女傳黔婁先生妻曰先生安天下之卑位禮記曰夫祿足以代其耕顧己雖自許心迹猶未并莊子曰夫神者不自許也無庸妨周任有疾像長卿論語子曰周任有言曰陳力就列不能者止漢書曰司馬長卿有消渴疾常稱疾閑居不慕官爵畢娶類尚子薄遊似邴生嵇康高士傳曰尚長字子平河內人隱避不仕為子嫁娶畢敕家事斷之勿復相關

當如我死矣嵇康書亦云尚子平范曄後漢書曰向長字子平男娶女嫁旣畢乃勅斷家事尚向不同未詳孰是班固漢書曰邴曼容養
志自修爲官不肯過六百石輒自免去恭承古人意促裝反柴荊越絕書曰恭承嘉惠思玄賦曰簡元辰而
促裝柴荊已見上文牽絲及元興解龜在景平牽絲初仕解龜去官也臧榮緒晉書曰安帝卽位改元曰元興
靈運初爲琅耶王大司馬行軍參軍沈約宋書曰少帝卽位改元曰景平應璩詩曰不悞牽朱絲三署來相尋漢書曰薛宣爲左馮翊高
陽令楊湛解印綬付吏又曰黃金印龜紐文曰章負心二十載於今廢將迎嵇康幽憤詩曰內負宿心文子
曰聖人若鏡不將不迎爾雅曰將送也理棹遄還期遵渚騖脩坰潘岳在懷縣詩曰感此還期淹遄速也陸
機越洛詩曰永歎遵北渚爾雅曰林外曰坰遡溪終水涉登嶺始山行野曠沙岸淨天高
秋月明憩石挹飛泉攀林搴落英毛萇詩傳曰挹㪺也王逸楚辭注曰搴采取也戰勝臞者
肥止監流歸停戰明貴不如義止鑒明語不如嚶也韓子子夏曰吾入見先王之義則榮之出見富貴又榮之二者戰于
胷臆故臞今見先王之義戰勝故肥也爾雅注曰臞肉之瘦也巨俱切文子曰莫監於流潦而監於止水以其保心而不外蕩也蒼頡篇
曰亭定也停與亭同古字通卽是羲唐化獲我擊壤聲羲庖羲也唐唐堯也周處風土記曰擊壤者以木作
之前廣後銳長四尺三寸其形如履將戲先側一壤於地遙於三四十步以手中壤擊之中者爲上部論衡曰堯時百姓無事有五十之
民擊壤於塗觀者曰大哉堯之德也擊壤者曰吾日出而作日入而息鑿井而飲耕田而食堯何力於我也

珍倣宋版印

初發石首城一首五言沈約宋書曰靈運陳疾東歸會稽太守孟顗乃表其異志靈運馳往京都詣闕上表太祖知其見誣不罪也不欲使東歸以爲臨川內史伏韜北征記曰石頭城建康西界臨江城也是曰京師

謝靈運

白珪尚可磨斯言易爲緇毛詩曰白珪之玷尚可磨也斯言之玷不可爲也毛萇詩傳曰緇黑色也雖抱中孚爻猶勞貝錦詩周易曰中孚以利貞乃應乎天毛詩曰萋兮斐兮成是貝錦鄭玄曰讒人集作己過以成於罪猶女功之集彩色以成錦文也寸心若不亮微命察如絲寸心已見上文亮猶明也楚辭曰蜂蛾微命東觀漢記梁節王暢上疏曰筋骨相連命在絲髮鄭玄毛詩箋曰察省也日月垂光景成貸遂兼茲日月喻太祖也葛龔薦黃鳳文曰君垂日月之光流萬里之恩老子曰夫唯道善貸且善成說文曰貸施也出宿薄京畿晨裝摶魯颸毛詩曰出宿于濟又曰莊子曰摶扶搖而上征颸已見上文重經平生別再與朋知辭再謂前之永嘉今適臨川故山日已遠風波豈還時古詩曰相去日已遠家語孔子曰不觀巨海何以知風波之患苕苕萬里帆茫茫終何之毛詩曰洪水茫茫莊子曰芒乎何之忽乎何適遊當羅浮行息必廬霍期羅浮山記曰山高三千丈長八百里舊說浮山從會稽來博于羅山故稱博羅今羅浮山上獨有東方草木廬霍二山名也已見江賦越海凌三山遊湘歷九嶷東方朔集朔對詔曰陵山越海窮天乃止三山在海中衆仙所居九嶷山

在長沙零陵舜帝所葬也欽聖若旦暮懷賢亦悽其范曄後漢書曰朱勃謂馬援曰欽慕聖義莊子曰萬代之
後而一遇大聖知其解者是旦暮遇之也毛萇詩傳曰其辭也皎皎明發心不爲歲寒欺毛詩曰明發不寐有
懷二人說苑曰孔子曰義士不欺心

道路憶山中一首五言

謝靈運

采菱調易急江南歌不緩楚辭曰涉江採菱發揚荷王逸曰楚人歌曲也古樂府江南辭曰江南可採蓮楚
人心昔絕越客腸今斷楚人屈原也越客自謂也沈約宋書曰靈運本在陳郡父祖並葬始寧縣幷有故宅遂籍
會稽故稱越客焉斷絕雖殊念俱爲歸慮款廣雅曰款扣也存鄉爾思積憶山我憤
懣王逸楚辭注曰言己情憤懣也追尋棲息時偃臥任縱誕崔寔荅陸機詩曰棲息高丘范曄後漢書曰光
武共嚴光偃臥縱恣而傲誕得性非外求自已爲誰纂言得性之理非在外求取足自止爲誰之所繼哉言
不爲人之所繼也莊子南郭子綦曰夫吹万不同而使其自已也咸其自取怒者其誰也司馬彪曰已止也使各得其性而止也爾雅曰
纂繼也不怨秋夕長常苦夏日短濯流激浮湍息陰倚密竿字林曰竿竹挺也古
寒切今協韻爲古旦切懷故叵新歡含悲忘春㬉言春㬉當喜爲含悲而忘之字書曰叵不可也莊子曰煖
然似春悽悽明月吹惻惻廣陵散古樂府有明月皎夜光應璩與劉孔才書曰聽廣陵之清散殷勤

訴危柱慷慨命促管 危柱謂琴也孫氏箜篌賦曰陵危柱以頡頏促管謂笛也阮籍樂論曰琵琶箏笛閒促而聲高也

入彭蠡湖口一首 五言

謝靈運

客遊倦水宿風潮難具論洲島驟迴合圻岸屢崩奔 孔安國尚書傳曰海曲謂之島

乘月聽哀狖浥露馥芳蓀 乘月猶乘日也廣雅曰言乘月而遊以聽哀狖之響濕露而行爲翫芳叢之馥狖蜼也說文曰浥濕也

春晚綠野秀巖高白雲屯千念集日夜萬感盈朝昏攀崖照石鏡牽葉入松門 張僧鑒潯陽記曰石鏡山東有一圓石懸崖明淨照人見形顧野王輿地志曰自入湖三百三十里窮於松門東西四十里青松徧於兩岸

三江事多往九派理空存 尚書曰三江既入又曰九江孔殷江賦曰流九派乎潯陽

露物吝珍怪異人祕精魂 孔安國尚書傳曰吝惜也高唐賦曰珍怪奇偉毛萇詩傳曰祕閉也江賦曰納隱淪之列真挺異人乎精魂

金膏滅明光水碧綴流溫 穆天子傳曰河伯示汝黃金之膏山海經曰耿山多水碧郭璞曰碧亦玉也流溫言水玉溫潤也

徒作千里曲絃絕念彌敦 言奏曲冀以消憂絃絕而念逾甚故曰徒作也琴賦曰千里別鶴演連珠曰繁會之音生乎絕絃

入華子崗是麻源第三谷一首 五言

謝靈運山居圖曰華子崗麻山第三谷故老相傳華

子期者祿里弟子翔集此頂故華子爲稱也　謝靈運

南州實炎德桂樹凌寒山楚辭曰嘉南州之炎德麗桂樹之冬榮銅陵映碧潤石磴瀉紅泉銅陵銅山也楊雄蜀都賦曰橘林銅陵靈運山居賦曰訊丹沙於紅泉靈運自注云即近山所出然銅陵亦近山既枉隱淪客亦棲肥遯賢桓子新論曰周易曰肥遯無不利險逕無測度天路非術阡爾雅曰山絕險家語孔子曰人藏其心不可測度仲長子昌言曰蕩蕩乎若昇天路而不知夫所登也遂登羣峯首邈若升雲烟論衡曰天審氣氣如雲曹子建述仙詩曰遊將升雲煙羽人絕髣髴丹丘徒空筌楚辭曰仰羽人於丹丘留不死之舊鄉筌捕魚之器莊子以喻言也圖牒復磨滅碑版誰聞傳蘇林漢書注曰牒譜也孔安國論語注曰版邦國之圖籍也莫辯百世後安知千載前且申獨往意乘月弄潺湲淮南王莊子略要曰江海之士山谷之人輕天下細萬物而獨往者也司馬彪曰獨往任自然不復顧世也恒充俄頃用豈爲古今然言古之獨往必輕天下不顧於世而已之獨往常充俄頃之間豈爲尊古卑今而然哉小雅曰充猶備也江賦曰千里俄頃何休公羊注曰俄者須臾之間也司馬彪莊子注曰常久也莊子曰尊古卑今學者之流也郭象曰古無所尊今無所卑而學者尊古卑今失其原矣

文選卷第二十六

賜進士出身通奉大夫江南蘇松常鎮太等處承宣布政使司布政使胡克家重校刊

文選卷第二十七

梁昭明太子撰

文林郎守太子右內率府錄事參軍事崇賢館直學士臣李善注上

行旅下

石季倫王明君辭一首

行旅下

北使洛一首　顏延年

沈約宋書曰延之爲豫章世子中軍行軍參軍義熙十二年高祖北伐有宋公之授府遣一使慶殊命參起居延之至洛陽道中作詩一首文辭藻麗爲謝晦傅亮所賞集曰時年三十二

改服飭徒旅首路跼險難左氏傳曰齊侯謂韓厥曰服改矣杜預曰戎朝異服也謝承後漢書序曰徐儆戎車首路毛詩曰謂天蓋高不敢不跼毛萇詩傳曰跼曲也鄭玄曰跼可長懼之言也振檝發吳州秣馬陵楚山阮籍詠懷詩曰朱鼈躍飛泉夜飛過吳州毛詩曰言秣其馬杜預曰粟食馬曰秣韓子曰楚和氏得璞玉於楚山之中塗出梁宋郊道由周鄭閒漢書曰沛公乃道碭音義曰道由碭也前登陽城路日夕望三川漢書曰汝南郡有陽城縣音義應劭曰三川今河南郡韋昭曰有河洛伊故曰三川也在昔輟期運經始闊聖賢毛詩曰自古在昔魏都賦曰應期運而光赫蔡邕陳寔命碑曰應期運之數抱朴子曰聞之前志聖人生率闊五百歲伊穀絕津濟臺館無尺椽伊穀二水名也曹植毀故殿令曰秦之滅也則阿房無尺椽鄭玄論語注曰津濟渡處也宮陛多巢穴城闕生雲煙王猷升八表嗟行方暮年言王道被於八荒余行屬於歲暮也摯虞

尚書令箴曰補我衮闕闡我王猷毛詩曰嗟行之人又曰歲聿云暮陰風振涼野飛雪瞀窮天陸機苦寒行曰
涼野多險難爾雅曰霧謂之晦郭璞曰言昏冥也武賦切窮天臨塗謂季冬之日月窮盡也呂氏春秋曰季冬日窮于次月窮于紀
未及引置酒慘無言引猶進也漢書曰上置酒沛宮隱憫徒御悲威遲良馬煩楚辭曰隱
閔而不達韓詩曰周道威遲洛神賦曰車殆馬煩遊役去芳時歸來屢徂諐言當歸來而更數有所往而諐
本期蓬心既已矣飛薄殊亦然言己有蓬心事既已矣而身飛薄亦復同之自傷之辭也莊子謂惠子曰夫拙
於用大則夫子猶有蓬之心也夫郭象曰蓬非直達者曹植吁嗟篇曰吁嗟此轉蓬居世亦然之

還至梁城作一首五言　　顏延年

眇默軌路長憔悴征戍勤楚辭曰登石巒兮遠望路眇眇兮默默又曰顏色憔悴左氏傳曰勤戍五年昔
邁先徂師今來後歸軍振策睠東路傾側不及羣陸機赴洛詩曰振策陟崇丘楚辭曰
肩傾側而不容息徒顧將夕極望梁陳分嵇康贈秀才詩曰息徒蘭圃陸機從梁陳詩曰遠遊越梁陳故
國多喬木空城凝寒雲論衡曰觀喬木知舊都丘壟塡郛郭銘志滅無文木石
扃幽闥黍苗延高墳說文曰扃門之關也惟彼雍門子吁嗟孟嘗君愚賤同堙
滅尊貴誰獨聞桓子新論曰雍門周見孟嘗君曰臣竊悲千秋萬歲後墳墓生荆棘行人見之曰孟嘗君尊貴乃如是乎

一　珍倣宋版印

毛詩曰吁嗟女兮封禪書曰堙滅而不稱列子曰伏羲以來三十餘萬歲賢愚好醜無不消滅曷爲久遊客憂念坐自殷毛詩曰憂心殷殷

始安郡還都與張湘州登巴陵城樓作一首五言

顏延年沈約宋書曰延之爲員外常侍出爲始安太守徵爲中書侍郎集曰張劭

江漢分楚望衡巫奠南服左氏傳曰楚昭王曰江漢雎漳楚之望也衡巫二山名尚書曰奠高山大川孔安國曰奠定也三湘淪洞庭七澤藹荆牧盛弘之荆州記曰湘水北流二千里入于洞庭子虛賦曰臣聞楚有七澤嘗覩其一未見其餘郭璞山海經注曰巴陵縣有洞庭陂江湘沅水皆共會巴陵故號三江口也爾雅曰郊外曰牧經塗延舊軌登闉訪川陸周禮曰國中經塗九軌說文曰延長也又曰闉城曲重門也舊軌謂張劭也蜀都賦曰經途所亘鄭玄周禮注曰延進也陸機豫章行曰川陸殊塗水國周地嶮河山信重復陸機苔張士然詩曰余固水鄉士呂氏春秋注曰鄉國也地嶮已見上文左傳子犯曰表裏山河必無害也郤倚雲夢林前瞻京臺囿尚書曰荆州雲土夢作乂孔安國曰雲夢之澤在江南西都賦曰舍櫺檻而郤倚懷舊賦曰前瞻太室說苑曰楚昭王遊於荆臺司馬子期諫曰荆臺左洞庭右彭蠡荆或爲京囿于有切清氛霽岳陽曾暉薄瀾澳說文曰氛亦氣字也杜預左氏傳注曰氛氣也毛萇詩傳曰山南曰陽爾雅澳隈也悽矣自遠風傷哉千里目潘安仁在懷縣詩曰涼飈自遠集楚辭曰湛湛

江水兮河上有楓目極千里兮傷春心萬古陳往還百代勞起伏起伏卽倚伏也存沒竟何人

烱介在明淑蒼頡篇曰烱明也劉熙孟子注曰介操也楚辭曰彼堯舜之耿介王逸曰耿光也介大也耿與烱同古迥切請從上世人歸來埶桑竹論衡曰上世之人質樸易化毛萇詩傳注曰蓺樹也

還都道中作一首五言集曰上潯陽還都道中作都謂揚州也

鮑明遠

昨夜宿南陵今旦入蘆洲宣城郡圖經曰南陵縣西南水路一百三十里庚仲雍江圖曰蘆洲至樊口二十里伍子胥初所渡處也樊口至武昌十里然此蘆洲在下非子胥所渡處也客行惜日月崩波不可留江賦曰駭瀨浪而相礧言客行既惜日月兼崩波之上不可少留侵星赴早路畢景逐前儔鱗鱗夕雲起獵獵曉風遒廣雅曰遒急也騰沙鬱黃霧翻浪揚白鷗鷗水鳥也登艫眺淮甸掩泣望荆流漢書音義李斐曰艫船前頭刺櫂處也楚辭曰長太息而掩涕絕目盡平原時見遠煙浮絕猶盡也倏悲坐還合俄思甚兼秋兼猶三也毛詩曰一日不見如三秋未嘗違戶庭安能千里遊周易曰不出戶庭無咎古歌曰離家千里客戚戚多思復誰令乏古節貽此越鄉憂思玄賦曰慕古人之貞節左氏傳宋人曰懷璧不可以越鄉

之宣城出新林浦向版橋一首五言酈善長水經注曰江水經三山又幽浦出焉水上南北結浮橋渡水故曰版橋浦江又北經新林浦

謝玄暉

江路西南永上林賦曰東西南北馳騖往來歸流東北騖天際識歸舟雲中辨江樹楊雄交州箴曰交州荒裔水與天際應劭風俗通曰太山巖石松樹鬱鬱蒼蒼如雲中旅思倦搖搖孤遊昔已屢毛詩曰中心搖搖謝靈運湖中詩曰孤遊非情歎既懽懷祿情復協滄州趣楊惲書曰懷祿貪勢不能自退楊雄檄靈賦曰世有黃公者起於蒼州精神養性與道浮遊謝靈運遊南亭詩曰賞心惟良知囂塵自茲隔賞心於此遇左氏傳曰景公謂晏子曰子之宅湫隘囂塵雖無玄豹姿終隱南山霧列女傳曰陶荅子治陶三年名譽不興家富三倍其妻抱兒而泣姑怒以爲不祥妻曰妾聞南山有玄豹隱霧而七日不食欲以澤其衣毛成其文章至於犬豕肥以取之逢禍必矣朞年荅子之家果被盜誅

敬亭山詩一首五言宣城郡圖經曰敬亭山宣城縣北十里

謝玄暉

兹山亘百里合沓與雲齊方言曰亘竟也賈誼旱雲賦曰遂積聚而合沓相紛薄而慷慨應劭漢書注曰沓合也古詩曰西北有高樓上與浮雲齊隱淪既已託靈異俱然棲桓子新論曰天下神人五二曰隱淪海賦曰棲百靈上干蔽白日下屬帶迴谿子虛賦曰日月蔽虧交錯糾紛上干青雲罷池陂陀七發曰依絕區兮臨迴谿

交藤荒且蔓樛枝聳復低毛萇詩傳曰木曲曰樛獨鶴方朝唳飢鼯此夜啼八王故事曰陸機歌曰欲聞華亭鶴唳不可得也鼯鼠已見上文渫雲已漫漫多雨亦淒淒魏都賦曰窮岫渫雲日月常翳楚辭曰山峻高以蔽日兮下幽冥以多雨我行雖紆組兼得尋幽蹊楊子雲解嘲曰紆青拖紫說文曰紆屈也一曰縈也又曰組綬也幽蹊山徑也楚辭曰道幽路兮九疑緣源殊未極歸徑窅如迷聲類曰窅遠望也於鳥切要欲追奇趣即此陵丹梯丹梯謂山也眺鼓吹登山曲曰暮春春服美遊駕陵丹梯升嶠既小魯登巒且悵齊謝靈運登石門最高頂詩曰共登青雲梯皇恩竟已矣茲理庶無睽西京賦曰皇恩溥周易曰睽乖也王粲從軍行詩曰茲理不可違

休沐重還道中一首五言休假也沐洗也漢書張安世休沐未嘗出如淳曰五日得下一沐

謝玄暉

薄遊第從告思閑願罷歸孫綽子曰或問賈誼不遇漢文將退耕於野乎薄遊於朝乎漢書曰蘇林曰第且也又曰高祖嘗告歸之田李斐曰休謂退之名也又韋賢乞骸骨罷歸還卭歌賦似休汝車騎非漢書曰司馬相如家貧素與臨卭令相善於是相如往舍臨卭都亭是時卓文君新寡好音相如以琴心挑之相如時從車騎雍容閑雅甚都文君心悅而好之恐不得當也范曄後漢書曰許劭汝南人為郡功曹同郡袁紹濮陽令車徒甚盛將入界內曰吾輿服豈可使許子將見遂以單

珍倣宋版印

車歸家霸池不可別伊川難重違枚乘集有臨霸池遠訣賦伊川已見上文潘岳關中記曰霸陵文帝陵也上有池有四出道以寫水汀葭稍靡靡江菼復依依毛詩曰葭菼揭揭毛萇曰葭蘆也菼薍也高唐賦曰薄草靡靡韓詩曰楊柳依依田鶴遠相叫沙鴇忽爭飛雲端楚山見林表吳岫微枚乘樂府詩曰美人在雲端表猶外也試與征徒望鄉淚盡沾衣古詩曰淚下沾衣裳賴此盈罇酌含景望芳菲嵇康秀才詩曰旨酒盈罇陸機日出東南隅清川含藻景問我勞何事沾沐仰清徽志狹輕軒冕恩甚戀重闈管子曰先王制軒冕以著貴賤歲華春有酒初服偃郊扉楚辭曰進不入以離尤兮退將復修吾初顏延之贈王太常詩曰郊扉常晝閉

晚登三山還望京邑一首五言山謙之丹陽記曰江寧縣北十二里濱江有三山相接卽名爲三山舊時津濟道也

謝玄暉

灞涘望長安河陽視京縣王粲七哀詩曰南登灞陵岸迴首望長安潘岳河陽縣詩曰引領望京室南路在伐柯白日麗飛甍參差皆可見吳都賦曰飛甍舛互李尤洪池銘曰漸臺中起列館參差餘霞散成綺澄江靜如練喧鳥覆春洲雜英滿芳甸去矣方滯淫懷哉罷歡宴邯鄲湛贈伍處玄詩曰行矣去言別易會難王粲七哀詩曰何爲久淫滯毛詩曰懷哉懷哉曷月余旋歸哉佳期悵何許

淚下如流霰楚辭曰與佳人期兮夕張又曰涕淫淫而若霰有情知望鄉誰能縝不變盧諶與劉琨書曰苟曰有情孰能不懷廣雅曰縝黑也古詩曰還顧望舊鄉張載七哀詩曰憂來令髮白毛萇詩傳曰鬒黑髮也縝與鬒同

京路夜發一首五言　謝玄暉

擾擾整衣裝肅肅戒徂兩枚乘七發曰擾擾若三軍之騰裝尚書曰戒車三百兩廣雅曰擾擾亂也毛詩曰肅肅宵征許慎淮南子注曰裝束也曉星正寥落晨光復決漭寥落星稀之貌也字書曰決漭不明之貌猶霑餘露團稍見朝霞上毛詩曰野有蔓草零露團兮故鄉邈已夐山川脩且廣班固燕山銘曰夐其邈兮亘地界陸機赴洛詩曰遠遊越山川山川脩且廣文奏方盈前懷人去心賞勑躬每跼蹐瞻恩唯震蕩曹子建聖皇篇曰侍臣首文奏陛下體仁慈毛詩曰嗟我懷人鮑昭白頭吟曰心賞猶難恃孝經鉤命決曰勑躬未濟毛詩曰謂天蓋高不敢不跼謂地蓋厚不敢不蹐楚辭曰心怵惕而震蕩行矣倦路長無由稅歸鞅陸機贈弟詩曰行矣怨路長說文曰鞅頸靼也又曰靼柔革也鞅於兩切靼都達切

望荊山一首五言　江文通

奉義至江漢始知楚塞長沈約宋書曰建平王景素為右將軍荊州刺史江淹授景素五經奉義猶慕義也江漢荊楚之境也盛弘之荊州記曰魯陽縣其地重險楚之北塞也南關繞桐柏西嶽出魯陽尚書曰導淮自

桐柏漢書曰南陽郡魯陽縣有魯陽山寒郊無留影秋日懸清光悲風橈重林雲霞肅川漲周易曰橈萬物者莫疾于風說文曰橈曲木也奴教切肅寒也江賦曰濟江津而起漲漲水大之貌也歲晏君如何零淚沾衣裳古詩曰淚下沾衣裳楚辭曰歲既晏兮玉柱空掩露金樽坐含霜袁淑正情賦曰解蘊麝之芳衾陳玉柱之鳴箏曹子建樂府詩曰金樽玉杯不能使薄酒更厚楚辭曰衣納納而掩露一聞苦寒奏更使豔歌傷沈約宋書曰北上苦寒行魏帝辭又曰羅敷豔歌行古辭也

旦發魚浦潭一首 五言 丘希範

漁潭霧未開赤亭風已颺魚潭赤亭已見謝靈運富春渚詩櫂歌發中流鳴鞞響沓障馬融廣成頌曰發櫂歌縱水謳字林曰鞞小鼓也爾雅曰山正曰障村童忽相聚野老時一望詭怪石異像嶄絕峯殊狀張衡七辯曰蹊路詭怪森森荒樹齊析析寒沙漲謝靈運山居賦注曰漲者沙始起將成嶼也藤垂島易陟崖傾嶼難傍說文曰島海中有山劉淵林吳都賦注曰嶼海中洲上有山石說文曰傍附也信是永幽棲豈徒暫清曠謝靈運方山詩曰資此永幽棲又田南詩曰清曠招遠風蒼頡篇曰曠疎曠也坐嘯昔有委臥治今可尚坐嘯臥治並見謝玄暉在郡臥病詩

早發定山一首 五言梁書曰約為東陽太守然定山東陽道之所經也 沈休文

夙齡愛遠壑晚蒞見奇山 毛萇詩傳曰蒞臨也 標峯綵虹外置嶺白雲間 楚辭曰建綵虹以招指穆天子傳西王母謠曰白雲在天丘陵自出 傾壁忽斜竪絶頂復孤員 江賦曰絶岸萬丈壁立霞剡謝靈運有登廬山絶頂詩毛萇詩傳曰山頂曰冢 歸海流漫漫出浦水淺淺 歸海已見上文楚辭曰石瀨兮淺淺王逸曰淺淺流疾貌也音僝 野棠開未落山櫻發欲然忘歸屬蘭杜懷祿寄芳荃 楚辭曰遊子憺兮忘歸懷祿已見上文楚辭曰荃不察余之中情王逸曰荃香草以喻君子 眷言採三秀徘徊望九仙 楚辭曰采三秀於山閒王逸曰三秀謂芝草也列仙傳曰涓子者齊人好餌朮至三百年乃見於齊後授伯陽九仙法

新安江水至清淺深見底貽京邑遊好一首 五言

十洲記曰桐廬縣新安東陽二水合於此仍東流爲浙江

沈休文

眷言訪舟客茲川信可珍 廣雅曰珍重也 洞澈隨深淺皎鏡無冬春千仞寫喬樹百丈見遊鱗 淮南子曰豐水之深千仞投金鐵焉則形見於外抱朴子曰扶南金鋼生於百丈水底 滄浪有時濁清濟涸無津 楚辭曰漁父歌曰滄浪之水濁可以濯我足戰國策曰蘇秦曰齊有清濟濁河吳越春秋曰禹周行宇內竭洛涸濟瀝淮於澤賈逵國語注曰涸竭也字書曰津液也涸胡落切 豈若乘斯去俯映石磷磷 鵩鳥賦曰乘流則逝毛詩曰揚之水白石磷磷 紛吾隔囂滓寧假濯衣巾 囂滓謂去京師囂塵之地以往東陽

珍倣宋版印

自然隱趣亦不須濯衣巾楚辭曰紛吾可以濯我纓願以潺湲水沾君纓上塵雜子曰潺湲水流皃也楚詞曰滄浪之水清可以濯我纓

軍戎

從軍詩五首五言魏志曰建安二十年三月公西征張魯魯及五子降十二月至自南鄭是行也侍中王粲作五言詩以美其事

王仲宣

從軍有苦樂但聞所從誰漢書曰李廣程不識爲名將程不識擊刀斗吏治軍簿至明軍不得自便李將軍極簡易其士亦佚樂然士卒多樂從廣而苦程不識所從神且武焉得久勞師班固漢書高祖紀述曰寔天生德聰明神武左氏傳蹇叔曰勞師以襲遠非所聞也周易曰古之神武不殺者夫相公征關右赫怒震天威曹操爲丞相故曰相公也毛詩曰王赫斯怒陸賈新論曰聖人承天威承天功與之爭功豈不難哉左氏傳齊侯對宰孔曰天威不違顏咫尺一舉滅獯虜再舉服羌夷漢書曰獯鬻虐老獸心服虔曰獯鬻堯時匈奴號也西收邊地賊忽若俯拾遺漢書梅福上書曰高祖舉秦如鴻毛取楚如拾遺陳賞越丘山酒肉踰川坻六韜曰賞如高山罰如深溪左氏傳晉侯投壺穆子曰有酒如淮有肉如坻寡君中此爲諸侯師軍人多飫饒人馬皆溢肥杜預左氏傳注曰飫厭也說文曰饒飽也徒行兼乘還空出有餘資論語孔子曰以吾從大夫之後

不可徒行也拓地三千里往返速若飛虞丘壽王驃騎論功曰拓地萬里海內晏然毛詩曰王旅嘽嘽如飛
如翰毛萇曰疾如飛也歌舞入鄴城所願獲無違漢書曰魏郡有鄴城縣家語孔子曰無聲之樂所願志從
之盡日處大朝日暮薄言歸毛詩曰薄言旋歸外參時明政內不廢家私禽
獸憚爲犧良苗實已揮左氏傳曰賓孟適郊見雄雞自斷其尾問之侍者曰自憚其爲犧也遽歸告王且曰雞其
憚爲人用乎異於是矣良苗穀也國語曰秦伯將饗公子如饗國君之禮使子餘公子賦黍苗子餘曰重耳之仰君也若黍苗之仰陰雨
也若君實庇蔭膏澤之使能成嘉穀薦在宗廟君之力也賈逵曰不在宗廟爲祭主也揮當爲煇崔駰七依曰霈若膏雨之潤良苗
能效沮溺相隨把鋤犂論語曰長沮桀溺耦而耕孰覽夫子詩信知所言非孔叢子曰
趙簡子使聘夫子夫子將至及河聞鳴犢與竇犨之見殺迴輿而趣爲操曰翱翔于衛復我舊居從吾所好其樂只且然夫子欲從所好
而隱居仲宣欲厲節而求仕有異夫子之志故以所言爲非也
涼風厲秋節司典告詳刑禮記孟秋之月涼風至用始行戮天子乃命將帥選士厲兵以征不義尚書王曰有
邦有土告爾詳刑魏志曰建安二十一年粲從征吳作此四篇我君順時發桓桓東南征穀梁傳曰葬我君還
公順時應秋以征也禮記曰舉事必順其時東南謂吳也毛詩曰桓桓于征遡彼東南汎舟蓋長川陳卒被隰
坰國語曰秦汎舟于河爾雅曰林外曰坰征夫懷親戚誰能無戀情拊襟倚舟檣眷眷

思鄴城漢書公孫玃曰累足撫襟埤蒼曰檣帆柱曰檣韓詩曰眷眷懷歸哀彼東山人喟然感鸛鳴毛詩曰我徂東山滔滔不歸我來自東零雨其濛鸛鳴于垤婦歎于室毛萇曰垤蟻冢也鄭玄曰鸛水鳥也將陰雨而鳴行於陰雨尤苦婦人則歎於室垤徒頡切日月不安處人誰獲常寧國語姜氏謂晉公子曰日月不處人誰獲安昔人從公旦一徂輒三齡毛萇詩序曰周公東征三年而歸今我神武師暫往必速平弃余親睦恩輸力竭忠貞左氏傳欒盈曰陪臣書能輸力於王室又曰荀息曰公家之事知無不爲忠也送往事居偶俱無猜貞也懼無一夫用報我素餐誠毛詩曰彼君子兮不素餐兮夙夜自恲性思逝若抽縈廣雅曰恲忼慨也普耕切將秉先登羽豈敢聽金聲東觀漢記曰賈復擊青犢於射犬被羽先登所向皆靡仲宣從軍詩曰被羽在先登甘心除國疾秉羽被羽其義同也孫卿子曰聞鼓聲而進聞金聲而退從軍征遐路討彼東南夷方舟順廣川薄暮未安坻史記曰春申君曰廣川大水山林谿谷白日半西山桑梓有餘暉古步出夏門行曰行行復行行白日薄西山桑梓二木名也餘暉言將夕也蟋蟀夾岸鳴孤鳥翩翩飛毛詩曰七月在野鄭玄曰謂蟋蟀也征夫心多懷惻愴令吾悲禮記曰霜露既降君子履之必有悽愴之心下船登高防草露沾我衣說文曰防隄也春秋元命苞曰露所以潤草說苑曰孺子不迴覺露之沾衣迴身赴牀寢此愁當告誰楚辭曰居愁期誰告古詩曰愁思當告誰身服干

戈事豈得念所私孔安國尚書傳曰戈戟干盾也所私情所親也卽戎有授命茲理不可違論語子曰善人教民七年亦可以卽戎矣又曰見危授命亦可以成人矣
朝發鄴都橋暮濟白馬津漢書酈食其曰塞白馬之津逍遥河堤上左右望我軍毛詩曰河上乎逍遥連舫踰萬艘帶甲千萬人六韜曰武王伐紂出於河呂尚爲右將以四十七艘舫踰於河國語曰吳王帶甲三萬人也說文舫併舟也又曰艘船總名也率彼東南路將定一舉勳毛詩曰率彼曠野戰國策張儀謂秦王曰一舉而伯王之名可成也籌策運帷幄一由我聖君漢書高祖曰夫運籌策於帷幄之中吾不如子房范曄後漢書光武詔曰將軍鄧禹與朕謀謨帷幄之中恨我無時謀譬諸具官臣論語季子然問仲由冉求可謂大臣與孔子對曰今由與求也可謂具臣矣鞠躬中堅內微畫無所陳論語曰入公門鞠躬如也東觀漢記曰光武賜陳俊絳衣三百領以衣中堅同心之士也許歷爲完士一言獨敗秦史記曰秦伐韓趙使趙奢救之令軍中曰軍中有以軍事諫者死許歷請以軍事諫趙奢曰內之許歷曰秦人不意趙師至此其來氣盛將軍必厚集其陳以待之不然必敗趙奢曰謹受令許歷曰請就鈇鑕之誅趙奢曰有後令邯鄲許歷請復諫曰先據北山上者勝後至者敗趙奢許諾卽發萬人赴之秦兵後至爭山不得上趙奢縱兵擊之大敗秦軍完謂全具也言非有奇也論衡曰西門豹董安于誠爲完具之人能納韋絃之教也我有素餐責誠愧伐檀人毛詩曰坎坎伐檀兮寘之河之干兮彼君子兮不素餐兮漢書平當

一 珍倣宋版印

曰吾已負素餐責矣雖無鉛刀用庶幾奮薄身東觀漢記班超曰冀立鉛刀一割之力班孟堅荅賓戲曰搦朽摩鈍鉛刀

悠悠涉荒路靡靡我心愁毛詩曰悠悠南行又曰行邁靡靡中心搖搖四望無煙火但見林與丘東觀漢記曰北夷作寇千里無火煙城郭生榛棘蹊徑無所由高誘淮南子注曰聚木曰榛雚蒲竟廣澤葭葦夾長流日夕涼風發翩翩漂吾舟寒蟬在樹鳴鸛鵠摩天遊禮記曰孟秋寒蟬鳴古烏生八九子歌曰黃鵠摩天極高飛客子多悲傷淚下不可收朝入譙郡界曠然消人憂魏志曰武皇帝譙人也雞鳴達四境黍稷盈原疇孟子曰雞鳴狗吠相聞而達乎四境也說文曰疇耕治之田也館宅充廛里女士滿莊馗韓詩曰肅肅兔罝施于中馗爾雅曰六達謂之莊薛君曰馗九交之道也自非聖賢國誰能享斯休孔安國尚書傳曰享當也詩人美樂土雖客猶願留毛詩曰逝將去汝適彼樂土鄭玄曰樂土有德之國也

郊廟

宋郊祀歌二首 四言

顏延年

夤威寶命嚴恭帝祖尚書曰周公曰嚴恭寅畏又曰王無墜天之降寶命帝上帝祖先祖也炳海表岱

系唐胄楚尚書曰海岱及淮惟徐州東京賦曰系唐統接漢緒漢書曰楚元王交高祖同父少弟也爲楚王王彭城沈約宋書
曰高祖彭城人楚元王之後也彭城徐州之境靈監叡文民屬叡武曹植離友詩曰靈鑒無私奄受敷錫
宅中拓宇毛詩曰奄大也尚書曰斂是五福用敷錫厥庶民東京賦曰豈如宅中而圖大范曄後漢書虞詡曰先帝開拓土宇
亘地稱皇馨天作主燕然山銘曰夐其邈兮亘地界曹植玄暢賦曰馨天壤而作皇孝經鉤命決曰道機合者稱皇
張儼請立太子師傅表曰陛下膺期順乾作主月竁來賓日際奉土甘泉賦曰西壓月窟東震日域服虔曰音窟兔
窟月所生也尚書曰明王盛德四夷咸賓杜子春周禮注曰今南陽人名穿地爲竁充芮切曹植玄暢賦曰紐日際而來王潘岳爲賈謐
贈陸機詩曰奉土歸疆開元首正禮交樂舉張載元康頌曰開元建號班德布化禮記曰禮交動乎上樂交應乎
下和之至也六典聯事九官列序周禮曰以官府之聯合邦治一曰祭祀之聯事又曰太宰之職掌建邦之六典
以佐王治邦國一曰治典二曰禮典三曰教典四曰政典五曰刑典六曰事典漢書劉向上疏曰舜命九官濟濟相讓應劭曰尚書曰禹
作司空弃后稷契司徒皋繇作士師垂共工益朕虞伯夷秩宗夔典樂龍納言也凡九官也有牷在滌有絜在俎
周禮曰充人掌繫祭祀之牲禮記曰帝牛必在滌三月鄭玄曰滌牢中所搜除處毛詩曰絜爾牛羊或肆或將鄭玄曰有肆其骨體於俎
者或奉將而進也薦饗王衷以荅神祐杜預左氏傳注曰薦獻也衷中心也長楊賦曰受神人之福祐
維聖饗帝維孝饗親禮記曰唯聖人爲能饗帝孝子爲能饗親皇乎備矣有事上春漢書郊祀

歌曰大孝備矣休德昭清左氏傳宰孔曰天子有事于郊杜預曰有祭事也周禮上春生種稑之種禮行宗祀敬達郊禋禮記曰禮行祖廟而孝慈服焉孝經曰宗祀文王於明堂又曰郊祀后稷孔安國尚書傳曰精意以享謂之禋金枝中樹廣樂四陳漢書曰金枝秀華應劭曰金枝銅鐙百二十枝史記曰趙簡子病寤寐曰我與百神聽於鈞天廣樂矣陟配在京降德在民毛詩曰三后在天陟配在京禮記曰后王命冢宰降德于兆民奔精昭夜高燎煬晨奔精星流也史記曰漢家常以正月上辛祠甘泉昏時夜祠到明而終常有流星經於祠壇東京賦曰颺槱燎之炎煬致高煙於太一陰明浮爍沈熒深淪言宋為水德而主辰故陰明之宿浮爍而揚光沈熒所祭沈淪而沈靜也尚書考靈耀曰氣在於冬其紀辰星是謂陰明尚書大傳曰沈四海鄭玄曰祭水曰沈鄭司農周禮注曰禜祭名也告成大報受釐元神禮記曰升中于天鄭玄曰中成也燎柴祭天告以諸侯之成功又曰大報天而主日也漢書曰上方受釐坐宣室臣瓚曰釐謂祭祀餘胙也如淳曰釐音僖呂安髑髏賦曰上奏元神下告皇祇服虔甘泉宮賦注曰釐福也月御案節星驅扶輪月御案節並見上文言天神降月御為之案節星驅為之扶輪王濟鍾夫人序德頌曰濟蒙天假星驅省疾羽獵賦曰齊桓公曾不足使扶輪羽獵賦曰風詡詡其扶輪遙興遠駕曜曜振振漢書房中歌曰雷震震電曜曜杜預左氏傳注曰振振盛貌遠駕乘駕也

樂府上漢書曰武帝定郊祀之禮而立樂府

樂府三首

古辭五言言古詩不知作者姓名他皆類此

飲馬長城窟行 酈善長水經曰余至長城其下往往有泉窟可飲馬古詩飲馬長城窟行信不虛也然長城蒙恬所築也言征戍之客至於長城而飲其馬婦思之故爲長城窟行音義曰行曲也

青青河邊草緜緜思遠道 言良人行役以春爲期期至不來所以增思王逸楚辭注曰緜緜細微之思也 遠道不可思夙昔夢見之 廣雅曰夙昔夜也 夢見在我傍忽覺在佗鄉佗鄉各異縣輾轉不可見 字書曰輾亦展字也說文曰展轉也鄭玄毛詩箋曰轉移也 枯桑知天風海水知天寒 枯桑無枝尚知天風海水廣大尚知天寒君子行役豈不離風寒之患乎 入門各自媚誰肯相爲言 但人入門咸各自媚誰肯爲言乎皆不能爲言也 客從遠方來遺我雙鯉魚呼兒烹鯉魚中有尺素書 鄭玄禮記注曰素生帛也 長跪讀素書書上竟何如 說文曰跪拜也 上有加餐食下有長相憶

傷歌行

昭昭素月明暉光燭我牀憂人不能寐耿耿夜何長 毛詩曰耿耿不寐如有隱憂 微風吹閨闥羅帷自飄颺 毛萇詩傳曰闥門內門也 攬衣曳長帶屣履下高堂 長門賦曰屣履起而彷徨 東西安所之徘徊以彷徨春鳥翻南飛翩翩獨翱翔悲聲

命儔匹哀鳴傷我腸感物懷所思泣涕忽沾裳佇立吐高吟舒憤訴穹蒼毛詩曰佇立以泣谷永與王譚書曰抑於家不得舒憤毛詩曰靡有旅力以念穹蒼李巡爾雅注曰仰視天形穹隆而高其色蒼蒼故曰穹蒼爾雅曰穹蒼蒼天也

長歌行崔豹古今注曰長歌言壽命長短定分不妄求也此上一篇似傷年命而下一首直叙怨情古詩曰長歌正激烈魏武帝燕歌行曰短歌微吟不能長傅玄豔歌行曰咄來長歌續短歌然行聲有長短非言壽命也

青青園中葵朝露待日晞毛詩曰湛湛露斯匪陽不晞毛萇曰晞乾也陽春布德澤萬物生光輝楚辭曰恐死不見乎陽春淮南子曰光暉萬物常恐秋節至焜黃華葉衰焜黃色衰貌也胡本切百川東到海何時復西歸尚書大傳曰百川赴東海少壯不努力老大乃傷悲

怨歌行一首五言歌錄曰怨歌行古辭然言古者有此曲而班婕妤擬之婕妤帝初即位選入後宮始為少使俄而大幸為婕妤居增成舍後趙飛燕寵盛婕妤失寵希復進見成帝崩婕妤充園陵薨

班婕妤

新裂齊紈素皎潔如霜雪漢書曰罷齊三服官李斐曰紈素為冬服范子曰紈素出齊荀悅曰齊國獻紈素絹天子為三官服也裁為合歡扇團團似明月古詩曰文綵雙鴛鴦裁為合歡被出入君懷袖

動搖微風發（蒼頡篇曰懷抱也此謂蒙恩幸之時也）常恐秋節至涼風奪炎熱（古長歌行曰常恐秋節至焜黃華葉衰炎熱氣也）弃捐篋笥中恩情中道絕

樂府二首

短歌行　魏武帝（魏志曰太祖武皇帝沛國譙人姓曹諱操字孟德少機警有權數而任俠舉孝廉爲郎遷南頓令封魏王文帝追謚曰武皇帝）

對酒當歌人生幾何（左氏傳曰俟河之清人壽幾何）譬如朝露去日苦多（漢書李陵謂蘇武曰人生如朝露）慨當以慷憂思難忘何以解憂唯有杜康（毛詩曰微我無酒以遨以遊博物志曰杜康作酒王著與杜康絕交書曰康字仲寧或云皇帝時宰人號酒泉太守漢書東方朔曰臣聞消憂者莫若酒也）青青子衿悠悠我心但爲君故沈吟至今（古詩曰馳車整中帶沈吟聊躑躅）呦呦鹿鳴食野之苹我有嘉賓鼓瑟吹笙（毛詩小雅文也苹蓱也鹿得蓱草呦呦然而鳴相呼而食以興喜樂賓客相招以盛禮也鄭玄云苹藾蕭也）明明如月何時可掇憂從中來不可斷絕（言月之不可掇由憂之不可絕也說文曰掇拾取也豬劣切）越陌度阡枉用相存（應劭風俗通曰里語云越陌度阡更爲客主長門賦曰孔雀集而相存）契闊談讌心念舊恩（毛詩曰死生契闊漢書曰張賀思念舊恩）月明星稀烏鵲南飛繞樹三匝何枝可依（月明已見上句喻客子無所依託也）山不厭高海不厭深（管子曰海

不辭水故能成其大山不辭土故能成其高明主不厭人故能成其衆周公吐哺天下歸心韓詩外傳曰周公踐天子之位七年成王封伯禽於魯周公誡之曰無以魯國驕士吾文王之子武王之弟也成王叔父也又相天下吾於天下亦不輕矣然一沐三握髮一飯三吐哺猶恐失天下之士也論語素王受命讖曰河授圖天下歸心

苦寒行五言歌錄曰苦寒行古辭

北上太行山艱哉何巍巍羊腸坂詰屈車輪爲之摧呂氏春秋曰天地之閒上有九山何謂九山曰太行羊腸高誘曰太行山在河內野王縣北也羊腸其山盤紆如羊腸在太原晉陽北高誘注淮南子曰羊腸坂是太行孟門之限然則坂在太行山在晉陽也樹木何蕭瑟北風聲正悲熊羆對我蹲虎豹夾路啼谿谷少人民雪落何霏霏毛詩曰雨雪霏霏延頸長歎息遠行多所懷呂氏春秋曰天下莫不延頸舉踵也我心何怫鬱思欲一東歸楚辭曰怫鬱兮不陳東歸言望舊鄉也水深橋梁絕中路正徘徊迷惑失故路薄暮無宿棲楊雄琴情英曰當道獨居暮無所宿行行日已遠人馬同時飢檐囊行取薪斧冰持作糜莊子曰檐囊而趨悲彼東山詩悠悠使我哀毛詩曰我徂東山滔滔不歸

樂府二首

燕歌行七言歌錄曰燕地名猶楚宛之類此不言古辭起自此也他皆類此

魏文帝

秋風蕭瑟天氣涼草木搖落露爲霜楚辭曰悲哉秋之爲氣也蕭瑟兮草木搖落而變衰毛詩曰蒹葭蒼蒼白露爲霜羣燕辭歸鴈南翔念君客遊思斷腸禮記曰仲秋之月鴻鴈來玄鳥歸鄭玄曰玄鳥燕也楚辭曰燕翩翩其辭歸又曰鴈雍雍而南遊慊慊思歸戀故鄉何爲淹留寄他方鄭玄禮記注曰慊恨不滿之貌也口簟切賤妾煢煢守空房煢單也憂來思君不敢忘不覺淚下霑衣裳古詩曰淚下霑衣裳援琴鳴絃發清商短歌微吟不能長宋玉風賦曰臣援琴而鼓之宋玉笛賦曰吟清商追流徵明月皎皎照我牀星漢西流夜未央古詩曰明月何皎皎照我羅牀幃毛詩曰夜如何其夜未央牽牛織女遙相望爾獨何辜限河梁史記曰牽牛爲犧牲其北織女織女天女孫也曹植九詠注曰牽牛爲夫織女爲婦織女牽牛之星各處一旁七月七日得一會同矣

善哉行四言歌錄曰善哉行古詞也古出夏門行曰善哉殊復善絃歌樂我情然善哉歎美之辭也

魏文帝

上山采薇薄暮苦飢毛詩曰陟彼南山言采其薇楚辭曰薄暮雷電歸何憂古豔歌曰居貧衣單薄腸中常苦飢谿谷多風霜露沾衣說苑曰孺子不覺露之沾衣野雉羣雊猴猿相追毛詩曰雉之朝雊

珍倣宋版印

還望故鄉鬱何壘壘廣雅曰壘壘重也高山有崖林木有枝憂來無方人莫之
知言高山之有崖林木之有枝愚智同知之今憂來仍無定方而人皆莫能知之說苑曰莊辛謂襄成君曰昔越人之歌曰山有木兮
木有枝心悅君兮君不知人生如寄多憂何爲尸子曰老萊子曰人生天地之間寄也寄者固也楚辭曰傷楚國之
多憂今我不樂歲月如馳毛詩曰今我不樂日月其除湯湯川流中有行舟隨波迴
轉有似客遊策我良馬被我輕裘毛詩曰良馬四之論語子曰赤之適齊也乘肥馬衣輕裘載馳
載驅聊以忘憂毛詩曰載馳載驅歸唁衛侯楚辭曰聊媮娛以忘憂又毛詩曰駕言出游以寫我憂

樂府四首五言

箜篌引漢書曰塞南越禱祠太一后土作坎侯坎聲也應劭曰使樂人侯調
作之取其坎坎應節也因以其姓號名曰坎侯蘇林曰作箜篌　曹子建

置酒高殿上親友從我遊漢書曰過沛置酒沛宮又曰賢大夫有肯從我遊者吾能尊顯也中廚辦
豐膳烹羊宰肥牛鄭玄周禮注曰膳之言善今時美物曰珍聲類曰宰治也秦箏何慷慨齊瑟和
且柔楚辭曰挾秦箏而彈徽史記蘇秦說齊王曰臨淄其民無不鼓瑟也陽阿奏奇舞京洛出名謳漢書
曰孝成趙皇后及壯屬陽阿主家學歌舞樂飲過三爵緩帶傾庶羞禮記曰君子之飲酒也一爵而色灑如二
爵而言言斯三爵而油油以退儀禮曰上大夫庶羞二十品主稱千金壽賓奉萬年酬史記曰平原君以千

金爲魯仲連壽毛詩曰君子萬年永錫祚胤久要不可忘薄終義所尤論語曰久要不忘平生之言亦可以爲成人矣列子曰或厚之於始或薄之於終謙謙君子德磬折欲何求周易曰謙謙君子卑以自牧尚書大傳曰諸侯來受命周公莫不磬折驚風飄白日光景馳西流盛時不可再百年忽我遒生在華屋處零落歸山丘舞賦曰耀華屋而熺洞房古董逃行曰年命冉冉我遒零落下歸山丘毛萇詩傳曰遒終也先民誰不死知命亦何憂左氏傳曰子產曰人誰不死周易曰樂天知命故不憂

美女篇歌錄曰美女篇齊瑟行也

美女妖且閑采桑歧路間說文曰閑雅也上林賦曰妖冶閑都又曰閑幽閑也柔條紛冉冉葉落何翩翩攘袖見素手皓腕約金環攘袖卷袂也環釧也頭上金爵釵腰佩翠琅玕釋名曰爵釵釵頭上施爵尚書曰厥貢惟球琳琅玕明珠交玉體珊瑚間木難南方草物狀曰珊瑚出大秦國有洲在漲海中廣雅曰珊瑚珠也南越志曰木難金翅鳥沫所成碧色珠也大秦國珍之羅衣何飄飄輕裾隨風還顧眄遺光采長嘯氣若蘭神女賦曰吐芬芳其若蘭行徒用息駕休者以忘餐愼子曰毛廧西施衣以玄錫則行者止杜篤禊祝曰懷秀女使不餐借問女安居乃在城南端爾雅曰安止也薛綜西京賦注曰安猶焉也南端城之正南門也青樓臨大路高門結重關漢書枚叔上書曰游

曲臺臨大路列子曰虞氏梁之富人高樓臨大路容華耀朝日誰不希令顏神女賦曰耀乎若白日初出照屋梁韓詩曰東方之日兮彼姝者子在我室兮薛君曰詩人言所說者顏色盛也言美如東方之日出也媒氏何所營玉帛不時安周禮有媒氏之職爾雅曰安定也佳人慕高義求賢良獨難楚辭曰聞佳人兮召予衆人何嗷嗷安知彼所觀盛年處房室中夜起長歎蘇武荅李陵詩曰低頭還自憐盛年行已衰蔡雍霖雨賦曰中宵夜而歎息

白馬篇歌錄曰白馬篇齊瑟行也

白馬飾金羈連翩西北馳古羅敷行曰青絲繫馬尾黃金絡馬頭說文曰羈絡頭也借問誰家子幽并遊俠兒幽并二州名班固漢書贊曰布衣遊俠劇孟之徒也少小去鄉邑揚聲沙漠垂幽通賦曰雄朔野以揚聲說文曰漠北方流沙也宿昔秉良弓楛矢何參差墨子曰良弓難張然可以及高入深家語孔子曰肅慎氏貢楛矢控弦破左的右發摧月支班固漢書李廣述曰控弦貫石威動北鄰毛詩曰發彼有的的射質也邯鄲淳藝經曰馬射左邊爲月支三枚馬蹄二枚仰手接飛猱俯身散馬蹄凡物飛迎前射之曰接猱猨屬也狡捷過猴猨勇剽若豹螭螭猛獸也已見西都賦方言曰剽輕也邊城多警急胡虜數遷移長楊賦曰永無邊城之災羽檄從北來厲馬登高堤長驅蹈匈奴

左顧凌鮮卑漢書曰匈奴其先夏后氏之苗裔也又曰燕北有東胡山戎或云鮮卑蒼頡篇曰凌侵也棄身鋒刃端性命安可懷父母且不顧何言子與妻鄭玄毛詩箋曰顧念也名編壯士籍不得中顧私捐軀赴國難視死忽如歸呂氏春秋管子云平原廣城車不結軌士不旋踵鼓之三軍之士視死若歸臣不若王子城也

名都篇歌錄曰名都篇齊瑟行也

名都多妖女京洛出少年王逸荔枝賦曰宛洛少年寶劍直千金被服光且鮮史記曰陸賈寶劍直千金論衡曰世稱利劍有千金之價鬬雞東郊道走馬長楸間漢書眭弘少時好鬬雞走馬馳馳未能半雙兎過我前攬弓捷鳴鏑長驅上南山儀禮曰司射搢三挾一鄭玄曰搢插也挾甲切漢書曰匈奴冒頓乃作爲鳴鏑習勒其騎射音義曰鏑箭也如今鳴箭也左挽因右發一縱兩禽毛詩連鄭玄周禮注曰凡鳥獸未孕曰禽也毛萇詩傳曰發矢曰縱兩禽雙兎也餘巧未及展仰手接飛鳶毛詩曰鳶飛戾天鄭玄曰鴟之屬也觀者咸稱善衆工歸我妍舞賦曰觀者稱麗我歸宴平樂美酒斗十千平樂觀名膾鯉臇胎鰕寒鼈炙熊蹯毛詩曰炰鼈膾鯉蒼頡解詁曰臇少汁臛也子兖切鹽鐵論曰煎魚切肝羊淹雞寒劉熙釋名曰韓羊韓雞本出韓國所爲然寒與韓古字通也左氏傳曰宰夫臑熊蹯不孰鳴儔嘯

一珍倣宋版印

匹旅列坐竟長筵連翩擊鞠壤巧捷惟萬端漢書曰霍去病在塞外尚穿域蹴鞠也如淳曰域鞠室也郭璞三蒼解詁曰鞠毛丸可蹋戲鞠巨六切史記曰魏公子賓客辨士說王萬端白日西南馳光景不可攀雲散還城邑清晨復來還舞賦曰駱驛而歸雲散城邑

王明君詞一首并序五言

石季倫臧榮緒晉書曰石崇字季倫渤海人也早有智慧稍遷至衞尉初崇與賈謐善謐既誅趙王倫專任孫秀崇有妓曰綠珠秀使人求之崇不許秀勸倫殺崇遂被害

王明君者本是王昭君以觸文帝諱改焉琴操曰王昭君者齊國王襄女也年十七獻元帝臧榮緒晉書曰文帝諱昭匈奴盛請婚於漢元帝以後宮良家子昭君配焉琴操曰單于遣使請一女子帝以昭君賜單于漢書曰詔采良家女也昔公主嫁烏孫令琵琶馬上作樂以慰其道路之思漢書曰烏孫使使獻馬願得尚公主乃遣江都王建女爲公主以妻烏孫焉其送明君亦必爾也其造新曲多哀怨之聲故敘之於紙云爾

我本漢家子將適單于庭漢書曰匈奴歲正月諸長小會單于庭祠辭訣未及終前驅已抗旌曹子建應詔曰前驅舉燧後乘抗旌僕御涕流離轅馬悲且鳴魏文帝柳賦曰左右僕御已多亡長

門賦曰澥流離而縱橫李陵詩曰轅馬顧悲鳴哀鬱傷五內泣淚濕朱纓李陵詩曰行行且自割無令五內傷
沾纓已見郭璞遊仙詩行行日已遠遂造匈奴城魏文帝苦哉行曰行行日已遠人馬同時飢延我
於穹廬加我閼氏名漢書曰烏孫公主作歌曰吾家嫁我兮天一方遠託異國兮烏孫王穹廬為室兮旃為牆音義
曰旃帳也蘇林曰閼氏音焉支如漢皇后殊類非所安雖貴非所榮殊類異類也李陵苔蘇武書曰但見異類
父子見陵辱對之慙且驚漢書曰呼韓邪死子雕陶莫皐立為復系若鞮單于復妻王昭君生二女也殺
身良不易默默以苟生曹子建三良詩曰殺身誠獨難賈誼弔屈原曰吁嗟默默言墨子曰哀公迎孔子席不端不
坐割不正不食子路曰何與陳蔡異孔子曰曩與汝為苟生今與汝為苟義也苟生亦何聊積思常憤盈楚辭
曰蓄怨乎積思王逸曰結恨在心慮憤鬱蔡琰詩曰心吐思兮胷憤盈願假飛鴻翼乘之以遐征魏文帝喜
霽賦曰思寄身於鴻鸞舉六翮而輕飛高誘呂氏春秋曰征飛也飛鴻不我顧佇立以屏營毛詩曰佇立以
泣國語申胥曰昔楚靈王獨行屏營昔為匣中玉今為糞上英朝華不足歡甘與秋草
并古詩曰傷彼蕙蘭花含英揚光輝過時而不采將隨秋草萎說文曰木槿朝華暮落也傳語後世人遠嫁難
為情漢書張禹曰有愛女遠嫁為張掖太守蕭咸妻

文選卷第二十七

賜進士出身通奉大夫江南蘇松常鎮太等處承宣布政使司布政使胡克家重校刊

珍傲宋版珍

文選卷第二十八

梁昭明太子撰

文林郎守太子右內率府錄事參軍事崇賢館直學士臣李善注上

樂府下

挽歌

雜歌

樂府下

樂府十七首

猛虎行 雜言古猛虎行曰飢不從猛虎食暮不從野雀棲野雀安無巢遊子為誰驕

陸士衡

渴不飲盜泉水熱不息惡木陰惡木豈無枝志士多苦心 尸子曰孔子至於勝母暮矣而不宿過於盜泉渴矣而不飲惡其名也江邃文釋云管子曰夫士懷耿介之心不蔭惡木之枝惡木尚能恥之況與惡人同處今檢管子近亡數篇恐是亡篇之內而邃見之論語曰志士仁人古詩曰晨風懷苦心 整駕肅時命杖策將遠尋 思玄賦曰爰整駕而亟行時君之命也杜預左氏傳注曰策馬檛也廣雅曰將欲也 飢食猛虎窟寒栖野雀林日歸功未建時往歲載陰 日而逸切言日以屢歸而功未立陸賈新語曰以義建功神農本草曰秋冬為陰 崇雲臨岸駭鳴條隨風吟 爾雅曰崇高也廣雅曰駭起也桓子新論雍門周曰秋風鳴條則傷心矣 靜言幽谷底長嘯高山岑 毛詩曰靜言思之又曰出自幽谷楚辭曰臨深水而長嘯爾雅曰山小而高曰岑 急絃無懦響亮節難為音 侯瑾箏賦曰急絃促柱變調改曲賈逵國語注曰懦下也爾雅曰亮信也謂有貞信之節言必慷慨故曰難也 人生誠未易曷云開此衿 言人生既多難苦誠為未易何為開此衿乎王仲宣贈蔡子篤詩曰人生實難 眷我耿介懷俯仰愧古今 夫蘊耿介之懷者必高蹈風塵之表今乃愧不隨慕先聖

珍倣宋版印

之遺教蒼頡篇曰懷抱也

君子行五言古君子行曰君子防未然不處嫌疑閒

天道夷且簡人道嶮而難莊子曰有天道有人道無為而尊者天道也有為而累者人道也孔安國尚書傳曰夷平也又曰簡略也休咎相乘躡翻覆若波瀾尚書曰休徵咎徵杜預左氏傳注曰乘登也廣雅曰躡履也去疾苦不遠疑似實生患左氏傳伍員曰樹德莫如滋去疾莫如盡賈逵國語注曰疾惡也呂氏春秋曰使人大迷惑者物之相似者也人主之所患患石似玉者疑似之道不可不察也近火固宜熱履冰豈惡寒言當慎所習也論衡曰夫近水則寒近火則溫遠之纔微何則氣之所加遠近有差也火位在南水位在北北邊則寒南極則熱毛詩曰如履薄氷掇蜂滅天道拾塵惑孔顏說苑曰王國君前母子伯奇後母子伯封兄弟相愛後母欲其子為太子言王曰伯奇愛妾王上臺視之後母取蜂除其毒而置衣領之中往過伯奇奇往視袖中殺蜂王見讓伯奇伯奇出使者就袖中有死蜂使者白王王見蜂追之已自投河中呂氏春秋曰孔子窮於陳蔡之閒藜羹不糝七日不嘗粒晝寢顏回索米得而爨之幾熟孔子望見顏回攫其甑中而飯之少選閒食熟謁孔子而進食孔子起曰今者夢見先君食絜故饋顏回對曰不可嚮者炱煤入甑中棄食不祥回攫而飯之孔子笑曰所信者目矣目猶不可信所恃者心矣而心猶不足恃弟子記之知人固不易夫孔子所以知人難也高誘曰炱煤煙塵也炱讀作臺入猶墮也逐臣尚何有棄友焉足歎傳毅七激曰閽君逐臣頑父放子王逸楚辭序曰屈原放

逐在沅湘之間毛詩谷風序曰天下俗薄朋友道絶焉鄭玄曰道絶者棄恩舊也福鍾恒有兆禍集非無端言禍福之至而皆有漸也枚叔上書曰福生有基禍生有胎傳子銘曰福生有兆禍來有端小雅曰鍾聚也言無端緒也天損未易辭人益猶可懽言禍福之有端兆故天損之至非己所招故安之而未辭人益之來非己所求故受之可爲懽也莊子孔子謂顏回曰無受天損易無受人益難郭象曰無受天損易者唯安之故易也所在皆安不以損爲損斯待天而不受其損也無受人益難者物之儻來不可禁禦至人則玄同天下故天下樂推而不猒相與社而稷之斯無受人益之所以爲難矣然文雖出彼而意微殊彼以榮辱同途故安之甚易此以吉凶異轍故辭之實難朗鑒豈遠假取之在傾冠荀悅申鑒曰側弁坫顏不鑒於明鏡矣抱朴子曰明鏡舉則傾冠見矣以其遞相祖述故引之近情苦自信君子防未然言小人近情苦自信而遇禍君子遠慮防未然而蒙福列子蕭叔曰皇子果於自信鄧析子曰慮能防於未然

從軍行 五言

苦哉遠征人飄飄窮四遐南陟五嶺巔北戍長城阿漢書曰秦北爲長城之役南有五嶺之戍史記曰始皇以讁遣戍讁罰獄吏不直者築長城也深谷邈無底崇山鬱嵯峨列子曰夏革曰渤海之東有大壑焉實惟無底之谷秦嘉詩曰巖石鬱嵯峨奮臂攀喬木振迹涉流沙史記曰武臣曰陳王奮臂爲天下唱始毛詩曰南有喬木尚書曰導弱水入于流沙隆暑固已慘涼風嚴且苛賈誼旱雲賦曰隆暑盛其

珍倣宋版印

無聊說文曰慘毒也宋均春秋緯注曰苛者切也夏條集鮮藻寒冰結衝波文子曰夏條可結毛詩曰誕寘之寒冰胡馬如雲屯越旗亦星羅鄒陽書曰胡馬遂進闚於邯鄲杜篤論都賦曰斬白蛇屯黑雲廣雅曰屯聚也國語越王曰吳爲不道敢問諸大夫戰奚以而可大夫種曰審物則可以戰韋昭曰物旌旗物色徽幟之屬也羽獵賦曰渙若天星之羅飛鋒無絕影鳴鏑自相和張衡髑髏賦曰飛鋒曜景秉尺持刀漢書曰冒頓乃作爲鳴鏑音義曰如今鳴箭也朝食不免冑夕息常負戈戰國策曰衛行人燭過免冑橫戈而進李陵荅蘇武書曰負戟而長歎孔安國論語注曰戈戟也苦哉遠征人拊心悲如何列子曰師襄乃撫心高蹈

豫章行五言古豫章行曰白楊初生時乃在豫章山

汎舟清川渚遙望高山陰國語曰秦汎舟于河列子曰伯牙遊於泰山之陰川陸殊途軌懿親將遠尋廣雅曰軌道也左氏傳富辰曰昔周公弔二叔之不咸故封建親戚以蕃屏周不廢懿親也三荊歡同株四鳥悲異林古上留田行曰出是上獨西門三荊同一根生一荊斷絕不長兄弟有兩三人小弟塊摧獨貧家語曰孔子在衞昧旦晨興顏回侍側聞哭者之聲甚哀子曰回汝知此哭何者曰回以此哭之聲非但爲死者而已矣又爲生離別者子曰何以知之對曰回聞完山之鳥生四子焉羽翼既成將分乎四海其母悲鳴而送之哀聲有似於此爲其往而不返回竊以音類知之孔子使問哭者果曰夫死家貧賣子葬之與之長決子曰回善於識音矣樂會良自古悼別豈獨今鄭玄毛詩箋曰

悼傷也古詩曰今日良宴會歡樂難具陳又曰別日何易會日何難寄世將幾何日昃無停陰尸子老萊子曰人生於天地之間寄也寄者固歸也左氏傳曰人壽幾何周易曰日昃之離不鼓缶而歌則大耋之嗟凶前路既已多後塗隨年侵前路後塗喻壽命也言前路已多而至後塗隨年侵而又盡言無幾何也促促薄暮景亹亹鮮克禁景之薄暮喻人之將老也流行不息鮮能止之孔安國尚書傳曰薄迫也楚辭曰時亹亹而過中曷爲復以茲曾是懷苦心言何爲復以此暮景不留之志而曾是重懷悲苦之心乎毛詩曰曾是在位苦心見上文遠節嬰物淺近情能不深說文曰嬰繞也行矣保嘉福景絕繼以音景影也言形影若絕當繼之以惠音

苦寒行五言或曰北上行

北遊幽朔城涼野多嶮難尚書曰宅朔方曰幽都毛萇詩傳曰北方寒涼也俯入穹谷底仰陟高山盤韓詩曰在彼穹谷王弼周易注曰盤山石之安也凝冰結重澗積雪被長巒爾雅曰巒山墮也郭璞曰山形長狹者荊州謂之巒陰雲興巖側悲風鳴樹端不覩白日景但聞寒鳥喧猛虎憑林嘯玄猿臨岸嘆春秋元命苞曰猛虎嘯而谷風起小雅曰憑依也上林賦曰玄猿素雌夕宿喬木下慘愴恒鮮歡渴飲堅冰漿飢待零露餐周易曰履霜堅冰至詩曰零露

圛兮離思固已久寤寐莫與言曹子建雜詩曰離思一何深毛詩曰獨寐寤言一劇哉行役人慊
慊恒苦寒說文曰劇甚也鄭玄禮記注曰慊恨不滿足之貌也

飲馬長城窟行五言

驅馬陟陰山山高馬不前漢書侯應上書曰臣聞北邊塞有陰山往問陰山侯勁虜在
燕然解嘲曰西北一候范曄後漢書曰竇憲征北單于登燕然山戎車無停軌旌旆屢徂遷鄭玄考工
記注曰軌轍跡也仰憑積雪巖俯涉堅冰川冬來秋未反去家邈以緜邈遠也
獫狁亮未夷征人豈徒旋獫狁匈奴也毛詩曰赫赫南仲獫狁于夷毛萇曰夷平也末德爭先鳴
凶器無兩全吳越春秋范蠡曰夫人君勇者逆德也兵者凶器也爭者國之末也莊子曰三軍五兵之運德之末也左氏傳
州綽謂齊侯曰平陰之役先二子鳴師克薄賞行軍沒微軀捐李陵書曰薄賞子以守節將遵甘陳
迹收功單于旃漢書曰甘延壽字君況北地人也爲郎中諫大夫使西域與副校尉陳湯共誅斬郅支單于封義成侯又
曰陳湯字子公山陽人也爲西域副校尉與甘延壽俱出同斬單于首賜爵關內侯班固漢書述曰博望杖節收功大夏旃旌旗也振
旅勞歸士受爵槀街傳穀梁傳曰入曰振旅毛詩序曰杕杜勞還役也南都賦曰受爵傳觴漢書陳湯上疏曰斬
郅支單于首及名王以下宜縣頭槀街蠻夷邸閒晉灼曰黃圖在長安城門內邸謂傳舍也

門有車馬客行五言

門有車馬客駕言發故鄉毛詩曰駕言出遊念君久不歸濡迹涉江湘毛萇詩傳曰濡漬也投袂赴門塗左氏傳曰楚子投袂而起攬衣不及裳古詩曰攬衣起徘徊毛萇詩傳曰上曰衣下曰裳拊膺攜客泣掩淚敘溫涼列子曰撫膺而無恨楚辭曰長太息以掩涕尚書曰以殷仲春鄭玄曰春秋言溫涼也借問邦族間惻愴論存亡毛詩曰言旋言歸復我邦族尸子曰其生也存其死也亡親友多零落舊齒皆彫喪曹子建箜篌引曰親友從我遊孔融與曹操書曰海內知識零落殆盡黃石公記曰王聘舊齒萬事乃理市朝互遷易城闕或丘荒古出夏門行曰市朝人易千歲墓平毛詩曰在城闕兮墳壠日月多松栢鬱茫茫仲長子昌言曰古之葬松栢梧桐以識其墳也天道信崇替人生安得長國語藍尹亹曰君子獨居思前世之崇替賈逵曰崇終也慷慨惟平生俛仰獨悲傷說文曰慷慨壯士不得志於心莊子曰俛仰之閒

君子有所思行五言

命駕登北山延佇望城郭孔叢子孔子歌曰巾車命駕楚辭曰結幽蘭而延佇廛里一何盛街巷紛漠漠鄭德漢書注曰廛謂城邑之居也甲第崇高闥洞房結阿閣漢書音義曰有甲乙次第

故曰甲第楚辭曰姱容脩態絙洞房尚書中候曰昔黃帝軒轅鳳皇巢阿閣鄭玄周禮注曰四阿若今四注也曲池何湛湛清川帶華薄楚辭曰坐堂伏檻臨曲池邃宇列綺牕蘭室接羅幕楚辭曰高堂邃宇檻層軒古詩曰交疏結綺牕又曰盧家蘭爲室桂爲梁楚辭曰蒻阿拂壁羅幬張淑貌色斯升哀音承顏作言淑貌以色斯而見升哀音亦承顏哀而作也論語曰色斯舉矣人生誠行邁容華隨年落楚辭曰生天地之若過古詩曰人生天地閒忽如遠行客善哉膏粱士營生奧且博國語欒伯請公族大夫公曰夫膏粱之性難止也賈逵曰膏肉之肥者粱食之精者言其食肥美者率驕放其性難止也韋昭漢書注曰生業也廣雅曰奧藏也宴安消靈根酖毒不可恪左氏傳管敬仲言於齊侯曰宴安酖毒不可懷也杜預曰以宴安比之酖毒也老子黃庭經曰玉池清水灌靈根靈根堅固老不衰然靈根謂身也左氏傳曰鄉不書緩也以懲不恪爾雅曰恪敬也無以肉食資取笑葵與藿說文曰晉東郭氏上書於獻公公曰肉食者已慮之矣對曰忽使肉食失計於廟堂藿食寧得不肝腦塗地也

齊謳行五言

漢書禮樂志曰齊謳員六人

營丘負海曲沃野爽且平禮記曰太公封於營丘鄭玄曰齊曰營丘晁錯新書曰齊地僻遠負海地大人衆鄭玄禮記注曰負之言背也漢書曰沃野千里左氏傳齊景公欲更晏子之宅曰請更諸爽塏之地洪川控河濟崇山入高冥毛萇詩傳曰控引也戰國策蘇秦曰齊有清濟濁河傳毅洛都賦曰弋高冥之獨鵠連軒翥之雙鶤崇或爲嵩非也東

被姑尤側南界聊攝城 左氏傳晏子曰聊攝以東姑尤以西其爲人也多矣杜預曰姑尤齊東界姑水尤水皆在城陽郡東南入海也聊攝齊西界也平原聊縣東北有攝城然西南不同者其地旣非正方故各舉一隅言之也 海物錯萬類陸產尙千名 尙書曰海岱惟青州禹貢海物惟錯河圖曰地有九州以苞萬類禮記曰恒豆之俎陸產之物也加豆陸產也其醢水物也南都賦曰百品千名 孟諸呑楚夢百二侔秦京 子虛賦曰齊浮渤澥游孟諸呑若雲夢者八九於其胷中曾不蔕芥漢書田肯賀上曰陛下得韓信又治秦中秦持戟百萬秦得百二焉齊持戟百萬齊得十二焉此所謂東西秦也李斐云持戟百萬秦得百二焉又曰設有持戟百萬之衆齊得十中之二焉百萬十分之二亦二十萬也但文相避耳故言東西秦其勢敵也然李斐之意以百二謂百萬中之二也字林曰侔齊等也 惟師恢東表桓后定周傾 毛詩曰惟師尚父時維鷹揚左氏傳曰季札請觀於周樂爲謌齊曰表東海者其太公乎又曰公及齊侯會于首止謀寧周也公魯僖公也齊侯桓公也鹽鐵論曰定傾扶危 天道有迭代人道無久盈 孫卿子曰日月遞照四時代御王符潛夫論曰廉頗翟公再盈再虛 鄙哉牛山歎未及至人情 論語荷蕢曰鄙哉硜硜乎晏子春秋曰景公遊牛首山北臨其國流涕曰若何去此而死乎艾孔梁丘據皆泣晏子獨笑公收涕而問之晏子曰使賢者常守則太公桓公有之使勇者常守則莊公有之吾君安得有此而爲流涕是不仁也見不仁之君一諂諛之臣二所以獨笑也莊子曰不離於眞謂之至人也 爽鳩苟已徂吾子安得停 左氏傳齊侯飲酒樂公曰古而無死其樂若何晏子對曰古而無死古之樂也君何得焉爽鳩氏始居此地季萴因之而

一 珍倣宋版印

逢伯陵因之蒲姑氏因之而太公因之古若無死爽鳩氏之樂非君所願也萸助華切行行將復去長存非所營西京賦曰若歷世而長存羽獵賦序曰禁御所營

長安有狹邪行 五言

伊洛有歧路歧路交朱輪爾雅曰二達謂之歧旁郭璞曰歧道旁出也楊惲書曰乘朱輪者十人曹植妾薄相行曰輜軿飛轂交輪輕蓋承華景騰步躡飛塵華景日也漢書云日華曜也鳴玉豈樸儒憑軾皆俊民國語曰趙簡子鳴玉以相禮記曰君子行則鳴佩玉漢書儒林傳武帝曰吾始以尚書為樸學左氏傳楚子玉曰請與君馮軾而觀之尚書曰俊民用康烈心厲勁秋麗服鮮芳春厲嚴貌也西京賦曰麗服颺菁余本倦遊客豪彥多舊親漢書曰司馬長卿故倦遊傾蓋承芳訊欲鳴當及晨家語曰孔子之郯遭程子於塗傾蓋而語雞及晨而鳴以喻人及時而仕也春秋考異記曰雞應旦明明與鳴同古字通也守一不足矜歧路良可遵漢書嚴安上書曰守一而不變者未睹治之至也淮南子曰楊子見逵路而哭之為其可以南可以北也老子曰聖人抱一為天下式河上公曰抱守也守一乃知萬事故為天下法式規行無曠迹矩步豈逮人楊雄覈靈賦曰二子規遊矩步蘇子曰行務應規步慮投矩廣雅曰曠遠也投足緒已爾四時不必循言規行矩步既無所及故投足前緒且當止矣猶如四時異節不必相循解嘲曰欲行者擬足而投迹爾雅曰緒事也孫卿子曰日月遞照四時代御將

遂殊塗軌要子同歸津周易曰天下同歸而殊塗

長歌行五言

逝矣經天日悲哉帶地川范曄後漢書曰上黨太守田邑與馮衍書曰日月經天河海帶地寸陰無停晷尺波豈徒旋言曰無停景川不旋波以喻年命流行會無止息也淮南子曰聖人不貴尺之璧而重寸之陰時難得而易失也說文曰晷景也年往迅勁矢時來亮急絃楚辭曰年洋洋而日往釋名曰矢指也其有所指迅疾也漢書蒯通曰時乎時不再來急絃已見上文遠期鮮克及盈數固希全管子曰任之重者莫如身期之遠者莫如年左氏傳卜偃曰萬盈數也然此之盈數謂百年也列子楊朱曰人得百年之壽千中無一疾病哀苦居其半矣毛詩曰君子萬年介爾景福鄭玄曰汝有萬年之壽矣又助汝大福也容華夙夜零體澤坐自捐無故自捐曰坐也兹物苟難停吾壽安得延爾雅曰延長也俛仰逝將過倏忽幾何間俛仰已見上文毛詩曰逝將去汝毛萇曰逝往也楚辭曰往來倏忽慷慨亦焉訴天道良自然但恨功名薄竹帛無所宣四子講德論曰節趨不立則功名不宣墨子曰以其所行書於竹帛傳遺後子孫迨及歲未暮長歌承我閑毛萇詩傳曰迨及也韓詩曰歲聿其暮薛君曰暮晚也言君之年歲已晚也楚辭曰願乘閑而自察

悲哉行五言

歌錄曰悲哉行魏明帝造

珍倣宋版印

遊客芳春林春芳傷客心和風飛清響鮮雲垂薄陰蕙草饒淑氣時鳥多好音毛詩曰睍睆黃鳥載好其音翩翩鳴鳩羽喈喈倉庚吟禮記曰季春之月鳴鳩拂其羽毛詩曰倉庚喈喈幽蘭盈通谷長秀被高岑幽蘭生乎通谷而長秀被乎高岑言有託也楚辭曰結幽蘭而延佇漢書伍被曰通谷數行漢武秋風辭曰蘭有秀兮菊有芳女蘿亦有託蔓葛亦有尋言女蘿蔓葛各有尋託而已獨無所以增思也毛詩曰蔦與女蘿施于松柏毛萇曰女蘿松蘿也詩曰南有樛木葛藟纍之鄭玄曰葛藟纍而蔓之尋猶緣也傷哉遊客士憂思一何深言己客遊不如蘿葛故憂思逾深也目感隨氣草耳悲詠時禽寤寐多遠念緬然若飛沈韋昭國語注曰緬猶邈也飛沈言殊隔也願託歸風響寄言遺所欽李陵荅蘇武書曰時因北風復惠德音嵇康贈秀才詩曰思我所欽

吳趨行五言崔豹古今注曰吳趨曲吳人以歌其地也

楚妃且勿歎齊娥且莫謳楚妃樊姬齊娥齊后也歌錄曰石崇楚妃歎曰歌辭楚妃歎莫知其所由楚之賢妃能立德著勳垂名於後唯樊姬焉故今歎詠之聲永世不絕孟子淳于髡曰昔緜駒處高唐而齊右善謳方言曰秦晉之閒美貌謂之娥說文曰謳齊歌也四坐並清聽聽我歌吳趨吳趨自有始請從昌門起吳越春秋曰大城立昌門者象天通閶闔風亦名破楚門也昌門何峨峨飛閣跨通波吳地記曰昌門者吳王闔閭所

作也名爲閶闔門高樓閣道西都賦曰脩除飛閣又曰與海通波 重欒承游極回軒啓曲阿西京賦曰時游極於浮柱結重欒以相承軒長牕也言長牕開於屋之曲阿也周書曰明堂咸有四阿鄭玄周禮注曰四阿若今四注也 藹藹慶雲被泠泠祥風過史記曰若煙非煙若雲非雲郁郁紛紛蕭索輪囷是謂慶雲風賦曰清清泠泠 山澤多藏育土風清且嘉左氏傳曰晉侯曰鍾儀樂操土風不忘本也 泰伯導仁風仲雍揚其波史記曰吳太伯弟仲雍皆周太王之子而王季歷之兄也季歷賢有聖子昌太王欲立季歷以及昌於是太伯仲雍二人乃奔荊蠻以避季歷季歷果立是爲王季而昌爲文王太伯之奔荊蠻自號句吳太伯卒無子弟仲雍立典引曰仁風翔於海表楚辭曰汨其泥而揚其波

穆穆延陵子灼灼光諸華毛萇詩傳曰穆穆美也左氏傳曰吳公子札來聘其出聘也通嗣君也廣雅曰灼灼明也左氏傳曰吳周之胄裔也今而始大比于諸華 王迹隤陽九帝功興四遐孟子曰王者之跡息而詩亡漢書陽九厄曰初入百六陽九音義曰易傳所謂陽九之厄百六之會者也東都賦曰軒轅氏之所以開帝功 大皇自富春矯手頓世羅吳志曰孫權字仲謀吳富春人也薨謚曰大皇帝說文曰矯舉手也頓整也世羅猶皇綱也言大皇生自富春矯手而整天綱也 邦彥應運興粲若春林葩毛詩曰彼己之子邦之彥兮春秋命歷序曰五德之運應錄次相代也 屬城咸有士吳邑最爲多蔡邕陳留太守行縣頌曰府君勸耕桑于屬城也 八族未足侈四姓實名家張勃吳錄曰八族陳桓呂竇公孫司馬徐傅也四姓朱張顧陸也漢書劉敬曰徙齊諸田豪桀名家 文

珍倣宋版印

德熙淳懿武功侔山河曹植令曰相者文德昭將者武功烈爾雅曰熙興也謂盛多也謝承後漢書曰朱皓德行純懿才學優裕漢書曰漢興封爵之誓曰使黃河如帶泰山若礪國以永存爰及苗裔禮讓何濟濟流化自滂沱毛萇詩傳曰濟濟多威儀也論語曰泰伯三以天下讓毛詩曰月離于畢俾滂沱矣淑美難窮紀商榷爲此歌公羊傳宋萬曰魯侯之淑魯侯之美何休曰淑美也美好也賈逵國語注曰紀猶錄也廣雅曰商度也許慎淮南子注曰商推粗略也言商度其粗略也

短歌行四言

置酒高堂悲歌臨觴列子曰秦青撫節悲歌王逸楚辭曰悲歌言愁思也人壽幾何逝如朝霜左氏傳曰俟河之清人壽幾何曹植送應氏詩曰人壽若朝霜時無重至華不再陽論語摘輔像讖曰時不再及宋均曰及亦至也蘋以春暉蘭以秋芳禮記曰季春萍始生鄭玄曰萍華其大者曰蘋楚辭曰秋蘭兮青青來日苦短去日苦長曹植苦短篇曰苦樂有餘魏武帝短歌行曰去日苦多今我不樂蟋蟀在房毛詩曰蟋蟀在堂歲聿其暮今我不樂日月其除樂以會興悲以別章豈曰無感憂爲子忘我酒既旨我肴既臧毛詩曰爾酒既旨爾肴既嘉短歌有詠長夜無荒史記曰紂爲長夜之飲毛詩曰好樂無荒

日出東南隅行五言　或曰羅敷豔歌

崔豹古今注曰陌上桑者出秦氏女也秦氏邯鄲人有女名羅敷嫁爲邑人千乘王仁爲妻王仁後爲趙王家令羅敷出採桑於陌上趙王登臺見而悅之因飲酒欲奪焉羅敷巧彈箏乃作陌上之歌以自明焉

扶桑升朝暉照此高臺端山海經曰湯谷上有扶木扶木者扶桑也十日所浴新語曰高臺百仞臺端猶室端也高臺多妖麗濬房出清顏呂氏春秋曰列精子高謂侍者曰我奚若侍者曰公妖且麗王逸楚辭注曰妖好也琴道雍門周曰廣廈邃房淑貌耀皎日惠心清且閑韓詩曰東方之日兮彼姝者子在我室兮薛君曰顏色盛美如東方之日矣周易曰有孚惠心廣雅曰閑正也美目揚玉澤蛾眉象翠翰毛詩曰美目盼兮楚辭曰娥眉曼睩目騰光王逸曰曼澤也睩視貌也言美女之貌娥眉玉貌曼好目曼澤睩音錄登徒子好色賦曰眉如翠羽鄭玄尚書大傳注曰翰毛也鮮膚一何潤秀色若可餐張衡七辯曰淑性窈窕秀色美豔窈窕多容儀婉媚巧笑言毛詩曰窈窕淑女又曰巧笑倩兮暮春春服成粲粲綺與紈論語曾點曰暮春者春服既成毛詩曰粲粲衣服金雀垂藻翹瓊珮結瑤璠釋名曰爵釵釵頭及上施爵也楚辭曰砥室翠翹王逸注曰翹羽名也毛詩曰珮玉瓊琚杜預左氏傳注曰璵璠美玉也方駕揚清塵濯足洛水瀾西京賦曰方駕授綏鄭玄儀禮注曰方倂也司馬相如諫獵書曰犯屬車之清塵楊雄太玄賦曰躡弱水而濯足藹藹風雲會佳人一何

珍倣宋版印

繁風雲言多也過秦論曰天下雲會響應南崖充羅幕北渚盈軿軒蒼頡篇曰軿衣車也清川含藻景高崖被華丹藻景華景也馥馥芳袖揮泠泠纖指彈蘇武詩曰馥馥我蘭芳又曰誰爲遊子吟泠泠一何悲悲歌吐清響雅舞播幽蘭悲歌已見上文韓詩曰舞則莫兮薛君曰言其舞則應雅樂也杜預左氏傳注曰播揚也宋玉風賦曰臣援琴而鼓之爲幽蘭白雪之曲丹脣含九秋妍迹陵七盤洛神賦曰丹脣外朗廣雅曰陵乘也南都賦曰結九秋之增傷怨西荊之折盤張衡舞賦曰歷七盤而屣躡赴曲迅驚鴻蹈節如集鸞卞蘭七牧曰鵾放袂而赴節若遊鴻之翔天邊讓章華臺賦曰忽飄然以輕逝似鸞飛於天漢淮南子曰龍與鸞集綺態隨顏變沈姿無乏源乏或爲定俯仰紛阿那顧步咸可憐張衡七辯曰蝤蠐之領阿那宜顧蒼頡篇曰顧視也王逸楚辭注曰步徐行也遺芳結飛飈浮景映清湍爾雅曰扶搖謂之飈說文曰湍水疾也冶容不足詠春遊良可歎周易曰慢藏誨盜冶容誨淫

前緩聲歌五言

遊仙聚靈族高會曾城阿淮南子曰掘崑崙墟以下地中有層城九重其高萬一千里一十四步二尺六寸長風萬里舉慶雲鬱嵯峨慶雲已見上文宓妃興洛浦王韓起太華楚辭曰迎宓妃於伊洛魏文帝詩曰王韓獨何人翺翔隨天塗神仙傳曰衞叔卿歸華山漢武帝令叔卿子度求之見其父與數人博度曰向與博者爲

誰叔卿曰是洪崖先生王子晉薛容也又曰劉根初學道到華陰見一人乘白鹿從十餘玉女根頓首乞一言神人乃住曰爾聞有韓衆

不荅曰實聞有之神曰卿我是也尚書曰至于太華北徵瑶臺女南要湘川娥爾雅曰徵召也楚辭曰望瑶臺

之偃蹇兮見有娀之佚女西京賦曰懷湘娥王逸楚辭注曰堯二女娥皇女英墮湘水之中為湘夫人也肅肅宵駕動翩

翩翠蓋羅毛詩曰肅肅宵征曹植飛龍篇曰芝蓋翩翩甘泉賦曰咸翠蓋而鸞旗羽旗棲瓊鸞玉衡吐

鳴和琴道雍門周曰水嬉則建羽旗瓊鸞以瓊為鸞以施於旗上鸞鳥故曰棲也鸞旗已見上注楚辭曰鳴玉鸞之啾啾又曰枉玉

衡於炎火王逸曰衡車衡也鄭玄周禮注曰鑾和皆以金為鈴也應劭漢書注曰鑾在軾和在衡太容揮高絃洪崖

發清歌思玄賦曰太容吟曰念哉注曰太容黃帝樂師廣雅曰揮動也西京賦曰洪崖立而指麾薛綜曰三皇時伎人也獻

酬既已周輕舉乘紫霞毛詩曰獻酬交錯漢書谷永曰遙與輕舉登霞倒景揔轡扶桑枝濯足

湯谷波楚辭曰飲余馬乎咸池揔余轡乎扶桑又曰朝濯髮於湯谷清輝溢天門垂慶惠皇家淮南

子曰馮夷大禹之御也乘雲車排閶闔淪天門高誘曰天門上帝所居紫宮門也蔡雍述征賦曰皇家赫而天居萬方徂而星集

塘上行五言歌錄曰塘上行古辭或云甄皇后造或云魏文帝或云武帝歌曰蒲生我池中葉何一離離

江蘺生幽渚微芳不足宣張揖漢書注曰江蘺香草也郭璞曰似水薺也被蒙風雲會移居

華池邊周易曰潤之以風雨楚辭曰鼃黽遊乎華池發藻玉臺下垂影滄浪泉西京賦曰西有玉臺

珍倣宋版印

連以昆德孟子曰滄浪之水清滄浪水色也沾潤既已渥結根奥且堅毛詩曰既沾既渥毛萇曰渥厚也古詩曰冉冉孤生竹結根太山阿奥猶深也四節逝不處華繁難久鮮淑氣與時殞餘芳隨風捐天道有遷易人理無常全司馬遷悲士不遇賦曰天道悠昧人理促兮男懽智傾愚女愛衰避妍莊子曰喜怒相疑愚智相欺仲長子昌言曰彊者勝弱智者欺愚也不惜微軀退但懼蒼蠅前毛詩曰營營青蠅止于上樊鄭玄曰蠅之爲蟲汚白使黑汚黑使白喻佞人變亂善惡也願君廣末光照妾薄暮年封禪書曰使獲日月之末光暮年喻老也

樂府一首

會吟行五言

謝靈運

六引緩清唱三調佇繁音沈約宋書曰控侯宮引第一商引第二徵引第三羽引第四古有六引其宮引本第二角引本第四也並無歌有絃笛存聲不足故闕二曲又曰第一平調第二清調第三瑟調第四楚調第五側調然今三調蓋清平側也爾雅曰佇立也郭璞曰稽久也列筵皆靜寂咸共聆會吟廣雅曰聆聽也會吟自有初請從文命敷尚書曰若稽古大禹曰文命敷于四海史記曰夏禹名曰文命孔安國尚書傳曰敷陳也敷績壺冀始刊木至江汜尚書曰禹敷土隨山刊木孔安國曰敷布也又曰冀州既載壺口治梁及岐又曰岷山導江毛詩曰江有汜列宿炳天文負海橫地理前漢書地理志曰吳地斗分野論衡曰天晏列宿炳奐負海已見上文宋衷易緯注曰天

文者謂三光地理謂五土也連峯競千仞背流各百里上林賦曰蕩乎八川分流相背而異態滮池
漑粳稻輕雲曖松杞毛詩曰滮池北流浸彼稻田毛萇曰滮流皃也王逸楚辭曰曖闇昧皃也兩京愧佳
麗三都豈能似兩京東西二京也曹子建贈丁儀詩曰佳麗殊百城三都蜀吳魏也層臺指中天高墉
積崇雉楚辭曰層臺累榭臨高山列子曰周穆王築臺號曰中天之臺周易曰公用射隼于高墉之上爾雅曰崇重也王肅家語
注曰高一丈曰堵三堵曰雉也飛燕躍廣途鷁首戲清沚西京雜記曰文帝自代還有良馬九匹一名飛燕騮
淮南子曰龍舟鷁首毛萇詩傳曰沚渚也肆呈窈窕容路曜便娟子周禮曰立市爲其肆鄭玄曰陳物處也毛
詩曰窈窕淑女枚乘兔園賦曰若採桑之女連袖方路磨陁長髻便娟數顧阮籍詠懷詩曰路端便娟子常恐日月傾王逸楚辭注曰便
娟好皃也自來彌年代賢達不可紀爾雅曰彌終也句踐善廢興越叟識行止史記
曰吳伐越越王棲於會稽後句踐平吳周元王賜句踐胙命越叟蓋越公也越絕書曰子胥戰於檇李闔閭傷馬軍敗而還欲復其讎飾
專越公錄其術周易曰時止則止時行則行動靜不失其時其道光明范蠡出江湖梅福入城市史記曰范
蠡既雪會稽之恥乃喟然而歎曰計然之策七越用其五而得意既已施於國吾欲用之於家乃乘扁舟浮於江湖變名易姓適齊爲鴟
夷子漢書曰梅福字子真九江人也少學長安至元始中王莽顓政福一朝棄妻子去九江至今傳以爲仙其後人見福於會稽者變姓
名爲吳市門卒東方就旅逸梁鴻去桑梓列仙傳曰東方朔者楚人也久在吳中爲書師武帝時上書拜爲郎

至宣帝初棄郎去以避亂政置冠幘官舍風飄之去後見會稽賣藥旅逸謂爲客而放逸也杜預左氏傳注曰旅客也范曄後漢書曰梁鴻字伯鸞扶風人也東出關遂至吳依大家皐伯通居廡下爲人賃舂伯通異之乃舍之家鴻著書十餘篇毛詩曰惟桑與梓必恭敬止

牽綴書土風辭殫意未已左氏傳晉侯曰鍾儀樂操土風不忘本也

樂府八首

東武吟五言左思齊都賦注曰東武太山皆齊之土風絃歌謳吟之曲名也

鮑明遠

主人且勿諠賤子歌一言漢書曰王邑請召賓邑自稱賤子 僕本寒鄉士出身蒙漢恩始隨張校尉占募到河源漢書曰張騫漢中人也騫以校尉從大將軍擊匈奴知水草處軍得以不乏占謂自隱度而應募爲占募也吳志曰中郎將周祗乞於鄱陽占募班固漢書曰自張騫使大夏之後窮河源也 後逐李輕車追虜窮塞垣漢書曰李廣從弟蔡爲郎事武帝元朔中爲輕車將軍擊右賢王有功卒封樂安侯范曄後漢書曰耿夔追虜出塞而還蔡邕上疏曰秦築長安城漢起塞垣所以別內外異殊俗 密塗亘萬里寧歲猶七奔孔安國尚書傳曰密近也方言曰亘竟也國語曰姜氏告於公子曰自子之行晉無寧歲左氏傳曰巫臣請使於吳晉侯許之乃通吳於晉吳始伐楚子重奔命吳入州來子重子反於是乎一歲七奔命 肌力盡鞍甲心思歷涼溫孟子曰既竭心思焉涼溫已見上文 將軍既下世部曲亦罕存列女傳曰柳下惠妻曰愷悌君子永能厲兮吁嗟惜哉乃下世兮司馬彪續漢

書曰大將軍營五部校尉一人部有曲曲有軍候一人時事一朝異孤績誰復論荅客難曰時異事異少
壯辭家去窮老還入門古長歌行曰少壯不努力漢書婁護曰呂公窮老託身於我腰鎌刈葵藿
倚杖牧雞㹠說文曰鎌鍥也鍥古頡切昔如鞲上鷹今似檻中猨東觀漢記桓虞謂趙勤曰善吏
如良鷹矣下鞲即中淮南子曰置猨檻中則與㹠同非不巧捷也無所肆其能也徒結千載恨空負百年怨
言怨在己若何負之棄席思君幄疲馬戀君軒願垂晉主惠不愧田子魂言己窮老
而還同夫棄席疲馬願垂晉主之惠而不見遺則兼愛之道斯同故亦無愧於田子也晉主言惠田子言愧互文也然田子久謝故謂之
魂韓子曰文公至河令曰籩豆捐之席蓐捐之手足胼胝面目黧黑者後之咎犯聞之而夜哭公曰寡人出亡二十年乃今得反國咎犯
聞之不喜而哭意者不欲寡人反國邪咎犯對曰籩豆所以食也而君捐之席蓐所以臥也而君棄之手足胼胝面目黧黑有勞功者也
而君後之今臣與在後中不勝其哀故哭之文公乃止韓詩外傳曰昔田子方出見老馬於道喟然有志焉以問於御曰此何馬也御曰
故公家畜也罷而不用故出放之田子方曰少盡其力而老棄其身仁者不為也束帛而贖之窮士聞之知所歸心矣韓詩曰縞衣綦巾
聊樂我魂薛君曰魂神也

出自薊北門行五言漢書曰薊故燕國也

羽檄起邊亭烽火入咸陽漢書高祖曰吾以羽檄徵天下兵史記曰有寇至則舉烽火風俗通曰文帝時匈奴

珍倣宋版印

犯塞候騎至甘泉烽火通長安徵騎屯廣武分兵救朔方臣瓚漢書注曰律說勒兵而住曰屯班固漢書贊曰
聚天下兵軍於廣武又曰太原郡有廣武縣又鄜食其曰楚人聞則分兵救之又有朔方郡武帝開嚴秋筋竿勁虜陣
精且彊漢書曰匈奴秋馬肥大會蹛林周禮曰弓人爲弓筋也者所以爲深也竿箭幹也竝公旱切天子按劍怒
使者遙相望說苑曰秦帝按劍而坐漢書曰遣使冠蓋相望於道雁行緣石徑魚貫度飛梁漢書
曰公孫戎奴以校尉擊匈奴至右賢王庭爲雁行上石山先登周易曰貫魚以宮人寵無不利王𦒱曰駢頭相次似貫魚也甘泉賦曰貫
倒景而歷飛梁簫鼓流漢思旌甲被胡霜疾風衝塞起沙礫自飄揚易通卦驗曰大
風揚沙春秋命曆序曰大風飄石馬毛縮如蝟角弓不可張西京雜記曰元封二年大寒雪深五尺野鳥獸
皆死牛馬蹄縮如蝟韋曜集曰秋風揚沙塵塞露霑衣裳角弓持急絃鳩鳥化爲鷹時危見臣節世亂識忠良
老子曰國家昏亂有忠臣焉投軀報明主身死爲國殤國殤爲國戰士也楚辭祠國殤曰身既死兮神以靈
魂魄毅兮爲鬼雄

結客少年場行五言曹植結客篇曰結客少年場報怨洛北芒范曄後漢書曰祭遵嘗爲部吏所侵結客報之也
驄馬金絡頭錦帶佩吳鉤古日出東南行曰黃金絡馬頭觀者滿道旁禮記曰居士錦帶吳都賦曰吳鈎越棘

也失意杯酒間白刃起相讎桓範世要論曰觴酌遲速使用失意淮南子曰今有美酒嘉肴以相賓饗爭盈爵之間乃反為鬬而相傷三族皆怨追兵一旦至負劍遠行游追兵謂捕己也遠行以避之也范曄後漢書曰世祖會追兵至燕丹太子聽秦王姬人鼓琴琴聲曰鹿盧之劍可負而拔去鄉三十載復得還舊丘廣雅曰丘居也升高臨四關表裏望皇州陸機洛陽記曰洛陽有四關東為城皋南伊闕北孟津西函谷表裏猶內外也左氏傳子犯曰表裏山河九塗平若水雙闕似雲浮周禮曰匠人營國傍三門國中九經九緯鄭玄曰經緯塗也莊子曰平者水停之盛也其可以為法也古詩曰雙闕百餘尺史記曰三神山黃金白銀為宮闕望之如雲崔駰達旨曰冠蓋雲浮扶宮羅將相夾道列王侯漢書曰宣帝登長平坂王侯迎者夾道陳也日中市朝滿車馬若川流周易曰日中為市致天下之人聚天下之貨張協禊飲賦曰車馬膠葛川流波亂擊鐘陳鼎食方駕自相求左氏傳曰宋左師每食擊鐘聞鐘聲公曰夫子將食家語曰子路南游於楚積粟萬鍾列鼎而食方駕已見上文古詩曰冠帶自相索今我獨何為埳壈懷百憂嵇康憂憤詩曰子獨何為楚辭曰貧士失職而志不平又曰惟鬱鬱之憂獨兮志坎壈而不達王逸曰坎壈不遇貌也毛詩曰我生之後逢此百憂

東門行 五言 歌錄曰日出東門行古辭也

傷禽惡弦驚倦客惡離聲戰國策魏加對春申君曰臣少之時好射願以射譬可乎春申君曰可異日更嬴與

珍倣宋版印

魏王處京臺之下更嬴謂魏王曰臣能虛發而下鳥魏王曰然則射可至此乎更嬴曰可有鴻雁從東方來更嬴以虛弓發而下之王曰射之精可至此乎更嬴曰此孽也王曰先生何以知之對曰其飛徐者其創痛也悲鳴者久失羣也故創未息而驚心未忘聞弦音引而高飛故創怯今臨武君常爲秦孽不可爲拒秦之將也

爲離聲斷客情賓御皆涕零涕零心斷絕

將去復還訣訣與決同一息不相知何況異鄉別說文曰息喘也遙遙征駕遠杳

杳落日晚左氏傳童謠曰鸜鵒之巢遠哉遙遙楚辭曰日杳杳以西頹居人掩閨臥行子夜中飯

野風吹秋木行子心腸斷食梅常苦酸衣葛常苦寒淮南子曰百梅足以爲百人酸

毛詩曰絺兮綌兮凄其以風毛萇曰凄寒風也絲竹徒滿坐憂人不解顏禮記曰絲竹樂之器也列子曰列子師老商氏五年之後夫子始一解顏而笑也

長歌欲自慰彌起長恨端鄭玄禮記注曰彌益也

苦熱行曹植苦熱行曰行遊到日南經歷交阯鄉苦熱但曝霜越夷水中藏

赤阪橫西阻火山赫南威漢書西域傳杜欽曰又歷大頭痛小頭痛山赤土身熱之阪令人身熱無色頭痛嘔吐東方朔神異經曰南荒外有火山焉長四十里廣四五里其中皆生木晝夜火燃雖暴風雨火不滅

身熱頭且痛鳥墮魂來歸東觀漢記馬援謂官屬曰吾在浪泊仰視烏鳶跕跕墮水中楚辭曰魂兮來歸南方不可以止雕題黑齒得人以祀其骨爲醢

湯泉發雲潭焦煙起石圻王歆之始興記曰雲水源泉涌溜如沸湯有細赤魚出游莫有獲之者焦

烟蓋熱氣也南越志曰興寧縣有熱水山焉其下有焦石歊蒸之熱恒數四丈楚辭曰觸石碕而衡遊墠蒼曰碕曲岸碕與圻同日月有恒昏雨露未嘗晞魏都賦曰窮岫泄雲日月恒翳曹植感時賦曰惟淫雨之永降曠三旬而未晞毛詩曰白露未晞毛萇曰晞乾也東觀漢記馬援曰吾在浪泊之時下潦上霧丹蛇踰百尺玄蜂盈十圍外國圖曰楊山丹蛇居之去九疑五萬里楚辭曰赤蟻若象玄蜂若壺百尺十圍言其長大也含沙射流影吹蠱痛行暉干寶搜神記曰有物處于江水其名曰蜮一曰短狐能含沙射人所中者頭痛發熱劇者至死毛詩義疏曰蜮短狐一名射影吹蠱即飛蠱也顧野王輿地志曰江南數郡有畜蠱者主人行之以殺人行食飲中人不覺也其家絕滅者則飛遊妄走中之則斃行暉行旅之光暉也鄣氣晝熏體菵露夜沾衣吳志華覈表曰蒼梧南海歲有癘風鄣氣宋永初山川記曰寧州鄣氣菵露四時不絕菵草名有毒其上露觸之肉即潰爛菵音罔飢猨莫下食晨禽不敢飛南越志曰礐石縣有銅淵泉源沸涌謂之毒水飛禽走獸經之者殞礐音勞列女傳陶荅子妻曰玄豹霧雨七日不下食曹植七哀詩曰南方有鄣氣晨鳥不得飛毒涇尚多死渡瀘寧具腓言秦人毒涇尚或多死況今毒癘乎諸葛渡瀘寧有俱病也左氏傳曰諸侯之大夫從晉侯伐秦濟涇而次秦人毒涇上流師人多死諸葛亮表曰五月渡瀘深入不毛毛詩曰秋日淒淒百卉具腓毛萇曰腓病也瀘音盧腓音肥生軀蹈死地昌志登禍機列女傳曰楚子發之母謂子發曰使人入於死地而康樂於上雖有以得勝非其術也曹大家曰軍事險危故為死地地也莊子曰其發若機栝其司是非之謂也司馬彪曰言生以是非臧否交接則禍敗之來若機栝之發

珍倣宋版印

班固漢書述曰禍如發機戈船榮既薄伏波賞亦微漢書曰歸義侯嚴為戈船將軍出零陵下離水范曄後漢書曰交阯女子徵側反拜馬援為伏波將軍擊交阯斬徵側振軍旅還京師朝見位次九卿財輕君尚惜士重安可希韓詩外傳曰宋燕相齊還遂罷歸舍召門尉田饒等問曰大夫誰與我赴諸侯乎皆伏不對宋燕曰何士易得而難用也田饒對曰君紈素錦繡從風而弊士曾不得緣衣夫財者君所輕死者士所重君不能用所輕欲使士致重乎

白頭吟西京雜記曰司馬相如將娉茂陵一女為妾文君作白頭吟以自絕相如乃止沈約宋書古辭白頭吟曰淒淒重淒淒嫁娶不須啼願得一心人白頭不相離

直如朱絲繩清如玉壺冰朱絲朱絃也禮記清廟之瑟朱絃而疏越桓子新論曰神農始削桐為琴繩絲為絃秦子曰玉壺必求其以盛干將必求其以斷何慙宿昔意猜恨坐相仍馮衍荅任武達書曰敢不露陳宿昔之意東觀漢記段頍曰張奐事勢相反遂懷猜恨方言曰猜疑也爾雅曰仍因也猜千才切人情賤恩舊世議逐衰興毛詩序曰朋友道絕鄭玄曰道絕者棄恩舊也毫髮一為瑕丘山不可勝李尤戟銘曰山陵之禍越于毫芒仲長子昌言曰事求絲髮之疊孫盛曰劉琨王浚睚眦起於絲髮疊敗成於丘海文子曰禍福之至雖丘山無由識之矣食苗實碩鼠玷白信蒼蠅毛詩曰碩鼠碩鼠無食我苗蒼蠅之為蟲汙白使黑已見上文鳧鵠遠成美薪芻前見陵韓詩外傳曰田饒事魯哀公而不見察謂哀公曰夫鷄頭戴冠文也足有距武也見敵敢鬬勇也有食相呼仁

也夜不失時信也雞有五德君猶日瀹而食之者以其所從來近也夫黃鵠一舉千里止君園池食君魚鼈啄君稻粱無此五者而貴之以其所從來遠也故臣將去君黃鵠舉矣公曰吾書子之言文子曰虛無因循常後而不先譬若積薪薪燎後者處上也蒼頡篇曰陵侵也史記曰汲黯謂武帝曰陛下用羣臣如積薪後來者居上

申黜褒女進班去趙姬昇周王日淪惑漢帝益嗟稱毛詩序曰幽王取申女以爲后又得褒姒而黜申后孔安國尚書傳曰淪沒也班婕妤失寵已見班婕妤怨詩

心賞猶難恃貌恭豈易憑呂氏春秋曰所恃者心也而心猶不足恃尚書曰貌曰恭古來共如此

非君獨撫膺列子曰昔人有知不死之道者齊子欲學其道聞言者已死乃撫膺而歎

放歌行歌錄曰孤子生行古辭曰放歌行

蓼蟲避葵堇習苦不言非楚辭曰蓼蟲不徙乎葵藿王逸曰言蓼蟲處辛辣食苦惡不徙葵藿食甘美者也

小人自齷齪安知曠士懷漢書酈食其曰其將齷齪好苛禮也雞鳴洛城裏禁門平旦

開史記曰雞三號平明東觀漢記杜詩曰伏湛出入禁門補拾遺闕冠蓋縱橫至車騎四方來素帶

曳長飆華纓結遠埃禮記曰大夫帶素爾雅或爲此猋飆與猋同古字通也七啓曰華組之纓日中安能

止鍾鳴猶未歸日中爲市已見上文崔元始正論永寧詔曰鍾鳴漏盡洛陽城中不得有行者夷世不可逢

賢君信愛才郭象注曰世有夷險左氏傳曰魏犨傷於胷公欲殺之而愛其才明慮自天斷不受外

嫌猜李尤上林苑銘曰顯宗備禮明慮弘深左氏傳箴尹克黃曰君天也杜預左氏傳注曰猜疑也一言分珪爵片善辭草萊漢書張竦奏曰一言之勞皆蒙上山之賞解嘲曰析人之珪擔人之爵莊子曰農夫無草萊之事則不比豈伊白璧賜將起黃金臺史記曰虞卿說趙孝成王一見賜黃金百鎰白璧一雙王隱晉書曰段匹磾討石勒進屯故安縣故燕太子丹金臺上谷郡圖經曰黃金臺易水東南十八里燕昭王置千金於臺上以延天下之士二說既異故具引之今君有何疾臨路獨遲迴

升天行

家世宅關輔勝帶宦王城關關中也漢書曰右扶風左馮翊京兆尹是爲三輔東京賦曰然後以建王城備聞十帝事委曲兩都情十帝兩都俱謂漢也論衡曰漢家三百歲十帝燿德倦見物興衰驟覩俗屯平周易曰屯難也翩翻類迴掌恍惚似朝榮迴掌言疾也孟子曰武丁朝諸侯有天下猶運掌也潘岳朝菌賦曰柰何兮繁華朝榮兮夕斃窮塗悔短計晚志重長生春秋合誠圖曰黃帝請問太一長生之道太一曰齋戒六丁道乃可成從師入遠岳結友事仙靈莊子曰從師不囿郭象曰任其自聚非囿之也楚辭曰與赤松結友兮比王喬而爲偶五圖發金記九篇隱丹經抱朴子曰余聞鄭君言道書之重莫尚於三皇文五岳真形圖也又曰鄭君唯見授金丹之經又曰仙經九轉丹金液經皆在崑崙五城之內藏以玉函尚書曰啓籥見書鄭玄易緯注

曰齊魯之閒名門戶及藏器之管曰籥以藏經而丹有九轉故曰九籥也風餐委松宿雲臥恣天行莊子曰藐
姑射之山有神人居焉不食五穀吸風飲露乘雲氣御飛龍冠霞登綵閣解玉飲椒庭郭璞遊仙詩曰振髮
戴翠霞解褐禮絳霄陸機雲賦曰似長城曲蜿綵閣相扶椒庭取其芬香也洛神賦曰踐椒塗之郁烈蹔遊越萬里近
別數千齡神仙傳若士謂盧敖曰吾一舉千萬里吾猶未之能焉明先生別傳曰先生隨神士還代見安期先生語神女曰昔
與女郎遊于安息憶此未久已二千年矣鳳臺無還駕簫管有遺聲列仙傳曰簫史者秦繆公時人也善吹簫
繆公有女號弄玉好之公遂以妻之遂教弄玉作鳳鳴居數十年吹似鳳聲鳳皇來止其屋爲作鳳臺夫婦止其上不下數年一日皆隨
鳳皇飛去故秦氏作鳳女祠有簫聲阮籍詠懷詩曰簫管有遺音梁王安在哉何時與爾曹啄腐共吞腥如淳
漢書注曰曹輩也孔安國尚書傳曰腥臭也

鼓吹曲一首

五言集云奉隋王教作古入朝曲蔡邕曰鼓吹歌軍樂也謂之短簫鐃歌黃帝岐伯所作也

謝玄暉

江南佳麗地金陵帝王州爾雅曰江南曰揚州佳麗已見上文吳錄曰張紘言於孫權曰秣陵楚武王所置名
爲金陵秦始皇時望氣者云金陵有王者氣故斷連崗改名秣陵也曹植贈王粲詩曰壯哉帝王居佳麗殊百城逶迤帶淥
水迢遞起朱樓王逸楚辭注曰逶迤長貌也吳都賦曰亘以淥水劉逵注曰迢遞遠望懸絕也馮衍顯志賦曰伏朱樓而

四望採三秀之華英飛甍夾馳道垂楊蔭御溝吳都賦曰飛甍舛互漢書曰太子不敢絕馳道應劭曰天子道也洛陽記曰天淵南有石溝御溝水也崔豹古今注曰長安御溝謂之楊溝植楊於其上凝笳翼高蓋疊鼓送華輈徐引聲謂之凝小雅曰翼送也老子曰駟馬高蓋小擊鼓謂之疊西京賦曰龍輈華轙獻納雲臺表功名良可收兩京賦序曰朝夕論思日月獻納范曄後漢書曰肅宗詔賈逵入講尚書南宮雲臺解嘲曰藺先生收功於章臺

挽歌譙周法訓曰挽歌者高帝召田橫至尸鄉自殺從者不敢哭而不勝哀故為此歌以寄哀音焉

挽歌詩一首五言

繆熙伯文章志曰繆襲字熙伯魏志曰襲東海人有才學多所敘述官至尚書光祿勳

生時遊國都死沒棄中野歸田賦曰遊都邑以永久周易曰古之葬者厚衣之以薪葬之中野朝發高堂上暮宿黃泉下論衡曰親之生也生之高堂之上其死也葬之黃泉之下服虔左氏傳注曰天玄地黃泉在地中故言黃泉也白日入虞淵懸車息駟馬淮南子曰日出湯谷至于悲泉爰息其馬是為懸車至于虞淵是謂黃昏造化雖神明安能復存我淮南子曰丈夫恬然無為與造化逍遙高誘曰造化天地生也存已見上文形容稍歇滅齒髮行當墮自古皆有然誰能離此者穆天子傳七萃之士曰自古有死生

挽歌詩三首五言

陸士衡

卜擇考休貞嘉命咸在茲儀禮曰筮若不從筮擇如初儀又曰卜若不從卜擇如初儀鄭玄曰擇地而筮之也鄭玄毛詩箋云考稽也鄭衆周禮注曰大貞大卦也廣雅曰命名也夙駕驚徒御結轡頓重基毛詩曰星言夙駕又曰徒御不驚春秋運斗樞曰山者地基也龍幌被廣柳前驅矯輕旗禮記曰飾棺君龍帷三池振容黼荒鄭玄曰荒蒙也在傍曰帷在上曰荒皆所以衣柳然龍荒畫龍於荒也被猶衣也史記曰周氏置季布於廣柳車中劉熙釋名曰輿棺之車其蓋曰柳晉灼漢書曰柳聚也衆飾之所聚也禮記曰以死者爲不可別也故以其旗識之賀循葬禮曰杠今之旐也古以緇布爲之絳繒題姓名而已不爲畫飾幌與荒同古字通殯宮何嘈嘈哀響沸中闈釋名曰於西壁下塗之曰殯儀禮曰遂適殯宮中闈且勿讙聽我薤露詩崔豹古今注曰薤露蒿里並喪歌出田横門人横自殺門人傷之爲之悲歌言人命如薤上之露易晞滅亦謂人死魂精歸乎蒿里故有二章其一曰薤上朝露何易晞露晞明朝更復落人死一去何時歸其二章曰蒿里誰家地聚斂魂魄無賢愚鬼伯一何相催促人命不得少踟躕至李延年乃分二章爲二曲薤露送王公貴人蒿里送士大夫庶人使挽柩者歌之世亦呼爲挽歌也死生各異倫祖載當有時范曄後漢書曰唐姬詩曰死生各異兮從此乖周禮曰喪祝掌大喪祖飾棺乃載鄭玄曰祖爲行始也其序載而後飾白虎通曰祖者始也始載於庭轜車辭祖禰故名曰祖載也白虎通與鄭說不同故俱引之舍爵兩楹位啓殯進靈轜儀禮曰遷于祖用轜正柩於兩楹閒奠設如初又曰請啓期鄭玄曰請啓殯之期也說文曰轜喪車也禮記孔子曰予疇昔之夜夢坐奠於兩楹之閒鄭玄曰是夢坐奠於兩楹之間而見饋

食言奠者以爲凶也飲餞觴莫舉出宿歸無期毛詩曰出宿于泲飲餞于禰帷衽曠遺影棟
宇與子辭鄭玄禮記注曰衽臥席也孔安國尚書傳曰曠空也周親咸奔湊友朋自遠來尚書王曰
雖有周親不如仁人孔安國曰周至也王逸楚辭注曰湊衆也論語子曰友朋自遠方來翼翼飛輕軒駸駸策素
騏毛詩曰乘其四駱載驟駸駸又曰有騂有騏毛萇曰蒼白曰騏也按轡遵長薄送子長夜臺漢書曰天
子按轡徐行阮瑀七哀詩曰冥冥九泉室漫漫長夜臺呼子子不聞泣子子不知歎息重櫬側
念我疇昔時杜預左氏傳曰櫬棺也楚鎮切左氏傳羊斟曰疇昔之羊子爲政三秋猶足收萬世安
可思毛詩曰一日不見如三秋兮殉沒身易亡救子非所能臣瓚漢書注曰亡身從物曰殉殉或爲殞
含言言哽咽揮涕涕流離劉表與袁譚書曰聞之哽咽若存若亡長門賦曰涕流離而從橫
重阜何崔嵬玄廬竄其間曹植曹喈誄曰痛玄廬之虛廓旁薄立四極穹隆放蒼天
爾雅曰東至於泰遠西至於邠國南至於濮鉛北至於祝栗謂之四極太玄經曰天穹隆而周乎下地旁薄而向乎上故天裹地側
聽陰溝涌臥觀天井懸古之葬者於壙中爲天象及江河陰溝江河也天井天象也魯靈光殿賦曰玄醴騰涌於
陰溝史記曰始皇治酈山以水銀爲江河上具天文天官星占曰東井一名天井廣霄何寥廓大暮安可晨
張奐遺令曰地底冥冥長無曉期人往有反歲我行無歸年呂氏春秋曰管仲有病桓公往問之對曰今臣

將有遠行胡可以問之高誘曰行謂卽世也　昔居四民宅今託萬鬼鄰管子曰士農工商四民者國之正民
也海水經曰東海中有山焉名度索上有大桃樹東北瘣枝名曰鬼門萬鬼所聚　昔爲七尺軀今成灰與塵
淮南子曰吾生也有七尺之形吾死也有一棺之土韓子曰死者始而灰已而土李尤九曲歌曰肥骨消滅隨塵去　金玉素所
佩鴻毛今不振漢書郊祀歌曰曳珂錫佩珠玉鄭玄喪服注曰素故也鴻毛喻輕也燕丹子曰死有輕於鴻毛　豐肌
饗螻蟻妍姿永夷泯司馬相如美人賦曰弱骨豐肌莊子曰莊子將死弟子欲厚葬之莊子曰吾以天地爲棺弟子
曰恐烏鳶之食夫子也莊子曰在上爲烏鳶食在下爲螻蟻食奪彼與此何其偏也廣雅曰夷滅也爾雅曰泯盡也　壽堂延螭
魅虛無自相賓楚辭曰蹇將憺兮壽宮與日月兮齊光王逸曰壽宮供神之處也左氏傳曰王孫滿對楚子曰螭魅魍魎
莫能逢之杜預曰螭山神獸形魅怪物也周禮曰五州爲鄉使之相賓鄭玄曰賓賓客其賢者也　螻蟻爾何怨螭魅
我何親拊心痛荼毒永歎莫爲陳拊心已見上文毛詩曰民之貪亂寧爲荼毒又曰假寐永歎　流
離親友思惆悵神不泰流離已見上文楚辭曰惆悵兮而私自憐　素驂佇轜軒玄駟鶩飛
蓋哀鳴與殯宮迴遲悲野外殯宮已見上文　魂輿寂無響但見冠與帶周遷輿服
志曰禮葬有魂車儀禮曰薦車直東榮鄭玄曰進車者象生時將行陳駕今時謂之魂車也　備物象平生長旌誰
爲旆禮記曰孔子爲明器者備物而不可用周禮曰大喪供銘旌　悲風徽行軌傾雲結流藹爾雅曰徽

珍倣宋版印

止也或作鼓軌車也結猶積也文字集略曰靄雲雨狀也藹與靄古字同振策指靈丘駕言從此逝秦嘉詩曰振策陟長衢曹植感節賦曰豈吾鄉之足顧戀祖宗之靈丘毛詩曰駕言出遊

挽歌詩一首 五言

陶淵明

荒草何茫茫白楊亦蕭蕭古詩曰四顧何茫茫東風搖百草又曰白楊何蕭蕭松柏夾廣路楚辭曰風颯颯兮木蕭蕭嚴霜九月中送我出遠郊楚辭曰冬又申之以嚴霜爾雅曰邑外曰郊四面無人居高墳正嶣嶢字林曰嶣嶢高貌也馬爲仰天鳴風爲自蕭條蔡琰詩曰馬爲立踟躕漢書息夫躬絕命辭曰秋風爲我吟幽室一已閉千年不復朝千年不復朝賢達無奈何向來相送人各已歸其家親戚或餘悲他人亦已歌死去何所道託體同山阿

雜歌

歌一首 并序 七言

荊軻史記曰荊軻衞人其先齊人徙於衞衞人謂之慶卿之燕燕人謂之荊卿荊卿好讀書擊劍

燕太子丹使荊軻刺秦王丹祖送於易水上崔寔四民月令曰祖道神祀以求道路之福

高漸離擊筑鄧展漢書注曰筑音竹應劭曰狀似琴而大頭安絃以竹擊之故名曰筑也荊軻歌宋如意和之曰　風蕭蕭兮易水寒壯士一去兮不復還

歌一首并序七言　漢高祖

高祖還過沛留置酒沛宮悉召故人父老子弟佐酒應劭漢書注曰助行酒也發沛中兒得百二十人教之歌酒酣應劭漢書注曰酣洽也　上擊筑自歌曰　大風起兮雲飛揚威加海內兮歸故鄉安得猛士兮守四方風起雲飛以喻羣兇競逐而天下亂也威加四海言已靜也夫安不忘危故思猛士以鎮之

扶風歌一首五言　劉越石

集云扶風歌九首然以兩韻爲一首今此合之蓋誤

朝發廣莫門莫宿丹水山晉宮閣名曰洛陽城廣莫門北向漢書曰高都縣莞谷丹水所出也莞音管左手彎繁弱右手揮龍淵左氏傳衛子魚曰分魯公以封父之繁弱杜預曰封父古諸侯也繁弱大弓名也戰國策蘇秦說韓曰韓之劍戟龍淵太阿皆陸斷馬牛水擊鴻鴈顧瞻望宮闕俯仰御飛軒鄭玄毛詩箋曰迴首曰顧據鞍長歎息淚下如流泉繫馬長松下發鞍高岳頭烈烈悲風起泠

泠澗水流揮手長相謝哽咽不能言晉灼漢書注曰以辭相告曰謝哽咽已見上文浮雲爲我結歸烏爲我旋漢書息夫躬絕命辭曰秋風爲我吟浮雲爲我陰去家已遠安知存與亡古詩曰相去日已遠韋弘嗣秋風篇曰辭親向長路安知存與亡慷慨窮林中抱膝獨摧藏琴操王昭君歌曰離宮絕曠身摧藏麋鹿遊我前猨猴戲我側資糧既乏盡薇蕨安可食史記曰伯夷叔齊隱於首陽山采薇而食之攬轡命徒侶吟嘯絕巖中楚辭曰攬騑轡而下節李陵書曰吟嘯成羣君子道微矣夫子故有窮周易曰君子道消穀梁傳曰叔姬歸于紀其不言逆何也逆之道微矣論語曰夫子在陳絕糧子路慍見曰君子亦有窮乎子曰君子固窮小人窮斯濫矣惟昔李騫期寄在匈奴庭忠信反獲罪漢武不見明李陵降匈奴已見恨賦周易曰歸妹愆期遲歸有時王肅曰愆過也騫與愆通也我欲競此曲此曲悲且長宋子侯歌曰吾欲競此曲此曲愁人腸棄置勿重陳重陳令心傷魏文帝雜詩曰棄置勿復陳

中山王孺子妾歌一首 五言　陸韓卿

漢書曰詔賜中山靖王噲及孺子妾并未央才人歌詩四篇如淳曰孺子幼少稱也孺子宮人也

如姬寢臥內班婕坐同車史記侯嬴謂魏公子毋忌曰嬴聞晉鄙之兵符常在魏王臥內而如姬出入王臥內

力能竊之漢書曰成帝遊於後庭常欲與班婕妤同輦載洪波陪飲帳林光宴秦餘韓詩外傳曰趙簡子與諸
大夫飲於洪波之臺西都賓曰覩往昔之遺館獲林光於秦餘然秦餘漢帝所幸洪波非魏王所遊疑陸誤也歲暮寒飇及
秋水落芙蕖爾雅曰荷芙蕖也郭璞曰別名芙蓉也子瑕矯後駕安陵泣前魚韓子曰昔者彌
子瑕有寵於衛君衛國之法竊駕君車者罪跀彌子母病人聞夜告彌子彌子矯駕君車以出於門君聞賢之曰孝哉爲母之故犯跀罪
跀古刖字也說文曰矯擅也戰國策曰魏王與龍陽君共船而釣龍陽君釣得十餘魚而棄之泣下王曰有所不安乎對曰無王曰然則
何爲涕出對曰臣始得魚甚喜後得益多而大欲棄前之所得也今以臣凶惡而得拂枕席今爵至人君走人於庭避人於塗四海之內
其美人甚多矣聞臣之得幸於王畢褰裳而趍王臣亦同曩者所得魚也亦將棄矣得無涕出乎王乃布令曰敢言美人者族然泣魚是
龍陽非安陵疑陸誤也賤妾終已矣君子定焉如楚辭曰已矣哉王逸曰已矣絕望之辭也思玄賦曰繆天
道其焉如

文選卷第二十八

賜進士出身通奉大夫江南蘇松常鎮太等處承宣布政使司布政使胡克家重校刊

一珍倣宋版印

文選卷第二十九

梁昭明太子撰

文林郎守太子右內率府錄事參軍事崇賢館直學士臣李善注上

雜詩上

王正長雜詩一首　棗道彥雜詩一首

左太沖雜詩一首　張季鷹雜詩一首

張景陽雜詩十首

古詩一十九首 五言并云古詩蓋不知作者或云枚乘疑不能明也詩云驅馬上東門又云遊戲宛與洛此則辭兼東都非盡是乘明矣昭明以失其姓氏故編在李陵之上

行行重行行與君生別離 楚辭曰悲莫悲兮生別離 相去萬餘里各在天一涯 廣雅曰涯方也 道路阻且長會面安可知 毛詩曰遡洄從之道阻且長薛綜西京賦注曰安焉也 胡馬依北風越鳥巢南枝 韓詩外傳曰詩曰代馬依北風飛鳥棲故巢皆不忘本之謂也 相去日已遠衣帶日已緩 古樂府歌曰離家日趨遠衣帶日趨緩 浮雲蔽白日遊子不顧反 浮雲之蔽白日以喻邪佞之毀忠良故遊子之行不顧反也文子曰日月欲明浮雲蓋之陸賈新語曰邪臣之蔽賢猶浮雲之鄣日月古楊柳行曰讒邪害公正浮雲蔽白日義與此同也鄭玄毛詩箋曰顧念也 思君令人老歲月忽已晚棄捐勿復道努力加餐飯

青青河畔草鬱鬱園中柳 鬱鬱茂盛也 盈盈樓上女皎皎當牕牖 草生茂畔柳河

珍倣宋版印

園中以喻美人當牕牖也廣雅曰嬴容也盈與嬴同古字通娥娥紅粉粧纖纖出素手方言曰秦晉之閒美貌謂之娥韓詩曰纖纖女手可以縫裳薛君曰纖纖女手之貌毛萇曰摻摻猶纖纖也昔爲倡家女今爲蕩子婦史記曰趙王遷母倡也說文曰倡樂也謂作妓者蕩子行不歸空牀難獨守列子曰有人去鄉土遊於四方而不歸者世謂之爲狂蕩之人也

青青陵上栢磊磊磵中石言長存也莊子仲尼曰受命於地唯松栢獨也在冬夏常青青楚詞曰石磊磊兮葛蔓蔓字林曰磊磊衆石也人生天地閒忽如遠行客言異松石也尸子老萊子曰人生於天地之閒寄也寄者固歸列子曰死人爲歸人則生人爲行人矣韓詩外傳曰枯魚銜索幾何不蠹二親之壽忽如過客斗酒相娛樂聊厚不爲薄鄭玄毛詩箋曰聊粗略之辭也驅車策駑馬遊戲宛與洛廣雅曰駑駘也謂馬遲鈍者也漢書南陽郡有宛縣洛東都也洛中何鬱鬱冠帶自相索春秋說題辭曰齊俗冠帶以禮相提賈逵國語注曰索求也長衢羅夾巷王侯多第宅魏王奏事曰出不由里門面大道者名曰第兩宮遙相望雙闕百餘尺蔡質漢官典職曰南宮北宮相去七里極宴娛心意戚戚何所迫楚辭曰居戚戚而不可解

今日良宴會歡樂難具陳毛萇詩傳曰良善也陳猶說也彈箏奮逸響新聲妙入神

劉向雅琴賦曰窮音之至入於神令德唱高言識曲聽其真左氏傳宋昭公曰光昭先君之令德莊子曰是
以高言不止於衆人之口廣雅曰高上也謂辭之美者真猶正也齊心同所願含意俱未申所願謂富貴也
人生寄一世奄忽若飇塵人生若寄已見上注方言曰奄遽也爾雅曰飄飆謂之猋爾雅或為此飇何不
策高足先據要路津高上也亦謂逸足也無為守窮賤轗軻長苦辛楚辭曰年既過太半
然轗軻不遇也轗與轞同苦闇切軻苦賀切
西北有高樓上與浮雲齊此篇明高才之人仕宦未達知人者稀也西北乾位君之居也交疏結綺
牕阿閣三重階薛綜西京賦注曰疏刻穿之也說文曰綺文繒也此刻鏤以象之尚書中候曰昔黃帝軒轅鳳皇巢阿閣
周書曰明堂咸有四阿然則閣有四阿謂之阿閣鄭玄周禮注曰四阿若今四注者也薛綜西京賦注曰殿前三階也上有絃
歌聲音響一何悲論語曰子游為武城宰聞絃歌之聲說苑應侯曰今日之琴一何悲也誰能為此曲
無乃杞梁妻琴操曰杞梁妻嘆者齊邑杞梁殖之妻所作也殖死妻嘆曰上則無父中則無夫下則無子將何以立吾節亦
死而已援琴而鼓之曲終遂自投淄水而死清商隨風發中曲正徘徊宋玉長笛賦曰吟清商追流徵一
彈再三歎慷慨有餘哀說文曰歎太息也又曰慷慨壯士不得志於心也不惜歌者苦但傷
知音稀賈逵國語注曰惜痛也孔安國論語注曰稀少也願為雙鳴鶴奮翅起高飛楚辭曰將奮翼

兮高飛廣雅曰高遠也
涉江采芙蓉蘭澤多芳草采之欲遺誰所思在遠道楚辭曰折芳馨兮遺所思還
顧望舊鄉長路漫浩浩鄭玄毛詩箋曰回首曰顧同心而離居憂傷以終老周易曰二
人同心楚辭曰將以遺兮離居毛詩曰假寐永歎維憂用老明月皎夜光促織鳴東壁春秋考異郵曰立秋
趣織鳴宋均曰趣織蟋蟀也立秋女功急故趣之禮記曰季夏蟋蟀在壁玉衡指孟冬衆星何歷歷春秋運斗
樞曰北斗七星第五曰玉衡淮南子曰孟秋之月招搖指申然上云促織下云秋蟬明是漢之孟冬非夏之孟冬矣漢書曰高祖十月至
霸上故以十月爲歲首漢之孟冬今之七月矣白露沾野草時節忽復易禮記曰孟秋之月白露降列子曰寒
暑易節秋蟬鳴樹閒玄鳥逝安適禮記曰孟秋寒蟬鳴又曰仲秋之月玄鳥歸鄭玄曰玄鳥鷰也謂去蟄也
呂氏春秋曰國危甚矣若將安適高誘曰適之也復云秋蟬玄鳥者此明實候故以夏正言之昔我同門友高舉振
六翮論語曰有朋自遠方來不亦樂乎鄭玄曰同門曰朋韓詩外傳蓋桑曰夫鴻鵠一舉千里所恃者六翮耳不念攜手
好棄我如遺跡毛詩曰惠而好我攜手同車國語楚鬬且語其弟曰靈王不顧於民一國棄之如遺跡焉南箕北
有斗牽牛不負軛言有名而無實也毛詩曰維南有箕不可以簸楊維北有斗不可以挹酒漿睆彼牽牛不以服箱
良無盤石固虛名復何益良信也聲類曰盤大石也

冉冉孤生竹結根泰山阿竹結根於山阿喻婦人託身於君子也風賦曰緣太山之阿與君爲新婚兔絲附女蘿毛萇詩傳曰女蘿松蘿也毛詩草木疏曰今松蘿蔓松而生而枝正青兔絲草蔓聯草上黄赤如金與松蘿殊異此古今方俗名草不同然是異草故曰附也兔絲生有時夫婦會有宜蒼頡篇曰宜得其所也千里遠結婚悠悠隔山陂說文曰陂阪也思君令人老軒車來何遲傷彼蕙蘭花含英揚光輝過時而不采將隨秋草萎楚辭曰秋草榮其將實微霜下而夜殞君亮執高節賤妾亦何爲爾雅曰亮信也

庭中有奇樹綠葉發華滋蔡質漢官典職曰宮中種嘉木奇樹攀條折其榮將以遺所思遺所思已見上文馨香盈懷袖路遠莫致之王逸楚辭注曰在衣曰懷毛詩曰豈不爾思遠莫致之說文曰致送詣也此物何足貢但感別經時賈逵國語注曰貢獻也物或爲榮貢或作貴

迢迢牽牛星皎皎河漢女牽牛已見上文毛詩曰維天有漢監亦有光跂彼織女終日七襄雖則七襄不成報章毛萇曰河漢天河也纖纖擢素手札札弄機杼纖纖已見上文終日不成章泣涕零如雨不成章已見上句注毛詩曰瞻望弗及泣涕如雨河漢清且淺相去復幾許盈盈一水閒脈脈不得語爾雅曰脈相視也郭璞曰脈脈謂相視貌也

迴車駕言邁悠悠涉長道毛詩曰駕言出遊又曰悠悠南行順彼長道四顧何茫茫東風搖百草莊子曰方將四顧王逸楚辭注曰茫茫草木彌遠容貌盛也所遇無故物焉得不速老盛衰各有時立身苦不早人生非金石豈能長壽考韓子曰雖與金石相弊兼天下未有日也奄忽隨物化榮名以爲寶化謂變化而死也不忍斥言其死故言隨物而化也莊子曰聖人之生也天行其死也物化

東城高且長逶迤自相屬城高且長故登之以望也王逸楚辭注曰逶迤長貌也迴風動地起秋草萋已綠四時更變化歲暮一何速周易曰四時變化而能久成毛詩曰歲聿云暮尸子曰人生也亦少矣而歲往之亦速矣晨風懷苦心蟋蟀傷局促毛詩曰鴥彼晨風鬱彼北林未見君子憂心欽欽蒼頡篇曰懷抱也毛詩序曰蟋蟀刺晉僖公儉不中禮漢書景帝曰局促效轅下駒蕩滌放情志何爲自結束燕趙多佳人美者顏如玉燕趙二國名也楚辭曰聞佳人兮召予神女賦曰苞溫潤之玉顏被服羅裳衣當戶理清曲如淳漢書注曰今樂家五日一習樂爲理樂也音響一何悲絃急知柱促馳情整中帶沈吟聊躑躅中帶中衣帶整帶將欲從之毛萇詩傳曰丹朱中衣說文躑躅住足也躑躅與蹢躅同思爲雙飛鷰銜泥巢君屋

驅車上東門遙望郭北墓上東門已見阮籍詠懷詩應劭風俗通曰葬於郭北北首求諸幽之道也白楊何蕭蕭松栢夾廣路白虎通曰庶人無墳樹以楊柳楚辭曰風颯颯兮木蕭蕭仲長子昌言曰古之葬者松栢梧桐以識其墳也下有陳死人杳杳即長暮莊子曰人而無人道是之謂陳人也郭象曰陳久也楚辭曰去白日之昭昭襲長夜之悠悠潛寐黃泉下千載永不寤服虔左氏傳注曰天玄地黃泉在地中故言黃泉浩浩陰陽移年命如朝露神農本草曰春夏爲陽秋冬爲陰莊子曰陰陽四時運行漢書李陵謂蘇武曰人生如朝露人生忽如寄壽無金石固如寄已見上文萬歲更相送聖賢莫能度服食求神仙多爲藥所誤不如飲美酒被服紈與素范子曰白紈素出齊

去者日以踈生者日以親呂氏春秋曰死者彌久生者彌踈出郭門直視但見丘與墳白虎通曰葬於城郭外何死生異別終始異居古墓犂爲田松栢摧爲薪白楊多悲風蕭蕭愁殺人楚辭曰哀江介之悲風又曰秋風兮蕭蕭思還故里閭欲歸道無因

生年不滿百常懷千歲憂孫卿子曰人生無百歲之壽而有千歲之信士何也曰以夫千歲之法自持者是乃千歲之信士矣晝短苦夜長何不秉燭遊爲樂當及時何能待來茲呂氏春秋曰今茲美禾來茲美麥高誘曰茲年愚者愛惜費但爲後世嗤說文曰嗤笑也仙人王子喬難可

珍倣宋版印

與等期列仙傳曰王子喬者太子晉也道人浮丘公接以上嵩高山

凜凜歲云暮螻蛄夕鳴悲說文曰凜寒也歲暮已見上注方言曰南楚或謂螻蛄爲螻廣雅曰螻螻蛄也螻力侯切蛄鼓胡切涼風率已厲遊子寒無衣禮記曰孟秋之月涼風至杜預左氏傳注曰厲猛也毛詩曰無衣無褐何以卒歲錦衾遺洛浦同袍與我違毛詩曰角枕粲兮錦衾爛兮又曰豈曰無衣與子同袍獨宿累長夜夢想見容輝良人惟古懽枉駕惠前綏良人念昔之懽愛故枉駕而迎己惠以前綏欲令升車也故下云攜手同車孟子曰齊人一妻一妾而處室者其良人出必饜酒肉劉熙曰婦人稱夫曰良人禮記曰壻出御婦車而壻授綏御輪三周願得常巧笑攜手同車歸毛詩曰巧笑倩兮攜手同歸見上注既來不須臾又不處重闈楚辭曰何須臾而忘反亮無晨風翼焉能凌風飛爾雅曰晨風鸇也莊子曰鵲凌風而起眄睞以適意引領遙相睎徙倚懷感傷垂涕沾雙扉

孟冬寒氣至北風何慘慄毛詩曰二之日栗冽毛萇曰栗冽寒氣也愁多知夜長仰觀衆星列三五明月滿四五詹兔缺禮記曰地秉陰竅於山川播五行於四時和而后月生也是以三五而盈三五而闕春秋元命苞曰月之爲言闕也兩說以詹諸與兔然詹與占同古字通客從遠方來遺我一書札說文曰札牒也上言長相思下言久離別置書懷袖中三歲字不滅韓詩外傳曰趙

簡子少子名無恤簡子自爲書牘使誦之居三年簡子坐青臺之上問書所在無恤出其書於左袂令誦習焉 一心抱區區懼君不識察 李陵與蘇武書曰區區之心竊慕此爾廣雅曰區區愛也

客從遠方來遺我一端綺 綺已見上文 相去萬餘里故人心尚爾 鄭玄毛詩箋曰尚猶也字書曰爾詞之終耳 文綵雙鴛鴦裁爲合懽被著以長相思緣以結不解 鄭玄儀禮注曰著謂充之以絮也著張慮切鄭玄禮記注曰緣飾邊也緣以絹反 以膠投漆中誰能別離此 韓詩外傳子夏曰實之與實如膠與漆君子不可不留意也

明月何皎皎照我羅床幃 毛詩曰月出皎兮 憂愁不能寐攬衣起徘徊 毛詩曰耿耿不寐 客行雖云樂不如早旋歸 毛詩曰言旋言歸 出戶獨彷徨愁思當告誰 毛詩序曰彷徨不忍去 引領還入房淚下沾裳衣 引領已見上文

與蘇武三首五言

李少卿 漢書曰李陵字少卿少時爲侍中建章監善射愛人降匈奴爲右校王病死

良時不再至離別在須臾 論語摘輔像讖曰時不再及宋均曰及亦至也須臾已見上文 屏營衢路側執手野踟躕 國語申胥曰昔楚靈王獨行屏營毛詩曰執子之手又曰搔首踟躕 仰視浮雲馳奄忽

互相踰風波一失所各在天一隅言浮雲之馳奄忽相踰飄颻不定遠乎因風波蕩各在天之一隅以喻人之客遊飛薄亦爾長當從此別且復立斯須禮記君子曰禮樂不可斯須去身鄭玄曰斯須猶須臾也欲因晨風發送子以賤軀晨風早風言欲因風發而已乘之以送子也楚辭曰乘回風兮遠遊嘉會難再遇三載爲千秋琴操曰鄒虞者邵國之女所作也古者役不踰時不失嘉會臨河濯長纓念子悵悠悠夫冠纓仕子之所服濯之以遠遊今因遠遊而感逝川故增別念也遠望悲風至對酒不能酬行人懷往路何以慰我愁毛萇詩傳曰懷思也獨有盈觴酒與子結綢繆毛詩曰綢繆束薪毛萇曰綢繆纏綿之貌也

攜手上河梁遊子暮何之楚辭曰浮雲兮容與導予兮何之也徘徊蹊路側悢悢不得辭廣雅曰悢悢恨也行人難久留各言長相思安知非日月弦望自有時劉熙釋名曰弦月半之名也其形一旁曲一旁直若張弓弛弦也望月滿之名也月大十六日月小十五日日在東月在西遙相望也努力崇明德皓首以爲期周易曰利用安身以崇德也毛萇詩傳曰崇終也尚書曰先王既勤用明德聲類曰顥白首貌也皓與顥古字通

詩四首五言

蘇子卿漢書曰蘇武字子卿爲栘中監使匈奴十九年歸拜爲典屬國病卒

骨肉緣枝葉結交亦相因骨肉謂兄弟也漢書帝謂燕王旦曰今王骨肉至親古詩曰結交莫羞貧四海皆兄弟誰爲行路人論語子夏謂司馬牛曰四海之內皆爲兄弟君子何患乎無兄弟家語曰子游見行路之人云魯司鐸火也況我連枝樹與子同一身昔爲鴛與鴦今爲參與辰毛詩曰鴛鴦于飛畢之羅之鄭玄曰言其止則相偶飛則爲雙尚書大傳曰書之論事離離若參辰之錯行法言曰吾不睹參辰之相比也宋衷曰辰龍星也參虎星也我不見龍虎俱見昔者常相近邈若胡與秦淮南子曰肝膽胡越許慎曰胡在北方越居南方然胡秦之義猶胡越也惟念當離別恩情日以新鹿鳴思野草可以喻嘉賓毛詩曰呦呦鹿鳴食野之苹我有嘉賓鼓瑟吹笙我有一罇酒欲以贈遠人願子留斟酌敘此平生親

黃鵠一遠別千里顧徘徊韓詩外傳曰田饒謂魯哀公曰夫黃鵠一舉千里胡馬失其羣思心常依依胡馬已見上文依依思戀之貌也何況雙飛龍羽翼臨當乖雙龍喻己幸及朋友也有絃歌曲可以喻中懷請爲遊子吟泠泠一何悲琴操曰楚引者楚游子龍丘高出游三年思歸故鄉望楚而長歎故曰楚引蒼頡篇曰吟嘆也絲竹厲清聲慷慨有餘哀禮記曰絲竹樂之器也王

逸楚辭注曰厲烈也謂清烈也古詩曰慷慨有餘哀長歌正激烈中心愴以摧欲展清商曲念子不能歸清商已見上文俛仰內傷心淚下不可揮爾雅曰揮竭也郭璞曰揮振去水亦爲竭莊子曰俛仰之閒家語曰公文伯卒敬姜曰二三子無揮涕也願爲雙黃鵠送子俱遠飛

結髮爲夫妻恩愛兩不疑結髮始成人也謂男年二十女年十五時取笄冠爲義也漢書李廣曰結髮而與匈奴戰也歡娛在今夕嬿婉及良時孟子曰霸者之人歡娛如也毛詩曰今夕何夕又曰嬿婉之求征夫懷往路起視夜何其毛詩曰駪駪征夫又曰夜如何其夜未央毛萇曰其辭也參辰皆已沒去去從此辭參辰已沒言將曉也行役在戰場相見未有期毛詩曰嗟余子行役戰國策曰綴甲厲兵效勝於戰場握手一長歎淚爲生別滋史記繆賢曰燕王私握臣手生別已見上文努力愛春華莫忘歡樂時春華喻少時也生當復來歸死當長相思

燭燭晨明月馥馥我蘭芳蒼頡篇曰燭照也韓詩曰馥芬孝祀薛君曰馥香貌也芬馨良夜發隨風聞我堂秋月既明秋蘭又馥遊子感時彌增戀本也征夫懷遠路遊子戀故鄉漢書高祖曰遊子悲故鄉寒冬十二月晨起踐嚴霜漢書武帝太初元年改從夏正此或改正之後也楚辭曰冬又申之以嚴霜俯觀江漢流仰視浮雲翔良友遠離別各在天一方江漢流不息浮雲去

靡依以喻良友各在一方播遷而無所托楚辭曰仰浮雲而永歎山海隔中州相去悠且長楚辭曰蹇誰留兮中州嘉會難兩遇懽樂殊未央嘉會已見上文願君崇令德隨時愛景光令德已見上文景光即光景也楚辭曰借光景以往來

四愁詩四首并序

張平子

張衡不樂久處機密陽嘉中出爲河閒相時國王驕奢不遵法度范曄後漢書順帝紀曰改元嘉七年爲陽嘉元年改陽嘉五年爲永和元年又曰順帝初衡復爲太史令陽嘉元年造候風地動儀永和初出爲河閒相而此云陽嘉中誤也范曄後漢書曰和帝申貴人生河閒孝王開立四十二年順帝永建六年薨子惠王政嗣傲很不奉法憲然考其年月此是惠王也又多豪右并兼之家漢書曰魏郡豪右李竟文類曰有權勢豪右大家也漢書曰禁兼并之塗李奇曰謂大家役小民富者兼役貧民也衡下車治威嚴能內察屬縣漢書曰班伯爲定襄太守其下車作威民竦息吏姦滑行巧劫皆密知名下吏收捕盡服擒諸豪俠遊客悉惶懼逃出境郡中大治爭訟息獄無繫囚時天下漸弊鬱鬱不得志楚辭曰心鬱鬱之憂思獨永歎而增傷鄭玄考工記注曰鬱不舒散也爲四愁詩屈原以美人爲君子以珍寶爲仁義以水深雪雾爲小人思以道術相報貽於時君而懼

讒邪不得以通其辭曰

一思曰我所思兮在太山欲往從之梁父艱言王者有德功成則東封泰山故思之太山以喻時君梁父以喻小人也漢書曰有太山郡又武帝登封太山之梁父音義曰梁父太山下小山也側身東望涕霑翰楚辭曰顧側身而無所韋昭漢書注曰翰筆也美人贈我金錯刀何以報之英瓊瑤漢書曰王莽鑄大錢又造錯刀以金錯其文續漢書曰佩刀諸侯王黃金錯鐶謝承後漢書曰詔賜應奉金錯把刀毛詩曰投我以木桃報之以瓊瑤又曰尚之以瓊英乎而路遠莫致倚逍遙何為懷憂心煩勞古詩曰路遠莫致之

二思曰我所思兮在桂林欲往從之湘水深漢書曰鬱林郡故秦桂林郡海南經曰桂林八樹在番禺東又曰湘水出零陵舜死蒼梧葬九疑故思明君側身南望涕沾襟楚辭曰泣歔欷而沾襟美人贈我金琅玕何以報之雙玉盤尚書禹貢曰厥貢惟球琳琅玕古詩曰委身玉盤中歷年冀見食應劭漢官儀曰封禪壇有白玉盤路遠莫致倚惆悵何為懷憂心煩傷楚辭曰惆悵兮而私自憐

三思曰我所思兮在漢陽欲往從之隴阪長漢書曰天水郡明帝改曰漢陽應劭曰天水有大坂名曰隴阪秦州記曰隴坂九曲不知高幾里側身西望涕沾裳古長歌行曰泣涕忽沾裳美人贈我貂襜褕何以報之明月珠蔡雍獨斷曰侍中中常侍加貂蟬說文曰直裾謂之襜褕淮南子曰隨侯之珠高誘

日明月珠也路遠莫致倚踟躕何爲懷憂心煩紆楚辭曰志紆鬱其難釋王逸曰紆屈也

四思曰我所思兮在鴈門欲往從之雪紛紛漢書有鴈門郡楚辭曰雪紛紛而薄木側

身北望涕沾巾說文曰佩巾也美人贈我錦繡段何以報之青玉案錦繡有五采成

文章玉案君所憑倚喻大臣亦爲天子所恃禮記曰春服青玉楚漢春秋淮陰侯曰臣去項歸漢漢王賜臣玉案之食路遠莫

致倚增歎何爲懷憂心煩惋楚辭曰吒增歎兮如雷

雜詩一首五言雜者不拘流例遇物即言故云雜也　王仲宣

日暮遊西園冀寫憂思情曲池揚素波列樹敷丹榮楚辭曰坐堂伏檻臨曲池列女

傳津吏女歌曰水揚波兮杳冥冥上有特棲鳥懷春向我鳴毛詩曰有女懷春褰袵欲從之

路嶮不得征說文曰袵衣衿也衿音今徘徊不能去佇立望爾形毛詩曰瞻望弗及佇立以泣

風飈揚塵起白日忽已冥鄭玄毛詩箋曰冥夜也迴身入空房託夢通精誠幽通

賦曰精誠發於宵寐人欲天不違何懼不合幷尚書王曰人之所欲天必從之

雜詩一首五言　劉公幹

職事相塡委文墨紛消散漢書功臣皆曰蕭何徒持文墨顧居臣上馳翰未暇食日昃不

知晏翰墨已見上尚書曰自朝至于日昃不遑暇食沈迷簿領書回回自昏亂簿領謂文簿而記錄之史記曰問上林尉諸禽獸簿司馬彪莊子注曰領錄也楚辭曰腸回回兮盤紆釋此出西城登高且遊觀方塘含白水中有鳧與鴈楚辭曰乘白水而高鶩毛詩曰弋鳧與鴈安得肅肅羽從爾浮波瀾毛詩曰鴻鴈于飛肅肅其羽

雜詩二首五言集云枹中作下篇云於黎陽作　魏文帝

漫漫秋夜長烈烈北風涼楚辭曰終長夜之曼曼毛詩曰冬日烈烈又曰北風其涼展轉不能寐披衣起彷徨毛詩曰展轉不寐彷徨已見上文彷徨忽已久白露沾我裳白露已見上文說苑曰孺子不覺露之沾裳俯視清水波仰看明月光天漢迴西流三五正從橫河圖括地象曰河精上為天漢毛詩曰嘒彼小星三五在東毛萇曰三心五噣四時更見也草蟲鳴何悲孤鴈獨南翔毛詩曰喓喓草蟲趯趯阜螽毛萇曰草蟲常羊也楚辭曰鴈雍雍而南遊鬱鬱多悲思緜緜思故鄉古詩曰緜緜思遠道願飛安得翼欲濟河無梁葛龔與梁相張府君牋曰悠悠夢想願飛無翼楚辭曰江河廣而無梁向風長歎息斷絕我中腸楚辭曰向長風而舒情

西北有浮雲亭亭如車蓋亭亭迥遠無依之貌也易通卦驗曰太陽雲出張如車蓋惜哉時不遇

適與飄風會何休公羊傳注曰適遇也吹我東南行南行至吳會當時實至廣陵未至吳會今言至者據已入其地也吳會非我鄉安能久留滯楚辭曰然輡軻而留滯棄置勿復陳客子常畏人

朔風詩一首四言　曹子建

仰彼朔風用懷魏都願騁代馬倏忽北徂代馬已見上文凱風永至思彼蠻方毛萇詩傳曰南風謂之凱風禮記曰南方曰蠻毛詩曰用逷蠻方願隨越鳥翻飛南翔古詩曰越鳥巢南枝四氣代謝懸景運周爾雅曰四氣和謂之玉燭淮南子曰二者代謝舛馳周易曰懸象著明別如俯仰脫若三秋毛詩曰一日不見如三秋兮昔我初遷朱華未希今我旋止素雪雲飛毛詩曰昔我往矣楊柳依依今我來思雨雪霏霏希與稀同古字通也俯降千仞仰登天阻莊子曰千仞之高不足以極其深天阻山也范曄後漢書郭林宗論蘇不韋曰城闕天阻宮府幽絕風飄蓬飛載離寒暑商君書曰夫飛蓬遇飄風而行千里乘風之勢也毛詩曰載離寒暑千仞易陟天阻可越昔我同袍今永乖別同袍已見上文子好芳草豈忘爾貽古詩曰蘭澤多芳草繁華將茂秋霜悴之方言曰悴傷也君不垂眷豈云其誠言君雖不垂眷已則豈得不言其誠蒼頡篇曰豈冀也秋蘭可喻桂樹冬

珍倣宋版印

榮蘭以秋馥可以喻言桂以冬榮可以喻性楚辭曰秋蘭兮青青又曰麗桂樹之冬榮絃歌蕩思誰與消憂言絃
歌可以蕩滌悲思誰與共奏以消憂也臨川暮思何為汎舟言臨川日暮而又相思何為汎舟而不濟以相從乎
國語曰秦汎舟乎河豈無和樂遊非我鄰言豈無和樂以蕩思乎誰為遊非我鄰故不奏也誰忘汎舟愧
無榜人言豈忘汎舟以相從乎愧無榜人所以不濟也榜人喻良朋也張揖漢書注云榜人船長也

雜詩六首五言

曹子建此六篇並託喻傷政急朋友道絕賢人為人竊勢別京已後在鄄城思鄉而作

高臺多悲風朝日照北林新語曰高臺喻京師悲風言教令朝日喻君之明照北林言狹比喻小人新序曰高
堂百仞之子在萬里江湖迥且深江湖喻小人隔蔽毛詩曰之子于征爾雅曰迥遠也方舟安可
極離思故難任爾雅曰大夫方舟郭璞曰併兩船也毛萇詩傳曰極至也孤鴈飛南遊過庭長哀
吟鴈南遊已見上文翹思慕遠人願欲託遺音翹猶懸也形影忽不見翩翩傷我
心轉蓬離本根飄颻隨長風說苑曰魯哀公曰秋蓬惡其本根美其枝葉秋風一起根本拔矣何意
迴飈舉吹我入雲中爾雅曰扶搖謂之猋飈與猋同高高上無極天路安可窮呂氏春秋
曰風乎其高無極也仲長子昌言曰蕩蕩乎若昇天路而不知其所登子若昇天路也類此遊客子捐軀遠從

戎毛褐不掩形薇藿常不充淮南子曰布衣掩形鹿裘御寒言貧人冬則羊裘短褐不掩形也列女傳曾子謂黔婁妻曰先生在時食不充虛衣不蓋形文子曰聖人食足以充虛接氣衣足以蓋形御寒去去莫復道沈憂令人老宋玉笛賦曰武毅發沉憂古詩曰思君令人老

西北有織婦綺縞何繽紛小雅曰繒之精者曰縞古老切明晨秉機杼日昃不成文言憂甚而志亂太息終長夜悲嘯入青雲妾身守空閨良人行從軍良人謂夫也

自期三年歸今已歷九春一歲三春故以三年爲九春言已過期也纂要曰九十日故九春飛鳥繞樹翔噭噭鳴索羣楚辭曰聲噭噭以寂寥願爲南流景馳光見我君

南國有佳人容華若桃李楚辭曰受命不遷生南國謂江南也佳人已見上文毛詩曰何彼襛矣華如桃李

朝遊江北岸日夕宿湘沚毛萇詩傳曰沚渚也時俗薄朱顏誰爲發皓齒楚辭曰容則秀雅稚朱顏又曰美人皓齒嫮以姱俛仰歲將暮榮耀難久恃歲暮已見上文邊讓章華臺賦曰體迅輕鴻榮耀春華

僕夫早嚴駕吾將遠行遊楚辭曰僕夫懷兮心悲又曰嚴車駕兮出戲遊又曰願輕舉兮遠遊遠遊欲何之吳國爲我仇說苑楚王謂淳于髡曰吾有仇在吳國子能爲吾報之乎將騁萬里塗東路安

足由廣雅曰由行也江介多悲風淮泗馳急流楚辭曰哀江介之悲風泗水名也孟子曰禹排淮泗而注之江也願欲一輕濟惜哉無方舟閑居非吾志甘心赴國憂漢書曰司馬相如稱疾閑居范曄後漢書梁竦歎曰閑居可以養志毛詩曰甘心首疾飛觀百餘尺臨牖御櫺軒古詩曰雙闕百尺爾雅曰觀謂之闕御猶憑也說文曰櫺楯欄也韋昭漢書注曰軒檻上板也遠望周千里朝夕見平原烈士多悲心小人媮自閑風俗通曰烈士者有不易之分國讎亮不塞甘心思喪元塞謂杜絕也孟子曰勇士不忘喪其元拊劍西南望思欲赴太山左氏傳曰子朱怒撫劍從之太山東岳接吳之境西喻蜀責躬詩曰願蒙矢石建旗東岳意與此同也絃急悲聲發聆我慷慨言古詩曰音響何太悲絃急知柱促

情詩一首五言

曹子建

微陰翳陽景清風飄我衣春秋說題辭曰陽精為日楚辭曰陽杲杲兮朱光遊魚潛淥水翔鳥薄天飛言得所也大戴禮曰魚遊于水鳥飛于雲眇眇客行士遙役不得歸言不如魚鳥也楚辭曰安眇眇兮無所歸薄始出嚴霜結今來白露晞嚴霜已見上文毛詩曰蒹葭淒淒白露未晞遊子歎黍離處者歌式微毛詩曰彼黍離離彼稷之苗行邁靡靡中心搖搖又曰式微式微胡不歸慷慨對嘉

賓悽愴內傷悲毛詩曰我有嘉賓又曰我心傷悲

雜詩一首四言　嵇叔夜

微風清扇雲氣四除漢書張竦為陳崇作奏曰日不移晷霍然四除皎皎亮月麗于高隅古詩曰明月何皎皎亮明也周禮曰城隅之制九雉興命公子攜手同車攜手同車已見上文龍驥翼翼揚鑣踟躕毛詩曰四牡翼翼舞賦曰揚鑣飛沫肅肅宵征造我友廬毛詩曰肅肅宵征光燈吐輝華幔長舒鸞觴酌醴神鼎烹魚毛詩曰且以酌醴又曰誰能烹魚絃超子野歎過綿駒杜預左氏傳注曰子野師曠字也孟子淳于髡曰昔縣駒處高唐而齊右善歌流詠太素俯讚玄虛列子曰太初形之始太素質之始老子曰玄之又玄衆妙之門管子曰虛無形謂之道史記太史公曰老子所貴道虛無應用變化無方孰克英賢與爾剖符言詠讚妙道遊心恬漠誰能以英賢之德與爾分符而仕乎班固漢書述曰漢興柔遠與爾剖符然文雖出彼而意微殊東觀漢記韋彪上議曰二千石皆以選出京師剖符典千里

雜詩一首五言

傅休奕臧榮緒晉書曰傅玄字休奕北地人勤學善屬文州舉秀才稍遷至司隸校尉卒

志士惜日短愁人知夜長論語子曰志士仁人無求生以害仁古詩曰愁多知夜長仰觀衆星列攝衣

珍倣宋版印

步前庭仰觀南鴈翔漢書沛公攝衣迎酈食其玄景隨形運流響歸空房清風何
飄颻微月出西方禮記曰月生於西繁星依青天列宿自成行蟬鳴高樹間
野鳥號東箱古詩曰秋蟬鳴樹間王逸楚辭注曰牆序之東爲東箱也纖雲時髣髴渥露沾我裳
曹植魏德論曰纖雲不形陽光赫戲劉楨詩曰皦月垂素光玄雲爲髣髴露沾裳已見上文良時無停景北斗忽
低昂常恐寒節至凝氣結爲霜曾子曰陰氣勝則凝爲霜落葉隨風摧一絕如流
光

雜詩一首五言　張茂先

晷度隨天運四時互相承說文曰晷景也孫卿子曰四時代御東壁正昏中固陰寒節
升禮記仲冬之月日昏東壁中左氏傳申豐曰深山窮谷固陰沍寒繁霜降當夕悲風中夜興毛詩曰正
月繁霜朱火青無光蘭膏坐自凝古詩曰朱火然其中青煙颺其間楚辭曰蘭膏明燭華容備王逸注曰以
蘭香煉膏也故自凝曰坐無重衾無暖氣挾纊如懷冰左氏傳曰楚子圍蕭申公巫臣曰師人多寒王巡三
軍拊而勉之三軍之士皆如挾纊孔安國尚書傳曰纊細綿也伏枕終遙昔寤言莫予應韓詩曰寤寐無爲展
轉伏枕廣雅曰昔夜也毛詩曰獨寐寤言永思慮崇替慨然獨撫膺楚辭曰永思兮內傷國語藍尹亹曰君子

獨居思前世之崇替列子曰撫膺而恨

情詩二首五言　張茂先

清風動帷簾，晨月照幽房。佳人處遐遠，蘭室無容光。古詩曰盧家蘭室桂爲梁曹植離別詩曰人遠精魂近寤寐夢容光

襟懷擁靈景，輕衾覆空牀。擁猶抱也居歡惜夜促，在感怨宵長。一云居歡惜夜促爾雅曰愒貪也苦蓋切

拊枕獨嘯歎，感慨心內傷。

遊目四野外，逍遥獨延佇。楚辭曰忽反顧以遊目又曰結幽蘭而延佇蘭蕙緣清渠，繁華蔭綠渚。佳人不在兹，取此欲誰與。巢居知風寒，穴處識陰雨。春秋漢含孳曰穴藏先知雨陰曀未集魚已噞喁巢居之鳥先知風樹木搖鳥已翔韓詩曰鸛鳴于垤婦歎于室薛君曰鸛水鳥巢處知風穴處知雨天將雨而蟻出壅土鸛鳥見之長鳴而喜

不曾遠別離，安知慕儔侶。

園葵詩一首五言

陸士衡晉書趙王倫篡位遷帝於金墉城後諸王共誅倫復帝位齊王冏譖機爲倫作禪文賴成都王穎救之免故作此詩以葵爲喻謝穎

種葵北園中，葵生鬱萋萋。朝榮東北傾，夕穎西南晞。淮南子曰聖人之於道猶葵之

珍倣宋版印

與日雖不與終始哉其鄉之誠也高誘曰鄉仰也誠實也零露垂鮮澤朗月耀其輝毛詩曰零露瀼瀼時
逝柔風戢歲暮商猋飛管子曰東方曰春柔風甘雨乃至楚辭曰商風肅而害之曾雲無溫液嚴
霜有凝威鄭玄毛詩箋曰曾重也漢書曰孫寶曰當從天氣以成嚴霜之威幸蒙高墉德玄景蔭素
蘩爾雅曰牆謂之墉說文曰蘩草木華盛皃也豐條並春盛落葉後秋衰慶彼晚彫福志
此孤生悲

思友人詩一首五言

曹顏遠臧榮緒晉書曰曹攄字顏遠譙國人篤志好學參南國中郎將遷高密王左司馬流人王逌等寇掠城邑攄與戰軍敗而死

密雲翳陽景霖潦淹庭除周易曰密雲不雨左氏傳曰凡雨自三日以往為霖說文曰潦雨水也又曰除殿階
也嚴霜彫翠草寒風振纖枯鄭玄禮記注曰振動也凜凜天氣清落落卉木疏
古詩曰凜凜歲云暮杜篤首陽山賦曰長松落落毛萇詩傳曰卉草也感時歌蟋蟀思賢詠白駒毛詩曰蟋
蟀在堂歲聿其暮又曰皎皎白駒食我場苗縶之維之以永今朝毛萇曰賢者有乘白駒而去鄭玄曰絆之縶之欲留也情隨玄
陰滯心與迴飇俱思心何所懷懷我歐陽子顏遠贈歐陽堅石詩曰嗟我良友惟彥之選然

此歐陽卿堅石也精義測神奧清機發妙理周易曰精義入神以致用也廣雅曰奧藏也機樞機也自
我別旬朔微言絕于耳論語崇爵讖曰子夏共撰仲尼微言以當素王劉子駿書曰夫子沒而微言絕禮記曰聲
不絕于耳褰裳不足難清陽未可俟毛詩曰子惠思我褰裳涉溱又曰有美一人清陽婉兮邂逅相遇適我願
兮毛萇曰清陽眉目之閒也延首出階檐佇立增想似阮瑀止欲賦曰佇延首以極視兮意謂是而復非莊
子徐無鬼曰夫越之流人去國數日見其所知而喜去國旬月見所嘗見於國中而喜及期年也見似人者而喜矣不亦去人滋久者思
人滋深乎

感舊詩一首五言

曹顏遠此篇感故舊相輕人情逐勢

富貴他人合貧賤親戚離鶡冠子曰家富疏族聚居貧兄弟離廉藺門易軌田竇相奪
移史記曰藺相如出望見廉頗相如引車避匿於是舍人相與諫曰臣去親戚而事君者徒慕君之高義也今君與廉君同列廉君宣
惡言而君畏之匿恐懼殊甚且庸人尚羞之況於將相乎臣等不肖請辭去漢書曰竇太后怒免丞相竇嬰太尉田蚡嬰蚡以侯居家蚡
雖不任職以太后故親幸數言事多效士趨勢利者皆去嬰而歸蚡也晨風集茂林棲鳥去枯枝毛詩曰鴥
彼晨風鬱彼北林國語優施歌曰暇豫之吾吾不如鳥烏烏皆集於苑己獨集于枯黃石公兵書曰樹杌者鳥不棲也今我唯

困蒙郡士所背馳周易曰困蒙吝鄉人敦懿義濟濟蔭光儀春秋說題辭曰秉懿誠之義思至忠之功鸚鵡賦曰侍君子之光儀對賓頌有客舉觴詠露斯毛詩曰有客宿宿有客信信言授之縶以縶其馬又曰湛湛露斯匪陽不晞厭厭夜飲不醉無歸今鄉人情重皆頌詠此詩臨樂何所歎素絲與路歧禮記曰執紼不笑臨樂不歎淮南子曰楊子見逵路而哭之為其可以南可以北墨子見練絲而泣之為其可以黃可以黑高誘曰閔其別與化也

雜詩一首五言

何敬祖贈答何在陸前而此居後誤也

秋風乘夕起明月照高樹賈逵國語注曰乘陵也陵亦侵也閑房來清氣廣庭發暉素暉素月光也古長歌行曰昭昭素明月暉光燭我牀靜寂愴然歎惆悵出遊顧惆悵已見上文仰視垣上草俯察階下露垣草易彫階露易隕言可傷也心虛體自輕飄飄若仙步言既悟二物故當全形養生列子曰南郭子貌充心虛張湛曰心虛則形全劉梁七舉曰霍爾體輕瞻彼陵上栢想與神人遇古詩曰青青陵上栢文子曰天地之閒有神人真人道深難可期精微非所慕魏武帝秋胡行曰道深未可得名山歷觀行禮記曰德產之緻也精微鄭玄曰緻密也勤思終遙夕永言寫情慮尚書曰歌永言

雜詩一首五言

王正長 臧榮緒晉書曰王讚字正長義陽人也博學有俊才辟司空掾歷散騎侍郎卒

朔風動秋草邊馬有歸心 蔡琰詩曰北風厲兮肅冷冷胡笳動兮邊馬鳴 胡寧久分析靡靡忽至今 毛詩曰胡寧忍予又曰行邁靡靡 王事離我志殊隔過商參 毛詩曰王事靡盬左氏傳子產曰高辛氏有二子伯曰閼伯季曰實沈不相能后帝不臧遷閼伯于商丘主辰商人是因故辰爲商星遷實沈于大夏主參唐人是因其季世曰唐叔虞故參爲晉星參辰更見已見上文 昔往鶬鶊鳴今來蟋蟀吟 毛詩曰春日遲遲倉庚喈喈聖主得賢臣頌曰蟋蟀俟秋吟 人情懷舊鄉客鳥思故林 文子曰鳥飛反鄉依其所生 師涓久不奏誰能宣我心 韓子曰衛靈公將之晉至濮水之上而宿夜分而聞有鼓新聲者而說之召師涓而告之曰有鼓新聲者其狀似鬼神子爲我聽而寫之師涓曰諾因端坐撫琴而寫之師涓明日報曰臣得之矣

雜詩一首五言

棗道彥 今書七志曰棗據字道彥潁川人弱冠辟大將軍府遷尚書郎太尉賈充爲伐吳都督請爲從事中郎遷中庶子卒

吳寇未殄滅亂象侵邊疆 左氏傳晉侯問於士弱曰吾聞之宋災於是乎知有天道可必乎對曰國亂無象不

一 珍倣宋版印

也可知天子命上宰作蕃于漢陽上宰賈充也毛詩曰价人爲藩毛萇曰价善也藩屏也左氏傳晉欒貞子曰漢陽諸姬楚實盡之穀梁傳曰水北曰陽漢陽漢水之陽也開國建元士玉帛聘賢良周易曰大君有命開國承家小人勿用禮記曰天子八十一元士王逸楚辭注曰天下賢人將持玉帛聘而遺之呂氏春秋曰聘名士高誘曰聘問之也將與興化致治也予非荆山璞謬登和氏場韓子曰楚人和氏得璞玉於楚山之中羊質復虎文燕翼假鳳翔楊子法言曰敢問質曰羊質而虎皮見草而悅見豺而戰也既懼非所任怨彼南路長曹子建贈白馬王詩曰怨彼東路長千里既悠邈路次限關梁楚辭曰關梁閉而不通僕夫罷遠涉車馬困山岡僕夫已見上文深谷下無底高巖暨穹蒼列子夏革曰渤海之東有大壑焉實惟無底之谷杜預左氏傳注曰暨至也爾雅曰穹蒼天也豐草停滋潤霧露沾衣裳毛詩曰湛湛露斯在彼豐草露沾衣裳已見上文玄林結陰氣不風自寒涼高唐賦曰玄木冬榮顧瞻情感切惻愴心哀傷廣雅曰感傷也士生則懸弧有事在四方禮記曰國君太子生三日卜士負之射人以桑弧蓬矢六射天地四方又孔子曰士使之射不能則辭以疾懸弧之義也韓詩內傳曰男子生桑弓蓬矢六射上下四方明當有事天地四方也安得恒逍遙端坐守閨房引義割外情內感實難忘非有先生論曰引義以正身

雜詩一首五言

左太沖沖于時賈充徵爲記室不就因感人年老故作此詩

秋風何洌洌白露爲朝霜毛詩曰蒹葭蒼蒼白露爲霜柔條旦夕勁綠葉日夜黃明月出雲崖皦皦流素光劉楨詩曰皦月垂素光披軒臨前庭嗷嗷晨鴈翔軒長廊之牕也毛詩曰鴻鴈于飛哀鳴嗷嗷高志局四海塊然守空堂尸子曰八極爲局淮南子曰塊然獨處壯齒不恒居歲暮常慨慷廣雅曰歲年也

雜詩一首五言

張季鷹今書七志曰張翰字季鷹吳郡人也文藻新麗齊王冏辟爲東曹掾覩天下亂東歸卒於家

暮春和氣應白日照園林青條若揔翠黃華如散金嘉卉亮有觀顧此難久躭西京賦曰嘉卉灌叢爾雅曰躭樂也毛萇詩傳曰躭樂之久者也延頸無良塗頓足託幽深呂氏春秋曰天下莫不延頸舉踵頓猶止也吳季重與曹丕書曰雖云幽深視險若夷榮與壯俱去賤與老相尋歡樂不照顏慘愴發謳吟謳吟何嗟及古人可慰心毛詩曰啜其泣矣何嗟及矣又曰我思古人實獲我心又曰仲山甫永懷以慰其心

珍倣宋版印

雜詩十首五言 張景陽

秋夜涼風起清氣蕩暄濁蜻蛚吟階下飛蛾拂明燭易通卦驗曰立秋蜻蛚鳴崔豹古今注曰飛蛾善拂燈火也君子從遠役佳人守煢獨君子謂夫也毛詩曰未見君子佳人已見上文離居幾何時鑽燧忽改木離居已見上文論語曰鑽燧改火禮含文嘉曰遂人始鑽木取火炮生爲熟鄒子曰春取榆柳之火夏取棗杏之火季夏取桑柘之火秋取柞楢之火冬取槐檀之火房櫳無行跡庭草萋以綠說文曰櫳房室之疏也古詩曰秋草萋以綠青苔依空牆蜘蛛網四屋淮南子曰窮谷之汚生以蒼苔說文曰鼅鼄鼄蝥也魏文帝詩曰蜘蛛繞戶牖野草當階生論衡曰蜘蛛結絲以網飛虫人之用計安能過之感物多所懷沈憂結心曲古詩曰感物懷所思沈憂已見上文毛詩曰亂我心曲

大火流坤維白日馳西陸毛詩曰七月流火毛萇曰火大火也淮南子曰坤維在西南又曰斗指西南維爲立秋續漢書曰日行西陸謂之秋杜預左傳注曰陸道也浮陽映翠林迴飈扇綠竹陽日也飛雨灑朝蘭輕露棲叢菊龍蟄暄氣凝天高萬物肅周易曰龍蛇之蟄以求伸也禮記曰仲秋之月蟄虫坏戶廣雅曰凝止也楚辭曰悲哉秋之爲氣天高而氣清毛詩曰九月肅霜毛萇曰肅縮也霜降而收縮萬物也尸子曰西方爲秋秋肅也萬物草木肅敬禮之至也弱條不重結芳蕤豈再馥文子曰冬冰可折夏條可結時難得而易失

人生瀛海內忽如鳥過目史記鄒衍曰中國名赤縣中州也中國外如赤縣州者九乃所謂九州也於是有瀛海環之人民禽獸莫能相通者如一區中者乃爲州如此者九乃有大瀛海環之其外天地之外也川上之歎逝前脩以自勗論語子在川上曰逝者如斯楚辭曰蹇吾法夫前脩兮非世俗之所服蔡琰詩曰竭心自勗厲

金風扇素節丹霞啓陰期西方爲秋而主金故秋風曰金風也河圖曰崑崙山有五色水赤水之氣上蒸爲霞陰而赫然魏文帝芙蓉池詩曰丹霞夾明月騰雲似涌煙密雨如散絲寒花發黃采秋草含綠滋閑居玩萬物離羣戀所思閑居已見上文禮記子夏曰吾離羣索居亦已久矣案無蕭氏牘庭無貢公綦漢書曰蕭育與朱博爲友著聞當世時人爲之語曰蕭朱結綬王貢彈冠往者有王陽貢公說文曰牘書版也班婕妤賦曰俯視兮丹墀思君兮履綦晉灼曰綦履跡也高尚遺王侯道積自成基周易曰不事王侯高尚其事文子曰積道德者天與之地助之莊子曰無爲無治謂之道基至人不嬰物餘風足染時莊子曰不離於眞謂之至人又南伯子綦曰吾與之乘天地之誠而不以物與之相嬰

朝霞迎白日丹氣臨湯谷丹氣謂赤水之氣也淮南子曰日出湯谷翳翳結繁雲森森散雨足毛詩曰曀曀其陰毛萇曰如常陰曀然翳與曀古字通論衡曰初出爲雲繁雲爲翳蔡雍霖賦曰瞻玄雲之晻晻懸長雨之森森輕風摧勁草凝霜竦高木楚辭曰漱凝霜之紛紛密葉日夜疏叢林森如束

一 珍倣宋版印

疇昔歎時遲晚節悲年促左氏傳羊斟曰疇昔之羊子爲政鄒陽上書曰至其晚節末路歲暮懷百憂將從季主卜史記曰司馬季主者楚人也卜於長安東市宋忠與賈誼遊於市中謁司馬季主請卜昔我資章甫聊以適諸越章甫以喻明德諸越以喻流俗也莊子曰宋人資章甫而適諸越越人敦髮文身無所用之司馬彪曰敦斷也資取也章甫冠名也諸於也爾雅曰適往也行行入幽荒歐駱從祝髮史記曰東海王搖者其先越王勾踐之後也姓騶氏搖率越人佐漢漢立搖爲東海王都東甌世俗號爲東甌王徐廣曰騶一作駱穀梁傳曰吳夷狄之國祝髮文身范甯曰祝斷也鄭玄毛詩曰從隨也窮年非所用此貨將安設冠無所設以喻德無所效也西京賦曰窮年忘歸瓴甋夸璵璠魚目笑明月言流俗之失也爾雅曰瓴甋謂之甓左氏傳曰季平子卒陽虎將以璵璠斂雜書曰秦失金鏡魚目入珠明月珠已見上文不見郢中歌能否居然別陽春無和者巴人皆下節宋玉對問曰客有歌於郢中者其始曰下里巴人國中屬而和者數千人其爲陽春白雪國中屬而和者不過數十人是其曲彌高者其和彌寡尹文子曰形之與名居然別矣楚辭曰攬騑轡而下節流俗多昏迷此理誰能察禮記曰不從流俗鄭玄曰流俗失俗也

朝登魯陽關狹路峭且深庾仲雍荊州記曰其北有四關魯陽伊關之屬也流澗萬餘丈圍木數千尋酈元水經注曰魯陽關水出魯陽關分頭山說苑曰齊王曰大國之樹必巨園應劭漢書注曰八尺曰尋咆虎

響窮山鳴鶴聒空林說文曰咆嘷也杜預左傳注曰聒讙也淒風爲我嘯百籟坐自吟漢書息夫躬絶命辭曰秋風爲我吟莊子子游曰地籟則衆竅是無故自吟曰坐也感物多思情在險易常心朅來戒不虞挺轡越飛岑劉向七言曰朅來歸耕永自疏周易曰君子以治戎器戒不虞王陽驅九折周文走岑崟漢書曰琅邪王陽爲益州刺史行部至邛僰九折坂嘆曰奉先人遺體奈何數乘此險以病去及王遵爲刺史至其坂問吏曰此非王陽所畏道耶吏對曰是遵叱其馭曰驅之王陽爲孝子王遵爲忠臣然此言王陽驅九折蓋驅馬而去之也公羊傳曰百里奚與蹇叔子送其子而戒之曰爾即死必殽之嶔巖是文王之所避風雨者也何休曰其處阻險故文王過之驅馳常若避風雨也經阻貴勿遲此理著來今漢書杜業上書曰深思往事以戒來今

此鄉非吾地此郭非吾城羈旅無定心翩翩如懸旌左氏傳陳敬仲曰羈旅之臣戰國策楚王曰寡人心搖搖然如懸旌終無所泊出覩軍馬陣入聞鞞鼓聲禮記曰君子聽鼓鞞之聲則思將帥之臣陣或爲壓周禮注曰鞞小鼓也常懼羽檄飛神武一朝征漢書高祖曰吾以羽檄徵天下兵班固漢書高紀述曰實天生德聰明神武長鋏鳴鞘中烽火列邊亭楚辭曰帶長鋏之陸離王逸曰長鋏劍名也曹植結客篇曰利劍鳴手中一擊兩尸僵說文曰烽燧候表邊有警則舉也舍我衡門依更被縵胡纓毛詩曰衡門之下可以棲遲莊子趙太子悝曰吾王所好劍士皆蓬頭突鬢垂縵胡之纓疇昔懷微志帷幕竊所經帷謂謀於

帷帳也兵書曰將軍於營張幕也何必操干戈堂上有奇兵呂氏春秋曰士尹池為荊使於宋司城子罕觴
之南面之牆犨於其前而不直西家潦注於庭下而不止問其故子罕曰南家輓工也吾徙之其父曰吾特輓而食三葉矣今徙求輓者
不知吾處吾將不食故不徙也西家高吾宮卑潦注吾宮也今故不禁也荊適興兵攻宋尹池歸諫而止孔子聞之曰夫修之廟堂之上
折衝千里之外其司城子罕之謂乎高誘曰犨出也輓履也孫武兵法曰奇正還相生若環之無端也折衝樽俎間制
勝在兩楹晏子春秋曰晉平公使范昭觀齊國政景公觴之范昭起曰願得君之樽為壽公令左右酌樽以獻晏子命徹去之
范昭不悅而起儛顧太師曰為我奏成周之樂太師曰盲臣不習也范昭歸謂平公曰齊未可并吾欲試其君晏子知之吾欲犯其樂太
師知之於是輟伐齊謀孔子聞之曰善哉不出樽俎之間而折衝千里之外晏子之謂也高誘呂氏春秋注曰折衝者衝車所以衝突也
敵之軍能陷破也欲攻己者折還其衝車於千里之外不敢來也孫子兵法曰水因地而制行兵因敵而制勝李奇漢書注曰制折也漢
書杜鄴說王音曰所接雖在楹階俎豆之間其於為國折衝厭難豈不遠哉兩楹賓主之位也巧遲不足稱拙速乃
垂名孫子兵法曰兵聞拙速不睹工久陸賈新語曰建大功於天下者必垂名於萬世也
述職投邊城羈束戎旅間尚書大傳曰古者諸侯之於天子五年一朝見其身述其職述其職者述其所職也
長楊賦曰永無邊城之患下車如昨日望舒四五圓下車已見上文楚辭曰前望舒使先驅王逸曰望舒月御
借問此何時胡蝶飛南園莊子曰莊周夢為胡蝶栩栩然司馬彪曰蝶蛺蝶也流波戀舊浦行

雲思故山閩越衣文蚍胡馬願度燕漢書曰漢立無諸爲閩越王王閩中蘇武書曰越人衣文蛇代
馬依北風君子於其國也悽愴傷於心度燕卽依北風也士風安所習由來有固然左氏傳晉侯曰鍾儀樂操
土風東京賦曰凡人心是所學體安所習魯連子譚子曰物之必至理固然也
結宇窮岡曲耦耕幽藪陰論語曰長沮桀溺耦而耕鄭玄周禮注曰藪大澤也荒庭寂以閑幽
岫峭且深淒風起東谷有渰興南岑毛詩曰有渰萋萋興雨祁祁毛萇曰渰雲興貌渰與弇同音奄
說文曰山有穴曰岫雖無箕畢期膚寸自成霖尚書曰月之從星則以風雨孔安國曰月經于箕則多風離于
畢則多雨公羊傳曰觸石而出膚寸而合不崇朝而徧天下者唯太山雲也何休曰膚寸四指爲膚澤雉登壟雊寒猿
擁條吟莊子曰澤雉十步一啄百步一飲溪壑無人跡荒楚鬱蕭森長笛賦曰人迹罕到說文曰森
林叢木也投耒循岸垂時聞樵采音左氏傳曰楚公子弃疾過鄭楚芻牧樵采不入田不樵樹不采蓺杜預曰
蓺種也重基可擬志迴淵可比心春秋運斗樞曰山者地基顧子曰登高使人意遐臨深使人志清養
真尚無爲道勝貴陸沈曹植辨問曰君子隱居以養真也王逸楚辭注曰守真玄默也莊子曰天無爲以之清地
無爲以之寧故兩無爲相合萬物皆化人孰得無爲哉韓子解老子曰所以貴無爲無思爲虛者謂其意無所制也愼子曰夫道所以使
賢無奈不肖何也所以使智無奈愚何也若此則謂之道勝矣又曰道勝則名不彰莊子曰孔子之楚舍於蟻丘之漿其鄰有夫妻臣妾

登極者仲尼曰是陸沈者也是其市南宜僚邪郭象曰人中隱者譬如無水而沈也遊思竹素園寄辭翰墨林風俗通曰劉向為孝成皇帝典校書籍皆先書竹為易刋定可繕寫者以上素也今東觀書竹素也歸田賦曰揮翰墨以奮藻長楊賦曰籍翰林以為主人

黑蜧躍重淵商羊舞野庭淮南子曰犧牛騂毛宜於廟牲其於致雨不若黑蜧高誘曰黑蜧黑蛇也潛於神泉能致雲雨家語曰齊有一足之鳥飛集公朝下止於殿前舒翅而跳齊侯大怪之使使聘魯訪諸孔子孔子曰此名曰商羊水祥也昔童兒有屈其一脚振訊兩臂而跳且謠曰天將大雨商羊鼓儛今齊有之其應至矣告趣治溝渠修隄防將有大水為災須臾大霖水溢汎諸國傷害民人唯齊備不敗也飛廉應南箕豐隆迎號屏楚辭曰後飛廉兮使奔屬飛廉風伯也楚辭曰吾令豐隆乘雲兮王逸曰豐隆雲師也楚辭曰屏號起雨何以興之王逸曰屏屏翳雨師名也號呼也興起也言雨師呼則雲起而雨下也

雲根臨八極雨足灑四溟淮南子曰八紘之外有八極八極之雲是雨天下高誘曰八極八方之極也四溟四海也霖瀝過二旬散漫亞九齡言今淫雨霖瀝已過二旬水流散漫亞乎九齡也鄭玄詩譜曰堯之末洪水九年萬國不粒階下伏泉涌堂上水衣生高誘淮南子注曰蒼苔水衣也洪潦浩方割人懷昬墊情尚書曰湯湯洪水方割孔安國曰割害也水方為害也尚書禹曰洪水滔天浩浩懷山襄陵下民昬墊孔安國曰昬瞀墊溺皆病水災沈液漱陳根綠葉腐秋莖漱蕩也鄭玄毛詩箋曰陳根可拔里無曲突煙路

無行輪聲漢書徐福上書曰曲突徙薪無恩澤環堵自頹毀垣閭不隱形禮記曰儒有環堵之室廣雅曰墉垣牆也釋名曰墉容也所以蔽隱形容也尺燼重尋桂紅粒貴瑤瓊說文曰燼新也戰國策曰蘇秦之楚三月乃得見王談卒辭行楚王曰先生不遠千里而臨寡人曾弗肯留願聞其說對曰楚國食貴於玉薪貴於桂謁者難見於鬼王難見於帝今令臣食玉炊桂因鬼見帝其可得乎漢書曰太倉之粟紅腐而不可食也君子守固窮在約不爽貞論語曰子路慍見曰君子亦有窮乎子曰君子固窮左氏傳晉成鱄曰居利思義在約思純爾雅曰爽差也周易曰貞正也雖榮田方贈慙為溝壑名說苑曰子思居衛緼袍無裏二旬九食田子方使人遺狐白之裘恐其不受因謂之曰吾假人遂忘之吾與人如弃之子思辭曰伋聞忘與不如遺弃物於溝壑伋雖貧不忍身為溝壑故不敢當卒不肯受取志於陵子比足黔婁生孟子章句曰陳仲子豈不誠廉士哉居於陵三日不食耳無聞目無見井上有李實螬食者過半矣匍匐往將而食之三咽然後耳有聞目有見也仲子織屨妻辟纑以易之劉熙曰陳仲子齊一介士也螬蟲也李實有蟲食之過半言仲子目無見也仲子自織屨妻紡纑以易食也緝績其麻曰辟練絲曰纑也列女傳曰黔婁先生死曾子弔之曰先生何以為謚妻曰以康為謚曾子曰先生在時食不充虛衣不蓋形何樂於此而謚為康乎妻曰先生君嘗欲授之政以為國相而辭不為是其有餘貴也君嘗賜之粟三十鍾先生不受是其有餘富也其謚為康不宜何也皇甫謚高士傳曰黔婁先生者齊人也修清節不求進

珍倣宋版印

文選卷第二十九

賜進士出身通奉大夫江南蘇松常鎮太等處承宣布政使司布政使胡克家重校刊

珍倣宋版印

文選卷第三十

梁昭明太子撰

文林郎守太子右內率府錄事參軍事崇賢館直學士臣李善注上

雜詩下

三月三日率爾成詩一首

雜擬上

陸士衡擬古詩十二首

張孟陽擬四愁詩一首

陶淵明擬古詩一首

謝靈運擬鄴中詩八首

雜詩下

時興一首五言　　盧子諒諶

亹亹圓象運悠悠方儀廓楚辭曰歲亹亹而過中曾子曰天道曰圓地道曰方在天成象故曰圓象天地曰兩儀故曰方儀也賈逵國語注曰悠悠長也爾雅曰廓大也忽忽歲云暮游原采蕭藿楚辭曰歲忽忽而遒盡毛詩曰歲聿云暮采蕭穫菽毛萇曰云言也又曰蕭蒿也菽藿也北踰芒與河南臨伊與洛芒山名也河及伊洛皆水名凝霜霑蔓草悲風振林薄楚辭曰激凝霜之紛紛又曰哀江介之悲風摵摵芳葉零欒欒芬華落摵已見射雉賦字書曰欒垂也如捶切下泉激冽清曠野增遼索毛詩曰冽彼下

泉毛萇曰洌寒也司馬彪莊子注曰流急曰激毛詩曰率彼曠野毛萇曰曠空也登高眺遐荒極望無崖崿文字集略曰崿崖也形變隨時化神感因物作莊子曰形變而有生又曰一龍一蛇與時俱化爾雅曰感動也莊子曰萬物並作吾以觀其復王弼曰作生長也子曰以虛靜觀其反覆者也澹乎至人心恬然存玄漠言己澹乎同彼至人意存玄漠而已莊子曰澹而靜乎莫而清乎王逸楚辭注曰憺安也憺與澹同莊子曰不離於真謂之至人又曰至人之用心若鏡淮南子曰恬然則縱之廣雅曰恬靜也張華勵志詩曰大猷玄漠廣雅曰玄道也又曰漠泊也說文曰泊無也

雜詩二首

陶淵明

結廬在人境而無車馬喧結猶構也問君何能爾心遠地自偏鄭玄禮記注曰爾助語也琴賦曰體清心遠邈難極采菊東籬下悠然望南山山氣日夕佳飛鳥相與還管子曰夫鳥之飛必還山集谷也此還有真意欲辯已忘言楚辭曰狐死必首丘夫人孰能反其真情王逸注曰真本心也莊子曰言者所以在意也得意而忘言

秋菊有佳色裛露掇其英文字集略曰裛坌衣香也然露坌花亦謂之裛也毛萇詩傳曰掇拾也汎此忘憂物遠我達世情毛詩曰微我無酒以遨以遊毛萇曰非我無酒可以忘憂也潘岳秋菊賦曰汎流英於清醴似浮萍之隨波纓子董無心曰無心鄙人也不識世情一觴雖獨進杯盡壺自傾日入羣動息歸

珍倣宋版印

鳥趍林鳴（莊子善卷曰余日出而作日入而息尸子曰晝動而夜息天之道也杜育詩曰臨下覽羣動曹子建贈白馬王彪詩曰歸鳥赴喬林）嘯傲東軒下聊復得此生（郭璞遊仙詩曰嘯傲遺俗羅得此生劉瓛易注曰自無出有曰生生得性之始也）

詠貧士詩一首五言

陶淵明

萬族各有託孤雲獨無依（孤雲喻貧士也陸機鼈賦曰摠美惡而兼融播萬族乎一區楚辭曰憐浮雲之相佯王逸注曰相佯無依據之貌也）曖曖虛中滅何時見餘輝（王逸楚辭注曰曖曖昏昧貌陸機擬古詩曰照之有餘輝）朝霞開宿霧眾鳥相與飛（喻眾人也）遲遲出林翮未夕復來歸（亦喻貧士）量力守故轍豈不寒與飢（左氏傳晉荀吳曰量力而行又向戌曰飢寒之不恤誰能恤楚也）知音苟不存已矣何所悲（古詩曰不惜歌者苦但傷知音稀楚辭曰已矣國無人兮莫我知）

讀山海經詩一首五言

陶淵明

孟夏草木長繞屋樹扶疎（上林賦曰垂條扶疎）眾鳥欣有託吾亦愛吾廬既耕亦已種且還讀我書窮巷隔深轍頗迴故人車（漢書曰張負隨陳平至其家乃負郭窮巷以席爲門門外多長者車轍韓詩外傳楚狂接輿妻曰門外車轍何其深）歡言酌春酒摘我園中蔬（張協歸舊

賦曰苦辭既接歡言乃周毛詩曰爲此春酒微雨從東來好風與之倶閑居賦曰微雨新晴汎覽周
王傳流觀山海圖周王傳穆天子傳也山海圖山海經也俛仰終宇宙不樂復何如莊子
老聃曰其疾也俛仰之閒再撫四海之外又善卷曰余立於宇宙之中毛詩曰既見君子云何不樂

七月七日夜詠牛女一首五言齊諧記曰桂楊城武丁有仙道常在人閒忽謂其弟曰七月七日織女渡河諸仙悉還宮吾向以被召不得停與爾別矣弟問織女何事渡河兄何當還荅曰織女暫詣牽牛吾去後三千年當還耳明旦失武丁所在世人至今猶云七月七日織女嫁牽牛

謝惠連

落日隱櫩楹升月照簾櫳毛詩曰如月之升說文曰櫳房室之疏也團團滿葉露析析振
條風辭毛詩曰野有蔓草零露團兮楚辭曰秋風兮蕭蕭舒芳兮振條蹀足循廣除瞬目矖曾穹呂氏春秋
曰惠盎見宋康王康王蹀足謦欬聲類曰蹀躡也徒頰切登樓賦曰循階除而下降說文曰除殿階也又曰瞬開闔目也蒼頡篇曰矖索
視之貌也穹天也雲漢有靈匹彌年闕相從毛詩曰倬彼雲漢曹植九詠注曰牛女爲夫婦七月七日得一
會同也毛萇詩傳曰彌終也遐川阻昵愛脩渚曠清容曹植九詠注曰織女牽牛之星各處河之旁爾雅曰
昵近也孫炎曰親之近也蒼頡篇曰曠疎曠也弄杼不成藻聳轡鶩前蹤古詩曰纖纖擢素手扎扎弄機杼終
日不成章泣涕零如雨王逸楚辭注曰蹤軌也昔離秋已兩今聚夕無雙昔離迄今會而秋已兩今聚便別故

夕無雙也傾河易迴斡款顏難久悰傾河天漢也陸機擬古詩曰天漢東南傾邊讓章華臺賦曰天河既迴歡
樂未終如淳漢書注曰斡轉也字林曰款誠也意有所欲廣雅曰悰樂也沃若靈駕旋寂寥雲幄空毛詩曰我
馬維駱六轡沃若陸機雲賦曰藻帟高舒長帷虹繞留情顧華寢遙心逐奔龍龍仙者所駕故遙心以逐之莊
子曰神人承雲氣御飛龍也沈吟爲爾感情深意彌重古詩曰馳情整中帶沈吟聊躑躅鄭玄毛詩箋曰爾
汝也廣雅曰感傷也鄭玄儀禮注曰彌盡也

擣衣一首五言

謝惠連

衡紀無淹度晷運倏如催漢書曰用昏建者杓夜半建者衡晉灼曰衡斗之中央也爾雅曰星紀斗牽牛也漢
書音義曰二十八舍列在四方日月行焉起於星紀也說文曰晷日景也周易曰日月運行白露滋園菊秋風落
庭槐肅肅莎雞羽烈烈寒螿啼毛詩曰六月莎雞振羽一名促織一名絡緯一名蟋蟀論衡曰夏末寒蜻
蛚鳴將感陰氣也許慎淮南子注曰寒螿蟬屬也子羊切夕陰結空幕霄月皓中閨美人戒裳服
端飾相招攜楚辭曰美人皓齒嫮以姱左氏傳曰招攜以禮何休公羊傳注曰攜提將也簪玉出北房鳴
金步南階魏臺訪議曰以玉爲笄也古曰笄今曰簪繁欽定情詩曰何以致拳拳綰臂雙金環櫚高砧響發楹
長杵聲哀郭璞曰砧木質也然此砧爲擣帛之質也文字集略曰砧杵之質也猪金切爾雅曰砧謂之虔微芳起兩

袖輕汗染雙題說文曰題額也紈素既已成君子行未歸君子謂夫也毛詩曰未見君子裁用筩中刀縫爲萬里衣古詩曰相去萬餘里盈篋自余手幽緘候君開說文曰篋笥也又曰緘束篋也古咸切腰帶準疇昔不知今是非左氏傳羊斟曰疇昔之羊子爲政

南樓中望所遲客一首五言謝靈運遊名山志曰始寧又北轉一汀七里直指舍下園南門樓自南樓百許步對橫山

謝靈運

杳杳日西頹漫漫長路迫楚辭云日杳杳以西頹路長遠而窘迫王逸注曰言道路長遠不得復還憂心迫窘無所舒志也登樓爲誰思臨江遲來客楚辭曰吹參差兮誰思遲猶思也與我別所期期在三五夕陸機贈馮文羆詩曰問子別所期耀靈緣扶木三五謂十五日也禮記曰月者三五而盈也圓景早已滿佳人猶未適曹子建贈徐幹詩曰圓景光未滿衆星粲已繁魏文帝秋胡行曰朝與佳人期日夕殊不來杜預左氏傳注曰適歸也卽事怨睽攜感物方悽戚卽事卽此離別之意也列子周之尹氏有老役夫晝則呻呼卽事夜則昏憊而熟寐周易曰睽乖也賈逵國語注曰攜離也古詩曰感物懷所思鄭玄論語注曰方常也孟夏非長夜晦明如歲隔楚辭曰望孟夏之短夜何晦明兮若歲瑤華未堪折蘭苕已屢摘楚辭曰折疏麻兮瑤華將以遺乎離居又曰被石蘭兮帶杜衡折芳馨兮遺所思路阻莫贈問云何慰離析楚辭曰媒絕路阻言不可

結而贈也毛萇詩傳曰問遺也又曰慰安也杜育金谷詩曰既而慨爾感此離析搔首訪行人引領冀良覿毛詩曰愛而不見搔首踟躕爾雅曰覿見也良覿謂見良人也

田南樹園激流植援一首五言　謝靈運

樵隱俱在山由來事不同臧榮緒晉書曰何琦曰胡孔明有言隱者在山樵者亦在山在山則同所以在山則異豈不信乎不同非一事養痾亦園中高彪與馬融書曰公今養痾傲士說文曰痾病也中園屏氛雜清曠招遠風范曄後漢書仲長統曰欲卜居清曠以樂其志廣雅曰曠遠也卜室倚北阜啓扉面南江西都賦曰臨峻路而啓扉激澗代汲井插槿當列墉羣木既羅戶衆山亦對牕靡迤趨下田迢遞瞰高峯西京賦曰澶漫靡迤寡欲不期勞即事罕人功老子曰少私寡欲即事即此營室之事也已見上文唯開蔣生逕永懷求羊蹤三輔決錄曰蔣詡字元卿隱於杜陵舍中三逕惟羊仲求仲從之遊二仲皆挫廉逃名毛萇詩傳曰懷思也賞心不可忘妙善冀能同莊子曰顏成子遊謂東郭子綦曰自吾聞子之言也八年而不知死生九年大妙郭象曰妙善同故無往而不冥也

齋中讀書一首五言永嘉郡齋也　謝靈運

昔余遊京華未嘗廢丘壑郭璞遊仙詩曰京華遊俠窟漢書班嗣書曰夫嚴子者漁釣於一壑萬物不干其志

棲遲於一丘天下不易其樂也矧迺歸山川心跡雙寂漠爾雅曰矧況也楚辭曰野寂漠兮無人虛館絶諍訟空庭來鳥雀張衡四愁詩序曰評訟息鬻子曰禹治天下朝廷之閑可以羅雀也臥疾豐暇豫翰墨時閑作國語優施曰我教暇豫之事君韋昭曰暇閑也豫樂也歸田賦曰揮翰墨以奮藻兩都賦序曰時時閑作懷抱觀古今寢食展戲謔文賦曰觀古今於須臾毛詩曰善戲謔兮不爲虐兮既笑沮溺苦又哂子雲閣執戟亦以疲耕稼豈云樂論語曰長沮桀溺耦而耕漢書曰王莽既以符命自立即位之後欲絶其源以神前事而甄豐子尋劉歆子棻復獻之莽誅豐父子投棻四裔辭所連及便收不請時楊雄校書天祿閣上理獄使者來欲收雄雄恐不能自免乃從閣上自投幾死京師爲之語曰惟寂惟漠自投于閣潘安仁夏侯湛誄曰執戟疲楊萬事難並歡達生幸可託莊子曰達生之情者傀司馬彪曰傀大也情在無故曰大傀音瑰

石門新營所住四面高山迴溪石瀨脩竹茂林詩一首五言

謝靈運

躋險築幽居披雲臥石門方言曰躋登也論衡曰幽居靜處恬澹自守莊子曰雲者風起北方一西一東孰居無事而披拂是苔滑誰能步葛弱豈可捫遊天台山賦曰踐莓苔之滑石又曰援葛藟之飛莖毛萇詩傳曰捫持也嫋嫋秋風過萋萋春草繁楚辭曰嫋嫋兮秋風王逸注曰嫋嫋風搖木貌也楚辭曰春草生兮萋萋美

人遊不還佳期何由敦楚辭曰望美人兮未來又曰與佳期兮夕張方言曰敦信也芳塵凝瑤席

清醑滿金樽庾闡楊都賦曰結芳塵於綺疏楚辭曰瑤席兮玉瑱毛詩曰飲此醑矣埤蒼曰滑美貌也曹子建樂府詩曰金樽玉杯不能使薄酒更厚洞庭空波瀾桂枝徒攀翻楚辭曰洞庭波兮木葉下又曰攀桂枝兮聊淹留結念屬霄漢孤景莫與諼言所思念邈若霄漢孤影獨處莫與忘憂蔡琰詩曰煢煢對孤影怛咤糜肝肺毛萇詩傳曰諼忘也張翰詩曰單形依孤影俯濯石下潭仰看條上猿早聞夕飇急晚見朝日暾楚辭曰暾將出兮東方王逸注曰始出其形暾暾而盛大也崖傾光難留林深響易奔感往慮有復理來情無存言悲感已往而天書紛錯故慮有迴復妙理若來而物我俱喪故情無所存往謂適彼可悲之境也庶持乘日車得以慰營魂莊子牧馬童子謂黃帝曰有長者教予曰若乘日之車而遊襄城之野郭象曰日出而遊日入而息也車或爲居楚辭曰載營魂而升霞鍾會老子注曰經護爲營也匪爲衆人說冀與智者論司馬遷書曰可爲智者說難爲俗人言

雜詩一首五言

王景玄沈約宋書曰王微字景玄少好學無不通覽年十六舉秀才除南平王鑠右軍咨議微素無宦情竝陳疾不就江湛舉爲吏部郎中

思婦臨高臺長想憑華軒陸機爲顧彥先贈婦詩曰東南有思婦舞賦曰遠思長想登樓賦曰憑軒檻以遙望
潘岳爲賈謐贈陸機詩曰珥筆華軒韋昭漢書注曰軒檻上板也弄絃不成曲哀歌送苦言左太沖詠史詩
曰哀歌和漸離張平子書曰酸者不能不苦於言也箕箒留江介良人處鴈門箕箒婦人所執也國語曰吳王
夫差伐越越王勾踐乃命諸稽郢行成於吳曰勾踐請盟一介適女執箕箒以備姓於王宮說文曰箕簸也箒糞也楚辭曰哀江介之悲
風孟子曰齊人一妻一妾而處室者其良人出必饜酒肉劉渠曰婦人稱夫曰良人漢書有鴈門郡詎憶無衣苦但知
狐白溫曹植贈丁儀詩曰狐白足禦冬焉念無衣客日闇牛羊下野雀滿空園毛詩曰日之夕矣羊
牛下來古猛虎行曰日暮不從野雀棲孟冬寒風起東壁正中昏禮記曰仲冬之月昏東壁中朱火
獨照人抱景自愁怨古詩曰朱火然其中楚辭曰廓抱景而獨倚誰知心曲亂所思不可
論毛詩曰亂我心曲古詩曰所思在遠道

數詩一首五言　鮑明遠

一身仕關西家族滿山東家語孔子曰恭敬忠信四者可以正國豈特一身漢書王衛尉曰蕭何守關中搖足
則關西非陛下所有又曰高帝問羣臣羣臣皆山東人也二年從車駕齋祭甘泉宮漢書曰元延二年行幸甘
泉賦曰正月從上甘泉蔡邕獨斷曰不敢指斥天子故但言車駕漢書曰武帝作甘泉宮中爲臺置祭具以致天神也三朝國

慶畢休沐還舊邦 漢書谷永上書曰食於三朝之會周禮曰國有福事卿慶賀之漢書曰張安世休沐未嘗出王粲贈蔡子篤詩曰戾舊邦也 四牡曜長路輕蓋若飛鴻 毛詩曰駕彼四牡石崇還京詩曰迅風翼華蓋飄䫹若鴻飛 五侯相餞送高會集新豐 漢書曰成帝悉封舅王譚王立王根王逢王商時為列侯五人同日封故世謂之五侯又曰漢王置酒高會三輔舊事曰太上皇思慕鄉里高祖徙豐沛商人立為新豐也 六樂陳廣坐組帳揚

春風 周禮曰凡六樂者文之以五聲鄭玄曰此固所以存六代之樂史記侯嬴曰公子自迎嬴羣衆廣坐之中嵇康贈秀才詩曰組帳高褰 七盤起長袖庭下列歌鍾 張衡舞賦曰歷七盤而屣躡七盤已見陸機羅敷歌韓子曰長袖善舞國語曰鄭伯納女樂二八歌鍾已見魏都賦 八珍盈彫俎綺肴紛錯重 周禮食醫掌和王八珍之齊莊子曰祝宗人說彘曰汝奚惡死吾將加汝肩尻乎彫俎之上應璩與公琰書曰繁俎綺錯羽爵飛騰 九族共瞻遲賓友仰徽容 尚書曰敦敘九族孔安國曰九族高祖玄孫之親也張載從鍾參軍詩曰善見理不拔闡道播徽容 十載學無就善宦一朝通 漢書曰張釋之事文帝十年不得調又曰司馬安巧善宦四至九卿

翫月城西門解中一首 五言　　鮑明遠

始見西南樓纖纖如玉鉤 西京雜記公孫乘月賦曰值圓巖而似鉤蔽脩堞如分鏡王逸楚辭注曰曲瓊玉鉤也 末映東北墀娟娟似蛾眉 說文曰墀塗地也禮天子赤墀上林賦曰長眉連娟毛詩曰螓首蛾眉 蛾

眉蔽珠櫳玉鈎隔瑣窻珠櫳以珠飾疏也瑣窻窻爲瑣文也范曄後漢書曰梁冀第舍窻牖皆有綺疏青瑣也

三五二八時千里與君同二八十六日也釋名曰望滿之名月大十六日月小十五日淮南子曰道德之論譬如日月馳騖千里不能改其處

夜移衡漢落徘徊帷戸中衡斗中央也漢天漢也已見上文曹植七哀詩曰明月照高樓流光正徘徊

歸華先委露別葉早辭風言歸華先委爲露所墮別葉早辭爲風所隕華落向本故曰歸本葉下離枝故云別葉王逸楚辭注曰委弃也翼氏風角曰木落歸本水流歸末

客游厭苦辛仕子倦飄塵陸機荅張士然詩曰飄颻冒風塵

休澣自公日宴慰及私辰禮記曰晏子澣衣以朝字林曰醧私宴飲也方言曰慰居也

蜀琴抽白雪郢曲發陽春相如工琴而處蜀故曰蜀琴客歌郢中故稱郢曲也宋玉笛賦曰師曠將爲白雪之曲也又對問曰客有歌於郢中者其爲陽春白雪國中屬而和者不過數人

肴乾酒未缺金壺啓夕淪肴雖乾而酒未止金壺之漏已啓夕波杜預左氏傳注曰肴乾而不食爾雅曰小波爲淪陸機漏賦曰伏陰蟲以承波吞恒流其如揖

迴軒駐輕蓋留酌待情人

始出尚書省一首五言

謝玄暉蕭子顯齊書曰眺兼尚書殿中郎高宗輔政以眺爲諮議領記室高宗明帝也

惟昔逢休明十載朝雲陛休明謂齊武皇帝也左氏傳曰王孫滿曰德之休明蕭子顯齊書曰眺解褐豫章王

行參軍然王故朝也左思七牧曰開甲第之廣袞建雲陛之嵯峨既通金閨籍復酌瓊筵醴金閨卽金門也
解嘲曰歷金門上玉堂應劭漢書注曰籍者爲二尺竹牒記其年紀名字物色懸之宮門案省相應乃得入也袁宏夜酣賦曰開金扉坐
瓊筵漢書楚元王敬禮穆生等穆生不嗜酒王每置酒常爲穆生設醴也宸景厭照臨昏風淪繼體宸北辰以
喻帝位也厭照臨謂武帝崩也繼體謂鬱林王昭業也蕭子顯齊書曰鬱林王文惠太子長子武帝崩王卽位毛詩曰明明上天照臨下
土尚書曰遠者德比頑童時謂亂風廣雅曰昏亂也又曰淪沒也公羊傳曰繼文王之體守文王之法度紛虹亂朝日濁
河穢清濟漢書息夫躬絶命辭曰虹霓燿兮日微張晏曰虹蜺邪陰之氣也而有照燿以蔽日月方讒言流行忠良浸微也戰
國策張儀說秦王曰清濟濁河足以爲阻孔安國尚書注曰濟水入河並流十數里清濁異色混爲一流亦喻讒邪之穢忠正也防
口猶寬政餐荼更如薺言防衆口實由寬政雖遇餐荼之苦更同如薺之甘時明帝輔政故曰寬也國語召公諫
厲王曰防人之口甚於防川左氏傳陳公子完謂齊侯曰臣幸若獲宥及於寬政君之惠也仲長子昌言曰有軍輿之大役焉有凶荒之
殺用焉如此則清脩絜皎之士固當食荼鹽膽杭籍菁棘毛詩曰誰爲荼苦其甘如薺英衮暢人謀文明固天
啓英衮謂明帝也初爲尚書令故曰英衮蕭子顯齊書曰明帝以太后令廢鬱林王及海陵王而卽帝位周禮曰三公自衮冕而下漢
書音義曰暢通也周易曰人謀鬼謀百姓與能又曰見龍在田天下文明左氏傳曰晉侯賜畢萬魏卜偃曰以是始賞天啓之矣青
精翼紫軑黃旗映朱邸春秋元命苞曰殷紂之時五星聚房房者蒼神之精周據而興然青卽蒼也齊木德故蒼

珍倣宋版印

精翼之孔安國尚書傳曰翼輔也方言曰韓楚之閒輪謂之軑徒計切天子之車以紫爲蓋故曰紫軑司馬德操與劉恭嗣書曰黃旗紫
蓋恒見東南終成天下者揚州之君子史記曰諸侯朝天子於天子之所立宅舍曰邸漢書曰代王入代邸諸王朱戸故曰朱邸還
觀司隸章復見東都禮東觀漢記曰更始欲北之雒陽以上爲司隸校尉三輔官府吏東迎雒陽見更始諸將過
者數十輩皆冠幘而衣婦人之衣大爲長安所笑見司隸官屬皆相指視之極望老吏或垂涕粲然復見官府儀體賢者蟻附也中
區咸已泰輕生諒昭洒文賦曰佇中區以玄覽說文曰洒滌也桑禮切趨事辭宮闕載筆陪
旌棨謂出殿中而爲記室也漢書曰朱博夜寢早起妻希見面趨事如是愼子曰趨事之有司賤也禮記曰史載筆士載言司馬彪
續漢書曰公以下至二千石騎吏四人皆帶劍棨戟爲前行韋昭漢書注曰棨戟也音啓邑里向疎蕪寒流自清
泚鶡冠子曰士之居邑里賈逵國語注曰蕪蘙也說文曰泚清也且禮切衰柳尚沈沈凝露方泥泥沈沈
茂盛之貌也毛詩曰蓼彼蕭斯零露泥泥廣雅曰方正也毛萇曰泥泥沾濡也零落悲友朋歡虞讌兄弟孔融
與曹操書曰海內知識零落殆盡虞與娛通毛詩序曰常棣燕兄弟也旣秉丹石心寧流素絲涕丹石言不
移也呂氏春秋曰石可破而不可奪其堅丹可磨而不可奪其赤韓子曰上下相德守道者皆懷金石之心素絲隨染涕墨子所悲也淮
南子曰墨子見練絲而泣之爲其可以黃可以黑高誘曰閔其化也曹顏遠感時詩曰素絲與路歧乘此終蕭散垂竿
深淵底孫惠龜賦曰汎舟於清泠之淵垂竿於巖淵之下如淳漢書注曰乘因也

直中書省一首 五言 蕭子顯齊書曰朓轉中書郎 謝玄暉

紫殿肅陰陰彤庭赫弘敞紫殿紫宮也漢書成紀曰神光降集紫殿莊子曰至陰肅肅至陽赫赫西都賓曰玉階彤庭西京賦曰赫昈昈以弘敞風動萬年枝日華承露掌晉宮闕名曰華林園有萬年樹十四株漢書曰日華曜宣明又曰武帝作栢梁銅柱承露盤僊人掌也玲瓏結綺錢深沈映朱網晉灼甘泉賦注曰玲瓏明見貌也東宮舊事曰窻有四面綫綺連錢楚辭曰網戶朱綴刻方連王逸注曰網綺文縷也綴緣也網與罔同而義異也紅藥當階翻蒼苔依砌上淮南子曰窮谷之汙生以蒼苔茲言翔鳳池鳴珮多清響晉中興書曰荀勖從中書監為尚書令人賀之乃發恚云奪我鳳凰池諸人何賀我邪禮記曰君子行則鳴佩玉信美非吾室中園思偃仰登樓賦曰雖信美而非吾土兮毛詩曰或棲遲偃仰朋情以鬱陶春物方駘蕩尚書曰鬱陶乎予心顏厚有忸怩莊子曰惠施之材駘蕩而不得逐物不反司馬彪曰駘蕩猶施施散也安得凌風翰聊恣山泉賞莊子曰鵲巢於高榆之顛巢折凌風而起毛詩曰如飛如翰鄭玄曰如鳥之飛翰也

觀朝雨一首 五言 謝玄暉

朔風吹飛雨蕭條江上來既灑百常觀復集九成臺張景陽七命曰表以百常之闕西京賦曰通天眇以竦峙逕百常而莖擢薛綜曰臺名也爾雅曰觀謂之闕呂氏春秋曰有娀氏有二佚女為九成臺飲食必以鼓空

濛如薄霧散漫似輕埃平明振衣坐重門猶未開楚辭曰平明發兮蒼梧新序曰老古
振衣而起周易曰重門擊柝耳目暫無擾懷古信悠哉東京賦曰慨長思而懷古毛詩曰悠哉悠哉毛萇曰
悠思也戢翼希驤首乘流畏曝鰓成公綏慰情賦曰惟潛龍之勿用戢鱗翼以匿影鄒陽上書曰鮫龍驤首
奮翼則浮雲出流鵩鳥賦曰乘流則逝三秦記曰河津一名龍門兩傍有山水陸不通龜魚莫能上江海大魚薄集龍門下上則為龍不
得上曝鰓水次也動息無兼遂歧路多徘徊動息猶出處言出處之情有疑譬臨歧路而多惑也淮南子曰
楊子見逵路而哭之謂其可以南可以北方同戰勝者去翦北山萊言隱勝仕也方猶將也韓子子夏曰吾入
見先王之義則榮之出見富貴又榮之二者戰於胸臆故臞也今見先王之義戰勝故肥也毛詩曰南山有臺北山有萊毛萇曰萊草也

郡內登望一首五言蕭子顯齊書曰眺出為宣城太守　謝玄暉

借問下車日匪直望舒圓張景陽詩曰下車如昨日望舒四五圓寒城一以眺平楚正
蒼然毛詩曰翹翹錯薪言刈其楚說文曰楚叢木也鄭玄毛詩箋曰蒹葭在衆草之中蒼蒼然也山積陵陽阻溪
流春穀泉江賦曰幽淵積阻沈約宋書曰宣城郡太康中分丹陽立陵陽子明得仙於廣陽縣山戰國策曰飲茹溪之流漢書
曰丹陽郡有春穀縣水經注曰江連春穀縣北又合春穀水威紆距遙甸巉嵒帶遠天威紆威夷紆餘流長
之貌也孔安國尚書傳曰距至也廣雅曰巉嵒高也切切陰風暮桑柘起寒煙悵望心已極惝

怳魂屢遷悵望已見上文楚辭曰招悄怳而永懷招勑驕切悄況燹切怳況往切結髮倦爲旅平生早事邊漢書霍光結髮內侍論語子曰久要不忘平生之言誰規鼎食盛寧要狐白鮮家語曰子路南遊於楚列鼎而食晏子春秋曰景公被狐白之裘坐於堂側方棄汝南諾言稅遼東田續漢書曰汝南太守南陽宗資任用范滂時人謠曰汝南太守范孟博南陽宗資主畫諾魏志曰管寧聞公孫度令行海外遂至于遼東皇甫謐高士傳曰人或牛暴寧田者寧爲牽牛著涼處自飲食也

和伏武昌登孫權故城一首五言徐勉伏曼容墓誌序曰曼容爲大司馬諮議參軍出爲武昌太守

謝玄暉

炎靈遺劍璽當塗駭龍戰炎靈謂漢也典引曰蓄炎上之烈精漢儀禮志曰皇太子即位中黃門以斬蛇寶劍授異苑曰晉惠帝元康三年武庫火燒漢高斬白蛇劍吳書曰初黃門張讓等作亂劫天子出奔尚璽投井中春秋保乾圖曰漢以魏徵當塗在世名行四方獻帝紀太史丞許芝奏故白馬令李雲上事曰許昌氣見於當塗高者魏也象魏者兩觀闕是也當道而高大者魏也當代漢周易曰龍戰于野其血玄黃聖期缺中壞霸功興寓縣論衡曰孟子云五百年有王者與五百年者以爲天出聖期也桓譚陳便宜曰所謂霸功者法度明正百官脩治威令流行者也蒼頡篇曰宇邊也說文曰寓籀文宇字也鵲起登吳山鳳翔陵楚甸莊子曰鵲上城之垝巢於高榆之顛城壞巢折陵風而起故君子之居時也得時則義行

失時則鵲起司馬彪曰垝最高危限之處也起飛也東都賦曰龍飛
白水鳳翔參墟孫氏初基武昌後都建鄴故云吳山楚甸也垝居毀
切衿帶窮巖險帷帟盡謀選西京賦曰巖險周固衿帶易守漢書高
祖曰運籌策於帷帳之中左氏傳蔫啓
彊曰趙成中行吳皆諸侯之選也鄭玄北拒溺驂鑣西龕收組練北
毛詩箋曰選者謂於倫等之中最上也拒
謂禦曹操西龕謂敗劉備也春秋感精符曰強傑並侵戰兵雷合龍
門溺驂宋均曰龍門魯地名也時齊與宋鄭戰敗相殺血溺驂馬尚
書序曰西伯戡黎孔安國曰戡勝也龕與戡音義同左氏傳曰江海
組甲三百被練三千馬融曰組甲以組為甲被練為甲裏也
既無波俯仰流英盼禮斗威儀曰其君乘木而王其政象衮冕類禋
平則江海不揚波好色賦曰竊視盼
郊卜揆崇離殿周禮曰王祀昊天上帝則服大裘而冕祀五帝亦如
之又曰兆五帝於四郊四類亦如之孔安國尚書傳
曰類事類也又曰精意以享曰禋毛詩曰卜云其吉終然允臧毛萇
曰凡建國必卜之毛詩曰揆之以日作為楚室毛萇曰揆度也度日
出日入以知西東視定北準極以正南北毛
萇詩傳曰崇立也西都賦曰外則離殿別寢釣臺臨講閱樊山開廣
讌吳志曰孫權於武昌臨釣臺飲酒大歡國語虢文公曰一時講武
公羊傳曰大閱者何簡車馬也水經曰武昌郡治城南有袁山即
樊山也北背大江江上有釣臺文物共葳蕤聲明且葱蒨左氏傳臧
顏延年釋奠詩曰即宮廣讌哀伯曰夫
德儉而有度文物以三光厭分景書軌欲同薦三國名臣頌曰三光
紀之聲明以發之參分宇宙暫隔禮記
子曰今天下車同軌書同文參差世祀忽寂漠市朝變魏都賦曰非
杜預左氏傳注曰薦獻也有期乎世祀

忽謂忽忽然而去也古出夏北門行曰市朝易人千載墓平舞館識餘基歌梁想遺轉蕪城賦曰歌堂舞閣之基西征賦曰覓陛殿之餘基歌有繞梁故曰歌梁淮南子曰秦楚燕趙之歌也異轉而皆樂高誘曰轉音聲也故林衰木平荒池秋草徧雄圖悵若茲茂宰深遐睠茂宰謂伏武昌也言孫氏雄圖悵然如此伏氏感之而深遠睠幽客滯江皐從賞乖纓弁幽客眺自謂也言從賞而乖纓弁遊也楚辭曰朝馳騁兮江皐王逸注曰澤曲曰皐清巵阻獻酬良書限聞見良書謂伏詩也鄭玄禮記注曰巵酒器也毛詩曰獻酬交錯墨子曰墨子獻書惠王王受而讀之曰良書也幸籍芳音多承風采餘絢楚辭曰聞赤松之清塵願承風之遺則馬融論語注曰絢文貌也于役儻有期鄂渚同游衍毛詩曰君子于役不知其期楚辭曰乘鄂渚而反顧兮王逸注曰鄂渚地名也毛詩曰昊天曰旦及爾遊衍毛萇曰遊行也衍溢也鄭玄曰衍與汝入往游溢相從也

和王著作八公山一首五言淮南子曰淮南王安養士數千人中有高才八人蘇非李上左吳陳由伍被雷被毛被晉昌爲八公神仙傳曰雷被誣告安謀反人告公曰安可以去矣乃與登山即日升天八公與安所踐石上之馬跡存焉

謝玄暉

二別阻漢坻雙崤望河澳左氏傳曰吳子伐楚子常乃濟漢而陣自小別至于大別穀有二陵已見西征賦爾雅曰小沚曰坻又曰澳隈也茲嶺復巑岏分區奠淮服字林曰巑岏銳山也潘岳贈陸機詩曰區域以分孔

安國尚書傳曰奠定也東限琅邪臺西距孟諸陸山海經曰琅邪臺在渤海閒琅邪之東孔安國尚書傳曰距至也周禮曰正東曰青州其藪曰孟諸爾雅曰宋有孟諸郭璞曰今在梁國濉陽縣東北然孟諸澤在八公山東而云西距者謂澤西距山以避上文耳謂山在澤東是也仟眠起雜樹檀欒蔭脩竹楚辭曰遠望兮仟眠枝乘兔園賦曰脩竹檀欒夾池水日隱澗凝空雲聚岫如複出沒眺樓雉遠近送春目王肅家語注曰高丈長曰堵三堵曰雉呂氏春秋曰客出田騈送之以目戎州昔亂華素景淪伊穀亂華謂苻堅也左氏傳曰衞侯登城以望見戎州公曰我姬姓也何戎之有焉又孔子曰裔不謀夏夷不亂華素景謂晉也干寶搜神記曰金者晉之行也漢書曰穀水出穀陽谷東北入洛也伊水已見上文阽危賴宗衮微管寄明牧宗衮謝安也明牧謝玄也晉中興書曰時盜賊强盛浸冦無已朝議求文武良將可以鎮北方者衞將軍謝安曰唯兄子玄可堪此任於是拜建武將軍兗州刺史領廣陵相監江北諸軍事漢書賈誼上書曰安有天下阽危者若是臣瓚曰臨危曰阽或曰阽屋檐也論語子曰微管仲吾其被髮左衽矣長蛇固能翦奔鯨自此曝八公山謝玄敗苻堅之處也長蛇喻融奔鯨喻堅也羣謝錄曰玄領徐州苻堅傾國大出玄爲前鋒射傷苻堅陣殺苻融左氏傳申苞胥如秦乞師曰吳爲封豕長蛇以荐食上國又楚子曰古者明王伐不敬取其鯨鯢而封以爲大戮杜預曰鯨鯢大魚名以喻不義之人呑食小國也道峻芳塵流業遥年運儵陸機大暮賦曰播芳塵之馥馥莊子老聃曰予年運而往矣將何以戒我乎平生仰令圖吁嗟命不淑平生眺自謂也左氏傳汝叔齊曰君

子能知其過必有令圖令圖天贊也薛君韓詩章句曰吁嗟歎辭也毛詩曰子之不淑楊泉五湖賦曰厎功定績蓋寓令圖不淑已見嵇康幽憤詩浩蕩別親知連翩戒征軸楚辭曰志浩蕩而傷懷思玄賦曰續連翩兮紛暗曖再遠館娃宮兩去河陽谷方言曰吳有館娃之宮石崇思歸引序曰肥遯於河陽別業風煙四時犯霜雨朝夜沐曹植亟出行曰蒙霧犯風塵淮南子曰禹沐淫雨櫛疾風高誘曰以雨爲沐浴也以疾風爲梳篦也魏書公令曰沐浴霜露二十餘年春秀良已凋秋場庶能築孫子曰秋霜被不凋其秀毛詩曰九月築場圃

和徐都曹一首五言集云和徐都曹勉昧旦出新渚　謝玄暉

宛洛佳遨游春色滿皇州古詩曰驅車策駑馬游戲宛與洛鮑昭結客少年場曰表裏望皇州結軫青郊路迴瞰蒼江流楚辭曰結余軫於西山周禮曰東方謂之青蜀都賦曰列綺疎以瞰江日華川上動風光草際浮日華已見上文楚辭曰光風轉蕙汎崇蘭王逸注曰光風謂日出而風草木有光色也桃李成蹊逕桑榆陰道周班固漢書贊曰諺曰桃李不言下自成蹊楚辭曰鳴鳩棲於桑榆毛詩曰有杕之杜生于道周毛萇曰周曲也東都已俶載言歸望緣疇毛詩曰以我覃耜俶載南畝毛萇曰覃利也王肅曰俶始也載事也言用我之利始事於南畝也毛詩曰言旋言歸賈逵國語注曰一井爲疇

和王主簿怨情一首五言集云王主簿名季哲　謝玄暉

掖庭聘絕國長門失歡宴漢書元紀曰賜單于待詔掖庭王廧爲閼氏應劭曰名廧小字昭君娶女曰聘據單于而言也琴道雍門周曰一赴絕國掖庭王昭君所居也長門陳皇后所居也南都賦曰接歡宴於日夜相逢詠蘪蕪辭寵悲班扇古樂府詩曰上山採蘪蕪下山逢故夫班婕妤怨詩曰新製齊紈素鮮絜如霜雪裁爲合歡扇團團似明月花叢亂數蝶風簾入雙燕徒使春帶賒坐惜紅粧變賒緩也生平一顧重宿昔千金賤鄭玄毛詩箋曰顧迴首也列女傳曰楚成鄭子瞀者楚成王之夫人也初成王登臺子瞀不顧王曰顧吾與女千金子瞀遂行不顧曹植詩曰一顧千金重何必珠玉錢阮籍詠懷詩曰宿昔同衾裳故人心尚爾故人心不見古樂府曰相去萬餘里故人心尚爾鄭玄毛詩箋曰尚猶也字書曰爾詞也

和謝宣城一首五言集云謝宣城朓臥疾　沈休文

王喬飛鳧舄東方金馬門從宦非宦侶避世不避喧范曄後漢書曰王喬者河東人也顯宗時爲葉令喬有神術每月朔望自縣詣臺朝帝怪其來數而不見車騎密令太史伺望之言其臨至輙有雙鳧東南飛來於是伺鳧至舉羅張之但得一雙舄焉乃詔尚方診視則四年中所賜尚書官屬履也史記曰武帝時齊人有東方生名朔時坐席中酒酣據地歌曰陸沈於俗避世金馬門揆余發皇鑒短翮屢飛飜楚辭曰皇鑒揆予于初度丁儀周成王論曰振短翮與鸞鳳並翔晨趨朝建禮晚沐臥郊園漢書典職曰尚書郎晝夜更直於建禮門內沐休沐也賓至

珍倣宋版印

下塵榻憂來命綠樽謝承後漢書曰徐稺字孺子豫章人屢辟公府不起時陳蕃爲太守以禮請署功曹稺不免之旣謁而退蕃在郡不接賓唯稺來特設一榻去則懸之應休璉與曹長思書曰紅塵蔽於机榻傅玄雜詩曰机榻委塵埃漢書東方朔曰臣聞銷憂者莫若酒也昔賢佇時雨今守馥蘭蓀字林曰佇齊等也孟子曰君子之所以教者五有如時雨化之者今守卽朓也潘正叔贈河陽詩曰流聲馥秋蘭王逸楚辭注曰蓀香草名也神交疲夢寐路遠隔思存列子曰夢有六候此六者皆魂神所交也莊子曰其寐也魂交其覺也形開說文曰交會也毛詩曰雖則如雲匪我思存牽拙謬東汜浮惰及西岷梁書曰隆昌中約出爲東陽太守明帝卽位徵爲五兵尚書以日之早晏喻年之少老也牽拙牽率庸拙也東汜謂湯谷日之所出也浮惰浮名惰懈也西岷謂崦嵫日之所入也顧循叵非薄何以儷璵璠鄭玄毛詩箋曰顧念也楚辭曰質菲薄而無由馬融論語注曰菲薄也廣雅曰儷偶也左氏傳曰季平子卒陽虎將以璵璠斂杜預曰璵璠美玉也將隨渤澥去刷羽汎清源解嘲曰若江湖之雀渤澥之鳥吳都賦曰刷蕩漪瀾說文曰刷刮也劉公幹詩曰方塘含清源

應王中丞思遠詠月一首五言蕭子顯齊書曰沈休文王思遠爲御史中丞

月華臨靜夜夜靜滅氛埃魏明帝詩曰靜夜不能寐楚辭曰辟氛埃而清涼方暉竟戶入圓影隙中來淮南子曰受光於隙照一隅受光於戶照室中無遺物況受光於宇宙乎說文曰隙壁際也高樓切思

婦西園游上才曹子建七哀詩曰明月照高樓流光正徘徊上有愁思婦悲歎有餘哀魏文帝芙蓉池詩曰乘輦夜行遊逍遙步西園丹霞夾明月華星出雲閒網軒映珠綴應門照綠苔楚辭曰網戶朱綴刻方連下云綠苔此當爲朱綴今並爲珠疑傳寫之誤漢書曰班婕妤自傷賦曰潛玄宮兮幽以清應門閉兮禁闥扃華殿塵兮玉階苔中庭萋兮綠草生洞房殊未曉清光信悠哉楚辭曰姱容脩態絙洞房毛萇詩傳曰悠悠遠貌也

冬節後至丞相第詣世子車中一首五言蕭子顯齊書曰豫章王嶷太祖第二子也嶷贈丞相揚州牧長子廉字景藹爲世子蔡邕獨斷曰諸侯適子稱世子

沈休文

廉公失權勢門館有虛盈史記曰廉頗失勢之時故客盡去及復爲將又復至王符潛夫論曰昔魏其之客流於武安長平之利移於冠軍廉頗翟公再盈再虛貴賤猶如此況乃曲池平漢書曰下邽翟公爲廷尉賓客亦填門及廢門外可設雀羅後爲廷尉客欲往翟公大署其門曰一貴一賤交情乃見桓子新論雍門周說孟嘗君曰千秋萬歲後高臺既已傾曲池又以平高車塵未滅珠履故餘聲漢書曰于定國父于公閭門壞父老方共治之于公謂之曰少高大閭門令容駟馬高蓋說文曰高車其蓋高立載之車也史記曰春申君上客皆躡珠履賓階綠錢滿客位紫苔生家語曰公自阼階孔子由賓階升堂立侍又曰醮於客位加其有成也崔豹古今注曰空室無人行則生苔蘚或青或紫一名綠錢禮記曰主人就東階客就西階又曰殯於客位祖於庭誰當九原上鬱鬱望佳城禮記趙文子曰以從

先大夫於九原鄭玄曰晉卿大夫之墓地在九原西京雜記曰滕公駕至東都門馬鳴跼不肯前皆以前脚跼地久之滕公懼使卒掘馬所跼地入三尺所得石槨有銘焉銘曰佳城鬱鬱三千年見白日吁嗟滕公居此室滕公曰嗟乎天也吾其即安此乎遂葬焉漢書曰夏侯嬰號滕公也

學省愁臥一首 五言學省國學也梁書曰齊明帝即位約遷國子祭酒 沈休文

秋風吹廣陌蕭瑟入南闈 廣雅曰陌道也 愁人掩軒臥高牕時動扉 楚辭曰愁人兮奈何掩猶閉也軒長廊也 虛館清陰滿神宇曖微微 謝靈運齋中詩曰虛館絕諍訟曹植九詠曰蔓葛滋兮言神宇王逸楚辭注曰曖曖晻昧貌南都賦曰清廟肅以微微 網蟲垂戶織夕鳥傍櫚飛 張景陽雜詩曰蜘蛛網戶屋魏文帝詩曰蜘蛛繞戶牖 纓珮空為忝江海事多違 爾雅曰忝辱也莊子曰就藪澤處閒曠此江海之士避世之人也廣雅曰違異也謂乖異也 山中有桂樹歲暮可言歸 山中有桂樹即攀桂枝而聊淹留也韓詩曰蟋蟀在堂歲聿其莫薛君曰莫晚也言君之年歲已晚也

詠湖中鴈一首五言 沈休文

白水滿春塘旅鴈每迴翔 劉公幹雜詠詩曰方塘含白水中有鳧與鴈謝靈運戲馬臺集詩曰旅鴈違霜雪楚辭曰孔雀兮迴翔穀梁傳曰掩禽旅范寧曰衆禽也 唼流牽弱藻斂翮帶餘霜 楚辭曰鳧鴈皆唼夫梁藻應瑒

建章臺集詩曰遠行蒙霜雪羣浮動輕浪單汎逐孤光上林賦曰鴻鷫鵠鴇浮乎其上懸飛竟不下亂起未成行呂氏春秋曰羣鳥翔而不下白虎通曰鴈飛則乃成行刷羽同搖漾一舉還故鄉搖漾飛貌也韓詩外傳田饒曰黃鵠一舉千里烏孫公主歌曰願爲黃鵠兮歸故鄉

三月三日率爾成篇一首五言　沈休文

麗日屬元巳年芳具在斯南都賦曰暮春之禊元巳之辰開花已匝樹流嚶復滿枝洛陽繁華子長安輕薄兒阮籍詠懷詩曰昔日繁華子安陵與龍陽范曄後漢書曰李寶勸劉嘉且觀成敗光武聞告于鄧禹曰孝孫素謹當是長安輕薄兒誤之耳嘉字孝孫嚶於耕切東出千金堰西臨鴈鶩陂楊佺期洛陽記曰千金堰在洛陽城西去城三十五里堰上有穀水堨朱超石與兄書曰千金堤舊堰穀水魏時更脩謂之千金堨廣雅曰堰潛堰也謂潛築土以壅水也一作堨音堨塢烏古切堰一建切然三字義同而音則異也漢宮殿疏曰長安有鴈鶩陂承昆明下流也游絲映空轉高楊拂地垂綠幘文照耀紫燕光陸離漢書曰董偃與母以賣珠爲事隨母入館陶公主家因留第中偃謁上綠幘傅韝毛萇詩傳曰日出照耀紫燕已見赭白馬賦楚辭曰玉珮兮陸離清晨戲伊水薄暮宿蘭池曹子建名都篇曰清晨復來還楚辭曰薄暮雷電歸何憂廣雅曰薄至也漢書曰渭城有蘭池宮象筵鳴寶瑟金瓶汎羽卮吳都賦曰桃笙象簟韜於筒中漢書曰莽何羅行觸寶瑟瓶酒器也古樂府詞曰金瓶素

（綆汲寒漿羽巵卽羽觴也楚辭曰瑤漿密勺實羽觴）寧憶春蠶起日暮桑欲萎（枚乘兔園賦曰桑萎蠶飢中人望奈何）長袂屢以拂彫胡方自炊（楚辭曰長袂拂面善留客宋玉諷賦曰主人之女爲臣炊彫胡之飯露葵之羹來勸臣食鄭玄毛詩箋曰方且也）愛而不可見宿昔減容儀（毛詩曰愛而不見）且當忘情去歎息獨何爲（公孫尼子曰衆人役物而忘情郭象論曰忘情於無有之域曹子建贈白馬王詩曰太息將何爲）

雜擬上

擬古詩十二首　陸士衡

擬行行重行行

悠悠行邁遠戚戚憂思深此思亦何思思君徽與音音徽日夜離緬邈若飛沈王鮪懷河岫晨風思北林（王鮪已見東京賦晨風已見上文）遊子眇天末還期不可尋驚飆褰反信歸雲難寄音（楚辭曰願寄言於浮雲兮遇豐隆而不將）佇立想萬里沈憂萃我心攬衣有餘帶循形不盈衿去去遺情累安處撫清琴

擬今日良宴會

閑夜命歡友置酒迎風館迎風已見西京賦齊僮梁甫吟秦娥張女彈南都賦曰齊僮唱兮列趙女蔡邕琴頌曰梁甫悲吟周公越裳琴操曰曾子耕泰山之下天雨雪凍旬月不得歸思其父母作梁山歌應瑒神女賦曰夏姬曾不足以供妾御况秦娥與吳娃方言曰秦俗美兒謂之娥張女彈已見笙賦哀音繞棟宇遺響入雲漢列子秦青曰昔韓娥東之齊鬻歌假食既去而餘響繞梁三日不絕又曰薛談學謳於秦青辭歸青餞於郊衢撫節悲歌聲振林木響遏行雲張湛曰三人薛秦韓之善歌者也四坐咸同志羽觴不可筭高談一何綺蔚若朝霞爛霞或為華人生無幾何為樂常苦晏秦嘉荅婦詩曰憂艱常早至為樂常苦晚譬彼伺晨鳥揚聲當及旦尸子曰使雞伺晨春秋考異郵曰鶴知夜半雞應旦明明與鳴同古字通曷為恒憂苦守此貧與賤列子曰卑辱則憂苦

擬迢迢牽牛星

昭昭清漢暉粲粲光天步晏子春秋曰星之昭昭不如月之曖曖毛萇詩傳曰粲粲鮮盛也步行也言行止之盛微步而光耀於天牽牛西北迴織女東南顧大戴禮夏小正曰七月初昬織女正東而向華容一何冶揮手如振素冶或為綺非也怨彼河無梁悲此年歲暮跂彼無良緣睆焉不得度跂彼已見上毛詩曰睆彼牽牛引領望大川雙涕如霑露

珍倣宋版印

擬涉江采芙蓉

上山采瓊蘂穹谷饒芳蘭采采不盈掬悠悠懷所歡毛詩曰終朝采綠不盈一掬故鄉一何曠山川阻且難沈思鍾萬里躑躅獨吟歎

擬青青河畔草

靡靡江離草熠燿生河側江離已見子虛賦皎皎彼姝女阿那當軒織粲粲妖容姿灼灼美顏色良人游不歸偏棲獨隻翼空房來悲風中夜起歎息

擬明月何皎皎

安寢北堂上明月入我牖照之有餘暉攬之不盈手淮南子曰天地之閒巧歷不能舉其數手微惚怳不能攬其光也高誘曰天道廣大手雖能微其惚怳無形者不能攬得日月之光也涼風繞曲房寒蟬鳴高柳踟躕感節物我行永已久游宦會無成離思難常守

擬蘭若生朝陽

嘉樹生朝陽凝霜封其條執心守時信歲寒終不彫美人何其曠灼

灼在雲霄枚乘樂府詩曰美人在雲端天路隔無期隆想彌年月長嘯入飛飆引領望天末譬彼向陽翹

擬青青陵上栢

冉冉高陵蘋習習隨風翰山海經曰崐崘之上有草名曰蘋如葵字書曰蘋亦蘋字也人生當幾何譬彼濁水瀾言濁水之波易竭也戚戚多滯念置酒宴所歡方駕振飛轡遠遊入長安名都一何綺城闕鬱盤桓史記曰公仲謂韓王曰不如和秦賂以一名都飛閣纓虹帶曾臺冒雲冠虹帶已見吳都賦虹或為垂非也高門羅北闕甲第椒與蘭西京賦曰北闕甲第當道直啓椒蘭蓋取其嘉名且芬香也俠客控絕景都人驂玉軒列子曰晉范氏有子曰子華善養私名使其俠客以鄙相攻魏書曰張繡降而復反上所乘馬名絕景為流矢所中都人已見上國語叔向曰絳之富商而能金玉其車遨遊放情願慷慨為誰歎

擬東城一何高

西山何其峻曾曲鬱崔嵬零露彌天墜蕙葉憑林衰尚書五行傳曰雲起於山彌於天寒暑相因襲時逝忽如頹三閭結飛轡大耋嗟落暉離騷引曰屈原者為三閭

大夫離騷曰飲余馬乎咸池摠余轡於扶桑周易曰日昃之離不鼓缶而歌則大耋之嗟凶曷爲牽世務中心若
有違毛詩曰行道遲遲中心有違京洛多妖麗玉顏侔瓊蕤古詩曰燕趙多佳人美者顏如玉閑
夜撫鳴琴惠音清且悲長歌赴促節哀響逐高徽一唱萬夫歎再唱
梁塵飛七略曰漢興魯人虞公善雅歌發聲盡動梁上塵思爲河曲鳥雙游豐水湄

擬西北有高樓

高樓一何峻苕苕峻而安綺窻出塵冥飛陛躡雲端綺窻飛陛已見上文佳人
撫琴瑟纖手清且閑芳氣隨風結哀響馥若蘭玉容誰得顧傾城在
一彈玉容傾城並已見上佇立望日昃躑躅再三歎不怨佇立久但願歌者歡
思駕歸鴻羽比翼雙飛翰

擬庭中有奇樹

歡友蘭時往苕苕匿音徽虞淵引絕景四節逝若飛虞淵已見上文芳草久
已茂佳人竟不歸躑躅遵林渚惠風入我懷感物戀所歡采此欲貽
誰

擬明月皎夜光

歲暮涼風發昊天肅明明招搖西北指天漢東南傾呂氏春秋曰季秋之月招搖指戌大戴禮夏小正曰七月漢案戶漢天漢也漢案戶者直戶也李陵詩曰招搖西北馳天漢東南流朗月照閑房蟋蟀吟戶庭翩翩歸鴈集嘒嘒寒蟬鳴歸鴈已見鷦鷯賦嘒嘒已見秋興賦寒蟬已見上文疇昔同宴友翰飛戾高冥毛詩曰匪鶉匪鳶翰飛戾天高冥已見齊謳行服美改聲聽居愉遺舊情織女無機杼大梁不架楹言有名無實也織女已見上爾雅曰大梁昴也

擬四愁詩一首七言　張孟陽

我所思兮在營州欲往從之路阻脩登崖遠望涕泗流我之懷矣心傷憂佳人遺我綠綺琴何以贈之雙南金傅玄琴賦序曰齊桓公有鳴琴曰號鍾楚莊有鳴琴曰繞梁中世司馬相如有綠綺蔡邕有燋尾皆名琴也願因流波超重深終然莫致增永吟

擬古詩一首五言　陶淵明

日暮天無雲春風扇微和佳人美清夜達曙酣且歌尚書曰酣歌于室歌竟長歎息持此感人多明明雲閒月灼灼葉中花豈無一時好不久當

珍倣宋版印

如何

擬魏太子鄴中集詩八首五言并序　謝靈運

建安末余時在鄴宮朝遊夕讌究歡愉之極天下良辰美景賞心樂事四者難幷今昆弟友朋二三諸彥共盡之矣古來此娛書籍未見何者楚襄王時有宋玉唐景梁孝王時有鄒枚嚴馬遊者美矣而其主不文漢書曰梁孝王來朝從遊說之士齊人鄒陽淮陰枚乘吳莊忌夫子之徒司馬相如見而悅之客遊梁漢武帝徐樂諸才徐樂已見別賦備應對之能而雄猜多忌豈獲晤言之適晤言已見上文不誣方將庶必賢於今日爾歲月如流零落將盡撰文懷人感往增愴魏文帝與吳質書曰撰其遺文都爲一集其辭曰

魏太子

百川赴巨海衆星環北辰百川北辰已見上文照灼爛霄漢遙裔起長津天地中橫潰家王拯生民橫潰以水喻亂也家王謂魏太祖也陳思行女哀辭曰家王征蜀漢司馬相如難蜀文曰拯生民於沈溺說文曰出溺爲拯區宇既滌蕩羣英必來臻東京賦曰區寓乂寧謝承後漢書曰黃向對策爲羣

英之表忝此欽賢性由來常懷仁況值衆君子傾心隆日新論物靡浮
說析理實敷陳莊子曰判天地之美析萬物之理羅縷豈闕辭窈窕究天人王延壽王孫賦
曰羌難得而羅縷羅或爲覶天人已見應吉甫華林園詩澄觴滿金罍連榻設華茵急絃動飛聽
清歌拂梁塵侯瑾箏賦曰急絃促柱變詞改曲抱朴子曰瓠巴操琴翔禽爲之下聽梁塵已見陸機擬東城一何高詩何
言相遇易此歡信可珍

王粲

家本秦川貴公子孫遭亂流寓自傷情多
幽厲昔崩亂桓靈今板蕩幽厲周二王也桓靈後漢二帝也已見上毛詩曰上帝版版鄭玄曰版反也反先王
之道也毛詩曰蕩蕩上帝鄭玄曰蕩蕩法度廢壞之貌伊洛既燎煙函崤沒無像曹子建送應氏詩曰洛陽
何寂寞宮室盡燒焚王粲七哀詩曰西京亂無像整裝辭秦川秣馬赴楚壤王粲七哀詩曰復弃中國去遠
身適荆蠻魏明帝自惜薄祜行曰出身秦川爰居伊洛沮漳自可美客心非外奬沮漳已見登樓賦小雅曰
奬勸也常歎詩人言式微何由往式微已見曹子建情詩上宰奉皇靈侯伯咸宗
長上宰魏太祖也褱道彥雜詩曰天子命上宰雲騎亂漢南紀郢皆掃盪王肅格虎賦曰羽騎雲布蘭車

星陳漢書曰郢楚別邑紀見下文　排霧屬盛明披雲對清朗盛明清朗喻太祖也王隱晉書曰樂廣爲尚書令衞瓘見而奇之命諸子造焉曰每見此人瑩然若開雲霧之覩青天阮瑀謝太祖牋曰一得披玄雲望白日唯力是視敢有二心慶泰欲重疊公子特先賞公子謂曹植也不謂息肩願一旦值明兩息肩已見東京賦明兩謂文帝也明兩已見謝宣遠張子房詩並載遊鄴京方舟汎河廣魏文帝與吳質書曰同乘並載以遊後園綢繆清讌娛寂寥梁棟響陸機集有皇太子清宴詩梁棟響則歌聲繞也已見陸機擬今日良宴會詩　既作長夜飲豈顧乘日養史記曰紂爲長夜之飲乘日已見上廣雅曰養樂也

陳琳

袁本初書記之士故述喪亂事多

皇漢逢屯邅天下遭氛慝西都賓曰皇漢之初經營也屯如邅如已見上董氏淪關西袁家擁河北董卓袁紹並已見上文　單民易周章窘身就羈勒豈意事乖己永懷戀故國相公實勤王信能定蝥賊相公魏太祖也王仲宣從軍戎詩曰相公征關右勤王已見西征賦左氏傳王使富辛如晉曰諸侯用寧蝥賊遠屏晉之力也杜預曰蝥賊喻災害也食根曰蝥食節曰賊　復覩東都輝重見漢朝則已見謝玄暉始出尚書省詩　餘生幸已多矧廼值明德愛客不告疲飲讌

遺景刻曹子建公讌詩曰公子敬愛客終讌不知疲刻漏刻也夜聽極星闌朝遊窮曛黑毛詩曰子興視夜明星有爛曛已見上哀哇動梁埃急觴盪幽默法言曰哇則鄭李軌曰哇邪也梁塵已見上張敏神女賦曰既澹泊於幽默惕覺寤而中驚且盡一日娛莫知古來惑范曄後漢書曰楊秉嘗從容言曰我有三不惑酒色財也

徐幹

少無宦情有箕潁之心事故仕世多素辭國語桓公問於史伯曰王室多故余懼及焉

伊昔家臨淄提攜弄齊瑟臨淄已見魏都賦置酒飲膠東淹留憩高密漢書膠東國故齊高帝別為國又曰高密國故齊宣帝更為高密國此歡謂可終外物始難畢莊子曰外物不可必故龍逢比干僇焉搖蕩箕濮情窮年迫憂慄箕山許由所隱也濮濮水莊周所釣也莊子季徹曰搖蕩人心又曰憂慄乎廟堂之上末塗幸休明棲集建薄質已免負薪苦仍游椒蘭室禮記曰君使士射不能則辭以疾言曰某有負薪之憂大戴禮曰與君子遊苾乎如入蘭芷之室久而不聞則與之化矣陸機詩曰甲第椒與蘭清論事究萬美話信非一曹植四言詩曰高談虛論問彼道原話已見秋興賦行觴奏悲歌永夜繫白日魏文帝與吳質書曰白日既匿繼以朗月華屋非蓬居時髦豈余匹華屋已見陸韓卿贈

一 珍倣宋版印

顧希叔詩髦士已見上文中飲顧昔心悵焉若有失說苑曰晉靈公欲殺趙宣孟而飲之酒宣孟知之中飲而出淮南子曰悵然有喪漢書曰戴良見黃憲及歸罔然若有失

劉楨

卓犖偏人而文最有氣所得頗經奇潘勗玄達賦曰匪偏人之自韙訴諸衷於來哲

貧居晏里閈少小長東平漢書泰山郡有東平縣音義曰泰山郡屬兗州薄許京謝承後漢書李燮曰涼州天下要衝廣川無逆流招納厠羣英管子曰善爲君者宜法江海江海不逆細流故爲百谷長羣英已見擬太子詩北渡黎陽津南登紀郢城漢書音義臣瓚曰黎陽在魏郡伏滔北征記曰黎陽津名也杜預左氏傳注曰楚國今南郡江陵縣北紀南城也既覽古今事頗識治亂情歡友相解達敷奏究平生解達言相談說而進達也方言曰解說也㓗荷明哲顧知深覺命輕王逸晉書孔坦表曰士死知遇恩令命輕朝遊牛羊下暮坐括揭鳴毛詩曰雞棲于桀日之夕矣牛羊下括毛萇曰雞棲於杙爲桀括至也桀與揭音義同終歲非一日傳巵弄新聲辰事既難諧歡願如今幷唯羨肅肅翰繽紛戾高冥

應瑒

汝潁之士流離世故頗有飄薄之歎

噭噭雲中鴈舉翮自委羽毛詩曰鴻鴈于飛哀鳴噭噭淮南子曰燭龍在鴈門北蔽于委羽之山不見日高誘曰蔽至也委羽北方山名也求涼溺水湄違寒長沙渚成公綏鴈賦曰濱弱水之陰岸弱水已見上列子曰禽獸之智違寒就温漢書曰長沙國屬荊州然則彭蠡之所在顧我梁川時緩步集潁許漢書曰汝南潁川許皆魏分也魏徙大梁故魏一號爲梁一旦逢世難淪薄恒羈旅天下昔未定託身早得所官度廁一卒烏林預艱阻魏志曰公還軍官渡袁紹進臨官渡公斬淳于瓊等紹衆大潰漢書音義文穎曰於滎陽下引河東爲鴻溝即今官渡水也盛弘之荊州記曰蒲沂縣沿江一百里南岸名赤壁周瑜黄蓋此乘大艦上破魏武兵於烏林烏林赤壁其東西一百六十里晚節値衆賢會同庇天宇列坐廕華榱金樽盈清醑馬融樗蒲賦曰坐華榱之高殿臨激水之清流金樽清醑並已見上始奏延露曲繼以闌夕語延露已見上調笑輒酬答嘲謔無慙沮傾軀無遺慮在心良已敘

阮瑀

管書記之任有優渥之言

河洲多沙塵風悲黄雲起繁欽述行賦曰芒芒河濱寶多沙塵古詩曰白楊多悲風淮南子曰黄泉之埃上爲

一珍倣宋版印

雲黃金羈相馳逐聯翩何窮已說文曰羈馬絡頭也慶雲惠優渥微薄攀多士慶雲喻太祖也王逸楚辭注曰慶雲喻尊顯也念昔渤海時南皮戲清沚漢書渤海郡南皮縣魏文帝與吳質書曰每念昔日南皮之遊誠不可忘今復河曲游鳴葭泛蘭汜魏文帝與吳質書曰時駕而遊北遵河曲從者鳴笳以啓路文學託乘於後車躧步陵丹梯並坐侍君子躧步並坐並已見上丹梯丹墀也妍談既愉心哀弄信睦耳魏文帝與吳質書曰高談娛心哀箏順耳傾酤係芳醑酌言豈終始毛詩曰君子有酒酌言嘗之自從食蓱來唯見今日美毛詩曰呦呦鹿鳴食野之苹毛萇曰苹萍也

平原侯植

公子不及世事但美遨游然頗有憂生之嗟

朝游登鳳閣日暮集華沼傾柯引弱枝攀條摘蕙草徙倚窮騁望目極盡所討楚辭曰白蘋兮騁望又曰目極千里西顧太行山北眺邯鄲道太行已見上漢書曰文帝指慎夫人新豐道曰此走邯鄲道也平衢脩且直白楊信褭褭褭褭風搖木貌副君命飲宴歡娛寫懷抱副君謂文帝也漢書疏廣曰太子國儲副君也良游匪晝夜豈云晚與早衆賓悉精妙清辭灑蘭藻哀音下迴鵠餘哇徹清昊下迴鵠謂鄧曠也徹清昊謂秦青也並已見上

文中山不知醉飲德方覺飽中山有美酒已見魏都賦毛詩曰旣醉以酒旣飽以德　願以黃髮期養生念將老左氏傳隱公曰使營菟裘吾將老焉菟音塗

文選卷第三十

賜進士出身通奉大夫江南蘇松常鎮太等處承宣布政使司布政使胡克家重校刊

文選卷第三十一

梁昭明太子撰

文林郎守太子右內率府錄事參軍事崇賢館直學士臣李善注上

雜擬下

袁陽源效白馬篇一首

效古一首　劉休玄擬古二首

王僧達和琅邪王依古一首

鮑明遠擬古三首　學劉公幹體一首

代君子有所思一首　范彥龍效古一首

江文通雜體詩三十首

效曹子建樂府白馬篇一首五言

袁陽源孫嚴宋書曰袁淑字陽源陳郡人少好屬文彭城王起爲祭酒後遷至左衛率凶劭當行篡逆淑諫見害

劍騎何翩翩長安五陵閒史記曰游閑公子飾冠劍連車騎西京賦曰南望杜霸北眺五陵秦地天

下樞八方湊才賢戰國策范子見秦王曰今韓魏天下之樞也高誘曰樞要也河圖龍文曰鎮星光明八方歸德賈逵
國語注曰湊聚也荆魏多壯士宛洛富少年呂氏春秋客有語周昭文君曰魏氏人張儀壯士也王逸荔支
賦曰宛洛少年邯鄲遊士意氣深自負肎事郡邑權謝承後漢書曰楊喬曰侯生為意氣刎頸漢書曰郭解姊
子負解之勢應劭曰負恃也班固漢書游俠傳贊曰郡國豪傑處處各有又郭解曰奈何從他縣奪人邑賢大夫權也籍籍關
外來車徒傾國鄽籍籍關外來謂被徙關中也車徒傾國鄽從者之多也漢書武帝曰事籍籍如此鄭玄禮記注曰鄽
市物邸舍也今云鄽以明市也五侯競書幣羣公亟為言漢書曰樓護字君卿為京兆史王氏五侯兄弟爭名
護盡入其門咸得懽心五侯已見鮑明遠數詩古人相遺幣必書之於刺故曰書幣戰國策秦王謂趙使涼毅曰吾所使趙國者小大皆
聽吾言則受書幣漢書曰郭解河內軹人自喜為俠及徙豪茂陵衞將軍為言解家貧不中徙上曰布衣權至使將軍此其家不貧解徙
諸公送出者千餘義分明於霜信行直如弦義分則分義也孫卿子曰禮樂則脩分義則明仲長子昌言曰
潔若清冰嚴若秋霜應劭風俗通曰順帝之末京師謠曰直如弦死道邊曲如鉤反封侯交歡池陽下留宴汾陰
西漢書曰郭解入關中賢豪爭交歡又曰左馮翊有池陽縣河東郡有汾陰縣漢書曰酤留飲食也西音先協韻也一朝許
人諾何能坐相捐諾相然許之辭也老子曰輕諾者必寡信廣雅曰諾應也影節去函谷投珮出
甘泉公羊傳曰曹子標劍而去之劉兆曰標辟也影與標字同孚堯切嗟此務遠圖心為四海懸左氏

傳嬖成伯日遠圖者忠也莊子曰心若縣於天地之閒郭象曰所希企者高而闊也但營身意遂豈校耳目前列子楊朱曰愼耳目之觀聽惜身意之是非失當年之至樂不得自肆於一時聲類曰遂從意也嵇康養生論曰嗜好常在耳目之前也俠烈良有聞古來共知然漢書曰楚田仲以俠聞傳暢晉諸公贊曰劉希彭俠烈有才用也

効古一首 五言

袁陽源

訊此倦遊士本家自遼東訊猶問也漢書曰司馬長卿故倦游又曰有遼東郡也昔隸李將軍十載事西戎將軍李廣也西戎匈奴也毛詩序曰備其兵甲以討西戎也結車高闕下極望見雲中莊子曰車軌結於千里之外高誘呂氏春秋注曰結交也漢書曰中將軍衛青至高闕臣瓚注曰山名也七發曰極望成林漢書有雲中郡秦置也四面各千里從橫起嚴風陸機從軍行曰涼風嚴且苛寒燠豈如節霜雨多異同毛詩傳曰燠煖也日夕寐北河陰夢還甘泉宮史記曰秦惠王遊至北河徐廣曰戎地之河上穀梁傳曰水南曰陰勤役未云已壯年徒為空迺知古時人所以悲轉蓬曹植雜詩曰轉蓬離本根飄颻隨長風類此客遊子捐軀遠從戎

擬古二首 五言

劉休玄沈約宋書曰南平穆王鑠字休玄文帝第四子也少好學有文才元兇弒立以為中軍將軍世祖入

討歸世祖進侍中司空後以藥內食中毒殺之

擬行行重行行

眇眇陵長道遙遙行遠之楚詞曰路眇眇以默默廣雅曰眇眇遠也左氏傳童謠曰遠哉遙遙迴車背京里揮手從此辭古詩曰迴車駕言邁劉越石扶風歌曰揮手長相謝說文曰揮奮也蘇武詩曰去去從此辭堂上流塵生庭中綠草滋曹植曹仲雍誄曰流塵飄蕩魂安歸寒螿翔水曲秋兎依山基淮南子曰兎走歸窟寒螿翔水各哀其所生高誘曰寒螿水鳥哀猶愛也芳年有華月佳人無還期魏文秋胡行曰朝與佳人期日夕殊不來日夕涼風起對酒長相思李陵贈蘇武詩曰遠望悲風至對酒不能酬悲發江南調憂委子襟詩古樂府江南辭曰江南可採蓮毛詩曰青青子襟悠悠我心臥覺明燈晦坐見輕紈緇陸機爲顧彥先贈婦詩曰京洛多風塵素衣化爲緇淚容不可飾幽鏡難復治曹植七哀詩曰膏沐誰爲容明鏡闇不治願垂薄暮景照妾桑榆時陸機塘上行曰願君廣末光照妾薄暮年日在桑榆以喻人之將老東觀漢記光武曰失之東隅收之桑榆

擬明月何皎皎

落宿半遙城浮雲藹曾闕鄭玄詩箋曰曾重也玉宇來清風羅帳延秋月曹植芙蓉

賦曰退潤玉宇進文帝庭羅帳羅帷也栢子新論雍門周說孟嘗君曰今君下羅帳來清風古詩曰明月何皎皎照我羅牀帷結思
想伊人沈憂懷明發毛詩曰所謂伊人宋玉笛賦曰武毅發沈憂結毛詩曰明發不寐誰爲客行久
屢見流芳歇潘岳悼亡詩曰流芳未及歇河廣川無梁山高路難越楚辭曰江河廣而無梁秦嘉妻徐氏答嘉書曰高山巖巖而君是越斯亦難矣

和瑯邪王依古一首五言　王僧達

少年好馳俠旅宦遊關源既踐終古跡聊訊興亡言楚辭曰長無絕兮終古訊與信通易乾鑿度曰興亡殊方各有其祥隆周爲藪澤皇漢成山樊漢書楊雄河東賦曰販隆周之大寧難蜀父老曰羅者猶視乎藪澤西都賓曰皇漢之初經營也莊子曰彭陽曰公閱休夏則休乎山樊者也毛萇詩傳曰樊藩也久沒離宮
地安識壽陵園甘泉賦曰往往離宮般以相燭張晏漢書注曰景帝作壽陵也又元帝詔曰徙民以奉園陵仲秋
邊風起孤蓬卷霜根白日無精景黃沙千里昏顯軌莫殊轍幽塗豈
異魂郭象莊子曰待隱謂之死待顯謂之生廣雅曰軌道也陸機泰山吟曰幽塗延萬鬼神房集百靈聖賢良已矣
抱命復何怨桓範世要論曰聖哲之人知有終之命必至之理不可以智力避列子曰怨年我逝不知命也

擬古三首五言　鮑明遠

幽并重騎射少年好馳逐史記曰趙武靈王胡服以習騎射也七發曰馳騁角逐氈帶佩雙鞬
象弧插彫服搜神記曰太康中以氈爲貊頭及帶身袴口魏志曰董卓有武力雙帶兩鞬左右馳射方言曰所以藏箭謂之
服所以盛弓謂之鞬毛詩曰四牡翼翼象弭魚服鄭玄曰弭弓之末彎者以象骨爲之服矢服也鞬居言切獸肥春草短
飛鞚越平陸魏文帝典論曰弓燥手柔草淺獸肥埤蒼曰鞚馬勒鞚孫子曰平陸平處鞚口送切朝遊鴈門上
暮還樓煩宿漢書曰鴈門郡有樓煩縣石梁有餘勁驚雀無全目闞子曰宋景公使工人爲弓九
年乃成公曰何其遲也工人對曰臣不復見君矣臣之精盡於此弓矣獻弓而歸三日而死景公登虎圈之臺援弓東面而射之矢踰於
西霜之山集于彭城之東其餘力逸勁猶飲羽于石梁帝王世紀曰帝羿有窮氏與吳賀北遊賀使羿射雀羿曰生之乎殺之乎賀曰射
其左目羿引弓射之誤中右目羿抑首而媿終身不忘故羿之善射至今稱之漢虜方未和邊城屢翻覆留
我一白羽將以分虎竹白羽矢名國語曰吳素甲白羽之矰望之如荼漢舊儀曰郡國銅虎符三竹使符五也
魯客事楚王懷金襲丹素魯客假言楊子法言或曰使我紆朱懷金其樂可量也李軌曰金金印也司馬彪上
林賦注曰襲服也毛詩曰素衣朱襮毛萇曰丹朱中衣也既荷主人恩又蒙令尹顧主人謂君也王仲宣公讌
詩曰顧我賢主人臣瓚漢書注曰諸侯之卿唯楚稱令尹其餘國稱相也日晏罷朝歸鞍馬塞衢路宗黨
生光華賓僕遠傾慕富貴人所欲道德亦何懼論語曰富與貴是人之所欲不以其道得

之不處也南國有儒生迷方獨淪誤儒生自謂也漢書叔孫通曰弟子儒生隨臣久矣莊子曰小惑易方郭象
曰東西易方於禮末虧孔安國尚書傳曰誤謬也沈淪謬誤也伐木青江湄設置守毚兔毛詩曰坎坎伐檀兮
寘之河之干兮河水之清且漣漪兮又曰肅肅兔罝椓之丁丁又曰躍躍毚兔遇犬獲之
十五諷詩書篇翰靡不通論語曰吾十有五而志於學韋昭漢書注曰翰筆也弱冠參多士飛
步遊秦宮華覈與薛瑩詩曰存者今惟三飛步有匹特側覩君子論預見古人風魏志太祖謂毛
玠曰君有古人之風兩說窮舌端五車摧筆鋒兩說謂魯連說新垣衍及下聊城史記曰秦東圍邯鄲魏王使
新垣衍入邯鄲說平原君尊秦昭王為帝秦必罷兵去魯連聞之乃責垣衍新垣衍請出不敢言帝秦秦將聞之為却五十里又曰田單
攻聊城不下魯連乃為書約之矢以射聊城中燕將得書自殺韓詩外傳曰避文士之筆端避武士之鋒端避辯士之舌端莊子曰惠施
其書五車道踳駁也羞當白璧貺恥受聊城功韓詩外傳曰楚襄王遣使者持金千斤白璧百雙聘莊子以為
相莊子不許史記田單屠聊城歸而言魯連欲爵之魯連逃隱於海上也晚節從世務乘障遠和戎鄒陽上書
曰至其晚節末路漢書曰嚴安上書言世務又曰帝使博士狄山乘鄣李奇曰乘守也左氏傳晉侯謂魏絳曰子教寡人和諸戎狄解
佩襲犀渠卷袠奉盧弓國語曰奉文犀之渠尚書曰平王錫晉文侯盧弓十始願力不及安知
今所終左氏傳周子曰孤始願不及此莊子曰苟為不知其然也孰知其所終司馬彪曰誰知禍之所終者也

學劉公幹體一首五言　鮑明遠

胡風吹朔雪千里度龍山范曄後漢書蔡琰詩曰處所多霜雪胡風春夏起楚辭曰增冰峨峨飛雪千里又曰北有寒山逴龍赩然王逸曰逴龍山名集君瑤臺裏飛舞兩楹前楚辭曰望瑤臺之偃蹇兮鄭玄禮記注曰兩楹之閒人君聽治正坐之處茲辰自爲美當避豔陽年神農本草曰春夏爲陽豔陽桃李節皎潔不成妍呂氏春秋曰仲春之月桃李華

代君子有所思一首五言　鮑明遠

西出登雀臺東下望雲闕鄴中記曰鄴城西北立臺名銅雀臺劉歆甘泉賦曰雲闕蔚之巖巖眾星接之𡸣𡸣層閣肅天居馳道直如髮王逸楚辭注曰層重也蔡雍述征賦曰皇家赫而天居漢書曰太子不敢絕馳道應劭曰天子之道毛詩曰彼君子女綢直如髮繡甍結飛霞琁題納行月西京賦曰雕楹玉舃繡栭雲楣甘泉賦曰珍臺閑館琁題玉英築山擬蓬壺穿池類溟渤蓬壺二山名溟渤二海名選色遍齊代徵聲帀邛越齊代邛越四地名陳鍾陪夕讌笙歌待明發楚辭曰陳鍾按鼓造新歌魏文帝東門行曰朝遊高臺觀夕宴華池陰儀禮曰歌魚麗笙由庚明發已見上文年貌不可還身意會盈歇列子西門子謂東郭先生曰北宮子年貌言行與子並身意已見上文蟻壤漏山河絲淚毀金骨傅玄口銘曰勿謂不然變

出無聞蟻孔漬河溜穴傾山絲淚淚之微者金骨之堅喻親之篤者言讒邪之人但下如絲之淚而金骨爲之傷毁也張叔及論曰煩寃俯仰淚如絲兮鄒陽上書曰衆口鑠金積毁消骨器惡含滿欹物忌厚生沒家語曰孔子觀於魯桓公之廟有欹器焉孔子問於守廟者曰此爲何器對曰此蓋爲宥坐之器孔子曰吾聞宥坐之器虛則欹中則正滿則覆明君以爲至誠故常置於坐側顧謂弟子曰試注水實之中而正滿則覆夫子喟然而歎曰嗚呼夫物惡有滿而不覆者哉老子曰人之生生之厚動皆之死地十有三夫何故以其生生之厚也智哉衆多士服理辯昭昧莊子冉求問於仲尼曰未有天地可知乎夫子曰古猶今也昔日吾昭然今日吾昧然敢問何謂也仲尼曰昔之昭然也神者先受之今昧然也且又爲不神者求耶郭象曰思求更致不了

効古一首五言

范彥龍

寒沙四面平飛雪千里驚雪千里已見上文風斷陰山樹霧失交河城漢書侯應上書曰臣聞陰山草木茂盛又曰車師前國王治交河城河水分流繞城下故號交河朝馳左賢陣夜薄休屠營漢書李將軍廣出右北平擊匈奴左賢王陣又曰驃騎將軍霍去病將萬騎出隴西得休屠祭天金人昔事前軍幕今逐嫖姚兵漢書曰大將軍大擊匈奴李廣數自請行上以爲老不許良久乃許之以爲前將軍又曰霍去病善騎射再從大將軍受詔予壯士爲嫖姚校尉失道刑既重遲留法未輕漢書曰李廣與右將軍食其合軍出東道或失

道大將軍問廣失道狀廣曰校尉無罪乃我者自失道引刀自剄又曰宣帝命虎牙將軍田順出五原虜去塞八百餘里不進上以虎牙不至期逗留不進下吏自殺音義曰律語也謂軍行頓止稽留不進遲或作逗音豆所賴今天子漢道曰休明

太史公自序曰作今上本紀其述事皆云今天子班固漢書文紀述曰登我漢道左氏傳王孫滿曰德之休明也

雜體詩三十首五言雜體詩序曰關西鄴下既已罕同河外江南頗為異法今作三十首詩斆其文體雖不足品藻淵流庶亦無乖商搉

江文通

古離別

遠與君別者乃至鴈門關鴈門郡已見上以其邊塞故曰關黃雲蔽千里遊子何時還黃雲已見謝靈運擬鄴中詩古詩曰浮雲蔽白日遊子不顧反江之此製非直學其體而亦兼用其文故各自引文而為之證其無文者乃他說送君如昨日簷前露已團張景陽雜詩曰下車如昨日望舒四五圓毛詩曰野有蔓草零露團兮不惜蕙草晚所悲道里寒古詩曰香風難久居空令蕙草殘君在天一涯妾身長別離古詩曰各在天一涯又曰與君生別離願一見顏色不異瓊樹枝李陵贈蘇武詩曰思得瓊樹枝以解長飢渴兔絲及水萍所寄終不移爾雅曰女蘿兔絲也毛詩曰蔦與女蘿施於松柏淮南子曰夫萍樹根於水木樹根於土天地性也曹植雜詩曰寄松為女蘿依水如浮萍

珍倣宋版印

李都尉從軍　陵

樽酒送征人踟躕在親宴蘇武詩曰我有一樽酒欲以贈遠人日暮浮雲滋渥手淚如霰悠悠清川水嘉魴得所薦言魚處水而得所我萬里而離鄉歎魚之不若也毛詩曰河水悠悠釋名曰薦藉也而我在萬里結髮不相見古詩曰相去萬餘里蘇武詩曰結髮爲夫妻恩愛兩不疑袖中有短書願寄雙飛燕桓子新論曰若其小說家合叢殘小語近取譬論以作短書治身理家有可觀之辭陳琳止欲賦曰欲語言於玄鳥玄鳥逝以差池古詩曰願爲雙飛鷰雙或爲南淮南子曰燕鴈代飛許慎曰鷰春南而鴈北虞羲送別詩曰唯有一字書寄之南飛燕文與此同

班婕妤詠扇

紈扇如團月出自機中素班婕妤怨詩曰新裂齊紈素鮮潔如霜雪裁爲合歡扇團團似明月畫作秦王女乘鸞向煙霧列仙傳曰蕭史者秦繆公時人善吹簫繆公有女字弄玉好之公遂以妻焉一日皆隨鳳皇飛去楚辭曰駕鸞鳳而上游采色世所重雖新不代故竊愁涼風至吹我玉階樹班婕妤怨詩曰常恐秋節至涼風奪炎熱又自傷賦曰華殿塵兮玉階苔君子恩未畢零落在中路班婕妤怨詩曰棄捐篋笥中恩情中道絕

魏文帝游宴　曹丕

置酒坐飛閣逍遙臨華池曹子建詩曰置酒高殿上西都賓曰脩途飛閣魏文帝東門行曰朝游高臺側夕宴華池陰神飈自遠至左右芙蓉披曹子建公讌詩曰神飈接丹轂魏文帝詩曰蘭芷生兮芙蓉披綠竹夾清水秋蘭被幽涯枚乘兔園賦曰脩竹檀欒夾池水旋兔園曹植公讌詩曰秋蘭被長坂朱華冒綠池月出照園中冠珮相追隨曹植公讌詩曰清夜遊西園飛蓋相追隨客從南楚來為我吹參差古詩曰客從遠方來楚辭曰望夫君兮未來吹參差兮誰思淵魚猶伏浦聽者未云疲淵魚鱗魚也韓詩外傳曰昔伯牙鼓琴而淵魚出聽高文一何綺小儒安足為陸機今日良宴會詩曰高談一何綺孫卿子曰小儒者謂大夫士肅肅廣殿陰雀聲愁北林莊子曰至陰肅肅眾賓還城邑何以慰吾心曹子建名都篇曰雲散還城邑清晨復來還李陵詩曰何以慰我心

陳思王贈友　曹植

君王禮英賢不悋千金璧孔安國尚書傳曰悋惜也史記曰虞卿說趙孝成王一見賜金百鎰白璧一雙莊子曰林回棄千金之璧負赤子而趨雙闕指馳道朱宮羅第宅古詩曰兩宮遙相望雙闕百餘尺馳道已見上文傳玄西都賦曰彤彤朱宮古詩曰長衢羅夾巷王侯多第宅從容冰井臺清池映華薄鄴中記曰銅雀臺北

珍倣宋版印

則氷井臺陸機君子有所思曰曲池何湛湛清川帶華薄凉風盪芳氣碧樹先秋落論衡曰物至秋而死先榮

後落朝與佳人期日夕望青閣魏文帝秋胡行曰朝與佳人期日夕殊不來曹子建美女篇曰青樓臨大路

褰裳摘明珠徙倚拾蕙若毛詩曰褰裳涉溱洛神賦曰或采明珠或拾翠羽謝靈運鄴中集曰攀條摘蕙草楚

辭曰連蕙若以爲佩眷我二三子辭義麗金雘曹子建贈丁翼詩曰吾與二三子楊雄解嘲曰昔人之辭乃玉

乃金王仲宣誄曰吾與夫子義貫丹青說文曰雘善丹也延陵輕寶劍季布重然諾延陵已見上漢書曰季布

楚人也楚諺曰得黃金百不如得季布諾又曰貫高趙國立名義不侵爲然諾者也處富不忘貧有道在葵藿

何敬祖贈張華詩曰既貴不忘儉處有能存無莊子東郭子問於莊子曰所謂道惡乎在莊子曰無所不在陸機君子有所思曰無以肉

食資取笑葵與藿

劉文學感遇　　楨

蒼蒼中山桂團圓霜露色言桂霑霜露而色不渝身經夷險而操不易也劉楨贈徐幹詩曰亭亭山上松瑟瑟

谷中風霜露一何緊桂枝生自直劉楨贈徐幹詩曰風聲一何盛松枝一何勁廣雅曰緊急也橘柚

在南國因君爲羽翼橘柚在南雖珍須君羽翼乃貴也楚辭曰后皇嘉樹橘來服受命不遷生南國古詩曰人儻欲

我知因君爲羽翼謬蒙聖主私託身文墨職洞簫賦曰蒙聖主之渥恩鄭玄禮記注曰私之猶言恩也劉楨

雜詩曰職事相塡委文墨紛消散丹采既已過敢不自彫飾古詩曰橘柚垂華實乃在深山側聞君好我甘
竊獨自彫飾華月照方池列坐金殿側古歌辭曰上金殿酌玉樽微臣固受賜鴻恩良
未測曹植天地篇曰復爲時所拘羈紲作微臣東京賦曰洪恩素畜人心罔結

王侍中懷德　粲

伊昔值世亂秣馬辭帝京王粲七哀詩曰西京亂無象又曰遠身適荊蠻既傷蔓草別方知
杕杜情毛詩序曰野有蔓草思遇時也君之澤未流民窮於兵革男女失時不期而會焉毛詩曰有杕之杜其葉萋萋王事靡盬
我心傷悲崤函復丘墟冀闕緬縱橫崤函崤谷及函谷也呂氏春秋燭過曰吳爲丘墟西征賦曰冀闕緬其堙
盡倚棹汎涇渭日暮山河清方言曰楫謂之權棹與權同蟋蟀依桑野嚴風吹若
莖毛詩曰七月在野八月在宇鄭玄曰謂蟋蟀毛詩曰蜎蜎者蠋蒸在桑野賈逵國語注曰若木晚矣鸛鷄在幽草客
子淚已零鸛鷄在幽草謂鸛鳴于垤鷄亦水鳥故連言之王仲宣從軍詩曰哀彼東山人喟然感鸛鳴毛詩曰有芃者狐率彼
幽草去鄉三十載幸遭天下平楚辭曰去鄉離家來遠客鮑昭結客少年場曰去鄉三十載禮記曰國治而天
下平賢主降嘉賞金貂服玄纓賢主魏太祖也時粲爲侍中故云金貂漢書谷永對詔曰戴金貂之飾執常伯
之職尉繚子曰天子玄冠玄纓也侍宴出河曲飛蓋遊鄴城魏文帝與吳質書曰時駕而遊北遵河曲曹子

建公讌詩曰飛蓋相追隨朝露竟幾何忽如水上萍漢書李陵謂蘇武曰人生如朝露楚辭曰竊哀兮浮萍汎
濫兮無根王逸注曰自比蘋隨水浮汎作東作西君子篤惠義柯葉終不傾新語曰君子篤義於惠禮記曰
其在人也如竹箭之有筠如松柏之有心二者雖貫四時而不改柯易葉福履既所綏千載垂令名王粲公宴
詩曰古人有遺言君子福所綏左氏傳子產曰令名德之輿也

嵇中散言志　康

曰余不師訓潛志去世塵嵇康幽憤詩曰恃愛肆姐不訓不師楚辭屈原曰蒙世俗之塵埃遠想出
宏域高步超常倫左太沖詠史詩曰高步追許由靈鳳振羽儀戢景西海濱朝食琅
玕實夕飲玉池津莊子老子歎曰吾聞南方有鳥其名為鳳居積石千里河海出下鳳皇居上天為生樹名瓊枝高百
二十仞大三十圍以琳琅為實周易曰鴻漸于陸其羽可用為儀阮籍詩曰朝食琅玕實夕宿丹山際衡山記曰空青崗有天津玉池傳
玄擬楚篇曰登崑崙漱玉池處順故無累養德乃入神莊子曰夫得者時也失者順也安時處順哀樂不能
入也此古之所謂縣解也又曰欲勉為形者莫如棄世棄世則無累又曰堯觀乎華華封人請祝聖人使壽使富使多男子堯曰多男子
則多懼富則多事壽則多辱是三者非所養德也故辭周易曰精義入神以致用也曠哉宇宙惠雲羅更四陳
文子曰四方上下謂之寓說文曰宙舟輿所極覆也鸚鵡賦曰冠雲霓而張羅哲人貴識義大雅明庇身毛詩

大雅曰既明且哲以保其身左氏傳曰子反曰信以守禮禮以庇身也莊生悟無爲老氏守其眞莊子曰夫虛靜恬淡寂寞無爲者天地之平而道德之至也老子曰見素抱璞河上公曰見素者當抱素守眞不文飾也天下皆得一

名實久相賓老子曰昔之得一者天得一以清地得一以寧王侯得一以爲天下正莊子曰堯讓許由以天下許由曰而我猶代子吾將爲名乎名者實之賓也吾將爲賓乎咸池饗爰居鍾鼓或愁辛樂動聲儀曰黃帝樂曰咸池莊子曰海鳥止於魯郊魯侯觴之於廟奏九韶以爲樂具太牢以爲膳鳥眩視憂悲不敢食一臠不飲一杯三日而死此以己養養鳥也司馬彪曰海鳥爰居也柳惠善直道孫登庶知人柳下惠已見西征賦孫登已見嵇康幽憤詩寫懷良未遠感贈以書紳論語曰子張問行子曰言忠信行篤敬子張書諸紳

阮步兵詠懷　籍

青鳥海上游鸒斯蒿下飛阮籍詠懷詩曰雖云不可知青鳥明我心呂氏春秋曰海上有人好青者朝至海上而從青游青至者前後數百其父曰聞汝從青游盍取來吾欲觀之其子明日至海上羣青翔而不下莊子曰北溟有魚化爲鳥其名曰鵬齊諧曰鵬之徙南溟搏扶搖而上者九萬里蜩與鸒鳩笑之我決起而飛搶榆枋而止不至控地而已奚以之九萬里而圖南爲北溟有鳥焉其名爲鵬搏扶搖羊角而上者行九萬里尺鷃笑之曰彼且奚適我騰躍而上不過數仞而下翱翔蓬蒿之閒此亦飛之至也而彼且奚適也此小大之辯也司馬彪曰蜩蟬也鸒鳩小鳥毛萇詩傳曰鸒斯鵯居鵯居雅烏也音豫沈浮不相宜羽翼

各有歸曹子建七哀詩曰沈浮各異世阮籍詠懷詩曰鸞斯飛桑榆海鳥運天池豈不識宏大羽翼不相宜飄颻可終年沉瀁安是非阮籍詠懷詩曰逍遙可終生又曰蕩漾焉可能列子曰信理者亡是非莊子曰彼一是非也此一是非也飄颻蒿下沆瀁海上逍遙一也朝雲乘變化光耀世所希阮籍詠懷詩曰三楚多秀士朝雲進荒淫高唐賦曰須臾之閒變化無窮陸雲詩曰知音世所希精衛銜木石誰能測幽微阮籍清思賦曰女娃榮於東海之濱而翮飄於西山之傍山海經曰發鳩之山有鳥名精衛赤帝之女娃女娃遊於東海溺而死不反化爲精衛常取西山木石以填東海也

張司空華 離情

秋月照簾籠懸光入丹墀張華情詩曰清風動帷簾晨月燭幽房班婕妤自傷賦曰俯視兮丹墀佳人撫鳴琴清夜守空帷陸機擬古詩曰佳人撫鳴琴又曰閑夜撫鳴琴曹子建雜詩曰妾身守空閨蘭逕少行迹玉臺生網絲楚詞曰皋蘭被徑斯路漸張景陽雜詩曰房櫳無行迹西京賦曰西有玉臺張景陽雜詩曰蜘蛛網四屋論衡曰蜘蛛經絲以網飛虫庭樹發紅彩閨草含碧滋張景陽雜詩曰寒花發黃彩秋草含綠滋延佇整綾綺萬里贈所思楚詞曰結幽蘭而延佇古詩曰客從遠方來遺我一端綺相去萬餘里故人心尚爾又曰欲以遺所思願垂湛露惠信我皎日期毛詩曰湛湛露斯匪陽不晞又曰謂予不信有如皎日

潘黃門岳 悼亡

青春速天機素秋馳白日楚詩曰青春爰謝潘岳悼亡詩曰曜靈運天機四節代遷逝劉楨與臨淄侯書曰肅
以素秋則落也美人歸重泉悽愴無終畢潘岳悼亡詩曰之子歸窮泉重壤永幽隔殯宮已肅清
松柏轉蕭瑟陸機挽歌曰殯宮何嘈嘈寡婦賦曰虛坐兮肅清仲長子昌言曰古之葬者松柏梧桐以識其墳楚詞曰蕭瑟
兮草木搖落而變衰俯仰未能弭尋念非但一楚詞曰聊抑志而自弭賈逵國語注曰弭忘也魏文帝詩曰所
憂非但一撫襟悼寂寞怳然若有失潘岳悼亡詩曰撫襟長歎息王逸楚詞注曰怳失意也後漢書曰戴良見
黃憲及歸罔然若有失也明月入綺窗髣髴想蕙質潘岳悼亡詩曰歲寒無與同朗月何朧朧獨無李氏靈髣
髴覩爾容古詩曰交疏結綺窗左九嬪武帝納皇后頌曰如蘭之茂蕙蘭類故變之耳消憂非萱草永懷寧夢
寐毛詩曰焉得諼草言樹之背毛萇曰諼草令人忘憂毛詩曰終其永懷寡婦賦曰願假夢以通靈夢寐復冥冥何
由覿爾形潘岳哀永逝賦曰既目遇兮無兆曾寤寐兮不夢冥冥幽昧也文子曰慮患於冥冥之外我慙北海術
爾無帝女靈列異傳曰北海營陵有道人能使人與死人相見同郡人婦死已數年聞而往見之曰願令我一見死人不恨
遂教其見之於是與婦人相見言語悲喜恩情如生良久乃聞鼓聲恨恨不能出戶掩門乃走其裾為戶所閉掣絕而去後歲餘此人死
家葬之開見婦棺蓋下有衣裾宋玉集云楚襄王與宋玉遊於雲夢之野望朝雲之館有氣焉須臾之閒變化無窮王問此是何氣也玉
對曰昔先王遊於高唐怠而晝寢夢見一婦人自云我帝之季女名曰瑤姬未行而亡封於巫山之臺聞王來遊願薦枕席王因幸之去

珍倣宋版印

乃言妾在巫山之陽高丘之阻旦爲朝雲暮爲行雨朝朝暮暮陽臺之下旦而視之果如其言爲之立館名曰朝雲駕言出遠山徘徊泣松銘毛詩曰駕言出遊雨絶無還雲華落豈留英鸚鵡賦曰何今日之雨絶日月方代序寢興何時平潘岳悼亡詩曰四節代遷逝又曰寢興自存形

陸平原羈宦 機

儲后降嘉命恩紀被微身漢書疏廣曰太子國儲副君琴操史魚曰思竭愚志以報塞恩紀潘岳河陽詩曰微身輕蟬翼明發眷桑梓永歎懷密親陸機贈顧彥先曰眷言懷桑梓又赴洛道中作詩曰嗚咽辭密親永歎見下注流念辭南澨銜怨別西津陸機赴洛道中詩曰永歎遵北渚遺思結南津杜預左氏傳曰澨水涯也馳馬遵淮泗旦夕見梁陳毛詩曰驅馬悠悠陸機從梁陳詩曰夙駕尋清軌遠遊越梁陳服義追上列矯迹厠宮臣楚辭曰身服義而未沫陸機從梁陳詩曰在昔蒙嘉運矯迹入崇賢朱黻咸髦士長纓皆俊人毛詩曰朱芾斯皇室家君王鄭玄曰芾者諸侯黃朱又曰芾太古蔽膝之象黻與芾古字通毛詩曰烝我髦士又曰髦士攸宜陸機從梁陳詩曰長纓麗且鮮尚書曰俊民用章契闊承華內綢繆踰歲年陸機從梁陳詩曰契闊踰三年又赴洛詩曰託身承華側李陵詩曰與子結綢繆日暮聊揔駕逍遙觀洛川陸機答張士然詩曰余固水鄉士揔轡臨清川徂沒多拱木宿草凌寒煙公羊傳曰秦伯謂蹇叔曰爾之年冢上之木拱矣禮記曾子曰朋友

之墓有宿草而不哭焉遊子易感慨躑躅還自憐劉公幹詩曰乖人易感慟陸機道中詩曰佇立望故鄉顧
影悽自憐願言寄三鳥離思非徒然楚詞曰三鳥飛以自南覽其志而欲北願寄言於三鳥兮去飃疾而不得
陸機赴洛詩曰感物戀堂室離思一何深

左記室詠史　思

韓公論賣藥梅生隱市門范曄後漢書曰韓康字伯休一名恬休京兆人也常采名藥賣於長安市口不二價
三十餘年梅生梅福也漢書曰梅福一朝棄妻子去其後人見於會稽者變名姓爲吳市門卒百年信荏苒何用苦
心魂張華勵志詩曰荏苒代謝漢書廣陵王胥歌曰人生要死何爲苦心當學衛霍將建功在河源衛衛
青霍霍去病陸賈新語曰以義建功河源匈奴之境山海經曰崐崘之東北隅實河海源也珪組賢君盻青紫明
主恩漢書夏侯勝曰士病不明經術苟明其取青紫如俛拾地芥終軍才始達賈誼位方尊漢書曰終
軍至長安上書武帝異其文拜爲謁者給事中又曰賈誼爲博士文帝悅之超遷歲中至太中大夫也金張服貂冕許
史乘華軒左思詠史詩曰金張籍舊業七葉珥漢貂又曰朝集金張館暮宿許史廬漢書劉向曰王氏乘朱輪華轂王侯
貴片議公卿重一言太平多歡娛飛蓋東都門張景陽詠史詩曰昔在西京時朝野多歡
娛藹藹東都門羣公祖二疎顧念張仲蔚蓬蒿滿中園曹子建贈徐幹詩曰顧念蓬室士趙岐三輔決錄注

一珍倣宋版印

曰張仲蔚扶風人也少與同郡魏景卿隱身不仕明天官博學好為詩賦所居蓬蒿沒人也

張黃門 苦雨 協

丹霞蔽陽景綠泉涌陰渚曹子建情詩曰微陰翳陽景張景陽雜詩曰丹霞啓陰期又詩曰階下伏泉涌水鸛巢層甍山雲潤柱礎鄭玄毛詩箋曰鸛水鳥將陰雨而鳴巢層甍未詳淮南子曰山雲蒸而柱礎潤廣雅曰礎礩也音楚有弇興春節愁霖貫秋序張景陽雜詩曰有弇興南岑王仲宣有愁霖賦燮燮涼葉奪戾戾颸風舉楚辭曰溢颸風余上征高談玩四時索居慕疇侶曹子建求通親表曰高談無所與陳禮記子夏曰吾離羣索居亦已久矣張華雜詩曰安知慕疇侶青苔日夜黃芳蕤成宿楚張景陽雜詩曰青苔依空牆又詩曰密葉日夜疏又詩曰芳蕤豈再馥又詩曰荒楚鬱蕭森說文曰芳蕤草木華盛貌歲暮百慮交無以慰延佇仲長統詩曰百慮何為至安在我延佇

劉太尉 傷亂 臧榮緒晉書曰琨卒後贈太尉 琨

皇晉遘陽九天下橫雰霧劉琨答盧諶詩曰厄運初遘陽爻在六哀我皇晉痛心在目班固漢書曰陽九日初入百六陽九音義曰易傳所謂陽九曰厄會也郭璞山海經注曰橫塞也楚詞曰望時風之清激愈雰霧其如塵秦趙值薄蝕幽并逢虎據薄蝕虎據喻羣盜也京房易飛候占曰凡日蝕皆於晦朔不於晦朔蝕者名曰薄戰國策曰蘇秦說楚威

王曰王與鄭襲秦戰於藍田此所謂兩虎相據也伊余荷寵靈感激殉馳騖劉琨勸進表曰荷寵三世左氏
傳曰遠啓疆曰寵靈楚國劉琨詩曰鄧生何感激解嘲曰世亂則聖哲馳騖而不足雖無六奇術冀與張韓遇
漢書曰陳平自初從至天下定後常以護軍中尉從擊臧荼陳豨凡六出奇計輒益邑封奇計或頗祕世莫得聞也張張良韓韓信也
甯戚扣角歌桓公遭乃舉淮南子曰甯戚擊牛角而歌桓公舉以爲大田高誘曰大田官也荀息冒
險難實以忠貞故左氏傳曰初獻公使荀息傅奚齊公疾召之曰其若之何稽首而對曰臣竭其股肱之力加之以忠
貞其濟君之靈也不濟則以死繼之公曰何謂忠貞對曰公家之利知無不爲忠也送往事居耦俱無猜貞也空令日月逝
愧無古人度論語陽虎曰日月逝矣盧諶贈崔溫詩曰古人非所希飲馬出城濠北望沙漠路
古有飲馬長城窟行盧諶贈崔溫詩曰北眺沙漠垂南望舊京路千里何蕭條白日隱寒樹投袂既
憤懣撫枕懷百慮左氏傳曰楚子投袂而起白虎通曰天子崩哀痛憤懣劉琨重贈盧諶詩曰中夜撫枕歎想與數子
遊百慮見上文功名惜未立玄髮已改素劉琨重贈盧諶詩曰功業未及建夕陽忽西流陸機東宮詩曰
柔顏收紅藻玄髮吐素華時或苟有會治亂惟冥數劉琨重贈盧諶詩曰時哉不我與陶淵明經曲阿詩曰時
來苟冥會冥幽冥也數厤數也孫子兵法曰治亂數也范曄後漢書烏丸論曰天之冥數以至於是乎

盧中郎感交　諶

大廈須異材廊廟非庸器盧諶荅魏子悌詩曰崇臺非一幹珍裘非一腋潘岳在懷縣詩曰器非廊廟姿爾雅曰庸常也謂非凡常之器也英俊著世功多士濟斯位左氏傳衆仲曰官有世功則有官族盧諶荅魏子悌詩曰多士成大業羣聖濟弘績眷顧成綢繆迺與時髦匹毛詩曰眷言顧之盧諶荅魏子悌詩曰愚蒙時來會敢齊朝彥跡姻媾久不虛契闊豈但一盧諶贈劉琨詩曰申以婚姻又荅魏子悌詩曰恩由契闊生但一已見上文逢厄既已同處危非所恤盧諶荅魏子悌詩曰共更飛狐厄又曰在厄每同險常慕先達槩觀古論得失槩志節也馮衍顯志序曰追觀往古得失之迹馬服爲趙將疆埸得清謚史記曰趙奢大破秦軍秦軍解而走遂解閼與圍而歸趙惠文王賜奢號爲馬服君左氏傳魯公曰疆埸之事慎守其一而備其不虞爾雅曰謚靜也信陵佩魏印秦兵不敢出史記曰魏公子毋忌爲信陵君秦昭王進兵圍邯鄲公子進兵擊秦軍秦軍解去遂救邯鄲存趙公子留趙十年不歸秦聞公子在趙日夜出軍東伐魏魏王患之使使請公子歸救魏魏王以上將軍印授公子公子遂將破秦軍於河外乘勝逐秦至函谷關抑秦兵不敢出慨無幄中策徒懃素絲質范曄後漢書詔曰前將軍鄧禹與朕謀謨帷幄決勝千里淮南子曰墨子見練絲而泣之爲其可以黃可以黑高誘曰閔其化也羇旅去舊鄉感遇喻琴瑟盧諶贈崔溫詩曰羇旅及寬政委質與時遇毛詩曰妻子好合如鼓琴瑟自顧非杞梓勉力在無逸杞梓已見陸韓卿贈內兄希叔詩無逸已見景福殿賦更以畏友朋濫吹乖名實左氏傳陳

敬仲曰詩曰翹翹車乘招我以弓豈不欲往畏我友朋韓子曰齊宣王使人吹竽南郭處士請爲王吹竽粟食與三百人等宣王死文王卽位一一聽之處士乃逃一曰韓昭侯曰吹竽者衆吾無以知其善者田嚴對曰一一聽之乃知濫也名實已見上

郭弘農　遊仙　臧榮緒晉書曰璞卒後贈弘農太守　璞

崦山多靈草海濱饒奇石郭璞遊仙詩曰圓丘有奇草鍾山出靈液楚詞曰吾令羲和弭節兮望崦嵫而勿迫王逸曰崦嵫山也海濱卽海中三山也偃蹇尋青雲隱淪駐精魄江賦曰納隱淪之列真挺異人之精魄抱朴子曰人無賢愚皆知身之有魂魄魂魄分去則人病盡去則人死道人讀丹經方士鍊玉液道人方術之士已見擬潘黃門述哀詩神仙傳曰淮南王好道術之士於是八公乃往遂授以丹經漢書曰燕齊之方士傅玄求仙篇曰玉液涌出華泉楚詞曰吮玉液兮止渴朱霞入窗牖曜靈照空隙十洲記曰朱霞九光廣雅曰曜靈日也說文曰隙壁縫也傲睨摘木芝凌波采水碧江賦曰冰夷倚浪以傲睨本草經曰紫芝一名木芝洛神賦曰凌波微步江賦曰水碧潛琘山海經曰耿山多水碧郭璞曰碧亦玉也眇然萬里遊矯掌望煙客神仙傳曰若士謂盧敖曰吾一舉千里說文曰矯舉也郭璞遊仙詩曰駕鴻乘紫煙永得安期術豈愁濛汜迫列仙傳曰安期先生自言千歲楚辭曰出於暘谷次于濛汜

張廷尉　雜述　綽

太素既已分吹萬著形兆列子曰太素者質之始也莊子南郭子綦曰夫吹萬不同而使自已也司馬彪曰言天氣吹煦生養萬物形氣不同已止也使各得其性而止潛夫論曰太素之時元氣窈冥未有形兆也寂動苟有源因謂殤子夭言大道之要動寂無源今誠以有源卽壽夭異轍故以殤子爲夭也呂氏春秋曰一也者至貴也莫知其源莫知其端莫知其始莫知其終而萬物以爲宗高誘曰道無匹敵故曰至貴莊子南郭子綦曰莫壽乎殤子而彭祖爲夭道喪涉千載津梁誰能了莊子曰世喪道矣道喪世矣世與道交相喪也司馬彪曰世皆異端喪道道不好世故曰喪耳思乘扶搖翰卓然凌風矯莊子齊諧之言曰鵬之徙於南溟也水擊三千里搏扶搖而上者九萬里司馬彪曰齊諧人姓名也搏團也扶搖上行風也圓飛而上者若扶搖也毛詩曰如飛如翰鄭玄曰如鳥之飛也翰其中豪俊也廣雅曰矯飛也靜觀尺棰義理足未常少莊子曰一尺之棰日取其半萬世不竭辯者以此與惠施相應於身無窮司馬彪曰若其可折則常有兩若其不可折其一常存故曰萬世不竭冏冏秋月明憑軒詠堯老蒼頡篇曰冏大明也俱永切登樓賦曰憑軒檻以遙望堯老堯及老子玄宗之太師故莊生稱之浪迹無蚩妍然後君子道浪猶放也妍蚩猶美惡也戴逵栖林賦曰浪迹穎湄棲景箕岑文賦序曰妍蚩好惡也領略歸一致南山有綺皓王文度贈許詢詩曰吾生挺奇幹領略摠玄標鄭玄禮記注曰領理也廣雅曰略要也周易子曰一致而百慮漢書曰園公綺季夏黃公角里先生當秦之世避而入商雒深山范曄後漢書孔融曰南山四皓潛光隱曜交臂久變化傳火迺薪草莊子仲尼

謂顏回曰吾終身與汝交一臂而失之可不哀與郭象曰夫變化不可執而留也故雖交臂相守而不能令停若哀死則此亦可哀者也今人未嘗以此爲哀奚獨哀死邪莊子秦失曰指窮於爲薪火傳也不知其盡郭象曰窮盡也爲薪猶前薪也前薪以指指盡前薪之理故火傳而不滅心得納養之中故命續而不絶明盡生也

亹亹玄思清胸中去機巧許詢農里詩曰亹亹玄思得濯濯情累除莊子曰子貢南遊於楚反於晉過漢陰見一丈夫方將爲圃畦鑿隧而入井抱甕而出灌搰搰然力用甚多而見功寡子貢曰有械於此一日浸百畦用力甚寡而見功多夫子不欲乎爲圃者仰而視之曰柰何曰鑿木爲機後重前輕挈水若抽數如泆湯名曰桔槔爲圃者忿然作色而笑曰吾聞之吾師有機械者必有機事有機事者必有機心機心存於胸中則純白不備純白不備則神生不定神生不定者道之所不載子貢俯而不對也

物我俱忘懷可以狎鷗鳥莊子曰吾喪我郭象曰吾喪我我自忘矣我自忘天下何物足識哉又曰海上有人好鷗鳥者旦而之海上從鷗鳥游鷗鳥至者百數其父曰吾聞鷗從汝游試取來吾從玩之曰諾明日之海上鷗鳥舞而不下

許徵君自序晉中興書曰高陽許詢字玄度寓居會稽司徒蔡謨辟不起詢有才藻善屬文時人皆欽愛之　　詢

張子閤內機單生蔽外像張毅單豹並已見幽通賦一時排冥筌泠然空中賞筌捕魚之器言魚之在筌猶人之處塵俗今既排而去之超在埃塵之外故泠然涉空得中而留也莊子曰列子御風而行泠然而善旬有五

珍倣宋版印

日而反司馬彪曰泠然涼貌也郭象莊子注曰天下莫不自是而遣相非故一是一非兩行無窮唯涉空得中曠然無懷乘之以遊也

此弱喪情資神任獨往莊子曰予惡乎知悅生之非惑耶予惡乎知惡死之非惑耶非夫弱喪而不知歸者耶郭象曰少失其故居為弱喪者遂於彼之所在而不知歸於故鄉淮南王莊子略要曰江海之士山谷之人輕天下細萬物而獨往者也司馬彪曰獨往任自然不復顧世

採藥白雲隈聊以肆所養隈曲也賈逵國語注曰肆恣也

丹葩耀芳蕤綠竹蔭閑敞廣雅曰葩華也洞簫賦曰又足樂乎其閑敞西征賦曰厭紫極之閑敞

苕苕寄意勝不覺陵虛上曲櫺激鮮飈石室有幽響櫺窗閑孔也陸機吳趨行曰泠泠鮮風過列仙傳曰赤松子常止西王母石室中也

去矣從所欲得失非外獎陸機招隱詩曰稅駕從所欲李蕭遠運命論曰得與失孰賢謝靈運擬鄴中詩曰客心非外獎小雅曰獎勸也

至哉操斤客重明固已朗莊子曰莊子送葬過惠子之墓顧謂從者曰郢人堊漫其鼻端若蠅翼使匠石運斤成風聽而斲之盡堊而鼻不傷郢人立不失容宋元君聞之召匠石曰嘗試為寡人為之匠石曰臣則嘗能斲之雖然臣質死久矣自夫子之死吾無以為質矣吾無與言之也

五難既灑落超迹絕塵網向秀難嵇康養生論曰養生有五難名利不滅此一難喜怒不除此二難聲色不去此三難滋味不絕此四難神慮消散此五難

殷東陽興矚　仲文

晨遊任所萃悠悠蘊真趣毛萇詩傳曰萃集也方言曰蘊積也莊子曰道之真以持身謝靈運登江中孤嶼詩

曰蘊眞誰爲傳雲天亦遼亮時與賞心遇莊子曰黃帝得之以登雲天謝靈運田南樹園詩曰賞心不可忘
青松挺秀萼惠色出喬樹廣雅曰秀美也鄭玄詩箋曰承花者曰鄂鄂與萼同極眺清波深緬
映石壁素韋昭國語注曰緬邈也瑩情無餘滓拂衣釋塵務廣雅曰瑩磨也說文曰滓澱也謂鄙
穢左氏傳曰叔向拂衣從之求仁既自我玄風豈外慕論語曰求仁而得仁又何怨乎漢書灌嬰曰侯自我
得之玄風謂道也李充玄宗賦曰慕玄風之遐裔余皇祖曰伯陽謝靈運憶山中詩曰得性非外求直置忘所宰蕭散
得遺慮淮南子曰成化象而弗宰高誘曰宰主也謝靈運越嶺溪行詩曰觀此遺物慮一悟得所遣

謝僕射游覽　混

信矣勞物化憂襟未能整左氏傳商臣曰信矣莊子曰天不產而萬物化又曰既化而生又化而死也薄
言遵郊衢揔轡出臺省毛詩曰薄言旋歸家語子曰善御者正身揔轡也淒淒節序高寥寥
心悟永毛詩曰秋日淒淒楚詞曰天高而氣清莊子曰寥已吾志郭象曰寥然空虛也聲類曰悟心解也時菊耀巖
阿雲霞冠秋嶺潘安仁河陽詩曰時菊耀秋華眷然惜良辰徘徊踐落景孔叢子歌曰眷然顧
之東征賦曰撰良辰而將行卷舒雖萬緒動復歸有靜淮南子曰至道無爲盈縮卷舒與時變化莊子曰虛
則靜靜則動者得矣老子曰夫物云云復歸其根歸根曰靜是謂復命王弼曰凡有起於虛動起於靜故萬物離並動作卒復歸於虛靜各

反其始歸根則靜也會是迫桑榆歲暮從所秉毛詩曰會是在位桑榆日所沒以喻人年老已見上文韓詩曰
歲聿其暮薛君曰言年歲已晚也所秉謂心所執也毛詩曰君子秉心鄭玄曰秉執也舟壑不可攀忘懷寄匠
郢莊子曰夫藏舟於壑藏山於澤謂之固矣然而夜半有力者負之而走昧者不知司馬彪曰舟水物山陸居者也藏之壑澤非人意
所求謂之固有力者或能取之郢人已見上文

陶徵君田居　潛

種苗在東皐苗生滿阡陌歸去來曰登東皐以舒嘯風俗通曰南北曰阡東西曰陌雖有荷鉏倦
濁酒聊自適陶潛詩曰晨興理荒穢帶月荷鉏歸又曰雖欲揮手歸濁酒聊自持莊子曰智不知論極妙之言而自適一時
之利者非埳井之蛙與又郭象注曰自適其志者也日暮巾柴車路闇光已夕歸去來曰或巾柴車鄭玄周禮
注曰巾猶衣也歸人望煙火稚子候檐隙歸去來曰稚子候門問君亦何爲百年會有
役莊子盜跖曰人上壽百歲陶潛夜行塗口詩曰懷役不遑寐但願桑麻成蠶月得紡績陶潛詩曰相見
無雜言但道桑麻長毛詩曰蠶月條桑家語曰公父文伯之母紡績不懈素心正如此開逕望三益方言曰素
本也謝靈運田南詩曰唯開蔣生逕永懷求羊蹤論語曰益者三友友直友諒友多聞益矣

謝臨川遊山　靈運

江海經邅迴山嶠備盈缺楚辭曰入漵浦兮邅迴爾雅曰山銳而高曰嶠謝靈運登廬山詩曰山行非前期
彌遠不能輟但欲淹昏旦遂復經盈缺春秋元命包曰月盈而缺者詘鄉尊宋均曰詘還也尊尊君也靈境信淹留賞心
非徒設賞心已見上文平明登雲峯杳與廬霍絕楚詞曰平明發兮蒼梧謝靈運謝惠連詩曰滅迹入
雲峯又初發石首城詩曰息必廬霍期碧鄣長周流金潭恒澄澈碧鄣出碧之鄣即玉山也已見上文思玄
賦曰歷衆山以周流上林賦曰步櫩周流臨海記曰白石山下有金潭金光煥然也桐林帶晨霞石壁映初晰
說文曰昭晰明也之逝切今協韻以爲之舌切乳竇既滴瀝丹井復寥泬謝靈運山居賦曰訪銅乳於洞穴訊
丹砂於經泉鮑昭過銅山詩曰乳竇夜涓滴說文曰滴瀝水下滴瀝也抱朴子曰武陵舞陽有丹砂井王逸楚詞注曰泬寥曠蕩空虛靜
也岧嶤轉奇秀岑崟還相蔽說文曰岧山巖也五咸切文字集略曰嶤崖也郭璞方言注曰岑崟峻貌赤
玉隱瑤溪雲錦被沙汭子虛賦曰石則赤玉玫瑰思玄賦曰瞰瑤溪之赤岸海賦曰雲錦散文於沙汭之際夜
聞猩猩啼朝見鼯鼠逝蜀都賦曰猩猩夜啼郭璞爾雅注曰鼯鼠狀如小狐亦謂之飛生聲如人呼南中
氣候暖朱華凌白雪謝靈運入華子崗詩曰南州實炎德桂樹凌寒山王逸楚詞注曰南方冬溫草木常華幸
遊建德鄉觀奇經禹穴莊子市南宜僚謂魯侯曰南越有邑焉名爲建德之國其民愚朴少私寡欲其生可樂其
死可葬吾願君去國捐俗與道相輔而行漢書曰司馬遷南遊江淮上會稽探禹穴也身名竟誰辯圖史終磨

滅謝靈運入華子崗詩曰莫辯百世後又曰圖諜復磨滅且汎桂水潮映月遊海溢楚詞曰桂水兮潺湲謝靈運入華子崗詩曰乘月弄潺湲攝生貴處順將為智者說謝靈運還湖中詩曰寄言攝生客又登石門詩曰處順故安排又石門詩曰匪為衆人說莫與智者論

顏特進侍宴　延之

太微凝帝宇瑤光正神縣淮南子曰太微者天一之廷孔安國尚書傳曰凝成也魏都賦曰耽耽帝宇周禮曰匠人建國晝參諸日中之景夜考之極星謂北斗也廣雅曰北斗第七星為瑤光地理書曰崐崘東南地方五千里名神州史記鄒衍曰中國名赤縣神州赤縣神州內自有九州禹之所敘九州是也不得為州數中國外若赤縣神州者九所謂九州也揆日粲書史相都麗聞見毛詩曰揆之以日作為楚室尚書序曰成王在豐欲宅洛邑使召公先相宅孔安國曰欲以為都也列漢構仙宮開天制寶殿毛萇詩傳曰漢天河桂棟留夏颸蘭橑停冬霰楚詞曰桂棟兮蘭橑青林結冥濛丹巘被蔥蒨吳都賦曰迴眺冥濛毛萇詩傳曰巘小山別於大山也山雲備卿藹池卉具靈變尚書大傳曰百工相和而歌卿雲鄭玄曰卿當為慶魏文帝東閣詩曰高山吐慶雲西京賦曰濯靈芝之朱柯陳思王靈芝篇曰靈芝之生玉池重陽集清氣下輦降玄宴楚詞曰集重陽入帝宮兮造旬始而觀清都西京賦曰恣意所幸下輦成宴尚書曰玄德升聞玄猶聖也鶩望分寰隧矖目盡都甸

寰猶畿也穀梁傳曰寰內諸侯周禮有六鄉六隧倉頡篇曰矖曠視之貌也氣生川岳陰煙滅淮海見中
坐溢朱組步櫚逪瓊弁魯靈光殿賦曰中坐垂景禮記曰侯伯佩玄玉而朱組綬上林賦曰步櫚周流長途中宿
說文曰逪雜字如此左氏傳曰楚子玉爲瓊弁玉纓未之服也禮登竚睿情樂闋延皇眄爾雅曰登成也又曰
竚久也謂久留也禮記曰有司告以樂闋鄭玄曰闋終也延引也測恩躋踰逸沿牒懵浮賤爾雅曰測深也
愉逸耽樂縱逸也漢書長安令楊興說將軍史高曰匡衡無階朝廷隨牒在遠方說文曰懵不明也浮賤浮名微賤也禮記曰恥名浮於
行也榮重餽兼金巡華過盈瑱孟子曰齊王餽兼金一百而不受盈瑱盈尺之玉也說文曰田父得寶玉至尺
魏都賦曰尺璧有盈淮南子曰峴山之玉瑱天見切敢飾輿人詠方慙綠水鷰左氏傳曰晉侯聽輿人之誦曰
原田每每舍其舊而新是謀淮南子曰手會淥水已見上文

謝法曹贈別　惠連

昨發赤亭渚今宿浦陽汭謝靈運富春渚詩曰赤亭無淹薄獻康樂詩曰昨發浦陽汭今宿浙江湄方作
雲峯異豈伊千里別雲峯已見上文芳塵未歇席涔淚猶在袂庾闡楊都賦曰結芳塵於
綺席楚詞曰泣沾襟而濡袂停艫望極浦弭棹阻風雪說文曰艫船頭也楚詞曰望涔陽兮極浦謝惠連獻
康樂詩曰停楫阻風波毛萇詩傳曰弭止也風雪既經時夜永起懷思汎濫北湖遊岩亭

南樓期謝靈運詩序曰於南山往北山經湖中又序曰南樓中望所遲客點翰詠新賞開衾瑩所疑謝靈運答惠連詩曰陵澗尋我室散帙問所知摘芳愛氣馥拾蘂憐色滋色滋畏沃若人事亦銷鑠毛詩曰桑之未落其葉沃若楚辭曰質銷鑠以汋約賈逵國語注曰鑠銷也子衿怨勿往谷風誚輕薄毛詩曰青青子衿悠悠我心縱我不往子寧不嗣音又詩序曰谷風刺幽王也天下俗薄朋友道絕焉共秉延州信無慙仲路諾延州信謂挂劍也已見謝靈運廬陵墓下詩論語子曰子路無宿諾靈芝望三秀孤筠情所託楚詞曰采三秀於山閒王逸云秀謂芝草也竹箭之所託已有筠已見上注韋昭漢書注曰竹皮筠也于貧切慇懃祇足攪懷人謝靈運詩曰猶復惠來章祇足攪余思毛詩曰嗟我懷人今行嶀嵊外衘思至海濱孔曄會稽記曰始寧縣西南有嶀山剡縣有嵊山陸機赴洛道中詩曰朝徂衘思往尚書曰海濱廣斥嶀他乎切嵊食證切覿子杳未僝款睇在何辰孔安國尚書曰僝見也士簡切字林曰款誠也意有所欲也廣雅曰睇見也雜珮雖可贈疏華竟無陳毛詩曰知子之來之雜珮以贈之疏華瑤華也已見謝靈運越嶺溪行及南樓望所遲客詩無陳心悁勞旅人豈遊遨毛詩曰中心悁悁幸及風雪霽青春滿江皐說文曰霽雨止也楚詞曰青春爰謝又曰馳鶩乎江皐解纜候前侶還望方鬱陶謝靈運相送方山詩曰解纜及流潮又訓謝惠連詩曰幽居復鬱陶煙景若離遠末響寄瓊瑤瓊瑤謂玉音也

王徵君 養疾　　微

窈藹瀟湘空翠磵澹無滋窈藹深遠之貌杜育荈賦曰懷豐穰之滋潤寂歷百草晦欻吸

鵾鷄悲寂歷彫疏貌說文曰晦盡也謂彫盡也一曰毛萇詩傳曰晦昧也凡草木華實榮茂謂之明枝葉彫傷謂之晦欻吸疾貌

楚詞曰鵾鷄啁哳而悲鳴清陰往來遠月華散前墀前墀已見上文鍊藥矚虛幌汎瑟臥

遙帷說文曰鍊化金也鍊與練古字通又集略曰幌以帛蔚窻也文賦曰同朱絃之清汎朱絃瑟絃也水碧驗未黷

金膏靈詎緇水碧已見上文蒼頡篇曰黷垢黷也穆天子傳河伯曰示汝黃金之膏毛萇詩傳曰緇黑色也北渚有

帝子蕩瀁不可期楚詞曰帝子降兮北渚目眇眇兮愁予阮籍詠懷詩曰蕩瀁焉可能悵然山中暮懷

痾屬此詩淮南子曰悵然若有所亡楚辭曰幽獨處乎山中又曰抒中情而屬詩

袁太尉 從駕　　淑

宮廟禮哀敬枌邑道嚴玄顏延年拜陵廟詩曰哀敬隆祖廟枌枌榆社也漢書曰高祖禱豐枌榆社說文曰玄

幽遠也謂神道幽遠也恭絜由明祀肅駕在祈年毛詩曰敬恭明祀又曰祈年孔夙詔徒登季

月戒鳳藻行川孔安國尚書傳曰登升也羽獵賦曰玄冬季月鳳皇車名甘泉賦曰乃登鳳皇兮翳華芝之行川所行之川

也行猶道也雲旆象漢徙宸綱擬星懸高唐賦曰建雲旆宸綱天畢也西京賦曰天畢前驅薛綜曰畢網也

象畢星魯靈光殿賦曰浮柱岧嵽以星懸朱櫂麗寒渚金鍐映秋山朱櫂以朱漆飾櫂也蔡邕獨斷曰金鍐者馬冠也高廣各五寸羽衞藹流景綵吹震沈淵羽衞負羽侍衞也綵發吹也淮南子曰浮吹以虞沈川鱗介也辯詩測京國履籍鑑都壥禮記曰天子五年一巡狩命太師陳詩以觀民風孫卿子曰履天子之籍聽天下之斷甿謠響玉律邑頌被丹絃沈約宋書曰調樂金石有一定之聲故造鍾磬者先律調之然後施之於箱懸司馬彪續漢書曰候氣之法殿中候用玉律十二唯二至乃候靈臺用竹律六十顏延年曲水詩序曰途歌邑頌尚書大傳曰大琴朱絃蔡邕琴賦曰丹絃既張八音既平文軫薄桂海聲教燭冰天禮記曰書同文車同軌尚書曰外薄四海孔安國曰薄迫也言至海也南海有桂故云桂海上林賦曰經乎桂林之中過乎泱漭之野尚書曰朔南暨聲教蒼頡篇曰燭照也淮南子曰八紘北方曰積冰高誘曰北方寒冰所積因以爲名積冰也和惠頒上笏恩渥浹下筵禮記曰笏諸侯以象顏延年觀北湖田牧詩曰溫渥浹輿隸和惠屬後筵幸侍觀洛後豈慕巡河前尚書中候曰天乙在亳東觀乎維黃魚雙躍出躋于壇化爲黑玉孝經鉤命決曰舜即位巡省中河錄圖授文服義方無沫展歌殊未宣服義已見上文沫亡貝切廣雅曰沫已也楚詞曰展詩兮會舞王逸曰展舒也言舒展詩曲作爲雅樂者也

謝光祿郊遊　莊

肅舲出郊際徙樂逗江陰楚詞曰乘舲船余上沅兮齊吳榜以擊汰王逸曰舲船窻牖也徙樂行樂也說文曰

逗止也翠山方藹藹青浦正沈沈廣雅曰藹藹盛貌上林賦曰沈沈隱隱涼葉照沙嶼秋
榮冒水潯劉淵林吳都賦注曰嶼海中洲上有山石也說文曰潯傍深也風散松架險雲鬱石道深
松枝可以爲架故因謂之架焉靜默鏡緜野四睇亂曾岑莊子曰靜默可以補病穀梁傳曰緜地千里氣
清知鴈引露華識猿音雲裝信解黻煙駕可辭金雲裝雲衣也蒼頡篇曰紱綬也黻與
紱通煙駕煙車也金金印也始整丹泉術終覿紫芳心抱朴子曰黃帝南到員隴采若乾之華飲丹巒之泉
外國圖曰員丘上有赤泉飲之不老紫芳紫芝之也鄒潤甫遊仙詩曰紫芝列紅敷丹泉激陽濆行光自容裔無使弱
思侵楚辭曰雲旗兮電騖儵忽兮容裔

鮑參軍戎行　昭

豪士枉尺璧宵人重恩光呂氏春秋傳曰文王飾其辭令幣帛以禮豪士以璧禮賢已見上文淮南子曰聖人
不貴尺璧春秋孔演圖曰宵人之世多飢寒宋均曰宵猶小也鄭玄毛詩箋曰爲龍爲光言天子恩澤光曜被及者也殉義非
爲利執羈輕去鄉莊子曰彼所殉仁義則俗謂之君子又曰小人則以身殉利士則以身殉名禮記曰執羈靮而從靮
音的去鄉已見上文孟冬郊祀月殺氣起嚴霜禮記曰孟冬之月天子迎冬於北郊又曰仲秋之月殺氣浸盛
陽氣日衰楚詞曰冬又申之以嚴霜戎馬粟不煖軍士冰爲漿陸機苦寒行曰渴飲堅冰漿晨上成

皐坂磧礫皆羊腸 薛綜東京賦注曰旋門坂在成皐上林賦曰下磧礫之坻高誘呂氏春秋注曰羊腸其山盤紆似羊腸

寒陰籠白日太谷晦蒼蒼 夏侯湛歎秋賦曰陰籠景而下翳曹植贈白馬王詩曰太谷何寥廓山樹鬱蒼蒼爾雅曰霧謂之晦郭璞曰蒼蒼昏冥也

息徒稅征駕倚劍臨八荒 嵇康贈秀才詩曰息徒蘭圃法言曰仲尼之駕稅矣宋玉大言賦曰方地爲輿員天爲蓋長劍耿介倚天之外甘泉賦曰八荒協兮萬國諧

鶡鴠不能飛玄武伏川梁 樂緯曰鶡鴠狀似鳳皇身禮戴信嬰仁膺智負義宋均曰鶡身禮質赤色思玄賦曰玄武縮於殼中兮騰蛇蜿而自糾

鎩翮由時至感物聊自傷 淮南子曰飛鳥鎩羽許愼曰鎩殘羽也古詩曰感物懷所思

豎儒守一經未足識行藏 漢書高祖曰豎儒幾敗乃公事韋昭曰豎猶小也論衡曰能說一經爲儒生論語子謂顏淵曰用之則行捨之則藏唯我與爾有是夫

休上人別怨 沈約宋書曰沙門惠休善屬文徐湛之與之甚厚世祖命使還俗本姓湯位至楊州從事也

西北秋風至楚客心悠哉日暮碧雲合佳人殊未來 魏文帝秋胡行曰朝與佳人期日夕殊不來

露采方汎豔月華始徘徊 曹子建七哀詩曰明月照高樓流光正徘徊

寶書爲君掩瑤琴詎能開 道學傳曰夏禹撰眞靈之玄要集天官之寶書書以南和丹繒封以金英之函檢以玄都之印瑤琴已見

上文相思巫山渚悵望陽雲臺高唐賦曰妾在巫山之陽蔡邕詩序曰暮宿河南悵望子虛賦曰楚王乃登雲陽之臺膏鑪絕沈燎綺席生浮埃鑪熏鑪也取其芬香故加之膏煙而無燄故謂之沈西京雜記鄒陽酒賦曰綃綺為席犀璩為鎮桂水日千里因之平生懷言因桂水以通情也桂水已見上文李陵詩曰浮雲日千里洛神賦曰託微波而通辭鍾會懷土賦曰記遠念於輿波

文選卷第三十一

賜進士出身通奉大夫江南蘇松常鎮太等處承宣布政使司布政使胡克家重校刊

文選卷第三十二

梁昭明太子撰

文林郎守太子右內率府錄事參軍事崇賢館直學士臣李善注上

騷上

屈平離騷經一首　九歌四首

離騷經一首　屈平　王逸注

序曰離騷經者屈原之所作也屈原與楚同姓仕於懷王為三閭大夫同列大夫上官靳尚妬害其能共譖毀之王乃流屈原原乃作離騷經不忍以清白久居濁世遂赴汨淵自投而死也

帝高陽之苗裔兮苗胤也裔末也高陽顓頊有天下之號也帝繫曰顓頊娶于騰隍氏女而生老僮是楚先其後熊繹事周成王封為楚子居於丹陽其孫武王求尊爵於周周不與遂僭號稱王始都於郢是時生子瑕受屈為客卿因胄末之子孫恩深而義厚也朕皇考曰伯庸朕我也皇美也父死稱考詩曰既右烈考伯庸字也屈原言我父伯庸體有美德以忠輔楚世有令名以及於己攝提貞于孟陬兮太歲在寅曰攝提孟始也貞正也于於也正月為陬惟庚寅吾以降惟辭也庚寅日降下也寅為陽正庚為陰正言己以太歲在寅正月始春庚寅之日下母之體皇覽揆余于初度

兮皇皇考也覽觀也揆度也肇錫余以嘉名肇始也錫賜也嘉善也言己美父伯庸觀我始生年時度其日月皆合天
地正中故始錫我以美善之名名余曰正則兮正平也則法也字余曰靈均靈神也均調也言平正可法則
者莫過於天養物均調者莫神於地高平曰原故伯庸名我為平以法天字我曰原以法地夫人非名不榮非字不彰故子生父思善應
而名字之以表其德觀其志也紛吾既有此內美兮紛盛貌又重之以脩能脩遠也言己之生內
含天地之美氣又重有絕遠之能與衆異也扈江離與辟芷兮扈被也楚人名被為扈江離芷皆香草也辟為幽也
芷幽而香紉秋蘭以為佩紉索也蘭香草也秋而芳佩飾也所以象德言己脩身清潔乃取江離辟芷以為衣被紉索秋
蘭以為佩飾博采衆善以自約束汩余若將不及兮汩去貌疾若水流也恐年歲之不吾與言我
念年命汩然流去誠欲輔君心汲汲常若不及又恐年忽過不與我相待而身老朝搴阰音毗之木蘭兮搴取也阰
山名夕攬洲之宿莽攬采也水中可居者曰洲草冬生不死者楚人名曰宿莽言己旦起升山采木蘭上事太陽承天度
也夕入洲澤采取宿莽下奉太陰順地數也動以神祇自勑誨也木蘭去皮不死宿莽遇冬不枯屈原以喻讒人雖欲困己己受天性終
不可變易日月忽其不淹兮淹久也春與秋其代序代更也序次也言日月晝夜常行忽然不久春
往秋來以次相代言天時易過人年易老惟草木之零落兮零落皆墮也草曰零木曰落恐美人之遲
暮遲晚也美人謂懷王也言天時運轉春生秋殺草木零落歲復盡矣而君不建立道德舉賢用士則年老暮晚而功不成不撫

珍倣宋版印

壯而棄穢兮年德盛曰壯棄去也穢行之惡也以喻讒佞百草爲稼穡之穢讒佞亦爲忠直之害也何不改此
度也改更也言願君務及年德盛壯之時脩明政教棄遠讒佞無令害賢改此惑誤之度脩先王之法也乘騏驥以馳
騁兮騏驥駿馬也以喻賢智言乘駿馬一日可致千里以言任賢智則可至於治也來吾導夫先路言己如得任用
將驅先行願來隨我遂爲君導入聖王之道昔三后之純粹兮昔往也后君也謂湯禹文王也至美曰純齊同曰粹
固衆芳之所在衆芳喻羣賢也言往古夏禹殷湯周王所以能純美其德而有聲明之稱者皆舉用衆賢使在顯職故道
化興而萬國寧也雜申椒與菌桂兮申重也椒香木其芳小重之乃香菌薰也葉曰蕙根曰薰也豈維紉
夫蕙茝紉索也蕙茝皆香草也以喻賢者言禹湯文王雖有聖德猶雜用衆賢以致於化非獨索蕙茝任一人也彼堯舜
之耿介兮耿光也介大也既遵道而得路遵循也路正也言堯舜所以能有光明大德之稱者以脩用天地之
道舉賢任能使得萬事之正也何桀紂之昌披兮昌披衣不帶貌夫唯捷徑以窘步捷疾也徑邪道
窘急也言桀紂愚惑違背天道施行惶遽衣不及帶欲涉邪徑急疾爲治故身觸陷阱至於滅亡惟黨人之偷樂兮
黨朋也論語曰羣而不黨偷苟也路幽昧以險隘幽昧不明也險隘諭傾危也言己念彼讒人相與朋黨嫉妬忠直苟
且偷樂不知君道不明國將傾危以及其身豈余身之憚殃兮憚難也殃咎也恐皇輿之敗績皇君
也輿君之所乘也以諭國也績功也言我欲諫爭者非難身之被殃咎也但恐君國傾危以敗先王之功忽奔走以先後

兮及前王之踵武踵繼也武迹也詩曰履帝武敏歆言己急欲奔走先後以輔翼君者冀及先王之德繼續其迹而廣
其基也奔走先後四輔之職也詩曰予聿有奔走予聿有先後是之謂也荃不察余之忠情兮荃香草也以諭君也
人君被服芬香故以香爲諭惡數指斥尊者故變言荃也反信讒而齌怒齌疾也言懷王不徐察我忠信之情反信讒言
而疾怒己也余固知謇謇之爲患兮謇謇忠貞貌也易曰王臣謇謇匪躬之故忍而不能舍也舍止也
言己忠言謇謇諫君之過必爲身患然中心不能自止而不言也指九天以爲正兮指語也九天謂中央八方也正
平也夫唯靈脩之故也靈神也脩遠也能神明遠見者君德也故以諭君也言己將陳忠策內慮之心上指九天告語神明
使平正之唯用懷王之故欲自盡也初既與余成言兮後悔遁而有他遁隱也言懷王始信任己與我
平議國政後用讒言中道悔恨隱遁其情而有他志也余既不難離別兮近曰離遠曰別傷靈脩之數化
化變也言我竭忠見過非難與君離別也傷念君信用讒言志數變易無常操也余既滋蘭之九畹兮滋蒔也十
二畝爲畹又樹蕙之百畝樹種也二百四十步爲畝言己雖見放流猶種蒔衆香脩行仁義勤身自勉朝暮不倦畦
留夷與揭車兮留夷香草也揭車亦香草一名芞輿五十畝爲畦雜杜衡與芳芷杜衡芳芷皆香草名
也言己積累衆善以自絜飾復植留夷杜衡雜以芳芷芬香益暢德行彌盛也冀枝葉之峻茂兮冀幸也峻長也願
竢時乎吾將刈刈穫也言己種植衆芳幸其枝葉盛長實核成熟願待天時吾將穫取收藏而成其功也以言君亦宜畜

養衆賢以時進用而待仰其治也雖萎絶其亦何傷兮萎病也絶落也哀衆芳之蕪穢言己所種
芳草當刈未刈蚤有霜雪枝葉雖蚤萎病絶落何能傷我乎哀惜衆芳摧折枝葉蕪穢而不成也以言己脩行忠信冀君任用而遂斥棄
則使衆賢志士失其行也衆皆競進以貪婪兮競並也愛財曰貪愛食曰婪憑不猒乎求索憑滿
也楚人名滿爲憑言在位之人無有清絜之志皆並進取貪婪於財利中心雖滿猶復求索不知猒飽羌内恕己以量
人兮羌楚人語詞也以心揆心爲恕量度也各興心而嫉妒害賢爲嫉害色爲妒言在位之臣心皆貪婪内以其
志恕度他人謂與己不同則各生嫉妒之心推棄清絜使不得用也忽馳騖以追逐兮非余心之所急
言衆人所以馳騖惶遽者追逐權貴求財利也非我心之所急務衆急於利我獨急於義者也老冉冉其將至兮
冉冉行貌恐脩名之不立立成也言人年命冉冉而行我之衰老將以速至恐脩身建德而功不成名不立也朝飲
木蘭之墜露兮墜墮也夕飡秋菊之落英言己旦飲香木之墜露吸正陽之津液暮食芳菊之落英
言吞陰陽之精蘂動以香淨自潤澤苟余情其信姱苦瓜以練要兮苟誠也練簡也長顑呼感頷亦
何傷顑頷不飽貌也言己飲食好美中心簡練而合道要雖長顑頷飢而不飽亦無所傷病也擥木根以結茝兮
擥持也貫薜荔之落蘂貫累也薜荔香草也緣木而生落墮也蘂實貌言己施行常擥木引堅據持根本又貫累香草
之實執持忠信不爲華飾之行也矯菌桂以紉蕙兮矯直也索胡繩之纚纚胡繩香草也纚纚索

好貌言己行雖據根本猶復矯直菌桂芬芳之性紉索胡繩令之澤好以善自約束終無懈已謇吾法夫前脩兮非
時俗之所服言我忠信謇謇者乃上法前代遠賢固非今時俗之人所可服行也雖不周於今之人兮
周合也願依彭咸之遺則彭咸殷賢大夫諫其君不聽自投水而死遺餘也則法也言己所行忠信雖不合於今之
人欲願依古之賢者彭咸餘法以自率厲也長太息以掩涕兮哀人生之多艱言己自傷施行不合
於俗將效彭咸沈身於淵乃太息長悲哀念萬民受命而生遭遇多艱以隕其身也余雖好脩姱以鞿羈兮鞿羈
以馬自喻也韁在口曰鞿革絡頭曰羈言為人所係纍也謇朝誶而夕替誶諫也詩云誶予不顧替廢也言己雖有絕遠
之智姱好之姿然以為讒人所鞿羈而係纍矣故朝諫謇謇於君夕暮而身廢弃也既替余以蕙纕兮纕佩帶也又
申之以攬茝又復也言君所以廢弃己者以余帶佩衆香行以忠正之故也然猶復重引芳茝以自結束執志彌篤也亦
余心之所善兮雖九死其猶未悔悔恨也言己履行忠信執守清白亦我心中之所美善也雖以見過
支解九死終不悔恨也怨靈脩之浩蕩兮靈脩謂懷王也浩猶浩浩蕩猶蕩蕩無思慮貌也終不察夫
人心言己所以怨恨於懷王者以其用心浩蕩驕敖放恣無有思慮終不見省察萬民善惡之心故朱紫相亂國將傾危也衆
女嫉余之蛾眉兮衆女謂臣衆也蛾眉好貌謠諑謂余以善淫謠謂毀也諑音豖猶譖也淫邪也言
衆女嫉妬蛾眉美好之人譖而毀之謂之善淫不可信也猶衆臣嫉妬中正言己淫邪不可任也固時俗之工巧兮

偭規矩而改錯 偭背也圓曰規方曰矩錯置也言今時之工才知彊巧背去規矩更造方圓必不堅固敗材木也以言佞臣巧於言語背違先聖之法以意妄造必亂政化危君國也 背繩墨以追曲兮 追隨也繩墨所以正曲者 競周容以爲度 周合也度法也言百工不隨繩墨之直道隨從曲木屋必傾危而不可居也以言人臣不脩仁義之道背弃忠直隨從枉佞苟合於世以求容媚以爲常法身必傾危而被刑戮 忳鬱邑余侘傺兮 忳徒昆切憂貌也侘傺失志貌也侘丑加切猶堂堂立貌也傺丑世切住也楚人名住曰傺 吾獨窮困乎此時也 言我所忳忳而憂中心鬱邑悵然住立而失志者以不能隨從時俗屈求容媚故獨爲時人所窮困也 寧溘死以流亡兮 溘猶奄也 余不忍爲此態也 言我寧奄然而死形體流亡不忍以忠正之性爲邪淫之態也 鷙鳥之不羣兮 鷙執也謂能執服衆鳥鷹鸇之類也以諭忠正 自前代而固然 言鷙鳥執志剛厲特處不羣以言忠正之士亦執分守節不隨俗人自前代固然非獨於今 何方圜之能周兮夫孰異道而相安 言何所有圜鑿受方枘而能合者誰有異道而相安邪言忠佞不相爲謀也 屈心而抑志兮 抑案也 忍尤而攘詬 尤過也攘除也詬恥也言己所以能屈案心志含忍罪過而不去者欲以除去耻辱誅讒佞之人如孔子誅少正卯也 伏清白以死直兮固前聖之所厚 言士有伏清白之志以死忠直之節者固乃前代聖王所厚哀也故武王伐紂封比干之墓表商容之閭也 悔相道之不察兮 悔恨也相視也察審也 延佇乎吾將反 延長也佇立貌也詩云佇立以泣言己自恨視事君之道

珍倣宋版印

不明察當若比干伏節死義故長立而望將欲還反終己之志也迴朕車以復路兮迴旋也及行迷之未遠迷誤也言及旋我之車以反故道反迷己誤欲去之路尚未甚遠也同姓無相去之義故欲還也步余馬於蘭皐兮步徐行也澤曲曰皐馳椒丘且焉止息土高曰丘四墮曰椒丘言己欲還則徐徐行步我之馬於芳澤之中以觀聽懷王遂馳高丘而止息以須君命進不入以離尤兮退將復脩吾初服退去也言己誠欲遂進竭其忠誠君不肯納恐重遇禍將復去脩吾初始清潔之服製芰荷以為衣兮製裁也芰蔆也荷扶蕖也集芙蓉以為裳芙蓉蓮華也上曰衣下曰裳言己進不見納猶復製裁芰荷集合芙蓉以為衣裳被服愈潔脩善益明不吾知其亦已兮苟余情其信芳高余冠之岌岌兮岌岌高貌長余佩之陸離陸離參差眾貌也言己懷德不用復高我之冠長我之佩尊其威儀整其服飾以異於眾也芳與澤其雜糅兮芳德之臭也澤質之潤也玉堅而有澤糅雜也唯昭質其猶未虧唯獨也昭明也虧歇也言我外有芬芳之德內有玉澤之質二美雜會兼在於己而不得施用故獨保明身無有虧失而已所謂道行則兼善天下不用則獨善其身忽反顧以遊目兮將往觀乎四荒荒遠也言己欲進忠信以輔事君而不見省故忽然反顧而去將遊目往觀四遠之外以求賢君也佩繽紛其繁飾兮繽紛盛貌芳菲菲其彌章菲菲猶勃勃也芳香貌也章明也言己雖欲之四荒猶整飾儀容佩玉繽紛而眾盛忠信勃勃而愈明不以遠故改其行人生各有所樂兮余獨好脩以為

常言萬人稟天命而生各有所樂或樂諂佞或樂貪淫我獨好脩正直以爲常行雖體解吾猶未變兮豈余心之可懲懲艾也言己好脩忠信以爲常行雖獲罪支解志猶不艾也女嬃之嬋媛兮女嬃屈原姊也嬋媛猶牽引也申申其詈予申重也言女嬃見己施行不與衆合以見放流故來牽引數怒重詈我也曰鮌婞直以亡身兮曰女嬃詞也鮌堯臣也帝繫曰顓頊後五葉而生鮌婞音脛很也終然夭乎羽之野蚤死曰夭言堯使鮌治洪水婞很自用不順堯命乃殛之於羽山死於中野女嬃比屈原於鮌不承君意亦將遇害汝何博謇而好脩兮紛獨有此姱節女嬃數諫屈原言汝何爲獨博采往古好脩謇謇姱異之節不與衆同而見憎惡於世薋菉葹以盈室兮薋蒺藜也菉王芻也葹枲耳也詩曰楚楚者薋又曰終朝采菉三者皆惡草也以喻讒佞盈滿也判獨離而不服判別貌也女嬃言衆人皆佩薋菉枲耳爲讒佞之行滿於朝廷而獲富貴汝獨服蘭蕙守忠直判然離別不與衆同故斥弃也衆不可戶說兮孰云察余之中情屈原外困羣佞內被姊詈知時莫識言己心志所執不可戶說人告誰當察我中情之善否世並舉而好朋兮夫何煢獨而不予聽煢孤也詩曰哀此煢獨予我也言時俗之人皆行佞僞相朋黨並相薦舉忠直之士孤煢特獨何肯聽用我言而納之也依前聖之節中兮節度也喟憑心而歷茲歷數也言己所言皆依前代聖王之法節其中和喟然舒憤懣之心歷前代成敗之道而作此詞者也濟沅湘以南征兮沅湘水名也就重華而陳詞重華舜名也帝繫曰瞽叟生重華是爲帝

舜葬於九疑山在於沅湘之南言己依聖王法而行不容於俗故欲度沅湘之水南行就舜陳詞自說稽疑聖帝冀聞秘要以自開悟
啓九辯與九歌兮啓禹子也九辯九歌禹樂也言禹平治水土以有天下啓能承志續敘其業育養品類故九州之物
皆可辯數九功之德皆有次敘而可歌也左傳曰六府三事謂之九功九功之德皆可歌也謂之九歌水火金木土穀謂之六府正德利
用厚生謂之三事夏康娛以自縱夏康啓子太康也娛樂也縱放也不顧難以圖後兮五子
用失乎家巷圖謀也言夏太康不遵禹啓之樂而更作淫聲放縱情欲以自娛樂不顧患難不謀後葉卒以失國兄弟五人
家居閭巷失尊位也書序曰太康失國昆弟五人須于洛汭作五子之歌此逸篇也羿淫遊以佚田兮羿諸侯也田獵
也又好射夫封狐封狐大狐也言羿為諸侯荒淫遊戲以佚田獵又射殺大狐固亂流其鮮終兮
鮮少也浞又貪夫厥家浞寒浞羿相也厥其也婦謂之家言羿因夏衰亂代之為政娛樂田獵不恤人事信任寒浞使
為國相浞行媚於內施賂於外樹之詐慝而專其權勢羿田將歸使家臣逢蒙射而殺之貪取其家以為妻也羿以亂得政身即滅亡
故言鮮終也澆身被服強圉兮澆寒浞子也強圉多力也縱欲而不忍縱放也言浞取羿妻而生澆強
梁多力縱放其情不忍其欲以殺夏后相也日康娛而自忘兮康安也厥首用夫顛隕首頭也自
上下曰顛隕墜也言澆既殺夏后相安居無憂日作淫樂忘其過惡卒為相子少康所誅其首顛隕而墮地也論語曰羿善射奡盪舟俱不
得其死然自此以上羿澆寒浞事皆見於左傳夏桀之常違兮乃遂焉而逢殃殃咎也言夏桀上背於天

道下逆於人理乃遂以逢殃咎爲殷湯所誅滅后辛之菹醢兮辛殷之亡王紂名也藏菜曰菹肉醬曰醢殷宗用
而不長言紂爲無道殺比干醢梅伯武王把黃鉞行天罰殷宗遂絕不得久長也湯禹嚴而祇敬兮嚴畏也祇
敬也周論道而莫差周周家也差過也言殷湯夏禹周之文王受命之君皆畏天敬賢論議道德無有過差故能獲神人
之助子孫蒙福也舉賢而授能兮脩繩墨而不陂陂傾也言三王選士不遺幽陋舉賢用能不顧左右
循用先聖法度無有傾失故能綏萬國安天下也易曰無平不陂皇天無私阿兮竊愛爲私所祐爲阿覽人德
焉錯輔錯置也輔佐也言皇天明神無所私阿觀萬民之中有道德之者因置以爲君使賢輔佐成其志也故桀爲無道傳與湯
紂爲淫虐傳與文王夫維聖哲以茂行兮哲智也茂盛也苟得用此下土苟誠也下土謂天下也言
天下之所立者獨有聖明之知盛德之行故得用事天下而爲萬人之主瞻前而顧後兮顧視也相觀人之
計極相視也計謀也極窮也言前觀禹湯之所以興顧視桀紂之所以亡足以觀察萬民忠佞之謀窮其真僞夫孰非義
而可用兮孰非善而可服服服事也言人臣誰有行仁義而不可任用誰有不行信義而可服事者乎言人非
義則德不立非善則行不成阽余身而危死兮阽猶危也覽余初其猶未悔言己正言危行身將
危亡上觀初代伏節之士我志所樂終不悔恨不量鑿而正枘兮量度也正方也固前脩以菹醢言工
不度其鑿而方正其枘則物不固而木破矣臣不量君賢愚竭其忠信則被罪過而身殆也自前代脩名之人以獲菹醢龍逢梅伯是也

曾歔欷余鬱邑兮曾累也歔欷懼貌也哀朕時之不當言我累息而懼鬱邑而憂者自哀生不當舉賢
之時而值菹醢之日攬茹蕙以掩涕兮茹柔耎也霑余襟之浪浪霑濡也衣皆謂之襟浪浪流貌也言
自傷放在山澤心悲泣下霑濡我衣浪浪而流猶引取柔耎香草以自掩拭不以悲故失仁義也跪敷衽以陳詞兮
敷布也耿吾既得此中正耿明也言己覩禹湯文王脩德以興天下見羿澆桀紂行惡以亡中知龍逢比干執履忠
直身以菹醢乃長跪布衽俛首自省念仰訴於天中心曉明得此中正之道情合真人神與化游故得乘雲駕龍周歷天下以慰己情緩
憂思也駟玉虬以乘鷖兮有角曰龍無角曰虬鷖鳳皇別名也山海經曰鷖身有五采溘埃風余上
征溘猶奄也埃塵也言我設往行游將乘玉虬駕鳳車淹塵埃而上征去離時俗遠羣小也朝發軔於蒼梧兮軔支
輪木也蒼梧舜所居夕余至乎縣圃縣圃神山淮南子曰縣圃在崐崘閶闔之中乃維上天言己朝發帝舜之居夕至縣
圃之山受道聖王而登神明之山欲少留此靈瑣兮靈以喻君瑣門鏤也文如連瑣楚王之省閤也日忽忽
其將暮言己誠欲少留於君之省閤以須政教日又忽去時將欲暮年歲且盡言己衰老也吾令羲和弭節兮
羲和日御也弭按也望崦嵫而勿迫崦嵫日所入之山也迫附也言我恐日暮年老道德不施欲令日御按節徐行望日
所入之山且勿附近冀及盛時遇賢君也路曼曼其脩遠兮脩長也吾將上下而求索言天地廣
大其路曼曼遠而且長不可卒徧吾方上下左右以求索賢人與己合志者也飲余馬於咸池兮咸池日所浴也揔

珍倣宋版印

余轡乎扶桑總結也扶桑日所拂木也淮南子言日出暘谷浴於咸池拂于扶桑爰始將行是謂朏明我乃往至東極之野
飲馬於咸池與日俱浴以絜己身結我車轡於扶桑以留日行幸得不老延年壽折若木以拂日兮若木在崐崘西
極其華照下地拂擊也聊須臾以相羊聊且也須與相羊皆游也言己總結日轡恐不能制年時卒過故復轉之西極
折取若木以拂擊日使之還去且相羊而游以俟君命也或謂拂蔽也以若木蔽日使不得過前望舒使先驅兮望舒
月御也月體光明以喻臣清白後飛廉使奔屬飛廉風伯也風爲號令以諭君命言己使清白之臣如望舒先驅求賢使
風伯奉君命於後以告百姓鸞皇爲余先戒兮鸞俊鳥也皇雌鳳以喻明知之士也雷師告余以未
具雷爲諸侯以興君言己使仁知之士如鸞皇先戒百官將往適道而君怠惰告我嚴裝未具吾令鳳皇飛騰兮
又繼之以日夜言我使鳳皇明知之士飛行天下以求同志續以日夜冀逢遇之飄風屯其相離兮
回風曰飄飄風無常之風以興邪惡帥雲霓而來御雲霓惡氣以喻佞人御迎也言己使鳳皇往求同志之士欲與俱共
事君反見邪惡之人相與屯聚謀欲離己又遇佞人相帥來迎欲使我變節以隨之紛總總其離合兮總總猶僔僔聚
貌也班陸離其上下班亂貌也陸離分散也言己游觀天下但見俗人競爲讒佞僔僔相聚乍離乍合上下之義班然散
亂而不可知之也吾令帝閽開關兮帝謂天帝也閽主門者倚閶闔而望予閶闔天門也言己求
賢不得嫉惡讒佞將上愬天帝使閽人開關又倚天門望而距我使我不得入也時曖曖其將罷兮曖曖昏貌罷極

也結幽蘭而延佇言時世昏昧無有明君周行罷極不遇賢士故結芳草而長立有還意也世溷濁而不分兮溷亂也濁貪也好蔽美而嫉妬言時世君亂臣貪不別善惡好蔽美德而嫉妬忠信朝吾將濟於白水兮濟度也淮南子曰白水出崐崘之源飲之不死登閬風而緤馬閬風山名在崐崘上緤繫也言我見中國溷濁則欲度白水登神山屯車繫馬而留止白水絜淨閬風清明言己脩絜白之行不懈怠也忽反顧以流涕兮哀高丘之無女楚有高丘之山女以喻臣言己雖去意不能已猶復顧念楚國無有賢臣心爲之悲而流涕溘吾遊此春宮兮溘奄也春宮東方青帝舍折瓊枝以繼佩繼續也言我遊奄然至于青帝宮觀萬物始生皆出仁義復折瓊枝以續佩守行仁義志彌固也及榮華之未落兮榮華喻顏色也落墮也相下女之可貽相視也貽遺也言己既脩行仁義思得同志願及年德盛時顏貌未老視天下賢人將持玉帛聘而遺之與俱事君也吾令豐隆乘雲兮豐隆雲師求宓妃之所在宓妃神女也以喻隱士言我令雲師豐隆乘雲周行求隱士清絜若宓妃者欲與并力也解佩纕以結言兮纕佩帶也吾令蹇脩以爲理蹇脩伏羲氏之臣也理分理述禮意也言既見宓妃則解我佩帶之玉以結言語使古賢蹇脩而爲媒理也伏羲時淳朴故使其臣紛總總其離合兮忽緯繣其難遷緯繣乖戾也呼麥切遷徙也言蹇脩既持其佩帶通言而讒人復相聚毀敗令其意一合一離遂以乖戾而見距絕言所居深僻難遷徙也夕歸次於窮石兮次舍也再宿爲信過信爲次淮南日弱水出于窮石入于流沙朝

濯髮乎洧盤洧盤水名也禹大傳曰洧盤之水出崦嵫之山言宓妃體好清潔暮即歸舍窮石之室朝沐洧盤之水遁世隱居而不肯仕保厥美以驕傲兮倨簡曰驕侮慢曰傲日康娛以淫遊康安也言宓妃用志高遠保守美德驕傲侮慢日自娛樂以遊戲無事君之意也雖信美而無禮兮來違棄而改求違去也改更也言宓妃雖有美德驕傲無禮不可與共事君來去相棄而更求賢也覽相觀於四極兮周流乎天余乃下言我乃復往觀視四極周流求賢然後乃來下望瑤臺之偃蹇兮偃蹇高意見有娀之佚女有娀國名也佚美也謂帝嚳之妃契母簡狄也簡狄配聖帝生賢子以喻貞賢也詩曰有娀方將帝立子生商呂氏春秋曰有娀氏有美女爲之高臺而飲食之言己望瑤臺高峻睹有娀氏美女思得與共事君也吾令鴆爲媒兮鴆惡鳥也羽有毒殺人以喻讒賊鴆告余以不好言我使鴆鳥爲媒以求簡狄其性讒賊不可信用還詐告我言不好雄鳩之鳴逝兮逝往也余猶惡其佻巧言又使雄鳩銜命而往其性輕佻巧利多語而無要實復不可信也心猶豫而狐疑兮欲自適而不可適往也言己令鴆爲媒其心讒賊以善爲惡又使雄鳩多言少實故中心狐疑猶豫意欲自往禮又不可也鳳皇既受詒兮恐高辛之先我高辛帝嚳有天下號也帝繫曰高辛氏爲帝嚳次妃有娀氏女生契言己既得賢智之人若鳳皇受禮遺將恐帝嚳以先我得簡狄也欲遠集而無所止兮聊浮遊以逍遙言己既求簡狄復後高辛欲遠集他方又無所之故且遊戲觀望以忘憂也及少康之未家兮留有

虞之二姚少康夏后相之子也有虞國名也姓姚氏舜後也昔寒浞使澆殺夏后相少康逃奔有虞虞因妻以二女而邑於綸
有田一成有衆一旅能布其德以收夏衆遂誅滅澆復禹舊績屈原放至遠方之外博求衆賢索宓妃則不肯見求簡狄又後高辛少康
留止有虞而得二妃以成顯功也是不欲遠去貌理弱而媒拙兮拙鈍恐導言之不固言己欲效少康
留而不去又恐媒人弱鈍言於君不能堅固復使回移時溷濁而嫉賢兮好蔽美而稱惡再言時溷
濁者懷襄二世不明故羣下好蔽中正之士而舉邪惡之人閨中既邃遠兮小門謂之閨邃深也哲王又不
寤哲知也寤覺也言君處宮殿之中其閨邃遠忠言難通指語不達自明智之王尚不覺善惡之情高宗殺孝己是已何況不智之君
而以闇蔽固其宜也懷朕情而不發兮余焉能忍與此終古言我懷忠信之情不得發用安能久
與此闇亂之君終古居乎意欲復去也索瓊茅以筳篿兮索取也瓊茅靈草也筳小破竹也楚人名結草折竹卜曰
篿筳音廷篿音專命靈氛為余占之靈氛古明占吉凶者也言己欲去則無所集欲止則又不見用憂懣不知所從
乃取神草竹筳結而折之以卜去留使明知靈氛占其吉凶曰兩美其必合兮孰信脩而慕之靈氛
言以忠臣而就明君兩美必合楚國誰能信明善惡脩行忠直欲相慕及者乎己宜以時去之也思九州之博大兮
豈唯是其有女言我思念天下博大豈獨楚國有君臣可止乎曰勉遠逝而無疑兮孰求美
而釋女何所獨無芳草兮爾何懷乎故宇爾女也懷思也宇居也言何所獨無賢芳之君何必

思故居而不去也此皆靈氛之詞時幽昧以眩曜兮眩曜惑亂貌孰云察余之美惡屈原答靈
氛曰當時之君皆暗昧惑亂不知善惡誰當察我之善情而用己乎是難去之意人好惡其不同兮惟此黨
人其獨異黨鄉黨謂楚國也言天下萬人之所好惡其性不同此楚國尤獨異也戶服艾以盈要兮艾白
蒿也盈滿也謂幽蘭其不可佩言楚人戶服白蒿滿其要帶以為芳芳反謂幽蘭臭惡為不可佩也以言君親愛讒
佞憎遠忠直而不近也覽察草木其獨未得兮察視也豈珵美之能當珵美玉也相玉書言
珵大六寸其曜自照言時人無能識臧否觀視衆草尚不能別其香臭豈當知玉之美惡乎以為草木易別於禽獸禽獸易別於珠玉珠
玉易別於忠佞知人最難蘇糞壤以充幃兮蘇取也充滿也壤土也幃謂之幐幐香囊也謂申椒其不
芳言取糞土以滿香囊佩而帶之反謂申椒臭而不香言近小人而遠君子也欲從靈氛之吉占兮心猶
豫而狐疑言己欲從靈氛勸去之占則心狐疑念楚國也巫咸將夕降兮巫咸古神巫也當殷中宗之世降下
也懷椒糈而要之椒香物所以降神糈精米所以享神言巫咸將夕從天上下來願懷椒糈要之使筮吉凶百神
翳其備降兮九疑繽其並迎翳蔽也繽盛貌也九疑舜所葬也言巫咸得己椒糈則將百神蔽日來下舜又
使九疑之神紛然迎我知己之意皇剡剡其揚靈兮皇皇天也剡剡光貌告余以吉故言皇天揚其光
靈使百神告我當去尤吉善也曰勉升降以上下兮勉強也上謂君下謂臣也求矩矱之所同矩法

也矱於縛切度也言當自勉上求明君下索賢臣與己合法度者因與同志共爲化也湯禹儼而求合兮儼敬也合
匹也摯臯繇而能調摯伊尹名湯臣也咎繇禹臣也調和也言湯禹至聖猶敬承天道求其匹合得伊尹咎繇力能調和陰
陽而安天下苟中情其好脩兮何必用夫行媒行媒諭左右之臣也言臣能中心常好善則精感神
明賢君自舉用之不必須左右薦達之說操築於傅巖兮說傅說也傅巖地名武丁用而不疑武丁
殷之高宗也言傅說抱懷道德而遇刑罰操築作於傅巖武丁思想賢者夢得聖人以其形像使求之因得說登以爲公道用大興爲殷
高宗呂望之鼓刀兮呂太公之氏姓也鼓鳴也遭周文而得舉言太公避紂居東海之濱聞文王作興盍
往歸之至於朝歌道窮困自鼓刀而屠遂西釣於渭濱文王夢得聖人於是出獵而遇之遂載以歸用爲師甯戚之謳歌
兮甯戚衛人齊桓聞以該輔該備也甯戚脩德不用退而商賈宿齊東門外桓公夜出甯戚方飲牛叩角而歌桓公聞
之知其賢舉用爲卿備輔佐也及年歲之未晏兮晏晚也時亦猶其未央央盡也言己所以汲汲欲
輔佐君者冀及年未晏晚以成德化然年時亦未盡若三賢之遭遇也恐鵜鴂之先鳴兮鵜鴂一名買鶬常以春分
鳴也鶗弟鴂桂使百草爲之不芳言我恐鶗鴂以先春分鳴使百草華英摧落芬芳不成以喻讒言先使忠直之士被
罪過也何瓊佩之偃蹇兮偃蹇衆盛貌衆薆然而蔽之言我佩瓊玉懷美德偃蹇而衆人薆然而
蔽之傷不得施用也惟此黨人之不亮兮信亮也恐嫉妒而折之言楚國之人不尚忠信之行恐

妬我正直欲必折挫而敗也時繽紛其變易兮又何可以淹留言時俗溷濁善惡變易不可以久留
宜速去也蘭芷變而不芳兮荃蕙化而爲茅荃蕙皆香草也言蘭芷之草變其體而不復香荃蕙化而
爲茅失其本性也以言君子更爲小人忠信更爲佞僞何昔日之芳草兮今直爲此蕭艾也言往
昔芬芳之草今皆直爲蕭艾而已以言往日明智之士今皆佯愚豈其有他故兮莫好脩之害也言士
人所以變直爲曲者以上不好用忠正之人害其善士之故余以蘭爲可恃兮蘭懷王少弟司馬子蘭也恃怙也
羌無實而容長實誠也言我以子蘭能進賢達能可怙而進不意內無誠信之實但有長大之貌浮華而已委厥
美以從俗兮委弃也苟得引乎衆芳言子蘭弃其美質正直之性隨從諂佞苟欲引於衆賢之位而無進
賢之心也椒專佞以慢諂兮椒楚大夫子椒也諂淫也樧又欲充其佩幃樧茱萸也似椒而非以喻
子椒似賢而非賢也幃盛香之囊也以喻親近言子椒爲楚大夫處蘭芷之閑而行淫慢諂諛之志又欲援引面從不賢之類皆使居親
近無有憂國之心責之也既干進而務入兮干求也又何芳之能祗祗敬也言子蘭子椒苟欲求進
自入於君身得爵祿而已復何能敬愛賢者而舉之乎固時俗之從流兮又孰能無變化言時世俗
人隨從上化若水之流二子復以諂諛之行衆人誰有不變節而從之者乎疾之甚也覽椒蘭其若茲兮又況
揭車與江離言覩子椒子蘭變節若此豈況朝廷衆臣而不爲佞媚以容其身邪惟茲佩之可貴兮委

厥美而歷茲歷逢也茲此也言己內行忠正外佩衆芳此誠可貴茲不遭明君棄其至美而逢此咎也芳菲菲而
難虧兮虧歇也芬至今猶未沬沬已也言己所行芬芳誠難虧歇至今猶未已也和調度以自
娛兮聊浮游而求女言我雖不見用猶和調己之行度執守忠貞以自娛樂且徐浮游以求同志及余飾
之方壯兮周流觀乎上下上謂君下謂臣也言我願及年德方盛壯之時周流四方觀君臣之賢欲往就之
靈氛既告余以吉占兮歷吉日乎吾將行言靈氛既告我以吉占歷善日吾將去君而遠行
折瓊枝以爲羞兮羞脯也精瓊爢爢音糜以爲粻音張精鑿也爢屑也粻粮也言我將行乃折瓊枝以
爲脯腊精鑿玉屑以爲儲粻飲食香絜冀以延年也爲余駕飛龍兮雜瑤象以爲車象象牙也言我駕飛
龍乘明知之獸載象玉之車文章雜錯以言德似龍玉而世俗莫識也何離心之可同兮吾將遠逝以
自疏言賢愚異心何可合同知君與己殊志故將遠去自疏而流遁也邅吾道夫崑崙兮邅轉也楚人名轉爲
邅路脩遠以周流言己設去楚國遠行乃轉至崐崘神明之山其路長遠周流天下以求同志揚雲霓之
晻藹兮揚披也晻藹蓊鬱陰貌鳴玉鸞之啾啾鸞鸞鳥也以玉作之著於衡和著於軾啾啾鳴聲言從崐崘將
遂升天披雲霓之蓊鬱排羣佞之黨羣鳴玉鸞之啾啾而有節度也朝發軔於天津兮天津東極箕斗之閒漢津也
夕余至乎西極言己朝發天之東津萬物所生夕至地之西極萬物所成動順陰陽之道且亟疾也鳳皇翼其

乘旂兮翼敬也旂旗也畫龍蛇爲旂高翱翔之翼翼翼翼和貌也言己動順天道則鳳皇來隨我車敬乘旂旗
高飛翱翔翼翼而和嘉忠正懷有德也忽吾行此流沙兮流沙沙流如水也尚書曰餘波入於流沙遵赤水
而容與遵循也赤水出崐崘容與遊戲貌也言吾行忽然過此流沙遂循赤水而游戲雖行遠方動以清潔自洒飾也麾蛟
龍使梁津兮舉手曰麾小曰蛟大曰龍詔西皇使涉予詔告也西皇帝少皞也涉渡也言我乃麾蛟龍以橋
西海使少皞渡我動與神獸聖王相接言能渡萬人之厄路脩遠以多艱兮艱難也騰衆車使徑待
騰過也言崐崘之路險阻多難非人所能由故令衆車先使從邪徑以相待也以言己所行車遠莫能及路不周以左轉
兮不周山名在崐崘山西北轉行也指西海以爲期指語也期會也言己使語衆車我所行之道當過不周山而左
行俱會西海之上也過不周者言道不合於俗也左轉者言君行左乖不與己同志也屯余車其千乘兮屯陳也
齊玉軑音大而並馳軑轄也言乃屯陳我車前後千乘齊以玉爲車轄並馳左右從己者衆皆有玉德宜輔千乘之君
駕八龍之婉婉兮婉婉龍貌載雲旗之委移言己駕八龍神智之獸其狀婉婉又載雲旗委移而長也
駕八龍者言己德如龍可制御八方也載雲旗者言己德如雲雨能潤施抑志而弭節兮神高馳之邈邈
邈邈遠貌也言己雖乘雲龍猶自抑案弭節徐行高抗志行邈邈而遠莫能逮及奏九歌而舞韶兮九歌九德之歌
禹樂也九韶舜樂也尚書曰簫韶九成是也聊假日以媮樂言己德高智明宜輔舜禹以致太平奏九德之歌九韶之

舞而不遇其時故假日游戲媮樂而已陟升皇之赫戲平聲兮皇皇天也赫戲光明之貌忽臨睨五計夫舊鄉睨視也舊鄉楚國也言己雖陟崐崘過不周度西海舞九韶升天庭據光曜不足以解憂猶復顧楚國愁且思也僕夫悲余馬懷兮僕御也懷思也蜷奇員局顧而不行蜷局詰屈不行貌也屈原設去時離俗周天匝地意不忘舊鄉望見楚國僕御悲感我馬思歸蜷局詰屈而不肯行此終志不失以辭自見以義自明也亂曰亂理也所以發理詞指摠撮行要也屈原舒肆憤懣極意陳詞或去或留文采紛華然後結括一言以明所趣已矣哉國無人莫我知兮已矣絕望之詞也無人謂無賢人也屈原言已矣者我懷德不見用以楚國無有賢人知我忠信之故也自傷之詞也又何懷乎故都言衆人無有知己己復何爲思故鄉念楚國也既莫足與爲美政兮吾將從彭咸之所居言時世人君無道不足與共行美德舍政我將自沈汨淵從彭咸而居處也

九歌四首

屈平

王逸注

序曰九歌者屈原之所作也昔楚南郢之邑其俗信鬼而好祠其祠必作樂鼓舞因爲作九歌之曲託之以諷諫也

東皇太一

吉日兮辰良日謂甲乙辰謂寅卯也穆將愉兮上皇穆敬也愉樂也上皇謂東皇太一也言己將脩祭祀

必擇吉辰之日齋戒恭敬以宴樂天神撫長劍兮玉珥撫持也珥謂劍鐔也劍者所以威不服衛有德故撫持之也璆鏘鳴兮琳琅璆琳琅皆美玉名也鏘佩聲也詩曰佩玉鏘鏘言己供神有道乃使靈巫佩持好劍以辟邪惡垂衆佩周旋而舞動鳴五玉鏘五音而和且有節度瑤席兮玉瑱盍將把兮瓊芳盍何不也把持也瓊玉枝也言己脩飾清潔以瑤玉爲席美玉爲瑱靈巫何不持乎乃把玉枝以爲香蕙肴蒸兮蘭藉蕙肴以蕙草蒸肉也藉所以藉飯食也易曰藉用白茅奠桂酒兮椒漿桂酒切桂以置酒中也椒漿以椒置漿中也言己供待彌敬及以蕙蒸肴芳蘭爲藉進桂酒椒漿以備五味也揚枹兮拊鼓拊擊也疏緩節兮安歌疏希也言膳既具不敢寧處親舉枹擊鼓使靈巫緩節而舞徐歌相和以樂神也陳竽瑟兮浩倡浩大也言己陳列竽瑟大倡作樂以自竭盡也靈偃蹇兮姣服靈謂巫也偃蹇舞貌也姣好也服飾也芳菲菲兮滿堂菲菲芳貌也言乃使姣好之巫被服盛飾舉足奮袂偃蹇而舞芬芳菲菲盈滿堂室也五音紛兮繁會五音宮商角徵羽也紛盛貌也繁衆也君欣欣兮樂康欣欣喜貌康樂也言己重作衆樂合會五音紛然盛美神以歡欣歆飽喜樂則身蒙慶祐家受多福也屈原以爲神無形聲難事易失然人竭心盡禮則歆其祀而惠降以祉自傷履行忠誠以事於君不見信任而身放逐以危殆也

雲中君

浴蘭湯兮沐芳華采衣兮若英華采五色也若杜若也言己將脩饗祭以事靈神乃先使靈巫先浴蘭湯

珍倣宋版印

沐香芷衣五采華衣飾以杜若之英以自絜飾靈連蜷巨員反兮既留靈巫也楚人名巫爲靈子連蜷巫迎神道引貌也既已也留止也爛昭昭兮未央爛光貌也昭昭明貌也未央未已也巫執事肅敬奉迎導引神顏貌矜莊形體連蜷神則歡喜安留見止見其光容爛然昭明長無極已蹇將憺兮壽宮蹇詞也憺安也壽宮供神之處也祠祀皆欲得壽故名爲壽宮也言雲神既至在於壽宮歆饗酒食憺然安樂無有去意也與日月兮齊光齊同也光明也言雲神豐隆爵位尊高乃與日月同光明也夫雲興而日月暗雲藏而日月明故言齊光也龍駕兮帝服龍駕言雲神駕龍帝謂五方之帝也服飾也言天尊雲神使之乘龍兼衣青黃五采之色與五方帝同服也聊翺游兮周章聊且也周章猶周流也言雲神居無常處動則翺翔周流往來且游且翺也靈皇皇兮既降靈謂雲神也皇皇美貌也降下也言神來下其皇皇而美有光文也猋遠舉兮雲中猋去疾貌雲中其所居也言雲神往來急疾飲食既飽猋然遠舉復還其處覽冀州兮有餘覽望也兩河間曰冀州餘猶他方也言雲神所在高邈乃望於冀州尚復見他方也橫四海兮焉窮窮極也言雲神出入奄忽須臾之間橫行四海安有窮極者也思夫君兮太息君謂雲神極勞心兮忡忡忡忡憂心貌也屈原見雲一動千里周徧四海想得隨從觀望四方以忘己憂思而念之終不可得故太息而歎中心煩勞而忡忡

湘君

君不行兮夷猶君謂湘君也夷猶猶豫也言湘君所在土地肥饒又有險阻故其神常安不肯游蕩既設祭祀使巫請呼

之尚復猶豫蹇誰留兮中洲蹇詞也留待也中洲洲中也水中可居者爲洲言湘君蹇然難行誰留待於水中之洲乎
以爲堯二女妻舜有苗不服舜往征之二女從而不反道死於沅湘之中因爲湘夫人也所留蓋謂此二女美要眇兮宜
脩要眇好貌也脩飾也言二女之貌要眇而好又宜脩飾也沛普賴吾乘兮桂舟沛行貌也舟船也吾屈原自謂也言
己雖在湖澤之中猶乘桂木之船沛然而行令沅湘兮無波沅湘水名使江水兮安流言己乘船常恐
危殆願君令沅湘無波涌使江順徑徐流則得安也望夫君兮歸來君謂湘君吹參差兮誰思參差洞簫
也言己瞻望於君而未肯來則吹簫作樂君當復誰思念駕飛龍兮北征屈原思神略垂意念楚國駕飛龍北行還亟歸
故居也邅吾道兮洞庭邅轉也洞庭太湖也言己欲乘龍而歸不敢隨從大道願轉江湖之側安委曲之徑欲急至也
薜荔拍兮蕙綢薜荔香草也拍搏壁也綢縛束也詩曰綢繆束楚承荃橈兮蘭旌荃香草也橈小楫也
屈原言己居家則以薜荔搏飾四壁蕙草縛屋乘舟船則以荃爲楫櫂蘭爲旌旟動以香絜自脩飾望涔陽兮極浦涔陽
者江碕名也近附郢極遠也浦涯水也橫大江兮揚靈靈精誠也屈原思念楚國願乘輕舟上望江海之遠浦附郢之
碕以泄憂念橫度大江揚己精誠冀能感寤懷王使還己也揚靈兮未極極已也女嬋媛兮爲余太
息女謂女須也屈原姊也嬋媛猶牽引也言己遠揚精神雖欲自竭盡終無從達故女須牽引責之數爲己太息悲毒欲使屈原改性
易行隨風俗也橫流涕兮潺湲潺湲流貌也屈原感女須之言亦欲變節而意不能改內自悲傷涕泣橫流隱思

君兮陫符沸側君謂懷王也陫陋也言己雖見放弃隱伏山野猶從側陋之中思念君也桂櫂兮蘭枻櫂楫也枻
船傍板斲冰兮積雪斲斫也言己乘船遭天盛寒舉其楫斲斫冰凍紛然如積雪言己勤苦采薜荔兮水
中搴芙蓉兮木末搴手取也芙蓉荷華也生水中屈原言己執忠信之行以事於君其志不合猶入池涉水而求薜荔
登山緣木而采芙蓉固不可得心不同兮媒勞言婚姻所好心意不同則媒人疲勞而無功也屈原自喻行與君異終不
可合亦疲勞而已恩不甚兮輕絕言人交接初淺恩不甚篤則輕相與離絕也言己與君同姓共祖無離絕之義石
瀨兮淺淺音牋瀨湍也淺淺流疾貌飛龍兮翩翩屈原憂愁俯視川水見石瀨淺淺疾流而下將有所至仰見飛
龍翩翩而上將有所登自傷弃在草野終無所登至也交不忠兮怨長交友也忠厚也朋友相與不厚則長相怨恨也
言己執履忠貞雖獲罪過不敢怨恨於衆人期不信兮告余以不閒閒暇也言君嘗與己期欲共爲治後以讒
言之故更告我以不閒暇遂以疏遠朝騁騖兮江皐朝以喻己盛也澤曲曰皐言己願及朝明己年盛時任重馳騁以行
道德夕弭節兮北渚弭安也渚水涯也夕以喻衰言日夕將暮己已衰老弭情安意終於草野鳥次兮屋上
次舍也過信爲次水周兮堂下周旋也言己所居在湖澤之中衆鳥舍止我之屋上流水周旋己之堂下自傷與鳥獸魚
鼈爲伍捐余玦兮江中玦玉佩也先王所以命臣之瑞也故與環卽還與玦卽去也遺余佩兮澧浦
遺離也珮瓊琚之屬也言己雖見放逐常思念君設欲遠去猶捐玦佩置於水涯冀君求己示有還意采芳洲兮杜若

芳洲香草叢生水中之處將以遺兮下女遺與也女陰也以喻臣謂己之儔匹也言己願於芳芬絕異之洲采取杜若以與貞正之人思與同志終不更變時不可兮再得言日不再中年不再盛也聊逍遙兮容與逍遙游戲也言天時不再至人年不再盛已既老矣不遇於時聊且逍遙而游容與而戲以待天命之至也

湘夫人

帝子降兮北渚帝子謂堯女也降下也言堯二女娥皇女英隨帝不反墮於湘水之渚因為湘夫人目眇眇兮愁予眇眇好貌也予屈原自謂也堯二女儀德美好眇然絕異又配帝舜而乃沒命水中屈原自傷不遭值堯而遇暗君亦將沉身湘流故曰愁我也嫋嫋兮秋風嫋嫋秋風搖木貌洞庭波兮木葉下言秋風疾則草木搖湘水波而樹葉落矣以言君政急則衆人愁而賢者傷矣登白蘋兮騁望蘋草秋生騁平也與佳期兮夕張佳期謂湘夫人也不敢指斥尊者故言佳也張施也言己願以始秋蘋草初生望平之時脩設祭具夕早洒掃張施帷帳與夫人期歆饗之也鳥萃兮蘋中萃集也罾何為兮木上罾魚網也夫鳥當集木巔而言草中罾當在水中而言木上以喻所願不得失其所也沅有芷兮澧有蘭言沅水之中有盛茂之芷澧水之外有芬芳之蘭異於衆草以興湘夫人美好亦異於衆人思公子兮未敢言公子謂湘夫人也重以卑說尊故變言公子也言己想若舜之遇二女二女雖死猶思其神所以不敢達言者士當須介女當須媒也慌忽兮遠望觀流水兮潺湲言神鬼荒忽往來無形近

而視之彷彿若存遠望之但見水流潺湲也麋何爲兮庭中麋獸名蛟何爲兮水裔蛟龍類也言麋當在山林而在庭中蛟當在深淵而在水涯以言小人當處野而升朝廷賢者當居尊官而爲僕隸朝馳余馬兮江皐夕濟兮西澨濟渡也澨水涯軀馳不出湖澤之域聞佳人兮召予予屈原自謂也將騰駕兮偕逝偕俱也逝往也屈原幽居草澤思神念鬼冀湘夫人有命呼己則願騰駕而往不待侶偶也築室兮水中葺之兮以荷蓋屈原困於世上願築室水中託附神明而居處也荃壁兮紫壇以荃草飾室壁累紫貝爲壇播芳椒兮成堂布香椒於堂上桂棟兮以桂木爲屋棟蘭橑以木蘭爲榱辛夷楣兮辛夷香草以作戶楣葯房葯白芷也房室也罔薜荔兮爲帷罔結也結薜荔爲帷帳擗蕙櫋兮既張擗折也以折蕙覆櫋屋白玉兮爲鎮以玉鎮坐席疏石蘭以爲芳石蘭香草疏布陳也芷葺兮荷屋葺蓋屋也繚之兮杜衡繚縛束也杜衡香草也合百草兮實庭合百草之華以實庭也建芳馨兮廡門馨香之遠聞者也積之以爲門廡也屈原生遭濁世憂愁困極意欲隨從鬼神築室水中與湘夫人比鄰而處然猶積衆芳以爲殿堂脩飾彌盛行善彌高也九嶷繽兮並迎九嶷山名舜所葬也靈之來兮如雲言舜使九嶷之山神繽然來迎二女則百神侍送衆多如雲捐余袂兮江中袂衣袖也遺余褋兮澧浦褋襜襦也屈原設託與湘夫人共鄰處舜復迎之而去窮困無所依故欲捐棄衣物裸身而行將適九夷也搴汀洲兮杜若汀平

珍倣宋版印

也將以遺兮遠者遠者謂高賢隱士也言己雖欲之九夷絕域之外猶求高賢之士采平洲香草以遺之共與修道德也時不可兮驟得驟數聊逍遙兮容與言富貴有命天時難值不可數得聊且游戲以盡年壽也

文選卷第三十二

賜進士出身通奉大夫江南蘇松常鎮太等處承宣布政使司布政使胡克家重校刊

文選卷第三十三

梁昭明太子撰

文林郎守太子右內率府錄事參軍事崇賢館直學士臣李善注上

騷下

九歌二首　屈平　王逸注

少司命

秋蘭兮蘪蕪羅生兮堂下言已供神之室閑而清靜衆香之草又環其堂下羅列而生誠司命君所宜幸集也綠葉兮素華芳菲菲兮襲予襲及也予我也言芳草茂盛吐葉垂華芳香菲菲上及我也夫人自有兮美子夫人謂萬民也蓀何以兮愁苦蓀謂司命也言天下萬民人人自有子孫司命何為主握其年命而

用思愁苦
秋蘭兮青青綠葉兮紫莖言己事神崇敬重種芳草莖葉五色香益暢也滿堂兮美人忽獨與余兮目成言萬民衆多美人並會盛滿於堂而司命獨與我睨而相視成爲親親也入不言兮出不辭言神往來奄忽入不語言出不訣辭其志難知也乘回風兮載雲旗言司命之去乘風載雲其形貌不可得見悲莫悲兮生別離屈原思神略畢憂愁復出乃長歎曰人居世悲哀莫痛與妻子生別離傷己當之也樂莫樂兮新相知言天下之樂莫大於男女始相知之時也屈原言己無新相知之樂而有生離之憂荷衣兮蕙帶儵而來兮忽而逝言司命被服香淨往來奄忽難當值也夕宿兮帝郊帝謂天帝君誰須兮雲之際言司命之去暮宿於天帝之郊誰待於雲之際乎幸其有意而顧己與汝遊兮九河衝飆起兮水揚波與汝沐兮咸池咸池星名也蓋天池晞汝髮兮陽之阿晞乾也詩云匪陽不晞阿曲阿日所行也言己願託司命俱沐咸池乾髮陽阿齋戒絜己冀蒙天祐也望美人兮未來美人謂司命也臨風怳兮浩歌怳失意貌也言己思望司命而未肯來臨疾風而大歌冀神聞之而來至也孔蓋兮翠旌言司命以孔雀之翅爲車蓋翡翠之羽爲旍旗言殊飾也登九天兮撫彗星九天八方中央也言司命乃昇九天之上撫持彗星欲掃除邪惡輔仁賢也竦長劍兮擁幼艾竦執也幼少也艾長也言司命持長劍以誅絕惡擁護萬人長少使各得其命荃獨宜兮爲民正言司命執心公方無所阿私善者佑之惡者誅之故宜爲萬民之正

一　珍倣宋版印

山鬼

若有人兮山之阿有人謂山鬼也阿曲隅也被薜荔兮帶女蘿女蘿菟絲也言山鬼彷彿若人見山之阿被薜荔之衣以菟絲爲帶也薜荔菟絲皆無根緣物而生山鬼亦奄忽無形故衣之以爲飾也既含睇兮又宜笑睇微眄也言山鬼之狀體含妙容美目盼然又好口齒而宜笑子慕予兮善窈窕子謂山鬼也窈窕好貌也詩云窈窕淑女言山鬼之貌既以姱麗亦復慕我有善行好姿是故來見其容也乘赤豹兮從文貍辛夷車兮結桂旗辛夷香草也言山鬼出入乘赤豹從神貍結桂與辛夷以爲車旗言有香絜也被石蘭兮帶杜衡石蘭杜衡皆香草也折芳馨兮遺所思所思謂清絜之士若屈原者也言山鬼脩飾衆香以崇其神屈原履行清絜以厲其身神人同好故折香馨相遺以同其志也余處幽篁兮終不見天言山鬼所處乃在幽昧之內終不見天地所以來出歸有德也或曰幽篁竹林路險難兮獨後來言所處既深其路阻險又難故來晚暮後諸神表獨立兮山之上表特也言山鬼後到特立於山之上而自異也雲容容兮而在下杳冥冥兮羌晝晦言山鬼所在至高雲出其下雖白晝猶冥晦東風飄兮神靈雨飄風貌也詩云匪風飄兮言東風飄然而起則靈應之而雨以言陰陽相感風雨相和屈原自傷獨無和也留靈脩兮憺忘歸靈脩謂懷王也歲既晏兮孰華予晏晚也孰誰也言己宿留懷王冀其還己心中憺然安而忘歸年歲晚暮將欲疲老誰當復使我榮華也采三秀兮於

山閒三秀謂芝草也石磊磊兮葛蔓蔓言己欲服芝草以延年命周旋山閒采而求之終不能得但見山石磊磊葛草蔓蔓或曰三秀秀才之士隱處者也言石葛者喻所在深也怨公子兮悵忘歸公子謂公子椒也言所以怨公子椒者以其知己忠信而不肯達故我悵然失志而忘歸也君思我兮不得閒言懷王時思念我顧不肯以閒暇之日召己謀議山中人兮芳杜若山中人屈原自謂也飲石泉兮蔭松柏言己雖在山中無人之處猶取杜若以為芬芳飲石泉之水蔭松柏之木飲食居處動以香絜自脩飾君思我兮然疑作言懷王有思我時然讒言妄作故令狐疑者也雷填填兮雨冥冥猨啾啾兮狖夜鳴風颯颯兮木蕭蕭言己在深山之中遭雷電暴雨猨狖號呴風木搖動以言恐懼失其所也或曰雷為諸侯以興於君雲雨冥昧以興佞臣猨狖善鳴以興讒言風以喻政木以喻人雷填填者君妄怒也雨冥冥者羣佞聚也猨啾啾者讒夫弄口也風颯颯者政煩擾也木蕭蕭者民驚駭也

思公子兮徒離憂言己怨子椒不見達故遂憂愁

九章一首序曰九章者屈原之所作也屈原放江南之野故復作九章章著也明也言己所陳忠信之道甚明著也

屈平　王逸注

涉江

余幼好此奇服兮奇異也或曰奇服好服也年既老而不衰衰懈也己少好奇偉之服履忠直之行至

珍倣宋版印

老不懈帶長鋏之陸離兮長鋏劍名也其所握長劍楚人名曰長鋏也冠切雲之崔巍崔巍高貌
也言己內修忠信之志外帶長利之劍戴崔巍之冠其高切青雲也被明月兮佩寶璐在背曰被寶璐美玉也言己背
被明月之珠腰佩美玉德寶兼備行度清白世溷濁而莫余知兮溷亂也濁貪也吾方高馳而不
顧言時世貪亂遭君蔽闇無有知我之賢然猶高行抗志終不回曲也駕青虬兮驂白螭言虬螭神獸宜於駕乘以
喻賢人清白宜可信任也吾與重華遊兮瑤之圃重華舜名也瑤石次玉也圃園也言己想侍虞舜遊玉圃猶言
遇聖帝升清朝也登崑崙兮食玉英猶言坐明堂受爵位與天地兮比壽與日月兮齊
光言己年與天地相敵名與日月同曜也哀南夷之莫吾知兮屈原怨毒楚俗嫉害忠貞乃曰可哀哉南夷之
人無知我賢者也旦余濟兮江湘旦明也濟度也言己遭放棄以明旦時始去遂渡江湘之水言明日之者紀時明刺
君不明也乘鄂渚而反顧兮乘登也鄂渚地名也欸秋冬之緒風欸歎也緒餘也言己登鄂渚高岸還
望楚國嚮秋冬北風愁而長歎之中憂思也步余馬兮山皋邸余車兮方林邸舍也方林地名言我馬
壯強行山皋無所驅馳我車堅牢捨於方林無所載任也以言己才德方壯誠可任用棄在山野亦無所施也乘舲船余上
沅兮舲船船有窗牖者也齊吳榜以擊汰吳榜船櫂也汰水波言己始去乘窗船西上沅湘之水士卒齊舉大櫂而
擊水波自傷去朝堂之上而入湖澤之中也或曰齊悲歌言愁思也船容與而不進兮淹回水而疑滯

疑惑也滯留也言士衆雖同力引櫂船猶不進隨水流使己疑惑有意還之者也 朝發枉渚兮枉渚地名夕宿辰
陽辰陽亦地名言己乃從枉渚宿辰陽自傷去日遠也或曰枉曲也渚沚也辰時也陽明也言己將去枉曲之俗而處時明之鄉 苟
余心其端直兮苟誠也 雖僻遠之何傷僻左也言我惟行正直之心雖在遠僻之域猶有善稱無害疾
也故論語曰子欲居九夷也 入漵浦余儃佪兮漵水名也 迷不知吾之所如迷惑也如之也言己
思念楚國雖循水涯意猶迷惑不知所之 深林杳以冥冥兮草木茂盛 乃猿狖之所居非賢士之道徑
山峻高以蔽日兮言嶮岨危傾也 下幽晦以多雨言暑濕泥濘也 霰雪紛其無垠兮
涉冰凍之盛寒 雲霏霏而承宇室屋沉沒與天連也或曰日以喻君山以喻臣霰雪以喻殘賊雲以象佞人山峻高以蔽
日者謂臣掩君明也下幽晦以多雨者羣下專擅施恩惠也霰雪紛其無垠者殘賊之政害仁賢也雲霏霏而承宇者佞人並進滿朝廷
也 哀吾生之無樂兮遭遇讒佞失官祿也 幽獨處乎山中遠離親戚而斥逐也 吾不能變
心而從俗兮終不易志隨枉曲也 固將愁苦而終窮愁思無聊身困極也 接輿髡首兮桑
扈臝行接輿楚狂接輿也髡剔也首頭也自刑體避世不仕也桑扈隱士也去衣臝袒效夷也言屈原不容於世引此隱者以自
慰 忠不必用兮賢不必以以亦用也 伍子逢殃兮伍子伍子胥也爲吳王夫差臣諫令伐越夫差
不聽遂賜劍而自殺後越竟滅吳故逢殃也 比干葅醢比干紂之諸父也紂淫惑妲己作糟丘酒池長夜之飲斮朝涉剖孕

婦比干正諫紂怒妲己曰聖人之心有七孔於是乃殺比干剖其心而觀之故言葅醢也與前世而皆然兮謂行忠直而遇患害若比干子胥也吾又何怨乎今之人言自古有迷亂之君若紂夫差不用忠信滅國忘身當何為復怨今之君乎余將董道而不豫兮董正也豫猶豫也言己雖見先賢執忠被害猶正身直行志不猶豫而有狐疑也固將重昏而終身昏亂也言己不逢明君思慮交錯心將重亂以終年命

卜居一首序曰卜居者屈原之所作也原放棄乃往太卜之家卜己居俗何所宜行

屈平　王逸注

屈原既放三年違去郢都處山林也不得復見道路僻遠所在深也竭智盡忠建造策謀披胸心也蔽鄣於讒遇諂佞也心煩意亂意憤悶也不知所從迷瞀眩也乃往見太卜鄭詹尹稽神明也鄭詹尹工師姓名也曰余有所疑意惑遑也願因先生決之斷吉凶也詹尹乃端策拂龜整儀容也曰君將何以教之願聞其要屈原曰吐詞情也吾寧悃悃款款志純一也朴以忠乎竭誠信也將送往勞來追俗人也斯無窮乎不困貧也寧誅鋤草茅刈蒿菅也以力耕乎耕稼穡也將遊大人事貴戚也以成名乎榮譽立也寧正言不諱諫君惡也以危身乎被刑戮也將從俗富貴食重祿也以媮生乎身安樂也寧超然高舉讓官爵也以

保真乎守玄默也將哫訾慄斯承顏色也喔咿嚅唲強笑噱也以事婦人乎詘蟒局也寧廉絜正直志如玉也以自清乎脩絜白也將突梯滑稽轉隨俗也如脂如韋柔弱曲也以潔楹乎順滑澤也寧昂昂志行高也若千里之駒乎才絕殊也將氾氾普愛衆也若水中之鳧乎羣戲遊也與波上下隨衆高卑偷以全吾軀乎身無憂患寧與騏驥抗軛乎沖天驅也將隨駑馬之迹乎安步徐也寧與黃鵠比翼乎飛雲隅也將與鷄鶩爭食乎豚糠糟也此孰吉孰凶誰喜憂也何去何從安所由也世溷濁而不清貨賂行也蟬翼爲重近讒佞也千鈞爲輕遠忠良也黃鍾毀棄賢隱藏也瓦釜雷鳴愚讙訟也讒人高張居朝堂也賢士無名身窮困也吁嗟嘿嘿兮世莫論也誰知吾之廉貞不別賢也詹尹乃釋策而謝愚不能明曰夫尺有所短騏驥不驟中庭寸有所長雞鶴知時而鳴物有所不足地虧東南角也智有所不明孔子厄陳蔡也數有所不逮天不可計量也神有所不通日不能夜照也用君之心所念慮也行君之意遂本操也龜策誠不能知此事不能決君之志

漁父一首序曰漁父者屈原之所作漁父避俗時遇屈原怪而問之遂相應荅

屈平

王逸注

一珍倣宋版印

屈原既放身斥逐也遊於江潭戲水側也行吟澤畔履荊棘也顏色憔悴皯黴黑也皯古旱切黴力遲切形容枯槁癯瘦瘠也漁父見而問之怪屈原也曰子非三閭大夫歟謂其故官何故至於斯曷爲遭此患也屈原曰世人皆濁衆貪鄙也我獨清忠絜己也衆人皆醉惑財賄也我獨醒廉自守也是以見放棄草野也漁父曰隱士言也聖人不凝滯於物不困辱其身也而能與世推移隨俗方圓世皆濁人貪婪也何不淈其泥同其風也而揚其波與沈浮也衆人皆醉巧佞曲也何不餔其糟從其俗也而歠其釃食其祿也何故深思高舉獨行忠直自令放爲遠在他域屈原曰吾聞之受聖制也新沐者必彈冠拂土芥也新浴者必振衣去塵穢也安能以身之察察己清絜也受物之汶汶者乎蒙垢塵也寧赴湘流自沈淵也葬於江魚腹中身消爛也安能以皓皓之白皓皓猶皎皎也蒙世俗之塵埃乎被汙黜也漁父莞爾而笑笑難斷也鼓枻而去叩船舷也乃歌曰滄浪之水清兮喻世昭明可以濯我纓沐浴陞朝滄浪之水濁兮喻世昏闇可以濯我足宜隱遁也遂去不復與言合道真也

九辯五首序曰九辯者楚大夫宋玉之所作也辯者變也九者陽之數也道之綱紀也謂陳說道德以變說君

也宋玉屈原弟子閔惜其師忠而放逐故作九辯以述其志也　宋玉　王逸注

悲哉秋之為氣也寒氣聊戾歲將暮也蕭瑟兮陰令促急風疾暴也草木搖落華葉隕零肥潤去也

而變衰形體易色枝枯槁也自傷不遇將與草木俱衰老也憭慄兮思念暴戾心自傷也憭音了若在遠行

遠客出去之他方也登山臨水兮升高遠望視江河也送將歸族親別逝還故鄉泬寥兮泬寥曠蕩而虛

靜也或曰泬寥猶蕭條無雲貌也泬音血天高而氣清秋天高朗體清明也言天高朗照見無形傷君昏亂不聽明也寂

漻兮源潰順流漠無聲也收潦而水清溝無溢潦百川靜也言川水夏濁而秋清傷君無有清明之時也憯悽

增欷兮愴痛感動歎息也薄寒之中人傷我肌膚變顏色也愴怳懭悢兮中情愴惘意不得也去

故而就新初會鉏鋙志未合也坎廩兮數遭患禍身困窮也貧士失職士失財物逢寇賊也而志不

平心常憤懣意未明也廓落兮喪志失耦塊獨立也羇旅而無友生遠客寄居孤單特也惆悵兮後黨

失輩惘愁毒也而私自憐竊內念己自閔傷也燕翩翩其辭歸兮將入大海飛徊翔也蟬寂寞而

無聲蟪蛁斂翅而伏藏也鴈噰噰而南游兮雄雌和樂羣戲行也鵾雞啁哳而悲鳴奮翼呼而

低昂也夫燕蟬遇秋寒將穴處而懷懼候鴈鵾雞喜樂而逸豫言無有候鴈鵾雞之喜而有蟬燕之憂也獨申旦而不寐

兮夜坐視瞻而終明也哀蟋蟀之宵征見蜻蛚之夜行自傷放棄與昆蟲為雙也或曰宵征謂七月在野八月在宇九

一珍倣宋版印

月在戶十月蟋蟀入我牀下是其宵征行也時亹亹而過中兮年已過半日進往也亹亹進貌詩曰亹亹文王蹇
淹留而無成雖久壽考無成功也
悲憂窮蹙兮脩德見過愁懼惶也獨處廓孤立特止居一方也有美一人兮位尊服好謂懷王也心
不繹常念弗解內結藏也去鄉離家兮背違邑里之他鄉也來遠客去郢南征濟沅湘也超逍遙兮
遠出游逝離州域也今焉薄欲止無賢皆讒賊也專思君兮執心壹意在胸臆也不可化同姓親聯恩義篤也
君不知兮聰明淺短志迷惑也可柰何頑嚚難啓長歎息也蓄怨兮積思結恨在心慮憤懣也心煩
憺兮忘食事思君念主忽不食也願一見兮道余意舒寫忠誠自陳列也君之心兮與余
異方圓殊性猶白黑也車駕兮朅而歸迴逝言還欲反國也不得見兮心悲自傷流離路隔塞也倚
結軨兮太息伏車重軨而涕泣也涕潺湲兮霑軾泣下交流濡茵席也慷慨絕兮不得中心
恚恨心剝切也中瞀亂兮迷惑思念煩惑忘南北也私自憐兮何極哀祿命薄常含戚也心怦怦
兮諒直志行忠正無所告也
皇天平分四時兮何宜春生而秋殺也爾雅曰四時和爲通正竊獨悲此凜秋微霜淒愴寒慄烈也
白露既下降百草兮萬物羣生將被害也奄離披此梧楸痛傷茂木又芟刈也去白日之

昭昭兮(違離天明而湮沒也)襲長夜之悠悠(永處冥冥而覆蔽也)離芳藹之方壯兮(去己盛美之光容也)余萎約而悲愁(身體疲病而憂窮也)秋既先戒以白露兮(君不弘德而嚴令也)冬又申之以嚴霜(刑罰刻峻而重深也)收恢台之孟夏兮(上無仁恩以養民夫天制四時春生夏長人君則之以養萬物秋殺冬藏亦順其宜而行刑罰故君賢臣忠政合大中則品庶安寧萬物豐茂上闇下僞用法殘虐則貞良被害草木枯落故宋玉援引天時託譬草木以茂美樹與仁賢早遇霜露懷德君子忠而被害也)然坎傺而沈藏(民無住足竄巖藪也楚人謂住曰傺)葉菸邑而無色兮(顏容變易而蒼黑也)枝煩挐而交橫(柯條糺錯而崩凝也)顏淫溢而將罷兮(形貌羸瘦無潤澤也)柯彷彿而萎黃(腹內空虛皮乾腊也)萷櫹槮之可哀兮(華葉已落莖獨立也)形銷鑠而瘀傷(身體燋枯被病久也)惟其紛糅而將落兮(蓬茸偵仆根蠹朽也)恨其失時而無當(不值聖主而年老也)覽騑轡而下節兮(安步徐馬而勿驅也)聊逍遙以相羊(且徐低佪以遊戲也)歲忽忽而遒盡兮(年歲逝往之若流也)恐余壽之弗將(懼我性命之不長也)悼余生之不時兮(傷己幼少後三王也)逢此世之俇攘(卒遇譖譏而遽惶也)澹容與而獨倚兮(煢煢獨立無朋黨也)蟋蟀鳴此西堂(自閔傷己與蟲並也)心怵惕而震盪兮(思慮惕動也)沸若何所憂之多方(內念君父及兄弟也)仰明月而太息兮(上告昊天愬神靈也)步列星

而極明周覽九天仰觀星宿不能臥寐乃至明也
竊悲夫蕙華之曾敷兮蕙草芬芳以興在位之賢臣也紛旖旎乎都房被服盛飾於宮殿也旖旎
盛貌也詩云旖旎其華何曾華之無實兮外貌若忠而心佞也從風雨而飛颺隨君嗜欲而回傾也
夫風為號令雨為德惠故風動而草木搖雨降而萬物植故以風雨諭君政言德惠所由出之也以為君獨服此蕙
兮體受正氣而高明也羌無以異於衆芳乃與佞臣之同情也閔奇思之不通兮傷己忠策無由
入也將去君而高翔適彼樂土之他域也心閔憐之慘悽兮心惻隱也內自哀念願一見而
有明分別忠心與僞惑也重無怨而生離兮身無罪過而逐放也中結軫而增傷肝膽破裂心剖
幅也普逼切豈不鬱陶而思君兮憤念蓄積盈胷臆也君之門以九重門闈扃閉道路塞也猛
犬狺狺而迎吠兮讒佞讙呼而在側也關梁閉而不通閽人承指呵問急也皇天淫溢而
秋霖兮久雨連日澤深厚也后土何時而得乾山阜濡澤草木茂也塊獨守此無澤兮不蒙
恩施獨枯槁也仰浮雲而永歎愬天語神我何咎也
何時俗之工巧兮世人辯慧造詐僞也背繩墨而改錯違廢聖典背仁義也夫繩墨者工之法度也仁
義者民之正路也繩墨用則曲木截仁義進則讒佞滅二者殊義不可不察也卻騏驥而不乘兮斥逐子胥與比干也

策駑駘而取路言任罷刀與椒蘭也當世豈無騏驥兮家有稷契與管晏也誠莫之能善
御世無堯舜及桓文也見執轡者非其人兮遭值桀紂之亂昏也故駶跳而遠去被髮爲奴走橫
奔也鳧鴈皆唼夫粱藻兮羣小在位食重祿也鳳愈飄翔而高舉賢者伏匿竄山谷也圜鑿
而方枘兮正直邪枉行殊則也吾固知其鉏鋙而難入所務不同若粉墨也衆鳥皆有所
登棲兮羣佞並進處官爵也鳳獨遑遑而無所集孔子棲棲而困厄也願銜枚而無言兮
意欲括囊而靜默也常被君之渥洽前蒙寵遇錫祉福也太公九十乃顯榮兮呂尚耆老然後貴也
誠未遇其匹合遭值文王功冠世也謂騏驥兮安歸躊躇吳坂遇伯樂也謂鳳皇兮安棲
集棲梧桐食竹實也變古易俗兮世衰以賢爲愚時闇惑也今之相者兮舉肥不量才能視顏色也
騏驥伏匿而不見兮仁賢幽處而隱藏也鳳皇高飛而不下智者遠逝之四方也鳥獸猶
知懷德兮慕歸堯舜之明德也何云賢士之不處二老太公歸文王也驥不驟進而求服
兮干木闔門而辭相也鳳亦不貪餧而妄食顏闔鑿培而逃亡也君棄遠而不察兮介推割股
而自放也雖願忠其焉得申生至孝而被謗也欲寂寞而絕端兮甯武佯愚而不言也竊不敢
忘初之厚德常受祿惠識舊恩也獨悲愁其傷人兮思念纏結摧肺肝也馮鬱鬱其何極

憤懣盈胸終年歲也

招魂一首 序曰招魂者宋玉之所作也宋玉憐哀屈原厥命將落作招魂欲以復其精神延其年壽也

宋玉　王逸注

朕幼清以廉絜兮朕我也不求曰清不受曰廉不汙曰絜身服義而未沫沫已也言我少小脩清絜之行身服仁義未曾有懈已之時也沫音昧主此盛德兮牽於俗而蕪穢牽引也不治曰蕪多草曰穢言己施行常以道德爲主以忠事君以信結交爲俗人所推引德能蕪穢無所用也上無所考此盛德兮考校也長離殃而愁苦殃禍也言己履行忠信而遇闇主上則無所考校己盛德長遭殃禍愁苦而已帝告巫陽帝謂天也女曰巫陽其名也曰有人在下我欲輔之人謂賢人也則屈原也宋玉上設天意祐助貞良故曰帝告巫陽有賢人屈原在於下方我欲輔成其志以厲黎民也魂魄離散汝筮予之魂者身之精魄者性之決也所以經緯五藏保守形體也蓍曰筮尚書曰決之蓍龜言天帝哀閔屈原魂魄離散身將顛沛使巫陽筮問求索得而與之使反其身巫陽對曰掌夢巫陽對天帝言招魂者本掌夢之官所主職也上帝其命難從言天帝難從掌夢之官欲使巫陽招之也若必筮予之恐後之謝不能復用巫陽焉謝去也巫陽言如必欲先筮問求魂魄所在然後與之恐後世怠懈必卜筮之法不能復脩用但招之可也乃下招曰巫陽受天帝之命因下招屈原之魂也魂兮

珍倣宋版印

來歸還歸屈原之身去君之恒幹恒常也幹體也易曰貞者事之幹也何爲兮四方些言魂靈當扶人
養命何爲去君之常體而遠之四方乎夫人須魂而生魂待人而榮二者別離命則霣零也或曰去君之恒閈閈里也楚人名里曰閈也
舍君之樂處而離彼不祥些舍置也祥善也言何爲舍君楚國饒樂之處陸離走不善之鄉以觸衆惡也
魂兮歸來東方不可以託些託寄也論語曰可以託六尺之孤言東方之俗其人無義不可以託寄身也
長人千仞唯魂是索些七尺曰仞索求也言東方有長人國其高千仞主求人魂而食之也十日代出
代更也流金鑠石些鑠銷也言東方有扶桑之木十日並在其上以次更行其勢酷烈金石堅剛皆爲銷釋彼皆
習之魂往必釋些釋解也言彼十日之處自習其熱魂行到身必解爛也歸來歸來不可以託
些言魂宜急來歸此誠不可託附而居魂兮歸來南方不可以止些言南方之俗其人無信不可久留也
雕題黑齒雕畫也題額也得人肉而祀以其骨爲醢些醢醬也言南極之人雕畫其額齒牙盡黑
常食蠃蚌得人之肉用祭先祖復以其骨爲醢醬蝮蛇蓁蓁蝮大蛇蓁蓁積聚之貌封狐千里些封狐大狐
也言炎土之氣多蝮虺積聚蓁蓁爭欲齧人又有大狐健走千里求食不可逢遇也雄虺九首往來倏忽吞人
以益其心些倏忽疾急貌也言復有雄虺一身九頭往來奄忽常喜吞人魂魄以益其賊害之心也歸來歸來
不可久淫些淫遊也言其惡如此不可久遊必被害也魂兮歸來西方之害流沙千里些

流沙沙流而行也言西方之地厥土不毛流沙滑滑晝夜流行從横千里又無舟航者也旋入雷淵旋轉也淵室也爢散
而不可止些爢碎也言欲涉流沙則回入雷公之室運轉而行身雖爢碎尚不可得休止也幸而得脫其外
曠宇些曠大也宇野也言從雷淵雖得免脫其外復有曠遠之野無人之土也赤蟻若象蟻蚍蜉也玄蠭若
壺些壺乾瓠也言曠野之中有赤蟻其大如象又有大飛蜂腹大如壺皆有蠚毒能殺人五穀不生藂菅是食
些柴棘爲叢菅茅也言西極之地不生五穀其人但食柴草若羣牛也其土爛人求水無所得些言西方之
土溫暑而熱燋爛人身肉渴欲求水無有源泉不可得也彷徉無所倚廣大無所極些倚依也言欲彷徉東
西無人可依其野廣大行不可極也彷蒲忙切歸來歸來恐自遺賊些賊害也魂魄欲往者自予賊害魂兮
歸來北方不可以止些增冰峨峨飛雪千里些言北方常寒其冰重累峩峩如山涼風急
疾雪隨之飛行千里乃至地也歸來歸來不可以久些言其寒殺人不可久留也魂兮歸來君無
上天些天不可得上也虎豹九關啄害下人些啄齧也天門九重使神虎豹執其開閉言啄天下欲上之
人而殺之一夫九首拔木九千些言有丈夫一身九頭强梁多力從朝至暮拔大木九千枚也豺狼從
目往來侁侁些侁侁行聲也詩曰侁侁征夫有豺狼之獸其目皆從奔走往來其聲侁侁爭欲啗人懸人以嬉
投之深淵些投擿也言豺狼得人不卽啗食先懸其頭用之嬉戲疲倦已後乃擿於深淵之底而棄之致命於帝

一 珍倣宋版印

然後得瞑些瞑臥也言投人已訖上致命於天帝然後乃得眠臥也歸來歸來往恐危身些往則
逢害身危殆也魂兮歸來君無下此幽都些幽都地下后土所治也地下幽冥故曰幽都土伯九
約其角觺觺些土伯后土之侯伯也約屈也觺觺角利貌言地有土伯執衛門戶其身九屈有角觺觺觸害人也敦
脄血拇敦厚也脄背也拇拇手拇指也逐人駓駓些駓駓走貌也言土伯之狀廣肩厚背逐人駓駓其走捷疾以手
中血湧污人參目虎首其身若牛些言土伯之頭其貌如虎而有三目身又肥大狀如牛矣此皆甘
人歸來歸來恐自遺災些甘美也災害也此物食人以為甘美往必自害不旋踵魂兮歸來入
脩門些脩門郢城門也宋玉設呼屈原之魂歸楚都入郢門欲以感激懷王使還之也工祝招君背行先些
工巧也男巫曰祝背倍也言選擇名工巧辯之巫使招呼君倍道先行在前宜隨也秦篝齊縷篝落也縷線也鄭緜絡
些緜纏也絡縛也言為君魂作衣乃使秦人織其篝落齊人作綵縷鄭國之工纏而縛之堅而且好也招具該備永嘯
呼些該亦備也言撰設甘美招魂之具靡不畢備故長嘯大呼以招君也夫嘯者陰也呼者陽也陰主魂陽主魄故必嘯呼以感之
也魂兮歸來反故居些反還也故古也言宜急來歸還古昔之處天地四方多賊姦些賊害
姦惡也言天有虎豹地有土伯東有長人西有赤蟻南有雄虺北有增冰皆為姦惡以賊害也像設君室像法也靜閑
安些無聲曰靜空寬曰閑言乃為君造設第室法像舊廬所在之處清靜寬閑可安樂之高堂邃宇邃深也宇屋也檻

層軒些檻楯也從曰檻橫曰楯軒樓板也言所造之室其堂高顯屋宇深邃下有檻楯上有樓板形容異制且鮮明也層臺
累榭層累皆重也有木謂之臺無木謂之榭臨高山些言復作層重之臺累石之榭其顛眇眇上乃臨於高山也或曰
臨高山而作臺榭也網戶朱綴網戶綺文鏤也朱丹也綴緣也刻方連些刻鏤也橫木關柱為連言門戶之楣皆刻
鏤綺文朱丹其椽雕鏤綺木使方好也冬有突夏突複室也夏大屋也詩云於我乎夏屋渠渠也突烏弔切夏室寒
些言隆冬凍寒則有大屋複突溫室盛夏暑熱則有洞達陰堂其內寒涼也川谷徑復流源為川注谿為谷徑過也復反也
流潺湲些言所居之舍激導川水經過園庭回通反覆其流急疾又絜淨也光風轉蕙光風謂雨已日出而風草
木有光色轉搖也氾崇蘭些氾猶汎汎搖動貌也崇充也言天霽日明微風奮發動搖草木皆令有光充實蘭蕙使之芬芳
而益暢經堂入奧西南隅謂之奧朱塵筵些朱丹也塵承塵也筵席也詩云肆筵設机言升殿過堂入房至奧處
上則有朱畫承塵下則有筵簟好席可以休息也或曰朱塵筵謂承塵薄壁曼延相連接也砥室翠翹砥石名也翹翠鳥名也
翹羽也挂曲瓊些挂懸也曲瓊玉鉤也言內臥之室以砥石為壁平而滑澤以翠鳥之羽雕飾玉鉤以懸衣物也或曰僓室
謂僓佪曲房也翡翠珠被雄曰翡雌曰翠被衾也爛齊光些齊同也言牀上之被則飾以翡翠之羽及與珠璣刻
畫衆華其文爛然而同光明蒻阿拂壁蒻蒻席也阿曲隅也拂薄也羅幬儔張些羅綺屬也張施也言房內
則以蒻席薄牀四壁及與曲隅施羅幬輕且涼也纂組綺縞纂組綬類也結琦璜些璜玉名也言幃帳之細皆

用綺縞又以纂組結束玉璜爲幃帳之飾室中之觀多珍怪些金玉爲珍詭異爲怪言從觀房室之中四方珍琦玩好怪物無不畢具蘭膏明燭以蘭香練膏也華容備些容貌也言日暮游宴然香蘭之膏張施明燭以觀其鐙錠雕鏤百獸華奇好備也錠都定切二八侍宿二八二列也言大夫有二列之樂左傳曰晉悼公賜魏絳女樂二八歌鍾二肆也射遞代些射猒也詩云服之無射遞更也言使好女十六侍君宴宿意有猒倦則使更相代也或曰遞代夕暮也九侯淑女淑善也多迅衆些迅疾也言復有九國諸侯好善之女多才長意用心齊疾勝於衆人也盛鬋不同制鬋鬢也制法也實滿宮些宮猶室也爾雅曰宮謂之室言九侯之女工巧姸雅裝飾兩結垂鬢下髮形貌詭異不與衆同皆來實滿充後宮也容態好比態姿也比親也順彌代些彌久也言美女衆多其貌齊同姿態好美自相親比承順上意久則相代弱顏固植固堅植志也謇其有意些謇正言貌也言美女內多廉恥弱顏易愧心志堅固不可侵犯則謇然發言中禮意者也姱容脩態姱好貌也脩長也絙洞房些絙竟也房室也言復有美好之女其貌姱好多意長智羣聚羅列竟於洞達滿房室也蛾眉曼睩曼澤也睩視貌也目騰光些騰馳也言美女之貌蛾眉玉貌好目曼澤時睩睩然視精光騰馳驚感人心也靡顏膩理靡緻也膩滑也遺視矊些遺竊視矊脈也言美女顏容脂緻身體夷滑中心矊脈時竊視安詳諦志不可動也離榭脩幕離別也脩長也幕大帳也侍君之閑閑些閑靜也言願令美女於離宮別觀帳幕之中侍君閑靜而宴游翡帷翠幬飾高堂些言復以翡翠之羽雕

珍倣宋版印

飾幬帳之高堂以樂君也紅壁沙版紅赤貌也沙丹沙也玄玉之梁些玄黑也言堂上四壁皆堊色令之紅白又
以丹沙盡飾軒版承以黑玉之梁五采分別也仰觀刻桷畫龍蛇些言仰視屋之榱榱皆刻畫龍蛇而有文章也
坐堂伏檻檻楯也臨曲池些言坐於堂上前伏楯下臨曲水清池可漁釣也芙蓉始發芙蓉蓮華也
雜芰荷些芰菱也秦人謂之薢茩言池中有芙蓉始發其芰菱雜錯羅列而生俱盛茂也或曰倚荷立生特倚也薢古買切茩
古后切紫莖屏風屏風水葵也文緣波些言復有水葵生於池中其莖紫色風起水動波緣其葉而生文也或
曰紫莖言荷葉紫色也屏風謂葉鄣風也文異豹飾豹猶虎豹也侍陂陁些陂陁長陛也言侍從之人皆衣虎豹
之文異采之飾侍君堂隅衛階陛也或曰侍陂池侍從於君遊陂池之中也軒輬既低軒輬皆輕車名也低屯也步騎
羅些徒行為步乘馬為騎羅列也言官屬之車既已屯止步騎士衆羅列之陳竢須君命蘭薄戶樹薄附也樹種也瓊
木籬些柴落為籬言所造舍種樹蘭蕙附於門戶外以玉木為其籬落守禦堅重又芬香也魂兮歸來何遠為
些遠為四方而不歸也室家遂宗宗衆也食多方些方道也言君九族室家以衆盛人人曉味故飲食之和多
方道也稻粢穱麥稻稌也粢稷也穱擇也擇麥中先熟者粢子夷切穱側角切挐黃粱些挐糅也言飯則以稻
糅稷擇新麥糅以黃粱和而柔濡且香滑大苦醎酸大苦豉也辛甘行些辛謂椒薑也甘謂飴蜜也言取豉汁調和
以椒薑醎酢和以飴蜜則辛甘之味皆發而行也肥牛之腱腱筋頭也臑若芳些臑若熟爛也言取肥牛之腱爛

熟之則膜美也膜蘇本切臑仁珠切和酸若苦陳吳羹些言吳人工作羹和調甘酸其味若苦而後甘者也濡
鼈炮羔羊子也有柘漿些柘藷蔗也言復以飴蜜濡鼈炮羔令之爛熟取諸蔗之汁以為漿飲也鵠酸臇
鳧臇小臛也臇子兗切煎鴻鶬些鴻鴻鴈也鶬鶬鶴也言復以酢醬烹鵠為羹小臛鳧煎熬鴻鶬令之肥美也露雞
臛蠵露露雞栖雞也有菜曰羹無菜曰臛蠵大龜也蠵以規切厲而不爽些厲烈也爽敗也楚人名羹曰爽言乃復烹
露棲之肥雞臛蠵之肉其味清烈不敗也粔籹蜜餌有餦餭些餦餭餳也以蜜和米麪熬煎作粔籹擣黍作餌
又有美餳衆味甘具也瑤漿蜜勺瑤玉也勺沾也實羽觴些實滿也羽翠羽也觴觚也言食已復有玉漿以蜜沾
之滿羽觴以漱口挫糟凍飲挫捉也凍冰也酎清涼些酎醇酒也言盛夏則為覆蹙乾釀捉去其糟但取清醇居
之冰上然後飲之酒寒清涼又長味好飲華酌既陳酌酒升也有瓊漿些言酒尊在前華酌陳列復有玉漿恣意所
用者也歸來歸來反故室敬而無妨些妨害也言若魂急來歸還反所居故室子孫承事恭敬長無禍
害也肴羞未通魚肉為肴羞進也女樂羅些言肴膳已具進舉在前賓主之禮慇勤未通則女樂列堂下陳
鍾按鼓按徐也造新歌些言乃奏樂作音而撞鍾徐鼓造為新曲之歌與衆絕異涉江采菱發揚
荷些楚人歌曲也言已涉彼大江南入湖池采取菱芰發揚荷葉喻屈原背去朝堂隱伏草澤失其所也美人既醉朱
顏酡些朱赤也酡著也言美女飲啗醉飽則面著赤色而鮮好也娭光眇視娭戲也眇眺也目曾波些波華

一珍倣宋版印

也言美人醉樂顧望娭戲身有光文眺視曲眄目采眇然白黑分明精若水波而重華也被文服纖文謂綺繡也纖謂羅縠也

麗而不奇些麗美貌也不奇奇也猶詩云不顯顯也言美女被服綺繡曳羅縠其容美麗誠足怪奇也長髮曼鬋

曼澤也豔陸離些豔好貌也左氏傳曰宋華督見孔父之妻目逆而送之曰美而豔言美人長髮工結鬢鬋滑澤其狀豔美

儀貌陸離而難形也二八齊容齊同也起鄭舞些鄭舞鄭國舞也言二八美女其儀容齊一被服同飾奮袂俱起

而舞也或曰鄭重折屈而舞也衽若交竿撫案下些撫抵也言舞者便旋衣衽掉搖回轉相拘狀如交竹竿以抵案

而徐行者也竽瑟狂會狂猶並也搷鳴鼓些搷擊也言衆樂並會吹竽彈瑟又搷擊鼓以進八音爲之節也

宮庭震驚發激楚些激清聲也言衆樂並會宮庭之內莫不震動驚駭復作激楚之聲以發其音也吳歈歈俞

蔡謳吳蔡國名也歈謳皆歌也奏大呂些大呂律名也周官曰舞雲門奏大呂言乃復使吳人歌謠蔡人謳吟進雅樂奏

大呂五音六律聲和調也士女雜坐亂而不分些言醉飽酣樂合尊促席男女雜坐比肩齊膝恣意調戲亂而不

分別也放陳組纓組綬也班其相紛些紛亂也言男女共坐除其威嚴放其冠纓舒陳卬綬班然相亂不可

整理也鄭衛妖玩來雜陳些鄭衛國名也妖玩好女也雜厠也陳列也言鄭衛二國復遣妖玩好女來雜厠俱坐

而陳列之激楚之結激感也結頭髻也結吉詰切獨秀先些秀異也言鄭衛妖女工於服飾其結殊形能感楚人

故秀異獨前而先進也菎昆蔽象棊菎玉蔽簙箸以玉飾之也或言菎蕗今之箭囊也有六簙些投六箸行

六基故爲六簙也言宴樂既畢乃設六簙箟簬作箸象牙爲基妙且好也分曹並進曹偶也遒相迫些遒亦迫也

言分曹列耦並進伎巧投箸行棊轉相遒迫使不得擇行也或曰分曹並進者謂並用射禮進之成梟而牟倍勝爲牟呼

五白些五白簙齒也言己棊已梟當成牟勝射張食棊下逃於窟故呼五白以助投者也晉制犀比晉國名也制作

也比集者也費白日些費光貌也言晉國工作簙棊箸比集犀角以爲雕飾投之皜然如日光鏗鐘搖簴鏗撞

也搖動也揳梓瑟些揳鼓也言衆賓既集簙以相樂堂下復鳴大鐘左右歌吟鼓琴瑟揳古八切娛酒不廢娛樂

也沈日夜些言雖以酒相娛樂不廢政事晝夜沈湎以忘憂也或曰娛酒不廢廢日也詩曰明發不寐言歡娛日夜湛樂也

又曰和樂且耽言晝夜以酒相樂也蘭膏明燭華鐙錯些言鐙錠盡雕琢錯鏤飾設以禽獸有英華結撰至

思撰猶博也蘭芳假些假至也書曰假于上下言蘭芳以諭賢人君能結撰博思至心以思賢人賢人即至也人有

所極同心賦些賦誦也言衆座之人各欲盡情與己同心者獨誦忠與道德酎飲既盡歡樂先故

些故舊也言飲酒作樂盡己歡欣者誠欲樂我先祖及與故舊人魂兮歸來反故居些言魂神宜急來歸還楚國

居舊故之處安樂無憂亂曰獻歲發春兮獻進也汨吾南征些征行也言歲始來進春氣奮揚萬物

皆感氣而生自傷放逐獨南行也菉蘋齊葉兮爾雅曰菉王蒭也白芷生些言屈原放時菉蘋之草其葉適

齊白芷萌牙方始欲生懷所見自傷哀也猶詩云昔我往矣楊柳依依也路貫廬江兮左長薄貫出也廬江長薄地

珍倣宋版印

名也言屈原行先出廬江過歷長 倚沼畦瀛兮 沼池也畦猶區也瀛薄在江北時東行故言左者也 池中也楚人名澤中曰瀛 遙望博 遙遠也博平也言循江而行遂入池澤其中區瀛遠望平博無人也 青驪結駟兮 純黑爲驪結連也四馬爲駟也 齊千乘 齊同也言屈原嘗與君俱獵於此官屬駕駟馬或青或黑連車千乘皆同服也 懸火延起兮玄顏蒸 懸火懸鐙也玄天也言己時從君夜獵懸鐙林木之中其火延起燒於野澤煙上蒸于天使黑色也 步及驟處兮 驟走也處止也 誘騁先 誘導也騁馳也言獵時有步行者有乘馬走驟者有處止者分以圍獸己獨馳騁爲君先導也 抑騖若通兮 抑止也騖馳也若順也 言抑止馳騖者順通 引車右還 還轉也言抑止馳騖者順通共護引車右轉以遮獸也 與王趨夢兮課後先 夢澤中也楚名澤中爲夢中左氏傳曰楚大夫鬭伯比與鄖公之女淫而生子弃諸夢中言己與懷王俱獵趨於夢澤之中課第羣臣先至後至也 君王親發兮 發射也 憚青兕 憚驚也言懷王是時親自射獸驚青兕牛而不能制也言嘗侍從君田獵今乃放逐歎而自傷閔也 朱明承夜兮 朱明謂日也承續也時不見淹 淹久也言歲月逝往晝夜相續年命將老不可久處當急來歸也 皐蘭被徑兮 皐澤也被覆也徑路也 斯路漸 漸沒也言澤中香草茂盛覆被徑路人無采取者水卒增溢漸沒其道將棄捐也以言賢人久處山野君不事用亦將隕顛也 湛湛江水兮 湛湛水貌上有楓 楓木名也言湛湛江水浸潤楓木使之茂盛傷己不蒙君惠而身放棄曾不如樹木得其所也或曰水旁林木中鳥獸所聚不可居也 目極千里兮傷春心 言湖澤博平春時草短望見千里令人愁思而傷心也或曰蕩春心

蕩滌也言春時平望遠可以滌蕩愁思之心魂兮歸來哀江南言魂魄當急來以歸江南土地僻遠山林嶮峭誠可哀傷不足處也

招隱士一首

序曰招隱士者淮南小山之所作也小山之徒閔傷屈原身雖沈沒名德顯聞與隱處山澤無異故作招隱士之賦以彰其志也

劉安漢書曰淮南王安爲人好書招致賓客數千人後伍被自詣吏具告與淮南謀反上使宗正以符節劾王未至自刑殺也

王逸注

桂樹叢生兮桂樹芬香以興屈原之忠貞也山之幽遠去朝廷而隱藏也偃蹇連卷兮容貌美好德茂盛也枝相繚信義枝結條理成也以言才德高明宜輔賢君楨幹也山氣巃嵸兮岑崟嵾嵯雲塕鬱也塕烏孔切石嵯峨嵯峨巀嶭峻蔽日也谿谷嶄巖兮崎嶇間寫險阻㠠也間呼雅切寫于軌切㠠苦滑切水曾波涌躍灃沛流迅疾也蝯狖羣嘯兮禽獸所居志樂佚也狖余救切虎豹嘷猛獸爭食欲相齕也以言山谷之中幽深險阻非君子之所處猨狖虎豹非賢者之偶也齕下沒切攀援桂枝兮登引山木遠望愁也聊淹留便旋中野立踟躕也

王孫遊兮隱士避世在山隅也不歸違背舊土棄室家也春草生兮萬物蠢動抽萌芽也萋萋垂條吐葉紛糅華也歲暮兮年齒已老壽命衰也不自聊中心煩亂常含憂也蟪蛄鳴兮蜩蟬得夏喜呼號也啾啾

秋節將至悲嘹噍也以言物盛則衰樂極則憂不宜久隱失盛時也坱兮軋霧氣昧也山曲岪盤詰屈也心淹留兮志望絕也洞荒忽亡妃匹也罔兮沕精氣失也憭兮慄心剝切也虎豹岤嵺穿岤也嵺音料岤音血叢薄深林兮攢刺𣗥也人上慄恐變色也嶔崟碕礒兮山阜嶇嵑也碅磈磳硊崔巍嵳嵯樹輪相糾兮交錯扶疏林木茷骫枝葉盤紆茷音跋青莎雜樹兮草木列居薠草靃靡隨風披敷白鹿麏麚兮衆禽並遊或騰或倚走住殊異狀貌崟崟兮峨峨頭角甚殊凄凄兮漇漇凄凄漇漇毛衣若濡獼猴兮熊羆百獸皆俱也慕類兮以悲哀己不遇也從此已上皆陳山林傾危草木茂盛麏鹿所居虎兕所聚不宜育道德養情性欲屈原還歸郢也攀援桂枝兮配託香木誓同志也聊淹留踟躕徘徊待明時也虎豹鬬兮殘賊之獸忿急怒也熊羆咆貪殺之獸跳梁吼也禽獸駭兮雉菟之羣驚奔走也亡其曹違離鄉黨失羣偶也王孫兮歸來旋反舊邑入故宇也山中兮不可以久留誠多患害難隱處也

文選卷第三十三

賜進士出身通奉大夫江南蘇松常鎮太等處承宣布政使司布政使胡克家重校刊

文選卷第三十四

梁昭明太子撰

文林郎守太子右內率府錄事參軍事崇賢館直學士臣李善注上

七上

枚叔七發八首　曹子建七啓八首

七發八首七發者說七事以起發太子也猶楚詞七諫之流

枚叔漢書曰枚乘字叔淮陰人也爲吳王濞郎中善屬辭武帝以安車徵乘道死也

楚太子有疾而吳客往問之曰伏聞太子玉體不安亦少閒乎言玉美之也史記新垣衍謂魯連曰觀先生之玉貌論語曰子疾病閒孔安國曰少差曰閒也太子曰憊謹謝客說文曰謝辭也客因稱曰今時天下安寧四宇和平太子方富於年凡人之幼者將來之歲尚多故曰富也意者久耽安樂日夜無極邪氣襲逆中若結轖言邪氣入內而爲逆其堅若結也管子曰邪氣襲內玉色乃衰素問岐伯曰邪氣內著絕人長命說文曰轖車籍交革也轖音色也紛屯澹淡噓唏煩酲紛屯澹淡憒耄煩悶之貌也王逸楚辭注曰歔欷啼貌方言曰哀而不泣曰唏噓與歔古字通唏許冀切列子曰季梁病矯氏曰病

由精慮煩散也毛萇詩傳曰病酒曰酲惕惕怵怵臥不得瞑尚書曰怵惕惟厲中夜以興素問岐伯曰不得臥者
是陽明之逆虛中重聽惡聞人聲素問曰何謂虛荅曰精氣奪則虛黃帝八十一問曰陰病惡聞人聲精神
越渫百病咸生呂氏春秋曰精神勞則越高誘曰越散也鄭玄毛詩箋曰渫發也聰明眩曜悅怒不
平王逸楚辭注曰眩曜惑亂貌也久執不廢大命乃傾太子豈有是乎鄭玄禮記注曰廢止也毛
萇詩傳曰廢猶去也毛詩曰曾是莫聽大命以傾太子曰謹謝客賴君之力時時有之然未
至於是也言賴君之力天下太平故久耽安樂時有此疾也客曰今夫貴人之子必宮居而
閨處內有保母外有傅父欲交無所禮記曰孔子曰古者男子外有傅父內有慈母又曰其次爲保
母鄭玄曰保母安其居處者也飲食則溫淳甘膬脭醲肥厚溫淳謂凡味之厚也韓子曰夫香美膬味甘口
病形厚酒肥肉曼理皓齒而損精說文曰膬腝易破也膬昌芮切脭肥肉也池貞切說文曰醲厚酒也女龍切衣裳則雜遝
曼煖燂爍熱暑曼輕細也說文曰燂火熱也詳廉切爍亦熱也舒灼切雖有金石之堅猶將銷
鑠而挺解也韓子曰雖與金石相弊兼天下未有日也高誘呂氏春秋注曰挺猶動也賈逵國語注曰鑠銷也況其
在筋骨之閒乎哉故曰縱耳目之欲恣支體之安者傷血脈之和且
夫出輿入輦命曰蹷痿之機呂氏春秋曰出則以車入則以輦務以自佚命曰佁蹷之機高誘曰佁至也蹷

珍倣宋版印

機門內之位也乘輦于宮中游翔至於蹷機故曰務以佚也枚乘引佁蹷而爲蹷痿未詳乘之謬爲好奇而改之聲類曰佁嗣理切蹷渠月切洞房清宮命曰寒熱之媒呂氏春秋曰室大多陰臺高多陽多陰則蹷多陽則痿此陰陽不適之患也高誘曰蹷逆寒疾也痿蹷不能行也皓齒娥眉命曰伐性之斧呂氏春秋曰靡曼皓齒鄭衛之音務以自樂命曰伐性之斧高誘曰靡曼細理弱肌美色也皓齒謂齒如瓠犀也鄭國淫僻以其淫僻滅亡故曰伐性之斧也甘脆肥膿命曰腐腸之藥呂氏春秋曰肥肉厚酒務以相强命曰爛腸之食高誘注老子云五味實口爽傷故謂之爛腸之食廣雅曰脆弱也清歲切膿厚之味也今太子膚色靡曼四支委隨筋骨挺解王逸楚詞注曰靡細也曼澤也委隨不能屈伸也血脈淫濯手足墯窳淫濯謂過度而且大也爾雅曰淫過也又曰濯大也郭璞方言注曰墯懈墯也應劭漢書注曰窳弱也餘乳切越女侍前齊姬奉後越絕書曰越王飾美女西施鄭巴使大夫種獻之於吳王曰越王勾踐竊有天人之遺西施鄭巴越不敢當使獻之大王吳王大悅齊姬齊女也毛詩曰豈其取妻必齊之姜如淳漢書注曰姬衆妾之揔稱也往來游讌縱恣于曲房隱閒之中此甘餐毒藥戲猛獸之爪牙也所從來者至深遠淹滯永久而不廢王逸楚詞注曰淹久也雖令扁鵲治內巫咸治外尚何及哉史記曰扁鵲渤海鄭人也姓秦氏名越人得長桑君禁方視病盡見五藏韓子曰扁鵲謂晉桓侯曰君有疾在腠理猶可湯熨若在骨髓司命不能醫也桓侯初不信後病遣召扁鵲鵲逃之桓侯遂死又曰巫咸雖善祝不能自祓也

賈逵國語注曰尚且也今如太子之病者獨宜世之君子博見強識禮記曰博聞強識而讓謂之君子也承閒語事變度易意楚詞曰願承閒而自察也常無離側以為羽翼高誘注呂氏春秋曰羽翼佐也淹沈之樂浩唐之心遁佚之志其奚由至哉唐猶蕩也太子曰諾病已請事此言

客曰今太子之病可無藥石針刺灸療而已可以要言妙道說而去也言可無用藥石唯可用要言也莊子瞿鵲子問長梧子曰夫子以為孟浪之言也而我以為妙道之行也不欲聞之乎

太子曰僕願聞之客曰龍門之桐高百尺而無枝周禮曰龍門之琴瑟孔安國尚書傳曰龍門山在河東之西界魯連子曰東方有松樅高千仞而無枝也中鬱結之輪菌根扶疏以分離鬱結隆高之貌也說文曰扶疏四布也張晏漢書注曰輪菌委曲也上有千仞之峯下臨百丈之谿包咸論語注曰七尺曰仞湍流遡波又澹淡之遡波逆流之波也澹淡搖蕩之貌也其根半死半生冬則烈風漂霰飛雪之所激也夏則雷霆霹靂之所感也感觸也莊子曰異鵲感周之顙也朝則鸝黃鳱鴠鳴焉爾雅曰鶬鶊黎黃高唐賦曰王睢鸝黃禮記曰仲冬曷旦不鳴鄭玄曰曷旦求旦鳥也郭璞方言注曰鳥似雞冬無毛晝夜鳴鳱與曷並音渴鴠音旦也暮則羈雌迷鳥宿焉獨鵠晨號乎其

上鵾鷄哀鳴翔乎其下楚辭曰鵾鷄啁哳而悲鳴於是背秋涉冬使琴摯斫斬以爲琴野繭之絲以爲絃論語曰師摯之始關雎之亂洋洋乎盈耳哉鄭玄曰師摯魯太師也以其工琴謂之琴摯猶京房善易謂之易京野繭野蠶之繭也東觀漢記曰光武二年野蠶成繭被山民收爲絮孤子之鉤以爲隱九寡之珥以爲約古樂府有孤子生行賈逵國語注曰鉤帶鉤也桓子新論曰琴隱長四十五分隱以前長八分列女傳曰魯之母師九子之寡母也不幸早失夫獨與九子居蒼頡篇曰珥珠在耳也珥人志切字書曰約亦的字也都狄切的琴徽也使師堂操暢伯子牙爲之歌師堂樂師也韓詩外傳曰孔子學鼓琴於師堂子京而不進師堂子京曰夫子可以進孔子曰丘已得其曲未得其數也琴道曰堯暢達則兼善天下無不通暢故謂之暢列子曰伯牙善鼓琴也歌曰麥秀蔪兮雉朝飛宋玉笛賦曰麥秀蔪兮鳥華翼埤蒼曰蔪麥芒也慈斂切向虛壑兮背槁槐說文曰槀與槁古字通依絕區兮臨迴溪飛鳥聞之翕翼而不能去野獸聞之垂耳而不能行蚑蟜螻蟻聞之拄喙而不能前周書曰蚑行喙息說文曰蚑行也凡生類之行皆謂之蚑又曰蟜蟲也居兆切方言曰南楚或謂蛄爲螻爾雅曰蟻蚍蜉也拄陟羽切此亦天下之至悲也太子能強起聽之乎太子曰僕病未能也

客曰犓牛之腴菜以筍蒲說文曰犓以芻莖養國牛也國語曰犓豢幾何犓或爲犓未詳說文曰腴腹下肥者

毛詩曰其蔌維何維筍及蒲也肥狗之和冒以山膚楚苗之食安胡之飯禮記曰士無故不殺
犬豕和謂和羹也鄭玄禮記注曰芼菜也謂以菜調和之也冒與芼古字通山膚未詳楚苗山出禾可以爲食淮南子曰苗山之鋌高誘
曰苗山楚山也安胡未詳一曰安胡彫胡也宋玉諷賦曰爲臣炊彫胡之飯摶之不解一啜而散禮記曰無摶飯
徒完切說文曰啜嘗也穿劣切於是使伊尹煎熬易牙調和呂氏春秋曰伊尹說湯以至味又白公曰若以
水投水奚若孔子曰淄澠之合者易牙嘗而知之熊蹯之臑勺藥之醬左氏傳曰宰夫臑熊蹯不熟方言曰臑熟
也音而韋昭上林賦注曰勺藥和齊鹹酸美味也薄耆之炙鮮鯉之鱠薄耆未詳一曰薄切獸耆之肉而以爲炙
也耆今人謂之耆頭毛詩曰炰鱉鱠鯉秋黃之蘇白露之茹茹菜之惣名也蘭英之酒酌以滌
口漢書曰百味旨酒布蘭生晉灼曰布列芬芳若蘭之生山梁之餐豢豹之胎論語子曰山梁雌雉時哉時哉
鄭玄曰孔子山行見一雌雉食其梁粟杜預左氏傳注曰豢養也音宦六韜曰武王伐紂得二大夫而問之曰殷國將有妖乎對曰有殷
君陳玉杯象箸玉杯象箸不盛菽藿之羹必將熊蹯豹胎小飰大歠如湯沃雪說文曰歠飲也昌悅切沃雪言易也
家語孔子曰人之棄惡如湯之灌雪焉此亦天下之至美也太子能彊起嘗之乎太子
曰僕病未能也
客曰鍾岱之牡齒至之車漢書曰趙地鍾岱石北迫近胡寇如淳曰鍾所在未聞石山險之限在上黨曲陽呂

氏春秋曰代故馬郡宜馬齒至之車未詳或說曰公羊傳曰先軫諧晉侯曰君馬齒至也言以齒至馬駕車也戰國策曰驥之齒至矣服轞車而上太行也前似飛鳥後類距虛黃子曰駿馬有晨風黃鵠皆取鳥名馬言走疾若飛也范子曰千里馬必有距虛呂氏春秋曰距虛鼠後而兔前穱麥服處躁中煩外以穱麥分劑而食馬馬肥故中躁而外煩也王逸楚詞注曰稻粢穱麥挐黃粱左氏傳慶鄭謂晉侯曰今乘異產將與人易張脈憤興外強中乾羈堅轡附易路易平易也

於是伯樂相其前後王良造父為之御秦缺樓季為之右呂氏春秋曰古之善相馬者若趙之王良秦之伯樂尤盡其妙文子曰伯樂相之王良御之史記曰周繆王使造父為御西巡狩秦缺未詳韓子曰夫獵託車輿之安用六駕之足使王良佐轡則身不勞而易及輕獸今捨車輿則雖樓季之走無時及獸矣許慎淮南子注曰樓季魏文侯之弟也此兩人者馬佚能止之車覆能起之兩人秦缺樓季也家語顏回曰東野之御善則善矣其馬將必佚也於是使射千鎰之重爭千里之逐史記曰田忌數與齊公子馳逐重射孫子見其馬足不甚相遠有上中下輩於是謂田忌曰君弟重射臣能令君勝忌然之與射千金及臨質孫子曰今以君之下駟與彼上駟取君之上駟與彼中駟取君中駟與彼下駟既馳三輩而忌一不勝而再勝卒得千金賈逵國語注曰一鎰二十四兩韓子曰王子期為趙簡子取道爭千里之發也此亦天下之至駿也太子能彊起乘之乎太子曰僕病未能也客曰既登景夷之臺南望荊山北望汝海左江右湖其樂無有景夷臺名也孔

安國尚書傳曰荊山在荊州郭璞山海經注曰汝水出魯陽山東北入淮海汝稱海大言之也戰國策魯君曰楚王登京臺南望獵山左江右湖其樂之忘死無有天下無有於是使博辯之士原本山川極命草木趙岐孟子注曰命名也比物屬事離辭連類禮記孔子曰屬辭比事春秋教也韓子曰多言繁稱連類比物也浮游覽觀乃下置酒於虞懷之宮虞懷宮名也連廊四注鄭玄周禮注曰四阿若今四注也臺城層構紛紜玄綠輦道邪交黃池紆曲黃當爲湟湟城池也溷章白鷺孔鳥鶤鵠溷章鳥名未詳鵷鶵鵁鶄翠鬣紫纓鬣首毛也纓頸毛也螭龍德牧邕邕群鳴螭龍德牧並鳥形未詳爾雅曰邕邕鳴聲和也陽魚騰躍奮翼振鱗曾子曰鳥魚皆生於陰而屬於陽故鳥魚皆卵生魚遊於水鳥飛於雲漃漻薵蓼蔓草芳苓言水清淨之處生薵蓼二草也上林賦曰悠遠長懷寂漻無聲漃與寂音義同也字書曰薵藸草也又尤切藸音猪毛萇詩傳曰蓼水草也力鳥切苓古蓮字也女桑河柳素葉紫莖毛詩曰猗彼女桑毛萇曰女桑荑桑也爾雅曰檉河柳郭璞曰今河旁赤莖小楊也苗松豫章條上造天苗松未詳一曰苗山之松豫章木名也孔安國尚書傳曰造至也梧桐幷閭極望成林張揖上林賦注曰幷閭椶也衆芳芬鬱亂於五風遁甲開山圖曰女媧沒大庭氏之王有天下五風異色也從容猗靡消息陽陰消滅也息生也林木茂盛隨風披靡故或陽或陰也文子曰與陰俱閉與陽俱開消息或爲須臾也列坐縱酒蕩樂娛心景春佐

酒杜連理音孟子景春曰公孫衍張儀豈不誠大丈夫哉孟子曰是焉得爲大丈夫劉熙曰景春孟子時人爲縱橫之術者史記曰上召子弟佐酒如淳漢書注曰今樂家五日一習樂爲理樂杜連未詳也滋味雜陳肴糅錯該王逸楚詞注曰該備也練色娛目流聲悅耳埤蒼曰練擇也爾雅曰流擇也於是乃發激楚之結風揚鄭衛之皓樂文頴上林賦注曰激衝激急風也結風回風亦急風也楚地風氣既漂疾然歌樂者猶復依激結之急風爲節其樂促迅哀切也淮南子曰揚鄭衛之皓樂此齊民所以淫泆流湎也許愼曰鄭衛新聲所出國也皓樂善倡也皓下或有齒字誤使先施徵舒陽文段干吳娃閭娵傅予之徒皆美女也先施卽西施也戰國策魯仲連謂孟嘗君曰君後宮十妃皆衣縞紵食粱肉豈毛廧先施哉徵舒段干傅予皆未詳一曰左氏傳曰楚莊王欲納夏姬申公巫臣曰不可今納夏姬貪其色也史記曰夏姬徵舒母也淮南子曰不待脂粉西施陽文也許愼曰陽文楚之好人也吳娃已見上文孫卿子曰閭娵子奢莫之媒韋昭漢書注曰閭娵梁王魏嬰之美人雜裾垂髾目窕心與司馬彪子虛賦注曰髾燕尾也窕當爲挑史記曰目挑心招張晏漢書注曰挑嬈也嬈音所交切揄流波雜杜若言引流波以自潔雜杜若以爲芳杜若見下注說文曰揄引也蒙清塵被蘭澤列子曰穆王爲中天之臺鄭衛之處子施芳澤雜芷若以滿之神女賦曰沐蘭澤含若芳嬿服而御尚書大傳曰古者后夫人至于房中釋朝服襲嬿服入御于君也此亦天下之靡麗皓侈廣博之樂也太子能彊起游乎太子曰僕病未能也

客曰將爲太子馴騏驥之馬駕飛軨之輿乘牡駿之乘廣雅曰馴擾也說文曰騏
馬驪文如綦也尚書大傳曰未命爲士車不得有飛軨鄭玄曰如今窻車也力廷切右夏服之勁箭左烏號之
彫弓夏服已見子虛賦服卽今步乂也烏號已見子虛賦又古考史曰柘樹枝長而勁烏集之將飛柘起彈烏烏乃號呼此枝爲弓
快而有力因名也游涉乎雲林周馳乎蘭澤弭節乎江潯雲林雲夢之林曰羲和弭節兮字林
楚詞曰潯水涯也掩青蘋游清風方言曰奄息也呂氏春秋曰崑崙之蘋也張揖子虛賦注曰青蘋似莎而大陶
陽氣蕩春心薛君韓詩章句曰陶暢也陽氣春也神農本草曰春夏爲陽楚詞曰目極千里傷春心王逸曰蕩春心蕩滌也
逐狡獸集輕禽言射而矢集於輕禽也左氏傳曰楚君親集矢於其目闞子曰矢集于彭城之東並以所止爲集也於
是極犬馬之才困野獸之足窮相御之智巧文子曰無相御之勞而致千里也恐虎
豹慴鷙鳥爾雅曰慴恐也逐馬鳴鑣魚跨麋角逐馬馳逐之馬鳴鑣鑾鳴於鑣也魚跨跨度魚也麋角執
麋之角也履游麕兔蹈踐麖鹿汗流沫墜寃伏陵窘陵猶促也說文曰窘迫也無創而
死者固足充後乘矣此校獵之至壯也太子能彊起游乎李奇漢書注曰以五
校兵出獵太子曰僕病未能也然陽氣見於眉宇之閒侵淫而上幾滿大
宅周書曰民有五氣喜氣內蓄雖欲隱之陽喜必見大宅未詳客見太子有悅色遂推而進之曰

珍倣宋版印

冥火薄天兵車雷運鄭玄詩箋曰冥夜也廣雅曰薄至也王逸楚詞注曰運轉也音旋旍旗偃蹇羽毛肅紛馳騁角逐慕味爭先徼墨廣博觀望之有圻墨燒田也言逐獸於燒田廣博之所而觀望之有圻堮也墨或爲壓也說文曰圻地圻堮也魚斤切純粹全犧獻之公門尚書父師曰乃攘竊神祇之犧全牲孔安國曰色純曰牲體完曰全應劭漢書注曰粹淳也毛詩曰獻豜于公太子曰善願復聞之

客曰未既孔安國尚書傳曰既盡也於是榛林深澤煙雲闇莫兕虎並作莫闇貌也說文曰莫日且冥也毅武孔猛袒裼身薄左氏傳曰致果爲毅毛萇詩傳曰孔甚也毛詩曰襢裼暴虎毛萇曰袒裼肉袒也孔安國尚書傳曰薄迫也白刃磑磑矛戟交錯莊子孔子曰白刃交前視死若生者烈士之勇也六韜書刀銘曰刀刺磑磑牛哀切收獲掌功賞賜金帛鄭玄周禮注曰掌主也掩蘋肆若爲牧人席張揖上林賦注曰淹覆也毛萇詩傳曰肆陳也旨酒嘉肴羞炰膾炙以御賓客毛詩曰旨酒思柔又曰嘉肴脾臄又曰炰鼈鮮魚鄭玄曰炰火熟之漢書東方朔曰生肉爲膾毛詩曰以御賓客也涌觴並起動心驚耳誠必不悔決絕以諾言游獵歡宴忠誠爲之必不有悔事之決絕但以一諾不俟再三貞信之色形于金石毛詩序曰貞信之教興家語孔子曰夫鍾鼓之音憂而擊之則悲喜而擊之則樂故志誠感之通于金石而況人乎哉高歌陳唱萬歲無斁孔安國尚書傳曰斁厭也此真太子之所喜也能強起而游乎

太子曰僕甚願從直恐爲諸大夫累耳然而有起色矣

客曰將以八月之望孔安國尚書傳曰十五日日月相望與諸侯遠方交游兄弟並往觀濤乎廣陵之曲江漢書廣陵國屬吳也至則未見濤之形也徒觀水力之所到則卹然足以駭矣鄭玄曰卹然驚恐貌觀其所駕軼者所擢拔者所揚汩者所温汾者所滌汔者小雅曰駕陵也杜預左氏傳注曰軼突也蒼頡篇曰擢抽也孔安國尚書傳曰汩亂也古沒切温汾轉之貌也爾雅曰饑汔也郭璞曰謂摩近汔許乞切雖有心略辭給固未能縷形其所由然也略智也縷辭縷也怳兮忽兮聊兮慄兮混汩汩兮老子曰怳兮忽兮其中有物聊慄恐懼之貌忽兮慌兮俶兮儻兮廣雅曰俶儻卓異也浩瀇瀁兮慌曠曠兮秉意乎南山通望乎東海爾雅曰秉執也虹洞兮蒼天極慮乎崖涘虹洞相連貌也莊子曰出於厓涘毛萇詩傳曰涘涯也虹胡洞切流攬無窮歸神日母言周流觀覽而窮然後歸神至日所出也春秋內事云日者陽德之母汩乘流而下降兮或不知其所止方言曰汩疾貌也爲畢切或紛紜其流折兮忽繆往而不來言衆浪紛紜其流曲折或錯繆俱往而不迴流臨朱汜而遠逝兮中虛煩而益怠朱汜蓋地名未詳莫離散而發曙兮內存心而自持莫離散謂精神不離散也發曙發夕至曙也說

文曰曙旦明也於是澡槩胸中灑練五藏毛萇詩傳曰漑滌也槩與漑同練猶汰也莊子曰愁其五藏也澹澉手足頮濯髮齒澉澹猶洗滌也澉湖敢切說文頮洗面也頮呼潰切揄棄恬怠輸寫淟濁方言曰輸脫也王逸楚詞注曰淟垢濁也淟敕顯切分決狐疑發皇耳目楚詞曰心猶豫以狐疑謚法曰明者曰皇也風賦曰發明耳目當是之時雖有淹病滯疾猶將伸傴起躄發瞽披聾而觀望之也廣雅曰傴曲也郁禹切淮南子曰遺躄者屨然躄跛不能行也必亦切況直眇小煩懣酲醲病酒之徒哉故曰發蒙解惑不足以言也素問黃帝曰發蒙解惑未足以論也太子曰善然則濤何氣哉

客曰不記也然聞於師曰似神而非者三疾雷聞百里言聲似疾雷而聞百里一也江水逆流海水上潮言能令二水逆流上潮二也山出內雲日夜不止山內雲而日夜不止三也衍溢漂疾波涌而濤起小雅曰衍散也說文曰漂浮也其始起也洪淋淋焉若白鷺之下翔說文曰淋山下水也淋或爲汧聲類曰汧漂也口冷切其少進也浩浩溰溰如素車白馬帷蓋之張浩浩深廣之貌也溰溰高白之貌也帷或爲幃音韋幃帳也其波涌而雲亂擾擾焉如三軍之騰裝高唐賦曰奔揚踊而相擊雲興聲之霈霈雲亂也許慎淮南子注曰裝束也其旁作

而奔起也飄飄焉如輕車之勒兵六駕蛟龍附從太白 以蛟龍若馬而駕之其數六也淮南子曰昔馮遲太白之御六雲霓游微霧騖忽荒許慎曰馮遲太白河伯也 純馳浩蜺前後駱驛 賈逵國語注曰純專也浩蜺即素蜺也波濤之勢若素蜺而馳言其長也 顒顒卬卬裾裾彊彊莘莘將將 顒顒卬卬波高貌也裾裾彊彊相隨之貌裾據於切彊渠章切莘莘多貌也將將高貌也莘所巾切莘或為萃 壁壘重堅沓雜似軍行 太公陰符曰弁我勇力重堅壁壘應劭漢書注曰沓合也行戶剛切協韻也 㕲隱㔁磕軋盤涌裔原不可當 軋坱無垠貌也盤謂盤礴廣大貌涌裔行貌也 觀其兩傍則滂渤怫鬱闇漠感突上擊下律有似勇壯之卒 律當為硉硉虜骨切 突怒而無畏蹈壁衝津窮曲隨隈踰岸出追 說文曰隈水曲也上林賦曰觸穹石激堆碕郭璞曰沙堆也都迴切追亦堆字今為追古字假借之也 遇者死當者壞初發乎或圍之津涯菱軫谷分 或圍蓋地名也言涯如轉而谷似裂也一曰涯如草轉也方言曰荄根也謂草之根也本無荄字許慎淮南子注曰軫轉也 一迴翔青篾銜枚檀桓 青篾檀桓蓋並地名也迴翔水復流也銜枚水無聲也周禮曰銜枚氏鄭玄曰止言語囂讙也枚大如箸橫銜之也 弭節伍子之山通厲骨母之場 弭節已見上文史記曰吳王殺子胥投之于江吳人立祠於江上因名胥母山王逸楚辭注曰高厲遠行也越絕書曰闔閭曰食鮑山晝游於胥母疑骨母字之誤也 淩赤岸篲扶桑橫奔似雷行 赤岸蓋地名也曹子建表

曰南至赤岸山謙之南徐州記曰京江禹貢北江春秋分朔輒有大濤至江乘北激赤岸尤更迅猛然並以赤岸在廣陵而此文勢似在
遠方非廣陵也說文曰篲掃竹也山海經曰谷上有扶木扶木者扶桑也十日所浴之地湯誠奮厥武如振如怒
毛詩曰王奮厥武如震如怒毛萇曰震猶威也沌沌渾渾狀如奔馬沌沌渾渾波相隨之貌也孫子兵法曰渾渾沌沌
沌形圓而不可敗也越絶書曰王捐子胥於大江口勇士之執乃有遺鄙發憤馳騰氣若奔馬沌徒本切渾胡本切混混庉庉
聲如雷鼓混混沌沌波浪之聲也越絶書越王勾踐曰浩浩之水聲音若雷霆庉徒本切發怒庢沓清升踰
跇言初發怒礙止而涌沸少選之頃清者上升遞相踰跇也說文曰庢礙止也庢竹栗切庢或爲底古字也杜預左氏傳曰底平也埤
蒼曰沓釜沸出也徒荅切如淳漢書注曰跇超踰也侯波奮振合戰於藉藉之口楚辭曰陵陽侯之氾濫兮
王逸曰陽侯大波也藉藉蓋地名也鳥不及飛魚不及迴獸不及走高唐賦曰飛鳥未及起走獸未及發
紛紛翼翼波涌雲亂廣雅曰紛紛衆也毛萇詩傳曰翼翼壯健貌也蕩取南山背擊北岸覆
虧丘陵平夷西畔言水之勢旣蕩南山又擊北岸丘陵爲之頹覆然後平夷西畔險險戲戲崩壞陂
池決勝乃罷合戰決勝而後乃罷瀄汩潺湲披揚流灑瀄泌瀄波相楔也汩窒汩水流疾也字書曰潺
湲流貌也橫暴之極魚鼈失勢顛倒偃側沋沋湲湲蒲伏連延沋沋湲湲魚鼈顛倒
之貌也蒲伏卽匍匐也連延相續貌沋禹牛切神物恠疑不可勝言直使人踣焉洄闇悽愴

焉 郭璞爾雅曰踣覆也薄北切洄與囘同也 此天下恠異詭觀也太子能強起觀之乎太子曰僕病未能也

客曰將爲太子奏方術之士有資略者 孔安國論語注曰方道也晉灼漢書注曰資材量也 若莊周魏牟楊朱墨翟便蜎詹何之倫 呂氏春秋中山公子牟謂詹何身在江海之上心居魏闕之下高誘曰子牟魏公子也詹子古得道者也淮南子曰雖有鉤鍼芳餌加以詹何蜎蠉之數猶不能與罔罟爭得也高誘曰蜎蠉白公時人宋玉集曰宋玉與登徒子偕受釣於玄淵七略曰蜎子名淵楚人也然三文雖殊其一人也 使之論天下之釋微理萬物之是非 家語曰卜商好論精微時人無以尚也孫卿子曰是是非非謂之智也 孔老覽觀孟子持籌而算之萬不失一 漢書張良曰臣借前箸以籌之音義曰以籌度之也直流切史記蒯通曰以此參之萬不失一老或爲左也 此亦天下要言妙道也太子豈欲聞之乎於是太子據几而起曰渙乎若一聽聖人辯士之言涊然汗出霍然病已 涊汗貌也莊子曰洮然汗出涊乃顯切霍疾貌也

七啓八首并序　曹子建

昔枚乘作七發傅毅作七激張衡作七辯崔駰作七依辭各美麗余

珍倣宋版印

有慕之焉遂作七啓并命王粲作焉
玄微子隱居大荒之庭玄微幽玄精微也山海經曰大荒之中有山名曰大荒之山日月所入是謂大荒之野中也飛遯離俗澄神定靈九師道訓曰遯而能飛吉孰大焉淮南子曰單豹背世離俗巖居谷飲也輕祿傲貴與物無營莊子曰夫輕爵祿人者之所託材司馬彪曰材身也蔡邕釋誨曰安貧樂賤與世無營也耽虛好靜羨此永生列子曰莫如靜莫如虛靜也虛也得其居獨馳思於天雲之際無物象而能傾舞賦曰獨馳思乎杳冥左氏傳韓簡曰物生而後有象於是鏡機子聞而將往說焉鏡機鏡照機微也駕超野之駟乘追風之輿超野追風言疾也經迥漠出幽墟入乎泱漭之野遂居玄微子之所居子虛賦曰過乎泱漭之野其居也左激水右高岑子虛賦曰其西則激水推移爾雅曰山小而高曰岑也背洞溪對芳林冠皮弁被文裘儀禮曰皮弁服素積鄭玄曰皮弁者白鹿皮爲冠象上古也文裘文狐之裘也出山岫之潛穴倚峻崖而嬉遊爾雅曰山有穴爲岫志飄飄焉嶢嶢焉似若狹六合而隘九州山海經曰地之所載六合之間也若將飛而未逝若舉翼而中留於是鏡機子攀葛藟而登距巖而立毛詩曰南有樛木葛藟纍之孔安國尚書傳曰距至也順風而稱曰莊子曰黃帝聞廣成子在崆峒之上故往見之黃帝順風膝行而進予聞

君子不遯俗而遺名智士不背世而滅勳周易曰遯世無悶幽通賦曰保身遺名民之表兮鄭
玄毛詩箋曰遺忘也又禮記注曰名令聞也背世已見上注今吾子棄道藝之華遺仁義之英耗
精神乎虛廓廢人事之紀經韓子曰精神日耗蒼頡篇曰耗消也史記太史公曰春秋上明三王之道下辨
人事之經紀耗呼到切譬若畫形於無象造響於無聲言像因形生響隨聲發今欲無聲而造響圖像
而無形豈有得哉孫卿子曰下之和上譬響之應聲影之像形楊雄解難曰譬若畫者放於無形絃者放於無聲也未之思乎
何所規之不通也論語子曰未之思也玄微子俯而應之曰譆有是言乎鄭玄禮記
注曰譆悲恨之聲也譆與嘻古字通也譆欣碁切夫太極之初渾沌未分萬物紛錯與道俱
漢書曰太極元氣分三為一言元氣初為一後為天地人也春秋隆說題辭曰元清氣以為天渾沌無形體宋均曰言元氣之初如此
也渾沌未分也言氣在易為元在老為道義不殊也蓋有形必朽有跡必窮列子曰形必終也芒芒元
氣誰知其終春秋命厤序曰元氣正則天地八卦孳也名纖我身位累我躬莊子曰行名失己非士也
又魏文侯曰夫魏眞為我累耳竊慕古人之所志仰老莊之遺風思玄賦曰慕古人之貞節毛詩序曰
有堯之遺風漢書注曰遺餘也假靈龜以託喻寧掉尾於塗中莊子曰楚王使大夫往聘莊子莊子
曰吾聞楚有神龜死已三千歲矣王巾笥而藏之於廟堂之上此龜者寧其死為留骨而貴乎寧其生而曳尾塗中乎二大夫曰寧生曳

珍倣宋版印

尾塗中莊子曰往矣吾將曳尾於塗中也

鏡機子曰夫辯言之豔能使窮澤生流枯木發榮庶感靈而激神況近在乎人情僕將為吾子說游觀之至娛演聲色之妖靡羽獵賦曰遊觀後靡小雅曰演廣也尚書仲虺曰惟王不邇聲色列子隰朋曰妖靡盈庭忠良滿朝也論變化之至妙敷道德之弘麗願聞之乎玄微子曰吾子整身倦世倦世倦於人間之世也探隱拯沈小雅曰探取也難蜀父老曰拯民於沈溺說文曰出溺爲拯不遠遐路幸見光臨將敬滌耳以聽玉音尚書大傳曰天下諸侯受命於周莫不玉音金聲

鏡機子曰芳菰精粺霜蓄露葵張揖上林賦注曰彫菰米也宋玉諷賦曰主人之女爲臣炊彫胡之飯說文曰稗禾別也稗與粺古字通薄懈切毛詩曰我行其野言采其蓫鄭玄曰蓫牛頹蓫與蓄音義通也宋玉諷賦曰爲臣煮露葵之羹玄熊素膚肥豢膿肌鄭玄周禮注曰犬豕曰豢膿肥貌也女龍切蟬翼之割剖纖析微蟬翼言薄也楚詞曰蟬翼爲重也累如疊縠離若散雪輕隨風飛刃不轉切山鵽斥鷃珠翠之珍鷃已見南都賦莊子曰鵬摶扶搖而上斥鷃笑之曰彼奚適也許慎淮南子注曰鷃雀飛不過一尺言劣弱也斥與尺古字通珠翠珠柱也南方異物記曰採珠人以珠肉作鮓也寒芳苓之巢龜膾西海之飛鱗寒今脏肉

也鹽鐵論曰煎魚切肝羊淹雞寒劉熙釋名曰韓雞本出韓國所爲寒與韓同史記曰有神龜在江南嘉林中常巢於芳蓮之上芩與蓮

同西海飛鱗郭文鰩也山海經曰泰器之山濩水出焉是多鰩魚常行西海而游於東海夜飛而行臛江東之潛鼉臇

漢南之鳴鶉說文曰臛肉羹也蒼頡解詁曰臇少汁臛也子兗切糅以芳酸甘和既醇鄭玄禮記注曰

糅雜也醇已見上注玄冥適鹹蓐收調辛禮記曰北方其神玄冥北方水也尚書曰水曰潤下潤下作鹹禮記曰西

方其神蓐收西方金也尚書曰金曰從革從革作辛紫蘭丹椒施和必節禮斗威儀曰君乘金而王其政平則蘭常

生鄭玄曰主給調和也張衡七辯曰芳以薑椒拂以木蘭滋味既殊遺芳射越上林賦曰衆香發越郭璞曰香氣射

散也乃有春清縹酒康狄所營毛詩曰爲此春酒鄭玄禮記注曰清酒今之中山冬釀接夏而成也縹綠色而

微白也博物志曰杜康作酒戰國策曰梁王請爲魯君舉觴魯君曰昔帝女儀狄作酒而美進之於禹禹飲而甘之遂疏儀狄乃絕旨酒

應化則變感氣而成淮南子曰物類之相應故東風至而酒汎溢高誘曰東風木風也木味酸入酒故酢而汎者沸

蓋非類相感也春秋說題辭曰黍爲酒陽援陰乃能動故以麥黍爲酒宋衷曰麥陰也先漬麴黍後入故曰陽援陰相得而沸是其動也

彈徵則苦發叩宮則甘生禮記曰季夏之月其音徵其味苦又曰中央土其音宮其味甘也於是盛

以翠樽酌以彫觴浮蟻鼎沸酷烈馨香釋名曰酒有汎齊浮蟻在上汎汎然漢書曰田延年謂霍

光曰今羣臣鼎沸上林賦曰酷烈淑郁也可以和神可以娛腸神人之精爽也此肴饌之妙也子

能從我而食之乎玄微子曰予甘藜藿未暇此食也韓子曰糲粱之飯藜藿之羹也
鏡機子曰步光之劍華藻繁縟越絕書曰孔子從弟子七十人往奏勾踐乃身被賜夷之甲帶步光之劍
藻文采也說文曰縟繁采飾也飾以文犀彫以翠綠國語曰奉文犀之渠綴以驪龍之珠錯以
荊山之玉莊子曰千金之珠在九重之淵而驪龍頷下韓子曰楚人和氏得璞玉於楚山之中也陸斷犀象未
足稱雋隨波截鴻水不漸刃聖主得賢臣頌曰巧冶鑄干將之璞陸剸犀革戰國策蘇秦說韓王曰韓卒之
劍陸斷牛馬水擊鵠鴈廣雅曰漸漬也九旒之冕散耀垂文劉梁七舉曰九旒之冕散耀垂文周禮曰弁師掌王
之五冕諸侯繅九就鄭玄曰就成也每繅九成則九斿也應劭漢官儀曰冕公侯九斿者也華組之纓從風紛紜
禮記曰玄冠丹組纓諸侯之齊冠說文曰組綬屬也小者以爲冠纓又曰纓冠系也佩則結綠懸黎寶之妙微
戰國策應侯謂秦王曰梁有懸黎宋有結綠而爲天下名器也符采照爛流景揚煇劉淵林蜀都賦注曰符采玉之
橫文也說文曰景光也黼黻之服紗縠之裳孔安國尚書傳曰諸侯自龍衮而下至黼黻漢書曰江充衣紗縠單
衣也金華之舃動趾遺光言以金華飾舃故動足而有餘光也劉欣期交州記曰金華出珠崖如淳漢書注曰遺餘
也繁飾參差微鮮若霜緄佩綢繆或彫或錯說文曰緄織成帶也古本切薰以幽
若流芳肆布說文曰薰火煙上出也若杜若也若稱幽若猶蘭曰幽蘭也擬古詩曰屢見流芳歇毛萇詩傳曰肆陳也雍

容閑步周旋馳燿聖主得賢臣頌曰雍容垂拱左氏傳晉公子謂楚子曰晉楚治兵若不獲命則與君周旋也南
威爲之解顏西施爲之巧笑戰國策曰晉文公得南威三日不聽朝遂推而遠之曰後世必有以色亡其國
者列子曰列子師老商氏五年之後夫子始一解顏而笑西施已見上文毛詩曰巧笑倩兮此容飾之妙也子能
從我而服之乎玄微子曰予好毛褐未暇此服也鄭玄毛詩箋曰褐毛布也
鏡機子曰馳騁足用蕩思游獵可以娛情子虛賦曰終日馳騁曾不下輿又曰游獵之地饒樂
若此者乎歸田賦曰聊以娛情僕將爲吾子駕雲龍之飛駟飾玉路之繁纓馬有龍稱而雲
從龍故曰雲龍也周禮曰凡馬八尺已上爲龍又曰玉路錫樊纓鄭玄曰樊讀如鞶謂今之馬大帶也纓今馬鞅繁與鞶古字通垂
宛虹之長綏抗招搖之華旍楚詞曰建雄虹之綵旄禮記曰天子殺則下大綏鄭玄曰綏當爲緌緌有虞氏
之旌旗也禮記曰招搖在上急繕其怒鄭玄曰繕讀爲勁畫招搖星於其上以起居堅勁軍之威怒也捷忘歸之矢秉
繁弱之弓儀禮曰司射搢三挾一箇鄭玄曰搢插也楚甲切新序曰楚王載繁弱之弓忘歸之矢以射隨兕於夢也忽躡
景而輕騖逸奔驥而超遺風景日景也躡之言疾也呂氏春秋伊尹說湯曰青龍之匹遺風之乘高誘曰皆
馬名也疾若此遺風於是磎填谷塞榛藪平夷緣山置罝彌野張罘鄭玄周禮注曰彌遍
也下無滿跡上無逸飛鳥集獸屯然後會圍廣雅曰屯聚也獠徒雲布武騎

霧散說文曰獠獵也韓子曰雲布風動羽獵賦曰武騎聿皇封禪書曰雲布霧散丹旗燿野戈殳晧旰南都
賦曰曜野映雲曳文狐揜狡兔禮斗威儀曰其君乘土而王南海輸以文狐史記李斯曰牽黃犬逐狡兔方言曰揜覆也
捎鷫鷞拂振鷺鷫鷞振鷺皆鳥之名當軌見藉值足遇踐西京賦曰當足見蹍值輪被轢也飛
軒電逝獸隨輪轉孫該琵琶賦曰飄風電逝舒疾無力翼不暇張足不及騰西京賦曰鳥不暇舉
獸不得發動觸飛鋒舉挂輕罾西都賓曰鳥驚觸絲獸駭值鋒罾亦罔也班固漢書序曰鷹隼未擊罾弋不施於蹊
隧也搜林索險探薄窮阻廣雅曰草藂生曰薄騰山赴壑風厲猋舉古詩曰涼風率已厲楚辭
曰猋遠舉兮雲中王逸注云猋去疾貌說文曰猋火華也機不虛發中必飲羽孔安國尚書傳曰機弩牙也子虛賦
曰弓不虛發中必決眥呂氏春秋曰養由基射兕中石矢飲羽高誘曰飲羽飲矢至羽也於是人稠網密地逼勢
脅哮闞之獸張牙奮鬣毛詩曰進厥虎臣闞如虓虎毛萇曰虓闞虎怒也哮與虓同也志在觸突猛
氣不慴慴已見上文乃使北宮東郭之疇孟子曰北宮黝之養勇也不膚撓不目逃思以一毫挫於人若
撻於市朝趙岐曰北宮姓黝名也呂氏春秋曰齊有好勇者一人居東郭一人居西郭卒然相遇於塗曰姑相飲乎觴數行曰姑求肉乎
一人曰子肉也我肉也因抽刀而相噉也生抽豹尾分裂貙肩爾雅曰貙似狸形不抗手骨不隱
拳小雅曰抗禦也服虔漢書注曰隱築也於瑾切批熊碎掌拉虎摧斑掌熊蹯也孟子曰熊掌亦我所欲也斑虎

文也上林賦曰被斑文野無毛類林無羽羣積獸如陵飛翮成雲(羽獵賦曰創淫輪夷丘累)
陵聚於是駴鍾鳴鼓收旌弛旆(周禮曰鼓皆駴鄭玄曰雷擊鼓曰駭駴古駭字杜預左氏傳注曰弛解也)頓
綱縱網罷獠迴邁(頓猶捨也說文曰縱緩也)駿騄齊驤揚鑾飛沫(南都賦曰驥騄齊鑣舞賦曰龍)
驤橫舉揚鑣飛沫也俯倚金較仰撫翠蓋(東京賦曰戴翠冒倚金較說文曰較車上曲鉤高唐賦曰蜺為旌翠為蓋)
雍容暇豫娛志方外(國語優施曰我教汝暇豫之事君韋昭曰暇閑也豫樂也杜預左氏傳注曰方法也)此羽
獵之妙也子能從我而觀之乎(高唐賦曰傳言羽獵)玄微子曰予樂恬靜未暇
此觀也
鏡機子曰閑宮顯敞雲屋皓旰(李尤高安館銘曰增臺顯敞雲屋言高若雲也班婕妤自傷賦曰仰視兮)
雲屋雙涕下兮橫流崇景山之高基迎清風而立觀(基若景山言極高也毛萇詩傳曰崇立也毛詩曰陟)
彼景山地理書曰迎風觀在鄴也彤軒紫柱文榱華梁(劉梁七舉曰丹墀縹壁紫柱紅梁也)綺井含葩
金墀玉箱(金墀猶金阯也西京賦曰金阯玉階玉箱猶玉房也)溫房則冬服絺綌清室則中夏
含霜(劉騊駼玄根頌曰前殿冬絺李尤函谷關賦曰盛夏臨漂而含霜也)華閣緣雲飛陛陵虛(魯靈光殿賦曰)
飛陛揭孽緣雲上征頫眺流星仰觀八隅(魯靈光殿賦曰中坐垂景頫視流星頫音俯)升龍攀而不

珍倣宋版印

逮眇天際而高居〔崔駰七依曰升龍於天者雲也西京賦曰翔鵾仰而不逮周易曰豐其屋天際翔也〕繁巧神恠變名異形班輸無所措其斧斤離婁為之失睛〔鄭玄禮記注曰公輸若匠師也般若之族多技巧者也孟子曰離婁之明趙岐曰古之明目者也蓋黃帝時人〕麗草交植殊品詭類綠葉朱榮熙天曜日〔熙光也〕素水盈沼叢木成林〔楚辭曰含素水而蒙深〕飛翮凌高鱗甲隱深於是逍遙暇豫忽若忘歸〔楚辭曰觀者澹予忘歸也〕乃使任子垂釣魏氏發機〔莊子曰任子為大鉤巨緇五十犗以為餌蹲會稽投竿東海旦旦而釣朞年不得魚已而魚大食之牽巨鉤陷沒而下騖揚而奮鬐白波若山吳越春秋曰越王欲伐吳范蠡進善射者陳音越王問其射所起焉音曰黃帝作弓以備四方後有楚狐父以其道傳羿羿傳逄蒙傳楚琴氏琴氏傳大魏大魏傳楚三侯麋侯翼侯魏侯也〕芳餌沈水輕繳弋飛〔吳越春秋大夫種曰深川之魚死於芳餌〕落翳雲之翔鳥援九淵之靈龜〔賈誼弔屈原曰襲九淵之神龍〕然後采菱華擢水蘋〔子虛賦曰外發芙蓉菱華許慎淮南蘋子注曰擢引也毛萇詩傳曰蘋大萍〕弄珠蚌戲鮫人〔揚雄蜀都賦曰蚌含珠而擘裂劉淵林吳都賦注曰鮫人水底居也〕諷漢廣之所詠覿游女於水濱〔韓詩序曰漢廣悅人也詩曰漢有游女不可求思薛君曰游女謂漢神也〕燿神景於中沚被輕縠之纖羅〔毛詩曰宛在水中沚子虛賦曰雜纖羅也〕遺芳烈而靖步抗皓手而清歌〔廣雅曰抗舉也〕歌曰望雲際兮有好仇

天路長兮往無由楚辭曰君誰須兮雲之際毛詩曰君子好仇杖乘樂府曰美人在雲端天路隔無期佩蘭蕙兮爲誰脩宴婉絕兮我心愁楚辭曰紉秋蘭爲佩王逸注曰脩飾也毛詩曰燕婉之求毛萇曰燕安也婉順也鄭玄曰本求燕婉之人也此宮館之妙也子能從我而居之乎玄微子曰子耽巖穴未暇此居也巖穴隱者所居黃石公記曰主聘巖穴事乃得實也

鏡機子曰既游觀中原逍遙閑宮情放志蕩淫樂未終亦將有才人妙妓遺世越俗漢書曰傅昭儀少爲才人韋昭曰才伎人也廣雅曰遺離也揚北里之流聲紹陽阿之妙曲史記曰紂使師涓作新淫之聲北里之舞靡靡之樂淮南子曰夫歌采菱發陽阿鄭人聽之不若延露以和爾乃御文軒臨洞庭文畫飾也軒殿檻也洞庭廣庭也尸子曰文軒無四寸之鍵則車不行莊子曰黃帝張咸池之樂於洞庭也新語曰高臺百仞文軒彫窻也琴瑟交揮左篪右笙廣雅曰揮動也毛萇詩傳曰竹曰篪鍾鼓俱振簫管齊鳴廣雅曰振動也毛詩曰簫管備舉然後姣人乃被文縠之華袿振輕綺之飄颻毛詩曰佼人僚兮劉熙釋名曰婦人上服謂之袿戴金搖之熠燿揚翠羽之雙翹宋玉諷賦曰主人之女垂珠步搖來排臣戶西京雜記曰趙飛鷰爲皇后其弟上遺黃金步搖毛萇詩傳曰熠燿鮮明也司馬彪續漢書曰皇太后入廟先爲花勝上爲鳳凰以翡翠爲毛羽王逸楚辭注曰翹羽名也揮流芳燿飛文韓康伯周易注曰揮散也歷

珍倣宋版印

盤鼓煥繽紛 張衡舞賦曰般鼓煥以駢羅 長裾隨風悲歌入雲 列子曰薛談學謳於秦青辭歸青餞於郊撫節悲歌響遏行雲也 蹻捷若飛蹈虛遠蹠 廣雅曰趫趫行也今爲蹻字無定也廣雅曰蹠履也 古凌躍超驤蜿蟬揮霍 楚辭曰超驤推阿西京賦曰跳丸劍之揮霍也 翔爾鴻翥濈然鳧沒 爾雅曰翥舉也濈疾貌也濈側立切 縱輕體以迅赴景追形而不逮 西京賦曰紛縱體而迅赴不逮言疾也韓子曰形影相應而生 飛聲激塵依違厲響 七略曰漢興善歌者魯人虞公發聲動梁上塵依違猶徘徊也楚辭曰余思舊鄉心依違 才捷若神形難爲象 舞賦曰彷彿神動又曰不可爲象也 於是爲歡未渫白日西頹 東都賦曰士怒未渫方言曰渫歇也楚辭曰日杳杳以西頹 散樂變飾微步中閨玄眉弛兮鉛華落收亂髮兮拂蘭澤 鉛華已見洛神賦蘭澤已見上文也 形媠服兮揚幽若 說文曰媠南楚之外謂好也媠湯火切 紅顏宜笑睇眄流光 楚辭曰既含睇兮又宜笑王逸曰睇微眄貌 時與吾子攜手同行 毛詩曰惠而好我攜手同行也 踐飛除即閑房 司馬彪上林賦注曰除樓陛也 華燭爛幄幙張 秦嘉贈婦詩曰飄飄帷帳熒熒華燭左氏傳曰子產以幄幙行 動朱脣發清商 舞賦曰動朱脣神女賦曰朱脣的其若丹宋玉笛賦曰吟清商追流徵也 揚羅袂振華裳九秋之夕爲歡未央 九秋之夕言其長也古樂府有歷九秋妾薄相行蘇武詩曰懽樂殊未央 此聲色之妙也子能從我而游之乎玄微

子曰予願清虛未暇此遊也

鏡機子曰予聞君子樂奮節以顯義烈士甘危軀以成仁張衡應閒曰貫高以端辭顯義論語子曰志士仁人有殺身以成仁是以雄俊之徒交黨結倫重氣輕命感分遺身西京賦曰輕死重氣結黨連羣分分義也鄭玄禮記注曰遺亡也故田光伏劍於北燕公叔畢命於西秦也史記燕太子丹謂田光曰丹所言者國大事也願先生勿泄也光曰諾退見荊軻曰吾聞長者爲行不使人疑己今太子疑光非節俠也欲自殺以激荊卿遂自刎公叔未詳果毅輕斷虎步谷風左氏傳曰殺敵爲果致果爲毅李陵詩曰幸託不肖軀且當猛虎步春秋元命苞曰猛虎嘯而谷風起類相動也威慴萬乘華夏稱雄漢書曰天子畿方千里出兵車萬乘故稱萬乘之主尚書曰華夏蠻貊也辭未及終而玄微子曰善

鏡機子曰此乃游俠之徒耳未足稱妙也若夫田文無忌之儔乃上古之俊公子也田文孟嘗也無忌信陵也皆飛仁揚義騰躍道藝游心無方抗志雲際莊子曰乘物以游心又曰應物無方晉灼漢書注曰方常也楚辭曰放志游乎雲中也凌轢諸侯馹馳當世呂氏春秋曰凌轢諸侯說文曰轢車所踐也揮袂則九野生風慷慨則氣成虹蜺說文曰揮奮也淮南子曰所謂一者上通九天下貫九野劉邵趙郡賦曰呴氣成虹蜺揮袖起風塵文與此同未詳其本也吾子若當

此之時能從我而友之乎玄微子曰予亮願焉爾雅曰亮信也然方於大道
有累如何
鏡機子曰世有聖宰翼帝霸世謂魏太祖尚書傳曰翼輔也孔安國同量乾坤等曜日
月乾坤天地也日月也張超尼父頌曰合量乾坤參曜玄化參神與靈合契蔡邕陳留太守頌曰玄化洽矣黔首
用寧漢書伍被說淮南王曰今陛下令雖未出化馳如神劇秦美新曰與天剖靈符地合神契惠澤播於黎苗威靈
震乎無外國語曰少昊之衰九黎亂德韋昭曰九黎黎民九人尚書帝曰禹惟時有苗不率汝徂征孔安國曰三苗之民數千
王誅崔駰七依曰仁臻於行葦惠及乎黎苗四子講德論曰威靈外覆公羊傳曰王者無外也超隆平於殷周踵羲
皇而齊泰東都賦曰卽土之中有周成隆平之制焉東京賦曰踵二皇之遐武薛綜曰踵繼也顯朝惟清王道
遐均民望如草我澤如春班固漢書文紀述曰我德如風民應如草古長歌行曰陽春布德澤萬物生光輝也
河濱無洗耳之士喬岳無巢居之民洗耳許由也琴操曰堯大許由之志禪爲天子由以其不善乃
臨河而洗耳毛詩曰墮山喬岳也巢居巢父也皇甫謐逸士傳曰巢父者堯時隱人常山居以樹爲巢而寢其上時人號曰巢父也是
以俊乂來仕觀國之光尚書曰俊乂在官國語曰秦后來仕韋昭曰仕於晉也周易曰觀國之光利用賓于王
舉不遺才進各異方左氏傳曰楚子囊曰晉君舉不失選又曰不遺德刑杜預曰遺失也讚典禮於辟

雍講文德於明堂左氏傳曰隨武子曰典禮不易尚書曰帝乃誕敷文德毛詩曰矢其文德洽此四國正流俗
之華說綜孔氏之舊章流俗已見上華說已見文賦舊章已見東都主人王肅周易注曰綜理事也左氏傳曰舊
章不可忘也散樂移風國富民康解嘲曰散以禮樂風以詩書禮記曰樂行移風易俗天下皆寧春秋說題辭曰
盡精竭思國富民康也神應休臻屢獲嘉祥尚書曰休徵東京賦曰緫集瑞命備致嘉祥也故甘靈紛
而晨降景星宵而舒光禮斗威儀曰其君乘土而王其政太平時則甘靈降鶡冠子曰聖人其德上及泰清下及
泰寧景星光潤史記曰天精明時有赤方氣與青方氣相連赤方中有兩黃星青方中有一黃星凡三星合為景星其狀無常出於有道
之國也觀游龍於神淵聆鳴鳳於高岡禮斗威儀曰其君乘水而王龜龍被文而見神女賦曰婉若游
龍周易曰潛龍勿用又曰或躍在淵樂汁圖徵曰五音克諧各得其倫則鳳皇至廣雅曰聆聽也毛詩曰鳳皇鳴矣此霸道之
至隆而雍熙之盛際漢書宣帝曰漢家自有制度本霸王道雜之東京賦曰上下共其雍熙然主上猶
以沈恩之未廣懼聲教之未厲漢書司馬相如難蜀父老曰湛恩汪濊尚書曰朔南暨聲教廣雅曰厲高
也采英奇於仄陋宣皇明於巖穴邊讓章華臺賦曰舉英奇於側陋尚書曰明明揚側陋東都賦曰散
皇明以燭幽巖穴已見上文此甯子商歌之秋而呂望所以投綸而逝也淮南子曰甯戚
商歌車下而桓公慨然而悟秋猶時也史記朱亥謂魏公子曰此是効命之秋也尚書中候曰王至磻溪之水呂尚釣崖下趨拜尚立變

名曰望毛詩曰之子于釣言綸之繩鄭玄曰以繩爲之綸吾子爲太和之民不欲仕陶唐之世乎法言曰或問太和曰其在唐虞成周也李軌曰天下太和也孔安國尚書傳曰陶唐帝堯氏也於是玄微子攘袂而興曰韡哉言乎近者吾子所述華淫欲以厲我秖攪予心杜預左氏傳注曰勸勵也毛詩曰胡逝我梁秖攪我心至聞天下穆清明君莅國史記曰漢興已來受命於穆清蔡邕釋誨曰生穆清之世稟淳和之靈毛萇詩傳曰莅臨也覽盈虛之正義知頑素之迷惑周易曰損益盈虛與時偕行薛君韓詩章句曰素質也言人但有質朴無治人之材也今予廓爾身輕若飛劉梁七舉曰先生昭然神悟霍爾體輕願反初服從子而歸楚詞曰進不入以離尤退將復修吾初服公羊傳楚莊王謂司馬子反曰吾亦從子而歸

文選卷第三十四

賜進士出身通奉大夫江南蘇松常鎮太等處承宣布政使司布政使胡克家重校刊

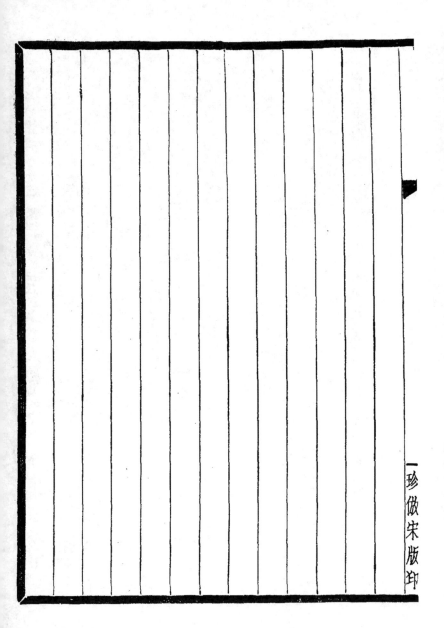

文選卷第三十五

梁昭明太子撰

文林郎守太子右內率府錄事參軍事崇賢館直學士臣李善注上

七下

張景陽七命八首

詔

漢武帝詔一首　賢良詔一首

冊

潘元茂魏公九錫文一首

七下

七命八首　張景陽

沖漠公子含華隱曜沖漠沖虛恬漠也范曄後漢書孔融曰南山四皓潛光隱耀世嘉其高也嘉遯龍盤翫世高蹈周易曰嘉遯貞吉尚書大傳曰盤龍賁信越其藏鄭玄曰蟠屈也左氏傳齊人歌曰魯人之皐使我高蹈也游

心於浩然玩志乎衆妙莊子曰乘物以游心孟子曰我善養吾浩然之氣敢問何謂浩然之氣曰難言也其為氣也至大至剛以直養而無害則塞于天地之閒老子曰玄之又玄衆妙之門絶景乎大荒之遐阻吞響乎幽山之窮奧山海經曰大荒之中有山名曰大荒之山日月所入是謂大荒之野毛詩曰幽幽南山奧隱處也於是殉華大夫聞而造焉殉營也華浮華乃勑雲輅驂飛黃東京賦曰結飛雲之袷輅淮南子曰黃帝治天下於是飛黃服皁越奔沙輾流霜劉劭七華曰超重淵越流沙凌扶搖之風躡堅冰之津莊子曰摶扶搖而上者九萬里司馬彪曰扶搖上行風也列子曰堅冰立散旌拂霄堮軌出蒼垠許慎淮南子注曰垠堮端崖也天清泠而無霞野曠朗而無塵臨重岫而攬轡顧石室而迴輪仲長子昌言曰聞上古之隱士或伏重岫之內窟窮皐之底列仙傳曰赤松子常止西王母石室中遂適沖漠之所居爾雅曰適之也其居也崢嶸幽藹蕭瑟虛玄廣雅曰崢嶸深冥也說文曰玄幽遠也溟海渾濩涌其後嶰谷峁嶆張其前十洲記曰東王所居處山外有員海員海水色正黑謂之溟海說文曰渾流聲也後衮切又曰濩霤下貌也胡郭切漢書曰取竹之嶰谷音蟹義曰嶰谷崐崙北谷名峁嶆深空之貌也嶰音解峁音牢嶆音曹竹竦莖蔭其壑百籟羣鳴聾其山山海經曰大荒之中有岳山尋竹生焉郭璞曰尋竹大竹也莊子曰地籟則衆竅是也聾其山謂衆聲既喧山為之聾也蒼頡篇曰聾耳不聞也衝飈發而迴日飛礫起而灑

天鹽鐵論曰衝風飄鹵沙石凝積東京賦曰飛礫雨散於是登絕巘遡長風毛萇詩傳曰巘小山別大山者也薛
綜西京賦注曰遡向風也陳辯惑之辭命公子於巖中論語子張曰敢問崇德辨惑曰蓋聞聖
人不卷道而背時智士不遺身而匿迹應瑒釋賓曰聖人不違時而遯迹賢者不背俗而遺功七
啓曰感分遺身楚辭曰聊竄端匿迹也生必耀華名於玉牒沒則勒洪伐於金冊東觀漢記
曰封禪其玉牒文祕說文曰牒札也陳琳韋端碑曰撰勒洪伐式昭德音金冊已見西京賦今公子違世陸沈避
地獨竄陸沈已見張景陽雜詩孔安國尚書傳曰違避也論語子曰賢者避世其次避地有生之歡滅資父
之義廢漢書曰夫人有生之最靈者也孝經曰資於事父以事君而敬同愁洽百年苦溢千歲古詩曰人
生不滿百常懷千歲憂何異促鱗之游汀濘短羽之棲翳薈張升與任彥堅書曰今將老弱處于
窮澤漸漬汀濘當何聊賴汀吐泠切說文曰濘絕小水也奴冷切孫子兵法曰林木翳薈也今將榮子以天人之
大寶悅子以縱性之至娛周易曰天地之大德曰生聖人之大寶曰位列子楊朱曰從性而游不逆萬物所好
七啓曰說游觀之至娛窮地而游中天而居列子曰穆王執化人之祛騰而上者中天乃止傾四海之
歡殫九州之腴說文曰歡喜樂也又曰腴腹下肥者西都賓曰華實之毛則九州之上腴焉鑽屈轂之瓠
解疏屬之拘子欲之乎言屈轂之瓠難鑽疏屬之拘難解今欲以辯而鑽解之也韓子曰齊有居士田仲者宋人

屈轂往見之謂仲曰轂有巨瓠堅如石厚而無竅願效之先生田仲
曰堅如石不可剖而斲厚而無竅不可以受水漿吾無用此瓠爲也
屈轂曰然其棄物乎曰然今先生雖不恃人之食亦無益人之國矣
猶可棄之瓠也田仲若有所失慙而不對山海經曰二負殺猰貐帝
乃梏之疏屬之山桎其右足及縛兩手 公子曰大夫不遺來萃荒外毛萇詩傳曰萃集也雖在不
敏敬聽嘉話孝經曰參不敏說文曰話會合善言也 大夫曰寒山之桐出自太冥楚辭曰北
有寒山卓龍艳然北方極陰故曰太冥 含黃鍾以吐幹據蒼岑而孤生禮記曰季夏之月中央土律中
黃鍾之宮尚書曰嶧陽孤桐孔安國曰孤特生桐中琴也既乃瓊巘嶒崚金岸崥崹瓊巘玉山也魯靈光殿賦
曰崱崚嶒而龍鱗崥崹漸平貌也崥步迷切崹徒奚切 左當風谷右臨雲谿上無淩虛之巢下
無跖實之蹊淮南子曰鳥排虛而飛獸蹠實而走高誘曰實地也廣雅曰蹠履也跖與蹠同搖刖峻挺茗邈
茗嶢搖刖危貌也茗邈高貌也茗莫冷切晞三春之溢露遡九秋之鳴飆毛萇詩傳曰晞乾也班固
終南山賦曰三春之季孟夏之初蟬與遡同已見上文古樂府有歷九秋妾薄相行零雪寫其根霏霜封其條
毛萇詩傳曰霏雪貌也霜亦雪類故通言之 木既繁而後綠草未素而先彫傅毅七激曰陽春後榮涉
秋先彫 於是構雲梯陟崢嶸墨子曰公輸般爲雲梯必取宋長笛賦曰構雲梯抗浮柱郭璞方言注曰崢嶸高峻
也剪蕤賓之陽柯剖大呂之陰莖禮記曰仲夏之月律中蕤賓又曰季冬之月律中大呂蒼頡篇曰剖

珍倣宋版印

析也周禮曰仲冬斬陽木仲夏斬陰木鄭玄曰陽木生於山南陰木生於山北也營匠斲其樸伶倫均其聲營匠未詳莊子曰匠石之齊見櫟社樹觀者如市匠伯不顧司馬彪曰石字伯說文曰斲斫也漢書曰黃帝使伶倫取嶰谷之竹斷兩節閒而吹之以為黃鍾之宮制十二籥以聽鳳皇之音以比黃鍾之宮器舉樂奏促調高張禮記曰金石絲竹樂之器也揚雄解嘲曰絃者高張急徽音朗號鍾韻清繞梁楚辭曰操伯牙之號鍾兮挾秦箏而彈徵尸子曰繞梁之鳴許史鼓之非不樂也墨子以為傷義故不聽也追逸響於八風采奇律於歸昌風俗通曰聲所以五者繫五行也音所以八者繫八風也淮南子曰律之初生也寫鳳之音韓詩外傳曰鳳舉曰上翔集鳴曰歸昌啓中黃之少宮發蓐收之變商中黃土色禮斗威儀曰少宮主政宋均曰聲五而已必加少宮少商者以君臣任重為設副也劉向雅琴賦曰彈少宮之際天援中徵以及泉禮記曰孟秋之月其神蓐收淮南子曰變宮生徵變商生羽若乃龍火西頹暄氣初收漢書曰東宮蒼龍房心心為火故曰龍火也左氏傳曰仲尼曰火猶西流禮記曰仲秋陽氣日衰飛霜迎節高風送秋桓驎七說曰飛霜厲其末猋風激其崖李尤七歎曰季秋末際高風猋厲羇旅懷土之徒流宕百罹之疇左氏傳陳敬仲曰羇旅之臣論語曰小人懷土謝忱後漢書序曰士庶流宕他州異境毛詩曰我生之後逢此百罹撫促柱則酸鼻揮危絃則涕流舞賦曰若絙瑟促柱高唐賦曰寒心酸鼻廣雅曰揮動也鄭玄論語注曰危高也侯瑾箏賦曰急絃促柱變調改曲陸機前緩歌行曰大客揮高絃意與此同也若乃追清哇赴嚴節張衡

舞賦曰含清哇而吟咏蒼頡曰哇謳也嚴節急節也漢書曰隤銅丸以擿鼓聲中嚴鼓之節奏綠水吐白雪淮南子曰
手會綠水之趨高誘曰淥水古詩也宋玉風賦曰爲幽蘭白雪之曲激楚迴流風結上林賦曰激楚結風文穎曰激衝急
風也結風迴風亦急風也楚地風氣既自漂疾然歌樂者猶復依激結之急風爲節也悲蓂莢之朝落悼望舒
之夕缺田俅子曰堯爲天子蓂莢生於庭爲帝成厤鄭玄詩箋曰悼傷也楚辭曰前望舒使先驅王逸曰望舒月御也古詩曰四
五占兔缺煢嫠爲之擗摽孀老爲之嗚咽左氏傳初莒有婦人莒子殺其夫己爲嫠婦杜預曰寡婦爲嫠
毛詩曰寤擗有摽毛萇曰擗拊心貌淮南子曰童子不孤婦人不孀高誘曰寡婦曰孀王子拂纓而傾耳六馬
噓天而仰秣列仙傳曰王子喬周靈王太子晉也吹笙則鳳鳴禮記曰傾耳而聽之孫卿子曰昔者瓠巴鼓瑟而鱏魚出聽
伯牙鼓琴而六馬仰秣黃伯仁龍馬賦曰或有噓天慷慨骨騰肉飛說文曰噓吹噓音虛秣或爲蹀也此蓋音曲之至
妙子豈能從我而聽之乎舞賦曰天下之至妙公子曰余病未能也
大夫曰蘭宮祕宇彫堂綺櫳楚辭曰彷徨兮蘭宮魯靈光殿賦曰乃立靈光之祕殿說文曰櫳房室之疏也
雲屏爛汗瓊壁青葱禮記曰疏屏天子廟飾也鄭玄曰屏謂之樹刻之爲雲氣王褒甘泉賦云燿照形之玉壁應
門八襲琁臺九重毛詩曰乃立應門郭璞爾雅注曰襲猶重也汲文曰桀作傾宮飾瑤臺韓子箕子曰紂必爲九重古
高臺也表以百常之闕圜以萬雉之墉表標也百常高也西京賦曰徑百常而莖擢西都賦曰建金城

珍倣宋版印

之萬雉毛萇詩傳曰墉城也爾乃嶢榭迎風秀出中天方言曰嶢高也郭璞爾雅注曰榭臺上起屋也曹子建七啓曰迎清風而立觀國語曰秀出於衆秀出貌也列子曰周穆王築臺號曰中天之臺翠觀岑青彫閣霞連長翼臨雲飛陛陵山鄭玄禮記注曰榮屋翼也魯靈光殿賦曰飛陛揭孽緣雲上征望玉繩而結極承倒景而開軒春秋元命苞曰玉衡北兩星為玉繩說文曰極棟也陵陽子明經曰倒景氣去地四千里其景皆倒在下軒長廊之牕也赬素炳煥枌栱嵯峨毛萇詩傳曰赬赤也說文曰棼複屋棟也棼與枌古字通陰蚪負檐陽馬承阿蚪龍也楚辭曰仰觀刻桷畫龍蚪馬融梁將軍西第賦曰騰極受檐陽馬承阿周書曰明堂咸有四阿錯以瑤英鏤以金華廣雅曰錯厠也范子計然曰玉英出藍田劉欣期交州記曰金華出珠崖謂金有華彩也方疏含秀圓井吐葩魯靈光殿賦曰懸棟結阿天牕綺疏圓淵方井反植荷蕖張載曰疏刻鏤也秀謂華也重殿疊起交綺對幌西京賦曰交綺豁以疏寮文字集略曰幌以帛明牕也幽堂晝密明室夜朗焦螟飛而風生尺蠖動而成響晏子春秋景公問於晏子曰天下有極細乎對曰東海有蟲名曰焦螟巢於蚊睫飛乳去來而蚊不覺周易曰尺蠖之屈以求伸也若乃目厭常玩體倦帷幄列子曰聲色不可常玩聞攜公子而雙游時娛觀於林麓曹大家列女傳注曰竹木曰林山足曰麓登翠阜臨丹谷華草錦繁飛采星燭陽葉春青陰條秋綠華實代新承意恣歡仰折神蘤俯

采朝蘭本草經曰白芷一名蘺許妖切遡蕙風於衡薄眷椒塗於瑤壇邊讓章華臺賦曰蕙風春
施洛神賦曰踐椒塗之郁烈步衡薄而流芳漢書曰偏觀此眺瑤堂王逸楚辭注曰壇猶堂也爾乃浮三翼戲中沚
越絕書伍子胥水戰兵法內經曰大翼一艘長十丈中翼一艘長九丈六尺小翼一艘長九丈毛詩曰宛在水中沚潛鰓駭鷩
翰起蘇林漢書注曰鰓音魚鰓今呼魚謂之鰓猶呼車以爲軫也鄭玄詩箋曰翰鳥中豪俊者也沈絲結飛矰理
毛詩曰其釣維何維絲伊緡毛萇曰緡綸也鄭玄曰以絲爲之綸周禮曰矰矢用諸弋射鄭玄曰結繳於矢謂之矰也挂歸翮
於赤霄之表出華鱗於紫淵之裏歸翮鴻鴈之屬也淮南子曰夫鴻鵠背負蒼天膺摩赤霄上林賦曰
紫淵徑其北然後縱棹隨風弭楫乘波杜預左氏傳曰縱放也毛萇詩傳曰弭止也吹孤竹撫
雲和周禮曰孤竹之管雲和之琴瑟鄭玄曰孤竹竹特生者雲和山名淵客唱淮南之曲榜人奏采
菱之歌淵客習水者也吳都賦淵客慷慨而泣珠漢書曰淮南鼓員四人子虛賦曰榜人歌張揖曰船長也淮南子曰歌采菱發
陽阿也歌曰乘鷁舟兮爲水嬉穆天子傳曰天子乘鳥舟郭璞曰舟爲鷁形制今吳之青雀舫此其遺象也琴
道雍門周曰水嬉則舫龍舟臨芳洲兮拔靈芝楚辭曰采芳洲兮杜若西京賦曰擢靈芝之朱柯樂以忘
戚游以卒時論語子曰樂以忘憂家語孔子歌曰優哉游哉聊以卒歲窮夜爲日畢歲爲期此蓋
宴居之浩麗子豈能從我而處之乎毛詩曰或燕燕居息浩猶大也公子曰余病未

能也
大夫曰若乃白商素節月既授衣周禮曰西方白禮記曰孟秋之月其音商劉植與臨淄侯書曰肅以
素秋則落毛詩曰九月授衣天凝地閉風厲霜飛凝猶結也禮記曰仲冬之月塗城闕築囹圄助天地之閉藏也
柔條夕勁密葉晨稀將因氣以效殺臨金郊而講師禮記曰季冬之月天子乃教於
田獵劉向尚書五行說曰金西方萬物既成殺氣之始也故立秋出軍行師西方爲金故曰金郊也國語號文公曰三時務農一時講武
爾乃列輕武整戎剛輕武戎剛四車名也司馬彪續漢書曰輕車古之戰車也不巾不蓋韓子曰管仲之始治也桓
公武車元戎已見上文輕武卒名也戎剛車名也東京賦總輕武於後陳奏嚴鼓之嘈囋漢書曰衛青令武剛車環爲營張晏曰兵車也
建雲髦啓雄芒雲髦雲旆竿上施旄也上林賦曰連雲旆髦與旄古字通子虛賦曰建干將之雄戟芒鋒刃也漢書賈誼
曰解十二牛而芒刃不頓駕紅陽之飛燕驂唐公之驌驦紅陽飛燕未詳或曰駿馬圖有含陽侯驃疑含
卽紅聲之誤也左氏傳曰唐成公有兩驌驦馬馬融曰驌驦鴈也馬似之屯羽隊於外林縱輕翼於中荒
羽隊士負羽而爲隊也羽獵賦曰蒙盾負羽而羅者以萬計翼左右甄也越絶書曰子胥兵分爲兩翼夜火相望爾乃布飛
罻或云飛羅盧端切張脩罠爾雅曰彘罟謂之罻罻或作罠音旻夫然罻罠一以爲對恐互體廣雅曰罠兔罟也劉逵吳都賦
注曰罠麋網也然張氏之意蓋同劉說罻或爲羅陵黃岑挂青巒爾雅曰巒隋也郭璞曰晝山隋長者荊州謂之巒

長谿以爲限帶流谿以爲關既乃內無疏蹊外無漏迹廣雅曰蹊通也七啓曰下
無漏迹上無逸飛叩鉦數校舉麾旌獲周禮曰鼓鉦鳴鐲車皆行鄭玄曰鐲鉦也散爲陣列而行也漢書曰大校
獵如淳曰合軍聚衆有幡校也周禮曰建大麾以田鄭玄曰不在九旗之中周禮曰服不氏射則贊張侯以旌居乏而待獲鄭玄曰待獲
射者舉旌以獲也彀金機馳鳴鏑說文曰彀張弓弩機弩牙也以金爲之漢書曰冒頓乃作爲鳴鏑音義曰箭鏑也如
今鳴箭是也剪剛豪落勁翮車騎競騖駢武齊轍說文曰騖亂馳也駢並也毛萇詩傳曰武迹也
杜預左氏傳注曰轍車迹也翕忽揮霍雲迴風烈孫卿子曰下之和上譬猶響之應聲影之隨形舉戈林
竦揮鋒電滅東京賦曰戈矛若林廣雅曰竦立也仰傾雲巢俯殫地穴周禮有穴氏鄭玄曰穴搏蟄獸
所藏者也乃有圓文之豜班題之豵毛萇詩傳曰豕一歲曰豜又鄭玄曰豕生三子曰豵然此豜豵指諸獸不
專論豕也鼓鬣風生怒目電䁝䁝光也七從切口齩霜刃足撥飛鋒說文曰齩齧骨也胡狡切
廣雅曰撥除也補達切甗林蹷石扣跋幽叢甗以鼻搖動也五忽切郭璞爾雅注曰蹷動搖之貌也居月切孔安
國論語注曰扣擊也毛萇詩傳曰跋躐也扣跋或謂却伏也於是飛黃奮銳賁石逞技史記曰蜚廉以材力
事殷紂尸子中黃伯曰余左執太行之獶而右搏雕虎說苑曰勇士孟賁水行不避蛟龍陸行不避虎狼吳越春秋曰夫差使王孫聖占
夢聖曰占之不吉王怒使力士石蕃以鐵椎椎殺聖張華博物志曰石蕃衛臣也背負千二百斗沙蹙封豨僨馮豕淮南

珍倣宋版印

子曰伍胥曰吳爲封豨脩蛇小雅曰封大也方言曰南楚人謂豬爲
豨爾雅曰僨僵也甫運切僨或爲擯非也王逸楚辭注曰馮大也
拉虥虪挫獬廌爾雅曰虥白虎虪黑虎張揖漢書注曰獬廌似鹿而一角也勾爪摧鋸牙捭淮南子曰
勾爪鋸牙於是摯矣說文曰捭兩手擊也補買切瀾漫狼藉傾榛倒壑說文曰藉編狼藉也殞胔挂山
僵踣掩澤鄭玄周禮注曰四足死者曰胔爾雅曰僵仆也郭璞爾雅注曰踣前覆也張揖上林賦注曰掩覆也藪爲毛
林隰爲丹薄鄭玄周禮注曰澤無水曰藪也廣雅曰草叢生曰薄於是撤圍頓罔卷旆收鳶鄭玄
禮儀注曰撤除也頓猶捨也禮記曰前有塵埃則載鳴鳶虞人數獸林衡計鮮周禮有虞人又有林衡孔安國尚書
傳曰鳥獸新殺曰鮮論最犒勤息馬韜弦張晏漢書注最功第一也西京賦曰犒勤賞功杜預左氏傳注曰犒勞也
又曰韜藏也肴駟連鑣酒駕方軒說文曰鑣馬銜也西京賦曰酒車酌醴方駕授饔千鐘電釂萬
燧星繁孔叢子曰堯飲千鐘西京賦曰升觴舉燧既釂鳴鐘說文曰釂飲酒盡也陵阜霑流膏谿谷猒芳
煙歡極樂殫迴節而旋鄭玄周禮注曰節信也行者所執之信也此亦田游之壯觀子豈
能從我而爲之乎封禪文曰天下之壯觀公子曰余病未能也
大夫曰楚之陽劍歐冶所營越絕書曰楚王召風胡子而問之曰寡人聞吳有干將越有歐冶子寡人願齎
邦之重寶請此二人作爲鐵劍可乎於是風胡子之吳見歐冶干將使之作鐵劍三枚一曰龍淵二曰太阿三曰工市陽劍見下文

谿之鋌赤山之精越絕書曰越王勾踐有寶劍五聞於天下客有能相劍者名曰薛燭王召而問之對曰當造此劍之時赤堇之山破而出錫若耶之溪涸而出銅許慎淮南子注曰鋌銅鐵璞也徒鼎切精謂其中尤善者
銷踰羊頭鏷越鍛成淮南子曰苗山之鋌羊頭之銷雖水斷龍舟陸剸兕甲莫之服帶許慎曰銷生鐵也高誘曰苗山利金所出羊頭之銷白羊子刀也鏷或謂爲鏷廣雅曰鏷鋌也謝承後漢書曰孝章皇帝賜諸尚書劍手自署姓名尚書陳寵濟南鍛成蒼頡書曰鍛椎也
乃鍊乃鑠萬辟千灌說文曰煉治金也賈逵國語注曰鑠銷也說文曰銷鑠金也辟謂疊之灌謂鑄之典論曰魏太子丕造百辟寶劍長四尺王粲刀銘曰灌辟以數質象以呈
豐隆奮椎飛廉扇炭越絕書薛燭曰當造此劍之時雨師灑掃雷公擊橐蛟龍捧爐天帝裝炭思玄賦注曰豐隆雷公也王逸楚辭注曰飛廉風伯也
神器化成陽文陰縵吳越春秋曰干將者吳人造劍二枚一曰干將二曰莫耶莫耶者干將之妻名也干將曰吾師之作冶也金鐵之類不銷夫妻俱入冶爐之中莫耶曰先師親爍身以成物妾何難也於是干將夫妻乃斷髮揃爪投之爐中使童女三百鼓橐裝炭金鐵乃濡遂以成劍陽曰干將而作龜文陰曰莫耶而漫理干將匿其陽出其陰而獻之闔閭闔閭甚重之
流綺星連浮綵豔發綺光色也越絕書曰王取純鈞薛燭觀其釽爛如列星之行典論曰太子丕劍銘曰流采色似采虹釽齒椽切
光如散電質如耀雪莊子曰此劍一用如雷霆之震也魏文帝大牆上蒿行曰我帶長寶劍光白如積雪
霜鍔水凝冰刃露潔典論曰魏太子丕造素質堅而似霜造匕首理似堅冰聲類曰鍔刀刃也字書曰凝冰之潔也越絕書曰王取純鈞薛燭觀其光如水之溢於塘觀其文

煥煥如氷之將釋形冠豪曹名珍巨闕越絕書曰越王取豪曹薛燭曰豪曹非寶劍也夫寶劍五色並見莫能相
勝曹已擅名矣非寶劍也王取巨闕曰非寶劍也夫寶劍者金錫和銅而不離今巨闕已離矣非寶劍也指鄭則三軍白
首麾晉則千里流血越絕書曰楚王作鐵劍三枚晉鄭聞而求之不得興師圍楚之城三年不解於是楚引太阿之
劍登城而麾之三軍破敗士卒迷惑流血千里晉鄭之軍頭畢白也豈徒水截蛟鴻陸灑奔駟韓非子曰負長
劍赴榛薄折兕豹赴深淵斷蛟龍戰國策曰蘇秦曰韓卒之劍水擊鴻鴈越絕書曰勾踐示薛燭巨闕曰吾坐露壇之宮有駟駕白鹿而
過者車奔馬騰吾引劍而指之駟駕上飛揚不知其絕也斷浮翮以爲工絕重甲而稱利云爾而
已哉浮翮鴻鴈也已見上注史記蘇秦說韓王曰韓卒之劍當敵則斬堅甲若其靈寶則舒辟無方奇
鋒異模說文曰舒申也晉灼漢書注曰方常也鄭玄毛詩箋曰模法也形震薛燭光駭風胡越絕書爲燭吳
越春秋爲蜀蓋一人也價兼三鄉聲貴二都越絕書勾踐示薛燭純鈞曰客有買之者有市之鄉二駿馬千匹千
戶之都二可乎薛燭曰雖傾城量金珠玉滿河猶不得此一物況有市之鄉二駿馬千匹千戶之都二何足言哉然實二鄉而云三者避
下文也或馳名傾秦或夜飛去吳越絕書曰闔廬無道湛盧之劍去之入水行湊楚楚王臥而設湛盧之劍
也秦王聞而求之不得興師擊楚曰與我湛盧之劍還師去汝楚王不與是以功冠萬載威曜無窮揮之
者無前擁之者身雄說文曰揮奮也漢書元后詔曰奮無前之威可以從服九國橫制八

戎過秦曰秦人開關延敵九國之師遯逃而不敢進史記趙良曰五羖大夫相秦施德諸侯而八戎來服爪牙景附函

夏承風毛詩曰祈父予王之爪牙崔琰大將軍夫人寇氏誄曰英雄景附楊雄河東賦曰函夏之大漢家語孔子曰舜之爲君四

海承風此蓋希世之神兵子豈能從我而服之乎魯靈光殿賦曰邈希世而特出公子

曰余病未能也

大夫曰天驥之駿逸態超越天驥天馬也驥或爲機傅玄乘輿馬賦曰九方不能測其天機列子伯樂曰九

方臯之所觀天機也稟氣靈淵受精皎月孔安國尚書傳曰稟受也遯甲開山圖曰隴西神馬山有淵池龍馬所生

春秋考異郵曰地生月精爲馬月數十二故馬十二月而生眸矙黑照玄采紺發趙岐孟子注曰眸目瞳子也說

文曰矙戴目也音閑說文曰紺深青而赤色沫如揮紅汗如振血漢書天馬歌曰霑赤汗染流赭應劭曰大宛馬

汗血霑濡也流沫如赭也韓康伯周易注曰揮散也薛君韓詩章句曰振猶奮也秦青不能識其衆尺方堙

不能覩其若滅呂氏春秋曰古者善相馬者管青相脣吻秦牙相前皆天下良士也若趙之王良秦之伯樂九方堙尤盡

其妙矣相馬經曰夫法千里馬有三十六尺四寸列子伯樂曰天馬者若滅若沒若亡若失若此者絕塵弭轍爾乃巾雲軒

踐朝霧鄭玄周禮注曰巾猶衣也雲軒已見上赴春衢整秋御秋御秋駕也司馬彪莊子注曰秋駕法駕也

蚪踊螭騰麟超龍翥甘泉賦曰駟蒼螭兮六素蚪劉梁七舉曰天馬之號出自西域纖阿爲右御以術儀攬轡舒節

珍倣宋版印

凌雲先蹶尸子曰馬有騏驎徑駿南都賦曰馬鹿超而龍駿 望山載奔視林載赴氣盛怒發星飛
電駭李尤七歎曰神奔電驅星流矢驚則莫若益野驎駒也 志凌九州勢越四海景不及形塵
不暇起劉廣世七興曰駿騠之馬影不及形塵不暇與也 浮箭未移再踐千里浮箭謂漏刻也爾乃
踰天垠越地隔過汗漫之所不游躡章亥之所未迹淮南子若士曰吾與汗漫期於
九垓之上若士舉臂竦身而遂入雲中又曰禹乃使大章步自東極至於西極二億三萬三千五百里七十步使豎亥步自北極至於南
極二億三萬三千五百里七十步 陽烏爲之頓羽夸父爲之投策春秋元命苞曰陽成於三故日中有三足
烏烏者陽精山海經曰夸父與日競走渴飲河渭河渭不足北飲大澤未至道渴而死棄其杖爲鄧林 斯蓋天下之雋
乘子豈能從我而御之乎公子曰余病未能也
大夫曰大梁之黍瓊山之禾大梁黍未詳瓊山禾即崑崙之山木禾山海經曰崑崙之上有木禾長五尋大
五圍 唐稷播其根農帝嘗其華尚書帝曰汝后稷播時百穀賈誼曰神農嘗百草之實教人食穀者也 爾
乃六禽殊珍四膳異肴周禮曰庖人掌共六禽鄭司農注曰鴈鶉鷃雉鳩鴿禮記曰孟春食麥與羊孟夏食菽與
雞孟秋食麻與犬孟冬食黍與彘 窮海之錯極陸之毛尚書曰海物惟錯禮記曰加豆陸產也穀梁傳曰凡地之
所生謂之毛 伊公爨鼎庖子揮刀伊公伊尹也韋昭漢書注曰爨灼也庖子庖丁也 味重九沸和

兼勺藥呂氏春秋伊尹說湯曰凡味之本水最為始五味三和九沸九變為火之紀高誘曰紀節也味待火然後成故曰火為之
節也文穎上林賦注曰勺藥五味之和晨鳧露鵠霜鶵黃雀說苑曰魏文侯嗜晨鳧霜露降鵠鶵美南都賦曰歸
鴈鳴鶵楚辭曰煎鰿臛雀王逸曰臛黃雀也圜案星亂方丈華錯鹽鐵論曰垂拱持案食者不知蹠耒躬耕者之
勤也墨子曰美食方丈目不能偏視口未能偏味也列女傳曰方丈於前所甘不過一肉也封熊之蹯翰音之跖
左氏傳曰晉靈公宰夫胹熊蹯不熟禮記曰雞曰翰音呂氏春秋曰善學者若齊王之食雞也食其跖數千而後足也鷰髀猩
脣髦殘象白呂氏春秋伊尹說湯曰肉之美者雋鷰之髀孫炎爾雅注曰雋胡圭切說文曰髀股外也禆爾切呂氏春秋伊
尹曰肉之美者猩猩之脣髦象之約高誘曰髦髦牛也在西方象象獸也在南方取其遠方物之美也髦象之肉美貴異味也殘白蓋煑
肉之異名也崔駰博徒論曰鷰臛羊殘炙鴈煑鳧靈淵之龜萊黃之鮐七啓曰寒方苓之巢龜鹽鐵論曰江湖之
魚萊黃之鮐不可勝也漢書東萊郡有黃縣說文曰鮐海魚也待來切丹穴之鷚玄豹之胎山海經曰丹穴之山
有鳥焉其狀如鶴五采名曰鳳說文曰鷚鳥大鶵鷚列女傳陶荅子妻曰南山有玄豹六韜曰殷君玉杯象箸不盛菽藿之羹必將熊蹯
豹胎也燀以秋橙酤以春梅左氏傳晏子曰和如羹焉水火醯醢鹽梅以烹魚肉燀之以薪杜預曰燀炊之也博
物志曰橙似橘而非若柚而有芬香劉梁七舉曰酤以醯醢和以密鮐廣雅曰沾溢也酤與沾同也他兼切尚書曰若作和羹爾惟鹽梅
接以商王之箸承以帝辛之杯商王帝辛皆謂紂也史記曰帝乙崩子辛立是為帝辛天下謂之紂六韜

珍倣宋版印

日殷君陳玉杯象箸韓子曰紂爲象箸箕子曰象箸玉杯不盛菽藿者也范公之鱗出自九溪陶朱公養魚經曰威
王聘朱公問之曰公家累億金何術乎朱公曰夫爲生之法五水畜第一所謂水畜者魚池也以六畝地爲池池中有九洲卽求懷子鯉
魚以二月上旬庚日內池中養鯉者鯉不相食易長又貴也赬尾丹鰓紫翼青鬐毛詩曰魴魚赬尾丹鰓已見上
文上林賦曰揵鬐掉尾振鱗奮翼爾乃命支離飛霜鍔莊子曰朱泙漫學屠龍於支離益殫千金之家三年技成
而無所用其巧司馬彪曰朱姓也泙漫名也益人名也泙普彭切霜鍔已見上文紅肌綺散素膚雪落七啓曰玄
熊素膚又曰離若散雪婁子之豪不能厠其細秋蟬之翼不足擬其薄孟子曰離婁者
古明目者也能視百步之外見秋毫之末楚辭曰蟬翼爲重繁肴既闋亦有寒羞蒼頡篇曰闋訖也周禮曰朝事
之籩鄭司農曰朝事謂清朝未食先進寒具口實之籩也商山之果漢皐之榛漢書曰四人者秦之世避而入商雒
深山已見西都賦漢皐已見南都賦韓詩外傳曰鄭交甫遵彼漢皐臺下郭璞上林賦注曰榛亦橘之類也音湊或曰榛析龍眼
之房剖椰子之殼劉淵林吳都賦注曰龍眼如荔枝而小味甘又曰椰樹似檳榔實大如瓠裏有汁美如蜜核可作飲
器殼卽核也凡物內盛者皆謂之殼苦角切協韻苦豆切芳旨萬選承意代奏鄭玄周禮注曰選擇也孔安國尚書
傳曰奏進也乃有荊南烏程豫北竹葉盛弘之荊州記曰淥水出豫章康樂縣其閒烏程鄉有酒官取水爲
酒酒極甘美與湘東酃湖酒年常獻之世稱酃淥酒吳地理志曰吳興烏程縣酒有名張華輕薄篇曰蒼梧竹葉清宜城九醞酒浮

蟻星沸飛華蓱接南都賦曰醪敷徑寸浮蟻如蓱玄石嘗其味儀氏進其法博物志曰玄石從中山酒家酤酒酒家與之千日之酒戰國策魯君曰昔帝女儀狄作酒而美進之於禹也傾罍一朝可以流湎千日薛君韓詩章句曰齊顏色均衆寡謂之流閉門不出客謂之湎漢書谷永曰流湎媟嫚千日已見上文單醪投川可使三軍告捷黃石公記曰昔良將之用兵也人有饋一簞之醪投河令衆迎流而飲之夫一簞之醪不味一河而三軍思爲致死者以滋味及之也斯人神之所歆羨觀聽之所煒曄也毛詩曰帝謂文王無然歆羨說文曰歆神食氣也方言曰煒盛也郭璞曰曄曄盛貌也子豈能強起而御之乎公子曰耽口爽之饌甘腊毒之味老子曰五味令人口爽廣雅曰爽傷也國語單襄公謂魯成公曰高位寔疾顛厚味寔腊毒賈逵曰顛隕也腊久也言味厚者其毒久服腐腸之藥御亡國之器呂氏春秋曰肥肉厚酒以務相彊命曰爛腸之食亡國之器象箸玉杯已見上文雖子大夫之所榮故亦吾人之所畏余病未能也」

大夫曰蓋有晉之融皇風也金華啓徵大人有作杜預左氏傳注曰融朗也晉爲金德故曰金華周易曰利見大人又曰聖人作而萬物覩繼明代照配天光宅周易曰明兩作離大人以繼明照于四方毛詩序曰思文后稷配天也尚書序曰昔在帝堯光宅天下其基德也隆於姬公之處岐姬公文王也國語曰太上基德十五王而始平之孟子曰昔文王之治岐也仕者世祿王處岐已見思玄賦其垂仁也富乎有殷

之在亳尚書仲虺曰惟王克寬克仁彰信兆民孔安國曰言湯有寬仁之德尚書曰湯既黜夏命復歸於亳南箕之風
不能暢其化離畢之雲無以豐其澤尚書曰星有好風星有好雨春秋緯曰月失其行離於箕者風
離於畢者雨皇道煥炳帝載緝熙景福殿賦曰樂我皇道尚書舜曰有能奮庸熙帝之載詩曰維清緝熙文王之
典導氣以樂宣德以詩呂氏春秋曰陶唐氏之化陰多滯伏陽道壅塞人氣鬱閼筋骨攣縮作舞宣導之國語曰
王將鑄無射問律於泠州鳩對曰律所以立均度所以宣布哲人之令德示民軌儀也教清於雲官之世治穆
乎鳥紀之時左氏傳曰郯子來朝公與之宴昭子問焉曰少皞氏鳥名何故也郯子曰昔者黃帝氏以雲紀故為雲師而雲
名我高祖少皞摯之立也鳳鳥適至故以鳥紀為鳥師而鳥名也王猷四塞函夏謐寧毛詩曰王猶允塞猶與猷
同已見上文爾雅曰謐寧也丹冥投烽青徼釋警丹南方朱冥也楚辭曰歷祝融於朱冥王逸曰朱冥之野也青
徼東方也呂氏春秋曰禹東至青羌之野南至交阯丹粟莎暍後漢書遼東徼外貊人寇右北平張揖漢書注曰徼塞也以木柵水中為
夷狄之界也却馬於糞車之轅銘德於昆吾之鼎老子曰天下有道却走馬以糞王弼曰天下有
道脩於內而已故却走馬以糞田東京賦曰却走馬以糞車墨子曰昔夏開使飛廉採金於山以鑄鼎於昆吾蔡邕銘論曰呂尚作周太
師而封齊其功銘於昆吾之冶也羣萌反素時文載郁素樸素也東京賦曰遵節儉尚素樸論語子曰周監於二
代郁郁乎文哉耕父推畔魚豎讓陸文子曰黃帝之化天下田者讓畔淮南子曰黃帝化天下漁者不爭坻樵

夫恥危冠之飾輿臺笑短後之服長楊賦曰士有不談王道者卽樵夫笑之韓非子曰解其長劍免其
危冠左氏傳曰人有十等皁臣僕僕臣臺莊子魏太子謂莊周曰吾王所見唯劍士短後之服王乃說之也六合時邕魏
巍蕩蕩呂氏春秋曰神通乎六合尚書曰黎民於變時雍論語子大哉堯之為君蕩蕩乎民無能名焉巍巍乎其有成功也曰
玄齠巷歌黃髮擊壤埤蒼曰髫髮也髫與齠古字通也大聊切列子曰堯理天下乃微服游康衢聞兒童謠曰立我
蒸民莫匪爾極不識不知順帝之則毛詩曰黃髮台背爾雅曰黃髮壽也論衡曰堯時天下大和百姓無事有五十之人擊壤於塗也
解羲皇之繩錯陶唐之象周易曰上古結繩而治尚書大傳曰唐虞之象刑赭衣不純中刑雜屨下刑墨幪幪
音蒙也若乃華裔之夷流荒之貊左氏傳孔子曰裔不謀夏夷不亂華尚書曰五百里荒服又曰二百里流
孔安國曰要服之外五百里也周書曰四夷九貊孔晁曰貊夷之別也語不傳於輶軒地不被乎正朔
風俗通曰秦周常以八月輶軒使採異代方言藏之秘府春秋說題辭曰蠻服流遠正朔不及盛德則感越裳重譯至也莫不駿
奔稽顙委質重譯毛詩曰駿奔走在廟喻巴蜀曰稽顙來享禮記曰拜而後稽顙左氏傳狐突曰策名委質貳乃辟也
重譯見上文于時昆蚑感惠無思不擾毛詩序曰文王德及鳥獸昆虫焉說文云蚑行也凡生之類行皆蚑
也毛詩曰無思不服應劭漢書注曰擾馴也苑戲九尾之禽囿棲三足之烏春秋元命苞曰天命文王
以九尾狐白虎通曰禽者何鳥獸之揔名明為人所禽制也典引曰三足軒翥於茂林蔡邕曰烏反哺之鳥至孝之應也鳴鳳在

珍倣宋版印

林䅲於黃帝之園禮瑞命記曰黃帝服黃服戴黃冠齋于宮鳳乃蔽日而來止帝園食竹實棲帝梧桐終不去漢書曰楚人謂多爲䅲有龍游淵盈於孔甲之沼左氏傳蔡墨曰有夏孔甲擾于有帝帝賜之乘龍河漢各二各有雌雄也杜預曰孔甲少康之後九世之君也萬物烟熅天地交泰周易曰天地絪縕萬物義化醇又曰天地交泰懷靡內化感無外莊子偏謂周曰吾知道近乎無內遠乎無外林無被褐山無韋帶老子曰聖人被褐懷玉漢書賈山上疏曰夫布衣韋帶之士脩身於內成名於外皆象刻於百工兆發乎靈蔡尚書曰高宗夢得說使百工營求諸野乃審象旁求於天下孔安國曰審所夢之人刻其形象也史記曰呂尚年老矣以漁釣奸周西伯將畋卜之曰所獲霸王之輔於是西伯獵果遇太公論語子曰臧文仲居蔡鄭玄曰蔡謂國君之守龜也搢紳濟濟軒冕藹藹封禪書曰因雜搢紳先生之略術毛萇詩傳曰濟濟多威儀也管子曰先王制軒冕足以著貴賤廣雅曰藹藹盛也功與造化爭流德與二儀比大淮南子曰大丈夫無爲與造化逍遙周易曰易有太極是生兩儀嚴君平老子指歸曰功與造化爭流德與天地齊光言未終公子蹶然而興莊子曰黃帝問廣成子廣成子蹶然而起司馬彪曰蹶疾起貌曰鄙夫固陋守此狂狷鄙夫已見西征賦司馬遷書曰請略陳固陋論語子曰不得中行而與之必也狂狷乎狂者進取狷者有所不爲也蓋理有毀之而爭寶之訟解莊子曰庚市子肩之毀玉也淮南子莊子后解曰庚市子聖人無慾者也人有爭財相鬬者庚市子毀玉於其閒而鬬者止言有怒之而齊王之疾痊呂氏

春秋曰齊閔王病痏往宋迎文摯文摯視王疾謂太子曰王病得怒當愈愈則殺摯如何太子曰臣當與母共請於王必不殺子矣摯往不解屨登牀履衣問王之疾王怒叱而起病即瘳將生烹文摯太子與后請不得遂烹文摯司馬彪莊子注曰痊除也向子誘我以聾耳之樂棲我以蔀家之屋老子曰五音令人耳聾周易曰豐其屋蔀其家覆曖障光之物也既豐其屋又覆其家屋厚家覆闇之甚也田游馳蕩利刃駿足既老氏之攸戒非吾人之所欲故靡得應子老子曰馳騁田獵令人心發狂至聞皇風載韙時聖道醇杜預左氏傳注曰韙是也于匪切尚書曰政事惟醇孔安國曰醇粹也舉實爲秋摛藻爲春韓詩外傳曰魏文侯之時子質仕而獲罪謂簡主吾不復樹德簡主曰夫春樹桃李夏以得陰其下秋得食其實今子樹其非人也荅賓戲曰摛藻如春華下有可封之民上有大哉之君尚書大傳曰周人可比屋而封論語子曰大哉堯之爲君惟天爲大惟堯則之民或爲屋余雖不敏請尋後塵論語顏回曰回雖不敏請事斯語應璩與桓元則書曰敢不策馳敬尋後塵

詔

詔一首

漢武帝

詔曰蓋有非常之功必待非常之人故馬或奔踶而致千里善曰言馬不良或奔或踶御之以道而致千里之塗聲類曰踶蹋也杜計切士或有負俗之累而立功名晉灼曰被世譏

論也善曰越絕書曰有高世之材者必有負俗之累也夫泛駕之馬跅弛之士亦在御之而已應劭曰泛覆也馬有餘氣力乃能敗駕泛方奉切如淳曰弛廢也士行卓異不入俗檢如見斥逐也跅音拓或曰音尺其令州縣察吏民有茂才異等應劭曰舊言秀才避光武諱故稱茂才異等者越等軼羣不與凡同也善曰察觀也察審知然後薦之也可爲將相及使絕國者善曰桓子新論雍門周曰遠赴絕國無相見期

賢良詔一首

漢武帝

朕聞昔在唐虞畫象而民不犯應劭曰二帝但畫衣冠章服而民不敢犯也善曰尚書大傳曰唐虞象刑而民不敢犯墨子曰畫衣冠而民不犯日月所燭罔不率俾善曰大戴禮孔子曰昔舜出入日月罔不率俾孔安國尚書傳曰無不循化而使也周之成康刑措不用德及鳥獸善曰紀年曰成康之際天下安寧刑措四十年不用毛詩序曰文王受命樂其有靈德以及鳥獸焉尸子曰湯之德及鳥獸矣教通四海海外肅慎晉灼曰東夷傳肅慎今挹婁地是也在夫餘之東北千餘里大海之濱善曰大戴禮孔子曰昔舜西王母來獻其白玉琯云教通于四海海外肅慎挹於甲切北發渠搜氐羌來服晉灼曰北發似國名也應劭曰禹貢析支渠搜屬雍州在金河關之西善曰北發國名也大戴禮北發渠搜氐羌來服鄭玄詩箋曰氐羌夷狄國別在西方也星辰不孛日月不蝕山陵不崩

川谷不塞善曰大戴禮曰聖人有國則日月不蝕星辰不孛川澤不竭山不崩解陵不絕矣麟鳳在郊藪河洛出圖書善曰禮記曰聖王所以順故鳳凰騏麟皆在郊藪周易曰河洛出圖書聖人則之嗚呼何施而臻此乎今朕獲奉宗廟夙興以求夜寐以思若涉淵水未知所濟善曰尚書曰予惟小子若涉淵水予惟往求朕攸濟猗歟偉歟何行而可以彰先帝之洪業休德如淳曰猶詩曰猗歟那歟也猗美也偉大也歟辭也言美而且大上參堯舜下配三王朕之不敏不能遠德此子大夫之所覩聞也善曰國語越王勾踐曰苟聞子大夫之言賈逵曰親而近故曰子大夫也賢良明於古今王事之體受策察問咸以書對著之于篇朕親覽焉

冊說文曰冊符命也諸侯進受於王也象其禮一長一短中有二編也

冊魏公九錫文一首范曄後漢書曰曹操自為魏公加九錫韓詩外傳曰諸侯之有德天子錫之一錫車馬再錫衣服三錫虎賁四錫樂器五錫納陛六錫朱戶七錫弓矢八錫鈇鉞九錫秬鬯謂之九錫也

潘元茂文章志曰潘勗字元茂獻帝時為尚書郎遷東海相未發拜尚書左丞病卒魏錫勗所作

制詔蔡邕獨斷曰制詔者王之言必為法制也詔猶誥也三代無其文秦漢有也使持節丞相領冀州牧武平侯魏志曰建安元年天子假太祖節鉞封武平侯建安九年領冀州牧也朕以不德少遭閔凶越

在西土遷于唐衛朕謂獻帝也左氏傳楚子曰不穀不德少主社稷又楚少宰如晉師曰寡君少遭閔凶又厚成叔弔
于衛曰聞君不撫社稷而越在他境尚書曰逷矣西土之人范曄後漢書獻帝紀曰初平元年遷都長安與平二年車駕東歸李傕復追
戰王師敗帝渡河幸安邑建安元年六月幸聞喜七月車駕至洛陽漢書河東郡有安邑縣聞喜縣然自聞喜入洛必塗經河內河內本
衛國河東本唐堯所封故曰唐衛也當此之時若綴旒然公羊傳曰君若贅旒然何休曰旒旗旒也贅猶綴也以譬
者言爲下所執持東西耳宗廟乏祀社稷無位羣凶覬覦分裂諸夏左氏傳師服曰民服事其
上而下無覬覦杜預曰下不冀望上位也說文曰覬幸也覦欲也一人尺土朕無獲焉孟子曰紂之去武丁未久
也尺地莫非其有也一民莫非其臣也卽我高祖之命將墜於地朕用夙興假寐震悼
于厥心論語子貢曰文武之道未墜於地毛詩曰夙興夜寐又曰假寐永歎楚辭曰心震悼而不敢曰惟祖惟父
股肱先正其孰恤朕躬尚書曰臣作朕股肱耳目又曰亦惟先正克左右昭事厥辟又曰惟祖惟父其伊恤朕躬
鄭玄曰先正先臣爲公卿大夫也乃誘天衷誕育丞相左氏傳甯武與衛人盟曰用昭乞盟于爾大神以誘天衷
毛萇詩傳曰誕大也鄭玄曰大矣后稷之生也保乂我皇家弘濟于艱難朕實賴之尚書周公曰天
壽平格保乂有殷又曰用敬保元子釗弘濟于艱難左氏傳然明曰鄭國其實賴之今將授君典禮其敬聽朕
命昔者董卓初興國難羣后失位以謀王室君則攝進首啓戎行此

珍倣宋版印

君之忠於本朝也魏志曰董卓廢帝爲弘農王而立獻帝將軍袁紹等同時俱赴卓兵彊莫敢先進太祖遂引兵西左氏傳王子朝告于諸侯曰釋位以閒王政又曰會于洮謀王室也服虔曰諸侯釋其私政而佐王室後及黃巾反易天常侵我三州延于平民君又討之翦除其迹以寧東夏此又君之功也魏志曰青州黃巾衆有百餘萬入兗州遂轉入東平太祖遂進兵擊黃巾於壽張東破之黃巾至濟北乞降左氏傳太史克曰顓頊氏有不材子以亂天常尚書曰蚩尤惟始作亂延及平民韓暹楊奉專用威命又賴君勳克黜其難魏志曰韓暹楊奉以天子還洛陽奉別屯梁太祖遂至洛陽暹走公征奉奉南奔袁術遂攻其梁屯拔之遂建許都造我京畿設官兆祀不失舊物天地鬼神於是獲乂此又君之功也魏志曰建安元年洛陽殘破太祖都許至是宗廟社稷制度始立周禮曰設官分職又曰兆五帝於四郊鄭玄曰兆爲壇之營域也左氏傳五員曰少康祀夏配天不失舊物袁術僭逆肆于淮南懾憚君靈用不顯謀蘄陽之役橋蕤授首魏志曰袁術字公路欲稱帝於淮南術侵陳公東征之術聞公自來弃軍走留其將橋蕤公擊破蕤等斬之左氏傳曰肆於民上杜預曰肆施也蘄縣屬沛在陳之東也稜威南厲術以殞潰此又君之功也魏志曰術爲太祖所敗欲至青州從袁譚發病道死漢書武帝報李廣曰威稜憺乎鄰國鄭玄論語注曰厲嚴整也左氏傳曰民逃其上曰潰迴戈東指呂布就戮魏志曰呂布字奉先五原人也爲兗州牧建安三年公東征大破之布乃還固守公遂決泗沂水以

灌城禽布殺之長楊賦曰迴戈邪指南越相夷乘軒將反張揚沮斃眭固伏罪張繡稽服此
又君之功也魏志曰張揚字稚叔雲中人董卓以爲建義將軍建安四年公還昌邑張揚將楊醜殺揚以應太祖揚將眭固
殺醜將其衆欲北合袁紹太祖遣史渙邀擊之殺固又曰張繡武威人驃騎將軍濟族子也濟死繡領其衆屯宛太祖南征軍育水繡等
舉降左氏傳曰楚王告令尹改乘轅而北之毛萇詩傳曰沮壞也袁紹逆常謀危社稷憑恃其衆稱
兵內侮魏志曰袁紹字本初汝南人天子以紹爲太尉會太祖迎天子都許紹擇精卒十萬騎萬匹將攻許也當此之
時王師寡弱天下寒心莫有固志寒心已見上文周易曰執用黃牛固志也君執大節精
貫白日論語曾子曰臨大節而不可奪戰國策唐雎謂秦王曰聶政之刺韓傀也白虹貫日奮其武怒運諸神
策致屆官渡大殲醜類魏志建安五年公軍官渡袁紹遣車運穀使淳于瓊送之公擊瓊斬之紹衆大潰紹弃軍
走毛詩曰致天之罰居于牧之野鄭玄曰致天所以罰殛紂也爾雅曰殲盡也醜衆也俾我國家拯於危墜此
又君之功也說文曰出溺爲拯也濟師洪河拓定四州青冀幽幷也袁譚高幹咸梟
其首魏志曰紹出長子譚領青州又曰建安十年公攻袁譚破之斬譚又曰袁紹以甥高幹領幷州牧公征幹幹遂走荊州上洛都
尉王琰捕斬之漢書音義曰懸首於木上曰梟海盜奔迸黑山順軌此又君之功也魏志曰公東征
海賊管承至淳于遣樂進擊破之承走入海鴟又曰黑山賊張燕率其衆降封爲列侯烏丸三種崇亂二世袁

尚因之逼據塞北魏志曰三郡烏丸承天下亂破幽州略有漢民袁紹皆立其酋豪爲單于遼西單于蹹頓尤强故尚兄弟歸之數入塞爲害尚書周公曰乃大降罰崇亂有夏孔安國云崇重也束馬懸車一征而滅此又君之功也魏志曰君北征三郡烏丸袁尚袁熙與蹹頓遼西單于樓班右北平單于巨祗等數萬騎逆軍公縱兵擊之虜衆大崩斬蹹頓尚奔遼東遼東太守公孫康即斬尚熙等傳其首管子曰桓公征孤竹之君懸車束馬踰太行至卑耳之山劉表背誕不供貢職王師首路威風先逝百城八郡交臂屈膝此又君之功也魏志曰建安十三年公南征劉表表卒其子琮降左氏傳楚伯州犂謂鄭行人揮曰子姑憂子晳之欲背誕也管仲曰爾貢苞茅不入王祭不供廣雅曰首向也戰國策張儀曰交臂而事齊楚檄蜀文曰匈奴屈膝請和馬超成宜同惡相濟濱據河潼求逞所欲殄之渭南獻馘萬計遂定邊城撫和戎狄此又君之功也魏志曰建安十六年關中諸將馬超韓遂成宜等反超等屯潼關公西征與超等夾關戰公乃分兵結營於渭南賊夜攻營伏兵擊破之斬成宜周書太公曰同惡相助同好相趨思賢賦曰飄飄神舉求逞所欲小雅曰殄盡也毛詩曰在泮獻馘鄭玄曰馘所格者左耳也羽獵賦曰杖鏌鎁而羅者以萬計長楊賦曰永無邊城之災左氏傳晉侯謂魏絳曰子教寡人和諸戎狄鮮卑丁令重譯而至箄于白屋請吏帥職此又君之功也鮮卑丁令二國名重譯已見上文張茂先博物志曰北方五狄一曰匈奴二曰穢貊三曰密吉四曰箄于五曰白屋然白屋今之靺鞨也箄于今之契丹也本並以箄于爲單于疑

珍倣宋版印

字誤也單音必計切劉淵林魏都賦注曰北羈單于白屋范曄後漢書曰單于謂耿恭曰若降者當封爲白屋王漢書曰邛筰請吏比西南夷也又曰滇王降請吏然請吏請漢爲之置吏也君有定天下之功重以明德左氏傳史趙曰舜重以明德宣德於遠也班敘海內宣美風俗旁施勤教恤慎刑獄尚書曰旁作穆穆弗迷文武勤教又曰欽哉欽哉惟刑之恤哉又曰文王罔攸兼于庶獄庶慎也吏無苛政民不回慝禮記曰孔子過山側有婦哭於墓者而使子貢問之曰昔者吾舅死於虎夫又死焉吾子又死焉夫子曰何不去也曰無苛政左氏傳季文子曰少皞氏有不才子曰靖譖庸回邪服讒蒐慝杜預曰回邪惡也敦崇帝族援繼絕世舊德前功罔不咸秩尚書曰敦敘九族鄭玄詩箋曰崇厚也論語曰繼絕世周易曰食舊德貞厲終吉尚書曰咸秩無文雖伊尹格于皇天周公光于四海方之蔑如也尚書曰時則有若伊尹格于皇天孝經曰孝悌之至通于神明光于四海法言曰俗稱東方生之盛其遺書蔑如也毛萇詩傳曰蔑無也朕聞先王並建明德胙之以土分之以民左氏傳曰子魚曰昔武王選建明德以蕃屏周又衆仲曰天子建德因生以賜姓胙之以土而命之氏又子魚曰武王分康叔殷人七族崇其寵章備其禮物所以蕃衞王室左右厥世也鄭玄禮記注曰崇猶尊也禮記曰以爲旗章以別貴賤鄭玄曰章識也尚書曰統承先王修其禮物又曰率由典常以蕃王室又曰予欲左右有民其在周成管蔡不靖尚書曰武王既喪管叔及其羣弟流言於國又曰西土之人亦不靖乃懲難念功乃使邵康公錫齊

太公履東至于海西至於河南至于穆陵北至于無棣五侯九伯實
得征之左氏傳管仲對屈完之辭世胙太師以表東海左氏傳王使劉定公賜齊侯命曰世胙太師以表東
海杜預曰表顯也爰及襄王亦有楚人不供王職又命晉文登爲侯伯錫以
二輅虎賁鈇鉞秬鬯弓矢大啓南陽世作盟主左氏傳曰晉侯及楚人戰于城濮楚人敗
績王策命晉侯爲侯伯賜之大輅戎輅秬鬯一卣虎賁三百人又曰晉文侯朝王王與之陽樊攢茅之田於是始啓南陽又范宣子曰晉
主夏盟杜預曰爲諸夏盟主也故周室之不壞繫二國是賴二國齊晉也左氏傳王使劉定公賜齊侯命曰
王室不壞繫伯舅是賴杜預曰繫發聲也今君稱丕顯德明保朕躬奉答天命導揚弘烈
尚書曰王曰公明保予沖子稱丕顯德以予小子揚文武烈奉答天命綏爰九域罔不率俾尚書曰綏爰有衆曰
亡戲怠韓詩曰方命厥后奄有九域薛君曰九域九州也尚書注曰海隅日出罔不率俾功高乎伊周而賞卑乎
齊晉朕甚恧女六切焉漢書哀帝詔曰惟念德報未殊朕甚恧焉朕以眇身託于兆民之上
漢書宣帝詔曰朕以眇身奉承宗祖又曰託於兆民之上也永思厥艱若涉淵水非君攸濟朕無
任焉尚書曰肆予沖人永思厥艱又曰已予惟小子若涉淵水予惟往求朕攸濟今以冀州之河東河內
魏郡趙國中山鉅鹿常山安平甘陵平原凡十郡封君爲魏公使使

一 珍倣宋版印

持節御史大夫慮授君印綬册書金虎符第一至第五竹使符第一
至第十魏志曰天子使御史大夫郗慮持節策命公爲魏公司馬彪續漢書曰慮字鴻豫山陽人應劭漢官儀曰金銅虎符五竹
使符十范曄後漢書杜詩上書曰舊制發兵皆以虎符其餘徵調竹使符錫君玄土苴以白茅爰契爾龜
用建冢社尚書緯曰天子社東方青南方赤西方白北方黑上冒以黃土將封諸侯各取方土苴以白茅以爲社毛詩曰爰始
爰謀爰契我龜毛萇曰契開也鄭玄曰契灼其龜毛詩曰乃立冢社戎醜攸行毛萇詩傳曰冢土大社也昔在周室畢公
毛公入爲卿佐尚書曰乃召畢公毛公孔安國曰畢毛皆國名入爲天子公卿周邵師保出爲二伯
尚書曰召公爲保周公爲師鄭玄毛詩箋曰召伯姬姓也作上公爲二伯外內之任君實宜之其以丞相
領冀州牧如故今更下傳璽肅將朕命以允華夏其上故傳武平侯
印綬應劭風俗通曰諸侯有傳信乃得舍於傳故既下新傳命上故傳及印綬也尚書曰肅將天威又曰夙夜出納朕命惟允爾雅
曰允信也今又加君九錫其敬聽後命左氏傳宰孔曰且有後命以君經緯禮律爲民
軌儀家語孔子曰唐叔封於晉以經緯其民王肅曰經緯猶織以成之國語泠州鳩曰爾民軌儀也使安職業無或
遷志是用錫君大輅戎輅各一玄牡二駟四杜預左氏傳注曰大馬輅金輅戎輅戎車也君勸
分務本嗇民昏作左氏傳臧文仲曰貶食省用務嗇勸分杜預曰勸分有無相濟也漢書詔曰農天下之本也而人或

不務本而事末尚書曰惰農自安弗昬作勞粟帛滯積大業惟興是用錫君袞冕之服赤
舃副焉韋昭漢書注曰滯積久也易曰富有之謂大業韋昭漢書注曰袞卷龍衣玄上纁下冕冠也周禮曰王之服屨赤舃青絇
也君敦尚謙讓俾民興行杜預左氏傳曰尚上也孝經曰陳之以德義而民興行先之以敬讓而民不爭少
長有禮上下咸和左氏傳晉侯觀師曰少長有禮其可用也孝經子曰上下無怨尚書曰用咸和萬人是用錫
君軒懸之樂六佾之舞周禮曰小胥掌正樂懸之位諸侯軒懸鄭司農曰軒懸去一面也左氏傳曰公問羽數於
衆仲衆仲對曰諸侯用六杜預曰六六三十六人也君翼宣風化爰發四方尚書曰予欲左右有民汝翼予欲宣
力四方汝為毛詩曰賦政于外四方爰發遠人回面華夏充實劇秦美新曰海外遐方回面內向漢書班固昭紀贊
曰匈奴和親百姓充實也是用錫君朱戶以居服虔漢書注曰朱戶天子之禮也朱戶赤戶也潘勗集曰制詔魏公
朱戶納陛就所治作君研其明哲思帝所難鄭玄周易注曰研喻思慮哲尚書咎繇曰在知人禹曰咸若時惟帝
其難之知人則哲能官人官才任賢羣善必舉尚書伊尹曰任官惟賢才論語子曰舉善而教不能則勸是用
錫君納陛以登漢書音義如淳注曰刻殿基以為陛以有兩旁上下安也孟康曰謂鑿殿基際為陛不使露也孟說是也
尊者不欲露而升陛故內之霤也君秉國之均正色處中毛詩曰秉國之均四方是維尚書王曰正色率下
纖毫之惡靡不抑退謝承後漢書曰李咸奏曰春秋之義貶纖介之惡采毫毛之善是用錫君虎賁

一 珍倣宋版印

之士三百人虎賁三百人已見上文君糾虔天刑章厥有罪國語敬姜曰太史司載糾虔天刑韋昭曰糾察也虔敬也刑法也尚書曰降災于夏以章厥罪犯關干紀莫不誅殛左氏傳季孫盟臧氏曰無或如臧孫紇干國之紀犯門斬關孔安國尚書傳曰殛誅也是用錫君鈇鉞各一蒼頡篇曰鈇椹也質也又曰鉞斧也君龍驤虎視旁眺八維鄒陽上書曰蛟龍驤首周易曰虎視眈眈楚辭曰引八維以自導也揜討逆節折衝四海毛萇詩傳曰揜大也漢書主父偃說上曰今以法割諸侯則逆節萌起晏子春秋孔子曰不出樽俎之閒而折衝千里之外子之謂也是用錫君彤弓一彤矢百玈弓十玈矢千杜預左氏傳注曰彤赤也玈黑也弓一矢百則矢千弓十矣君以溫恭為基孝友為德毛詩曰溫溫恭人惟德之基又曰張仲孝友明允篤誠感乎朕思左氏傳曰高陽氏有子明允篤誠是用錫君秬鬯一卣珪瓚副焉孔安國尚書傳曰黑黍曰秬釀以鬯草卣中樽也以圭為杓謂之圭瓚魏國置丞相以下羣卿百僚皆如漢初諸王之制君往欽哉敬服朕命簡恤爾衆時亮庶功用終爾顯德對揚我高祖之休命尚書王曰簡恤爾命用成爾顯德又曰惟時亮天功又曰敢對揚天子休命

文選卷第三十五

賜進士出身通奉大夫江南蘇松常鎮太等處承宣布政使司布政使胡克家重校刊

文選卷第三十六

梁昭明太子撰

文林郎守太子右內率府錄事參軍事崇賢館直學士臣李善注上

令

任彥昇宣德皇后令一首

教

傅季友爲宋公修張良廟教一首

修楚元王墓教一首

文

王元長永明九年策秀才文五首

永明十一年策秀才文五首

任彥昇天監三年策秀才文三首

令

珍倣宋版印

宣德皇后令一首

（蕭子顯齊書曰文安王皇后諱寶明瑯邪臨沂人也父曄之齊世祖爲文惠太子納后鬱林卽位尊爲皇太后稱宣德宮梁王蕭衍定京邑迎后入宮稱制至禪位梁王於荆州立蕭穎胄爲帝進梁王爲相國封十郡爲梁公表讓不受詔斷表宣德皇后勸令受封）

任彥昇

宣德皇后敬問具位（言梁武故目具也）夫功在不賞故庸勳之典蓋闕（言功績既高在乎不賞故庸勳之典蓋闕而不論周書曰平州之臣功大弗賞諂臣日貴史記蒯通說韓信曰功蓋天下者不賞左氏傳富辰曰庸勳親親昵近尊賢）施侔造物則謝德之途已寡也（言恩施既隆侔於造物則謝德之途已寡而不著莊子曰夫造物者爲人司馬彪曰造物謂道也魏志曰劉廙上疏曰物不荅施於天地而子不謝生於父母）要不得不彊爲之名使荃宰有寄（言德顯功高雖無酬謝之理要不彊爲酬謝之名庶使君主之情微有所寄也老子曰吾彊爲之名曰大楚辭曰荃不察余之中情王逸曰荃香草以喻君也鄧析子曰聖人逍遙一世閒宰匠萬物之形晉中興書孝武詔曰誠存匪懈治道有寄）公實天生德齊聖廣淵（班固漢書高祖述曰實天生德聰明神武尚書曰乃祖成湯齊聖廣淵）不改參辰而九星仰止不易日月而二儀貞觀（陸賈新語曰堯舜不易日月而興桀紂不異星辰而亡天道不改而人道易也周書王曰余不知九星之光周公曰日九星星辰日月四時歲是謂九星九星九光毛詩小雅曰高山仰

止周易曰易有太極是生兩儀王肅曰
兩儀天地也又曰天地之道貞觀者也在昔晦明隱鱗戢翼周易曰明入地
中明夷君子以莅衆用晦而明王弼曰藏明於內乃得明也曹植矯
志詩曰仁虎匿爪神龍隱鱗成公綏慰志賦曰惟潛龍之勿用戢鱗
匿景博通羣籍而讓齒乎一卷之師謝承後漢書曰范丹博通羣藝范曄後漢書曰馬續博觀羣籍
楊子法言曰一巷之市不勝異價一卷之書不勝
異意一巷之市必立之平一卷之書必立之師劍氣淩雲而屈迹
於萬夫之下魏志段灼理鄧艾曰艾勇氣淩雲士衆乘勢六韜太公曰屈一人之下伸萬夫之上唯聖人能焉辯析
天口而似不能言七略齊田駢好談論故齊人為語曰天口駢天口者言田駢子不可窮其口若事天論語曰孔子於
鄉黨恂恂然似不能言者文擅彫龍而成輒削藁說文曰擅專也七略曰鄒赫子齊人齊人為之語曰彫龍赫赫
言鄒衍之術文飾之若彫鏤龍文漢書曰孔光時有所言輒削草藁如淳曰所作起草為藁爰在弱冠首應弓旌
禮記二十曰弱冠漢書制曰褎然為舉首左氏傳曰陳敬仲曰詩云翹翹車乘招我以弓孟子曰夫招士以旃大夫以旌客游梁
朝則聲華籍甚何之元梁典曰高祖起家齊巴陵王法曹漢書曰梁孝王來朝從游說之士相如見而說之客游梁朝淮
南子曰聲華嘔符之樂其性者仁也嘔紆武切符音撫漢書曰陸賈游漢庭公卿閒名聲籍甚音義或曰狼籍甚盛也薦名宰
府則延譽自高何之元梁典曰高祖遷儀同王儉東閤祭酒王隱晉書曰周玘累薦名宰府國語曰使張老延君譽於四
方隆昌季年勤王始著蕭子顯齊書曰鬱林王即位改元曰隆昌韋昭國語注曰季末也左氏傳曰狐偃曰求諸

侯莫如勤王建武惟新締構斯在蕭子顯齊書曰明帝即位改元曰建武毛詩曰周雖舊邦其命惟新魏都賦曰
有魏開國之日締構之初功隆賞薄嘉庸莫疇陸機高祖功臣頌曰帝疇爾庸後嗣是膺一馬之田介
山之志愈厲言止有一馬之田以懷讓祿之志纔居六百之秩以秉推功之誠管子曰卜者卜凶吉利害也民之能此者皆
一馬之田一金之衣左氏傳曰晉侯賞從亡者介之推不言祿祿亦不及史記曰文公環緜上山中而封子推號曰介山廣雅曰厲高也
六百之秩大樹之號斯存漢書曰琅邪邴曼容養志以自脩為官不肯過六百石輙自免去范曄後漢書曰馮
異每止舍諸將並坐論功異常獨屏樹下軍中號曰大樹將軍及擁旄司部代馬不敢南牧何之元梁典曰
司州刺史蕭誕被殺高祖監司州班固涿邪山祝文曰杖節擁旄鉦人伐鼓沈約宋書曰明帝於南豫州之義陽郡立司州韓詩外傳曰
代馬依北風過秦論曰胡人不敢南下而牧馬推轂樊鄧胡塵罕嘗夕起何之元梁典曰虜主拓跋宏既退高
祖據樊城漢書馮唐曰臣聞上古王者遣將也跪而推轂曰閫以內寡人制之閫以外將軍制之鄒陽上書曰今胡數涉河北上覆飛鳥
蘇林曰言胡來人馬之盛揚塵上覆飛鳥惟彼狡僮窮凶極虐何之元梁典曰東昏即位媟近羣小誅高祖兄懿弟
暢尚書大傳微子歌曰彼狡僮兮不我好兮鄭玄曰狡僮謂紂衣冠泯絕禮樂崩喪袁子曰古者命士已上皆有冠
冕謂之冠族之家劇秦美新曰弛禮崩樂塗民耳目既而鞠旅誓衆言謀王室何之元梁典曰高祖密與呂僧
珍謀為內伐毛詩曰陳師鞠旅毛萇曰鞠告也尚書曰王明誓衆士左氏傳曰公會齊侯于洮謀王室也白羽一麾黃鳥

厎定呂氏春秋曰武王至殷係墮武王左釋白羽右釋黃鉞免而自爲係出師頌曰素旄一揮鬻子曰武王率兵車以伐紂紂虎旅百萬陣于商郊起自黃烏至于赤斧三軍之士靡不失色武王乃命太公把旄以麾之紂軍反走尚書曰震澤底定甲既鱗下車亦瓦裂尚書大傳曰武王伐紂戰于牧野紂之卒輻分紂之車瓦裂紂之甲如鱗下賀于武王致天之屆拱揖羣后毛詩曰致天之屆于牧之野典引曰欽若上下拱揖羣后豐功厚利無得而稱王命論曰帝王之祚必有豐功厚利積累之業論語孔子曰太伯三以天下讓人無德而稱焉是以祥光揔至休氣四塞尚書中候曰帝堯文明榮光出河休氣四塞鄭玄曰休美也四塞炫燿四方也五老游河飛星入昴論語比考讖仲尼曰吾聞帝堯率舜等升首山觀河渚乃有五老游渚五老曰河圖將浮龍銜玉苞刻版題命可卷金泥玉檢封書成知我者重瞳黃姚視五老飛爲流星上入昴注人昴宿則復爲星曰元功茂勳若斯之盛馮衍集曰定國家之大業成天地之元功劉琨勸進表曰茂勳格乎皇天而地狹乎四履勢卑乎九伯左氏傳管仲曰昔召康公命我先君太公曰五侯九伯汝實征之賜我先君履東至于海西至于河南至于穆陵北至于無棣杜預曰履踐履也帝有恧焉輶軒萃止帝實融也輶軒萃止謂進封梁公之使也漢書哀帝詔曰惟念德報未殊朕甚恧焉楊雄荅劉歆書曰嘗聞先代輶軒之使毛詩曰有鶬萃止今遣某位某甲等率茲百辟人致其誠致誠謂請無讓也毛詩曰百辟其刑之長笛賦曰致誠効志庶匪席之旨不遠而復梁王固讓同乎匪席之旨百辟固請庶王有不遠而復之義也毛詩曰我心匪席不

可卷也周易曰不遠復無祇悔

教蔡邕獨斷曰諸侯言曰教

為宋公修張良廟教一首裴子野宋略曰義熙十三年高祖北伐大軍次留城令修張良廟

傅季友沈約宋書曰傅亮字季友北地人也博涉文史尤善文辭初為建威參軍稍遷至散騎常侍後太祖收亮付廷尉伏誅

綱紀綱紀謂主簿也教主簿宣之故曰綱紀猶今詔書稱門下也虞預晉書東平主簿王豹白事齊王曰況豹雖陋故大州之綱紀也夫盛德不泯義存祀典左氏傳晉侯問於史趙曰陳其遂亡乎對曰未也臣聞盛德必百世祀虞之世數未也禮記曰非此族也不在祀典也毛萇詩傳曰泯滅也微管之歎撫事彌深論語子曰管仲相桓公霸諸侯一匡天下民到于今受其賜微管仲吾其被髮左衽矣張子房道亞黃中照鄰殆庶周易曰君子黃中通理正位居體又曰顏氏之子其殆庶幾乎風雲玄感蔚為帝師周易曰雲從龍風從虎聖人作而萬物覩漢書曰張良從容步游下邳圯上有一老父出一編書曰讀是則為王者師又良曰以三寸舌為王者師河圖曰黃石公謂張良讀此為劉帝師也夷項定漢大拯橫流廣雅曰夷滅也漢書王追羽至陽夏諸侯不會用良計諸侯皆會圍羽垓下羽敗自到說文曰出溺為拯孟子曰洪水橫流氾濫於天下固已參軌伊望冠德如仁廣雅曰軌迹也伊伊尹望呂望也典引曰以冠

珍倣宋版印

德卓絕者莫崇乎陶唐論語子曰桓公九合諸侯不以兵車管仲之力也如其仁如其仁若乃交神圯上道契商
洛荅賓戲曰齊甯激聲於康衢漢良受書於邳圯皆俟命而神交匪詞言之所信圯上已見謝宣遠張子房詩注袁宏三國名臣贊序
曰體分冥固道契不墜班固漢書贊曰漢興園公綺季夏黃公角里先生當秦之世避而入商洛深山以待天下之定也漢書曰上竟不
易太子者良本召此四人之力也顯默之際窅然難究淵流浩瀁莫測其端矣言其度量
深大不可測度也孫綽桓玄城碑曰俯仰顯默之際優游可否之閒莊子老聃曰而知夫道窅然難言哉吳都賦曰濵溶沆瀁莫測其深
莫究其廣黃石公說序曰張良慮若源泉深不可測也塗次舊沛佇駕留城漢書沛郡有留縣又曰張良爲留侯
爾雅曰佇久也謂停久也靈廟荒頓遺像陳昧范曄後漢書曰薛苞與弟子分田廬取其荒頓者杜預左氏傳注曰
頓壞也夏侯湛東方朔畫贊序曰徘徊露寢見先生之遺像廣雅曰昧闇也撫事懷人永歎實深毛詩曰嗟我懷
人又曰寤寐永歎過大梁者或佇想於夷門游九京者亦流連於隨會史記魏有
隱士曰侯嬴年七十家貧爲大梁夷門監者太史公過大梁之墟求問其所謂夷門者夷門城之東門禮記曰趙文子與叔譽觀乎九京
文子曰死者如可作也吾誰與歸叔譽曰其陽處父乎文子曰利君不忘其身謀身不忘其友我則隨武子乎鄭玄曰武子士會也食邑
於隨京當爲原擬之若人亦足以云論語子曰君子哉若人毛萇詩傳曰云言也可改構棟宇脩
飾丹青蘋蘩行潦以時致薦左氏傳君子曰蘋蘩薀藻之菜潢汙行潦之水可薦於鬼神抒懷古

之情存不刊之烈廣雅曰抒渫也西京賦曰慨長思而懷古左氏傳序曰經者不刊之書也主者施行

爲宋公修楚元王墓教一首宋公楚元王後故修治其墓　傅季友

綱紀夫褒賢崇德千載彌光禮緯曰天子辟雍所以崇有德褒有行鄭玄禮記注曰崇尊也尊本敬
始義隆自遠魏志明帝詔曰追本敬始所以篤教流化孫卿子曰先祖者類之本也貴始德之本也楚元王積
仁基德啓藩斯境漢書曰楚元王交字游高祖同父異母少弟也漢立交爲楚王王彭城賈子曰君子積於仁而民積
於財刑罰廢矣國語太子晉曰太上基德十五王而始平之素風道業作範後昆三國名臣贊曰素風愈鮮習鑿
齒襄陽耆舊記龐統曰方欲興長道業郗正釋譏曰創制作範匪時不立尚書曰垂裕後昆本支之祚實隆鄙宗
毛詩曰本支百世楊脩牋曰述鄙宗之過言遺芳餘烈奮乎百世抱朴子曰嵇君道云郭有道沒則遺芳永播春
秋元命苞曰文王積善所聞之餘烈孟子曰聞伯夷之風者貪夫廉懦夫有立志奮乎百世之下莫不興起也而丘封翳然
墳塋莫翦晉中興書武陵王令曰丞相墳塋翳然飄薄非所感遠存往慨然永懷李陵書曰能不慨然
毛詩曰維以不永懷夫愛人懷樹甘棠且猶勿翦毛詩曰蔽芾甘棠勿翦勿伐召伯所茇風俗通曰召公出
爲二伯止甘棠樹之下聽訟決獄後人思其德美愛其樹而不敢伐追甄墟墓信陵尚或不泯鄭玄尚書緯注
曰甄表也禮記周酆曰墟墓之閒未施哀於民而民哀漢書高紀詔曰秦始皇守冢二十家魏公子無忌五家況瓜瓞所興

珍倣宋版印

開元自本者乎毛詩曰緜緜瓜瓞可蠲復近墓五家長給灑掃便可施行郭璞方言注曰蠲除也

文

永明九年策秀才文五首

王元長蕭子顯齊書曰王融字元長琅邪人少而神明警惠博涉有文才晉安王版行軍參軍遷中書郎世祖疾融欲立竟陵王子良下廷尉於獄賜死

問秀才高第明經朕聞神靈文思之君聰明聖德之后史記曰黃帝者生而神靈弱而能言尚書序曰昔在帝堯聰明文思孔安國曰言聖德之遠著也體道而不居見善如不及文子曰聖人體道反至動而無爲老子曰聖人功成而弗居論語孔子曰見善如不及見不善如探湯是以崆峒有順風之請華封致乘雲之拜莊子曰黃帝聞廣成子在崆峒之山故往見之廣成南首而臥黃帝順下風膝行而進再拜稽首而問曰治身奈何而可以長久廣成子曰來吾語汝至道又曰堯觀乎華封華封人曰嘻請祝聖人壽且富且多男子堯皆辭曰多男子則多懼富則多事壽則多辱封人曰天之生人必授之職多男子而授之職則何懼之有富而使人分之則何事之有天下有道則與物皆昌天下無道則修德就閑千歲厭世去而上僊乘彼白雲至于帝鄉三患莫至身常無殃則何辱之有封人去之堯隨之請問封人

珍倣宋版印

曰退然蛭峒有拜乘雲爲請今不同者蓋請者必拜故互文也或揚旌求士或設簴待賢求士待賢皆謂請其
言也管子曰舜有告善之旌應劭漢書注曰旌幡也設之五達之道鬻子曰昔大禹治天下以五聲聽治爲銘於筍簴曰教寡人以道者
擊鼓教寡人以義者擊鍾教寡人以事者振鐸語寡人以憂者擊磬語寡人以獄者揮鞀用能敷化一時餘烈千
古謝承後漢書序曰陰修敷化二都威教克平餘烈已見上文朕膺奉天命恭惟永圖爾雅曰膺敬也尚書
曰茲率厥典奉若天命曰慎乃儉德惟懷永圖又審聽高居載懷祇懼六韜曰王者之道如龍之首高居而遠望
徐視而審聽尚書曰予小子夙夜祇懼雖言事必史而象闕未箴禮記曰動則左史書之言則右史書之鄭
玄周禮注曰象魏闕也范曄後漢書曰靈帝熹平中有何人書朱雀闕言公卿皆尸祿無有忠言者寤寐嘉猷延佇忠
實毛詩曰窈窕淑女寤寐求之尚書爾有嘉謀嘉猷楚辭曰結幽蘭而延佇子大夫選名昇學利用賓王
國語曰越王勾踐曰苟聞子大夫之言賈逵曰親而近之故曰子大夫也禮記曰司徒論選士之秀者升之於學曰俊士鄭玄曰學大學
也周易曰觀國之光利用賓于王懋陳三道之要以光四科之首漢書詔策晁錯曰大夫之行當此三
道張晏曰國體人事直言也崔寔政論曰詔書故事三公辟召以四科取士一曰德行高妙志節清白二曰學通行修經中博士三曰明
曉法令足以決疑能按章覆問四曰剛毅多略遭事不惑才任三輔劇縣令鹽梅之和屬有望焉尚書曰若作和
羹爾惟鹽梅又問昔周宣惰千畝之禮虢公納諫國語曰宣王即位不藉千畝虢文公諫曰夫民

之大事在農漢文缺三推之義賈生置言禮記曰躬耕帝籍天子三推漢書曰文帝即位賈誼說上曰一
夫不耕或受之飢一女不織或受之寒上感誼言始開籍田躬耕以勸百姓良以食為民天農為政本漢書
酈食其說漢王曰臣聞王者以民為天民以食為天尚書八政一曰食孔安國曰勸農業也漢書文帝詔曰農天下大本也民所恃以生
也金湯非粟而不守水旱有待而無遷漢書蒯通說武信君曰皆為金城湯池不可攻也氾勝之
書曰神農之教雖有石城湯池帶甲百萬而無粟者弗能守也禮記曰雖有凶旱水溢民無菜色朕式照前經寶茲
稼穡范子計然曰五穀者萬民之命國之重寶也祥正而青旗肅事土膏而朱紘戒典祥正
土膏並已見東京賦禮記曰孟春之月天子駕蒼龍載青旗躬耕帝籍又曰昔天子為籍田千畝冕而朱紘躬秉耒鄭玄周禮注曰朱
紘以朱組為紘一條屬兩端也將使杏花萋葉耕穫不愆氾勝之書曰杏始華榮輒耕輕土弱土望杏花落復
耕之輒藺之此謂一耕而五穫呂氏春秋曰冬至五旬七日菖始生菖者草之先者也於是始耕高誘曰菖菖蒲水草也清明泠
風述遵無廢呂氏春秋后稷曰凡耕之道畝欲廣以平甽欲小以清又曰正其行通其風夬必中央帥為泠風高誘曰泠風
和風所以成穀也夬決也必於中央帥帥然蕭泠風以搖長也苗而釋耒佩牛相訟莫反鹽鐵論曰儒者釋耒
耜而學不驗之語漢書曰龔遂為渤海太守民有帶持刀劍者使賣劍買牛賣刀買犢何為帶牛佩犢杜預左氏傳注曰訟緣也兼
貧擅富浸以為俗漢書曰兼幷之塗李奇曰謂大家兼役小人富者兼役貧民說文曰擅專也風俗通曰子不以從令

爲孝後主固宜是革浸以爲俗豈不謬哉若爰井開制懼驚擾愚民漢書曰民爰上田夫百畝中田夫二百畝
下田夫三百畝歲耕種者爲不易上田休一歲者爲一易中田休二歲者爲再易下田休三歲更耕之自爰其處賈逵國語注曰爰易也
周禮曰畝百爲夫夫三爲屋屋三爲井也舃鹵可腴恐時無史白史記曰史起引漳水溉田鄴民歌之曰決漳水
兮灌鄴旁終古舃鹵兮生稻粱又曰秦中大夫白公復爲秦穿涇水注渭溉田四千餘頃因曰白渠也興廢之術矢陳
厥謀尚書序曰咎繇矢厥謨孔安國曰矢陳也又問議獄緩死大易深規周易曰君子以議獄緩死敬
法卹刑虞書茂典尚書虞書曰欽哉欽哉惟刑之卹哉自萌俗澆弛法令滋彰莊子曰唐虞始
爲天下澆醇散朴許慎淮南子注曰澆薄也澆與澆同老子曰法令滋章盜賊多有也肺石少不寃之人棘林
多夜哭之鬼周禮曰肺石達窮民鄭司農曰肺石赤石也窮民天民之窮而無告者漢書于定國爲廷尉民自以爲不寃周
禮曰外朝之法左九棘孤卿大夫位焉右九棘公侯伯子男位焉楚辭曰荊棘聚而成林春秋元命苞曰樹棘槐聽訟於其下尚書旋璣
鈐曰鬼哭山鳴鄭玄曰鬼哭誅無辜也山鳴聽不聰之異也王隱晉書司直劉隗奏曰懷情抱恨雖沒不亡故有殞霜之應夜哭之鬼
朕所以明發動容昃食興慮毛詩曰明發不寐尚書曰文王自朝至于日中昃不遑暇食傷秋荼
之密網惻夏日之嚴威鹽鐵論曰秦法繁於秋荼網密於凝脂左氏傳酆舒問於賈季曰趙衰趙盾孰賢對曰趙
衰冬日之日也趙盾夏日之日也杜預曰夏日可畏冬日可愛永念畫冠緬追刑厝墨子曰畫衣冠異章服謂之戮

珍倣宋版印

上世用刻而民不犯賈逵國語注曰緬思貌也紀年曰成康之際天下安寧刑措四十餘年不用徒以百鍰輕科反
行季葉尚書呂刑曰穆王訓夏贖刑墨辟疑赦其罰百鍰孔安國曰六兩曰鍰鍰黃鐵也張孟陽七哀詩曰季葉喪亂起四
支重罰爰創前古呂氏春秋曰越王勾踐曰孤雖首足異處四支布裂周禮曰司刑掌五刑之法以麗萬民之罪墨罪
五百劓罪五百宮罪五百刵罪五百殺罪五百訪游禽於絕澗作霸秦基韓子曰董閼于爲趙上地守行石邑
山中深澗峭如牆深百仞因問其左右人曰嘗有人入此者乎對曰無有嬰兒盲聾狂勃有入此者乎對曰無有牛馬犬彘嘗有入此者
乎對曰無有董閼于喟然太息曰吾能治矣使吾法無赦也猶入澗之必死則民莫敢犯何爲不治鄭玄周禮注曰凡鳥獸未孕曰禽史
記曰趙氏之先與秦共祖然則以其共祖故雖趙亦號曰秦歌鷄鳴於闕下稱仁漢牘班固歌詩曰三王德
彌薄惟後用肉刑太倉令有罪就逮長安城自恨身無子困急獨煢煢小女痛父言死者不復生上書詣北闕闕下歌雞鳴憂心摧折裂
晨風激揚聲聖漢孝文帝惻然感至誠百男何憒憒不如一緹縈列女傳曰緹縈歌雞鳴晨風之詩然雞鳴齊詩冀夫人及君早起而視
朝晨風秦詩言未見君而心憂也二途如爽即用兼通輕重二途似如差爽就其用也彼此兼通言俱濟時昌
言所安朕將親覽尚書曰禹拜昌言孔安國曰昌當也漢書問董仲舒曰靡有所隱朕將親覽焉又問聚人
曰財次政曰貨周易曰何以守位曰仁何以聚人曰財尚書曰八政一曰食二曰貨泉流表其不匱貿
遷通其有亡漢書曰貨流於泉布於布如淳曰流行如泉也尚書帝曰貿遷有無化居既龜貝積寢緡繈

專用漢書曰王莽居攝更作金銀龜貝錢布之品寢猶息也漢書曰武帝初筭緡錢李斐曰緡絲以貫錢也管子曰凶歲糴釜千繈孟康漢書注曰繈錢貫也世代滋多銷漏參倍言錢之銷磨缺漏或復三分或至一倍也下貧無兼辰之業中產闕洊歲之貲周書夏箴曰小人無兼年之食妻子非其妻子也班固漢史文帝贊曰上嘗欲作露臺召匠計之直百金曰百金中民十家產也左氏傳晉洊飢字書曰洊仍也惟瘼卹隱無捨矜嘆毛萇詩傳曰瘼病也國語祭公謀父曰勤恤人隱而除其害也上帝溥臨賜朕休寶漢書曰上帝溥臨不異下防命卬斜之谷開而出銅齊春秋曰永明八年蜀郡太守劉悛啓上曰南廣郡界蒙山有銅坑掘則得銅其利無極上從之且有後命事茲鎔範左氏傳曰王使宰孔賜齊侯胙將拜孔曰且有後命也無下拜漢書曰釋其耒耨冶鎔炊炭應劭曰鎔錢模也禮記孔子曰然後範金合土鄭玄曰範鑄作模器用也充都內之金紹圜府之職桓子新論曰漢宣已來百姓賦錢壹歲餘二十萬藏於都內漢書曰太公爲周立九府圜法李奇曰圜即錢也將繼太公之職事也但赤側深巧學之患揄莢難輕重之權言今欲爲錢若赤側則好巧學鑄深爲可患揄莢則輕重兼用難可準平漢書曰民多姦錢而公卿請令京師鑄官赤側一當五如淳曰以赤銅爲其郭也漢書曰漢興以爲秦錢重難用更令民鑄榆莢錢如淳曰如榆莢也國語曰周景王將鑄大錢單穆公曰不可古者量貲幣權輕重以救民民患輕則爲之作重幣以行之於是有母權子而行民皆得焉若不堪重則多作輕幣而行之亦不廢重於是乎有子權母而行韋昭曰重謂母輕謂子權平也若物直千二而母當一千則子二百平

之也應劭曰權其輕重也開塞所宜悉心以對淮南子曰通乎動靜之機明乎開塞之節開塞猶取捨也尹文子曰書開塞之宜得周通之路詩緯曰君子息心研慮推變見事又問治歷明時紹遷革之運周易曰君子以治歷明時毛詩曰去殷之惡就周之德周易曰湯武革命改憲勑法審刑德之原司馬彪續漢書永平詔曰春秋保乾圖云三百年升歷改憲史官用太初鄧公平術有餘分一在三百年之域行度轉差浸以繆錯旋璣不正文象不稽冬至之日日在斗二十二度而歷以爲牽牛中星先立春一日則四分數之立春也而以折獄斷大刑於氣已迕用望平和隨時之義蓋亦遠矣今改四分以遵於堯以順孔聖奉天之文宋均保乾圖注曰三陽而陽備備則宜改憲憲法也周易曰雷電噬嗑先王以明罰勑法淮南子曰冬至爲德夏至爲刑分命顯於唐官文條炳於鄒說尚書曰分命羲仲宅嵎夷曰暘谷又曰分命和仲宅西曰昧谷鄒說未詳及嵎夷廢職昧谷虧方言司歷之官廢也嵎夷昧谷已見上文漢秉素祇之徵魏稱黃星之驗言五德之次亡也漢書曰高祖夜徑澤中前有大蛇當路高祖乃前拔劍斬蛇後人來至蛇所有一老嫗夜哭人問嫗何哭嫗曰吾子白帝子也化爲蛇當道今者赤帝子斬之魏志曰初桓帝時有黃星見於楚宋之分遼東殷馗善天文言後五十歲當有真人起於梁沛之閒其鋒不可當至是凡五十年而太祖破袁紹天下莫敵紛爭空軫疑論無歸方言曰軫謂相乖戾也朕獲纂洪基思弘至道班固高紀述曰纂堯之緒爾雅曰纂繼也曹植魏德頌曰武創洪基克光厥德尚書序曰恢弘至道庶令日月休

徵風雨玉燭尚書曰休徵日月之行則有冬有夏爾雅曰春爲青陽夏爲朱明秋爲白藏冬爲玄英四氣和謂之玉燭克明之旨弗遠欽若之義復還尚書曰克明俊德又曰欽若昊天於子大夫何如哉其驪翰改色寅丑殊建別白書之禮記曰夏后氏尚黑戎事乘驪鄭玄曰以建寅之月爲正物生色黑黑馬曰驪禮記曰殷人尚白戎事乘翰鄭玄曰以建丑之月爲正月物生色白翰白色馬也漢書董仲舒對策曰臣前所上對辭不別白指不分明

永明十一年策秀才文五首　王元長

問秀才朕秉籙御天握樞臨極尚書旋璣鈐曰河圖命紀也圖天地帝王終始存亡之期錄代之矩籙與錄同也周易曰時乘六龍以御天易通卦驗曰遂皇氏始出握機矩鄭玄曰遂皇遂人也但持斗機運轉之法春秋運斗樞曰北斗七星第一星天樞論語素王受命讖曰王者受命布政易俗以御八極五辰空撫九序未歌尚書咎繇曰撫于五辰庶績其凝孔安國曰百官皆撫順五行之時衆功皆成也又曰德惟善政政在養民水火金木土穀惟修正德利用厚生惟和九功惟序九序惟歌至於思政明臺訪道宣室管子曰黃帝立明臺之義上觀於賢也漢書曰文帝思賈誼徵之至入見上方受釐坐宣室上因感鬼神事而問鬼神之本蘇林曰宣室未央前正室也若墜之惻每勤如傷之念恒軫尚書曰民墜塗炭孔安國曰若陷泥墜火左氏傳逢滑曰國之興也視人如傷許慎淮南子注曰軫轉也故卹貧緩賦

珍倣宋版印

省繇慎獄應劭曰繇者役也幸四境無虞三秋式稔尚書曰四方無虞予一人以寧秋有三月故曰三秋元命苞曰陽氣數成於三故時別三月宋衷曰四時皆象此類不惟秋也廣雅曰年稔秋穀熟也而多黍多稌不興兩穗之謠毛詩曰豐年多黍多稌東觀漢記曰張堪字君游為漁陽太守勸民耕種以致殷富有百姓歌曰桑無附枝麥穗兩歧張君為政樂不可支無褐無衣必盈七月之歎毛詩曰七月流火九月授衣無褐無衣何以卒歲

豈布政未優將罷民難業毛詩曰敷政優優百祿是遒周禮曰以圜土教罷民登爾於朝是屬宏議漢書詔策晁錯曰登大夫于朝親諭朕志難蜀文曰必將崇論宏義罔弗同心以匡厥辟尚書曰罔不同心以匡乃辟

又問惟王建國惟典命官周禮曰惟王建國辨方正位尚書堯典曰乃命羲和上叶星象下符川嶽春秋漢含孳曰故三公象五岳九卿法河海三公在天法三台九卿法北斗必待天爵具脩人紀咸事孟子曰仁義忠信樂善不倦此天爵也公卿大夫此人爵也古之人脩其天爵而人爵從之漢書詔策公孫弘曰天文地理人事之紀也子大夫習焉公孫弘對曰天地無私親順之利起逆之害生此天文地理人事之紀也然後㳂才受職揆務分司爾雅曰揆度也是以五正置於朱宣下民不忒左氏傳郯子謂昭子曰少皡摯之立鳳鳥適至故紀於鳥鳥師而鳥名五雉為五工正河圖曰大星如虹下流華渚女節意感生白帝朱宣宋均曰朱宣少昊氏鄭玄孝經注曰忒差也

九工開於黃序庶績其凝漢書劉向上疏曰舜命九官濟濟相讓和之至也應劭尚書禹作司空棄作后稷契作司徒咎繇作士垂作共工益作虞伯夷作秩宗夔作典樂龍作納言凡九官皇甫謐帝王世紀曰舜始即真改正朔以土承火色尚黃尚書中候所謂建黃授正改朔尚書咎繇曰庶績其凝孔安國曰凝成也周官三百漢位兼倍禮記曰有虞氏之官五十夏后官百殷官二百周官三百漢書曰秦立百官漢因循不歷革自佐史至丞相十三萬三百八十五人今云兼倍略言之耳茲以降游惰實繁孔叢子趙王曰仲尼大聖自茲以降世業不替禮記曰垂緌五寸游惰之士鄭玄曰惰游罷人也尚書曰實繁有徒若閑冗畢棄則橫議無已荀悅申鑒曰正貪祿省閑冗與時消息昭惠恤下文穎漢書注曰冗散也孟子曰聖王不作諸侯放恣處士橫議冕笏不澄則坐談彌積魏志郭嘉說太祖曰劉表坐談客耳何則可脩善詳其對家語孔子曰欲善則詳王肅曰欲善其事當詳慎之毛萇詩傳曰詳審也

又問昔者賢牧分陝良守共治公羊傳曰自陝以東周公主之自陝以西召公主之袁煥與曹植書曰召公與周公俱受分陝之任漢書曰孝宣躬親萬機厲精爲治常稱曰與我共治者其唯良二千石乎下邑必樹其風一鄉可以爲績論語曰子之武城聞絃歌之聲鄭玄曰武城魯之下邑尚書曰章善癉惡樹之風聲一鄉謂桐鄉也漢書曰朱邑爲桐鄉嗇夫廉平不苛及死子葬之桐鄉人爲邑起冢立祠至有曰撫鳴琴曰置醇酒呂氏春秋曰宓子賤治單父彈琴身不下堂而單父治漢書曰曹參代蕭何爲相國日夜飲酒卿大夫以下吏及賓客見參不事事來者皆欲有言至者參輒

一珍倣宋版印

飲以醇酒度之欲有言復飲醉而後去終莫得開說文而無害嚴而不殘漢書曰蕭何以文毋害爲沛主吏掾音義
曰文無所枉害也漢書曰雋不疑爲吏嚴而不殘故能出人於阽危之域躋俗於仁壽之地
阽危已見謝朓八公山詩漢書王吉上疏曰陛下毆一世之民躋之仁壽之域則俗何以不若成康壽何以不若高宗也是以賈
誼有言天下之有惡吏之罪也賈子曰吏能爲善則人必能爲善也故人之不善也吏之罪也頃深
汰珪符妙簡銅墨范曄後漢書曰詔書沙汰刺史二千石以賈琮爲冀州刺史說文曰汰簡也汰達蓋切周禮曰上公
之禮執桓珪諸侯之禮執信珪諸伯執躬珪漢書曰文帝初與郡守爲銅虎符竹使符潘安仁夏侯湛誄曰妙簡邦良爾雅曰簡擇也漢
書曰縣令長皆秦官秩六百石以上皆銅印墨綬而春雉未馴秋螟不散東觀漢記曰魯恭爲中牟令時郡國
螟傷稼犬牙緣界不入中牟河南尹袁安聞之疑其不實使仁恕掾肥親往廉之恭隨行阡陌俱坐桑下有雉過止其傍傍有童兒親曰
何不捕之兒言雉方將鶵親曰所以來者欲察君之化迹爾今虫不犯境此一異也化及鳥獸此二異也豎子有仁心此三異也具以狀
言安范曄後漢書曰宋均遷九江守山陽楚沛多蝗其飛至九江東界者輒東西散去入在朕前湊其智略出
連城守闕爾無聞漢書曰吾丘壽王爲東郡尉詔賜壽王璽書曰子在朕前之時智略輻湊及至連十餘城之守職事
並廢甚不稱在前時何也豈薪槱之道未弘爲網羅之目尙簡毛詩曰芃芃棫樸薪之槱之毛萇曰
山木茂盛萬人得而薪之賢人衆國家得用蕃興也曹子建書曰仲宣獨步於漢南孔璋鷹揚於河朔吾王設天網以該之文子曰有鳥

將來張羅而得鳥者羅之一目也今爲一目之羅卽無時得鳥孔安國尚書傳曰簡略也悉意正辭無侵執事漢書
詔策晁錯曰大夫其正論毋枉執事音義或曰毋爲有司枉橈
又問朕聞上智利民不述於禮大賢彊國罔圖惟舊史記商君說秦孝公曰聖人苟
可以彊國不法其故苟可以利民不循其禮豈非療飢不期於鼎食拯溺無待於規行毛詩
曰泌之洋洋可以樂飢鄭玄曰泌水洋洋然飢者見之可飲以瘵飢瘵音義與療同家語曰子路南游於楚列鼎而食抱朴子曰規行矩
步不可以救火拯溺也是以三王異道而共昌五霸殊風而並列淮南子曰五帝異道而德
覆天下三王殊事而名施後世左氏傳賓媚人曰五伯之霸也勤而撫之以役王命杜預曰夏伯昆吾商伯大彭豕韋周伯齊桓晉文戰
國策趙王謂趙文曰三代不同服而王五伯不同俗而政今農戰不脩文儒是競商君書曰國待農戰而安君待
農戰而尊論衡曰上書白記者文儒也夫文儒之力過儒生況文史也棄本徇末厥弊茲多漢書詔曰農天下之
大本也而人或不務本而事末故生不遂李奇曰本農也末賈也昔宋臣以禮樂爲殘賊漢主比文
章於鄭衛宋臣墨翟也孫卿子曰樂也者和之不可變者也禮也者理之不可易者也墨子非之幾遇刑也墨子賤禮樂而貴
勇力貪則爲盜富則爲賤治世反是漢書曰宣帝數從王褒等所幸宮觀輒爲歌頌議者多以爲淫靡不急上曰辭賦大者與詩同義小
者辯麗可喜譬如女工有綺縠音樂有鄭衛也豈欲非聖無法將以旣道而權孝經曰非聖人者無法論

語子曰可與學未可與適道可與適道未可與立可與立未可與權公羊傳曰權者何權者反於經然後有善者也今欲專士
女於耕桑習鄉閭以弓騎孝經鉤命決曰耕桑得利究年受福史記曰趙武靈王胡服以習騎射五都
復而事庠序四民富而歸文學漢書曰王莽於五都立均官更名雒陽邯鄲臨淄宛成都五都市長皆爲
五均司市師又曰平帝立學官鄉曰庠聚曰序管子曰士農工商四民者國之石民也其道奚若爾無面從尚書
曰予違汝弼汝無面從
又問自晉氏不綱關河蕩析班固漢書述曰秦人不綱網漏于楚王隱晉書曰石季龍死朝廷欲遂蕩平關
河尚書盤庚曰今我民用蕩析離居宋人失馭淮汴崩離荅賓戲曰王塗蕪穢周失其御應劭漢書注曰汴水在滎
陽西南論語子曰邦分崩離析而不能守也朕思念舊民永言攸濟毛詩曰永言孝思尚書曰予惟小子若涉
淵水予惟往求朕攸濟故選將開邊勞來安集漢書嚴尤上疏曰武帝選將練兵深入遠戍又班固曰武帝廣
開三邊毛詩序曰萬民離散不安其居而能勞來還定安集之加以納款通和布德脩禮納其款關之誠而通
其和好之禮漢書曰匈奴呼韓邪單于款五原塞名王奉獻始和親呂氏春秋曰季春之月天子布德和惠孫卿子曰管仲爲政者也未
及脩禮故脩禮者王爲政者彊歌皇華而遣使賦膏雨而懷賓毛詩序曰皇皇者華君遣使臣也左傳曰
季武子如晉晉侯饗之范宣子爲賦黍苗季武子再拜曰小國之仰大國也如百穀之仰膏雨焉若常膏之其天下集睦豈惟弊邑周禮

曰二曰教職以安邦國以懷賓客所以關洛動南望之懷獯夷遽北歸之念王逸楚辭注曰遽競也夫危葉畏風驚禽易落漢書上曰單于待命加慢今欲攻之如何王恢曰草木遭霜者不可以風過通方之士不可以文亂今擊之單于可禽淮南子曰使葉落者風之搖也戰國策魏謂春申君曰日者更嬴謂魏王曰臣能虛發而下鳥有鴻鴈從東方來更嬴以虛弓發而下之王曰射爾至此乎更嬴曰此孽也其飛徐者創痛也悲鳴者久失羣也故創未息而驚心未去聞弦音而高飛故創怯今臨武君嘗爲秦孽不可爲秦之將無待干戈聊用辭辯片言而求三輔一說而定五州漢書曰內史武帝更名京兆尹左內史更名左馮翊主爵中尉更名右扶風是爲三輔天下有十二州齊得其七故謂北境爲五州斯路何階人誰或可爾雅曰階因也進謀誦志以沃朕心言進嘉謀當謂誦汝志以沃帝心也周禮曰撢人掌誦王志導國之政事鄭玄曰以王之志與政事諭說諸侯撢音探廣雅曰誦言也然彼言王志與此微殊不以文害意也尚書曰啓乃心沃朕心

天監三年策秀才文三首何之元梁典曰天監武帝年號也　任彥昇

問秀才朕長驅樊鄧直指商郊商喻齊也史記樂毅書曰輕卒銳兵長驅至國漢書朱買臣曰發兵浮海直指泉山尚書曰武王朝至于商郊因藉時來乘此歷運魏志劉廙上疏曰臣遭乾坤之靈值時來之運當扆永念猶懷慚德禮記曰天子當扆而立尚書曰成湯放桀於南巢惟有慚德何者百王之弊齊季

斯甚班固漢書贊曰漢承百王之弊季謂末年衣冠禮樂掃地無餘言衣冠制度禮樂軌儀皆見廢棄故無餘也班固漢書贊曰秦滅六國而上古遺烈掃地盡矣斲雕刓方經綸草昧漢書曰漢興破觚而為圜斲琱而為樸蘇林漢書注曰刓音角之刓與刓剸同周易曰雲雷屯君子以經綸又曰天造草昧宜建侯而不寧鄭玄曰造成也草草創也昧昧爽也採三王之禮冠履粗分因六代之樂宮判始辨周禮曰王宮懸諸侯軒懸卿大夫判懸士植懸而百度草創倉廩未實尚書曰百度唯貞論語曰裨諶草創之管子曰倉廩實知禮節若終畝不稅則國用靡資國語曰王耕一二推之庶人終于畝禮記曰古者公田籍而不稅毛萇詩傳曰資財也百姓不足則惻隱深慮論語有若曰百姓足君孰與不足百姓不足君孰與足孟子曰無惻隱之心非仁也惻隱者仁之端每時入芻藁歲課田租漢舊儀曰民田租芻藁以給經用也尚書曰百里納豪愀然疚懷如憐赤子禮記曰哀公敢問人道誰為大孔子愀然作色而對月賦曰悄焉疚懷尚書曰若保赤子惟民其康乂今欲使朕無滿堂之念民有家給之饒說苑曰古人於天下也譬一堂之上今有滿堂飲酒有一人獨索然向隅泣則一堂之人皆不樂也鄧析子曰聖人逍遙一世之閒而家給人足天下太平漸登九年之畜稍去關市之賦禮記曰國無九年之畜曰不足周禮曰以九賦斂財賄七曰關市之賦鄭玄曰賦謂口出泉關市謂占會百物也子大夫當此三道利用賓王三道賓王已見上文斯理何從佇聞良說顏延之策秀才文曰慶興之要敬佇良說

問朕本自諸生弱齡有志鍾離意別傳曰嚴遵與光武皇帝俱爲諸生禮記孔子曰大道之行也與三代之英
丘未之逮而有志焉閉戶自精開卷獨得楚國先賢傳曰孫敬入學閉戶牖精力過人太學謂曰閉戶生入市市人
相語閉戶生來不忍欺也陶潛誡子書曰開卷有得便欣然忘食九流七略頗嘗觀覽六藝百家庶
非牆面漢書曰九流有儒家流道家流陰陽家流法家流名家流墨家流從橫家流雜家流農家流又曰劉歆總羣書而奏其七
略故有輯略有六藝略有諸子略有詩賦略有兵書略有數術略有方技略廣雅曰頗少也周禮保氏養國子以道乃教之六藝一曰五
禮二曰六樂三曰五射四曰五御五曰六書六曰九數淮南子曰百家異說各有所出論語子謂伯魚曰汝爲周南召南矣乎人而不爲
周南召南其猶正牆面而立也與雖一日萬機早朝晏罷尚書曰兢兢業業一日二日萬機墨子曰早朝晏罷
斷獄治政也聽覽之暇三餘靡失上林賦曰朕以覽聽餘閑無事棄日魏略曰董遇字季直善左氏傳從學者云
若渴無日遇言當以三餘或問三餘之意遇言冬者歲之餘夜與陰者日之餘雨者月之餘上之化下草偃風從
論語子曰君子之德風小人之德草草上之風必偃惟此虛寡弗能動俗蔡邕姜肱碑曰至德動俗邑中化之昔
紫衣賤服猶化齊風韓子曰齊桓公好服紫一國盡服紫當時十素不得一紫公患之告管仲管仲曰君欲止之何
不自誠勿衣也謂左右曰甚惡紫臭公曰諾於是郎中莫衣紫其明日國中莫有衣紫三日境內莫衣紫長纓鄙好且變
鄒俗韓子曰鄒君好長纓左右皆服長纓甚貴鄒君患之問左右左右對曰君好服之百姓亦多服是故貴鄒君因先自斷其纓而

珍倣宋版印

出國中皆不服長纓雖德慚往賢業優前事且夫搢紳道行祿利然也封禪書曰因雜
搢紳先生之略術班固漢書贊曰大師衆至千餘人蓋祿利之路然也朕傾心駿骨非懼真龍新序曰郭隗謂
燕王曰古之君有以千金市千里馬者三年不得人請求之三月得馬已死矣買其骨以五百金君大怒之人曰死馬且市之況生馬
乎天下必以王爲好馬矣於是不能朞年千里馬至者二今王誠願致士請從隗始隗且見事況賢於隗者乎又子張見魯哀公哀公不
禮去曰君之好士有似葉公子高之好龍也葉公好龍室屋彫文盡以寫龍於是天龍聞而下之窺頭於牖拖尾於堂葉公見之棄而退
走失其魂魄五色無主是葉公非好真龍也好夫似龍而非龍者也今君之好士也好夫似士而非士者也輜軿青紫如
拾地芥范曄後漢書曰袁紹賓客所歸輜軿紫轂填接街陌說文曰輧車前衣車後爲輜漢書曰夏侯勝每講授常謂諸生曰士
病不明經經術茍明其取青紫如俛拾地芥爾言好學明經術以取貴位之服如似車載之多也取之易也如拾地草而惰游
廢業十室而九惰游已見上文抱朴子曰秦降及季杪天下欲反十室而九鳴鳥蔑聞子衿不作
言古者收教不及於道者故天下太平而鳳凰至學校廢則作子衿以刺之而人感思學今則不然言不如古也尚書周公曰攸罔勗弗
及茍造德弗降我則鳴鳥不聞毛萇詩傳曰蘘如也詩序曰子衿刺學廢也兩都賦序曰王澤竭而詩不作弘獎之路斯
既然矣小雅曰獎勸也猶其寂寞應有良規魏志明帝報王朗詔曰欽納至言思聞良規
問朕立諫鼓設謗木於茲三年矣鄧析子曰堯置欲諫之鼓舜立誹謗之木此聖人也比雖輻

湊闕下多非政要文子曰羣臣輻湊張湛曰如衆輻之集於轂也范曄後漢書曰詔問蔡邕宜披露得失指陳政要
日伏青蒲罕能切直漢書曰史丹直入臥內頓首伏青蒲上應劭曰以青規地曰青蒲桓子新論曰切直忠正則汲
黯之敢諫爭也將齊季多諱風流遂往毛萇詩傳曰將且也老子曰天下多忌諱而民彌貧淮南子曰晚世風流
終敗禮廢義上林賦曰遂往而不反矣將謂朕空然慕古虛受弗弘漢書曰王莽好空言慕古法多封爵
人周易曰君子以虛受人然自君臨萬寓介在民上左氏傳子囊曰赫赫楚國而君臨之方言曰介特也漢書
宣帝詔曰朕承洪業託於士民之上也何嘗以一言失旨轉徙朔方范曄後漢書曰蔡邕上疏帝覽而歎
息因起更衣曹節於後竊視之悉宣語左右事遂漏露程璜遂使人飛章言邕於是下邕洛陽獄詔減死一等與家屬髡鉗徙朔方詔不
得以赦令除睚眦有違論輸左校漢書曰原涉好殺眦睚於塵中論輸謂論其罪而輸作也漢書陳咸字子康年
十八以父萬年任爲郎有異材抗直數言事刺譏近臣書數十上遷爲左曹父嘗病召咸教戒於牀下語至夜半咸睡頭觸屏風父大怒
欲杖之曰乃公教戒汝汝反睡不聽吾言何也咸叩頭謝曰具曉所言大要教咸讇也父迺不復言元帝擢咸爲御史中丞後爲南陽太
守所居以殺伐立威豪猾吏及大姓犯法輒論輸府范曄後漢書曰李膺爲河南尹時宛陵大姓羊元羣罷北海郡贓罪狠籍膺表欲罪
元羣行賂宦豎膺反坐輸作左校漢書曰將作少府有左校令丞而使直臣杜口忠讜路絕漢書景帝問鄧
公鄧公曰夫鼂錯患諸侯彊大不可制故請削之以尊京師萬世之利也計畫始行卒受大戮內杜忠臣之口外爲諸侯報仇聲類曰讜

善言也將恐弘長之道別有未周韓詩曰將恐將懼薛君曰將辭也檀道鸞晉陽秋曰謝安爲桓溫司馬不存小察盡弘長之風悉意以陳極言無隱漢書曰哀帝使傅喜問李尋曰間者水出地動日月失度星辰亂行災異仍重極言無有所諱周書曰慎問其故無隱乃情

文選卷第三十六

賜進士出身通奉大夫江南蘇松常鎮太等處承宣布政使司布政使胡克家重校刊

文選卷第三十七

梁昭明太子撰

文林郎守太子右內率府錄事參軍事崇賢館直學士臣李善注上

表上 表者明也標也如物之標表言標著事序使之明白以曉主上得盡其忠曰表三王已前謂之敷奏故尚書云敷奏以言是也至秦并天下改爲表摠有四品一曰章謝恩曰章二曰表陳事曰表三曰奏劾驗政事曰奏四曰駁推覆平論有異事進之曰駁六國及秦漢兼謂之上書行此五事至漢魏已來都曰表進之天子稱表進諸侯稱上疏魏已前天子亦得上疏

薦禰衡表

孔文舉 范曄後漢書曰孔融字文舉魯國人也幼有異才性好學舉高第拜御史歷官至將作大匠遷

少府曹操既積嫌忌奏誅之下獄棄市
臣聞洪水橫流帝思俾乂孟子曰當堯之時天下猶未平洪水橫流泛濫於天下尚書曰湯湯洪水方割有能
俾乂孔安國傳曰俾使乂治也旁求四方以招賢俊尚書曰旁求天下孔安國曰旁非一方也昔世宗繼
統將弘祖業世宗孝武廟號也李奇漢書注曰統緒也班固漢書紀述曰世宗曄曄思弘祖業疇咨熙載羣
士響臻尚書云帝曰疇咨若時登庸又曰有能熙帝之載班固漢書述曰疇咨熙載髦俊並作響臻如應而至也孫卿子曰下之
和上譬響之應聲也陛下睿聖纂承基緒陛下謂獻帝也班固高紀述曰纂堯之緒爾雅曰纂繼也遭遇厄
運勞謙日昃說文曰遇逢也周易曰勞謙君子有終吉尚書曰文王自朝至于日中昃弗遑暇食維嶽降神異
人並出毛詩曰維嶽降神生甫及申竊見處士平原禰衡年二十四字正平淑質
貞亮英才卓躒孟子曰得天下英才而教育之西都賓曰卓躒諸夏卓躒絕異也躒力角反初涉藝文升
堂覩奧論語云子曰由也升堂矣未入於室也爾雅曰西南隅謂之奧目所一見輒誦於口耳所暫
聞不忘於心性與道合思若有神淮南子曰所謂真人者性合于道也弘羊潛計安世
默識以衡準之誠不足怪漢書曰桑弘羊雒陽賈人子以心計年十三拜侍中又曰張安世字少孺為郎上行
幸河東嘗亡書三篋詔問莫能知唯安世識之具作其事後復購得書以相校無所遺失上奇其能擢為尚書令忠果正直

志懷霜雪見善若驚疾惡若讎國語楚藍尹亹謂子西曰夫闔廬聞一善言若驚得一士若賞謝承後漢書曰張儉清絜中正疾惡若讎任座抗行史魚厲節殆無以過也呂氏春秋曰魏文侯飲問諸大夫寡人何如主也任座曰君不肖君也克中山不以封君之弟而以封君之子是以知不肖君也文侯不悅次及翟璜曰君賢君也臣聞其主賢者其臣直是以知君之賢也文侯悅文子曰傲世賤物士之抗行也廣雅曰抗舉也論語子曰直哉史魚廣雅曰厲高也鷙鳥累百不如一鶚史記趙簡子曰鷙鳥累百不如一鶚使衡立朝必有可觀論語子曰赤也束帶立于朝可使與賓客言又曰必有可觀者焉漢書成帝詔曰舉博士使卓然可觀飛辯騁辭溢氣坌涌坌涌貌也坌步寸解疑釋結臨敵有餘七略曰解紛釋結反之於平安昔賈誼求試屬國詭係單于漢書賈誼曰何不試以臣爲屬國之官以主匈奴行臣之計必係單于之頸而制其命說文曰詭責也自責必係單于也漢書曰況自詭滅賊終軍欲以長纓牽致勁越漢書曰南越與漢和親乃遣終軍使南越說其王欲令入朝比內諸侯軍自請願受長纓必羈南越王而致之闕下說文曰組綦小者爲冠纓弱冠慷慨前代美之說文曰慷慨壯士不得志於心賈誼終軍皆年十八故曰弱冠近日路粹嚴象亦用異才擢拜臺郎衡宜與爲比典略曰路粹字文蔚少學於蔡邕高才與京兆嚴象拜尚書郎象以兼有文武出爲揚州刺史粹後爲軍謀祭酒與陳琳阮瑀等典記室如得龍躍天衢振翼雲漢李陵詩曰策名於天衢班固漢書述曰攀龍附鳳並集天衢毛詩曰倬彼雲漢揚聲

紫微垂光虹蜺（春秋合誠圖曰北辰其星七在紫微中也尸子曰虹蜺為析翳）足以昭近署之多士增四門之穆穆（兩都賦序曰內設金馬石渠之署尚書曰賓于四門四門穆穆）鈞天廣樂必有奇麗之觀（史記趙簡子曰我之帝所甚樂與百神遊于鈞天廣樂九奏万舞不類三代之樂其聲動心）帝室皇居必畜非常之寶（應劭漢官儀曰帝室猶古言王室尚書曰所寶惟賢則邇人安）若衡等輩不可多得激楚陽阿至妙之容掌技者之所貪（楚辭曰宮庭震驚發激楚楚清聲也淮南子曰足蹀陽阿之舞）飛兔騕裊絕足奔放良樂之所急也（呂氏春秋曰飛兔騕裊古之駿馬也又曰古善相馬者若趙之王良秦之伯樂尤盡其妙也）臣等區區敢不以聞（李陵書曰區區之心廣雅曰區區愛也）陛下篤慎取士必須效試乞令衡以褐衣召見（漢書劉敬曰臣衣褐衣褐見）無可觀采臣等受面欺之罪（漢書曰上以張湯懷詐面欺）

出師表（蜀志曰建興五年亮率軍北駐漢中臨發上疏）

諸葛孔明（蜀志云諸葛亮字孔明琅邪人也時先主屯新野徐庶謂先主曰諸葛孔明乃臥龍也將軍豈欲見之乎先主遂詣見之及即帝位拜為丞相後主即位十二年卒）

臣亮言先帝創業未半而中道崩徂（孟子曰君子創業垂統）今天下三分益州

珍倣宋版印

罷弊此誠危急存亡之秋也歲以秋爲功畢故以喻時之要也馮衍與田邑書曰忠臣立功之日志士馳馬之秋然侍衛之臣不懈於內忠志之士亡身於外者蓋追先帝之遇欲報之於陛下也遇謂以恩相接也史記豫讓曰以國士遇我誠宜開張聖聽以光先帝遺德恢志士之氣漢書谷永上書曰王法納乎聖聽莊子盜跖曰此父母之遺德也不宜妄自菲薄引喻失義以塞忠諫之路也方言曰菲薄也郭璞曰微薄也宮中府中俱爲一體陟罰臧否不宜異同毛詩曰嗚呼小子未知臧否何休公羊傳注曰否不也若有作姦犯科及爲忠善者宜付有司論其刑賞以昭陛下平明之理不宜偏私使內外異法也侍中侍郎郭攸之費禕於宜反董允等楚國先賢傳曰郭攸之南陽人以器業知名蜀志曰費禕字文偉江夏人也後主襲位亮上疏曰侍中郭攸之費禕然攸之與禕俱爲侍中又曰董允字休昭後主襲位遷黃門侍郎此皆良實志慮忠純是以先帝簡拔以遺陛下愚以爲宮中之事事無大小悉以咨之然後施行必能裨補闕漏有所廣益也將軍向寵蜀志曰向寵襄陽人也建興元年爲中部督典宿衛兵遷中領軍性行淑均曉暢軍事廣雅曰暢達也試用於昔日先帝稱之曰能是以衆議舉寵爲督愚以爲營中之事悉以諮

之必能使行陣和穆優劣得所也親賢臣遠小人此先漢所以興隆也親小人遠賢士此後漢所以傾頹也先帝在時每與臣論此事未嘗不嘆息痛恨於桓靈也桓靈後漢二帝侍中尚書長史參軍此悉貞亮死節之臣也蜀志曰建興二年陳震拜尚書又曰諸葛亮出駐漢中張裔領留府長史又曰蔣琬遷參軍統留府事願陛下親之信之則漢室之隆可計日而待也臣本布衣躬耕於南陽說苑唐且謂秦王曰王聞布衣之士怒乎苟全性命於亂世不求聞達於諸侯論語子張曰在邦必聞又孔子曰在邦必達先帝不以臣卑鄙猥自枉屈猥猶曲也言己曲蒙先帝自枉屈而來也三顧臣於草廬之中諮臣以當世之事漢晉春秋曰諸葛亮家于南陽之鄧縣荊州圖副曰鄧城舊縣西南一里隔沔有諸葛亮宅是劉備三顧處劉歆七言詩曰結構野草起室廬由是感激遂許先帝以驅馳趙岐孟子章指曰千載聞之猶有感激也後值傾覆受任於敗軍之際奉命於危難之閒爾來二十有一年矣裴松之蜀志注曰案劉備以建安十三年敗遣亮使吳亮以建興五年抗表北伐自傾覆至此整二十年然則備始與亮相遇在軍敗前一年也先帝知臣謹慎故臨崩寄臣以大事也蜀志曰先主於永安病篤召亮成都屬以後事謂亮曰君才十倍曹丕必能安國終定大業若嗣子可輔輔之如其不才君可自取亮涕

泣曰臣敢竭股肱之力效忠貞之節繼之以死受命以來夙夜憂嘆恐託付不效以傷先帝之明故五月度瀘深入不毛蜀志曰建興元年南中諸部並皆叛亂三年春亮率衆征之其秋悉平漢書曰瀘水出牂柯郡句町縣史記鄭襄公曰君王錫不毛之地使復得改事君王何休曰墝埆不生五穀曰不毛句求俱切町庭泠切今南方已定兵甲已足當獎帥三軍北定中原爾雅曰獎勸也庶竭駑鈍攘除姦凶廣雅曰駑駘也謂馬遲鈍者毛萇詩傳曰攘除也興復漢室還于舊都此臣之所以報先帝而忠陛下之職分也至於斟酌損益進盡忠言則攸之禕允之任也願陛下託臣以討賊興復之效不效則治臣之罪以告先帝之靈責攸之禕允等咎以章其慢蜀志載亮表云若無興德之言則戮允等以章其慢今此無上六字於義有闕誤矣陛下亦宜自課以咨諏足俱善道察納雅言深追先帝遺詔王逸楚辭注曰課試也毛詩曰載馳載驅周爰咨諏毛萇曰訪問於善爲咨咨事爲諏論語曰子所雅言南都賦曰奉先帝而追孝臣不勝受恩感激今當遠離臨表涕泣不知所云

求自試表

魏志曰太和二年植還雍丘植常自憤怨抱利器而無所施上疏求自試

曹子建

臣植言臣聞士之生世入則事父出則事君論語子曰出則事公卿入則事父兄事父
尚於榮親事君貴於興國故慈父不能愛無益之子仁君不能畜無
用之臣墨子曰雖有賢君不愛無功之臣雖有慈父不愛無益之子夫論德而授官者成功之君
也量能而受爵者畢命之臣也史記樂毅報燕惠王書曰察能而授官者成功之君也孫卿子曰論德而
定次量能而授官君子之所長也尸子曰君子量才而受爵量功而受祿故君無虛授臣無虛受王符潛夫論曰
故明王不敢以私授忠臣不敢以虛受虛授謂之謬舉虛受謂之尸祿詩之素餐所由
作也韓詩曰何謂素餐素者質也人但有質朴而無治民之材名曰素餐尸祿者頗有所知善惡不言默然不語苟欲得祿而已譬
若尸矣昔二號不辭兩國之任其德厚也左氏傳晉侯假道於虞以伐虢宮之奇諫曰虢仲虢叔王
季之穆也爲王卿士勳在盟府孫卿子曰德厚者進廉節者起旦奭不讓燕魯之封其功大也史記曰武
王殺紂封周公旦於少昊之墟曲阜是爲魯公又曰周武王封召公奭於燕今臣蒙國重恩三世于今矣
三世謂文武明也正值陛下升平之際陛下明帝也孝經鉤命決曰明王用孝升平致譽沐浴聖澤
潛潤德教可謂厚幸矣史記太史公成王作頌沐浴膏澤孝經曰德教加于百姓而位竊東藩爵
在上列論語子曰臧文仲其竊位者與漢書中山靖王曰位雖卑也得爲東藩身被輕煖口厭百味孝經

援神契曰甘肥適口輕煖適神墨子曰衣服之法冬則練帛之中足以爲輕且煖崔駰七依曰雍人調膳展選百味目極華靡
耳倦絲竹者爵重祿厚之所致也鄭玄禮記注曰致之言至也退念古之受爵祿
者有異於此皆以功勤濟國輔主惠民爾雅曰濟益也今臣無德可述無功
可紀若此終年無益國朝將挂風人彼己之譏毛詩彼己之子不稱其服是以上
慚玄冕俯愧朱紱周禮曰王之五冕玄冕朱裏禮記曰諸侯佩山玄玉而朱組綬蒼頡篇曰紱綬也方今天
下一統九州晏如尚書大傳曰周公一統天下合和四海然一統謂其統緒也顧西尚有違命之
蜀東有不臣之吳使邊境未得稅甲謀士未得高枕者爾雅曰稅舍也漢書賈誼
曰陛下高枕垂統無山東之憂誠欲混同宇內以致太和也法言曰或問太和曰其在唐虞成周也李軌曰
天下太和故啓滅有扈戶而夏功昭尚書曰啓與有扈戰于甘之野史記曰啓遂滅有扈氏天下咸朝夏成
克商奄而周德著尚書曰武王崩三監及淮夷叛周公相成王將黜殷命孔安國曰三監管蔡商也淮夷徐奄之屬史
記曰成王東伐淮夷徐奄今陛下以聖明統世將欲卒文武之功繼成康之隆假周
之令德以喻魏之先王也臣瓚漢書注曰統總覽也毛詩序曰文武之功起於后稷春秋歷序曰成康之隆醴泉涌簡良授能
以方叔邵虎之臣鎮衛四境爲國爪牙者可謂當矣爾雅曰簡擇也毛詩曰方叔涖

止其車三千又曰江漢之滸王命邵虎又曰祈父予王之爪牙然而高鳥未挂於輕繳淵魚未懸於鉤餌者恐鈞射之術或未盡也高鳥淵魚喻吳蜀二主也昔耿弇不俟光武亟擊張步言不以賊遺於君父也東觀漢記曰耿弇討張步陳俊謂弇曰虜兵盛可且閉營休士以須上來弇曰乘輿且到臣子當擊牛釃酒以待百官反欲以賊虜遺君父邪及出大戰自日及昏大破之弇古含切故車右伏劍於鳴轂雍門刎首於齊境說苑曰越甲至齊雍門狄請死之齊王曰鼓鐸之聲未聞矢石未交長兵未接子何務死知為人臣之禮邪雍門狄對曰臣聞之昔王田於囿左轂鳴車右請死之王曰子何為死車右曰為其鳴吾君也王曰左轂鳴此者工師之罪也子何為死車右曰吾不見工師之乘而見其鳴吾君也遂刎頸而死有之乎齊王曰有之雍門狄曰今越甲至其鳴吾君豈左轂之下哉車右可以死左轂而臣獨不可以死越甲邪遂刎頸而死是日越人引甲而退七十里齊王葬雍門子以上卿若此二子豈惡生而尚死哉誠忿其慢主而陵君也夫君之寵臣欲以除害興利尸子曰禹興利除害為萬民種也臣之事君必以殺身靜亂以功報主也昔賈誼弱冠求試屬國請係單于之頸而制其命終軍以妙年使越欲得長纓占其王羈致北闕賈誼終軍已見薦禰衡表爾雅曰占隱也郭璞曰隱度之此二臣豈好為夸主而耀世俗哉志或鬱結欲逞才力輸能於明君也昔漢武為霍

去病治第辭曰匈奴未滅臣無以家為漢書文也固夫憂國忘家捐軀濟難忠臣之志也趙岐孟子章指曰憂國忘家今臣居外非不厚也而寢不安席食不遑味者伏以二方未尅為念戰國策曰秦王告蒙驁曰寡人一城圍食不甘味臥不便席伏見先武皇帝武臣宿兵年者即世者有聞矣左氏傳子朝曰太子壽早夭即世雖賢不乏世宿將舊卒猶習戰也史記曰王翦宿將始皇師之竊不自量志在效命庶立毛髮之功以報所受之恩若使陛下出不世之詔效臣錐刀之用文子曰欲治之主不世出東觀漢記黃香上疏曰以錐刀小用蒙見宿留也使得西屬大將軍當一校之隊魏志曰太和二年遣大將軍曹真擊諸葛亮於街亭司馬彪漢書曰大將軍營五部校尉一人若東屬大司馬統偏師之任魏志曰太和二年大司馬曹休率諸軍至皖臣瓚漢書注曰統由揔覽也必乘危躡險騁舟奮驪禮記曰夏后尚黑戎事乘驪鄭玄云馬黑色曰驪突刃觸鋒為士卒先漢書伍被曰大將軍當敵勇常為士卒先雖未能禽權馘亮庶將虜其雄率殲其醜類鄭玄毛詩箋曰馘所獲之左耳也爾雅曰殲盡也又曰醜眾也必效須臾之捷以滅終身之愧杜預左氏傳注曰捷獲也使名挂史筆事列朝榮雖身分蜀境首懸吳闕猶生之年也北征賦曰首身分而不寤漢武帝遣使者告單

于曰南越王頭已懸於漢北闕傅武仲與荊文姜書曰雖死之日猶生之年如微才不試沒世無聞論語曰君子疾沒世而名不稱徒榮其軀而豐其體生無益於事死無損於數虛荷上位而忝重祿禽息鳥視終於白首鄭玄周禮注曰凡鳥獸未孕曰禽此徒圈牢之養物非臣之所志也說文曰圈養獸閑也鄭玄周禮注曰牢閑也流聞東軍失備師徒小衄漢書王音曰失行流聞魏志曰休至皖與吳將陸遜戰於石亭敗績衄猶挫折也輟食棄餐奮袂攘衽撫劍東顧而心已馳於吳會矣鄭玄周禮注曰攘却也謂却扱衽也左氏傳曰子朱撫劍從之臣昔從先武皇帝南極赤岸東臨滄海西望玉門北出玄塞七發曰凌赤岸篲扶桑山謙之南徐州記曰京江禹貢北江肴大濤濤至乘北激赤岸尤更迅猛漢書燉煌郡龍勒縣有玉門關玄塞長城也北方色黑故曰玄伏見所以行軍用兵之勢可謂神妙矣孫子曰兵與敵變化而取勝者謂之神故兵者不可預言臨難而制變者也孫卿曰水因地而制行兵因敵而制勝志欲自效於明時立功於聖世每覽史籍觀古忠臣義士出一朝之命以殉國家之難司馬遷書曰李陵奮不顧身以殉國家之急身雖屠裂而功銘著於景鍾名稱垂於竹帛未嘗不拊心而歎息也國語晉悼公曰昔克路之役秦來圖敗晉攻魏顆以其身却退秦師于輔氏親止杜回其勳銘於景鍾韋

珍倣宋版印

昭曰景鍾景公鍾也墨子曰以其功書於竹帛傳遺後子孫也臣聞明主使臣不廢有罪故奔北敗
軍之將用秦魯以成其功史記曰秦繆公使百里奚子孟明視蹇叔子西乞術及白乙丙將兵襲鄭晉發兵遮
秦兵於殽虜秦三將以歸後還秦三將穆公復三人官秩復使將兵伐晉大敗晉人以報殽之役又曰曹沫者魯人也以勇力事魯莊公
爲魯將與齊戰三敗三北魯莊公懼乃獻遂邑之地以和猶復以爲將齊桓公許與魯會于柯而盟桓公與莊公既盟於壇上曹沫執匕
首劫齊桓公公問曰子將何欲曹沫曰齊强魯弱而大國侵魯亦已甚矣今魯城壞卽壓境君其圖之桓公乃許盡還魯之侵地曹沫三
戰所亡盡復于魯絶纓盜馬之臣赦楚趙以濟其難說苑曰楚莊王賜羣臣酒日暮華燭滅有引美
人衣者美人援絶冠纓告王知之王曰賜人酒醉欲顯婦人之節吾不取也乃命左右勿上火與寡人飲不絶纓者不懽也羣臣纓皆絶
盡懽而去後與晉戰引美人衣者五合五獲以報莊王呂氏春秋曰昔者秦繆公乘馬右服失之野人取之繆公自往求之見野人方將
食之於岐山之陽繆公笑曰食駿馬之肉不飮酒余恐傷汝也徧飮而去韓原之戰晉人已環繆公之車矣晉梁靡已扣公左驂矣野人
嘗食馬於岐山之陽者三百有餘人畢力爲繆公疾鬭於車下遂大克晉及獲惠公以歸此秦而謂之趙者史記曰趙氏之先與秦共祖
然則以其同祖故曰趙焉臣竊感先帝早崩威王棄代先帝謂文帝也魏志曰任城王彰薨謚曰威臣
獨何人以堪長久常恐先朝露填溝壑漢書李陵謂蘇武曰人如朝露列女傳梁寡婦曰妾之夫
先犬馬填溝壑墳土未乾而身名並滅漢書霍禹曰將軍墳土未乾李宏武功歌曰身非金石名俱滅焉臣

聞騏驥長鳴伯樂昭其能戰國策楚客謂春申君曰昔騏驥駕車吳坂遷延負轅而不能進遭伯樂仰而長鳴知伯樂知己也今僕屈厄日久君獨無意使僕爲君長鳴也盧狗悲號韓國知其才戰國策曰齊欲伐魏淳于髡謂齊王曰韓子盧者天下之壯犬也東郭俊者海內之狡兔也韓子盧逐東郭俊環山者三騰山者五兔極於前犬廢於後犬兔俱罷各死其處田父見之而擅其功今齊魏相持臣恐強秦大楚承其後有田父之功高誘曰韓國之盧犬古之名狗也然悲號之義未聞也

是以效之齊楚之路以逞千里之任齊楚言遠也孫卿子曰夫驥一日而千里也試之狡兔之捷以驗搏噬之用今臣志狗馬之微功竊自惟度終無伯樂韓國之舉是以於邑而竊自痛者也楚辭曰長呼吸以於悒王逸曰於悒啼貌夫臨博而企竦聞樂而竊抃者或有賞音而識道也說文曰博局戲也大箸十二棊又曰企舉踵也竦猶立也說文曰抃拊也昔毛遂趙之陪隸猶假錐囊之喻以寤主立功史記曰秦之圍邯鄲趙使平原君求救合從於楚約與食客門下有勇力武備具者二十人俱得十九人餘無可取者毛遂前自讚於平原君平原君曰先生處勝之門下幾年於此矣遂曰三年于此矣平原君曰夫賢士之處俗譬若錐之處囊中其末立見今先生處勝之門下三年勝未有所聞毛遂曰臣乃今日請處囊中耳使遂蚤得處囊中乃穎脫而出非特其末見而已也平原君竟與毛遂偕十九人平原君與楚合從日出而言日中不決毛遂按劍歷階而上曰合從者爲楚非爲趙也楚王曰唯謹奉社稷以從何況巍巍大魏多士之

珍倣宋版印

朝而無慷慨死難之臣乎夫自衒自媒者士女之醜行也（越絕書曰范蠡其始居楚之越越王與言盡日大夫石賈進曰衒女不貞衒士不信客歷諸侯渡河津無因自致殆不真賢也）干時求進者道家之明忌也（莊子曰功成者墮名成者虧孰能去功與名而還與衆人）而臣敢陳聞於陛下者誠與國分形同氣憂患共之者也（呂氏春秋曰父母之於子也子之於父母也一體而分形同氣血而異息痛疾相救憂思相感生則相驩死則相哀此之謂骨肉之親也）冀以塵露之微補益山海（謝承後漢書楊喬曰猶塵附泰山露集滄海雖無補益款誠至情猶不敢嘿也）螢燭末光增輝日月（淮南子曰人主之居也如日月之明也）是以敢冒其醜而獻其忠必知為朝士所笑聖主不以人廢言（論語子曰君子不以人廢言）伏惟陛下少垂神聽臣則幸矣

求通親親表（魏志曰太和五年植上疏求存問親戚因致其意也）　曹子建

臣植言臣聞天稱其高者以無不覆地稱其廣者以無不載日月稱其明者以無不照（禮記子夏問曰何謂三無私孔子曰天無私覆地無私載日月無私照此之謂三無私）江海稱其大者以無不容（管子曰海不辭水故能成其大墨子曰江河不惡小谷之滿己也故能大）故孔子曰大哉堯之為君惟天為大惟堯則之（論語文也）夫天德之於萬物可謂弘

珍倣宋版印

廣矣蓋堯之爲教先親後疎自近及遠其傳曰克明俊德以親九族
九族既睦平章百姓孔安國曰能明俊德之士任用之以睦高祖玄孫之親也又曰既已也百姓百官也言化九族
而平和章明也及周之文王亦崇厥化鄭玄禮記注曰崇猶尊也其詩曰刑于寡妻至于
兄弟以御于家邦毛萇曰刑法也鄭玄云御治也寡妻寡有之妻文王以禮接其妻至於宗族又能爲政治於家邦
是以雍雍穆穆風人詠之毛詩曰有來雍雍又曰天子穆穆昔周公弔管蔡之不咸
廣封懿親以藩屏王室左氏傳富辰曰周公弔二叔之不咸故封建親戚以藩屏周室馬融曰二叔管蔡也傳
曰周之宗盟異姓爲後左氏傳曰滕侯薛侯來朝爭長公使羽父請於薛侯曰周之宗盟異姓爲後誠骨
肉之恩爽而不離漢書宣帝詔曰蓋聞象有罪舜封之骨肉之親粲而不殊如淳曰粲或爲散爾雅曰爽差也親
親之義寔在敦固禮記曰君子賢其賢而親其親未有義而後其君仁而遺其親者
也孟子曰未有仁而遺其親者也未有義而後其君者也伏惟陛下咨帝唐欽明之德尚書曰放勳欽
明體文王翼翼之仁毛詩曰惟此文王小心翼翼惠洽椒房恩昭九親漢舊儀曰皇后稱椒
房詩椒聊之實蔓延盈升美其繁興九親猶九族羣后百僚番休遞上列子曰巨鼇迭爲三番江偉上便宜曰上
下郎吏計作四五番休執政不廢於公朝下情得展於私室親理之路通慶弔

之情展誠可謂恕己治人推惠施恩者矣論語子貢問曰一言可以終身行之者乎子曰其恕乎己所不欲勿施於人三略曰良將恕己而治人又曰推惠施恩士力日新至於臣者人道絕緒禁固明時臣竊自傷也左氏傳曰申公巫臣奔晉子反請以重幣錮之杜預曰禁固勿仕也錮與固通不敢乃望交氣類脩人事敘人倫謝承後漢書曰桓礹鄙營氣類毛詩序曰成孝敬厚人倫近且婚媾不通兄弟永絕吉凶之問塞慶弔之禮廢恩紀之違甚於路人蘇子卿詩曰誰為行路人隔閡之異殊於胡越淮南子曰自其異者視之肝膽胡越許慎曰胡在北方越在南方今臣以一切之制永無朝覲之望漢書音義曰一切權時也至於注心皇極結情紫闥神明知之矣尚書考靈耀曰建用皇極宋均曰建立也皇大極天也崔駰達旨曰攀台階闚紫闥然天實為之謂之何哉毛詩國風文退省諸王常有戚戚具爾之心毛詩曰戚戚兄弟莫遠具爾願陛下沛然垂詔孟子曰油然作雲沛然下雨使諸國慶問四節得展以敘骨肉之歡恩全怡怡之篤義論語子曰兄弟怡怡如也妃妾之家膏沐之遺歲得再通毛詩曰豈無膏沐齊義於貴宗等惠於百司如此則古人之所歎風雅之所詠復存於聖世矣臣伏自思惟豈無錐刀之用東觀漢記黃香上疏曰以錐刀小用蒙見宿留及觀陛

下之所拔授若臣爲異姓竊自料度不後於朝士矣若得辭遠遊戴
武弁蔡邕獨斷曰遠遊冠者王侯所服傅子曰侍中冠武弁解朱組佩青紱朱組綬已見自試表注漢書曰凡二
千石以上銀印青綬駙馬奉車趣得一號漢書曰奉車都尉掌御乘輿車駙馬都尉掌駙馬說文曰駙近也安
宅京室執鞭珥筆論語子曰富而可求雖執鞭之士吾亦爲之范曄後漢書岑彭謂朱鮪曰彭往者得執鞭侍從珥筆
戴筆也漢書趙卬曰張安世持橐簪筆張晏曰近臣負橐簪筆從也出從華蓋入侍輦轂劉歆遂初賦曰奉華蓋於
帝側胡廣漢官解故注曰轂下諭在輦轂之下京兆之中承荅聖問拾遺左右漢書曰議郎掌顧問應對又曰蕭望
之劉更生並拾遺左右乃臣丹情之至願不離於夢想者也遠慕鹿鳴君臣之
宴毛詩序曰鹿鳴宴羣臣嘉賓也中詠棠棣匪他之誠毛詩序曰棠棣燕兄弟也毛詩曰豈伊異人兄弟匪他
下思伐木友生之義毛詩序曰伐木燕朋友故舊也詩曰矧伊人矣不求友生終懷蓼莪罔極之
哀毛詩蓼莪曰父兮生我母兮鞠我欲報之德昊天罔極每四節之會塊然獨處左右惟僕隸
所對惟妻子高談無所與陳發義無所與展未嘗不聞樂而拊心臨
觴而歎息也漢書曰中山靖王勝來朝天子置酒勝聞樂聲而泣對曰臣聞悲者不可爲絫欷思者不可爲歎息今臣心結
日久每聞幼眇之聲不知泣涕之橫集臣伏以爲犬馬之誠不能動人譬人之誠不能

動天崩城隕霜臣初信之以臣心況徒虛語耳列女傳曰杞梁妻者齊杞梁殖之妻也齊莊公襲莒殖戰死杞梁之妻無子內外皆無五屬之親既無所歸乃就其夫屍於城下而哭之內誠動人道路過者莫不為之揮涕十日而城為之崩淮南子曰鄒衍盡忠於燕惠王惠王信譖而繫之鄒子仰天而哭正夏而天為之降霜也若葵藿之傾葉太陽雖不為之迴光然終向之者誠也淮南子曰聖人之於道猶葵之與日雖不能終始哉其鄉之者誠也臣竊自比葵藿若降天地之施垂三光之明者寔在陛下臣聞文子曰不為福始不為禍先文子曰與道為際與德為鄰不為福始不為禍先范子曰文子者姓辛葵丘濮上人也稱曰計然南遊於越范蠡師事今之否隔友于同憂而臣獨唱言者何也廣雅曰否隔也尚書曰友于兄弟竊不願於聖代使有不蒙施之物有不蒙施之物必有慘毒之懷故柏舟有天只之怨谷風有棄予之歎毛詩柏舟曰母也天只不諒人只毛萇曰諒信也母也天也尚不信我也又谷風曰將安將樂汝轉棄予伊尹恥其君不為堯舜尚書曰昔先正保衡作我先王乃曰予弗克俾厥后惟堯舜其心愧恥若撻于市孟子曰不以舜之所以事堯事其君者不敬其君者也臣之愚蔽固非虞伊至於欲使陛下崇光被時雍之美宣緝熙章明之德者尚書曰允恭克讓光被四表協和萬邦黎民於變時雍毛詩曰維清緝熙文王之典

章明已見上文尚書曰百姓昭明是臣慺慺之誠竊所獨守尚書傳曰慺慺謹慎也寔懷鶴立企佇之心敢復陳聞者戰國策曰吳入郢樊冒勃蘇潛行十日而薄秦鶴立不轉冀陛下儻發天聰而垂神聽也尚書曰天聰明神聽已見自試表

讓開府表

羊叔子臧榮緒晉書曰羊祜字叔子太山人也能屬文爲中書郎陳留王立封鉅平子世祖受禪加散騎常侍後以祜都督荊州諸軍事又爲車騎將軍開府儀同三司祜表讓後以祜爲征南大將軍開府辟召儀同三司薨

臣祜言臣昨出伏聞恩詔拔臣使同台司昨出爲沐浴而出在外台司三公也爲台司故言儀同三司威儀百物使同三司也臣自出身已來適十數年受任外內每極顯重之地王隱晉書曰太祖引祜爲從事中郎遷中領軍事兼內外常以智力不可強進恩寵不可久謬夙夜戰慄以榮爲憂中謝裴氏新語曰若薦其君將有所乞請中謝言臣誠惶誠恐頓首死罪臣聞古人之言德未爲衆所服而受高爵則使才臣不進功未爲衆所歸而荷厚祿則使勞臣不勸管子曰國有德義未明於朝而處尊位者則良臣不進有功未見於國而有重祿者則勞臣不勸

今臣身託外戚事遭運會王隱晉書曰祜同產姊配景帝爲弘訓太后誠在寵過不患見遺而猥超然降發中之詔加非次之榮猥猶曲也孔融答曹公書曰來書懇切訓誨發中臣有何功可以堪之何心可以安之以身誤陛下辱高位傾覆亦尋而至國語單襄公曰高位寔疾顛左氏傳呂相曰傾覆我社稷願復守先人弊廬豈可得哉莊子曰顏闔守陋閭左氏傳齊侯遇杞梁之妻于郊使弔之辭曰有先人之弊廬在下妾不得與郊弔違命誠忤天威曲從卽復若此左氏傳齊侯對宰孔曰天威不違顏咫尺蓋聞古人申於見知晏子春秋越石父謂晏子曰臣聞之士者屈於不知己而申乎知己大臣之節不可則止論語子曰周任有言曰陳力就列不能者止臣雖小人敢緣所蒙念存斯義今天下自服化已來方漸八年列子曰子產相鄭三年善者服其化雖側席求賢不遺幽賤國語曰越王夫人側席而坐韋昭曰側猶特也禮憂者側席而坐然臣等不能推有德進有功使聖聽知勝臣者多而未達者不少假令有遺德於板築之下有隱才於屠釣之閒尚書序曰高宗夢得說說築傅巖之野孟子曰傅說舉於版築之閒郭璞三蒼解詁曰板牆上下板築杵頭鐵沓也尉繚子曰太公屠牛朝歌史記曰太公望呂尚以漁釣奸周西伯而令朝議用臣不以爲非臣處之不以爲愧所失豈不大哉遺賢不薦而謬處崇班非

直身殃抑爲朝累今乃朝議用臣不以爲非己累朝矣處之又不以爲愧己殃身矣此失豈不大哉言甚大也且臣忝竊雖
久未若今日兼文武之極寵等宰輔之高位也文武謂車騎及開府等宰輔謂儀同三司
臣所見雖狹據今光祿大夫李憙秉節高亮正身在朝晉諸公讚曰憙字季和上
黨人少有高行爲僕射光祿大夫年老遜位拜光祿大夫光祿大夫魯芝絜身寡欲和而不同臧榮緒晉書曰
魯芝之字世英扶風人也耽思墳籍爲鎮東將軍徵光祿大夫四子講德論曰絜身修德老子曰少私寡欲論語曰和而不同光祿
大夫李胤莅政弘簡在公正色王隱晉書曰李胤字宣伯遼東人也稍遷至尚書僕射轉光祿大夫孔安
國尚書傳曰簡大也尚書曰正色率下皆服事華髮以禮終始周禮曰大司徒領職曰服事鄭司農曰服事謂
公家服事新序閭丘卬曰士亦華髮墮領而後用耳雖歷內外之寵不異寒賤之家而猶未蒙
此選臣更越之何以塞天下之望少益日月聖主得賢臣頌曰不足以塞厚望日月喻君已
見上求自試表是以誓心守節無苟進之志左傳季札曰曹宣公之卒也諸侯與曹人不義曹君將立子臧
子臧去之遂弗爲也以成曹君君子曰能守節矣今道路未通方隅多事乞留前恩使臣得
速還屯王隱晉書曰太始五年出爲都督荊州諸軍事不爾留連必於外虞有闕臣不勝憂
懼謹觸冒拜表惟陛下察匹夫之志不可以奪論語子曰匹夫不可奪志

一 珍倣宋版印

陳情事表

李令伯 華陽國志曰李密字令伯父早亡母何氏更適人密見養於祖母事祖母以孝聞侍疾日夜未嘗解帶蜀平後晉武帝徵爲太子洗馬詔書累下郡縣逼迫密上書武帝覽其表曰密不空有名者也嘉其誠款賜奴婢二人使郡縣供其祖母奉膳祖母卒服終徙尚書郎爲河內溫令左遷漢中太守一年去官卒密一名虔

臣密言臣以險釁夙遭閔凶 賈逵國語注曰釁兆也左氏傳楚少宰曰寡君少遭閔凶 生孩六月慈父見背 孟子曰孩提之童趙岐曰知孩笑可提抱也文子曰慈父之愛子非求報 行年四歲舅奪母志 莊子田開之曰單豹行年七十毛詩序曰衞世子蚤死其妻守義父母欲奪而嫁之 祖母劉愍臣孤弱躬親撫養 毛詩曰父兮生我母兮鞠我撫我畜我長我育我毛萇曰鞠養也 臣少多疾病九歲不行零丁孤苦至于成立 李陵贈蘇武詩曰遠處天一隅苦困獨伶丁國語曰晉趙文子冠韓獻子戒之曰此之謂成人論語曰三十而立 既無伯叔終鮮兄弟 毛詩曰終鮮兄弟維予與女 門衰祚薄晚有兒息 字書曰祚福也 外無朞功強近之親內無應門五尺之僮 孫卿子曰仲尼之門五尺豎子羞言五伯 煢煢獨 一作孑 立形影相弔 曹植責躬表曰形影相弔五情愧赧 而劉夙嬰疾病常在牀蓐臣

侍湯藥未曾廢離逮奉聖朝沐浴清化前太守臣逵察臣孝廉後刺史臣榮舉臣秀才臣以供養無主辭不赴命詔書特下拜臣郎中尋蒙國恩除臣洗馬朱浮書曰同被國恩如淳漢書注曰凡言除者除故官就新官也漢書曰太子屬官有洗馬如淳曰前驅也猥以微賤當侍東宮非臣隕首所能上報廣雅曰猥頓也漢書谷永上書王鳳曰齊客隕首公門以報恩施史記曰孟嘗君相齊使其舍人魏子收邑三反而不致孟嘗君問其故對曰有賢竊假之數年或毀孟嘗孟嘗乃奔魏子所與粟賢者聞之乃上書言孟嘗不作亂請身盟遂自刎宮門以明孟嘗臣具以表聞辭不就職詔書切峻責臣逋慢郡縣逼迫催臣上道州司臨門急於星火臣欲奉詔奔馳則劉病日篤欲苟順私情則告訴不許臣之進退實爲狼狽孔叢子孔子曰吾於狼狽見聖人之志荀悅漢紀論曰周勃狼狽失據塊然囚執伏惟聖朝以孝治天下凡在故老猶蒙矜育爾雅曰矜憐也況臣孤苦特爲尤甚且臣少仕僞朝歷職郎署本圖宦達不矜名節鄭玄禮記注曰矜謂自尊大也今臣亡國賤俘至微至陋賈逵國語注曰伐國取人曰俘過蒙拔擢寵命優渥毛詩曰既優既渥豈敢盤桓有所希冀周易曰初九盤桓利居貞但以劉日薄西山氣息奄奄楊雄反騷曰臨汨羅而自隕兮恐日薄於西山廣雅

日奄困迫也人命危淺朝不慮夕左氏傳趙孟曰朝不謀夕何其長也臣無祖母無以至今日祖母無臣無以終餘年鸚鵡賦曰匪餘年之足惜母孫二人更相爲命是以區區不能廢遠臣密今年四十有四祖母劉今年九十有六是臣盡節於陛下之日長報養劉之日短也烏鳥私情願乞終養葛龔喪伯父還傳記曰烏烏之情誠竊傷痛毛詩曰蓼莪孝子不得終養也臣之辛苦非獨蜀之人士及二州牧伯所見明知皇天后土實所共鑒左氏傳晉大夫曰皇天后土實聞君之言願陛下矜愍愚誠聽臣微志庶劉僥倖保卒餘年禮記曰子曰小人行險以僥倖僥與徼同古堯切臣生當隕首死當結草隕首已見上文左氏傳曰晉魏顆敗秦師於輔氏獲杜回秦之力人也初魏武子有嬖妾無子武子疾命顆必嫁是疾病曰必爲殉顆嫁之曰疾病則亂吾從其治也及輔氏之役魏顆見老人結草以亢杜回杜回躓而顛故獲之夜夢之曰余而所嫁婦人之父也臣不勝犬馬怖懼之情謹拜表以聞史記丞相青翟曰臣不勝犬馬心

謝平原內史表臧榮緒晉書曰成都王表理機起爲平原內史到官上表

陸士衡

陪臣陸機言蔡邕獨斷曰諸侯境內自相以下皆爲諸侯稱臣於朝皆稱陪臣　今月九日魏郡太守

遺兼丞張含齎板詔書印綬假臣爲平原內史凡王封拜謂之板官時成都攝政故稱板
詔拜受祗竦不知所裁臣機頓首頓首死罪死罪范曄後漢書陳蕃上疏曰臣誠悼心
不知所裁臣本吳人出自敵國漢書蒯通說韓信曰敵國破謀臣亡世無先臣宣力之效才
非丘園耿介之秀尚書舜曰予欲宣力四方汝爲易曰賁于丘園束帛戔戔王肅曰隱處丘園道德彌明必有束帛之
聘楚辭曰獨耿介而不隨皇澤廣被惠濟無遠四子講德論曰皇澤豐沛尚書曰無遠弗屆擢自羣萃
累蒙榮進國語曰羣萃而同處賈逵曰萃亦處也入朝九載歷官有六身登三閣官成
兩宮臧榮緒晉書曰太熙末太傅楊駿辟機爲祭酒駿誅徵爲太子洗馬吳王出鎮淮南以機爲郎中令遷尚書中兵郎轉殿中郎
又爲著作郎晉令曰祕書郎掌中外三閣經書兩宮東宮及上臺也服冕乘軒仰齒貴游左傳衛太子謂渾良夫曰
服冕乘軒三死無與杜預傳注曰齒列也周禮曰師氏以三德教國子凡國之貴游子弟學焉振景拔迹顧邈同列
臣瓚漢書注曰邈凌邈也施重山岳義足灰沒葛龔讓州辟文曰恩重山岳言君之義我身如灰之滅不足報也
遺國顛沛無節可紀雖蒙曠盪臣獨何顏俛首頓膝憂愧若厲中謝周易
曰夕惕若厲而橫爲故齊王冏九永所見枉陷誣臣與衆人共作禪文王隱晉書
曰齊王冏字景治趙王倫篡位冏舉兵討倫臨陳斬之禪文倫受禪之文幽執囹圄當爲誅始司馬遷書曰深幽囹

珍倣宋版印

[圖之中]臣之微誠不負天地倉卒之際慮有逼迫乃與弟雲及散騎侍郎袁瑜[王隱晉書曰袁瑜字世都]中書侍郎馮熊[馮熊字文羆]尚書右丞崔基廷尉正顧榮[顧榮字彥先]汝陰太守曹武[晉百官名曰曹武字道淵]思所以獲免陰蒙避迴岐[一作崎]嶇自列[言密自蒙蔽避迴冏黨岐嶇艱阻得自申列也廣雅曰列陳也]片言隻字不關其閉事蹤筆跡皆可推校[王隱晉書曰機與吳王晏表曰禪文本草今見在中書一字一迹自可分別蔡邕書曰惟是筆跡可以當面]而一朝翻然更以爲罪蕞爾之生尚不足恡[左傳子產曰諺云蕞爾之國杜預曰蕞小貌也說文曰尚曾也孔安國尚書傳曰恡惜也]區區本懷實有可悲[李陵書曰區區之心切慕此爾]畏逼天威即罪惟謹[天威已見上讓開府表公羊傳曰不即罪爾何休曰不就罪也漢書曰終軍詰徐偃請下御史徵偃即罪論語曰子在宗廟朝廷便便言惟謹爾]鉗口結舌不敢上訴所天[莊子曰鉗墨翟之口慎子曰臣下閉口左右結舌潛夫論曰臣鉗口結舌而不敢言左傳箴尹克黃曰君天也何休墨守曰君者臣之天也]莫大之釁曰經聖聽[孝經曰五刑之屬三千而罪莫大於不孝]肝血之誠終不一聞所以臨難慷慨而不能不恨恨者惟此而已重蒙陛下愷悌之宥[陛下謂成都也毛詩曰愷悌君子杜預左傳注曰宥赦也]迴霜收電使不隕越[威如霜已見西征賦荀悅申鑒曰人主威如雷電之震左傳齊侯對宰孔曰小白恐隕越]

于下復得扶老攜幼生出獄戶戰國策曰薛人扶老攜幼迎孟嘗君道中懷金拖紫退就散
輩楊子法言曰使我紆朱懷金其樂不可量也解嘲曰紆青拖紫拖徒我切感恩惟咎五情震悼文子曰昔中黃
子曰色有五章人有五情跼天蹐地若無所容中謝毛詩曰謂天蓋高不敢不跼謂地蓋厚不敢不蹐史記曰魏公
子自責似若無所容跼音局蹐精亦切不悟日月之明遂垂曲照雲雨之澤播及朽瘁
尚書武王曰惟我文考若日月之照臨范曄後漢書鄧隲上疏曰被雲雨之渥澤也忘臣弱才身無足采哀臣
零落罪有可察苟削丹書得夷平民左傳曰斐豹隸也著於丹書書曰延及平民則塵洗
天波謗絕衆口臣之始望尚未至是猥辱大命顯授符虎漢書文紀曰初與郡
守為銅虎符竹使符使春枯之條更與秋蘭垂芳陸沈之羽復與翔鴻撫翼莊子
曰孔子之楚其鄰有夫妻臣妾登極者仲尼曰是陸沈者也班固漢書張陳述曰攜手逐秦撫翼俱起雖安國免徒起
于紆青組漢書曰韓安國事梁孝王為中大夫其後安國坐法抵罪梁內史缺漢使使者拜安國為梁內史起徒中為二千石張
敞亡命坐致朱軒漢書張敞為京兆尹坐與楊惲厚善不宜處位免為庶人數月冀州部中有大賊天子思敞功使使
召敞即裝隨使者詣公車上書天子引敞見拜為冀州刺史敞起亡命復奉使典州命名也謂所犯罪名已定而逃亡避之謂之亡命青
組朱軒並二千石之車飾方臣所荷未足為泰豈臣蒙垢含恙所宜忝竊范曄後漢書陳

蕃曰鄙吝之萌復存于心方言曰貪而不施謂之吝非臣毀宗夷族所能上報喜懼參并悲慚

哽結拘守常憲當便道之官如淳漢書注曰律二千石以上告歸寧不過行在所者便道之官無問也不

得束身奔走稽顙城闕瞻係天衢馳心輦轂天衢已見上薦禰衡表輦轂已見上求通親親

表臣不勝屏營延仰謹拜表以聞國語申胥曰昔楚靈王獨行屏營

勸進表何法盛晉書曰劉琨連名勸進中宗嘉之晉紀曰劉琨作勸進表無所點竄封印既畢對使者流涕而遣之

劉越石

建興五年晉書曰建興愍帝年號三月癸未朔十八日辛丑使持節散騎常侍

都督河北幷冀幽三州諸軍事領護軍匈奴中郎將司空幷州刺史

廣武侯臣琨使持節侍中都督冀州諸軍事撫軍大將軍冀州刺史

左賢王渤海公臣磾頓首死罪上書臣琨臣磾頓首頓首死罪死罪

臣聞天生蒸人樹之以君所以對越天地司牧黎元左傳邾文公曰天生人而樹之君以利之也典引曰發祥流慶對越天地左傳師曠曰天生人而立之君使司牧之勿使失性孝經鉤命決曰天有顧盼之義授圖于黎

元聖帝明王鑒其若此易緯曰聖帝明王所以致太平知天地不可以乏饗故屈其

身以奉之范曄後漢書袁紹上疏曰洛邑乏祀荀悅申鑒曰聖王屈己以申天下之樂知黎元不可以無
主故不得已而臨之東觀漢記馮異曰更始敗亡天下無主莊子曰君子不得已而臨莅天下也社稷時
難則戚藩定其傾郊廟或替則宗哲纂其祀所以弘振遐風式固萬
世牽秀衛公誄曰仰睎遐風重輝冠世毛詩曰式固爾猶三五以降靡不由之史記楚子西曰孔丘述三五之
法明周召之業臣琨臣磾頓首頓首死罪死罪伏惟高祖宣皇帝肇基景命
王隱晉書曰宣皇帝河內溫人今上受禪追上尊號曰宣皇帝尚書武王曰至于大王肇基王迹詩曰景命有僕毛萇曰僕附也鄭玄曰
天之大命又附著於汝世祖武皇帝遂造區夏世祖武帝廟號書曰惟丕顯考文王用肇造我區夏三葉
重光四聖繼軌三世謂景宣文四聖謂武帝也書曰昔我文王武王宣重光廣雅曰軌跡也惠澤侔於有
虞卜年過於周氏左傳王孫滿曰成王定鼎郟鄏卜世三十卜年七百自元康以來艱禍繁興
晉書曰惠帝即位改元曰元康永嘉之際氛厲彌昏永嘉懷帝年號宸極失御登遐醜裔王隱
晉書懷紀曰羯賊劉曜破洛皇帝崩於平陽宸極喻帝位荅賓戲曰周失其御禮曰天王崩告喪曰天王登遐國家之危有
若綴旒公羊傳曰君若贅旒然贅猶綴也何休曰贅旒旗旒也以譬者言為下所執持東西爾賴先后之德宗廟
之靈皇帝嗣建舊物克甄王隱晉書懷紀曰洛陽破大司馬南陽王保於長安立秦王為皇太子懷帝崩皇太

子卽位左傳伍員曰少康祀夏配天不失舊物鄭玄尚書緯注曰甄表也誕授欽明服膺聰哲欽明已見上求通親
親表禮曰服膺拳拳玉質幼彰金聲夙振應劭漢官儀曰太子太傅琢磨玉質言太子有玉之質琢磨以道也孟子
曰孔子之謂集大成集大成也者金聲而玉振之也冢宰攝其綱百辟輔其治尚書曰冢宰掌邦治統百官包
咸論語注曰攝猶兼也毛詩曰不顯維德百辟其刑之四海想中興之美羣生懷來蘇之望毛詩
序曰宣王任賢使能周室中興尚書曰徯我后后來其蘇不圖天不悔禍大災荐臻左傳鄭伯曰天其悔禍于
許國未忘難寇害尋興左傳富辰曰人未忘禍王又興之逆胡劉曜縱逸西都何法盛晉
書胡錄曰建興四年劉載使劉曜寇長安敢肆犬羊凌虐天邑漢名臣奏曰太尉應劭等議以爲鮮卑隔在漠北犬
羊爲羣尚書曰肆予敢求爾于天邑商臣等奉表使還仍承西朝以去年十一月不守
主上幽劫復沈虜庭干寶晉紀曰賊入掠京都劉粲寇于城下天子蒙塵于平陽傳暢諸公讚曰葛蕃傳檄平陽
求連和迎上上於是見害謝承後漢書序曰黃他求沒將投骸虜庭神器流離再辱荒逆再謂懷愍二帝老子曰天
下神器不可爲爲者敗之韋昭曰神器天子璽符服御之物也臣每覽史籍觀之前載小雅曰載事也厄運
之極古今未有茍在食土之毛含氣之類左傳芊尹無宇謂楚子曰食土之毛誰非君臣三略
曰含氣之類咸願得志莫不叩心絕氣行號巷哭新序子貢曰子產死國人聞之皆叩心流涕曰子產已死

吾將安歸皆巷哭況臣等荷寵三世位厠鼎司三世謂邁至琨也王隱晉書曰琨祖邁相國參軍父蕃太
子洗馬侍御史鼎司謂司空也謝承後漢書序曰王龔幹事遂陟鼎司承問震惶精爽飛越謝承後漢書竇武上
疏曰奉承詔命精爽隕越且悲且惋五情無主五情已見上謝平原內史表注莊子葉公見龍失其魂魄五情無主
舉哀朔垂上下泣血謝承後漢書胡毋班書曰董卓起朔垂毛詩曰鼠思泣血臣琨臣磾頓首頓
首死罪死罪臣聞昬明迭用否泰相濟昬明謂晝夜也文子曰春秋之代謝日月之晝夜孫卿子
曰日月遞照周易曰泰者通也物不可終通故受之以否天命未改歷數有歸左氏傳王孫滿謂楚子曰周德雖衰
天命未改書曰天之歷數在爾躬或多難以固邦國或殷憂以啓聖明左氏傳曰楚使椒舉如晉
求諸侯晉侯欲勿許司馬侯曰不可鄰國之難不可虞也或多難以固其國啓其疆土齊有仲孫之難而獲桓公至今賴之晉有里丕之
難而獲文公是以爲盟主也韓詩曰耿耿不寐如有殷憂啓聖見下注齊有無知之禍而小白爲五伯
之長左傳曰初齊襄公立無常鮑叔牙曰君使民慢亂將作矣奉公子小白出奔莒亂作管夷吾召忽奉公子糾來奔雍廩殺無知
公伐齊納子糾桓公自莒先入晉有驪姬之難而重耳主諸侯之盟左傳曰初晉獻公以驪姬爲夫
人夫人譖太子太子縊于新城遂譖二公子曰皆知之重耳奔蒲夷吾奔屈漢書路溫舒曰齊有無知之禍而桓公以興晉有驪姬之難
而文公用伯繇是觀之禍亂之作將以開聖人也社稷靡安必將有以扶其危鹽鐵論曰定傾扶危黔

珍倣宋版印

首幾絕必將有以繼其緒史記曰秦更民名曰黔首伏惟陛下玄德通於神明聖姿合於兩儀陛下謂元帝也書曰玄德升聞乃命以位孝經援神契曰十世升平至德通神明兩儀天地也易曰易有太極是生兩儀應命代之期紹千載之運孟子曰五百年必有王者興其閒必有名世者也廣雅曰命名也桓子新論曰夫聖人乃千載一出賢人君子所想思而不可得見也夫符瑞之表天人有徵東觀漢記羣臣上奏世祖曰符瑞之應昭然著聞矣中興之兆圖讖垂典自京畿隕喪九服崩離曹子建責躬詩曰得會京畿周書曰乃辨九服之國方千里曰王圻其外曰侯服甸服男服采服衞服蠻服夷服鎮服蕃服論語子曰邦分崩離析天下囂然無所歸懷班固漢書贊曰海內囂然喪其樂生之心雖有夏之遘夷羿宗姬之離犬戎蔑以過之左氏傳曰魏絳對晉侯曰昔有夏之方衰也后羿自鉏遷于窮石因夏人以代夏政又曰夷羿收之杜預曰夷氏也史記曰幽王嬖愛褒姒竟廢后立褒姒為后廢后父申侯乃與西夷犬戎共攻幽王遂殺幽王驪山之下陛下撫寧江左奄有舊吳王隱晉書曰元帝琅邪共王之長子永興元年就國二年加揚州諸軍事韋孟諷諫詩曰撫寧遐荒江左江東也春秋歷序曰東方為左毛詩曰奄有龜蒙柔服以德伐叛以刑左氏傳晉隨武子曰伐叛刑也柔服德也抗明威以攝不類杖大順以肅宇內尚書曰我有周佑命將天明威漢書音義曰攝安也禮記曰天子以德為車以樂為御諸侯以禮相與大夫以法相序天下之肥也是謂大順純化既敷則率土宅心義風既

暢則遐方企踵尚書曰汝丕遠惟商耇成人宅心知訓劉秦美新曰海外遐方延頸企踵百揆時敘于上
四門穆穆于下書曰納于百揆百揆時敘賓于四門四門穆穆昔少康之隆夏訓以爲美談
左氏傳伍員謂吳子曰昔有過澆滅夏后相后緡方娠逃出自竇歸于有仍生少康焉爲仍牧正以收夏衆使女艾諜澆遂滅過戈復禹
之績澆五叫切公羊傳曰魯人至今以爲美談宣王之興周詩以爲休詠毛詩序曰烝民尹吉甫美宣王也任
賢使能周室中興焉況茂勳格于皇天清輝光于四海尚書曰昔成湯既受命時則有若伊尹格于皇
天孝經曰孝悌之至通于神明光于四海蒼生顒然莫不欣戴尹文子曰堯德化布于四海仁惠被于蒼生淮南子
曰聖人呼吸陰陽之氣而羣生莫不喁喁然仰其德以和順國語祭公謀父曰商王大惡庶人不忍欣戴武王聲教所加願
爲臣妾者哉尚書曰朔南暨聲教史記張良曰百姓莫不願爲臣妾且宣皇之胄惟有陛下王隱
晉書曰元皇帝宣帝之曾孫左傳介之推曰獻公之子九人惟君在矣億兆攸歸曾無與二尚書曰受有億兆夷
人晏子春秋晏子謂魯哀公曰君嬌魯國化而爲一心君曾无與二何暇有三乎天祚大晉必將有主主晉
祀者非陛下而誰法言曰昔在有熊高辛唐虞三代咸有顯德故天因而祚之左傳介之推曰天未絕晉必將有主主
晉祀者非君而誰是以邇無異言遠無異望漢書曰霍光以內外異言左傳叔向曰我先君文公人從而與
之獻無異親民无異望矣謳歌者無不吟詠徽猷獄訟者無不思于聖德孟子曰堯崩三

珍倣宋版印

年之喪畢舜讓避丹朱於南河之南天下朝覲訟獄者不之堯之子而之舜謳歌者不謳歌堯之子而謳歌舜曰天也夫而後歸中國踐
天子之位焉詩曰君子有徽猷荅賓戲曰用納乎聖德天地之際既交華裔之情允洽封禪書曰天人
之際已交上下之情允洽左傳孔子曰裔不謀夏夷不亂華一角之獸連理之木以為休徵者蓋
有百數春秋感精符曰麟一角明海內共一主也王者不刳胎不剖卵則出於郊孝經援神契曰德至草木則木連理尚書有休
徵西都賓曰虞乎斯列者蓋以百數冠帶之倫要荒之衆冠帶謂中國也西蜀父老曰封疆之內冠帶之倫尚書曰
五百里要服五百里荒服也不謀而同辭者動以萬計周書曰不謀同辭會於武王郊下羽獵賦曰杖莫邪
而羅者萬計矣是以臣等敢考天地之心因函夏之趣昧死以上尊號漢書楊雄
河東賦曰函夏之大漢書又曰諸侯昧死再拜言上尊號願陛下存舜禹至公之情狹巢由抗矯
之節以社稷為務不以小行為先東觀漢記羣臣上奏世祖曰大王社稷為計萬姓為心漢書賈誼上
書曰人主之行異布衣布衣節小行以自託於鄉黨人主惟社稷固爾以黔首為憂不以克讓為事書曰
允恭克讓上以慰宗廟乃顧之懷下以釋普天傾首之望詩曰乃眷西顧又曰溥天之下
漢書翟義曰天下傾首服從莫能抗扞國難則所謂生繁華於枯荑育豐肌於朽骨易曰枯楊
生稊王弼曰稊者楊之秀稊與荑通左傳蘧子馮曰所謂生死而肉骨神人獲安無不幸甚尚書帝曰夔命汝典

樂神人以和漢書漢王曰以韓信爲大將軍蕭何曰幸甚臣琨臣磾頓首頓首死罪死罪臣聞尊
位不可久虛萬機不可久曠史記李斯曰明主聖皇所能久處尊位東觀漢記諸將上奏世祖曰帝王不可
以久曠虛之一日則尊位以殆曠之浹辰則萬機以亂公羊傳曰緣臣之心不可一日
无君左氏傳君子曰莒恃陋不修其城郭浹辰之閒而楚尅其二都杜預曰浹辰十二日也方今鍾百王之季當
陽九之會曹植九詠章句曰鍾當也班固漢書贊曰漢承百王之弊左傳叔向問晏子曰齊其何如晏子曰此季世也漢書曰
陽九之厄曰初入百六陽九音義曰易傳所謂陽九之厄百六之會狡寇窺窬伺國瑕隙左氏傳飾服曰民服其上
下无覬覦杜預曰下不冀望上位也窬與覦同杜預左傳注曰狡猾也說文曰窺小視也又曰覦欲也毛萇詩傳曰瑕猶過也隙閒隙也
齊人波蕩無所繫心安可以廢而不恤哉漢書曰富人博戲亂齊人如淳曰齊民齊等無有貴
賤故謂之齊若今平民也范曄後漢書李熊說公孫述曰方今四海波蕩匹夫橫議谷永集曰國家久無繼嗣天下无所繫心陛下
雖欲逡巡其若宗廟何其若百姓何公羊傳曰齊侯逡巡而謝范曄後漢書馬武謂世祖曰大王雖
欲執謙退奈宗廟社稷何昔惠公虜秦晉國震駭呂郤之謀欲立子圉外以絕敵
人之志內以固闔境之情故曰喪君有君羣臣輯穆好我者勸惡我
者懼左傳僖十五年晉與秦戰于韓原秦伯獲晉侯以歸乃許晉平晉侯使郤乞告瑕呂飴甥且召之呂甥曰將若君何衆皆曰何

珍倣宋版印

爲而可對曰征繕以輔孺子諸侯聞之喪君有君羣臣輯睦甲兵益多好我者勸惡我者懼庶有益乎莊子曰方二千餘里闔四境之內

前事之不忘後代之元龜也戰國策張孟談謂趙襄子曰前事之不忘後事之師也吳志魏文帝策命孫權曰前代之懿事後王之元龜

陛下明並日月無幽不燭家語孔子曰所謂聖者明並日月東都賦曰散皇明以燭幽

深謀遠慮出自胸懷過秦論曰深謀遠慮行軍用兵之道不及曩時之士也

不勝犬馬憂國之情遲覩人神開泰之路史記丞相翟青曰臣不勝犬馬心

是以陳其乃誠布之執事左氏傳晉使呂相絕秦曰敢盡布之執事

臣等各忝守方任職在遐外不得陪列闕庭共觀盛禮踊躍之懷南望罔極謹上臣琨謹遣兼左長史右司馬臣溫嶠王隱晉書曰溫嶠字泰真太原人也劉琨假守左長史西臺除司空右司馬五年琨使詣江南

主簿臣辟閭訓臧榮緒晉書曰辟閭訓字祖明樂安人也沒石勒爲幽州刺史

臣磾遣散騎常侍征虜將軍清河太守領右長史高平亭侯臣榮劭晉百官名曰榮劭字茂世北平人爲清河太守

輕車將軍關內侯臣郭穆百官名曰郭穆字景通沒胡中

奉表臣琨臣磾等頓首頓首死罪死罪

文選卷第三十七

賜進士出身通奉大夫江南蘇松常鎮太等處承宣布政使司布政使胡克家重校刊

西元二〇二二年一月一日重製一版

文選李善注

冊二

（梁蕭統撰
唐李善注）

平裝四冊基本定價參仟參佰元正
（郵運匯費另加）

發行人　張敏君

發行處　中華書局

臺北市內湖區舊宗路二段一八一巷八號五樓（5FL., No. 8, Lane 181, JIOU-TZUNG Rd., Sec 2, NEI HU, TAIPEI, 11494, TAIWAN）

客服電話：886-8797-8396

公司傳真：886-8797-8909

匯款帳戶：華南商業銀行西湖分行
179100026931

印　刷：經典數位印刷有限公司
海瑞印刷品有限公司

版權所有
不准翻印

No. N3065-2

國家圖書館出版品預行編目(CIP)資料

文選李善注/(梁)蕭統撰 ; (唐)李善注. -- 重製一版. --
臺北市 : 中華書局, 2022.01
冊 ; 公分
ISBN 978-986-5512-76-7(全套 : 平裝)

830.13 110021470